BASTEI LÜBBE
TASCHENBUCH

Weitere Titel der Autorin:

In Liebe, für immer

Titel auch als Hörbuch erhältlich

Hannah Beckerman

WEIL ICH AN UNS GLAUBEN WOLLTE

Roman

Aus dem Englischen von
Ulrike Moreno

BASTEI LÜBBE
TASCHENBUCH

BASTEI LÜBBE TASCHENBUCH
Band 17 554

Dieser Titel ist auch als E-Book erschienen

Originalausgabe

Titel des englischen Originals: »All the little lies«

Textredaktion: Dorothee Cabras, Grevenbroich
Titelillustration: © Büro Süd; Sandra Taufer, München
unter Verwendung von Motiven von
© shutterstock/sniegirova mariia; shutterstock/
Sky Designs; shutterstock/Incomible; shutterstock/Rachael Arnott
Umschlaggestaltung: Sandra Taufer, München
Satz: Urban SatzKonzept, Düsseldorf
Gesetzt aus der Garamond
Druck und Verarbeitung: CPI books GmbH, Leck – Germany
Printed in Germany
ISBN 978-3-404-17554-3

5 4 3 2 1

Sie finden uns im Internet unter
www.luebbe.de
Bitte beachten Sie auch: www.lesejury.de

Für meine Mum,
die immer dafür gesorgt hat,
dass Licht am Ende des Tunnels ist.

Die menschliche Natur wird nicht besser gedeihen
als eine Kartoffel, die über zu viele Generationen immer
wieder in demselben ausgelaugten Boden angepflanzt wird.
Meine Kinder (...) sollen in ungewohnter Erde
Wurzeln schlagen.

Nathaniel Hawthorne, *Der scharlachrote Buchstabe*

Du musst die Hoffnung auf eine bessere
Vergangenheit aufgeben.

Irvin D. Yalom, *Creatures of a Day*

Die Saat des Endes wird zu Beginn gepflanzt.

Stephanie Bishop, *The Other Side of the World*

PROLOG

In der Nacht vor unserer Hochzeit habe ich David einen Brief geschrieben. Es war einer jener Briefe, die dazu bestimmt sind, aufgesetzt, aber nicht abgeschickt zu werden. Ein Brief, der unbedingt geschrieben werden muss, obwohl man im Grunde weiß, dass er seinen Empfänger niemals erreichen wird.

Ich habe ihn immer noch, wahrscheinlich irgendwo in einer der vielen Schachteln auf den Schränken im Dachgeschoss, von denen ich mir regelmäßig vornehme, sie durchzusehen, bevor etwas Dringenderes meine Aufmerksamkeit in Anspruch nimmt. Aber manchmal frage ich mich, was ich in diesem Brief entdecken würde, wenn ich ihn heute läse. Ob ich lächeln würde über die übertriebene Sentimentalität all dessen, über die Liebeserklärungen und Visionen unserer gemeinsamen Zukunft, die sich schneller aus meiner Fantasie auf die Seite übertragen hatten, als mein Stift mithalten konnte. Ich frage mich, ob ich nichts weiter als die berauschende Mischung aus vorhochzeitlicher Aufregung und unbezähmbarer Nervosität finden würde oder ob ich zwischen den Zeilen etwas lesen würde, das ich damals nicht in Worte hatte fassen können. Ein Gefühl, einen Instinkt, dem ich noch keinen Ausdruck geben konnte. Etwas, das ich vielleicht nicht einmal mir selbst einzugestehen gewagt hatte.

Oder vielleicht ist das nur Wunschdenken.

Denn das ist die gefährliche Selbsttäuschung, wenn man die Dinge im Nachhinein betrachtet. Es verändert das Prisma, durch das wir die Vergangenheit sehen, um uns zu beweisen, dass wir schon damals etwas wussten, das wir in Wahrheit erst vor Kurzem entdeckt haben.

Und ich bin mir auch nicht sicher, wie hilfreich das im großen Ganzen ist. Ob es nicht besser ist, diese unschuldige, hoffnungsvolle Version von uns selbst in unserem Glück schwelgen und die unvermeidlichen Lektionen erst ans Licht kommen zu lassen, wenn uns keine andere Wahl mehr bleibt, als sie zu lernen.

ERSTER TEIL
HERBST

KAPITEL EINS

BEX

Durch die geschlossenen Vorhänge strömt die Nachmittagssonne herein, die trotz des dicken, cremefarbenen Leinens immer noch stark genug ist, um die nackte Haut an meinen Armen, meinem Nacken und meinem Gesicht zu wärmen. Es fühlt sich herrlich dekadent an, mitten an einem Freitagnachmittag hier im Bett zu liegen, in einem Haus, dessen absolute Stille nur von Davids tappenden Schritten auf der Treppe in Richtung Küche unterbrochen wird. In einem Haus ohne die Hintergrund-Symphonie von Jacobs Geplapper, dem Surren seiner elektrischen Eisenbahn und dem Singsang der gnadenlos fröhlichen Stimmen der Kinderprogramm-Moderatoren aus dem Fernseher im Wohnzimmer.

Ich werfe einen Blick auf die Uhr auf dem Nachttisch. Halb fünf. In weniger als einer Stunde wird Mum mit Jacob zurückkommen.

Ich drehe mich zur Seite, sodass ich die kühlen Laken nun an meiner Schulter spüre und den unverwechselbaren Geruch von Sex wahrnehme, von dem das Bett durchdrungen ist. Was David wohl dort unten zubereitet?, frage ich mich. Als er unter dem Federbett hinausgeschlüpft war, hatte er diesen Gesichtsausdruck gehabt, der die Zeit zurückzudrehen scheint, bis ich das spitzbübische Gesicht eines Schuljungen vor mir habe, das ich immer nur auf Fotos gesehen habe und das ich so oft in den Zügen unseres sechsjährigen Sohnes wiederzuerkennen meine.

Es ist Wochen her, seit ich David gefragt habe, wie er diesen Tag gern verbringen würde. Ich hatte ihm vorgeschlagen, er solle es mir überlassen, etwas zu planen und ihn zu überraschen, aber im Grunde war er ja noch nie ein Fan von Überraschungen. Es ist eines der vielen Dinge, die wir gemeinsam haben: diese Aversion dagegen, erst im Nachhinein herauszufinden, was alle anderen schon die ganze Zeit gewusst haben.

Das sei ganz einfach, hatte David mir gesagt: Er wolle nur einen unserer seltenen freien Wochentage mit mir allein verbringen. Mit einem späten Lunch zu zweit in unserem Lieblingsrestaurant in Knightsbridge, dann einem gemütlichen Nachmittag zu Hause und einem Abend auf der Party, die Melissa und Seth, unsere besten Freunde, für uns geben würden.

Er hatte gelächelt und wissen wollen, ob sich sein Vorschlag für mich langweilig und wie etwas für Leute gesetzteren Alters anhörte. Dann hatte er im Scherz gefragt, was aus den früheren Versionen von uns geworden sei, die jederzeit für ein spontanes, feuchtfröhliches Wochenende ins Auto sprangen, ohne Vorwände und schon gar keinen runden Geburtstag dazu zu benötigen. Ich hatte gelacht und ihm gesagt, er solle dieser nicht ganz leichten Kombination aus Elternschaft, Hypotheken und verantwortungsvollen beruflichen Tätigkeiten die Schuld daran geben. Aber in Wirklichkeit finde ich, dass sein Vorschlag eine perfekte Art zu feiern ist.

Eine leise gepfiffene Melodie schlängelt sich die Treppe herauf und durch die kiefernen Spindeln des Treppengeländers hindurch. Ich schließe die Augen, um das Lied zu erkennen, und summe es sogar leise mit. Dabei fallen mir Worte und Sätze wieder ein; mein Gedächtnis weigert sich aber, den Titel des Songs preiszugeben, bis wir am Ende der Strophe sind und ich mich bei einem Lächeln über Davids romantische Art ertappe. *You Were Meant For Me* ist eines meiner Lieblingslieder. Bei unserer Hochzeitsfeier haben wir dazu getanzt.

Bei diesem ersten Tanz als verheiratetes Paar genoss David die Aufmerksamkeit, während ich wünschte, wir hätten den Rat unserer Freunde befolgt und Zeit und Mühe in einen Tanzkurs investiert. Komisch, dass das jetzt schon über zehn Jahre zurückliegt. Manchmal kann ich kaum glauben, dass es schon so lange her ist, während ich in anderen Momenten Mühe habe, mich an die Zeit zu erinnern, bevor David in mein Leben trat.

Bei dem vertrauten Geräusch von seinen bloßen Füßen, die die Treppe wieder heraufkommen, drehe ich mich zur Tür um. Mit dem Knie stößt David sie auf und kommt herein, nackt, wie Gott ihn erschaffen hat, bis auf das verspielte Grinsen in seinem Gesicht und das Tablett mit Champagner, Gläsern und einem Teller Räucherlachs-Blini in den Händen.

»Es ist *dein* Geburtstag, David! Da sollte *ich* es sein, die dir Champagner ans Bett bringt, und nicht umgekehrt.«

Er stellt das Tablett auf den Nachttisch, schlüpft wieder zu mir unter die Decke und streicht mit einer kühlen Hand über meinen warmen Bauch.

»Wenn vierzig zu werden mich eins gelehrt hat – in meinen enormen acht Stunden Erfahrung seither –, dann ist es, dass man in diesem ehrwürdigen Alter nichts mehr für selbstverständlich hält. Das wirst du im nächsten Jahr genauso schnell herausfinden.«

Und dann lacht er, dieses breite, offene Lachen, das dazu einlädt mitzulachen und kein Nein als Antwort gelten lässt. Ich gebe nach und schüttle den Kopf über die Absurdität des Gedankens, dass wir nächstes Jahr um diese Zeit beide bereits vierzig sein werden. Es gibt Momente, wie ich David vorhin erzählt hatte, in denen ich in meinem Auto eine Straße entlangfahre und plötzlich von der nervösen Furcht beschlichen werde, dass ich es unerlaubterweise tue. Dass ich noch nicht alt genug bin, um den Führerschein gemacht zu haben. Und dann fällt mir ein, dass ich ja völlig legal seit über zwanzig Jahren Auto fahre, und es kommt mir wie ein Unding vor, dass es schon so lange so ist.

David lacht noch immer, und die Haut um seine Augen kräuselt sich ein wenig, als probierten sie ihre neu erworbene Reife aus. Manchmal denke ich, dass sein Lachen der Grund dafür ist, dass wir heute zusammen sind. Denn hätte ich auf jener Party vor dreizehn Jahren dieses Lachen nicht gehört und mich nicht danach umgedreht und hätte David mir in diesem Moment nicht lange genug in die Augen geschaut, um unser gegenseitiges Interesse zu bemerken, hätten sich unsere Wege wahrscheinlich nie wirklich vereint. Sie wären vielleicht nur sehr nahe daran gewesen, sich zu kreuzen.

»Weißt du, dass wir noch fast eine Stunde haben, bis deine Mum und Jacob zurückkommen? Was meinst du, wie wir diese Zeit am besten nutzen könnten?«

Ich erwidere Davids Lächeln, als er sich über mich beugt und mich küsst. Sein Atem ist noch so süß von dem Champagner, als perlten die Bläschen noch auf seinen Lippen.

Das schrille Klingeln seines Handys auf dem Nachttisch zerreißt die Stille.

»Und wenn du einfach nicht drangehst?«

Ich kann Davids Zögern spüren.

»Das geht nicht. Es könnte die Firma sein. Wir haben am Montag eine sehr große und wichtige Präsentation, und ich habe auch so schon Gewissensbisse, weil ich die anderen heute damit allein gelassen habe. Ich bin in zwei Minuten wieder da. Versprochen.«

Bevor ich protestieren kann, springt David auch schon aus dem Bett und greift nach dem Telefon. Als er auf das Display schaut, sehe ich, wie sich sein Gesichtsausdruck verändert: Aus dem Lachen um seine Augen wird ein Stirnrunzeln, seine Mundwinkel verziehen sich zu einer Grimasse, und ein Schatten verdüstert sein eben noch so glückliches Gesicht.

»Was ist? Was hast du, David?«

Als er den Blick zu mir erhebt, kenne ich die Antwort, noch bevor er etwas sagt. Ich habe diesen Ausdruck oft genug gesehen, um zu wissen, was er bedeutet. Oder wer ihn verursacht hat.

»Es ist meine Mum.«

Wir starren einander an, reglos, als wüssten wir nach all den Jahren noch immer nicht, was die korrekte Reaktion sein müsste. Im Geiste stelle ich schnell ein paar Berechnungen an, die ergeben, dass es in Sydney ein Uhr morgens ist. Als David und ich vorhin unseren Lunch beendeten, war ich eigentlich davon ausgegangen, dass seine Mutter seinen großen Tag ohne jede Würdigung verstreichen lassen würde. Es wäre nicht das erste Mal gewesen. Und es wäre auch das geringere von zwei Übeln gewesen.

»Wirst du mit ihr sprechen?«

Das Telefon kreischt angesichts von Davids Zögern, als wäre seine Mutter imstande, seine Lautstärke aus siebzehntausend Kilometern Entfernung zu erhöhen.

David zuckt so langsam und schwerfällig mit den Schultern, als kostete ihn schon das Nachdenken über diese Frage unendlich viel Mühe.

»Warum eigentlich nicht? Bring es hinter dich. Ich gehe und lasse inzwischen schon mal ein Bad ein, ja?«

David nickt, und ich stehe auf und drücke ihm ermutigend die Hand, als ich an ihm vorbeigehe, obwohl wir beide wissen, dass es nicht Ermutigung ist, was er braucht, sondern Geduld. Geduld, innere Stärke und die Fähigkeit, die Vergangenheit gut versiegelt tief in sich einzuschließen.

Als ich aus dem Schlafzimmer auf den Gang hinaustrete,

höre ich, wie David den Anruf mit dem ausschließlich für seine Mutter reservierten Ton annimmt: mit der Resignation eines Menschen, der weiß, dass er schon enttäuscht sein wird, bevor das Gespräch auch nur begonnen hat.

KAPITEL ZWEI

BEX

Die Bläschen um meine Ohren herum platzen leise blubbernd, und das Wasser ist so heiß, dass es mir fast die Haut versengt. Von draußen auf dem Flur kann ich hin und wieder Bruchstücke von Davids Stimme hören, deren leiser, unverbindlicher Ton darauf hindeutet, dass er noch immer seine Mutter in der Leitung hat und sie den Hauptteil des Gesprächs bestreitet.

Ich schließe die Augen und versuche, meinen sich vor jäher Wut beschleunigenden Herzschlag zu beruhigen. Mich von meiner Verärgerung übermannen zu lassen wird niemandem helfen, und schon gar nicht David. Das weiß ich. Aber mich zu beherrschen ist leichter gesagt als getan. Bei den seltenen Gelegenheiten, bei denen seine Mutter sich über Skype, einen Telefonanruf oder durch einen zeitlich schlecht gewählten, überraschenden Besuch in unser Leben drängt, hinterlässt sie unweigerlich ein emotionales Trümmerfeld. Denn sie beschwört dann wieder Gefühle herauf, die David in über zwei Jahrzehnten schön säuberlich verpackt in den hintersten Winkel seines Bewusstseins zu verdrängen versucht hat. Gefühle, die ich letztendlich durch die Kraft meiner Liebe wieder an ihren Platz zurückverbanne, sobald ihre virtuelle Präsenz wieder verschwindet. Ich weiß, dass das lieblos ist, und ich würde es auch nie laut aussprechen, aber manchmal wünschte ich, sie würde vom Erdboden verschwinden und David das Leben führen lassen, für das sie in den letzten fünfundzwanzig Jahren ohnehin kaum Interesse aufgebracht hat.

Ich öffne die Augen und schaue aus den hohen georgianischen Fenstern zu den Baumwipfeln in unserem Garten und den dahinterliegenden Rückseiten der Häuser anderer Leute hinaus. David sagt sehr oft im Scherz, ich solle die Jalousien herunterlassen, wenn ich ein Bad nehme, weil ich jedem mit einem wachsamen Auge oder Fernglas eine ziemlich gute Schau böte. Aber dieser Raum mit seinen glänzend polierten Holzdielen und der frei stehenden Badewanne im Mittelpunkt, die perfekt positioniert ist, um sich zurückzulehnen und die Aussicht zu genießen, ist einer der Gründe, aus denen ich mich in dieses Haus verliebt habe.

Das wortkarge Gemurmel im Schlafzimmer geht weiter, und ich frage mich, worüber sie wohl diesmal sprechen. Denn obwohl sie gewöhnlich nur zwei- oder dreimal im Jahr miteinander reden, dauern die Gespräche selten länger als die Zeit, die es in Anspruch nehmen würde, ein Ei zu pochieren.

Manchmal frage ich mich, wie es wohl wäre, eine andere Art von Schwiegermutter zu haben, eine, die interessiert und engagiert und stets verfügbar ist, wenn das Kind von der Schule abgeholt werden muss oder man über das Wochenende einen Babysitter braucht. Manchmal beobachte ich meine Freundinnen und ihre Schwiegermütter auf Kindergeburtstagspartys oder an Schulsporttagen und sehe sie miteinander lachen und plaudern, und das anscheinend völlig unbefangen und ohne auch nur einen Funken Angespanntheit zwischen ihnen. Und dann kann ich mich einer gewissen Wehmut nicht erwehren, weil ich diese Art von Beziehung mit Davids Mutter nie haben werde. Aber zum Glück fällt mir dann wieder ein, wie oft meine Freundinnen sich über die Einmischungen oder ungebetenen Ratschläge ihrer Schwiegermütter beklagen, und kann daraus nur schließen, dass die Kirschen in Nachbars Garten vielleicht auch nicht immer süßer sind. Oder dass eine desinteressierte Schwiegermutter, die eine vierundzwanzigstündige Flugreise entfernt lebt, vielleicht gar nicht mal die schlimmste aller Möglichkeiten ist.

Jetzt höre ich Davids dumpfe Schritte, die sich heute ungewöhnlich schwer anhören, aus dem Schlafzimmer kommen. Mit unseren Champagnergläsern und der Flasche bewaffnet kommt er ins Bad, reicht mir ein volles Glas und leert das andere in einem Zug. Dann lässt er sich auf den Stuhl fallen und starrt aus dem Fenster. Wir haben diese Szene oft genug geprobt, um zu wissen, dass ich jetzt geduldig sein und abwarten muss, bis er bereit ist, mir zu erzählen, was auch immer er loswerden muss.

Seine Stirn ist zerfurcht von Sorgenfalten, wo Minuten zuvor noch Lachfalten seine Haut gekräuselt hatten. Er schenkt sich ein weiteres Glas Champagner ein, leert auch dieses in einem Zug, und ich muss dem Bedürfnis widerstehen, ihn daran zu erinnern, dass es erst fünf Uhr ist und wir noch einen langen Abend vor uns haben. Oder dass er seiner Mutter gar nicht erst erlauben sollte, ihn so zu verstimmen.

Schließlich wendet er sich mir zu, und da ist mal wieder dieser Ausdruck in seinem Gesicht: die bittere Beilage zu was für einem ungenießbaren Gedeck auch immer, das seine Mutter ihm heute aufgetischt haben mag.

»Was ist das Gegenteil von einem Geburtstagsgeschenk? Ein Anti-Geschenk? Mit der Ausnahme allerdings, dass man ein Geschenk in den Laden zurückbringen und umtauschen kann, wenn es Mist ist, nicht?«

Seine Stimme ist bedrückt, aber immer noch von genügend Zorn erfüllt, um mir zu verraten, dass seine Mutter ihm wieder mal mächtig auf die Nerven gegangen ist.

»Worum ging es denn? Was hat sie gesagt?«

Daraufhin atmet er tief ein, als könnten die Worte, die er

sucht, in den Sauerstoffpartikeln verborgen sein, die er in seine Lunge zieht.

»Sie will nach London zurückkehren. Für immer. Und ich soll ihr helfen, etwas zum Wohnen zu finden – ein Haus, ein Apartment oder was auch immer. Aber irgendwo in der Nähe offenbar. In *unserer* Nähe.« Er sieht mich an und schüttelt fassungslos den Kopf, während seine Augenbrauen bis fast zu seinem Haaransatz hinaufsteigen.

»Aber warum? Und wann? Und wie in Herrgotts Namen ist sie bloß auf die Idee gekommen?« Meine Stimme ist schrill, nachdrücklich und weit entfernt von dem ruhigen, forschenden Ton, um den ich mich bemüht hatte.

»Ich sage es dir mit den Worten meiner Mutter: ›Ich werde nicht jünger, David, und glaube, dass es zum jetzigen Zeitpunkt meines Lebens hilfreich für mich wäre, meiner Familie näher zu sein.‹ *Zum jetzigen Zeitpunkt ihres Lebens!* Himmelherrgott! Kennt der Egoismus dieser Frau denn keine Grenzen?«

Es war eine rein rhetorische Frage, wofür ich dankbar bin, da ich mir im Moment nicht zutrauen würde, sie zu beantworten. Stattdessen schaue ich nur schweigend zu, wie David ein weiteres Glas Champagner trinkt – sein drittes in ebenso vielen Minuten –, und während er den letzten Schluck seine Kehle hinunterrinnen lässt, versuche ich, meinen Ärger hinunterzuschlucken.

Wir waren schon fast ein Jahr zusammen, bevor David mir die genaueren Umstände der Auswanderung seiner Eltern anvertraute. Ich wusste bereits, dass sie in Australien lebten, und das schon seit geraumer Zeit. Ich wusste auch, dass David sie nie besuchte und seine Stimme angespannt und seine Sätze knapper wurden, wann immer er von ihnen sprach. Doch erst als wir über die Möglichkeit nachdachten zusammenzuziehen, erzählte er mir eines Freitagabends bei einem Curry zum Mitnehmen und sechs Dosen Lagerbier die ganze Geschichte.

Er erzählte mir, dass seine Eltern kurz nach seinem fünfzehnten Geburtstag angekündigt hatten, sie würden nach Australien auswandern und sich ihren lebenslangen Traum erfüllen, dort zu leben ... auch wenn David von diesem Traum noch nie etwas gehört hatte. Sein Dad habe dort schon eine Anstellung gefunden, verkündeten sie David, einen sehr guten Job als Ingenieur bei einer der größten Baufirmen des Landes. Und sie hatten auch bereits ein Haus gefunden, das sie kaufen würden, von dem Davids Dad ihm ein Foto in die Hand drückte, wie um die Neuigkeiten mit fotografischer Genauigkeit zu erhärten. David schilderte mir seine Erinnerungen an die Gefühle, die auf ihn einstürmten und derart kompliziert und widersprüchlich waren, dass er eine Emotion nicht von der anderen trennen konnte: Aufregung, Angst, Unsicherheit, Hoffnung und die traurige Aussicht, seine Freunde, seine Schulkameraden und seine Fußballmannschaft zu verlieren. David sagte, dass er nicht einmal begonnen hatte, diese Gefühle zu trennen oder nach Prioritäten zu sortieren, bevor sein Vater ihm erklärte – so sachlich, als wäre es die vernünftigste Feststellung der Welt –, dass es natürlich unvernünftig wäre, David mitzunehmen. Schließlich habe er in weniger als einem Jahr seine Prüfungen vor sich. Dass es keinen Sinn hätte, ihn zu entwurzeln, da er in drei Jahren ja ohnehin die Universität besuchen würde.

Dann habe sein Vater sich seiner Mutter zugewandt, erzählte David, als hätten die beiden dies alles schon vorher als Kommentatoren-Team eingeübt. Sie habe ihn daraufhin darüber informiert, dass er ab September auf ein Internat wechseln würde und sie das alles bereits arrangiert hatten. »Es ist eine gute Schule, eine sehr teure Schule«, hatte seine Mutter betont, als besäße das irgendeine Relevanz. Sie hatte ihm mitgeteilt, dass er in den Oster- und Sommerferien bei seiner Tante, ihrer Schwester, bleiben würde, doch zu Weihnachten, wenn er den Klimaunterschied am besten beurteilen könnte, zu Besuch kommen dürfe – und ob das nicht aufregend wäre? David beschrieb mir, wie gespannt sie ihn angesehen hatten, als erwarteten sie auch noch von ihm, dass er ihnen gratulierte, dankte oder irgendetwas sagte, das seine Begeisterung für ihre Pläne zum Ausdruck bringen würde. Aber David hatte nichts anderes tun können, als zu nicken, tief durchzuatmen und zu blinzeln, um die Tränen zu verdrängen, die hinter seinen Augenlidern brannten.

Als ich ihn jetzt mit frustrierter Miene und schmalen Augen aus dem Fenster starren sehe, erinnere ich mich wieder an den einen Teil der Geschichte, der mir noch viel intensiver als der Rest in Erinnerung geblieben ist. Wie seine Mutter, während sein Dad und sie weiter Pläne besprachen, die David gar nicht hören wollte, erklärt hatte: »Wir haben lange genug gewartet. Wir wollen nicht noch drei weitere Jahre ausharren müssen, obwohl das eigentlich gar nicht nötig ist.« Als wäre David jahrelang ein Mühlstein um ihren Hals gewesen, der sie daran gehindert hatte, ein idealisiertes Leben auf der anderen Seite der Welt zu führen.

In den dreizehn Jahren, die David und ich zusammen sind, habe ich seine Eltern nur dreimal gesehen. David weigert sich, nach Sydney zu fliegen; er war in jenen ersten Weihnachtsferien dort und dann nie wieder. Er fand einen Ferienjob als Bote in der Werbeagentur, die ihm später auch seine erste große Chance nach der Uni gab, und benutzte das als Vorwand, um nicht wieder hinzufliegen. Nicht einmal zur Beerdigung seines Vaters vor zwei Jahren kehrte er nach Australien zurück. David erklärte seiner Mum, es sei sehr schwierig, sich von der Arbeit loszueisen, was zwar nicht völlig unzutreffend, aber auch nicht der wahre Grund war. Und seine Eltern waren immer nur nach England zurückgekehrt, wenn die Frau von Davids älterem Bruder Nate ein weiteres Kind bekommen hatte. Sie waren nicht einmal zu unserer Hochzeit erschienen, und Jacob haben sie außer auf einem Computerbildschirm noch nie gesehen. Wir sind bei jedem ihrer Besuche so etwas wie ein Nachtrag gewesen, ein spontaner nachträglicher Einfall wie eine zu spät verschickte Geburtstagskarte.

»Vielleicht ist es ja auch nur leeres Geschwätz? Du weißt doch, wie deine Mum ist. Wahrscheinlich wird gar nichts daraus. Und selbst wenn sie zurückkäme, würde sie doch wohl eher in Nates und Lilys Nähe wohnen wollen als in unserer?«

Bei der Erwähnung von Nates Namen zieht David fast unmerklich die Schultern hoch und atmet tief und langsam ein und wieder aus.

Ich habe die Entfremdung zwischen David und seinem älteren Bruder nie verstanden. David behauptet, es habe kein gravierendes Zerwürfnis zwischen ihnen gegeben, keinen Verrat oder Vertrauensbruch, keinen entscheidenden Moment, der sie unwiderruflich auseinandergebracht hätte. Es war einfach so, dass sie nie viel gemeinsam gehabt hatten und wegen des Altersunterschieds von sieben Jahren in ihrer Kindheit auch keine Spielgefährten gewesen waren. Nate sei stets das Goldkind in den Augen seiner Eltern gewesen, sagt David und meint, er sei froh gewesen, aus Nates Schatten herauszutreten, nachdem seine Eltern ausgewandert waren. Nur weil man mit jemandem blutsverwandt ist, bedeutet das noch lange nicht, dass man ihn lieben oder auch nur mögen muss. Und da ich selbst keine Geschwister habe, muss ich ihm wohl glauben.

Als David sich endlich wieder zu mir umdreht, kann ich in seinen krokodilgrünen Augen Jacob sehen: Jacob, nachdem er bei einem Fußballspiel an einem Sonntagmorgen schlecht gespielt hat oder wenn er seine Hausaufgabe in Rechtschreibung nicht hinbekommen hat oder sich mit Ethan, seinem besten Freund, gestritten hat.

»Nein«, beantwortet David endlich meine Frage, »das ist unmöglich, weil Nate und Lily anscheinend gerade erst ein großes Haus in Devon gekauft haben, wo Lily mit den Kindern leben soll, während Nate die Hälfte der Woche in London bleiben wird. Deshalb hält Mum es für praktischer, wenn sie in unserer Nähe wohnt, da wir immer hier sind. Denn wir würden Nate ja keine Unannehmlichkeiten bereiten wollen, nicht?«

In seiner Stimme klingt ein Sarkasmus mit, der sich immer nur in Gesprächen über seine Mum bemerkbar macht. Er passt nicht zu ihm und klingt auch nicht nach ihm. Es ist eine andere Version von David, die da spricht, eine frühere aus der Zeit, bevor wir uns kennenlernten – ein zorniger, verletzter und fassungsloser Teenager, der voller Wut auf seine Eltern ist, die ihn im Stich gelassen haben.

»Aber warum zum Teufel sagt sie dir das ausgerechnet heute?« Ich weiß, dass das nicht die wichtigste Frage ist, doch ich bezweifle, dass einer von uns beiden weiß, wo er mit dem Rest beginnen soll.

»Es sollte eine Überraschung sein. Zu meinem Geburtstag, sagte sie. Anscheinend hat sie den Umzug schon seit Monaten geplant. Nate weiß es offenbar schon ewig. Sie hat sogar schon einen Käufer für das Haus in Sydney in Aussicht und eine engere Auswahlliste von Londoner Immobilien, die ich mir für sie ansehen soll. Gott, was für ein Albtraum! Alles Gute zum Geburtstag, David.«

Und damit gießt er den letzten Champagner aus der Flasche in sein Glas und leert es fast ein wenig trotzig in einem Zug.

Ich steige aus der Wanne und schlinge ein Badetuch um meine noch mit Schaum bedeckte Haut. So setze ich mich auf Davids Schoß, lege meine Hände um sein Gesicht und küsse ihn zärtlich auf die Lippen.

»Du bist ganz nass. Und schmeckst nach Badeschaum.«

Ich höre jedoch das Lächeln in seiner Stimme und küsse ihn erneut, bevor ich mich an ihn lehne und meine Wange an seine schmiege.

»Manchmal muss ich dir einfach zeigen, wie sehr ich dich liebe, ob ich nun gerade aus dem Bad komme oder nicht.«

Ich küsse ihn ein drittes Mal, und er reagiert, indem er eine Hand unter mein Badetuch schiebt, wo meine Haut noch schlüpfrig von dem Seifenwasser ist.

»Es wird schon gut gehen, David. Das Timing deiner Mutter ist unmöglich wie immer, aber was auch immer kommen mag, wir werden damit fertig, klar?«

David nickt, und ich sehe, wie die Anspannung von seinem Gesicht abfällt wie dunkle Folie von einer neuen Glasscheibe. Ich küsse ihn noch einmal, bevor ich von seinem Schoß hinuntergleite und ihn auf die Beine ziehe.

»Und nun springst du besser unter die Dusche, weil du nach Sex riechst, mein Lieber, und meine Mum schon bald mit Jacob zurück sein wird.«

KAPITEL DREI

JUDITH

Rebecca und David sitzen auf der Bank in ihrem Garten, ihre Hand liegt auf seinem Oberschenkel, und seine Finger sind fest verschränkt mit ihren. Ihnen gegenüber und neben mir wirbelt Jacobs Enthusiasmus durch die Luft unter der warmen Septembersonne. Wie immer sind seine Geschichten die akustische Begleitung des Familienlebens. Hin und wieder schauen Rebecca und David sich an und wechseln einen verstohlenen Blick. Einen jener Blicke, von denen verliebte Paare glauben, nur sie selbst würden sie bemerken – ob nun tausend Menschen anwesend sind oder wie in diesem Fall nur zwei, also Jacob und ich, die beiden entgegengesetzten Enden im Generationsspektrum ihres Lebens.

Jacob erzählt ihnen von der Farm mitten in der Stadt, die er und ich heute besichtigt haben, und die neu gewonnenen Erkenntnisse sprudeln ihm fast schneller über die Lippen, als er sie weitergeben kann. David nickt und stellt ihm scheinbar überraschte Fragen, um den Jungen glauben zu machen, er übermittelte ihnen völlig neue Fakten.

Ich beobachte die drei, die ein Bild häuslicher Zufriedenheit bieten, und bin ihnen wieder einmal dankbar, dass sie mich an Momenten wie diesem teilhaben lassen.

Rebecca sieht heute sehr schön aus. Sehr schön und sehr, sehr glücklich. Ich weiß, dass alle Eltern glauben, ihre Kinder seien etwas Besonderes, doch ich bin mir sicher, dass Rebecca es selbst nach objektiven Maßstäben tatsächlich ist. Und genauso sicher bin ich mir, dass das nicht nur mütterlicher

Selbstbetrug ist. Mit ihrem dichten, glänzenden dunklen Haar, das ihr glatt bis kurz unter die Schultern fällt, ihren intelligenten dunklen Augen, die so voller Einfühlungsvermögen sind, und ihrem unaufdringlichen Lächeln – dem Lächeln einer Frau, die keine Vorstellung von ihrer eigenen Schönheit hat – hätte sie ein Filmstar sein können, wenn sie es gewollt hätte. Nicht, dass Rebecca je diesen Wunsch gehabt hätte. Für sie wäre ein solches Leben viel zu exhibitionistisch, auffällig und nicht privat genug gewesen.

Alles, was ich mir für meine Tochter je gewünscht habe, war, einen netten Mann kennenzulernen, der ihr ein guter Ehemann und ihren Kindern ein guter Vater sein würde. Ich weiß, dass das heute ein veraltetes Bestreben ist. Deshalb würde es mir nicht einmal im Traum einfallen, es ihr gegenüber zuzugeben. Sie würde es nicht glauben können. Womöglich wäre sie sogar verärgert – und das vielleicht sogar zu Recht.

Und was ist mit einem erfüllenden Beruf, einem netten Freundeskreis und einem eigenständigen Leben außerhalb des Hauses?, würde sie in einem Ton entgegnen, der irgendwo zwischen Frustration und Ungläubigkeit läge, als könnte einzig jemand, der 1950 zur Welt gekommen ist, solchen Gedanken auch nur eine flüchtige Aufmerksamkeit widmen. Und es ist auch gar nicht so, dass ich anderer Meinung bin. Oder jedenfalls nicht ganz. Aber letzten Endes ist es doch so, dass es nicht dein Beruf ist, der dich nachts in die Arme nimmt, dessen warmen Atem du an deinem Nacken spürst oder der dich bis zum Morgen an sich drücken wird.

Außerdem hat Rebecca ohnehin all diese anderen Dinge. Zum Beweis dafür habe ich ein Bücherregal zu Hause stehen, das Ausgaben von jedem Kinderbuch enthält, das meine Tochter illustriert hat. Selbst die ausländischen Ausgaben in Ungarisch, Russisch, Italienisch und zahllosen anderen Sprachen stehen dort, die ich zwar nicht lesen, aber trotzdem entziffern kann, weil ich jedes einzelne dieser Bücher auswendig kann.

Ich sehe, wie Rebecca die Augen schließt und den Kopf zurücklegt, um sich die Sonne ins Gesicht scheinen zu lassen, das von einem Ausdruck der Zufriedenheit geprägt ist. Es gibt Momente wie diesen, in denen ich sie anschaue und sie so glücklich zu sein scheint – so aufrichtig glücklich –, dass ich mich selbst davon überzeugen kann, wie richtig die Entscheidungen waren, die ich traf, bevor sie alt genug war, um sich zu erinnern. Dass ich mich nicht all diese Jahre deswegen hätte quälen müssen, weil es ihr gut geht. Mehr als gut. Und weil sie einfach wunderbar ist.

Diese kurze Atempause von meiner Unsicherheit hält jedoch nie lange an, bevor die quälenden Zweifel mich wieder überfallen. Und dennoch kann ich mir in diesen seltenen Momenten, in denen sich der Nebel der Besorgnis lichtet, einen kurzen Eindruck davon verschaffen, wie es vielleicht gewesen wäre, ein anderes Leben gelebt zu haben. Ein Leben frei von den Schatten einer Vergangenheit, die ich seit so vielen Jahren vergeblich zu vergessen suche.

KAPITEL VIER

BEX

Als ich die Augen öffne, sehe ich, dass Mum mich mit diesem seltsamen Gesichtsausdruck, den sie manchmal hat, anstarrt. Mit diesem Ausdruck, der weder glücklich noch traurig und dennoch irgendwie auch beides ist. »Wehmütig« würde man ihn wahrscheinlich nennen. Aber obwohl ich schon andere Menschen mit einem Ausdruck der Wehmut gesehen habe, kenne ich diesen ganz speziellen nur von Mum. Ich lächle sie an, und sie blinzelt zweimal langsam, als träte sie gerade aus einem dunklen Kino heraus.

Von meinen Freundinnen höre ich oft Bemerkungen, wie froh ich sein könnte, wenn ich die Gene meiner Mutter geerbt hätte. »Sie sieht so jung aus und ist immer so tadellos gekleidet und gepflegt«, sagen sie. Ganz objektiv betrachtet, sehe ich das auch. Ich kann mich nicht erinnern, wann ich Mum das letzte Mal ohne perfektes Make-up oder ebenso perfekt geföhntes Haar gesehen habe. Ihr beim Schminken zuzusehen war stets eine meiner ersten Aufgaben des Tages, als ich noch ein Kind war. »Man geht niemals ohne Make-up an die Tür, Rebecca«, pflegte sie mir mit der ganzen Klugheit kritischer Lebensphilosophie zu sagen. Aber hinter der gepflegten Attraktivität ihrer Erscheinung und ihrem beruhigenden Lächeln habe ich immer noch etwas anderes in Mums Gesicht gesehen: Müdigkeit und Überdruss. Ein hintergründiges Unbehagen in ihren Augen, das mehr zu sein scheint als das Ergebnis ihrer sehr schlechten langjährigen Beziehung mit dem Schlaf.

»Omi? Ich komm nicht weiter. Kannst du mir helfen?«

Die zarte Haut zwischen Jacobs Augenbrauen kräuselt sich vor Konzentration, als er mit dem Modellbau-Bienenstock herumhantiert, den Mum ihm heute Nachmittag gekauft hat. *Omi.* Trotz des jahrelangen Gebrauchs bringt mich dieser Name immer noch zum Lächeln. Als Jacob geboren wurde, fragten wir Mum, wie sie von ihm genannt werden wollte, und sie entschied sich für »Oma«. Es war der Kosename, den sie ihrer eigenen Lieblingsgroßmutter gegeben hatte, und ich glaube, sie hoffte, dass die Geschichte sich vielleicht wiederholen würde, wenn auch sie ihn annahm. Aber als die Laute, die der kleine Jacob von sich gab, nach und nach zu Worten wurden, war es nicht »Oma«, was dabei herauskam, sondern »Omi«. Irgendwann gaben wir die Versuche auf, ihn zu berichtigen, und spätestens von diesem Tag an wurde Mum zu »Omi«.

Ich beobachte die beiden, als sie verschwörerisch die Köpfe zusammenstecken und Mum versucht, die Nachbildung eines Honigrähmchens aus Pappkarton in einen Schlitz des etwas zu kleinen Bienenstocks zu stecken, und wieder verspüre ich die vertraute Mischung aus Empfindungen wie Nostalgie, Dankbarkeit und Erleichterung, die mich so oft erfasst, wenn ich die beiden zusammen sehe. Das Gefühl, dass Jacobs Gegenwart auf wundersame Weise einige der früheren Konflikte in meiner Beziehung zu Mum ausgeräumt hat. Einige, doch längst nicht alle. Im Laufe der Jahre habe ich mich schließlich damit abgefunden, dass unsere Beziehung nie ganz ohne Unstimmigkeiten sein wird. Aber es ist fast so, als hätte meine eigene Mutterschaft die Gereiztheit, Ungeduld und Undankbarkeit der Tochter ein wenig abgeschwächt. Ich habe es sofort gemerkt, schon von dem Moment an, als Mum uns im Krankenhaus besuchte und ich ihr Jacob in die Arme legte. Dieses paradoxe Gefühl, sowohl unbestreitbar getrennt von ihr zu sein – als

Erwachsene und nun auch Mutter – und dennoch untrennbar mit ihr verbunden durch den Fortbestand der Generationen.

»Wird es gehen, Omi? Kannst du es zusammensetzen?«

Die unterschwellige Enttäuschung, die in Jacobs Stimme schon zu hören war, scheint Mums Entschlossenheit zu beflügeln, es doch zu schaffen. Als sie das letzte Teil an seinem Platz anbringt und Jacob den fertigen Bienenstock übergibt, tut sie es mit einem Ausdruck von solch strahlender Zufriedenheit, dass er die Zeit zurückzudrehen scheint, bis es nicht mehr Jacob ist, der neben ihr sitzt, sondern ich. Geborgen in der sicheren Gewissheit, dass Mum imstande ist, die Leine meines Spielzeughundes zu entwirren, das fehlende Teilchen eines Puzzles zu finden oder meine Tränen zu trocknen und mich zum Lachen zu bringen, wenn ich einen schlechten Tag in der Schule hatte. Und überhaupt wieder alles in Ordnung zu bringen, als so viel so schrecklich schiefgegangen war.

»Ich denke, es ist Zeit für einen Dämmerschoppen, nicht? Was darf ich Ihnen bringen, meine Damen? Gin Tonic? Ein Glas Weißwein? Was hättest du gern, Judith?«

KAPITEL FÜNF

JUDITH

David beugt sich über den Tisch und drückt mir mit solch unbefangener, selbstverständlicher Zuneigung den Oberarm, dass ich ihm selbst nach all diesen Jahren noch immer dankbar dafür bin. Und obwohl es für mich eigentlich noch viel zu früh ist für alkoholische Getränke, will ich jedoch nicht unhöflich erscheinen und nicke David lächelnd zu.

»Das wäre wunderbar. Was immer du auch hast.«

Nun wendet er sich Rebecca zu und zieht fragend eine Augenbraue hoch, worauf sie die Augen verdreht und lächelt, als hätten sie dieses Gespräch bereits geführt, als ich nicht darauf geachtet habe. Als David aufsteht, um in die Küche zu gehen, dreht er sich noch einmal zu ihr um und küsst sie so, dass ich mich frage, ob es in meinem Leben je einen Moment gegeben hat, in dem ich so von einem Mann geküsst worden bin, oder ob ich einfach nur die Zeit vergessen habe, als sie es noch taten.

Ich wende diskret den Blick ab und hefte ihn auf die Japanische Kastanie in ihrem Kübel, deren Laub sich gerade erst zu röten beginnt, bis ich David auf die Küche zugehen höre. Es dauert kaum eine Minute, bis er wieder zurückkommt, eine Flasche Champagner in der einen Hand, drei Sektflöten in der anderen. Zwischen ihnen balanciert er ein gefährlich schwankendes Glas Limonade. Dabei grinst er wie ein ungezogener Schuljunge, der die Folgen tragen wird, was immer sie auch sein mögen.

»David! Bei diesem Tempo werden wir es nicht mal zu der Party schaffen!«

Rebecca wirft mir einen Blick zu und schüttelt den Kopf, aber ich kann die Lachfältchen um ihre Augen sehen.

»Die Champagnerflasche kam mir nur sehr einsam vor so ganz allein im Kühlschrank. Und es ist ja auch nicht so, als würde ich noch mal vierzig werden, nicht?«

Zur Feier des Tages lässt er laut den Korken knallen, und in dem Moment erinnere ich mich an die Neuigkeiten, die Jacob uns noch zu erzählen hat.

»Ist da nicht noch etwas, was du Mum und Dad erzählen wolltest, Jacob?«

Der Junge zögert einen Moment, bevor er sich zu erinnern scheint und sein Gesicht zu strahlen beginnt wie ein von der Sonne beschienener See.

»Wisst ihr, was?«

David reicht mir ein Glas Champagner, und ich trinke ein Schlückchen, das auf meiner Zunge perlt und meinen Gaumen kitzelt, was mich immer an die gefüllten Brötchen in Enid Blytons *Zauberwald*-Büchern erinnert, die ich Rebecca, als sie noch ein Kind war, so oft vorgelesen habe.

»Was?«

»Miss Henshall hat gesagt, dass ich in der Weihnachtsaufführung der Schule die Hauptrolle bekommen werde.«

Er lächelt ein bisschen verlegen, als hätte er sich selbst noch nicht ganz an die Neuigkeit gewöhnt.

»Oh, Jakey, das ist ja wunderbar! Komm her und lass dich umarmen.«

Jacob rutscht von seinem Stuhl und geht um den Tisch herum in Davids ausgestreckte Arme.

»Das sind ja großartige Neuigkeiten, Schatz. Wie heißt das Stück denn? Und welche Rolle wirst du darin spielen?« Rebecca küsst Jacob aufs Haar und nimmt ihn auf den Schoß.

»Wir spielen *Hans und die Bohnenstange*, und ich werde der

Hans sein. Miss Henshall sagt, sie hätte sich für mich entschieden, weil ich letztes Jahr ein so gutes Zeugnis hatte und mich wirklich angestrengt habe, seit wir aus den Sommerferien zurückgekommen sind. Sie sagte, ich müsste aber jede Menge Text lernen und ihn total gut üben, um an dem Tag nichts Falsches zu sagen.«

Rebecca und David wenden sich einander zu und lächeln mit einem Gesichtsausdruck, der zu besagen scheint: *Wir haben wirklich Glück, nicht wahr?*, als gäben sie einander lautlos das Versprechen, Momente wie diese niemals zu vergessen. Ein Teil von mir ist versucht, sie zu unterbrechen und ihnen den Rat zu geben: *Schreibt es auf! Haltet jeden einzelnen Moment fest, weil sie so schnell vorübergehen und ihr so viel vergessen werdet, dass euch eines Tages nur noch ein liebevolles Bewusstsein dafür bleiben wird, wie viel es ist, was ihr vergessen habt.*

Aber natürlich sage ich nichts. Andere Eltern warnen einen immer, aber man hört nicht zu oder jedenfalls nicht wirklich. Ich glaube, dass kein Elternteil wirklich versteht, dass die Kindheit mit Lichtgeschwindigkeit vergeht, bis es zu spät ist. Erst wenn man seine eigene Tochter ansieht, die heute eine Erwachsene mit einer Familie, einem Zuhause und einem eigenen Beruf ist, erlebt man diesen Moment der Verwirrung darüber, wo die letzten vierzig Jahre geblieben sind. Diese flüchtige Panik über das Verschwinden der Vergangenheit, jene fernen Tage, Wochen und Monate, an die man sich nicht mehr detailliert genug erinnern kann, um sie real zu machen.

»Mach dir deswegen keine Sorgen, Jakey. Ich muss ständig Vorträge halten und kann dir alle möglichen Tricks beibringen, um deinen Text zu behalten. Wir werden ihn zusammen üben, und du wirst ganz toll sein auf der Bühne! Und weißt du, was? Diese Neuigkeit ist das beste Geburtstagsgeschenk, das ich je bekommen habe. Ehrlich. Das allerbeste.«

Als David seinem Sohn mit der Hand durch das Haar fährt, das seinem eigenen so ähnlich ist, schlucke ich einen großen Mundvoll Champagner hinunter, um den Kloß, der mir in die Kehle gestiegen ist, loszuwerden und stattdessen wieder diese vertraute, bittersüße Mischung aus Dankbarkeit, Enttäuschung, Schuldbewusstsein und Reue zu schmecken. Dankbarkeit, weil Jacob einen so guten Vater hat, und alles andere des Umstands wegen, dass ein solcher Vater Rebecca von einem so zarten Alter an versagt geblieben war.

»Gut. Um welche Zeit müssen wir auf der Party sein, Bex? Musst du dich nicht langsam fertig machen?«

Bevor Rebecca etwas erwidern kann oder ich auch nur merke, dass ich es laut sagen werde, ehe ich eine Chance bekomme, die Stimme in meinem Kopf, die mich zum Reden drängt, zum Schweigen zu bringen, purzeln die Worte auch schon aus meinem Mund heraus. Seit Rebeccas Einladung vor über einem Monat habe ich mir darüber den Kopf zerbrochen.

»Ich finde wirklich, dass ich heute Abend nicht mitkommen sollte. Es war sehr nett von euch, mich einzuladen, und es wird auch sicher eine reizende Party, doch ich glaube nicht, dass ich mich dort wohlfühlen würde. Ich wäre die Älteste, und wenn ich ehrlich sein soll, bliebe ich wirklich viel lieber zu Hause.«

Als die Worte heraus sind, wird mir leichter ums Herz, und ich kann mir endlich eingestehen, wie sehr es mich gedrängt hatte, sie auszusprechen.

Aber dann werfe ich Rebecca einen Blick zu, bevor sie ihr Mienenspiel beherrschen kann, und sehe die Verärgerung, die über ihr Gesicht huscht, als hätte ihr ganzes Ich einen tief empfundenen, frustrierten Seufzer ausgestoßen. Und sofort wünschte ich wieder, dass ich doch besser den Mund gehalten hätte.

KAPITEL SECHS

BEX

Ich versuche, mir eine Antwort einfallen zu lassen, einen Ton zu finden, der meine Gefühle nicht verraten wird, als David einen Arm über den Gartentisch ausstreckt und Mums Hand in seine nimmt.

»Sei nicht albern, Judith. Natürlich kommst du mit. Es wird ein lustiger Abend werden, glaub mir.«

Mums Blick huscht von David zu mir und wieder zurück, und ich bete innerlich, dass sie es dabei belässt und dies kein weiterer dieser Momente wird, die sie und mich vorübergehend auf verschiedene Inseln versetzen, wo wir uns nur über den Ozean hinweg zublinzeln können.

»Ich glaube nur, dass ich mir ein bisschen komisch vorkäme, weil ich ja auch so gut wie niemanden dort kennen würde.«

Jetzt schaut Mum mich an, und ich bin mir nicht sicher, ob es Beruhigung oder Zustimmung ist, was sie von mir will.

Ein Teil von mir sagt: *Na schön, dann komm eben nicht mit*, aber ich weiß, dass das der Teil von mir ist, dessen Geduld reichlich überstrapaziert worden ist in all den Jahren, in denen ich Mum immer wieder mit Engelszungen überreden musste, irgendetwas zu tun, was von ihrer ruhigen, alltäglichen Routine abweicht.

»Du wirst dort mindestens die Hälfte der Leute kennen, Mum. Vielen von ihnen bist du auf Jacobs Geburtstagspartys oder auf Schulveranstaltungen begegnet. Glaub mir, es wird sicher nett, Mum.«

Die Entschiedenheit in meinem Ton ist die gleiche, die Jacob von mir zu hören bekommt, wenn er um eine zweite Portion Eiscreme bittet, obwohl er seine eigentliche Mahlzeit nicht mal aufgegessen hat.

Mum öffnet den Mund, und ich kann spüren, wie es sie drängt zu widersprechen. Aber dann schließt sie ihn wieder, und für einen Augenblick breitet sich Stille aus. Eine Stille, die all die Dinge beinhaltet, die besser ungesagt bleiben sollten, wie wir beide wissen.

»Wahrscheinlich hast du recht. Das war dumm von mir. Es wird sicher eine schöne Party, ganz bestimmt.«

Die Antwort kommt so automatisch, als läse Mum sie mehr schlecht als recht von einem Skript ab, das ich für sie vorbereitet habe. Gereiztheit packt mich, und meine Nerven flattern wie ein ungeduldiger Vogel, der verzweifelt einen Fluchtweg sucht. Aber ich weiß, dass ich mich beherrschen muss, bis das Gefühl vorübergeht.

»Warum darf ich nicht mit zu der Party? Ethan wird auch dort sein, da müsste ich doch mitkommen dürfen?«

Jacobs unglücklicher Ton lässt die Anspannung weichen, und ich nehme ihn ganz fest in die Arme, als versuchte ich, uns beide vor der Möglichkeit zu beschützen, dass er eines Tages vielleicht all das über mich denkt, was ich gerade über meine Mutter gedacht habe.

»Ethan wird nicht dabei sein, kleiner Mann. Er wird in seinem Bett liegen und schlafen, genau wie du. Diese Party ist wirklich nur für Erwachsene, Jakey.«

Jacob schiebt die Unterlippe vor und scheint sich, wenn auch nur widerstrebend, mit seiner Niederlage abzufinden. Als ich aufblicke, sehe ich, dass Mum uns beobachtet. Ihre nervöse Miene von vorhin ist einem schon fast beglückten Lächeln gewichen, das mich erröten lässt, auch wenn ich mir nicht sicher bin, ob aus Verlegenheit oder Schuldbewusstsein.

Doch es bringt mich wieder einmal dazu, mir zu schwören, in Zukunft geduldiger mit ihr zu sein. Es ist ein Schwur, den ich brechen werde, wie ich weiß. Deshalb muss ich ihn ab und zu erneuern, um mir in Erinnerung zu rufen, dass ich unmöglich nachvollziehen kann, wie sie sich fühlt. Unzählige Male habe ich versucht, mir vorzustellen, was ich tun oder wie ich reagieren würde, wenn Davids Auto in einer Winternacht mit einem Baum zusammenstieße und er nie wieder nach Hause käme. Doch der Gedanke daran ist so unerträglich schmerzhaft, dass ich meinen Verstand davor verschließen muss. Und dann erinnere ich mich auch wieder, dass ich Mum unmöglich für die Art und Weise verurteilen kann, wie sie in den vergangenen dreiunddreißig Jahren ihr Leben geführt hat.

Aber das hindert mich nicht daran, mir manchmal doch zu wünschen, dass die Dinge anders wären. Nicht nur für mich und meine eigene kleine Familie, sondern auch für Mum. Wie oft habe ich mir gewünscht, sie hätte sich nicht von allem und jedem außer mir zurückgezogen. Oder sie hätte sich nicht in ihrem Kummer vergraben, als hätte Dads Tod ihr jede Möglichkeit genommen, je wieder glücklich zu sein. Seit Langem wünsche ich mir, sie hätte jemanden gefunden – einen Freund, Liebhaber oder auch einen neuen Ehemann –, um die Leere zu füllen, die Dad in ihrem Leben hinterlassen hat. Diese schmerzliche Leere, die ich erfolglos zu füllen versucht habe, seit ich im gleichen Alter war wie Jacob jetzt.

Früher hielt ich es für normal, mit Mum in diesem einsamen kleinen Kokon für zwei zu leben, da Kinder ja fast immer glauben, ihre Familie sei genauso wie die aller anderen … bis irgendetwas ihnen unwiderruflich vor Augen führt, dass dem keineswegs so ist. Ich muss etwa acht oder neun gewesen sein, bevor mir langsam bewusst zu werden begann, dass die Mütter der anderen Kinder Freundinnen hatten, berufstätig waren oder mit anderen Müttern am Schultor plauderten, während meine Mum immer wie eine einsame Gestalt auf einem überfüllten Spielplatz etwas abseits stand. Und irgendwann fing ich an, mich zu fragen, ob der Grund dafür, dass ich nur ein einziges Mal von einer Schulfreundin zum Tee eingeladen worden war, vielleicht der Umstand war, dass wir niemals eine Einladung erwiderten.

Ich erinnere mich, dass ich in meinen Teenagerjahren Mum ermutigte, ortsansässigen Gruppen oder Vereinen beizutreten, sich Freunde zu suchen und das Leben wieder zu bejahen. Wahrscheinlich war das zu der Zeit, in der ich selbst Universitäten besichtigte und zu entscheiden versuchte, ob ich unbedingt von zu Hause wegwollte oder Angst davor hatte. Es seien schon über zehn Jahre seit Dads Tod vergangen, beschwor ich Mum. Werde es da nicht langsam Zeit, die Vergangenheit hinter sich zu lassen und sich mit der Zukunft zu befassen? Rückblickend vermute ich, dass meine Beweggründe zumindest teilweise selbstsüchtige gewesen waren: Es hatte wiederholt Nächte gegeben, in denen ich bis in die frühen Morgenstunden wach gelegen und mir Sorgen darüber gemacht hatte, wie in aller Welt Mum ohne mich zurechtkommen sollte. Aber sie beharrte darauf, dass es ihr gut ging und auch weiter gut gehen würde – und dass Vereine nicht ihr Ding waren. Ich erinnere mich noch, gedacht zu haben: *Und Freundinnen sind es wohl auch nicht?* Aber ich verkniff mir die Frage, um Mum nicht aufzuregen.

Zwanzig Jahre später bin ich mir immer noch nicht sicher, ob ich ihretwegen oder meinetwegen wünschte, es gäbe mehr in ihrem Leben als nur mich, David und Jacob. Und dann naht ein weiterer Jahrestag – Dads Geburtstag, sein und Mums Hochzeitstag, sein Todestag –, alles Zeitpunkte, die sie während meiner Schulzeit tagelang ganz furchtbar deprimierten und die immer noch die Macht besitzen, sie in Verzweiflung zu stürzen. Dann wird mir gleich wieder bewusst, dass es mir nicht zusteht, ihr eine Frist für ihren Kummer vorzuschreiben. Aber ich bewahre all diese Daten nach wie vor in meinem Kalender auf, elektronische Ermahnungen, die so eingestellt sind, dass sie eine Woche vorher erscheinen, als Warnungen für mich gewissermaßen, ein kleines bisschen geduldiger als sonst mit ihr zu sein.

»Bex, es ist fast sechs. Soll ich schon mal mit Jacobs Abendessen anfangen?«

Meine Aufmerksamkeit wendet sich wieder dem Garten zu, doch bevor ich Gelegenheit bekomme, etwas zu erwidern, schiebt Mum schon ihren Sessel zurück und erhebt sich.

»Ich erledige das schon, David. Genießt ihr zwei den letzten Sonnenschein. Komm, Jacob. Was meinst du – soll ich dir die leckeren Käse-Makkaroni machen?«

Jacob springt in freudigem Einverständnis auf, und als er Mums Hand ergreift und sie auf die Küche zugehen, dreht sie sich zu mir um und lächelt mit einem Gesichtsausdruck, der mir ebenso vertraut ist wie irgendeiner meiner eigenen.

Ich erwidere das Lächeln mit einem Blick, von dem ich hoffe, dass er nicht nur »Danke«, sondern auch »Tut mir leid« ausdrückt.

KAPITEL SIEBEN

BEX

Ausgerechnet *Common People* von Pulp plärrt aus den Lautsprechern, was eine etwas paradoxe Musikwahl ist, wenn man bedenkt, dass ich in einem der drei Empfangsräume von Melissas und Seth' eindrucksvollem Haus in Highgate stehe. Es stammt aus dem achtzehnten Jahrhundert und erhält fast jede Woche Anfragen, ob es als Location für Film-, Fernseh- oder Modeaufnahmen gemietet werden kann.

Kellner in blendend weißen Hemden und sorgfältig gebügelten dunkelgrauen Hosen reichen Champagner, Cocktails und Kanapees herum. Etwa hundert Gäste stehen in Grüppchen zusammen, aber auch viele von ihnen strömen in den gepflegten, von Windlichtern erhellten Garten hinaus, die gerade genug Licht abgeben, um die Bäume im dahinterliegenden Hampstead Heath erahnen zu lassen. In der anderen Ecke des Raumes hält David Hof für Abi und Josh, Laura und Nick und einige andere Eltern von Jacobs Mitschülern. Im Rest des Raumes verstreut sind Freunde von der Uni, aus lange zurückliegenden Jobs und aus der Werbeagentur, die David führt.

Würde man diesen Moment in einem Bild festhalten, wäre es eine perfekte Darstellung eines durch die im Laufe der Jahre gewonnenen Freunde erzählten Lebens.

Melissa, die neben mir sitzt, behält den Raum im Auge, um sicherzugehen, dass alles genau nach dem Plan verläuft, den sie und ich in den letzten sechs Wochen geschmiedet haben.

»Ich kann dir gar nicht genug für all das danken, Melissa. Ich hatte von Anfang an schon das Gefühl, dass du bei der Beköstiggung keine Mühen scheuen würdest, aber das hier ... das ist schier unglaublich! Und der Garten sieht fantastisch aus. Zauberhaft. Vielen, vielen Dank!«

Melissa winkt ab, als wäre diese grenzenlose Großzügigkeit kaum erwähnenswert. »Sei nicht albern. Du weißt, wie gern ich Partys gebe. Und da David stets das Herzstück jeder Party ist, ist er der ideale Ehrengast. Eigentlich müsste ich mich bei ihm bedanken, weil er so nett war, vierzig zu werden, als mir gerade die Vorwände für eine weitere Party ausgingen.«

Ihrer Stimme haftet der gewohnte schelmische Tonfall an.

Wie immer klingt eine verspielte Note in Melissas Stimme mit, deren New Yorker Akzent längst nicht mehr so ausgeprägt ist, da sie nun schon seit acht Jahren in London lebt.

»Ich werde ihn wissen lassen, dass er dir einen Gefallen getan hat. Aber Spaß beiseite, Melissa, es ist wirklich alles ganz fantastisch. Vielen, vielen Dank dafür.«

Ich lege einen Arm um ihre schmalen Schultern, als Pulp durch Amy Winehouse und ihr *Back to Black* ersetzt wird, das mich in Sekundenschnelle zu dem Moment zurückversetzt, in dem Melissa und ich uns zum ersten Mal begegnet waren.

Auch an jenem Samstagmorgen erklang Amy Winehouse' Stimme aus dem Radio des Feinkostladens, in dem wir uns kennenlernten, nachdem David und ich etwa zwölf Stunden zuvor in unserem neuen Zuhause eingezogen waren. Natürlich waren wir an diesem Abend viel zu lange aufgeblieben, hatten Prosecco getrunken und waren wie Kinder die Treppen hinauf- und hinuntergelaufen, weil wir beide fast nicht glauben konnten, dass wir nach Jahren des Lebens in einer Wohnung nun endlich ein ganzes Haus für uns hatten, ein komplettes, dreistöckiges Haus – ganz allein für uns!

Wahrscheinlich war es eine Kombination aus häuslichem Chaos und einem kleinen Kater, was mich so ungewöhnlich vergesslich gemacht hatte. Aber als die Verkäuferin in dem Feinkostgeschäft meine letzten Einkäufe in einer großen braunen Papiertüte verstaute – das Brot und den frisch gepressten Orangensaft, den Frühstücksspeck und die Tomaten, das Schokoladenbrötchen für mich und das Mandel-Croissant für David – und ich in meine Jeanstasche nach dem Zwanziger griff, den ich zu Hause eingesteckt hatte, musste ich feststellen, dass er nicht da war.

Ein paar Sekunden kramte ich in meinen Hosentaschen und durchsuchte auch noch alle anderen Taschen, als müsste das Geld erscheinen, wenn ich es nur gründlich genug suchte. Ich konnte die Hitze spüren, die mir in die Wangen stieg, als ich der jungen Frau hinter der Theke sagen musste, dass ich anscheinend kein Bargeld bei mir hatte. Ob sie die Tüte nicht einen Moment für mich aufbewahren könne, fragte ich sie; ich würde schnell nach Hause laufen, um das Geld zu holen, das ich an der Eingangstür vergessen haben musste. Sie verdrehte die Augen, als gehörte so etwas in Highgate nicht zum guten Ton. Ich ertappte mich dabei, wie ich nervös drauflosschnatterte, dass wir erst am Tag zuvor unser neues Haus bezogen hatten, weswegen alles noch ein bisschen durcheinander sei, und dass ich nur zehn Minuten weit entfernt wohne, als könnte ein Übermaß an Einzelheiten dem Ganzen vielleicht die Peinlichkeit nehmen.

Und das war der Moment, in dem ich hinter mir eine Stimme mit einem leichten amerikanischen Akzent vernahm. »Lassen Sie mich das regeln. Sie wollen doch bestimmt nicht hin- und herlaufen, wenn Sie ein neues Zuhause einzurichten haben.«

Als ich mich umdrehte, sah ich, dass die Stimme einer Frau gehörte, die ungefähr im gleichen Alter war wie ich. Sie trug eine Laufweste und eine dreiviertellange Leggings, und obwohl ihr Gesicht vor Anstrengung gerötet war, war es so perfekt geschminkt, als wäre sie auf dem Weg zu einer Party. Anfangs zögerte ich noch, ihr Angebot anzunehmen, worauf sie es wiederholte. Schon waren wir mitten in einem dieser peinlichen verbalen Tänze, von denen man wünscht, sie hätten nie begonnen, und nun, da es so war, am liebsten die Musik abschalten würde.

Irgendwann drückte sie der Verkäuferin einen Zwanzigpfundschein in die Hand, sagte ihr, sie solle auch die Flasche Mineralwasser berechnen, die sie aus dem Regal genommen hatte, und reichte mir die Tüte Lebensmittel.

Als wir auf die High Street hinaustraten, die bis auf ein paar Frühaufsteher, die mit ihren Hunden Gassi gingen, und eine Handvoll Jogger auf dem Weg zum Heath noch still und leer war, bedankte ich mich erneut bei ihr. Als ich wiederholte, wie peinlich mir das alles sei, winkte sie nur ab. Sie erzählte mir, dass sie tagelang keine saubere Hose hatte finden können, von ihrem Portemonnaie ganz zu schweigen, als sie und ihr Mann vor einem Monat hierher umgezogen waren. Wir lachten beide, und als ich fragte, woher sie kamen, erwiderte sie: »New York.« Sie fügte hinzu, dass die Bank, bei der sie arbeitete, ihr eine unglaubliche Chance geboten hatte und dass ihr Mann Computerspiele entwickelte und daher so ziemlich überall arbeiten konnte.

Und dann schlug sie aus heiterem Himmel, als wäre es das Natürlichste der Welt, vor, unsere Telefonnummern auszutauschen, und meinte, vielleicht käme ich mit meinem Mann ja gern einmal zum Lunch oder Dinner zu ihnen. Im ersten Moment war ich schockiert und dachte, wie *un*englisch es war, dass jemand versuchte, sich um acht Uhr an einem Samstagmorgen vor einem Nord-Londoner Feinkostgeschäft mit jemandem anzufreunden. Aber dann erinnerte ich mich daran, wie ich mich vor fünfundzwanzig Jahren gefühlt hatte, als ich mit sechs Jahren auf eine neue Schule gewechselt war, die Hunderte von Kilometern entfernt von meiner alten lag. Ich hatte mir verzweifelt gewünscht, dass dort irgendjemand – wer auch immer – ein bisschen nett zu mir sein möge. Und als ich zusah, wie Melissa meine Nummer in ihr Handy eingab, ließ irgendetwas an ihrer Art, an der Leichtigkeit des Umgangs mit ihr, einen kleinen Hoffnungsschimmer in mir erwachen, dass ich vielleicht doch noch eine Freundin finden könnte, die zu mir passte. Und das nach Jahren, in denen ich mir angesichts der Freundschaften anderer Menschen wie ein Schaufenstergucker vorgekommen war.

Und nun sehe ich Melissa dabei zu, wie sie ein paar Kellner zu den Gästen im Garten schickt, und denke daran, wie viel sie und ich in den letzten acht Jahren zusammen durchgestanden haben: Schwangerschaft, Geburt, die strapaziösen ersten Monate der Mutterschaft … Wie wir uns ein Kindermädchen teilten, als die Jungen ein Jahr alt waren und wir beide wieder zu arbeiten begannen. Wie wir einander über den schwindelerregenden Balanceakt von Arbeit und Familie hinweghalfen und irgendwo in dieser stressigen Mischung auch noch die Zeit fanden, aktive Freundinnen zu sein statt nur zwei Frauen, die Klagen über die Belastungen unseres privilegierten Lebens austauschten.

Als Melissa sich zwei Mojitos vom Tablett eines vorübergehenden Kellners schnappt, mir einen gibt und lächelnd mit mir anstößt, frage ich mich, ob ich wohl je die Alchemie verstehen werde, die uns beide zu Freundinnen machte. Denn schließlich hatte ich bis zu jenem Tag als Außenstehende gelebt und Mädchen, dann Teenager und Frauen immer nur beobachtet, die nahtlos zu Gemeinschaften zusammenwuchsen, während ich mich stets fragte, ob *sie* sich von mir abkapselten oder ob ich selbst es tat.

Ich blicke mich im Zimmer um und sehe Mum mit Marnie und Daniel plaudern, den Eltern eines weiteren von Jacobs Schulfreunden, denen Mum schon mindestens ein Dutzend Mal begegnet sein muss. Ich ertappe mich bei einem Seufzer der Erleichterung, weil sie nicht allein dasitzt.

KAPITEL ACHT

JUDITH

»Sie stimmen mir doch zu, Judy?«

Mir sträuben sich die Nackenhaare bei der Erinnerung an diesen Namen, und ich atme langsam aus und hoffe, mit dem Atem aus meiner Lunge auch die Erinnerungen wieder ausstoßen zu können.

»Ich heiße Judith.«

»Entschuldigen Sie, Judith. Aber Sie sind doch meiner Meinung, oder?«

Ich nicke zerstreut und frage mich, was ich da wohl gerade bekräftigt haben mag. Aber er scheint ja auch so furchtbar lange gesprochen zu haben – oder vielleicht kommt es mir auch nur so vor –, dass meine Aufmerksamkeit zu den Gesprächen anderer Gäste abgeschweift war. Ich frage mich nur, worüber alle sich so angeregt unterhalten können, bevor ich mich wieder Daniel zuwende und sehe, dass er genauso aufgekratzt wirkt wie die anderen und wir daher vermutlich auch so aussehen, als führten wir ein hochinteressantes Gespräch.

»Ich meine, ich will mal ehrlich sein. Es wäre uns doch wirklich lieber, wenn wir keine Gebühren für Privatschulen berappen müssten, nicht wahr, Marnie?«

Seine Frau tut seine Bemerkung mit einer hochgezogenen Augenbraue und einem gleichgültigen Schulterzucken ab. Aber Daniel hat die Geste entweder missverstanden oder ignoriert sie schlicht und einfach.

»Man kann jedoch natürlich nicht bestreiten, dass die Kids ein besseres Rundumpaket bekommen, wenn sie eine Privatschule besuchen. Ich meine, die Möglichkeiten an dieser Schule sind hervorragend. Und letzten Endes wollen wir doch alle nur das Beste für unsere Kinder, nicht?«

Seine Stimme wird gegen Ende lauter, sodass ich mir nicht sicher bin, ob er mir eine Frage stellt oder einfach nur eine zustimmende Antwort von mir will.

»Es ist eine wunderbare Schule. Jacob fühlt sich dort sehr wohl.«

Ich nehme an, dass es die richtige Antwort war, da Daniel lächelt und dann geräuschvoll sein Glas leert, wobei ein Zweiglein Minze seinem rechten Nasenloch gefährlich nahe kommt.

Ich tue so, als hantierte ich an meinem Uhrarmband herum, um davon abzulenken, dass ich in Wirklichkeit nur nachsehe, wie spät es ist.

Fünf vor zehn. Die Hälfte des Abends habe ich hinter mir, es sei denn, die Party dauert länger als geplant.

Als Marnie und Daniel eine anscheinend schon oft geführte Debatte über Investitionen in öffentliche Dienstleistungsbetriebe beginnen, blicke ich zu Rebecca hinüber, die bei Melissa steht und über irgendetwas lacht, was eine der beiden gesagt oder getan hat. Meine Tochter so fröhlich lachen zu sehen erinnert mich an all die Jahre, in denen ich mich um sie gesorgt habe, an all die Nächte, in denen ich aus Besorgnis über ihren Mangel an Freundschaften wach gelegen habe, weil ich befürchtete, dass sie in dieser Hinsicht in meine Fußstapfen treten könnte. Nicht als Ergebnis ihrer Erbanlagen, DNA oder anderer Unabwendbarkeiten, sondern einfach nur aufgrund des Beispiels, das ich selbst ihr gebe. Manchmal gelingt es mir fast, mich davon zu überzeugen, dass ich getan habe, was ich konnte, um mich zu ändern und die Vergangenheit abzustreifen wie eine Schlange ihre Haut. Aber tief in meinem Inneren weiß ich, dass ich mir nur etwas vormache. Ich habe meinen Kummer jetzt schon so lange mit mir herumgeschleppt, dass ich mir nicht mehr sicher bin, ob er wie ein Schneckenhaus ist, das mich vor mir selbst beschützt, oder ob ich von einem Rucksack von Erinnerungen beschwert bin, den ich mir bereitwillig jeden Morgen auf den Rücken wuchte.

Ich denke über Daniels Worte von vorhin nach und muss ihm recht geben: Natürlich wollen die meisten Eltern nur das Beste für ihre Kinder. Doch manchmal liegt die Herausforderung nicht nur darin, ihnen das Beste zu geben, sondern auch darin herauszufinden, was das Beste für sie ist. Oder darin, seinem Kind ein eigenes Leben zu gestalten und es auf seine eigene Reise zu schicken, weil das Allerletzte, was man sich für sie wünscht, ist, dass sie einem auf dem eigenen qualvoll ausgetretenen Pfad nachfolgen.

Eine laut schlagende Uhr hinter mir bringt mein Herz zum Rasen. Eine Welle der Übelkeit steigt in meiner Kehle auf. Mir ist bewusst, dass mein Arm vorschnellt, um nach der Rückenlehne eines Sessels zu greifen, als merkte er noch vor meinem Gehirn, dass ich Gefahr laufe zu fallen.

Die Uhr schlägt unbarmherzig weiter, und plötzlich bin ich wieder in jener Nacht damals, und alles geschieht noch einmal von vorn.

»Was ist mit Ihnen, Judith? Sie sind ja fast zu Tode erschrocken. Und Sie sind auch kreidebleich. Geht es Ihnen nicht gut?«

Marnies Worte sind gedämpft, verzerrt, als spräche sie durch einen Tümpel Wasser zu mir. Bilder jener Nacht flackern hinter meinen Augenlidern auf, und das Einzige, was ich denken kann, ist: *Nicht jetzt. Bitte! Nicht hier und nicht jetzt.*

Ich verdrehe den Kopf und hefte meinen Blick auf Rebecca. Ich konzentriere mich auf sie, auf diesen Raum, diese Zeit und diesen Ort, und klammere mich in einem verzweifelten Versuch, die Vergangenheit aus meiner Sicht zu verdrängen, an das Hier und Jetzt.

Du bist hier, sage ich mir. *Du bist hier, und es geht dir gut.* Die Worte wiederholen sich wie ein Mantra, als müsste ich sie mir nur oft genug im Stillen vorsagen, um sie irgendwann zu glauben.

Ich schaue zu Rebecca hinüber, die lächelt, lacht und glücklich wirkt, und nach und nach lässt das Hämmern meines Herzens gegen meine Rippen nach, und in meine Lunge kehrt der Sauerstoff zurück.

Ich wende mich wieder Marnies verwirrt-besorgter Miene zu und suche in mir nach einem Lächeln. Ich finde eines, das nur sehr dürftig ist, wie ich vermute. Aber es muss für den Moment genügen.

»Doch, doch, es geht mir gut. Ich bin nur über die Uhr erschrocken, weiter nichts.«

KAPITEL NEUN

BEX

Davids Stimme erschallt unter den Straßenlaternen. Er schmettert den Text von *Wonderwall* mit der Leidenschaftlichkeit eines Auftritts vor Tausenden begeisterter Fans im Wembley Stadion statt nur vor Mum und mir in die Nacht hinaus. Wir gehen langsam an der Highgater High Street entlang nach Hause.

»Pst, David! Du weckst halb London auf.«

Er hält inne, hört auf zu singen und wendet sich mir langsam zu. Sein Kopf pendelt dabei leicht vor und zurück, als brächte ihn sein von Alkohol benebeltes Hirn zum Schwanken wie ein Boot.

»Aber ich dachte, du magst es, wenn ich singe? Früher hat es dir immer gefallen. Magst du mein Singen nicht mehr, weil ich jetzt ein alter Mann bin? Du weißt, dass Liam Gallagher älter ist als ich, oder?«

Die letzten seiner undeutlichen Worte versinken in meiner Haut, als er sein Gesicht an meinen Nacken schmiegt und mein Ohr zu küssen beginnt, als hätte er vergessen, dass Mum hinter ihm steht. Ich werfe ihr über seine Schulter einen Blick zu und verdrehe die Augen, bevor ich mich vorsichtig von ihm löse. Aber dabei halte ich ihn an den Schultern fest, um ihm nicht nur in die Augen schauen zu können, sondern auch, um zu verhindern, dass er fällt.

»Natürlich liebe ich es, wenn du singst, David. Vielleicht nur nicht ganz so laut und zu ganz so später Stunde. Nun, da du vierzig bist, solltest du ein bisschen mehr den Anstand wahren, wenn du betrunken bist, weißt du?«

David schiebt das Kinn vor und macht ein Gesicht, als dächte er sehr angestrengt über meine Worte nach. »Ich bin doch nicht betrunken! Ich bin bloß high vom Leben nach einer verdammt guten Party mit großartigen Freunden und der aufregendsten Frau diesseits von *Baywatch*.«

Mum und ich lachen, als wir ihn zwischen uns nehmen und weiter den Hügel hinauf auf Mums Haus zugehen.

»Na, jetzt zeigst du wirklich dein Alter. Aber sagen wir nur mal so viel: Nicht alle deine Konsonanten sind an der richtigen Stelle.«

Zu dritt spazieren wir den Hügel hinauf, Arm in Arm wie Dorothy, die Vogelscheuche und der Feige Löwe auf der Yellow Brick Road, nur dass wir auf der Suche nach unseren Betten und Schlaf sind statt nach den Verwandlungskünsten eines Zauberers.

Als wir an Mums Straßenecke abbiegen, legt David seinen Kopf an meinen, und ich kann seinen Atem in meinem Haar spüren. Das versetzt mich augenblicklich wieder in die Nacht zurück, in der wir uns zum ersten Mal begegnet waren.

Auch damals hatte er mich nach Hause begleitet, obwohl es ein kilometerweiter Umweg und zudem die völlig falsche Richtung für ihn war.

Wir waren beide auf einer Party gewesen, die der Freund eines Freundes gegeben hatte, dessen Namen ich längst vergessen habe oder vielleicht überhaupt kaum registriert hatte. Eine Freundin hatte mich dorthin mitgenommen. Naomi war eine der wenigen Kommilitoninnen von der Uni, zu der ich noch regelmäßig Kontakt hatte, wenn auch rückblickend vielleicht mehr aufgrund der Tatsache, dass wir mit sechsundzwanzig Jahren noch immer Singles waren, als wegen irgendeiner besonderen Affinität zueinander. Ich habe sie inzwischen jahrelang nicht mehr gesehen.

Es war Anfang November, und die Musik auf der Party wurde von einem geräuschvollen Soundtrack aus Feuerwerkskörpern begleitet, die in nahen Parks und Gärten explodierten. Die Party war eine dieser chaotischen Angelegenheiten mit sehr viel Alkohol im Spiel, die Art von Fete, die sogar Leute, die schon Mitte bis Ende zwanzig waren, noch gaben, wie um den bösen Geist der Reife und Verantwortung abzuwehren, der schon so laut an unsere Türen klopfte. Die Wohnung befand sich in einer dieser umgebauten alten Lagerhallen in Shoreditch, die zur Jahrtausendwende so in Mode kamen, mit unverputzten Ziegelmauern, soliden Holzböden und einem einzigen großen Raum zum Kochen, Essen und Entspannen. In einer Ecke der Küche hatten zwei riesige, mit Eis gefüllte Metallwannen gestanden, eine für Bierdosen und -flaschen und eine andere für Wein, den wir alle für sehr edel hielten, weil er mehr als drei Pfund die Flasche kostete.

Ich wurde im Laufe des Abends zunehmend betrunken, teilweise, weil wir deswegen ja schließlich alle dort waren, und teilweise auch, um etwas von meiner Beklommenheit in Gegenwart von Fremden loszuwerden. Ich kannte dort niemanden außer Naomi. Aber zu diesem Zeitpunkt in meinem Leben war der Besuch von Partys bei unbekannten Gastgebern mit ebenso unbekannten Gästen weniger eine echte Unterhaltungsmöglichkeit als vielmehr ein Zeitvertreib, um an einem Samstagabend nicht allein zu Hause herumsitzen zu müssen. Auch wenn andere Leute das möglicherweise anders sahen und vielleicht nur ich es so empfand.

Ich erinnere mich noch gut, wie gelangweilt ich mich umschaute und nur halb dem Mann zuhörte, der neben mir stand und mir mit unnötiger Genauigkeit den Unterschied zwischen Kricket-Testspielen und -Länderspielen erklärte, als ich *ihn* lachen hörte und mich zu *ihm* umdrehte. Er hockte lächelnd mit einer Flasche Bier in der Hand auf der breiten Armlehne einer dunkelbraunen Ledercouch und war umringt von einer kleinen Gruppe von Leuten, die in Gelächter ausbrachen, als er irgendetwas sagte. Er hatte etwas seltsam Bezwingendes an sich, als strahlte er ein unsichtbares Kraftfeld aus, das Menschen zu ihm hinzog und sie wünschen ließ, sich in seiner Umlaufbahn zu befinden. Es war nichts so Aufdringliches, als *versuchte* er, im Mittelpunkt zu stehen, sondern subtiler und weit weniger absichtsvoll als das. Ich erinnere mich noch gut, wie ich dachte, dass er als Jake Gyllenhaals älterer Bruder durchgehen könnte, falls es einen solchen gab, und dass mir Jake Gyllenhaal in *Donnie Darko* sehr gefallen hatte, obwohl seine Figur ein kleines bisschen verrückt gewesen war.

Und dann hatte er noch etwas anderes gesagt und lachend den Kopf zurückgeworfen, und dieses Lachen hatte etwas an sich, das mich wünschen ließ, ein Teil davon zu sein. Diesem Lachen so nahe zu sein, dass ich mich darin einhüllen könnte, um es immer wieder von Neuem zu hören. Ich wusste, dass ich ihn anstarrte, und befahl mir mehrmals wegzusehen, weil es unhöflich, ja geradezu bizarr war, einen wildfremden Mann so anzustarren. Aber es war fast so, als übte er eine magische Anziehungskraft auf mich aus, weil meine Augen einfach nicht darauf hören wollten, was mein Verstand ihnen zu tun befahl.

Wieder hatte er den Kopf zurückgeworfen, diesmal, um einen Schluck Bier zu trinken, und als er sich wieder nach vorne neigte, blickte er in meine Richtung, und mir kam es so vor, als schauten wir uns minutenlang – ja stundenlang sogar – in die Augen. In Wirklichkeit konnten es nicht mehr als ein paar Sekunden gewesen sein, bevor jemand aus seiner Gruppe ihm eine Frage stellte und mir seine Aufmerksamkeit stahl.

Der große Raum war mir auf einmal drückend heiß erschienen, und so hatte ich mir meinen Mantel geschnappt und mich auf den kleinen leeren Balkon zurückgezogen. Dort stützte ich mich auf das Stahlgeländer, um wie jemand auszusehen, der die Aussicht genießt, statt wie jemand, der unbedingt der Menge entkommen will.

Ich war lange genug draußen gewesen, um vor Verlegenheit zu erröten, als ich die Schiebetür hinter mir hörte und vor Schreck über die unerwartete Störung zusammenfuhr. Aber als ich mich umschaute, war es der Mann, der auf der Lehne der Couch gesessen hatte. Er stand mit zwei Flaschen Bier dort und entschuldigte sich dafür, mich gestört zu haben, falls ich lieber allein sein wolle. Irgendwie schaffte ich es, eine Antwort zustande zu bringen, um ihn zum Bleiben zu ermutigen. Er stellte sich mir als David vor, worauf mein erster Gedanke … *und Goliath* war. Denn ich konnte mir bei ihm gut vorstellen, dass er es mit etwas viel Größerem als ihm selbst aufnehmen könnte, um seine Ziele zu erreichen.

Und dann hatten wir ein Gespräch begonnen, ein bisschen verlegen zunächst, weil wir beide weder den Gastgeber noch den größten Teil der Gäste kannten und es daher nicht leicht war, ein gemeinsames Gesprächsthema zu finden. Aber dann erzählte er mir, wie sehr er diese alten Lagerhäuser liebte und wie abscheulich er es fand, dass sie in solch gesichtslose, unpersönliche Lofts verwandelt wurden. Er könne nicht verstehen, warum jemand lieber in einem solchen Loft als in einem schönen historischen Gebäude lebte. »Vorzugsweise gregorianisch«, sagte er, »doch frühviktorianisch würde es auch tun.« Ich lachte, während ich im Stillen vor Erleichterung darüber seufzte, dass er ein Thema angesprochen hatte, über das ich stundenlang diskutieren könnte.

Und tatsächlich blieben wir stundenlang dort sitzen. Das Gespräch wechselte mühelos von der Architektur zur Literatur, von Filmen zu Familien, von beruflichen Laufbahnen zu

Ambitionen, und ich brauchte nicht lange, um zu erkennen, dass es zwei verschiedene Davids gab: den Mittelpunkt der Party, der, wie ich später herausfinden sollte, völlig unbeabsichtigt zum Dreh- und Angelpunkt einer jeden sozialen Gemeinschaft wurde, der er angehörte. Und dann war da noch dieser andere, nachdenkliche, intelligente und sensible David, der sich gern von der Gruppe loseiste, um an einem kalten Novemberabend ein paar Stunden auf einem Balkon herumzusitzen und mit einer Frau, die er gerade erst kennengelernt hatte, über Dinge zu reden, die man samstagabends auf einer Party normalerweise nie besprechen würde. Der David, der mir eines Tages meinen immer größer werdenden Bauch mit Bio-Öl einreiben würde, während er unserem ungeborenen Kind etwas vorsang. Der David, der unseren neugeborenen Sohn jeden Morgen um fünf Uhr in der Frühe in die Babytrage stecken und mit ihm durch den Park spazieren würde, um mir noch ein paar heiß ersehnte Stunden Schlaf zu gönnen, bevor er selbst zur Arbeit ging. Der David, der sich einmal über die Aussicht freuen würde, dass meine Mum nach Jacobs Geburt in unsere unmittelbare Nähe ziehen würde, was viele Männer vielleicht eher abgeschreckt hätte.

Aber natürlich hatte ich damals noch keine Ahnung von alldem. Das Einzige, was ich in jener Nacht wusste, war, dass ich mehr über David erfahren wollte.

Es war die beißende November-Kälte gewesen, die uns schließlich wieder hineingetrieben hatte, wo wir feststellen mussten, dass die Party ihrem Ende nahte und es für uns beide wenig Grund zu bleiben gab.

Ich erinnere mich noch sehr deutlich an Davids Gesichtsausdruck, als er mich fragte, ob er mich nach Hause bringen dürfe: Seine Stimme hatte selbstbewusst geklungen, aber sein etwas unsicheres Lächeln hatte mir gezeigt, dass er noch nicht wusste, wie sehr ich ihn mochte. Dass er noch keine diesbezüglichen Vermutungen angestellt hatte, doch genauso bestrebt war wie ich selbst, dass dieser Abend noch nicht das Ende unserer kurzen Bekanntschaft sein sollte. Und diese Unsicherheit in seinem Gesicht zu sehen machte ihn mir noch viel sympathischer.

Wir hatten den halbstündigen Fußweg zu meiner Wohnung ein wenig steif begonnen, als hätte es uns nach der relativen Sicherheit der Party plötzlich verlegen gemacht, um drei Uhr morgens durch die Straßen von Nord-London zu spazieren. Aber dann erzählte David mir eine lustige Geschichte – wovon sie handelte, weiß ich nicht mehr –, und jegliche Anspannung schmolz dahin wie Eis unter der Wärme einer frühen Morgensonne. Wir waren nur noch etwa fünf Minuten von meiner Haustür entfernt, als David plötzlich stehen blieb und sich mir zuwandte und ich augenblicklich spürte, dass er mich küssen würde.

Ich kann uns jetzt wieder an der Kreuzung Arlington Avenue und Packington Square stehen sehen, in der Stille der Nacht, die nur von dem gelegentlichen Heulen einer Polizeisirene unterbrochen wurde, und erinnere mich an meine kalten Wangen und den warmen, biergetränkten Atem, den wir teilten. Ich habe keine Ahnung, wie lange wir dort standen und uns küssten. Aber als wir uns voneinander lösten und uns schüchtern anlächelten, als könnte keiner von uns so recht glauben, was gerade geschehen war, wurde ich mir eines leichten Ziehens in der Brust bewusst. Es erinnerte mich daran, dass das hier nicht das Ende sein durfte.

Auf den letzten paar Hundert Metern zu meiner Wohnung hatte David einen Arm um mich gelegt und seinen Kopf an meinen, und mir wurde plötzlich bewusst, dass es das Fehlen von genau diesem Moment war, das jeden Heimweg von jeder

Party in den letzten Jahren zu einer so entmutigenden Erfahrung gemacht hatte.

Vor meiner Wohnung zögerten wir beide, als suchten wir in unseren vom Alkohol benebelten Gehirnen nach dem Anleitungsbuch für die erste Nacht und die Haustür-Etikette, bis David schließlich das Schweigen brach.

»Darf ich dich morgen anrufen?«, fragte er, und erst in dem Moment wurde mir klar, wie froh ich darüber war, dass unser erstes Mal kein trunkenes, alles andere als denkwürdiges Stelldichein um halb vier Uhr morgens werden würde. Und so küssten wir uns nur hungrig ein allerletztes Mal, bevor er am Ende des Gartenweges wartete, bis ich die Haustür hinter mir zuzog.

Kaum neun Stunden später klingelte mein Handy, und es war David, um mich noch am selben Tag zu einem frühen Abendessen einzuladen.

In jener Nacht hatte er es allerdings nicht mehr nach Hause geschafft ...

Davids Kopf ruht immer noch an meinem, als wir Mums Haustür erreichen, und sein Gewicht scheint bei jedem Schritt noch zuzunehmen, bis ich mir vorstellen könnte, dass er betrunken schlafwandelte, wenn er sich nicht durch Oasis' gesamtes Repertoire hindurchsummen würde.

Wir geben Mum beide einen Gutenachtkuss und warten, bis sie sicher im Haus ist und wir sie am Wohnzimmerfenster sehen, wo sie einen Spalt den Vorhang öffnet, gerade genug, um hindurchzuschauen und uns zuzuwinken. Erst dann kehren wir um und machen uns auf unseren eigenen Heimweg.

KAPITEL ZEHN

JUDITH

Ich beobachte sie durch das Fenster, wo sie draußen im Mondlicht und der leicht orangefarbenen Straßenbeleuchtung stehen, und denke mir, wie glücklich sie aussehen. Wie glücklich und wie *jung*. Rebecca hatte früher am Abend bemerkt, sie könne es fast nicht glauben, dass sie im nächsten Jahr schon vierzig wird. Es höre sich so alt an, hatte sie gesagt. Ich hatte mich sehr beherrschen müssen, um nicht laut zu lachen und zu erwidern: *Warte, bis du in mein Alter kommst oder Jacob vierzig wird.* Dann *wirst du wissen, wie es sich anfühlt, alt zu sein.* Aber das ist natürlich alles relativ. Ich weiß noch, wie erwachsen »zwanzig« klang, als ich ein Teenager war, und wie jung es mir vorkam, als ich vierzig war. Heute, mit fünfundsechzig, erscheint es mir unvorstellbar, ja schon fast absurd, dass eine Zeit kommen könnte, in der ich auf mein heutiges Leben zurückblicke und mich darin als jung betrachte. Aber ich zweifle nicht daran, dass es so sein wird, falls ich das Glück haben sollte, so lange zu leben.

Ich sehe Rebecca und David nach, bis sie sich in der Dunkelheit verlieren. Irgendetwas an der Art, wie Davids Arm um Rebeccas Schulter liegt und sie sich an ihn schmiegt, als wollte sie beweisen, wie perfekt sie auch körperlich zusammenpassen, versetzt mich plötzlich in die Zeit zurück, bevor Philip und ich verheiratet waren. In die Zeit, als er und ich noch tanzen gingen und dann irgendwann in den frühen Morgenstunden ähnlich liebevoll umschlungen durch die Straßen Brightons nach Hause spazierten. Als ich die Augen schließe, kann ich noch den salzigen Geruch der See wahrnehmen, das Gezänk der Möwen weiter unten am Strand hören und die an die Küste plätschernden dunklen Wellen sehen. Für einen Moment bin ich dann wieder in der Zeit und an dem Ort, an dem ich einmal glücklich war, glücklicher, als ich mich entsinnen kann, vorher oder nachher je gewesen zu sein. In dieser wundervollen Zeit erstreckte sich die Zukunft noch vor mir, wie das frühmorgendliche Sonnenlicht die ganze Weite des Ozeans bestrahlt. Hoffnung war noch mein treuer Verbündeter und Kummer ein entfernter Verwandter, an den ich selten dachte und von dem ich mir schon gar nicht vorstellen konnte, dass er mir irgendwann in absehbarer Zeit einen Besuch abstatten würde.

Ich öffne die Augen und ziehe den Vorhang zu, und mein Kopf schmerzt von der Anstrengung, die Erinnerungen wieder in die Schachtel zu verbannen, in die sie gehören. All das ist vor so langer Zeit gewesen, und ich bin eine Version meiner selbst gewesen, die ich kaum noch erkenne. Es ist, als wären meine Erinnerungen nicht mehr als eine Verfilmung meines Lebens, für die eine völlig falsche Besetzung gewählt wurde und Teile der Geschichte so verändert wurden, dass ich sie nicht mehr als meine eigene erkennen kann.

Ich fülle mir ein Glas Wasser aus dem Hahn und gehe nach oben. Dabei zwinge ich mich, nicht an die ferne Vergangenheit zu denken, sondern an Rebecca und David, die im Mondlicht heimgehen, die Arme umeinander geschlungen, als wüssten sie, wie gut man jeden Moment der Liebe und Verbundenheit festhalten muss.

KAPITEL ELF

BEX

Wir wollten gerade in unsere Straße einbiegen, als David meine Hand loslässt und einen Arm um meine Taille legt. Er zieht mich an sich und küsst mich hart und schnell auf den Mund. Er schmeckt nach Minze, Rum und dem schweren, holzigen Geruch kubanischer Zigarren, von denen Seth unbedingt noch eine mit ihm hatte rauchen wollen, bevor wir gingen.

»Danke, meine Schöne. Ganz im Ernst. Wenn es sich *so* anfühlt, vierzig zu werden, hätte ich nichts dagegen, es jeden Tag zu tun.«

Wieder küssen wir uns, und plötzlich sehe ich vor mir, wie wir hier knutschend wie zwei Teenager um halb zwei Uhr morgens an einer Straßenecke stehen, und kann nicht anders, als zu lachen.

»Warum lachst du? Was ist?«

Doch Davids Augen lächeln mich an, und ich denke mir: *Was für ein schönes Ende eines Geburtstages!*

»Ich hatte vorhin an die Nacht gedacht, in der wir uns kennenlernten. Jetzt so hier zu stehen und dich zu küssen erinnerte mich wieder daran. Ich bin so froh, dass du einen schönen Tag hattest, Liebling. Denn er war wirklich etwas Besonderes, dieser Tag, nicht wahr? Wenn deine Mutter nicht angerufen hätte, wäre er ganz und gar perfekt gewesen.«

Meine letzten Worte haben noch nicht ganz die Dunkelheit durchdrungen, als ich Davids Ausdruck wechseln sehe. Eine steile Falte bildet sich zwischen seinen Augenbrauen, und seine Mundwinkel verziehen sich so tief nach unten, als wollten sie den Boden grüßen.

»Was soll der Scheiß, Bex? Warum fängst du wieder damit an?«

Das rüde Wort trifft mich wie eine Kugel – oder vielleicht auch gar nicht mal so sehr das Wort an sich als die Heftigkeit, mit der er es mir ins Gesicht schleudert. Er befreit sich aus meiner Umarmung und tritt mir mit einer Miene gegenüber, die plötzlich so verändert ist, als gehörte sie jemand anders. Einer Variante von David, die ich nicht erkenne.

»Tut mir leid, David. Das war dumm von mir. Vergiss einfach, dass ich es gesagt habe.«

»Ich kann nicht einfach *vergessen*, dass du es gesagt hast. Zum Teufel noch mal, Bex! Warum musstest du mich verdammt noch mal daran erinnern?«

Er starrt mich an, als erwartete er eine Antwort, doch mein Kopf ist plötzlich wie benebelt, als hätte all der Alkohol, den ich heute Nacht getrunken habe, ausgerechnet diesen Moment gewählt, um sich bemerkbar zu machen und Verwirrung zu stiften – Verwirrung, was die Frage angeht, ob David wirklich so verärgert ist, wie er erscheint, oder ob ich nur überempfindlich bin.

Ich lege eine Hand auf seinen Arm, während mein Herz wie wild gegen meine Rippen schlägt, und versuche, die Falten zu glätten, die ich auf meiner Stirn spüren kann.

»Na, komm schon, David! Tu das nicht. Wir haben beide viel getrunken und wollen uns doch nicht einen wunderbaren Abend davon verderben lassen?«

Als er meine Hand abschüttelt, sieht es fast so aus, als hätten meine Fingerspitzen ihm den Arm verbrannt. »Was soll ich nicht tun? Ich tue doch überhaupt nichts. Du bist es, die mir verdammt noch mal den Abend verdorben hat, indem du von meiner Mum anfingst, obwohl du weißt, dass sie der letzte Mensch ist, an den ich heute Abend denken will.«

Er funkelt mich böse an, und mir ist, als fiele ich in den bodenlosen Quell des Zorns in seinen Augen.

»Es tut mir leid, David. Du weißt, dass ich dir den Abend nie absichtlich verderben würde. Es war bloß eine unbedachte Bemerkung, weiter nichts. Können wir bitte einfach so tun, als wäre es nie geschehen? *Bitte?*«

Ein kurzes Zögern folgt und ein erwartungsvolles Schweigen meinerseits, das gerade lange genug anhält, um meine Schultermuskeln zu entspannen.

Als Friedensangebot will ich ihm die Hand reichen, doch bevor sie noch auf halbem Weg zwischen uns ist, stößt er einen Arm in die Luft, wie um eine Fliege zu vertreiben. Ich blicke zu seinem Gesicht auf und sehe, wie seine Augen sich verengen. Mein Herz beginnt, so hart zu pochen, dass ich es schon durch meine Rippen krachen und mit einem dumpfen Aufprall auf dem Gehsteig landen sehe.

»Lass es, Bex. Hör auf damit, verflucht noch mal!«

Er erwidert meinen Blick noch ein paar Sekunden, bevor er sich brüsk abwendet und mich stehen lässt, um allein weiterzugehen. Nicht Hand in Hand mit mir wie vorher, sondern mit beiden Händen in den Hosentaschen und eingezogenen Schultern, als schleppte er ein Gewicht darauf mit sich, das er kaum noch tragen kann.

Mit purer Willenskraft versuche ich, meine Beine zu bewegen, um ihm zu folgen und ihn einzuholen, und öffne den Mund, um seinen Namen zu rufen. Aber meine Beine rühren sich nicht vom Fleck, und das einzige Geräusch, das von meinen Lippen kommt, sind meine eigenen flachen Atemzüge.

Tränen brennen schon hinter meinen Augenlidern, und ich

merke, dass ich fröstele, obwohl ich weiß, dass die Temperatur nicht so schnell und stark gefallen sein kann.

Ich berge das Gesicht in den Händen, schließe die Augen und spule die Szene zurück, bis ich wieder am Anfang angelangt bin, bei dem Moment, in dem Davids Gesichtsausdruck sich in etwas so völlig anderes und zugleich auch sehr Vertrautes verwandelte. Ich höre mich selbst diese dumme Bemerkung zu dem Anruf seiner Mutter machen. Dann sehe ich wieder Davids Gesicht und kneife die Augen ganz fest davor zu, weil der Anblick seiner wuterfüllten Miene mir die Augenlider zu versengen droht.

Als ich die warme, etwas feuchte Luft zwischen meinen Händen einatme, rieche ich den Rest des Zigarrenrauchs, den David zurückgelassen hat, als er mich küsste. Ganz plötzlich schießt ein stechender Schmerz in meine Stirn, und mein Gehirn wird von Bildern überflutet, die mich benommen, desorientiert und sprachlos machen. Mit einem Mal zeigt mir das Bild in meinem Kopf nicht mehr David, seinen Zorn oder unseren Streit an der Straßenecke, sondern einen mir fremden Raum mit Stühlen und Tischen und einem Teppich, von dessen Muster mir schwindlig wird, wenn ich es zu lange ansehe. Ich sehe Velourstapeten, die in eine andere Zeit gehören, und höre die leisen Klänge einer Musik, die ich zu kennen glaube, aber nicht einordnen kann. Ich halte den Atem an, um die Melodie zu bestimmen, doch sie entzieht sich meiner akustischen Erfassung und verklingt, als ich gerade sicher bin, sie benennen zu können. Über meinem Kopf hängt eine Wolke Zigarrenrauch in der stillen Luft, die durch das breite Mahagonifenster von einem Streifen Licht beleuchtet wird wie von einem Spotlight auf einer Bühne. Ich kann den Rauch in meiner Nase spüren, in meinem Mund, auf meiner Haut und in meinem Haar, und beim Ein- und Ausatmen glaube ich, dünne Rauchfäden zu sehen, die spiralförmig wie ein Tornado herunterwirbeln und den Weg in meine Nase finden. Es sind noch andere Leute in dem Raum, die ich nicht erkenne, Leute, die mir alt und matt vorkommen. Doch ich sitze allein an einem Tisch und auf einem Stuhl, der zu hoch für mich ist, sodass ich ungeduldig mit den Beinen zappele. Es ist, als hoffte ich, dass sie bald den Boden erreichen und mich aus diesem Zimmer hinaustragen würden, wenn ich sie nur lange genug bewege. Aber was mir am deutlichsten bewusst ist, ist eine Leere in meiner Brust, als hätte mir jemand das Herz herausgerissen und ein klaffendes Loch an seiner Stelle hinterlassen. Ich kann spüren, wie mein Magen sich verkrampft, weil ich dort nicht sein will, und ein sehnliches, verzweifeltes Heimweh mir die Kehle zuschnürt. Ich weiß, dass ich zu meiner Mum will und mich mit solch einem hungrigen, nagenden Verlangen nach ihr sehne, dass ich befürchte, von diesem Verlangen von innen heraus aufgefressen zu werden. Mir ist bewusst, dass meine Augen brennen, doch ich weiß nicht, ob es von dem Rauch, der Furcht oder diesem schmerzlichen Gefühl der Sehnsucht kommt. Ich weiß nur, dass ich verängstigt und einsam bin und dass der einzige Mensch, der mich von diesen Gefühlen befreien könnte, meine Mum ist. Aber sie ist nicht da, und ich weiß auch nicht, wann ich sie wiedersehen werde.

Ich stehe an der Ecke meiner Straße und habe den Kopf noch immer in den Händen vergraben, weil mir schwindlig ist von dem Film, der in meinem Kopf abläuft. Ich will ihn mit aller Macht beenden und sehe mich doch gezwungen, ihn mir weiter anzusehen, um so vielleicht herauszufinden, wo ich bin und was ich dort tue. Doch je angestrengter ich mich auf die Einzelheiten konzentriere, desto schwächer werden die Bilder. Als stünde ich in einer Dunkelkammer und verfolgte einen umgekehrten fotografischen Prozess, bei dem das Bild allmählich aus der Sicht verschwindet. Meine Augen flitzen durch die Erinnerung und suchen nach Hinweisen, die ich vielleicht übersehen habe – Untersetzer auf dem Tisch, ein knurrender kleiner Jack Russell auf dem Boden, ein Geruch nach Langeweile, Einsamkeit oder Traurigkeit in der verrauchten Luft ... Doch während ich im Geiste durch das Zimmer wirbele, um einen Überblick darüber zu erlangen, beginnt die Szenerie schon zu verblassen. Es ist, als bröckelte sie nach und nach am Rande meines Blickfelds ab, bis sie plötzlich ganz verschwindet und nichts weiter zurücklässt als einen stechenden Schmerz in der Mitte meiner Stirn und ein sehnsüchtiges Verlangen, bei meiner Mum zu sein.

In meinem Kopf dreht sich alles vor Verwirrung, als ich die Augen öffne. Einen kurzen Moment lang bin ich überrascht über die Entdeckung, dass ich immer noch hier in der Gegenwart bin, unter der Laterne an meiner Straßenecke stehe und das Haus, in dem ich mit meinem Ehemann und Sohn lebe, nur ein paar Minuten zu Fuß entfernt ist.

Ich blicke die Straße hinunter und sehe, dass sie leer ist. David ist also offenbar bereits zu Hause. Ich weiß, dass ich ihm hinterhergehen sollte, aber irgendetwas hält mich davon ab: ein tief empfundenes, instinktives Heimweh, das noch eine ganze Weile anhält, nachdem die Szene aus meinem Kopf verschwunden ist. Ich sage mir, dass es absurd ist, mit neununddreißig Jahren nur Minuten von meinem Zuhause entfernt hier in der Kälte herumzustehen, weil ich wie gelähmt bin von einem allumfassenden Gefühl des Heimwehs. Aber das Gefühl wälzt sich auch weiterhin durch meinen Magen wie Wellen im Zentrum eines Sturms.

Das Röhren eines Automotors auf der High Street bringt mich wieder zur Besinnung, und ich spüre, wie ich einen Fuß vor den anderen setze und auch meine Beine sich plötzlich wieder wie von selbst bewegen. Sie tragen mich zu meiner Haustür, und dort zögere ich einen Moment, weil ich mich frage, ob ich einen reuigen, betretenen David vorfinden werde, der etwas wiedergutmachen will, oder den schrecklich wütenden David, der zuletzt vor mir davonstürmte.

Als ich die Diele betrete, ist nirgends etwas von der Babysitterin zu sehen. Anscheinend hat David sie schon bezahlt und heimgeschickt. Und auch von ihm ist nichts zu entdecken. Er kommt mir weder aus der Küche noch aus dem Wohnzimmer entgegen, um sich mit mir zu versöhnen und diesen Abend doch noch anders enden zu lassen.

Stattdessen dringt von oben so unbekümmert und desinteressiert, als würde es immer und unweigerlich meine Begrüßung sein, das unverwechselbare Geräusch von Davids Schnarchen zu mir herab.

KAPITEL ZWÖLF

BEX

Der frisch aufgebrühte Pfefferminztee ist wunderbar heiß und beruhigend, und durch die Terrassentüren beobachte ich die frühe Morgensonne, die ihre Strahlen an den Türrahmen wirft, als wollte sie mich mit dem neuen Tag verlocken. Aber heute bin ich nicht empfänglich für seine Schönheit, weil all meine Gedanken noch immer mit den Ereignissen der vergangenen Nacht beschäftigt sind.

Ich habe mir die Szene immer wieder vom Anfang bis zum Ende durch den Kopf gehen lassen und versucht, mir über meine Empfindungen klar zu werden. Mein Ärger über Davids Verhalten scheint untrennbar mit dem Schuldgefühl verbunden zu sein, dass ich es selbst verursacht habe. Immer wieder frage ich mich, ob ich nicht vielleicht etwas übersehen habe und mehr hinter den Geschehnissen der letzten Nacht steckt, als ich bisher dachte. Deshalb suche ich bei jedem weiteren Durchspielen der Szene nach Anhaltspunkten, die ich übersehen haben könnte, als folgte ich einer Spur aus Brotkrumen, in der Hoffnung, dass sie mich nach Hause führt, obwohl sie mich nur immer tiefer in den Wald hineinzutreiben scheint.

Das patschende Geräusch von Jacobs nackten Füßen auf den hölzernen Treppenstufen reißt mich aus meinen Gedanken, und als ich mich zur Küchentür umdrehe, merke ich, dass meine Gesichtszüge sich automatisch zu einem Lächeln verziehen.

»Guten Morgen, Schlafmütze. Wie geht es dir?«

Jacob setzt sich neben mich auf die Bank und kuschelt sich in meine Arme. Ich lege den Kopf an seinen und atme Jacobs kindlichen Geruch ein. Dabei frage ich mich wie so oft schon, wie viel länger er mir diese Art von Intimität noch erlauben wird, bevor er beschließt, dass er keinen körperlichen Trost von seiner Mum mehr braucht. Der Gedanke daran zerrt an meinem Herzen, bis es von der Anstrengung, sich an seinem Platz zu halten, schmerzt.

»Mir geht's gut.« Jacob gähnt so herzhaft, dass sein Mund sich zu einem perfekten kleinen Oval verzieht, und als er die Luft wieder auslässt, riecht sein Atem nach tiefem Schlaf und abenteuerlichen Träumen.

»Bist du gerade erst wach geworden?«

»Nein, ich hab gelesen, Mum. Das neue Buch, das du geschickt bekommen hast, ist wirklich sehr, sehr schön.«

Ich gebe ihm lächelnd einen Kuss aufs Haar und frage mich, wie es möglich ist, dass er plötzlich erwachsen genug ist, um an einem Samstagmorgen im Bett zu bleiben und ein Buch zu lesen, wo es doch erst gestern gewesen zu sein scheint, dass er zappelnd in meinen Armen lag und hungrig den Kopf nach meiner Brust ausstreckte. Manchmal gab es Momente, als Jacob noch ein Baby war, in denen ich wünschte, ich könnte die Zeit vorspulen, bis er ein bisschen selbstständiger wäre, damit ich mir auch einmal einen ruhigen Moment für mich selbst erlauben könnte. Und dann, von einem Augenblick zum anderen, *ist* er selbstständig genug, um im Bett liegen zu bleiben und ein Buch zu lesen, während ich am Küchentisch sitze, Tee trinke und mir wünsche, ich könnte die Uhr zurückdrehen, um diese frühen Jahre noch einmal zu wiederholen. Aber diesmal tue ich es mit dem Wissen, wie gierig seine Kindheit von der Zukunft verdrängt werden wird.

»Wo ist Dad?« Jacob richtet sich plötzlich auf und blickt

sich suchend in der Küche um, als hielte sich sein Vater hier vielleicht schon die ganze Zeit über versteckt.

Ich denke an David, der mit dem Gesicht nach unten im Bett liegt, in sein Kissen schnarcht und seinen Rausch ausschläft. Ihn zu wecken wäre sinnlos, wie ich weiß. David bekommt so selten einen Kater, dass die Tatsache, dass er um halb neun Uhr morgens noch schläft wie ein Toter, ein sicheres Anzeichen dafür ist, wie viel er gestern Nacht getrunken haben muss. An den meisten Tagen ist er schon wieder zurück vom Joggen, bevor Jacob und ich auch nur erwachen. Ich versuche, ein bisschen Trost zu schöpfen aus der Seltenheit, mit der es vorkommt, dass er derart lange schläft, und es zu etwas Beruhigendem zu machen. Aber trotz all meiner Bemühungen verspüre ich immer noch eine nahezu unerträgliche Anspannung in meinem Magen.

»Dad schläft noch, Schatz. Er ist schrecklich müde nach der Party gestern Abend.«

Ich sehe Jacobs kurzes Zögern, bevor seine Augen sich argwöhnisch verengen, und plötzlich ist so viel von Davids Mimik in seinem Gesichtsausdruck, dass es meine innere Unruhe und mein Herzklopfen verschlimmert.

»Aber er wird doch rechtzeitig auf sein, um mich zum Fußball zu bringen?«

Ich sehe, wie sein Gesicht sich vor Enttäuschung schon zerknittert, und verfluche David im Stillen dafür, dass er mich zum Überbringer schlechter Neuigkeiten macht. Es spielt keine Rolle, wie oft ich Jacob zum Fußball fahre, wie viele sachverständige Fragen ich ihm hinterher stelle oder wie gut ich die Abseitsregel verstehe. Es war schon immer David, den Jacob am Spielfeldrand sehen will, wenn seine Freunde und er ihre wöchentliche Abfolge zehnminütiger Spiele spielen.

»Ich glaube nicht, kleiner Mann. Nicht heute. Er fühlt sich

nicht besonders gut. Tut mir leid, Jacob. Aber ich werde die ganze Zeit dort sein, und dann können wir Dad ja später davon erzählen, ja?«

Eine gekünstelte Fröhlichkeit schwingt in meiner Stimme mit, als hätte ich eine Lichterkette darum gewunden, von deren Glühbirnen nur noch die Hälfte funktioniert. Ich sehe, wie Jacob die Schultern hängen lässt und sein Körper in sich zusammenfällt wie ein langsam die Luft verlierender Ballon. Meine Kehle wird ganz eng vor Bedauern, dass die Dinge nicht wenigstens heute einmal anders sein könnten.

»Aber er hat's *versprochen!* Und er ist heute als Schiedsrichter dran. Ethans Dad ist immer dort.«

Seine Stimme ist so leise, als könnte es seine Enttäuschung noch unabänderlicher machen, sie zu laut zu äußern. Ich sehe, wie schnell und heftig er blinzelt, als machte es ihn wütend, dass seine Tränendrüsen ihn verraten könnten.

Als ich ihn in die Arme ziehe, ist sein Körper steif und unnachgiebig. Ich fahre ihm beruhigend mit den Fingern durch das Haar und versuche, die bittere Ernüchterung aus seinem Bewusstsein wegzustreicheln.

»Was hältst du davon, wenn ich Seth eine Nachricht schicke und ihn frage, ob er heute für Dad einspringen kann? Beim nächsten Mal kann Dad ihn dann vertreten. Ich könnte sogar einen Teil des Spiels mit meinem Handy filmen, damit wir es Dad dann später zeigen können. Was meinst du?«

Jacob antwortet nur mit einem gleichgültigen Schulterzucken, und deshalb ziehe ich ihn noch fester an mich und puste ihm auf den Nacken, was gewöhnlich eine bewährte Technik ist, um seine gute Laune wiederherzustellen. Aber heute blickt er zu mir auf und gibt sich alle Mühe, ein Lächeln aufzusetzen, als wollte er seine Enttäuschung nicht ansteckend werden lassen. Diese selbstlose Großzügigkeit weckt den Wunsch in mir, ihn festzuhalten und nie, nie wieder loszulassen.

»Wie wär's, wenn ich dir ein paar Pfannkuchen zum Frühstück backe? Mit Nussnougatcreme. Das wäre doch ein guter Brennstoff für all die Tore, die du später schießen wirst?«

Jacob entwindet sich meinen Armen, und sein Blick hellt sich wieder auf. »Darf ich sie umdrehen?«

Ich lache und ziehe ihn von der Bank herab. »Es gibt niemanden auf der Welt, der Pfannkuchen so gut umdrehen kann wie du, Schatz.«

Ein breites, ungezwungenes Lächeln entfaltet sich auf Jacobs Gesicht, und als wir auf den Herd zugehen, schiebt er seine Hand mit solcher Unbefangenheit in meine, dass ich zum ersten Mal an diesem Morgen froh bin, mit dem Jungen allein zu sein.

KAPITEL DREIZEHN

BEX

Offenbar haben die Jahreszeiten über Nacht gewechselt, denn der Herbst erscheint so plötzlich wie ein verspäteter Partygast, mit dem man schon fast nicht mehr gerechnet hatte. Als ich fröstelnd und schlecht ausgerüstet für den jähen Temperaturabfall in einem leichten Pulli und Jeans am Rand des Spielfelds stehe und Jacob beim Fußballspielen zusehe, ist es schwer zu glauben, dass wir erst gestern Nachmittag im Garten unter der wohlwollenden Wärme einer späten Septembersonne auf Davids Geburtstag angestoßen haben.

Ich bin heute die einzige Mutter hier. Es ist an diesem Morgen eine regelrechte Testosteron-Versammlung, wenn auch nur ziemlich verhaltenen Testosterons, da die meisten der Väter hier auch gestern Abend auf der Party waren. Nachdem wir schon Anekdoten und Erinnerungen daran ausgetauscht haben, ist es jetzt auf einmal so, als hätten wir vergessen, worüber wir normalerweise reden, und sind in ein für alle annehmbares Schweigen verfallen, während wir das Ende des letzten Spiels abwarten.

Ich kneife mir in den Nasenrücken, weil ich einen beginnenden Kopfschmerz hinter meinen Augen spüren kann, der mich an die verstörende Erfahrung erinnert, die ich vergangene Nacht gemacht habe. Während meiner umständlichen Analysen des Streits mit David hatte ich weder Zeit noch Raum, darüber nachzudenken. Doch jetzt, da ich hier stehe und Jacob und seine Freunde lärmend auf dem Feld herumrennen sehe, kehren die Bilder zu mir zurück und mit ihnen die Erinnerung an Dutzende anderer Male in der Vergangenheit, bei denen ich ähnliche Erfahrungen gemacht hatte. Diese Erfahrungen liegen allerdings inzwischen schon so lange zurück, dass ich sie bereits fast vergessen habe.

Ich muss etwa sieben oder acht gewesen sein, als es begann. Seltsame Bilder blitzten hinter meinen Augen auf, unabhängig davon, welches Buch ich gerade las, welches Fernsehprogramm ich sah oder ob ich mit Mum »Wer ist es?« spielte. Ich glaube, beim ersten Mal dachte ich, das sei normal, und jeder habe Momente, in denen sein Kopf von Bildern erobert wird, die er schon einmal gesehen zu haben glaubt, auch wenn er sich nicht sicher sein kann, wo. Erst als die Bilder mit einem stechenden Schmerz in meinem Schädel einherzugehen begannen, der sich so anfühlte, als hätte man mir einen Spieß in die Stirn getrieben, erzählte ich Mum von ihnen.

Der erste Arzt, den wir aufsuchten, diagnostizierte Migräne, ohne auch nur im Geringsten auf die dabei aufblitzenden Bilder einzugehen, egal, wie oft Mum sie mit genug Besorgnis in ihrem Ton erwähnte, um ernst genommen zu werden. Der zweite Doktor schickte mich zu einem Augenarzt, der feststellte, dass meine Sehkraft ganz normal war, was mit der Theorie aufräumte, dass ich vielleicht nur schlechte Augen hatte. Und der dritte Arzt wollte bis ins Kleinste wissen, was ich bei jeder Mahlzeit aß und trank, und erklärte Mum dann, ich müsse mehr Wasser trinken und größere Sandwichs mit in die Schule nehmen. Mum war ganz schön beleidigt und erbost, als wir diese Arztpraxis verließen.

Ich erinnere mich, auch noch bei einem anderen Arzt gewesen zu sein, von dem ich rückblickend annehme, dass er Psychologe gewesen sein muss. Seine Praxis befand sich in einem hässlichen zweistöckigen Gebäude mit metallenen Fensterrahmen und einem Teppichboden, dessen Fasern an den Sohlen meiner Turnschuhe kleben blieben. Der Wollstoffbezug auf den eckigen braunen Sesseln hingegen kratzte an meinen nackten Beinen. Ich weiß noch, dass der Doktor Mum fragte, ob sie draußen warten könne, und wie Mums Gesicht sich plötzlich veränderte, als zöge jemand die Haut an ihrer Stirn nach vorn und hinten, wie um einen Papierfächer daraus zu falten. Ihre Stimme, als sie *»Nein«* sagte, war ganz anders als sonst. Sie hörte sich so an, als spräche eine viel forschere, lautere und furchterregendere Person einen Augenblick für sie. Ich erinnere mich noch gut daran, wie ihr einziges Wort eine gefühlte Ewigkeit lang in der Luft hing, bevor der Doktor uns beide seufzend in sein Sprechzimmer bat.

Ich habe keine Erinnerung daran, welche Fragen er mir stellte, doch ich weiß noch sehr gut, wie gern ich sie beantwortete. Denn dieser Arzt war der Erste von allen, die wir aufgesucht hatten, dessen Augen weder Ungläubigkeit noch Langeweile verrieten, als ich ihm von den Bildern erzählte, die in meinen Kopf eindrangen wie Hausbesetzer in ein schon besetztes Gebäude. Ich erinnere mich, wie enttäuscht ich auf dem Heimweg war, als Mum sagte, zu diesem Arzt würden wir nicht noch einmal gehen, und dass ihre Stimme dabei so angespannt und aufgebracht klang, als hätte ich etwas falsch gemacht. Dabei hatte ich keine Ahnung, was das gewesen sein könnte.

Der letzte Arzt, den wir konsultierten, leuchtete mir mit verschiedenen Taschenlampen in die Augen, als hoffte er, die seltsamen Bilder in meinem Kopf zu erhellen und sie wie einen okularen Film für sich sichtbar zu machen. Er klopfte mir mit einem Hämmerchen gegen die Knie, um meine Füße in die Höhe schießen zu lassen – das Faszinierendste übrigens, was bei all diesen Arztterminen bisher geschehen war. Ich probierte es später noch wochenlang an mir selbst aus. Der Arzt befahl mir, die Augen zu schließen und mit einem Finger meine Nase zu berühren, bevor er eine lange Einkaufsliste vortrug und mich dann aufforderte, sie zu wiederholen. Das war kein Problem, wie ich ihm auch schon vorher hätte sagen können. Schließlich spielten Mum und ich oft »Ich packe meinen Koffer«, wenn wir im Auto saßen, oft sogar bei kurzen Fahrten.

Am Ende der Untersuchung setzten Mum und der Arzt sich vor und hinter seinen unaufgeräumten Schreibtisch, während ich es mir auf dem Sofa hinter ihnen bequem machte und vorgab, ein Buch zu lesen. Und natürlich begingen beide den Kardinalfehler, davon auszugehen, dass Kinder automatisch taub sind für Gespräche Erwachsener, die sie nicht hören sollen.

Der Arzt sagte, all die verschiedenen Untersuchungen, denen ich in den letzten achtzehn Monaten unterzogen worden war, hätten ergeben, dass es keine neurologische oder physische Ursache für die Kopfschmerzen oder »Visionen« gab, wie er sie nannte. Die Schmerzen, so meinte er, könnten sehr gut erblich sein, und ich erinnere mich, wie ich den Blick erhob und verstohlen durch meine Ponyfransen linste, als er Mum fragte, ob auch sie je unter Kopfschmerzen gelitten habe. Daraufhin nickte sie so traurig, als trüge sie allein die Schuld an meinem Leiden. Und dann setzte er hinzu, dass die »Visionen« wahrscheinlich nichts weiter als das Produkt meiner überaktiven Fantasie seien und dass ich ihnen mit ziemlicher Sicherheit im Laufe der Zeit »entwachsen« würde.

Ich erinnere mich, wie einige der von ihm gewählten Worte – »wahrscheinlich«, »mit ziemlicher Sicherheit« – in meinem Kopf läuteten wie Kirchenglocken und wie ich dachte: *Ist der Sinn und Zweck von Ärzten nicht der, dass sie sich sicher sein sollten?*

Auf der Heimfahrt fragte ich Mum, was eine überaktive Fantasie sei, und sie wartete, bis wir an einer Ampel halten mussten, bevor sie sich mir zuwandte und eine Hand auf meinen Oberschenkel legte. Als sie endlich sprach, war ihre Stimme ernst und beruhigend zugleich, und ich erinnere mich, gedacht zu haben, dass es wirklich wichtig war, ihr richtig zuzuhören.

»Es bedeutet, dass du etwas ganz Besonderes bist, mein Engel. Dass sich in deinem Kopf sehr viele Dinge abspielen, die die meisten Leute nie erleben werden. Das wird wahrscheinlich nicht für immer so bleiben, doch während es so ist, versuch, daran zu denken, dass es nichts ist, wovor du Angst haben musst. Und dass es eines Tages sogar etwas sein könnte, das du dir in mancherlei Hinsicht, die du dir jetzt nicht einmal vorstellen kannst, zunutze machen kannst.«

Es war das erste Mal, dass der Gedanke an diese aufblitzenden Bilder mich nicht ängstigte.

Dieser letzte Arzt hatte sowohl recht als auch unrecht gehabt. Die Kopfschmerzen waren nie ganz weggegangen, und Mums ewige Entschuldigungen dafür, mir so etwas Unangenehmes vererbt zu haben, hörten auch niemals auf. Aber ich entwuchs tatsächlich diesen szenischen Visionen. Als ich dreizehn oder vierzehn war, hatten sie völlig aufgehört, als wäre neben den tobenden Hormonen in meinem Körper einfach kein Platz mehr für solch seltsame, unerklärliche Bilder gewesen. Nur die überaktive Fantasie verließ mich nie, und meine Mum hatte recht gehabt auf dem Heimweg von dem Doktor: Ich fand in der Tat einen anderen Nutzen dafür, einen Nutzen, den ich mir vor all diesen Jahren unmöglich hätte vorstellen können. Aber heute weiß ich, dass ich ohne diese Fantasie niemals diesen Beruf ergriffen hätte.

Doch nun scheinen die ungebetenen Bilder sich zu einer ebenso unerwünschten Rückkehr entschlossen zu haben. Und diesmal sind sie mit Sicherheit nicht einfach nur das Produkt einer überaktiven Fantasie. Der Schub vergangene Nacht war nicht nur ein Hirngespinst, sondern eine Erinnerung, da bin ich mir ganz sicher. Eine mit Gefühlen verbundene Erinnerung, die niemals so absolut real hätte sein können, wenn ich mir die ganze Szene nur ausgedacht hätte. An irgendeinem Punkt in meinem Leben *war* ich in diesem Raum gewesen, *hatte* diese Rauchwolke über meinem Kopf beobachtet und mich danach gesehnt, zu meiner Mutter heimgebracht zu werden. Auch wenn ich keine Ahnung habe, wann das gewesen sein soll oder was der Grund dafür war.

Und erst als der Gedanke auftaucht wie das helle Licht einer frühen Morgensonne über dem Horizont, dämmert mir die offensichtliche Erklärung: Wenn die Erfahrung der vergangenen Nacht nicht nur meiner Fantasie entsprungen, sondern eine echte Erinnerung war, dann mussten doch wohl auch diese Hunderte von anderen »Visionen«, die ich in meiner Kindheit gehabt hatte, Erinnerungen gewesen sein.

Plötzlich wird mir so schwindlig, als müsste ich mich hinsetzen oder ganz schnell etwas essen. Erst als Jacob mit vor Anstrengung gerötetem Gesicht und umgeben von dem Geruch nach frischer Luft vom Spielfeld angerannt kommt und sich in meine Arme wirft, bin ich wieder zuversichtlicher, dass ich nicht hinfallen werde.

»Glaubst du, dass Dad schon auf ist, wenn wir nach Hause kommen?« Seine Augen glänzen vor Hoffnung und Erwartung. Die frühere Enttäuschung scheint vergessen zu sein, und ich frage mich, wann genau wir als Erwachsene die Fähigkeit verlieren, so schnell zu vergeben.

Ich nicke zustimmend und lächle Jacob an, obwohl ich mir absolut nicht sicher bin, ob ich die Wahrheit sage oder lüge.

KAPITEL VIERZEHN

BEX

Als Jacob und ich das Haus betreten, begrüßen uns der Duft von geräuchertem Frühstücksspeck aus der Küche und Billie Holiday aus dem Radio, die eines ihrer Lieder singt. Bevor wir die Küche jedoch erreichen, beginnt der Puls an meinem Hals schon wie verrückt zu pochen und erinnert mich daran, dass in den Kulissen noch etwas auf seine Lösung wartet.

Als wir in die Küche kommen, ist es fast so, als beträten wir das Café im hinteren Teil unseres liebsten Feinkostladens: Der Tisch ist mit Schälchen mit Oliven, Strauchtomaten, pikant gefüllten Peperoni und Jacobs Lieblingsbrot gedeckt.

Am Grill steht David, frisch geduscht, rasiert und ohne auch nur eine einzige sichtbare Spur des gestrigen Abends an sich. Er blickt zu uns auf, als er den Frühstücksspeck wendet, und lächelt.

»Hey, Jakey. Wie war's beim Fußball? Komm her und drück mich mal.«

Jacob stürmt zu ihm und wirft ihm die Arme um den Hals, als David in die Hocke geht. Die beiden halten einander fest umschlungen, bevor David über Jacobs Schulter blickt und mir ein paar Luftküsse zuwirft. Mein antwortendes Lächeln könnte breiter und wärmer sein, das weiß ich, doch meine Gesichtsmuskeln gehorchen mir nicht.

»Warum läufst du nicht nach oben und duschst schnell, Jakey? Danach können wir dann essen, und du erzählst deinem Dad von euren Fußballspielen heute Morgen?«

Für ein paar Sekunden klammert Jacob sich an David und

drückt ihn so fest, als müsste er sich von der Solidität seiner Erscheinung überzeugen. Erst dann löst er sich aus Davids Armen und läuft aus der Küche.

Ich warte, bis ich Davids Schritte am Ende der Treppe höre, bevor ich mir zutraue, etwas zu sagen. »Wie fühlst du dich heute Morgen?«

Meine Frage klingt jedoch weniger wie eine höfliche Erkundigung und mehr wie eine Anklage, als sie über meine Lippen kommt.

David verzieht jedoch keine Miene. »Ganz gut, danke. Tut mir leid, dass du heute Morgen den Fußball am Hals hattest. Aber ich war zumindest einkaufen, und der Brunch wird in etwa zehn Minuten fertig sein.«

Er sagt es ganz beiläufig im Plauderton, und nichts in seiner Stimme deutet darauf hin, dass noch eine Entschuldigung folgen wird. Ärger erwacht in mir, wo gerade noch Nervosität geherrscht hatte, und ich bin mir der Konfrontation bewusst, die in dem Raum zwischen uns schwelt, wenn auch freilich eine, von der David überhaupt nichts zu bemerken scheint.

Er häuft den Speck auf einen Teller, bevor er zum Tisch hinübergeht, wo ich so tue, als überprüfte ich den Inhalt meiner Handtasche. David legt einen Arm um meine Taille und küsst mich auf den Nacken. »Ich hab dich heute Morgen im Bett vermisst. Vielleicht könnten wir Jacob am Nachmittag mit einem Film beschäftigen?«

Mein Körper versteift sich unter Davids Berührung und denkt nicht einmal daran, die vergangene Nacht unter den Teppich zu kehren. Nur bin ich mir jetzt nicht mehr sicher, ob es Davids gestriges Benehmen oder seine »großzügige« Verleugnung heute Morgen ist, was mich am meisten ärgert.

Als ich mich schnell zu ihm herumdrehe und einen Schritt

zurücktrete, kann ich schon die Hitze spüren, die mir in die Wangen steigt.

»Wirst du dich für gestern Nacht entschuldigen oder einfach so tun, als wäre nichts passiert?«

Ein Anflug von Bestürzung erscheint für einen Moment in seinen Augen, bevor sein Gesicht einen Ausdruck der Verwirrung annimmt.

»Hast du nichts dazu zu sagen?«

»Ich weiß nicht, wovon du sprichst, Bex. Wofür soll ich mich denn entschuldigen?«

Wir schauen uns in die Augen, während seine Verwirrung und mein Zorn einander in der Luft umkreisen, nicht sicher, wer bei diesem speziellen Tanz die Führung übernehmen sollte.

»Du willst mich doch nicht wirklich glauben machen, dass du dich an nichts erinnerst?«

Er schüttelt den Kopf und zuckt mit den Schultern, aber das halbe Lächeln, zu dem seine Lippen sich verziehen, verdeutlicht mir, dass er annimmt, ich sei wegen irgendeines kleineren Fehltritts verärgert, über den wir beide lachen werden, bevor Jacob wieder herunterkommt.

»Du erinnerst dich nicht mehr an den Streit, den wir auf dem Heimweg hatten?«

Ich weiß, dass es etwas Grausames hat, ihm nur tröpfchenweise Informationen zukommen zu lassen, gerade genug Bruchstücke, um sein Interesse an der Sache wachzuhalten. Aber ich *will*, dass er sich erinnert. Und er soll sich selbst daran erinnern.

»Also wirklich, Bex. Ich kann sehen, dass du verärgert bist, doch ich weiß beim besten Willen nicht, was ich angestellt haben soll.«

Angestellt haben soll. Als könnte es auch nur den Schatten eines Zweifels geben, dass ich dies alles erfinde und übertreibe, um einen möglichst drastischen Effekt zu erzielen.

»Du erinnerst dich also nicht, dass du mich auf der Straße wiederholt beschimpft und mir vorgeworfen hast, ich hätte dir *verdammt noch mal* den Abend verdorben? Du erinnerst dich nicht, dass du meine Hand weggeschlagen hast – zweimal! –, als ich versuchte, dir zu sagen, dass es mir leidtat? Du erinnerst dich nicht daran, nach Hause gestürmt zu sein und mich um halb zwei Uhr morgens am Ende unserer Straße stehen gelassen zu haben? Du willst mich *ernsthaft* glauben machen, dass du dich an *nichts* von alldem erinnerst?«

Meine Stimme droht zu brechen, und ich muss mich zwingen, nicht in Tränen auszubrechen. Ich würde vor Wut und Frustration weinen, doch David würde das nicht sehen. Er würde nur Traurigkeit sehen, die weggeküsst werden kann, und eine Uneinigkeit, die mit jeder verschwindenden Träne geringer wird.

Ich sehe, wie die Farbe aus Davids Gesicht weicht, wie seine Verwirrung von Zweifeln, Unsicherheit und Sorge überschattet wird. Für einen Moment bemitleide ich ihn – uns beide – wegen der Welle des Konflikts, die wir noch reiten müssen, bevor eine Versöhnung an der fernen Küste in Sicht kommen könnte.

»Mist, Bex. Ist das echt passiert? Mist. Das tut mir wirklich schrecklich leid. Kein Wunder, dass du sauer bist.«

Er zieht mich in die Arme und drückt mich so fest an sich, als versuchte er, uns wieder zusammenzuschweißen. Und obwohl mein Kopf mich drängt, ihm zu verzeihen, mich daran erinnert, dass es immer noch sein Geburtstags-Wochenende ist und dass es kleinlich wäre, am Morgen nach seinem Vierzigsten einen Groll zu hegen, kann ich meinen Körper irgendwie nicht zur Kooperation bewegen. Die Erinnerung an die vergangene Nacht hat sich in meinen Adern festgesetzt, und eine Entschuldigung, ganz gleich, wie aufrichtig gemeint, wird sie nicht so schnell vertreiben können.

Ich entziehe mich Davids Umarmung, als mir wieder einfällt, wie ich vergangene Nacht noch über ihn gedacht hatte: dass ich das Gefühl gehabt hatte, einer Version meines Ehemanns gegenüberzustehen, der ich noch nie zuvor begegnet war.

»Es war eine *fürchterliche* Art und Weise, den Abend zu beenden, David. Du warst plötzlich so wütend. In einer Minute war noch alles bestens, und in der nächsten hast du mich wüst beschimpft. Es war *grauenvoll.* Und als ich heimkam, lagst du praktisch schon im Koma, so betrunken, wie du warst. Während ich die halbe Nacht lang wach gelegen und darüber nachgedacht habe, was der Grund für deinen Wutanfall gewesen sein könnte.«

Er umfängt mein Gesicht mit seinen Händen und küsst mich zärtlich, als wollte er mich daran erinnern, dass der David von gestern Nacht nichts als eine vorübergehende Abweichung von der Norm gewesen ist.

»Es tut mir leid, Bex. Es tut mir wirklich sehr, sehr leid. Du weißt, dass ich dich nie absichtlich so verärgern würde. Es muss wohl doch eine anstrengendere Nacht gewesen sein, als ich dachte.«

Ich ließ die Entschuldigung in der Luft hängen, wo sie nur darauf zu warten schien, ob ich die Hand ausstrecken und sie ergreifen würde.

Es ist nicht so, als glaubte ich nicht, dass das der Grund war. Es ist nur so, dass das in meinen Augen keine Entschuldigung ist.

»*Nichts* dürfte dich dazu veranlassen, dich so unmöglich zu benehmen, David. Es war, als wärst du ein anderer Mensch geworden. Ein Mensch, den ich nicht besonders mochte, wenn ich ehrlich sein soll.«

Mein Ton ist so scharf und hart, dass ich mich frage, ob das meine Absicht ist oder ob ich ihn nicht einmal dann abmildern könnte, wenn ich es versuchte.

David legt mir die Hände auf die Schultern und beugt sich vor, bis unsere Gesichter nur noch Zentimeter voneinander entfernt sind und ich nicht einmal sein ganzes Gesicht auf einmal sehen kann.

»Ich weiß nicht, was ich noch mehr sagen könnte, als dass ich es wirklich aufrichtig bedaure. Du hattest mir so einen wundervollen Tag und Abend geschenkt, dass ich nicht weiß, welcher Teufel mich geritten hat – außer zu vielen Mojitos vielleicht. Ich weiß es nicht. Vielleicht hat mich dieses Gespräch mit meiner Mutter auch noch viel mehr aufgeregt, als mir bewusst war.«

Wieder kann ich spüren, wie die Röte, die gerade erst zurückgegangen war, mir dummerweise wieder in die Wangen steigt. Ein kurzes Schweigen entsteht, in dem ich meine Bedenken immer lauter werden lasse und mir einzureden versuche, dass mit einem Geständnis nichts zu gewinnen ist. Aber dann blicke ich zu David auf, sehe das Bedauern und die Verwirrung in seinen grünen Augen und finde es plötzlich nicht mehr richtig, seinen temporären Gedächtnisverlust auszunutzen.

»Nun ja, ehrlich gesagt war es meine Erwähnung des Anrufs deiner Mutter, was diesen Wutanfall bei dir auslöste. Deshalb tut es auch mir leid, eine so gedankenlose Bemerkung gemacht zu haben.«

Mein Eingeständnis scheint irgendetwas in ihm wachzurufen. Denn ich sehe, wie er die Stirn runzelt, als versuchte er, die Erinnerung in den Vordergrund seines Bewusstseins zurückzuholen.

»Erinnerst du dich jetzt?«

David schüttelt den Kopf. »Nicht wirklich. Oder ein bisschen vielleicht. Ich sehe nur eine Art Schnappschuss von uns, auf dem wir streitend am Ende der Straße stehen, und verspüre dabei ein allumfassendes Gefühl der Wut. Aber es sind mehr verschwommene Eindrücke als Details.«

Dann seufzt er schwer, und ich muss mich zwingen, den in seinem Atem verbliebenen Alkoholgeruch zu ignorieren, den keine noch so große Menge Zahnpasta überdecken kann.

»Es tut mir leid, Bex. Wirklich. Doch meinst du nicht, wir könnten einfach meiner Mum die Schuld geben und die Angelegenheit vergessen?«

Sein zögerndes, hoffnungsvolles Lächeln erinnert mich daran, wie er mich an jenem ersten Abend anlächelte, bevor er fragte, ob er mich nach Hause bringen dürfe.

Plötzlich hungrig nach der Art Versöhnung, in der wir am besten sind, streichle ich seine Hand und beuge mich vor, um ihn zu küssen. Als David den Kuss erwidert, höre ich jedoch das dumpfe Poltern von Jacobs enthusiastischen Schritten auf der Treppe, und sofort lösen wir uns voneinander und tauschen ein verschwörerisches Lächeln aus über die bevorstehende Versöhnung, von der wir beide wissen, dass sie nun bis später warten muss.

Jacobs Haar ist noch tropfnass von der Dusche, als er in der Tür erscheint, und er lächelt, ohne etwas von der Angespanntheit zu bemerken, die sich gerade erst in nichts auflöst.

»Ist das Essen fertig? Ich bin schon fast *verhungert!*«

KAPITEL FÜNFZEHN

BEX

Mein Stift gleitet über das weiße Papier und schraffiert die schon entworfene Figur vor mir, bevor ich ihre Umrisse in den PC einscanne. Ich weiß, dass sie noch nicht ganz gelungen ist und dass ihre Gesichtszüge noch nicht die ausgewogene Mischung aus Verletzlichkeit und Mut aufweisen, die ich brauche. Aber ich weiß auch, dass ich sie jetzt seit drei Tagen anstarre, ohne einen einzigen Strich gezeichnet zu haben, und mich langsam zu fragen beginne, ob ich die Blockade nicht brechen könnte, indem ich einfach weitermache, ohne vorher groß zu planen.

Ich blicke auf und schaue mich in dem gemeinschaftlichen Arbeitsbereich um, der in den letzten drei Jahren mein »Atelier« gewesen ist. Zu Anfang war ich noch unschlüssig gewesen, ob ich einen Schreibtisch in einem von Fremden bevölkerten Lagerhaus mieten sollte, von denen die meisten nicht nur grundverschieden waren, sondern auch noch eine halbe Generation jünger als ich zu sein schienen. Ich hatte immer geglaubt, der Reiz einer freiberuflichen Tätigkeit sei unter anderem der, zu Hause zu arbeiten, im Pyjama herumlaufen zu können und von Gesprächen über die Wochenenden anderer Leute verschont zu bleiben, wenn ich mir am Trinkwasserspender doch eigentlich nur ein Glas Wasser holen will. Aber damals versuchte ich gerade, aus einem kreativen Trott herauszukommen, und ein Freund, der Illustrator ist wie ich, war so ins Schwärmen geraten über diesen gemeinschaftlichen Arbeitsraum, in dem er sich erst kürzlich eingemietet hatte, dass ich mich schließlich doch zu einem dreimonatigen Versuch entschloss. Ich wollte sehen, ob das die kreative Revolution bewirken würde, die ich meiner Meinung nach so dringend brauchte. Das tat es nicht, nicht wirklich, aber ich machte die Entdeckung, dass es mir sogar gefiel, woanders als zu Hause arbeiten zu können. Nicht so sehr der Gesellschaft wegen – die brauche ich nicht unbedingt –, doch was mir sehr gut gefiel, war der Szenenwechsel. Der andere Ausblick aus dem Fenster, die andere Energie im Raum, ja selbst der andere Schreibtisch, der andere Stuhl, das andere Licht. Oder das Wissen um die Produktivität der anderen, das mich an Tagen wie diesem motiviert, wenn ich ein bisschen lustlos bin. Natürlich arbeite ich auch noch oft zu Hause, aber wenn ich eine andere Art von Inspiration zu erlangen versuche, pflege ich mich hierher zurückzuziehen.

Ich wende mich wieder den Zeichnungen und dem Text zu, die vor mir liegen. Die Geschichte ist eine moderne Adaptation von *Rumpelstilzchen* und geschrieben von einer Autorin, mit der ich schon an drei anderen Büchern zusammengearbeitet habe. Ihre Texte sind schön, voller Poesie und perfekt zum Vorlesen geeignet. Es sind Geschichten von der Art, wie ich sie eines Tages selbst gern schreiben würde, wenn ich je die Worte finden könnte statt immer nur die Bilder.

Manchmal fragen mich die Leute auf Buchmessen oder bei Signierstunden nach den Elementen für ein erfolgreiches Kinderbuch. Aber selbst nach fünfzehn Jahren und einundzwanzig von mir illustrierten Büchern kann ich immer noch nicht von mir behaupten, das Geheimrezept zu kennen, das bewirkt, dass eine Geschichte Kinder anspricht und eine andere von wenig oder gar keinem Interesse für sie ist. Die Worte, die ein Kind zum Lachen oder Weinen bringen können, ihm Angst machen oder Freude bringen. Die Bilder, die imaginäre Welten mit Lebewesen heraufbeschwören können, denen sie sonst nie begegnen würden. »Magie«, das ist das einzige Wort dafür. Ich bin keine Mystikerin, aber Magie ist die einzig passende Beschreibung. Die Magie eines jungen Lesers, der ein Buch zur Hand nimmt und sich von ihm – bereitwillig und vertrauensvoll – an unbekannte Orte versetzen lässt. Das magische Gefühl des Buches zwischen seinen jungen Fingern, das randvoll von noch zu entdeckenden Abenteuern und bisher unerforschten Emotionen ist. Der verheißungsvolle Geruch der noch ungelesenen Seiten, der von Möglichkeiten, Spannung, Aufregung und Wissen spricht.

Ich schaue mir das kleine Mädchen an, das ich auf dem Blatt Papier vor mir erschaffen habe, und frage mich wieder einmal, was es sein könnte, das ihr noch fehlt. Was es ist, das mir entgeht. Ich weiß, dass es mir früher oder später einfallen wird. Ja, ich bin mir sicher, dass ich es so plötzlich erkennen werde, als hätte die Antwort schon die ganze Zeit über geduldig im Hintergrund gewartet. Dass es ein simples Vergrößern der Augen, ein breiteres Lächeln oder eine Stupsnase sein wird. Die kleinste körperliche Veränderung kann eine ganze Persönlichkeit verwandeln.

Es ist für mich immer mit einem Gefühl der Erwartung verbunden, mich an die Arbeit zu setzen, selbst an Tagen wie diesem, an denen die Bilder ausbleiben. Mein Gefühl sagt mir, dass etwas geschehen wird, auch wenn ich mir nicht sicher bin, was oder wann genau das sein wird. Ich weiß, dass ich darauf vertrauen muss – so wie der Leser Monate später darauf vertrauen wird –, dass sich etwas Lohnendes ergeben wird. Und ich weiß auch, dass ich weiter warten werde, weiter Männchen malen, herumkritzeln oder Ideen ausprobieren werde, bis es so weit ist. Weil Zeichnungen, Illustrationen und Geschichten nichts sind, womit ich mich nur beschäftige, weil ich diese Dinge liebe. Ich zeichne und illustriere, weil ich nicht anders *kann*. Weil ich ohne Zeichnungen, Illustrationen und Geschichten rastlos, ungeduldig und verloren bin.

Ich weiß nicht, warum, doch seit Davids Geburtstag vor zwei Monaten bin ich noch unruhiger und ungeduldiger als seit langer Zeit. Als wartete ich darauf, dass etwas geschieht, ohne allerdings zu wissen, was. Es ist wie eine ständige, entnervende emotionale Arrhythmie und das Bedürfnis, mich an etwas Solidem festzuhalten. Als ich mit Melissa darüber sprach, meinte sie, es könne eine verfrühte Midlife-Crisis sein. Sie erzählte mir, dass sie in den sechs Monaten vor ihrem vierzigsten Geburtstag im vergangenen Jahr von einer Todesangst geplagt worden war, als wäre vierzig die magische Zahl, bei der der Niedergang zu einem unvermeidlichen Ende beginnt. Vielleicht hat sie ja recht. Vielleicht hat Davids vierzigster Geburtstag mich daran erinnert, dass ich gar nicht so weit hinter ihm bin.

Wieder sehe ich mir die Kleine auf der Seite an. Sie ist hübsch, aber nicht zu sehr, niedlich, doch auch etwas skurril. Mit ihren unverhältnismäßig großen Augen sieht sie aus wie jemand, der noch nicht weiß, was er sich von seiner Zukunft wünschen soll. Mir kommt der Gedanke, dass das Problem sein könnte, dass sie zu unschuldig aussieht. Vielleicht sollte sie sogar schon in dieser Anfangsszene aufmerksamer wirken. Vielleicht sollte ihr Gesicht mehr erahnen lassen, was noch kommt. Sie kann zwar noch nichts von den törichten Versprechungen wissen, die ihr Vater ihr machen wird, aber möglicherweise muss trotzdem schon irgendein Anzeichen da sein, dass sie die Gefahren seines Leichtsinns, seiner Eitelkeit und Waghalsigkeit kennt.

Instinktiv reibe ich mir mit der Hand die Augen, deren Brennen mich warnt, dass ich schon zu lange das gleiche unausgereifte Bild anstarre. Die Uhr an der Wand sagt mir, dass ich noch über eine Stunde vor mir habe, bevor ich berechtigterweise zum Lunch gehen kann – aber ich muss von meinem

Schreibtisch weg. Die Beine meines Stuhls erzeugen ein scharrendes Geräusch auf dem Holzboden, als ich ihn zurückschiebe und auf der Suche nach Kaffee, Zucker und der Inspiration, die mit Sicherheit schon irgendwo wartet, in die Küche gehe.

KAPITEL SECHZEHN

BEX

Als ich in die Küche komme, treffe ich dort Gil, der an der Kaffeemaschine herumhantiert, die eigentlich einen professionellen Barista zur Bedienung braucht. Gil dreht sich um, als er meine Schritte hört, und lächelt entschuldigend.

»Falls du dir einen Koffeinkick erhoffst, wirst du dich gedulden müssen. Entweder ist der Wasserfilter mal wieder verstopft, oder ich habe es unerklärlicherweise geschafft, das ganze Ding kaputtzukriegen.«

Ich höre einen Anflug von Selbstironie in seinem Lachen und lächle in Erwiderung darauf. »Na ja, dann mache ich mir vielleicht nur Tee. Ehrlich gesagt, habe ich heute Morgen schon drei Becher Kaffee getrunken, sodass du mir also wahrscheinlich sogar einen Gefallen getan hast. Soll ich dir auch einen Tee aufbrühen?«

Er schüttelt den Kopf, als er stirnrunzelnd hinter die Maschine greift und an irgendetwas zieht, das ich nicht sehen kann. Ich setze Wasser für meinen Tee auf, und eine Zeit lang erfüllt nur das Brodeln des Wasserkochers die Stille, die sonst vielleicht ein etwas verlegenes Schweigen zwischen zwei nicht wirklichen Kollegen wäre.

Wahrscheinlich könnte ich an fünf Fingern abzählen, wie oft Gil und ich schon einmal miteinander allein gewesen sind. Wir sind es mehr gewöhnt, uns freundlich zuzunicken, wenn einer von uns am Schreibtisch des anderen vorbeikommt.

Als Gil vor etwa einem Jahr hier seinen Arbeitsplatz angemietet hatte, führten wir das obligatorische Begrüßungsgespräch, und ich erinnere mich noch gut an die Erleichterung in seinem Gesicht, als er merkte, dass er hier nicht die einzige Person über fünfunddreißig war und auch nicht die einzige, die *nicht* davon träumte, der nächste Larry Page oder Mark Zuckerberg zu werden. Damals hatte er mir erzählt, dass er Architekt sei und sich auf Erhaltungsarchitektur wie Erweiterungen und Umgestaltungen von denkmalgeschützten Bauten, aber vor allem auch Privathäusern spezialisiert habe. Durch das Anmieten eines Arbeitsbereichs hoffte er, ein ausgewogenes Verhältnis zwischen Berufs- und Privatleben zu erreichen. »Ohne diese Trennung«, sagte er, »sitze ich Tag für Tag daheim in meinem Studio und ertappe mich regelmäßig dabei, dass es draußen bereits dämmert, wenn ich von meinem Tisch aufsehe, und dass die Arbeit wieder einmal einen weiteren Abend verschlungen hat.« Das gestand er mir, als hätte er instinktiv gewusst, dass ich ihn verstehen würde. Ich lachte zustimmend und dachte an all die Abende, in denen ich David erklärt hatte, ich ginge nur kurz in mein Atelier hinauf, um einem Bild den letzten Schliff zu geben oder ein paar Änderungen an einer Zeichnung vorzunehmen. Jedes Mal hatte es damit geendet, dass David Stunden später an meine Tür klopfte, um mir zu sagen, dass er schlafen ging.

Seit jenem Gespräch damals hatte sich mein Kontakt zu Gil auf gelegentliche Begegnungen an der Tür, auf der Treppe oder eben wie heute in der Küche beschränkt.

Als der Wasserkocher sich abstellt, richtet Gil sich auf und schaltet die Kaffeemaschine wieder ein. Sie erwacht summend zum Leben, und er stößt einen tiefen Seufzer aus, aber ob er Zufriedenheit oder nur das Ende seiner Frustration ausdrückt, kann ich nicht entscheiden.

»Ich habe mich schon gefragt, ob ich das Ding nicht absichtlich beschädigt hatte, um einen Vorwand zu haben, meinem Schreibtisch noch ein bisschen länger fernzubleiben.«

Ich lächle und nehme meinen Becher zwischen beide Hände, während ich mir sage, dass ein paar Minuten mehr Ablenkung mir vielleicht ganz guttun würden. »Hast du heute auch einen dieser Vormittage? Ich starre jetzt schon dreieinhalb Tage dieselbe Zeichnung an. Vielleicht sollte ich einfach einen Spaziergang machen oder so was in der Art. Aber ich scheine dem Irrtum zu unterliegen, dass die Lösung ganz von selbst kommen wird, wenn ich das Bild nur lange genug anstarre.«

Gil lacht – ein sehr maskulines, resonantes Lachen, das tief in seiner Brust beginnt und erst ganz am Ende den Weg in die Welt hinaus zu finden scheint. »Das kommt mir sehr bekannt vor. Ein Teil von mir denkt, dass es wahrscheinlich das Beste wäre, für heute Schluss zu machen, aber mein Über-Ich scheint anderer Meinung zu sein. Schließlich ist es ja auch erst elf.«

Wir lachen beide, aber dann verklingt das Lachen, und ich bin mir nicht mehr sicher, ob das Schweigen, das ihm folgt, ein unbehagliches oder nur ein ungewohntes ist. Gil macht sich seinen Kaffee, und ich will gerade gehen, als er das Gespräch wieder aufnimmt.

»Ich hoffe, die Frage stört dich nicht, doch als ich neulich an deinem Tisch vorbeikam, konnte ich nicht umhin, die Medaille zu bemerken, die dort liegt. Diese Auszeichnung ist eine ziemlich große Sache in der Welt der Kinderliteratur, nicht wahr?«

Ich kann die Hitze spüren, die mir in die Wangen steigt, und das schnellere Pulsieren des Blutes dort unter meiner Haut. »Das war vor langer Zeit. Vor sehr langer Zeit. Ich sollte sie dort wirklich nicht mehr liegen lassen.«

Für einen Moment bin ich versucht, ihm zu sagen, warum ich es tue, ihm zu erklären, dass ich die Medaille aus einem ganz anderen Grund dort aufbewahre, als er vermutlich glaubt. Auf jeden Fall nicht, um damit anzugeben. Sie liegt dort als Erinnerung daran, was einmal war und hoffentlich eines Tages auch wieder sein wird. Doch ich spüre, wie meine Lippen sich instinktiv vor einem Eingeständnis verschließen, das ich mir selbst kaum machen kann.

»Natürlich solltest du sie dort liegen lassen. Sie ist doch eine erstaunliche Errungenschaft, diese Auszeichnung. Für welches Buch hast du sie bekommen?«

Mein Magen verkrampft sich vor Nostalgie bei dieser Frage, und ich sage mir, dass es mein eigener Fehler ist, diese Medaille dort zur Schau zu stellen. Aus irgendeinem Grund bilde ich mir immer ein, dass nur ich sie sehen kann. Dass sie der unerklärlichen Macht wegen, die sie über mich besitzt, von niemand anders als mir selbst wahrgenommen werden kann.

»Ob du es glaubst oder nicht, ich habe sie für das erste Buch bekommen, das ich je illustriert habe. Das war vor fast schon fünfzehn Jahren, die mir vorkommen wie eine ganze Lebenszeit.« Ich kann einen Anflug von Wehmut nicht aus meiner Stimme fernhalten, obwohl ich sie mit einem Lächeln zu kaschieren versuche.

»Wow, das ist ja echt erstaunlich! Und damit war dein beruflicher Erfolg doch zweifellos gesichert?«

Ich kann meine nichtssagende Standardantwort schon auf der Zunge spüren. Die Antwort, die jeder hören will: *Ja, das war ein fabelhafter Anfang. Ja, das war ein unglaubliches Glück. Ja, das ist das Beste, was ich beruflich je erlebt habe.* Aber plötzlich wird mir die Wahrheit bewusst, die in meine Gedanken hereinplatzt und diese Plattitüden umstürzen lässt wie Kegel unter dem Gewicht einer Bowlingkugel.

»Ganz ehrlich? Ja, die Auszeichnung hat mir sehr viele Türen geöffnet und mir zweifelsohne Aufträge gesichert, an die ich sonst niemals herangekommen wäre. Doch manchmal wünschte ich, ich hätte sie erst zu einem späteren Zeitpunkt erhalten. Diese Art von Erfolg mit seinem ersten Buch zu haben legt die Messlatte nur geradezu unmöglich hoch. Und das wiederum bedeutet, dass es mit allem, was man tut, von diesem Moment an nur noch bergab gehen könnte.«

Ich könnte noch mehr dazu sagen – sehr viel mehr –, aber ich spüre, dass meine Kehle eng wird, und weiß, dass ich meiner Stimme jetzt nicht mehr trauen kann, um fortzufahren.

Gil sagt nichts. Er mustert mich nur still und prüfend, bis ich mir vorkomme wie ein Wesen unter der Linse eines unglaublich starken Mikroskops. Wie um das Schweigen zwischen uns zu übertönen, beginnt das Blut in meinen Wangen noch beharrlicher zu pochen. Mein Herz bestraft mich mit jedem Schlag dafür, zu viel gesagt zu haben.

»Tut mir leid, das klingt bestimmt sehr undankbar, nicht wahr? Aber nimm mich heute am besten gar nicht ernst. Ich habe nur einen schlechten Tag.«

Gil legte den Kopf zur Seite wie ein aufmerksamer Vogel, der auf ein Signal horcht, das niemand sonst hören kann, und ich frage mich, wie schnell ich zu meinem Schreibtisch zurückkehren kann, ohne unhöflich zu wirken.

»Es klingt überhaupt nicht undankbar, sondern sogar sehr vernünftig. Auch wenn ich mir nicht sicher bin, ob ich dir darin zustimmen würde, dass es seitdem nur noch bergab gegangen ist. Du hast doch Dutzende von Büchern illustriert?«

Mein Gesicht scheint sich zu einer meiner misstrauischen Mienen zu verziehen, denn Gil lacht und schüttelt den Kopf.

»Meine Tochter liebte diese Bücher, als sie noch jünger war. Besonders die *Naughty-Goblins*-Reihe, die du mit Bethany Chambers gemacht hast. Schade, dass mir nicht bewusst war, wer du warst, bis ich vor ein paar Tagen diese Medaille auf deinem Schreibtisch sah, denn sonst wäre ich schon vor Monaten mit Izzys Büchern zu dir gekommen, um sie signieren zu lassen.«

Ich merke, dass ich lächle und die Hitze in meinen Wangen nachzulassen beginnt. »Danke, das ist wirklich nett von dir. Und wenn Izzy Bücher signiert haben möchte, werde ich das natürlich gern tun.«

Ich bin mir meines jetzt viel förmlicheren Tons bewusst, dieses professionell-freundlichen Tons, der normalerweise öffentlichen Anlässen vorbehalten ist, und frage mich, warum ich selbst heute noch, nach all diesen Jahren, kein Kompliment annehmen kann, ohne das Gefühl zu haben, dass es eigentlich jemand anders zustünde.

»Empfindest du das wirklich so? Das mit der Medaille, meine ich? So wie du redest, klingt es fast, als wäre sie ein Mühlstein um deinen Hals gewesen?«

Für einen Moment erfasst mich Ärger über das Vertrauliche der Frage, bis ich Gil anschaue und in seinem Gesicht nichts von der morbiden Neugier sehe, die für gewöhnlich Fragen der Eltern von Lesern begleitet. In seinen Zügen erkenne ich nur aufrichtiges Interesse, ja sogar Anteilnahme.

»Vielleicht nichts so Dramatisches wie ein Mühlstein. Aber ich glaube, dass sie mit solch hohen Erwartungen einherging, dass ich bis heute noch nicht glaube, sie je wirklich erfüllt zu haben. Ich weiß es nicht. Manche Leute meinen, so früh in seiner Karriere Erfolg zu haben sei eine Entlastung von dem Leistungsdruck: Man hat etwas erreicht, womit man nie gerechnet hätte, und kann den Rest also einfach nur genießen. So empfinde ich das aber ganz und gar nicht. Nachdem mein erstes Buch diese Art äußerer Zustimmung erhalten hat, fühlt es sich jetzt jedes Mal, wenn ein Buch *keinen* Preis gewinnt, wie ein kleiner Misserfolg an, selbst wenn ich persönlich es für ein besseres Werk halte. Macht das irgendeinen Sinn?«

Gil nickt und wirkt weit weniger bestürzt über mein Geschwafel, als ich erwartet hatte.

»Und ob das Sinn macht! Ich denke oft, dass viele meiner besten Arbeiten aus den ersten zwei Jahren nach meinem Abschluss stammen. Ich glaube, wenn man sich fünfzehn oder zwanzig Jahre lang mit etwas befasst hat, muss es auch Momente des Zweifels oder der Enttäuschung geben. Ich habe schon darüber nachgedacht, ob ich meine Arbeit nicht ein bisschen abwechslungsreicher gestalten sollte: mich nach anderen Arten von Aufträgen umzusehen und mich zu zwingen, meine Wohlfühlzone zu verlassen. Vielleicht brauchst du das ja auch? Was ist es, was du am liebsten tun würdest? Und was macht dir am meisten Angst?«

Gil schaut mich so ernsthaft an, als hätte er nicht gerade jemandem, der nicht mehr als eine flüchtige Bekannte ist, eine höchstpersönliche Frage gestellt. Aber dann frage ich mich, ob es nicht eigentlich gar keine so persönliche Frage ist. Vielleicht kommt sie mir ja nur so persönlich vor, weil die Antwort mich so sehr beängstigt?

In Gedanken lege ich mir eine mögliche Erwiderung zurecht und frage mich, wie es sich wohl anfühlen würde, etwas auszusprechen, was ich bisher immer nur David gegenüber zugegeben habe. Und dann ist es auf einmal so, als würde ich am Rand eines Sprungbretts stehen und in dem sicheren Bewusstsein, dass es nur einen Weg herunter gibt, ins kalte Wasser springen.

»Ich würde gern meine eigenen Kinderbücher schreiben und sie illustrieren. Nicht nur Bilder für die Geschichten anderer Leute zeichnen, sondern die ganze Geschichte selbst erzählen, vom Anfang bis zum Ende.«

Die Worte kommen mir so leicht über die Lippen, als wären sie in all diesen Jahren Gefangene gewesen und könnten nun gar nicht schnell genug entkommen. Und ich komme mir vor wie ein Teenager, der entdeckt, dass jemand sein Tagebuch gelesen hat, aber weiß, dass es seine eigene Schuld ist, weil er es offen hat herumliegen lassen.

»Na, das müsste für dich doch eine Leichtigkeit sein, nicht? In all den Jahren wirst du sicher Hunderte von Kinderbüchern gelesen haben und wissen, was bei jungen Lesern ankommt und was nicht.«

Ich kann keine Spur von Ironie in Gils Gesicht entdecken und höre auch nicht das leiseste Anzeichen von Spott in seiner Stimme.

Ich jedoch denke an die unzähligen Momente, in denen ich mich mit einer noch unausgereiften, aber in meinem Kopf an Dynamik zunehmenden Geschichte an meinen Schreibtisch gesetzt habe, nur um dann festzustellen, dass mir die Worte fehlten. Ich denke an die Frustration, einen fremden Text zur Illustration zu erhalten, an all diese Hunderte von Worten, aus denen jemand eine Erzählung hervorgezaubert hat, und an den Wunsch, dass diese Worte meine sein könnten. Ich denke an dieses tief empfundene, unerklärliche Bedürfnis, eine eigene Geschichte zu erschaffen, und die unbegreifliche Lähmung, die mich übermannt, wann immer ich es versuche. Dabei kann ich die Geschichten doch schon irgendwo in mir spüren. Ich weiß, dass sie da sind. Doch je entschlossener ich mich auf die Suche nach ihnen begebe und je lauter ich sie hervorzulocken versuche, desto weiter scheinen sie sich ins Dunkel zurückzuziehen.

Als ich wieder zu Gil hinüberblicke, merke ich, dass er auf eine Antwort wartet.

»Ich weiß es nicht. Es klingt so einfach, wie du es ausdrückst. Aber manchmal sind die Dinge, die einem wie die einfachsten erscheinen, in Wirklichkeit die kompliziertesten, nicht wahr?«

Gil verengt nachdenklich die Augen. »Ich weiß nicht, ob das Leben so einfach sein sollte.« Und dann setzt er ein Lächeln auf – ein unkompliziertes, ungezwungenes Lächeln, und ganz unversehens erkenne ich, was mit meiner Zeichnung des kleinen Mädchens aus *Rumpelstilzchen* nicht in Ordnung ist. Es ist das Haar der Kleinen; ihr Haar ist völlig falsch. Es ist zu lang und hübsch und mädchenhaft. Es müsste kurz, modern und genau das Richtige für Abenteuer sein. Es ist so offensichtlich, als ich jetzt darüber nachdenke, dass ich nicht verstehe, wieso mir das nicht schon vorher aufgefallen ist.

»Du wirst mich entschuldigen müssen, Gil, denn ich glaube, dass ich gerade die Lösung für diese problematische Zeichnung gefunden habe. Aber vielen Dank für das nette Gespräch. Und ich hoffe, du hast einen produktiveren Nachmittag.«

Schnell verlasse ich die Küche und gehe zu meinem Schreibtisch zurück. Dabei frage ich mich, wie es möglich sein kann, dass mir bei all den unzähligen Varianten, die ich von dieser Märchenfigur gezeichnet habe, nie auch nur der Gedanke gekommen ist, dass die Lösung so einfach ist, wie der Kleinen das Haar zu schneiden.

KAPITEL SIEBZEHN

JUDITH

Jacob sitzt neben mir am Küchentisch, den Kopf eifrig über die vor ihm liegende Hausaufgabe gebeugt. Auf der anderen Seite der Küche bereitet Rebecca sein Abendessen vor und eilt dabei so geschäftig hin und her, dass ich schon allein vom Zusehen müde werde.

Es ist Viertel vor sechs, wie ich bei einem Blick auf die Uhr an der Wand sehe. Eigentlich sollte ich mich jetzt auf den Heimweg machen. Ich habe Jacob seit Viertel nach drei beaufsichtigt, wie immer an zwei Nachmittagen in der Woche, und weiß, dass das genügen müsste. Doch je mehr ich ihn sehe, desto hungriger werde ich nach seiner Nähe, etwa so wie jemand, der am Abend eine üppige Mahlzeit zu sich nimmt und am nächsten Morgen schon mit Heißhunger erwacht.

»So, Omi, und hier ist der Platz für Onkel und Tanten. Sie wären Mums Brüder und Schwestern, nicht? Aber ich hab gar keine, oder?«

Ich blicke auf den Familienbaum herab, den Jacob für die Schule fertigstellen muss und der bisher nur mit Jacob, Rebecca, David, mir und Davids Eltern bestückt ist und etwas so jämmerlich Leeres an sich hat, dass ich schlucken muss, bevor ich antworten kann.

»Nein. Auf Mums Seite hast du keine Onkel und Tanten. Aber auf Dads Seite hast du einen Onkel, nicht?«

Jacob legt den Kopf zur Seite, als wollte er die Erinnerung aus einem Aktenschrank in seinem Gedächtnis herauskippen.

»Du meinst Onkel Nate? Ich weiß nicht, ob er zählt, wo ich ihn doch nicht mal kenne.«

Plötzlich steht Rebecca hinter uns, legt eine Hand auf Jacobs Schulter und küsst ihn auf das Haar. »Natürlich zählt er, Schatz. Und auch Tante Lily und deine Cousins zählen. Nur weil du manche Menschen nicht siehst, heißt das noch lange nicht, dass sie nicht zur Familie gehören. Schau mal, setz sie hier auf Dads Seite des Baumes ein.«

Rebecca beugt sich lange genug über Jacobs Schulter, um den Eintrag der fünf Namen, die zumindest für den Jungen keine Gesichter haben, zu beaufsichtigen.

Als sie zum Herd zurückgeht, ruft Jacob ihr eine Frage hinterher.

»Warum sehen wir meine Cousins denn nie? Ethan sieht seine Cousins und Cousinen jedes Jahr, obwohl sie ganz weit entfernt in Amerika leben.«

Rebecca rührt weiter in der Sauce auf der Kochplatte, ohne sich zu uns umzudrehen, aber ihren Gesichtsausdruck – das aufgesetzte, beruhigende Lächeln, das ihre Augen nicht erreicht – kann ich mir sehr gut vorstellen.

»Na ja, deine Cousins sind alle viel älter als du, während viele von Ethans Cousins und Cousinen mehr oder weniger in seinem Alter sind. Deshalb sind sie mehr wie Freunde.«

Jacob lässt die Erklärung im Raum hängen, als müsste sie zuerst seine Haut durchdringen, um seine Gedanken zu erreichen. Dann wendet er sich, anscheinend zufrieden mit Rebeccas Antwort, wieder seinem Familienbaum zu.

Ich blicke auf den Jungen herab und denke an all die kleinen Lügen, die wir unseren Kindern erzählen, um sie vor der Wahrheit zu beschützen.

»Omi? Miss Henshall hat heute auch von Cousins zweiten Grades gesprochen. Sind das die, die als zweites Kind in ihrer

Familie geboren sind?« Jacob blickt mit zusammengezogenen Augenbrauen und konzentrierter Miene zu mir auf.

»Nein, mein Schatz. Wenn du Kinder hast und deine Cousins auch Kinder haben, sind alle diese Kinder Cousins oder Cousinen zweiten Grades füreinander. Verstehst du das?«

Ich zeichne mit dem Finger den Familienbaum nach, um Jacob zu zeigen, an welcher Stelle diese noch nicht vorhersehbaren Personen stehen würden, falls ihre Eltern irgendwann beschließen sollten, sie zur Welt zu bringen.

»Bedeutet das, dass man auch Cousins dritten Grades haben kann? Und vierten? Oder sogar *hundertsten?*«

Jacobs Augen leuchten, als hätte er gerade eine Entdeckung gemacht, die vor ihm vielleicht noch nie jemand in Betracht gezogen hat, und er sieht plötzlich so sehr wie Rebecca aus, als sie in diesem Alter war, dass meine Brust ganz eng wird bei der Erinnerung daran. Äußerlich ähnelt er mehr David mit seinem dichten dunkelbraunen Haar, der olivfarbenen Haut, den grünen Augen und dem eckigen Kinn, das ihn eines Tages zu einem sehr gut aussehenden jungen Mann machen wird. Aber seine Mimik ist voll und ganz Rebeccas. Wie seine Ehrfurcht, Neugier und Faszination für die Welt …

Der Gedanke erinnert mich daran, wie Rebecca früher oft eine Ausgabe der *Encyclopedia Britannica* zum Küchentisch schleppte, um sie systematisch, Seite für Seite durchzublättern, bis sie etwas fand, das ihr Interesse weckte und sie es mir vorlas. Ihre Stimme war dann voller Staunen darüber, dass die Welt so viel Magie enthielt, als existierte sie nur, um von Rebecca entdeckt zu werden. Ich kann sie wieder vor mir auf der Küchenbank knien sehen, die Füße an den Knöcheln gekreuzt, die Ellbogen auf den Tisch und den Kopf auf ihre Hände gestützt. Hin und wieder streicht sie sich das lange dunkle Haar aus dem Gesicht, wenn es sie beim Lesen zu stören droht. Für sie gab es keine Themen, die sie weniger oder gar nicht interessierten – ob es nun um die Natur, um Zahlen, das Sonnensystem, die Geografie oder das Entstehen von Wolken und die Formation von Gletschern ging. Oder um die Frage, warum die Erde sich um die Sonne dreht und am Nachthimmel Sterne glitzern. Oft habe ich sie meine kleine Frau Doktor Allwissend genannt, worauf sie in gut geübter Routine die Stirn in Falten legte und erklärte, ihr Name sei Rebecca und ich könne den Doktortitel ruhig weglassen. Dann lächelte ich, küsste sie aufs Haar und bat sie, mir mehr vorzulesen.

Später, nachdem wir umgezogen waren, hörte sie auf, diese dicken Enzyklopädien aus ihr noch unvertrauten Bücherregalen hervorzuziehen, und der Gegenstand ihrer Nachforschungen wechselte zu Fragen, die keine Bücher eindeutig beantworten können: warum nichts ewig währt, warum Menschen sterben müssen und wohin sie gehen, wenn es so weit ist. Ich tat mein Bestes, um ihr mit meinen Antworten die Beruhigung zu geben, die sie suchte, wie ich wusste. Aber nach einer Weile schien sie zu erkennen, dass ich die Antworten nicht hatte, und hörte auf zu fragen.

Ich wende mich wieder Jacobs Familienbaum zu. Ob er wohl sieht, was ich sehe? Eine Landkarte ohne ausreichende Orientierungspunkte, um eine Reise in die Vergangenheit unserer Familie antreten zu können. Eine überwältigende Liebe zu meinem Enkel erfasst mich, die untrennbar mit dem Wunsch verbunden ist, dass seine Kindheit in all den Dingen perfekt sein möge, in denen Rebeccas es nicht gewesen ist.

Dann überflutet mich eine Welle der Erschöpfung, die mich plötzlich unerträglich müde macht. Schnell halte ich eine Hand vor den Mund, um das Gähnen zu unterdrücken, das unerbittlich in mir aufsteigt, doch es entschlüpft meinen Lippen, bevor ich es verhindern kann. Dabei bin ich mir Rebeccas beobachtendem Blick bereits bewusst, bevor sie etwas sagt.

»Ist alles in Ordnung mit dir, Mum? Du siehst erschöpft aus.«

KAPITEL ACHTZEHN

BEX

Mum dreht sich mir zu mir um und nickt, aber ihr Lächeln ist nicht ausgeprägt genug, um die in ihren Augenfältchen eingebettete Erschöpfung zu kaschieren. Sie wendet sich wieder Jacob zu, doch ich behalte sie im Auge und frage mich, was es sein könnte, das sie so anders aussehen lässt.

Und dann wird mir bewusst, dass Mum nicht anders, sondern einfach nur älter aussieht. Dass sie plötzlich wie eine Frau aussieht, die auf dem besten Weg ist, eine alte Dame zu werden – eine attraktive, tadellos gekleidete und zurechtgemachte alte Dame, aber ungeachtet dessen eine *alte* Dame. Ich verstehe nicht, wie es so schnell dazu hat kommen können und wieso es mir nicht schon vorher aufgefallen ist. Wie die Falten um ihre Augen, die nicht nur vom Alter sprechen, sondern auch von Traurigkeit. Oder ihre leicht gebeugten Schultern, die so aussehen, als trügen sie eine schwere Last mit sich herum. Die Adern, die aus ihren Handrücken hervorstehen, wie um trotzig und demonstrativ zu beweisen, dass noch immer Blut durch ihren Körper zirkuliert.

Es ist fast so, als wäre Mum heimlich gealtert, während ich nicht achtgegeben habe. Doch jetzt, da ich es bemerke, schnürt sich mir die Kehle zu von der jähen Angst – als würde mir das gerade zum allerersten Mal so richtig klar –, dass sie nicht für immer hier sein wird.

»Bist du sicher, dass mit dir alles in Ordnung ist, Mum? Du siehst mitgenommen aus. Hast du wieder mal nicht gut geschlafen?«

Mum wendet sich mir zu, und die Müdigkeit, die ich in ihren Augen sehe, ist beredt genug.

»Ach, du weißt ja, Liebes, dass Schlafen noch nie meine starke Seite war. Aber abgesehen davon geht's mir gut.«

Bevor ich ihre Antwort infrage stellen kann, holt sich Jacob Mums Aufmerksamkeit wieder zurück, indem er ihr die Frage stellt, wer den größten Familienstammbaum in England besitzt. Wie er es sagt, klingt es fast so, als müsste dieser Familienstammbaum irgendwo in irgendjemandes Garten fest verwurzelt sein. Während ich noch zusehe, wie Mum ihre Abgespanntheit hinter einem ermutigenden Ton und einem Lächeln zu verbergen versucht, überfällt mich völlig unerwartet wieder dieser stechende Schmerz in der Mitte meiner Stirn. Diesmal ist er so heftig, dass ich die Augen schließe, weil mir schwindlig wird. Und plötzlich ist die Welt, die ich betrete, nicht mehr meine Küche, in der ich gerade noch mit Mum und Jacob über Abstammung gesprochen habe, sondern ein ganz anderes Haus, in dem ich ganz allein im Dunkeln bin und über eine Treppe zu der endlosen Stille dort unten hinunterschleiche.

Der Teppich kitzelt meine nackten kleinen Füße, und ich merke, dass ich unter dem dünnen Baumwollstoff meines Nachthemds fröstele. Ich weiß, dass ich Angst habe, dass die Stille und Leere nur von dem wilden Pochen meines Herzens erfüllt zu sein scheint, das lautstark gegen meinen Brustkorb hämmert, und dass ein Teil von mir zurückgehen und sich wieder im Bett verkriechen will, obwohl es der Wunsch war, jemand anders möge mich zu Bett bringen, der mich überhaupt erst hergeführt hat. Mir ist bewusst, dass ich den Fuß der Treppe erreiche und an der Wohnzimmertür zögere … an dieser Tür, die mir trotz der Wochen und Monate, seit wir hierhergezogen sind, noch immer ungastlich und feindselig erscheint. Ich kann die Veränderung der Luft, der ganzen Atmosphäre spüren, als ich die Schwelle zu einem Zimmer überschreite, das nur von der Straßenbeleuchtung ein wenig erhellt wird, die um den Rand der Vorhänge herumspäht. Und trotzdem sehe ich Mum sofort und kann ihre Silhouette auf dem Sofa ausmachen, auf dem sie mit angezogenen Beinen sitzt und ins Dunkel starrt.

Ich warte darauf, dass sie mich bemerkt, meine Gegenwart zur Kenntnis nimmt, und als sie es nicht tut, packt mich für einen Moment die Angst, dass die Dunkelheit mich vielleicht ganz und gar verschlungen hat und ich gar nicht wirklich hier bin. Ich wage mich jedoch noch weiter in das Zimmer vor, und erst da bemerke ich ihre Augen: Augen, die so groß und unbewegt wie die eines Zombies aus einem Fernsehtrickfilm sind. Bei ihrem Anblick läuft es mir eiskalt über den Rücken vor lauter Angst, dass sie womöglich tot sein könnte. Vielleicht hat sie mich ja auch verlassen? Aber dann höre ich sie nach Luft schnappen, als könnte sie in dem dunklen Zimmer etwas sehen, das sie überrascht hat.

»Mum?« Ich kann das Zaudern in meiner Stimme hören, das verzweifelte Bedürfnis, von ihr wahrgenommen zu werden, um mir sicher sein zu können, dass ich wirklich auch dort bin. Doch keine Antwort findet durch die Dunkelheit den Weg zu mir. Das Weiß ihrer Augen sieht nicht mehr so aus, als gehörte es noch zu ihrem Gesicht, und im Stillen beschwöre ich sie, zu blinzeln und aus ihrer Starre, Benommenheit oder was immer es auch ist, hervorzukommen. Aber nichts geschieht. Irgendwann, als die Dunkelheit, die Stille und das Hämmern meines Herzens gegen meinen Brustkorb unerträglich werden, gehe ich auf Zehenspitzen zu ihr hinüber und lege behutsam eine Hand auf ihren Arm.

»Mum? Bist du okay?«

Sie wendet den Kopf, um mich anzusehen, und blinzelt schließlich – und das Gesicht, das ich sehe, als ihre Augen sich wieder öffnen, ist Mums, das meiner richtigen und nicht der Zombie-Mum von vor ein paar Sekunden. Die Erleichterung darüber, dass sie noch hier ist, dass sie noch normal ist, ist das wunderbarste Gefühl der Welt.

»Warum hast du kein Licht an, Mum?« Selbst in der Dunkelheit kann ich ihr Stirnrunzeln erahnen.

»Ich denke nur nach, weißt du?«

Ich weiß gar nichts, aber ich möchte verstehen oder Mum zumindest glauben machen, ich verstünde, und deshalb nicke ich heftig und hoffe, dass sie es trotz des schwachen Lichtes sieht.

»Wieso bist du auf? Sollen wir dich ins Bett zurückbringen? Es ist sehr spät, mein Kind.« Sie nimmt meine Hand und drückt sie. In ihren Fingerspitzen liegen Trost und Sicherheit, die ich durch die Poren meiner Haut in meinen Körper eindringen fühle, bis sie mein Herz erreichen und es streicheln, bis es sich wieder beruhigt.

»Schau mal, Mum! Ich habe das ganze Ding schon ausgemalt. Es fehlen noch jede Menge Namen, aber gefällt es dir?«

Ich öffne die Augen und bin wieder in meiner Küche, wo Jacob vor mir steht und stolz seinen Familienbaum hochhält. Ich nicke und schaffe es sogar, ein Lächeln mit genügend Enthusiasmus aufzubringen, um Jacob an den Tisch und zu seiner Hausaufgabe zurückzuschicken. Zurück zu Mum.

Dann hole ich tief Luft und versuche, mich gegen die unberechenbaren Kräfte der Erinnerung zu wappnen. Meine Augen schließen sich von selbst, um die Bilder zur Rückkehr zu verlocken. Aber sie sind fort. Und alles, was sie hinter sich zurückgelassen haben, ist dieses beunruhigende Gefühl, etwas zu wissen und doch nichts zu wissen: zu wissen, dass die Erinnerung mir gehört, aber keine Ahnung zu haben, woher sie gekommen ist, warum sie gerade jetzt aufgetaucht ist und wo sie sich in all diesen Jahren verborgen hat.

Ich öffne die Augen wieder und schaue Mum an, die nahezu keine Ähnlichkeit mit der Frau in der Szene hat, an die ich mich soeben erinnert habe. Und während ich sie betrachte, werde ich mir immer sicherer, dass die Erinnerung keine vereinzelte war und es noch andere wie diese gibt. Andere, vergleichbare Erinnerungen an vergleichbare Erlebnisse. An andere Nächte, in denen ich Mum allein im Dunkeln vorfinden würde, still und regungslos, als hielte sie ganz allein dort Wache, auch wenn ich keine Ahnung habe, auf wen oder was sie wartet. Nächte, in denen ich durch das Hause schleichen und sie reglos dasitzend und in die Düsternis starrend vorfinden würde, als gäbe es einen Teil von ihr, der schon nicht mehr zu dieser Welt gehört.

Ich erschaudere, als diese verschwommene Sammlung von Erinnerungen mir wie mit eisigen Füßen über den Rücken kriecht. Am Rande meines Blickfelds kann ich noch mehr von ihnen spüren, die ich klarer sehen will. Ich will wissen, was sie beinhalten, und herausfinden, ob es irgendwelche Hinweise darauf gibt, warum Mum dort im Dunkeln saß und was sie tat. Aber wann immer ich versuche, mich erneut auf die Erinnerung zu konzentrieren, entziehen sich die Bilder meiner Sicht und meinem Zugriff und verschwinden wieder im Nebel des Vergessens.

Ich denke an all die Male, bei denen Mum beiläufig erwähnte, sie habe eine schlechte Nacht gehabt, und frage mich nun, ob das nicht nur eine beschönigende Umschreibung für eine lebenslange Schlaflosigkeit war. Für eine endlose Reihe einsamer Nächte in absoluter Stille, Abgeschiedenheit und Wachsamkeit, die offenbar meine Kindheit geprägt haben, an die ich mich aber erst gerade wieder zu erinnern beginne.

»Mum? Wenn du nicht gut schläfst, warum gehst du dann nicht zu einem Arzt, um dir etwas gegen deine Schlaflosigkeit verschreiben zu lassen?«

Sie schüttelt schon den Kopf, bevor sie zu einer Antwort ansetzt. »Ärzte kümmern solch belanglose Dinge wie Schlaflosigkeit nicht. Sie sind nur interessiert daran, Pillen auszuteilen, als wären es Bonbons, oder dich an einen anderen Arzt zu überweisen, um dich aus ihrer Praxis herauszubekommen. Glaub mir, Liebes, mir geht es gut.«

Ich höre mich seufzen, doch es gelingt mir, meinen Ärger zu beherrschen. Als ich jünger war, in meinen Zwanzigern, fand ich Mums pathologisches Misstrauen Ärzten gegenüber – oder vielleicht war es auch nur Abneigung – lustig. Damals hielt ich es für schrullig, exzentrisch, also für etwas, worüber wir zusammen lachen konnten. Jetzt jedoch kommt es mir seltsam vor, irritierend, ja ungesund sogar: Es ist nicht hilfreich für eine Frau Mitte sechzig, so wenig Vertrauen in die Ärzteschaft zu setzen, schon gar nicht an einem Punkt in ihrem Leben, an dem sie sie wahrscheinlich am meisten brauchen wird.

»Ganz ehrlich, Mum, so wie du über Ärzte redest, könnte man meinen, die moderne Medizin sei so etwas wie mittelalterliche Hexerei. Aber sie sind dazu da, um dir zu helfen, weißt du?«

Frustration begleitet jedes meiner Worte, obwohl ich mir Mühe gebe, sie zu dämpfen. An dem Kummer in Mums Gesicht kann ich sofort erkennen, dass ich es ungewollt geschafft habe, sie wieder einmal aufzuregen.

KAPITEL NEUNZEHN

JUDITH

Rebeccas Ton ist ruppig und scharf, woran ich sofort merke, dass ich sie verärgert habe. Ich weiß nicht, wie ich das so oft, so unbeabsichtigt schaffe. Bevor ich etwas sage, bin ich mir doch stets so sicher, dass die Worte, die aus meinem Mund kommen werden, völlig harmlos sind. Aber dann sehe ich ihren Gesichtsausdruck – wie verärgert sich die Muskeln an ihrer Stirn zusammenziehen und wie sie die Lippen zusammenpresst, als könnte sie nur so ihre erbosten Worte zurückhalten –, und ich weiß, dass ich wieder einmal das Falsche gesagt habe.

Sie kehrt mir jetzt den Rücken zu und beschäftigt sich in der Küche, und während sie ihr Messer entschlossen über die Enden grüner Bohnen gleiten lässt, höre ich wieder diese spöttische Stimme in meinem Kopf, die wie immer in den Schatten lauert und nur darauf wartet, mich in Momenten wie diesem anzugreifen.

Warum versuchst du noch immer, die Distanz zwischen euch mit lächerlichen Bemerkungen zu füllen, obwohl du weißt, dass die einzigen Worte, die die Kluft überbrücken könnten, die sind, die du noch nie zu äußern gewagt hast?

Ich betrachte Rebeccas schöne, geschmeidige Gestalt, die immer so anmutig in ihren Bewegungen ist wie ein Schmetterling, den man gern in der Hand hielte, womit man ihn aber vielleicht zerdrücken würde, wie man weiß. Ich frage mich, wie es möglich ist, jemanden so sehr zu lieben, wie ich sie liebe, und trotzdem immer alles falsch zu machen.

Wie so häufig denke ich an die Vergangenheit, als wäre sie eine Decke, in die ich mich einhüllen kann, um mich vor der Gegenwart zu schützen. Ich denke an die Zeit zurück, als Rebecca noch ein kleines Mädchen war, an jene ersten Jahre nach unserem Umzug, wo ich morgens beim Erwachen so oft ihren warmen, schlanken Körper unter meiner Daunendecke und ihren Kopf auf dem unbenutzten Kissen neben meinem fand. Ich hörte sie nie kommen, wusste nie, wann genau sie ihr eigenes Bett gegen meins getauscht hatte. Am Morgen lag sie einfach friedlich schlafend da. Ihr langes, glattes Haar war auf dem Kissen ausgebreitet wie die Tentakel eines Oktopus. Oft beobachtete ich sie im Schlaf, verfolgte das ruhige, gleichmäßige Heben und Senken ihrer Brust und fragte mich, welche Träume sich hinter dem Flattern ihrer Augenlider verbergen mochten. Und dann wünschte ich, ich könnte wie die Figur in ihrer Lieblingsgeschichte von Roald Dahl sein, ihr schöne Träume ins Ohr hauchen und sicher sein, dass ihre Nächte friedvoll waren. Und dann fragte ich mich besorgt, ob es vielleicht meine eigene Ruhelosigkeit war, die sie gestört hatte, oder ob meine eigenen Träume in ihren Schlaf eingedrungen sein mochten – jene Träume, die mir solche Angst davor einjagten, die Augen zu schließen. Ich machte mir Sorgen über Dinge, die ich gesagt haben könnte, Geheimnisse, die ich vielleicht in den Momenten preisgegeben hatte, bevor meine Träume mich frierend, ängstlich und schweißüberströmt erwachen ließen. Ich hätte ihr jedoch nie verbieten können, in meinem Bett zu schlafen. Erst heute frage ich mich zurückblickend, wer von uns beiden damals mehr die Gesellschaft und die Nähe des anderen gebraucht hat.

Ich denke auch zu einer Zeit davor zurück, zu der Zeit, als ich Rebecca sagte, dass wir umziehen würden. Ich erinnere mich noch, wie sie in der Küche auf meinem Schoß saß und geistesabwesend mit den nackten Beinen schlenkerte, bis ich ihr die Neuigkeit verkündete. Ich weiß noch, wie ihre Unterlippe zitterte, als sie leise erklärte, sie wolle nicht von der Küste fortziehen und das einzige Zuhause verlassen, das sie je gekannt hatte, um in einer mehr als dreihundert Kilometer entfernten Stadt zu leben, die genauso gut auf der anderen Seite der Welt liegen könnte. Ich erinnere mich, dass ich einen Moment lang zögerte und dachte, es sei vielleicht unfair, Rebecca zu entwurzeln und ihrem Leben den ohnehin schon so geschwächten Boden zu entziehen. Aber dann blickte ich auf und schaute durch die Küche zu dem Herd hinüber, zu den Arbeitsflächen aus Granit und dem steingefliesten Boden und wusste zweifelsfrei, dass ich nicht in einem Haus bleiben konnte, das so viele Erinnerungen in sich barg. Ich erinnere mich, wie heiter meine Stimme von meinem erzwungenen Optimismus klang, als ich Rebecca mit all den interessanten Dingen, die wir nach dem Umzug miteinander unternehmen würden, zu verlocken versuchte. Ich weiß noch, wie sie plötzlich den Kopf von meiner Schulter hob und sagte: »Mummy, wenn ich erwachsen bin, werde ich Tür an Tür mit dir wohnen und nie, nie wieder wegziehen.« Da nahm ich ihr Gesicht zwischen meine Hände, küsste sie auf die Stirn und antwortete ihr, dass ich mir nichts Schöneres vorstellen könnte. Doch obwohl sie in den darauffolgenden Monaten ihr Versprechen häufig wiederholte, kam irgendwann der Tag, an dem mir auffiel, dass sie es seit Monaten nicht mehr gesagt hatte und ich mich nicht einmal mehr an das letzte Mal erinnern konnte, als ich es von ihr gehört hatte.

»Omi, hast du Brüder oder Schwestern gehabt? Was soll ich in dieses Kästchen schreiben?«

Als ich mir die auffallend leeren Felder neben meinem Namen ansehe, die Jacob mir zeigt, kann ich Rebeccas Blick in meinem Nacken spüren, der mich warnt, mir gut zu überlegen, wie viel ich verraten will.

»Ich hatte eine Schwester, aber sie ist lange vor deiner Geburt gestorben, und deshalb hast du sie nie kennengelernt.«

»Wie war ihr Name?«

Ich muss mich innerlich wappnen, bis ich bereit bin, den Namen preiszugeben. »Eva. Ihr Name war Eva.«

»Wie E-V-A?«

Ich nicke und schaue zu, wie Jacob den Namen neben meinen in eins der Kästchen schreibt, die durch eine horizontale Linie miteinander verbunden sind, als hielten wir einander an den Händen. Es ist sechzig Jahre her, seit ich ihre Hand zuletzt gehalten habe. Es war bei dem letzten Mal, als ich sie im Krankenhaus besuchen durfte, bevor der Krebs sie zu sehr schwächte, um überhaupt Besuch zu bekommen. Allerdings hatte ich seither immer den Verdacht, dass meine Eltern mich einfach nur vor den schlimmsten Auswirkungen ihrer Krankheit schützen wollten.

»Und was ist mit Grandpa Philip? Hatte er Brüder oder Schwestern?«

Mein Puls beschleunigt sich; ich kann das wissende Pochen meines Blutes an meinen Handgelenken spüren. »Ja, er hatte zwei ältere Schwestern, Margaret und Ruth. Du kannst ihre Namen hier eintragen.« Die Worte entschlüpfen mir, bevor ich mir überlegen kann, was ich sage.

»Hatte er? Ich glaube nicht, dass du mir das je erzählt hast, Mum.« Rebeccas Stimme zerreißt die Stille. Ich kann mein wenig hilfreiches Erröten spüren und setze schnell ein entschiedenes Lächeln auf, bevor ich mich umdrehe, um sie anzusehen.

»Oh, aber das muss ich irgendwann getan haben. Du hast es wahrscheinlich nur vergessen, Liebes.«

Rebecca runzelt die Stirn, als suchte sie angestrengt nach einer Erinnerung in den tiefsten Winkeln ihres Geistes.

Meine Haut beginnt vor Schuldgefühlen zu kribbeln.

»Ich erinnere mich wirklich nicht. Bin ich ihnen je begegnet?«

»Ich bin mir nicht sicher, ob du sie gekannt hast. Es ist ja alles schon so lange her, dass ich mich wirklich nicht genau erinnern kann.«

Rebecca schüttelt mit einem Anflug von Verärgerung den Kopf, und ich merke, wie nervös ich den Atem anhalte, um abzuwarten, ob mich noch weitere Herausforderungen erwarten.

»Und Fotos gibt es sicher keine, oder? Es wäre nett, sie Jacob zu zeigen, vor allem jetzt, wo er an diesem Projekt arbeitet.«

Automatisch schüttle ich den Kopf. »Ich glaube nicht, dass es welche gibt, Liebes. Soweit ich mich entsinne, sind sie bei unserem Umzug mit den anderen verloren gegangen.«

Heißt es nicht, dass die besten Lügen die sind, die ein Fünkchen Wahrheit enthalten?

Als Rebecca sich seufzend wieder ihrem Kochen zuwendet, lasse ich den angehaltenen Atem langsam entweichen und hoffe, dass es in dem Trubel von Rebeccas geschäftigem Leben eher unwahrscheinlich ist, dass in unseren Gesprächen je wieder zwei alte Tanten auftauchen.

»Omi? Miss Henshall hat uns heute erklärt, was Vererbung ist. Sie sagte, wenn man einem Erwachsenen in der Familie ähnlich sieht oder sich wie er oder sie verhält, ist das Vererbung. Bedeutet das denn nun, dass meine Nase vielleicht auch irgendwann mal so einen komischen Buckel in der Mitte haben wird wie deine, Omi?«

Meine Hand greift instinktiv nach meinem Gesicht, als hätte

ich trotz der zigtausend Male, die ich in den Spiegel geschaut habe, vorübergehend vergessen, was Jacob meint. Und nun beginnen sich mir auch noch Bilder aufzudrängen, Bilder eines Gesichts, das einmal ganz anders ausgesehen hat, und ich muss die Augen schließen, um zu versuchen, diese Bilder von mir fernzuhalten.

»Jacob, das ist unhöflich. So etwas sagt man nicht, weil es die Leute verärgern oder kränken könnte. Warum lässt du dir von Omi nicht etwas über Grandpa Philip erzählen, damit du in deinem Aufsatz etwas über ihn schreiben kannst?«

KAPITEL ZWANZIG

BEX

Die Wirkung meiner letzten Worte lässt nicht auf sich warten. Kaum habe ich ausgeredet, verändert sich Mums Gesichtsausdruck, als wäre durch die Erwähnung seines Namens ein Schalter in ihrem Kopf umgelegt worden. Dreiunddreißig Jahre sind inzwischen seit Dads Tod vergangen, aber ich kann immer noch nicht über ihn sprechen, ohne dass Mum so einsam, verloren und bestürzt aussieht, dass ich wünschte, ihn gar nicht erst erwähnt zu haben.

Ich habe mich schon oft gefragt, ob es der Schock nach einem unerwarteten Todesfall sein mag, der einen daran hindert, je wirklich darüber hinwegzukommen. Ob es Mum nicht vielleicht leichter gefallen wäre, sich mit Dads Tod abzufinden, wenn sie sich langsam an den Gedanken hätte gewöhnen können. Doch stattdessen hat sie ihren Kummer all diese Jahre mit sich herumgeschleppt wie eine Schildkröte ihren Panzer – einerseits als schwere Last, die ihren Lebensrhythmus verlangsamt hat, aber andererseits auch wie ein Heim, in das sie sich jederzeit zurückziehen konnte, wenn ihr die Welt zu viel wurde.

In jüngeren Jahren hatte ich sie oft gebeten, mir etwas über meinen Vater zu erzählen. Ich selbst habe nur wenige Erinnerungen an ihn, die im Grunde auch kaum mehr als eine Sammlung undeutlicher Sinneswahrnehmungen sind: den Geruch nach fettem, nährstoffreichem Torf, als lebten wir auf einer Farm statt an der See; das Timbre einer Stimme, tief und brummig wie die eines riesigen Bären, die durch die Holzdielen vibriert und mich in den Schlaf begleitet; große, ausdrucksvolle Hände, die unentwegt gestikulierten, wenn er sprach, als wäre er ein Dirigent, der die Gespräche lenkt. All meine anderen Erinnerungen habe ich von Mum – Geschichten, die ich schon so oft gehört habe, dass sie mir allein aufgrund von Wiederholungen wie meine eigenen erscheinen. Aber selbst diese Geschichten sind rar und dünn gesät, und sie alle sind zu viele Male in Umlauf gewesen, ähnlich wie Sauerstoff in einem Flugzeug, bis sie fad geworden sind bis zum Erbrechen.

Ich höre einen Schlüssel in der Haustür, und Jacob rutscht von seinem Stuhl und läuft in die Diele.

Ich lächle Mum zu und hoffe, dass mein Gesichtsausdruck ihr das Verständnis vermittelt, das meine Worte so oft nicht auszudrücken vermögen.

Aber ihr Gesicht ist voller Traurigkeit und Bedauern, als sie mein Lächeln erwidert, und ich finde wieder mal beim besten Willen keine Worte, um ihr zu versichern, dass es nichts gibt, was ihr leidtun müsste.

KAPITEL EINUNDZWANZIG

BEX

Ausgelassenes Lachen steigt am Tisch auf und ab wie die Ebbe und Flut eines unruhigen Gewässers. Elf Frauen trinken Prosecco und ignorieren die frischen kleinen Brötchen, um auf ihre dressingfreien Salate oder ihr »Ceviche«, in Limettensaft eingelegten rohen Fisch, zu warten. Ich sitze am oberen Ende des Tisches neben dem leeren Stuhl am Kopf der Tafel, der Melissa erwartet, die sich heute zu verspäten scheint. Während ich in die Runde sehe, wünschte ich, es wäre nach all diesen Jahren nicht immer noch so, dass ich mich in Gruppen wie dieser einfach nicht entspannen kann. Dabei sind diese Frauen eigentlich meine Freundinnen.

Es war Melissa, die diese Dinner-Abende eingeführt hat. Die gesellschaftsliebende Melissa, die eine Gruppe von Müttern aus Jacobs und Ethans Kindergarten dafür begeisterte und uns durch vierteljährliche Zusammenkünfte wie diese zusammenkittete. Die Teilnehmerzahl der Gruppe änderte sich jedoch in den letzten drei Jahren, als die Kinder zur Vorschule wechselten, was nur beweist, was ich tief im Innersten schon immer dachte: dass das Wesentlichste – oder Einzige sogar in manchen Fällen –, das wir zwölf Frauen gemeinsam haben, ist, dass unsere Kinder im selben akademischen Jahr geboren wurden.

Als ich jetzt die Tür am anderen Ende des Restaurants aufgehen höre, blicke ich mich um und hoffe, dass es nun vielleicht endlich Melissa ist. Aber es ist ein junges Paar, das leise miteinander lacht und sich auf die intime Art und Weise küsst, wie Verliebte es im ersten Rausch einer Romanze tun, als könnte die Liebe sie für den Rest der Welt unsichtbar machen.

»Darf ich dir nachschenken, Bex?«

Ich wende mich Abi zu, die mit erhobener Flasche neben mir steht, und strecke instinktiv die Hand aus, um sie verneinend auf mein Glas zu legen. Ich habe David diese Woche kaum gesehen, und da es nur sehr selten vorkommt, dass wir einen Freitagabend nicht zusammen verbringen, will ich nicht angeheitert sein, wenn ich nach Hause komme. Außerdem hatte ich mir ohnehin schon vorgenommen, mich früh zu verabschieden und auf einen Schlummertrunk mit David heimzufahren.

»Danke, Abi, aber ich möchte nichts mehr.«

Auf der anderen Seite des Tischs spitzt Marnie fast erkennbar ihre Ohren, um sich nur ja keinen potenziellen Klatsch entgehen zu lassen.

»Du trinkst nicht, Bex? Gibt es vielleicht etwas, das du uns erzählen möchtest?«

Wieder schüttle ich den Kopf und schaffe es sogar, ein Lächeln aufzusetzen. »Nein, Marnie. Es ist nichts dergleichen. Ich will nur morgen nicht mit einem Kater aufwachen.«

Marnie verengt argwöhnisch die Augen, da es sie immer sehr unzufrieden macht, wenn die Wahrheit einer guten Geschichte in die Quere kommt. »Falls du schwanger bist, Bex, war das aber verdammt schnelle Arbeit. Auf Davids Geburtstagsparty habt ihr die Mojitos noch gekippt, als würden sie aus der Mode kommen. Ich glaube, ich habe noch nie jemanden gekannt, der so viel trinken kann wie David und am Ende des Abends noch immer auf eigenen Beinen steht.«

Laura beginnt zu lachen, und Marnie und Abi schließen sich ihr an.

Was mich daran erinnert, wie der besagte Abend geendet

hat. Plötzlich ergreift mich die Furcht, dass sie es alle wissen und die Wahrheit über die Ereignisse auf unserem Heimweg irgendwie herausgefunden haben.

»Nun guck nicht so ernst, Bex! Wir ziehen dich doch nur auf. Gott, ich wünschte, Daniel hätte auch nur die Hälfte von Davids Konstitution. Drei Drinks, und schon wird mein Mann zu einem fürchterlichen Langweiler.«

Die drei lachen verschwörerisch und beginnen ein Gespräch über Marnies Redakteurin bei dem Modemagazin, für das sie schreibt. Ich sitze dabei wie eine unbeteiligte Außenseiterin und wünschte, diese Frauen, die doch eigentlich meine Freundinnen sind, würden mich nicht immer so nervös machen.

Schweigend beobachte ich, wie sie alle lautstark durcheinanderreden und den Geschichten der anderen immer nur mit halbem Ohr zuhören, während sie ungeduldig darauf warten, ihre eigene zum Besten zu geben. Als könnte ihnen die Zeit ausgehen, bevor alle es geschafft haben, sämtliche Anekdoten zu erzählen, die sie sich für dieses Abendessen aufgehoben haben.

Ich sehe Marnie mit ihrer Kleidergröße 36 und ihrem perfekt geföhnten Haar an. Sie ist die einzige Frau, bei der ich je erlebt habe, dass sie Woche für Woche, wenn sie in der Baby-Spielgruppe erschien, stets so aussah, als käme sie geradewegs aus einem Schönheitssalon. Dann sehe ich Laura mit ihren unglaublich klugen Augen an und frage mich, wie die Leute, denen sie als Rechtsanwältin Tag für Tag begegnet, sie empfinden mögen, wenn sogar ich sie nach fast drei Jahren noch immer Furcht einflößend finde. Ich wende mich Abi zu, die im Moment alle mit Geschichten über ihre erste Woche am Produktionsset eines neuen Tagespolitik-Magazins unterhält, und wundere mich einmal mehr, wie sie es immer wieder schafft, so selbstbewusst und völlig unbefangen Hof zu halten.

Ich frage mich, ob außer mir noch jemand anders an diesem Tisch wie ich jetzt das Gefühl haben mag, seinen Platz in dieser Sammlung perfekter Leben nicht verdient zu haben.

»Wie kommt Jacob mit den Proben für die Schulaufführung zurecht, Bex? Dylan sagte, es gäbe nicht *ganz* so viel Text, wie er für das Stück im Sommer lernen musste. Jacob wird aber bestimmt nervös sein, nicht, wo er doch zum ersten Mal die Hauptrolle bekommen hat?«

Marnie lächelt mich an, und nichts in ihrem Gesicht weist auf die nicht sehr freundlichen Gedanken hin, die ihr vermutlich gerade durch den Kopf gehen. Seit unsere Kinder die Vorschule besuchen, hat ihr Sohn Dylan in fast jeder Schulaufführung die Hauptrolle gespielt, und von dem Moment an, als Jacob uns seine guten Neuigkeiten mitteilte, hatte ich schon befürchtet, dass Marnie darüber mehr als nur ein bisschen verärgert sein könnte.

»Nun ja, er muss einige längere Texte auswendig lernen, aber David hat viel mit ihm geübt, sodass er sie schon ziemlich fließend beherrscht. Und da er noch zwei Wochen Zeit zum Üben hat, mache ich mir deswegen eigentlich keine Sorgen.« Obwohl ich die Neutralität bewahren wollte, auf die die anderen sich so gut verstehen, schwingt ein Anflug von Sarkasmus in meiner Stimme mit, und so zwinge ich mich zu lächeln, bis meine Wangen schmerzen.

»Na ja, David ist ja auch so ein Showman, nicht? Wenn Jacob seine Unterstützung hat, wird er es wahrscheinlich schaffen.« Marnie lacht ganz unbefangen, und ich staune wieder mal darüber, wie perfekt diese Gruppe die Kunst der als Kompliment getarnten Kritik beherrscht.

»Oh, seht mal, da kommt Melissa endlich! Und sie sieht auch bei Weitem nicht so gepflegt aus wie gewöhnlich, oder?«

Ich wende den Kopf, als Melissa sich auf den freien Stuhl neben mir setzt und sich vorbeugt, um mich auf die Wange zu küssen.

»Tut mir schrecklich leid, dass ich mich so arg verspätet habe. Habe ich was verpasst?«

KAPITEL ZWEIUNDZWANZIG

BEX

Marnie, Laura und Abi wenden sich ein paar anderen Frauen etwas weiter unten am Tisch zu, als es sie zu langweilen beginnt, Melissa über ihre ungewöhnliche Verspätung auszufragen, und sie sich vergewissert haben, dass es keinen interessanten Grund dafür gibt, der ihre Aufmerksamkeit verdiente.

Ich dagegen bin nicht so leicht zu überzeugen. Melissa kommt nie zu spät, schon gar nicht zu einem Anlass, den sie selbst ins Leben gerufen hat. Sie führt ihren Haushalt mit der Art von militärischer Präzision, die einen Armeeoberst schlampig wirken ließe.

»Bist du sicher, dass du okay bist? Als du kamst, schienst du ganz schön gestresst zu sein. Und dein Gesicht war stark gerötet. Gibst du mir dein Wort, dass du keine Probleme bei der Arbeit oder mit den Kindern hast?«

Melissa nickt, drückt mir die Hand und sieht mich mit ihren großen blauen Augen beruhigend an. »Ganz ehrlich nicht, Süße. Ich musste nur am Ende einer langen Woche ein bisschen Dampf ablassen und habe im Fitnessstudio die Zeit vergessen. Aber sonst ist wirklich alles in bester Ordnung, Bex.«

Sie hält meinem Blick stand, bis ich ihr Lächeln erwidere.

»Gut. Ich wollte nur ganz sichergehen. Aber du bist verrückt, sogar an einem Freitagabend ins Fitnessstudio zu gehen. Das ist doch wohl genau der richtige Wochentag, um dich auch mal davor zu drücken?«

Melissa stürzt den Rest ihres Drinks hinunter, bevor sie ihr Glas erneut fast bis zum Rande füllt.

»Das tue ich normalerweise auch. Es war nur mal wieder eine dieser wirklich anstrengenden Wochen. So, und jetzt erzähl mir, wie es dir ergangen ist. Immerhin hab ich dich vierzehn Tage nicht gesehen. Gibt's was Neues von der bösen Schwiegermutter?«

Ein tiefer Seufzer geht meiner Antwort voraus.

»Ja. Sie hat uns eine ganze Liste mit Anforderungen gemailt, die eine Immobilie hier erfüllen müsste. Diese Frau lebt in Wolkenkuckucksheim, wenn sie glaubt, dass sie sich leisten könnte, was sie im Umkreis der M25 will, von den Häusern hier in unserer Nähe ganz zu schweigen. David ist überzeugt, dass sie von Nate und ihm erwartet, die Kosten zu übernehmen. Aber er bleibt dabei, dass sie von ihm nicht einen Penny sehen wird, solange das Geld nicht dazu dient, dass sie in Sydney bleibt.«

Mir ist bewusst, dass meine Stimme um ein paar Nuancen lauter geworden ist. Wenn ich lieblos zu mir selbst sein wollte, würde ich sagen, dass ich schon fast hysterisch klinge.

»Und wie denkt David jetzt darüber, nachdem er ein bisschen Zeit gehabt hat, sich an die Vorstellung zu gewöhnen?«

»Ich glaube, er ist noch viel verärgerter darüber, als er zugeben will. Du weißt ja, wie er ist: Er will immer derjenige sein, der alles besser macht, und nicht derjenige, der Probleme ins Haus bringt. Aber ich kann sehen, wie sehr es ihn mitnimmt, denn er stürzt sich in die Arbeit, was schon immer sein bestes Mittel gegen Stress war.«

Da ist noch mehr, was ich ihr sagen könnte, doch ich halte mich zurück, obwohl ich mir nicht mal sicher bin, warum. Normalerweise erzähle ich Melissa alles. Oder doch fast alles. Aber irgendetwas hält mich davon ab, ihr von Davids Gereiztheit zu berichten, mit der er manchmal auf die harmlosesten Bemerkungen reagiert oder mich wegen irgendwelcher Dingen anschnauzt, die ihn normalerweise nicht einmal berühren würden. Ich erwähne auch nicht, dass er so vergesslich geworden ist, als hörte er bei unseren Gesprächen immer nur mit halbem Ohr hin und könnte sich deshalb nicht an alle Einzelheiten erinnern. Oder als welch große Belastung er seine Arbeit neuerdings empfindet, obwohl er für gewöhnlich spielend leicht mit allem fertigwird.

»Ist deine Schwiegermutter wirklich *so* schlimm?«

Mir kommen einige der Geschichten, die David mir erzählt hat, in den Sinn. Wie die Sache mit dem Anruf, den er drei Wochen nach seinem einundzwanzigsten Geburtstag von seinen Eltern erhielt, die ihm jedoch nicht mal gratulierten, weil ihr einziges Gesprächsthema die Kreuzfahrt war, von der sie gerade erst zurückgekehrt waren. Von Eltern, die so sehr mit sich selbst beschäftigt waren, dass David sich nicht einmal die Mühe machte, sie an den wichtigen Geburtstag zu erinnern, den sie vergessen hatten. Ich erinnere mich auch noch an ein anderes Telefongespräch, bei dem er ihnen von seinem ersten Preis für kreative Werbung erzählt hatte, der ihm für die Entwicklung einer landesweiten Antiraucherkampagne verliehen worden war. Seine Mutter, die kaum zugehört hatte, erwiderte darauf nur: »Na ja, so richtig kreativ ist das ja nicht, oder? Schließlich verkaufst du den Leuten nur etwas.« Oder dann war da noch der Tag, an dem er ihr über Skype von meiner Schwangerschaft erzählte, und ihre erste Reaktion weder eine Gratulation noch großelterliche Freude, sondern die Bemerkung war: »Wir hatten uns schon gefragt, wann ihr das endlich in Angriff nehmen würdet. Lily war schon mit ihrem *dritten* Kind schwanger, als sie und Nate so lange verheiratet waren wie ihr jetzt.«

»Ja, sie *ist* so schlimm, Melissa. Ich würde ja sagen, dass du das bald schon selbst sehen wirst, aber ich bete immer noch, dass das hoffentlich nie geschehen wird.«

Ein paar Sekunden lang sagen wir beide nichts.

»Weißt du, manchmal denke ich, dass es vielleicht sogar ein Glück ist, Seth' Eltern nie kennengelernt zu haben, weil sie schon vorher verstorben waren. Ich meine, vielleicht wären sie ja nett gewesen, doch von zwei Übeln wählt man besser das, das man nicht mehr erleben muss, oder?«

Ich suche nach einer Antwort, die Melissa vergessen lassen wird, was sie gesagt hat. Aber dann sehe ich, wie sie von Reue und Verlegenheit erfasst wird, und wünschte, mir wäre schneller etwas eingefallen, um die Gesprächslücke zu schließen.

»Oh Gott, das tut mir schrecklich leid, Bex. Das war unglaublich taktlos von mir. Natürlich wäre es besser, wenn Seth' Eltern und dein Dad ihre Schwiegersöhne oder Schwiegertöchter kennengelernt hätten. Und ihre Enkelkinder. Es ist nur so, dass ich mich manchmal umschaue und fast nicht glauben kann, wie viele Leute, die wir kennen, noch immer unter den Auswirkungen schlechter Erziehung leiden. Sogar in unserem Alter noch. *Der Mensch gibt Unglück an den Menschen weiter.* Larkin hatte gar nicht mal so unrecht, was? So viele Eltern vermurksen ihre Kinder wirklich für ihr ganzes Leben. Und dann sehe ich Ethan und Ava an und frage mich, wie ich es bloß schaffen soll, ihnen nicht das Gleiche anzutun. Warum sagt einem niemand, bevor man Mutter oder Vater wird, dass es ebenso viele Wege gibt, seine Kinder zu verderben, wie es Kinder auf der Welt gibt?«

Melissa schüttelt den Kopf, als wäre sie sich der Rhetorik ihrer Frage bewusst.

Ich denke an Jacob, für den ich mir immer nur gewünscht habe, er möge glücklich sein. Ich weiß, dass andere Eltern sich geradezu dogmatisch auf die Bildung ihrer Kinder konzentrieren, sich schon heute darum sorgen, sie in zehn Jahren auf eine gute Universität zu bekommen und sie auf den rechten Weg zu einer erfolgreichen Karriere zu bringen. Und vielleicht wird auch Jacob all das haben. Aber vor allem hoffe ich, dass ich ihm die Kindheit geben kann, die ich selbst nie hatte. Eine Kindheit mit der Liebe und Geborgenheit, die alle Kinder brauchen und verdienen, und mit der Normalität zweier Elternteile, die es schaffen, nicht zu sterben, bevor er erwachsen ist. Es scheint solch ein kleines, simples Ziel zu sein, und doch ertappe ich mich ab und zu dabei, dass ich nachts wach liege und befürchte, dass es mir trotz aller guten Vorsätze misslingen könnte.

Plötzlich erfasst mich das dringende Bedürfnis, daheim bei David zu sein und mir sicher sein zu können, dass Jacob ruhig und sorglos in seinem Bett unter dem mit dem Sonnensystem bedruckten Bettbezug schläft. Ich blicke auf die Uhr: Viertel vor neun. Als unser Essen kommt, fasse ich in weiser Voraussicht den Entschluss, das Dessert auszulassen – was alle anderen ohnehin tun werden – und auch auf Kaffee und Kognak zu verzichten und heimzufahren, sobald ich kann.

KAPITEL DREIUNDZWANZIG

BEX

So leise wie möglich schließe ich die Haustür auf, obwohl ich weiß, dass Jacob sich um Viertel nach zehn in seiner Tiefschlafphase befinden müsste und nicht erwachen wird. Aber es geht mir auch vor allem darum, David zu überraschen, der mich frühestens in einer Stunde hier zurückerwarten wird. Ich möchte ihm sofort verständlich machen, warum ich heute Abend früher heimgekommen bin.

Nachdem ich meine Schuhe abgestreift habe, gehe ich auf Zehenspitzen über den Flur zu der einen Spalt offen stehenden Wohnzimmertür, aus der Licht in die Diele fällt, das mich zusammen mit der leisen Stimme eines Nachrichtensprechers aus dem Fernsehen begrüßt.

Ich trete durch die Tür und spüre, wie mein Lächeln mir entgleitet. Ich brauche ein paar Sekunden, um den Anblick, der mich erwartet, in mir aufzunehmen, und während ich ihn noch zu verarbeiten versuche, beginnt mein Herz vor Verwirrung, Sorge und schließlich auch vor Wut wie wild zu pochen

Ohne sich meiner Gegenwart bewusst zu sein, steht Jacob mit dem Rücken zu mir vor dem Sofa, mit nichts als seinem dünnen Baumwollpyjama bekleidet und mit bloßen Füßen, obwohl es schon Ende November und reichlich kühl geworden ist. Mit ausgestreckter Hand steht er da und schüttelt irgendetwas, was er vor sich hat. Obwohl er nur flüstert, sind die Eindringlichkeit und Unruhe in seiner Stimme nicht zu überhören.

»Dad. *Dad*. Bitte wach auf, Dad! *Bitte!*«

Auf der Couch vor ihm liegt David; er schlummert selig und ist blind und taub für Jacobs Flehen. Auf dem Couchtisch stehen ein Weinglas, zwei leere Flaschen Chablis, ein Whiskyglas und eine leere Flasche Whisky, von der ich weiß, dass sie am letzten Wochenende noch fast halb voll gewesen ist. Das Zimmer stinkt nach ausgeatmetem Alkohol, süßlich und schal wie ein Pub am Ende einer geschäftigen Freitagnacht, und ich kann die Alkoholdünste schon fast so gleichmütig durch die Luft ziehen sehen, als hätten sie absolut nichts Beschämendes an sich.

Und mittendrin in alldem steht Jacob.

»Jacob? Wieso bist du aufgestanden, Schatz? Fühlst du dich nicht wohl?«

Überrascht fährt er herum, und erst jetzt sehe ich sowohl die Furcht als auch die Erleichterung in seinen Augen.

»Komm her, kleiner Mann. Komm her und lass dich knuddeln.«

Ich nehme ihn auf den Arm und drücke ihn an mich, als er die Arme um meinen Nacken und den Kopf an meine Schulter legt. Sofort wünsche ich mir, mein Herz würde nicht so laut und deutlich pochen. Zärtlich lege ich eine Hand um seinen Hinterkopf, als könnte ich so die Erinnerung an diese Szenerie auslöschen, bevor sie sich in seinem Kopf festsetzen kann. Für ein, zwei Minuten stehen wir schweigend da, während ich mich behutsam mit ihm hin und her wiege, um ihm so vielleicht ein wenig Sicherheit zurückzugeben.

»Was machst du hier unten, Schatz? Hast du schon lange hier gestanden?« Selbst während ich die Frage noch stelle, bin ich mir schon nicht sicher, ob ich die Antwort überhaupt verkraften kann.

Jacob hebt den Kopf von meiner Schulter und schaut mich eindringlich an. In sichtlicher Verwirrung ziehen sich seine

Augenbrauen zusammen und erzeugen ein perfektes Stirnrunzeln, das ihm einen sehr ernsthaften Gesichtsausdruck verleiht.

»Ich hatte einen schlimmen Traum. Es ging um die Schulaufführung. Ich hatte meinen Text vergessen, und dann fiel auch noch mein Kostüm runter, und die ganze Schule hat mich ausgelacht. Was ist mit Dad? Warum wacht er nicht auf? Ist er tot?«

Ich kann spüren, wie mein Magen sich verkrampft und meine Kehle eng wird. Jacobs warmer Atem fächelt meine Haut, und ich küsse ihn auf die Wange, immer und immer wieder, bis ich sicher sein kann, dass meine Stimme fest genug ist, um zu antworten.

»Nein, kleiner Mann. Dad geht es gut, das versichere ich dir. Er ist nur sehr, sehr müde, weiter nichts.«

Zu meiner Erleichterung klingt meine Stimme ganz neutral und verrät nichts von der Frustration und Wut, die ich empfinde.

»Aber ich konnte ihn nicht wecken, Mum. Ich hab ihn angeschrien und seinen Arm ganz fest geschüttelt. Er hat sich nicht einmal bewegt.«

Wie auf ein Stichwort hin stößt David ein tiefes, trunkenes Schnarchen aus und dreht sich von der Seite auf den Rücken. Mir wird ganz schwindlig von diesem unbekümmerten Schnarchen, doch ich muss mich zu einem Lächeln zwingen, damit es für Jacob nur etwas Humorvolles zu hören gibt, wenn ich zu sprechen beginne.

»Siehst du, Daddy geht es bestens. Er schnarcht wie der Grüffelo. Aber du, junger Mann, du musst ins Bett zurück.«

Ich kitzle Jacob unter den Armen, bis er einen Lachanfall bekommt, und schlucke meine Schuldgefühle über die Halbwahrheiten hinunter, die ich ihm erzählt habe. Dabei frage ich mich, ob wohl je eine Zeit kommen wird, in der ich aufhören kann, ihm kleine Notlügen zu erzählen, um ihn vor Wahrheiten zu beschützen, für die er noch nicht bereit ist. Ob ich überhaupt je aufhören werde, ihn vor Realitäten abzuschirmen, die ihn sehr durcheinanderbringen könnten, wie ich befürchte.

Als wir die Treppe zu Jacobs Zimmer hinaufgehen, muss ich plötzlich wieder an all die Nächte denken, in denen er noch ein Baby war und er und ich hier oben in seinem Zimmer saßen, nur wir zwei, und uns in dem altmodischen Schaukelstuhl hin und her wiegten, wenn ich ihn nach einem mitternächtlichen Stillen in den Schlaf sang. Wie oft hatte ich das Gefühl dabei, als wären wir die einzigen Menschen auf der Welt! Ich sah ihm zu, wenn er schläfrig an meiner Brust nuckelte, und weckte ihn behutsam, wenn er dabei einnickte, weil sein Hunger mit seinem Schlafbedürfnis kämpfte. In solchen Momenten fragte ich mich, ob es möglich war, dass irgendeine andere Mutter ihr Kind jemals so geliebt hatte, wie ich Jacob liebte. Mir war natürlich immer klar, was für eine absurde Frage ich mir da stellte. Aber damals, in seinen ersten Lebensjahren, war mein körperliches Bedürfnis, ihm nahe zu sein, so stark, dass ich mir nicht vorstellen konnte, dass auch andere Mütter etwas Ähnliches empfanden und es trotzdem schafften, ihr Leben fortzusetzen, als hätte sich nicht die ganze Welt unwiderruflich verändert.

Jacobs Füße streifen meinen Arm, als ich ihn behutsam auf sein Bett lege und ihn wieder zudecke.

»Schatz, deine Füße sind ja richtig kleine Eisblöcke! Komm, ich wärme sie dir schnell.«

Jacob lacht und zappelt, als ich ihm die Zehen massiere.

Und dann, ganz plötzlich und ohne jede Vorwarnung, durchzuckt ein glühend heißer Schmerz meinen Kopf, und ich muss die Augen schließen, um mich darauf zu konzentrieren, ihn mit langen, tiefen Atemzügen zu verdrängen. Aber der Schmerz intensiviert sich höchstens noch, und ich beschwöre ihn im Stillen, sich wieder zurückzuziehen. Mein Sohn soll nicht mitbekommen, dass ich Probleme habe. Doch das Bild hinter meinen Augenlidern ist nicht von Jacob, seinem Zimmer oder dem Bett, auf dem wir beide sitzen. Eigentlich ist es überhaupt kein Bild, sondern mehr ein Gefühl. Ein Gefühl der Kälte in meinen eigenen Füßen, das so stark ist, dass ich mir nicht sicher sein kann, ob sie schmerzen oder einfach nur ganz taub vor Kälte sind. Ein Gefühl, als fröstelte ich überall, als stiege die Kälte von meinen Zehen in meinen Körper auf und ließe dabei langsam jeden Teil von mir gefrieren: meine Knie, meine Schenkel, meinen Magen, meine Brust und meinen Nacken. Aber am kältesten sind meine Füße. So kalt, dass ich Angst bekomme, sie könnten am Boden festgefroren sein und nie wieder warm werden. Die Erinnerung an dieses Gefühl ist so tief sitzend und stark, dass ich versucht bin, Jacobs Füße loszulassen, um mich zu bücken und meine eigenen zu massieren.

Doch der scharfe Schmerz schießt mir immer wieder durch den Kopf, und es kommt mir so vor, als wäre ich an zwei Orten zugleich: Meine Vernunft sagt mir, dass ich in Jacobs Zimmer bin und mich von diesem Gefühl befreien und zu ihm zurückkehren muss. Aber es ist, als zöge der Schmerz mich immer tiefer in die dunklen Nischen meines Gedächtnisses hinein und als müsste ich ihm folgen, damit er mich vielleicht irgendwann aus seinen Klauen entlässt. Und mir ist bewusst, dass ein Teil von mir ihm sogar folgen *will*, um herauszufinden, wohin er führt und wo die Erinnerung beginnt.

Und so kneife ich die Augen noch fester zu und lasse mich von dem Schmerz in die Vergangenheit zurückführen. Meine Füße sind immer noch steif vor Kälte, und an meiner Haut kann ich gebürstete Baumwolle spüren, ein Material, das ich seit den Winternachthemden, die ich als Kind hatte, nicht mehr getragen habe. Auch mein Nacken fühlt sich kalt und unbedeckt an. Das ist ein neues Gefühl, das mich unerträglich traurig macht, auch wenn ich mich nicht erinnern kann, warum. In der Luft liegt der Geruch nach etwas Verbranntem, wie angebranntem Huhn und Zwiebeln und noch etwas anderem, das ich jedoch nicht näher bestimmen kann. Und so konzentriere ich mich angestrengt auf das Bild in meinem Kopf. Ich versuche, den Rest der Szene ins Blickfeld zu bringen, obwohl der Schmerz mich nur noch heftiger durchzuckt, je mehr ich mich bemühe. Es ist, als bestrafte er mich dafür, herausfinden zu wollen, wo ich bin, während er mich andererseits doch selbst dorthin führt.

Und dann, als der Schmerz mir wie Messer in die Schläfen fährt, kommt der Raum in Sicht.

Ich stehe in der Tür unseres früheren Wohnzimmers in dem Haus, in dem ich als kleines Kind mit Mum und Dad gelebt hatte und aus dem Mum und ich schon kurz nach Dads Tod ausgezogen waren. Da sind das Sofa aus braunem Velours, der grüne Teppich mit dem Muster, von dem mir immer schwindlig wurde, und der große, kastenförmige Fernseher, der stets mit einer feinen Staubschicht bedeckt zu sein schien, egal, wie oft Mum ihn abstaubte. Und auch der elektrische Kamin mit den lodernden Flammen, die nie wirklich Hitze abgaben, ist da, und ich sehe das gerahmte Poster an der Wand mit dem Fluss, der Brücke und Seerosen, unter dem ich oft stundenlang lag und mir dabei vorstellte, auch ich befände mich auf diesem Bild. Und auch dieser komische Geruch ist da, der mich in der Nase kitzelt und bewirkt, dass ich einerseits tief einatmen und mir zugleich aber auch die Nase putzen will: ein Geruch, der mir einmal vertraut und gar nicht unangenehm war, was sich jedoch irgendwie total geändert haben muss.

Und in einem Sessel dort sitzt Mum, die fremd aussieht, irgendwie schon wie Mum, doch andererseits auch nicht wie sie. Als hätte jemand ihr Gesicht genommen und es mit einem anderen Ausdruck versehen, den sie noch nie zuvor gehabt hatte und von dem sie auch nicht sicher war, dass er ihr stand. Als wäre sie glücklich und zugleich verängstigt, versuchte aber, so zu tun, als wäre sie weder das eine noch das andere. Ich möchte zu ihr gehen und sie in die Arme nehmen, um ihr zu sagen, dass alles gut werden wird, obwohl ich eigentlich nicht mal weiß, was nicht in Ordnung ist. Doch ich gehe nicht zu ihr, sondern bleibe reglos stehen, weil ihr gegenüber auf dem Sofa zwei fremde Männer sitzen, die ernst und Furcht einflößend aussehen und mich bestimmt hinausschicken, wenn ich mich bemerkbar mache. Und während ein Teil von mir befürchtet, Ärger zu bekommen, ist ein anderer verärgert darüber, dass diese beiden fremden Männer nicht bemerkt zu haben scheinen, wie komisch Mum aussieht. Ja, offenbar versuchen sie auch nicht, den Grund dafür herauszufinden.

Doch trotz meiner Verwirrung, der fremden Männer und der Ungewissheit denke ich vor allem daran, wie kalt meine Füße sind und ob mir nicht *bitte, bitte* irgendjemand helfen könnte, wieder warm zu werden.

Und dann wird die Szene plötzlich so stockfinster, als wäre ein Licht in meinem Kopf erloschen.

Genau wie all die anderen Erinnerungen verschwindet auch diese genauso schnell, wie sie gekommen war, und hinterlässt nur die verwirrende Frage, woher sie kam und wohin sie verschwunden ist. Oder warum sie gerade diesen Augenblick gewählt hat, um zu mir zurückzukehren.

Ich öffne die Augen und bemerke, dass Jacob mich erwartungsvoll ansieht und offenbar darauf wartet, dass ich etwas sage. Ich wünschte, ich könnte seinem Ausdruck entnehmen, ob er verängstigt, verärgert, verwirrt oder frustriert ist. Doch obwohl der Schmerz allmählich nachlässt, pocht mein Kopf noch immer, und es will mir nicht gelingen, Jacobs Gesichtsausdruck zu deuten.

»Was hast du, Mum? Dein Gesicht ist ganz komisch geworden.«

Ich verziehe die Lippen zu einem Lächeln und schüttle den Kopf. Als der letzte Schmerz sich durch meine Schläfen zu verflüchtigen scheint, schließe ich diese neue Erinnerung in einem Kästchen ein, um mich später damit zu befassen, wenn ich die Zeit, die Muße und vor allem die Kraft habe, um damit umzugehen.

»Mit mir ist alles in Ordnung, kleiner Mann. Ich habe nur ein bisschen Kopfweh, weiter nichts. Aber möchtest du es dir nicht gemütlich machen und mir von deinem Traum erzählen? Denn du weißt ja, dass Träume nicht der Wirklichkeit entsprechen, nicht? Sie sprechen zu uns nur von Dingen, die uns vielleicht Sorgen bereiten, doch nicht von welchen, die wirklich geschehen werden.«

Jacob zuckt nur mit den Schultern, und ich weiß nicht recht, ob er mir nicht glauben will oder nicht glauben kann.

»Warum meinst du denn, dass du dir plötzlich wegen der Schulaufführung Sorgen machst, mein Schatz? Du hattest dich doch so darauf gefreut, nicht wahr? Und du wirst fantastisch sein, das kannst du mir ruhig glauben.«

Jacob zuckt wieder nur die Schultern, und einen Moment lang frage ich mich, ob ich ihn nicht einfach einschlafen und alles vergessen lassen sollte, wenigstens bis zum Morgen. Aber dann rollt er sich vom Bauch auf die Seite, und als er mich ansieht, ist sein Gesicht voller Besorgnis. Ich bin fast versucht, ihm zu sagen, dass er nicht an der Aufführung teilnehmen muss, wenn er nicht will, und immer noch absagen kann, wenn ihm das lieber ist.

»Ich hab Angst, dass ich meinen Text vergessen werde, Mum. Dad hatte mir versprochen, heute nach dem Abendessen mit mir zu üben, doch dann hat er ganz viel Wein getrunken und gesagt, er sei zu müde.«

Wut legt sich wie eisige Finger um mein Herz. Ich denke an David, der wie im Koma auf dem Sofa liegt und nichts von den Bemühungen seines Sohns bemerkt hat, ihn zu wecken. Und dann denke ich an Jacob, der aus einem beängstigenden Traum erwachte und auf der Suche nach Beschwichtigung und Trost hinunterging, nur um festzustellen, dass beides auf dem Boden einer leeren Weinflasche zurückgeblieben ist und bis zum Morgen nicht wieder verfügbar sein wird.

Ich streichle Jacobs dichtes dunkles Haar und überlege mir sehr gut jedes meiner Worte, bis ich das Gefühl habe, die richtigen gefunden zu haben.

»Willst du wissen, was ich tue, wenn ich mir wegen irgendetwas Sorgen mache?«

Jacob blickt hoffnungsvoll zu mir auf, und ich kann das Vertrauen in seinen Augen sehen – das Vertrauen und die Sicherheit, dass ich die Antwort auf jede Frage habe, die er stellt.

»Ich denke an all die Orte, an denen ich am glücklichsten gewesen bin und mich am sichersten gefühlt habe. Und dann schließe ich die Augen und stelle mir vor, ich wäre dort. Und sobald ich mich irgendwo sehen kann, wo ich glücklich bin, merke ich, dass meine Sorgen sich zu verflüchtigen beginnen, weil sie wissen, dass sie dort nicht hingehören.«

Aufmerksam verfolge ich Jacobs Mimik, als er über meine Worte nachdenkt. Seine Augen blinzeln schneller als gewöhnlich, als drehten sich auch die Rädchen in seinem Kopf schneller.

»Was für Orte, Mum?«

»Wo immer du auch gern wärst. Jeder Mensch hat andere dieser Orte, weil sie für jeden einzigartig sind. Deshalb wäre dieser Ort für mich zum Beispiel hier zu Hause, bei dir und Dad, wo wir im Winter am Kamin bei einem späten Sonntagsessen sitzen. Oder auch der Highgate-Friedhof, weil es dort so friedlich ist. Oder ich würde auf dieser Bank hoch auf dem Parliament Hill sitzen, wo sich ganz London vor einem erstreckt, und würde zusehen, wie die Kinder ihre Drachen steigen lassen. Aber du musst dir deine eigenen Plätze suchen, damit es auch bei dir funktioniert.«

Jacob stützt sich auf die Ellbogen, als könnte er im Liegen nicht richtig denken, und ich sehe, wie er die Stirn kraust, während er angestrengt über die von ihm gewählten Plätze nachdenkt. Zum ersten Mal, seit ich an diesem Abend heimgekommen bin, ertappe ich mich bei einem echten Lächeln, weil sein konzentriertes Nachdenken eins der Dinge ist, die ich zweifellos am meisten an ihm liebe.

»Entweder die Hängematte in unserem Garten oder Ethans Zimmer, in dem all die Computerspiele sind, die sein Dad in seiner Firma umsonst bekommt. Oder der Tunnel auf dem Spielplatz in Highgate Woods, in dem einen niemand sehen kann, wenn man genau in der Mitte sitzt.«

Ich beuge mich vor und küsse ihn lächelnd auf das Haar. »Das klingt für mich wie eine richtig gute Liste, kleiner Mann. Also brauchst du jetzt nur jedes Mal, wenn du wegen der Schulaufführung nervös wirst, die Augen zu schließen und dir vorzustellen, du wärst an einem dieser Orte, und ich garantiere dir, dass du dich dann besser fühlen wirst. Einverstanden?«

Jacob nickt feierlich.

»Und vergiss nicht, dass du noch volle zwei Wochen Zeit hast bis zu deinem Auftritt und deinen Text schon jetzt ganz gut beherrschst. Wie wäre es denn, wenn wir *jeden Tag* beim Frühstück üben würden, bis du wirklich alles einwandfrei aufsagen kannst?«

Jacob nickt wieder, und ich kann sehen, wie seine besorgte Miene sich entspannt.

»Und jetzt ist aber wirklich Schlafenszeit, mein Schatz. Kuschel dich in deine Decke, und wir sehen uns morgen früh, okay?«

Er streckt mir das Gesicht entgegen, und ich gebe ihm einen Kuss auf seine warme Haut. Als ich aufstehe und zur Tür gehe, ruft er mir noch etwas nach.

»Ich hab dich lieb, Mum.«

Bis ich mich umgedreht habe, ist sein Kopf schon fast unter dem Federbett verschwunden. Ich schalte das Licht aus und schlucke hart.

»Ich hab dich auch lieb, Schatz. Schlaf gut.«

KAPITEL VIERUNDZWANZIG

BEX

»Ich habe uns gerettet, Mum. Ich habe uns reich gemacht. Und du hast die Bohnen in einen schmutzigen Graben geworfen!« Jacob grinst uns über den Frühstückstisch an, als er bei einem seiner Lieblingssätze innehält.

David und ich nicken und ermutigen ihn fortzufahren.

»Und nun, da unser Leben voller Lachen ist, können wir glücklich bis an unser Lebensende weiterleben.«

David und ich applaudieren spontan, und Jacob strahlt vor Freude. Von seiner Furcht vor zwei Wochen, dass er sich seinen Text nicht würde merken können, ist ihm nichts mehr anzumerken.

»Das war *brillant*, Jakey! Du kennst deinen Text jetzt in- und auswendig und wirst heute Nachmittag einfach fabelhaft sein. Glaub mir. Dads haben die besondere Gabe, solche Dinge vorherzusagen.« David steht auf und setzt sich auf die Bank neben Jacob, um ihn so fest zu umarmen, dass sein glückliches Gesicht an die Schulter seines Dads gepresst wird.

Es ist schon komisch, wenn man bedenkt, dass erst vierzehn Tage vergangen sind, seit ich so furchtbar wütend auf David war, als ich Jacob dabei antraf, wie er ihn aus seinem Vollrausch aufzuwecken versuchte. Ja, es ist komisch, wie es in einer Ehe mit rhythmischer Sicherheit auf und ab geht, bis ein Sturm losbricht und man sich für einen Moment nicht vorstellen kann, dass die Wellen je aufhören werden, gegen die Küste zu krachen. Dabei weiß man tief im Herzen, dass man schon eine Vielzahl ähnlicher Stürme überstanden hat.

Wir hatten uns am Morgen darauf furchtbar gestritten. Auch wenn »streiten« wahrscheinlich nicht das richtige Wort ist, weil dazu immer zwei gehören, während es in diesem Fall mehr meine Wut gegen Davids Zerknirschung war. Er war zutiefst beschämt gewesen, als ich ihm erzählt hatte, was geschehen war, und hatte zugegeben, dass er an jenem Nachmittag eine weitere E-Mail von seiner Mutter erhalten hatte. In dieser E-Mail wies sie ihn an, keine Pläne für das übernächste Weihnachtsfest zu machen, da es ihr erstes in England seit vielen Jahren sein würde, das sie selbstverständlich mit all ihren Kindern und Enkelkindern verbringen wolle. David hatte sich überschwänglich bei mir entschuldigt und seither jeden Morgen mit Jacob seinen Text geübt. Darüber hinaus hatte er ihn etwas über Visualisierung und Wortmuster-Tricks gelehrt, die ihm helfen sollten, die schwierigeren Passagen zu bewältigen, bis er alles so fließend beherrschte, dass sogar ich mich weniger um seinen Auftritt sorgte.

»Mum, mein Kostüm ist doch schon fertig, nicht? Miss Henshall hat gesagt, wir müssten sie heute Morgen zur Schule mitnehmen.«

Jacob hat mich das schon mindestens ein halbes Dutzend Mal gefragt, seit er aufgestanden ist.

»Natürlich ist es fertig, Schatz. Ich habe es neben der Haustür aufgehängt, damit wir es auf keinen Fall vergessen. Du kannst dich darauf verlassen.«

David versucht, Jacob mit einem letzten aufmunternden Vortrag abzulenken, und rät ihm, sich einfach das gesamte Publikum nackt vorzustellen, was bei dem Jungen einen heftigen Lachanfall auslöst.

Ich beobachte die beiden, die auf der Bank sitzen und sich ausschütten vor Lachen, und für einen Moment verkrampft sich mein Herz bei diesem Anblick. Als ich David heiratete, wusste ich, dass eine unserer vielen Gemeinsamkeiten der Wunsch war, gute Eltern zu werden: unsere eigenen Verluste wiedergutzumachen, indem wir eine andere Art von Familie schufen als die, die wir selbst gehabt hatten. Nicht die komplexe Sammlung von Freudlosigkeit und Trauer zu wiederholen, die wir als Erbe mitbekommen hatten, sondern Jacob stattdessen all die Sicherheit und Stabilität zu geben, von der wir durch ihr Nichtvorhandensein in unserer eigenen Kindheit wussten, dass jeder junge Mensch sie braucht.

Aber ab und zu, wenn ich David und Jacob so wie jetzt zusammen sehe, kann ich nicht umhin, den Verlust meines Dads noch mehr als sonst zu bedauern. Als würde ihre Bindung ein Licht auf die klaffende Lücke werfen, an deren Stelle eine Beziehung zu meinem eigenen Vater stehen müsste. Ich erinnere mich an so wenig über ihn. Manchmal kommt es mir so vor, als wären meine Erinnerungen nicht mehr als die Handvoll Geschichten, die Mum mir erzählt hat, zusammengefügt wie Fotografien in einem Album, um die Illusion einer Kindheit zu erzeugen, an die ich mich selbst gar nicht erinnern kann.

Im Übrigen gibt es gar keine Fotos von meinem Dad. Nicht ein einziges. Sie sind alle bei dem Umzug verloren gegangen, als wir nur wenige Monate nach Dads Tod Brighton gegen Bristol tauschten. Nicht einmal ein Hochzeitsfoto überlebte. Manchmal frage ich mich, ob das Fehlen einer fotografischen Dokumentation ihrer Ehe Mums Trauer nicht intensiviert und verlängert haben mag. Oder ob es ihre Erholung erschwert hat, dass diese ganze Phase ihres Lebens nur in ihrem Kopf überlebt und damit ein ganzes Jahrzehnt ihrer Existenz von der Gnade ihres Erinnerungsvermögens abhängig gemacht hat.

»So, und was sind also die drei Dinge, die du tun wirst, wenn du einen deiner Sätze vergisst?«

Jacob sieht David aufmerksam an, bevor er sie an seinen Fingern abzuzählen beginnt.

»Die Augen schließen, tief einatmen und mir die Worte in Erinnerung rufen, die ich zuletzt gesagt habe.«

David klopfte Jacob auf die Schulter. »Genau! Sehr gut, kleiner Mann. Und falls das nicht funktioniert?«

»Schaue ich zu dir rüber, und du wirst die Worte mit den Lippen formen. Du wirst doch irgendwo vorne sitzen, oder?«

»Aber sicher. In der ersten Reihe – vorausgesetzt natürlich, dass nicht einige der verrückten Eltern schon Stunden vorher hingehen und all die besten Plätze reservieren.«

Die beiden grinsen sich an, und ihre Gesichter spiegeln das gleiche einvernehmliche Vater-Sohn-Lächeln wie schon Generationen vor ihnen wider.

»Gut, wie wär's, wenn ich dir dann noch einen letzten, besonders leckeren Schoko-Pfannkuchen machen würde, bevor ich zur Arbeit gehe? Wir haben doch noch Zeit, Bex, nicht?«

Ich nicke lächelnd, obwohl Jacob noch immer seinen Schlafanzug trägt und es ziemlich hektisch werden dürfte, ihn noch rechtzeitig zur Schule fertig zu machen.

Als David etwas Öl in der Pfanne erhitzt und Jacob weiter ermunternd zuredet, werde ich an unsere Wochenend-Frühstücke vor Jacobs Geburt erinnert. Bevor wir verheiratet waren sogar. Lange, faule, durchweg verkaterte Frühstücke in dieser winzigen Küche in Islington, die gerade groß genug war für einen Tisch für zwei, aber lichtdurchflutet durch das hohe Schiebefenster mit Ausblick auf den Kanal. Wir verbrachten diese Morgen damit, Milchkaffee zu trinken und ganze Toastbrote mit Marmite zu verschlingen, ohne uns des Luxus bewusst zu sein, ganze Wochenenden ohne jegliche Verpflichtungen zu haben. Das verstanden wir erst später, als wir Eltern waren und diese faulen Wochenenden der Vergangenheit angehörten.

»Bitte schön, Jakey. Ein Pfannkuchen mit genügend Nussnougatcreme, um eine Armee zu füttern, ganz zu schweigen erst von dem Star der Schulaufführung. Aber jetzt sollte ich besser gehen, Bex, oder es wird schwierig sein, heute Nachmittag früh genug aus dem Büro herauszukommen.«

Jacob blickt von seinem Teller mit dem Pfannkuchen auf. »Du wirst aber doch *auf jeden Fall* dort sein, Dad, nicht?«

David verzieht das Gesicht zu einem gespielten Stirnrunzeln. »Natürlich werde ich dort sein! Ich würde mir deinen Auftritt doch um nichts auf der Welt entgehen lassen. Ich möchte mit eigenen Augen sehen, wie du diesen Riesen erschlägst. Es wird deine einzige Gelegenheit sein, Mr. Harding einmal ordentlich zurechtzustutzen. Also mach das Beste draus.«

Jacob kichert, hält sich dann aber instinktiv den Mund zu, als könnte er schon Ärger bekommen, wenn er sich auch nur privat über den Rektor seiner Schule lustig macht.

Ich begleite David zur Tür, wo er mich zweimal zärtlich auf die Lippen küsst.

»Du weißt, dass es um halb vier anfängt? Also versuch bitte, eine Viertelstunde eher dort zu sein, wenn möglich, ja? Ich habe vor, mit Mum um drei Uhr dort sein, um ein paar gute Plätze zu bekommen.«

Er küsst mich erneut und schaut mir lächelnd in die Augen. »Keine Bange – es steht schon seit Wochen in meinem Terminkalender. Ich habe um halb eins ein frühes Mittagessen, und von dort fahre ich direkt mit dem Taxi zu Jacobs Schule. Wahrscheinlich werde ich sogar noch früher als ihr dort sein.«

KAPITEL FÜNFUNDZWANZIG

BEX

»Bist du bald fertig, Mum? Die anderen sind schon alle umgezogen.«

Ich schließe den letzten Druckknopf an Jacobs Kostüm und drehe ihn zu mir herum, um ihn noch einmal prüfend anzusehen.

»Na also. Der bestaussehende Jack, der jemals auf der Bühne stand.« Ich hoffe, ihm damit ein Lächeln zu entlocken, aber Jacob sieht total verängstigt aus. »Alles klar, kleiner Mann? Atme ein paar Mal tief ein und aus. Du wirst großartig sein, das versichere ich dir.«

Jacobs Antwort ist ein fast unmerkliches Kopfschütteln, dem ich nicht entnehmen kann, ob er anderer Meinung ist oder ob es nur ein nervöser Tick ist.

Mein Telefon piept, und ich werfe einen Blick darauf, eine Spur zu schnell vielleicht.

»Ist das Dad? Was sagt er? Ist er schon hier?«

Mein Magen verkrampft sich, als ich den Kopf schüttle und wünschte, es wäre eine andere Antwort, die ich ihm gleich geben werde. »Nein, Schatz. Es ist nur eine E-Mail von meinem Verlag.«

Die Hoffnung in seinem Gesicht weicht einem Ausdruck der Angespanntheit und Besorgnis, der sich auch in der steilen Falte zwischen seinen Augenbrauen zeigt.

»Er wird bald da sein, Jacob. Ich will nicht, dass du dir deswegen Sorgen machst. Du brauchst bloß auf die Bühne hinauszutreten und deinen Auftritt zu genießen. Omi und ich sitzen in der zweiten Reihe auf der linken Seite, von der Bühne aus gesehen. Und Dad wird kommen, also mach dir keine Sorgen.«

Die Zuversicht in meiner Stimme klingt so unecht, als hätte ich eine Imitation von ihr erworben und probierte sie nur aus, um zu sehen, ob sie passt. Aber ich behalte mein Lächeln bei, um vielleicht trotz meiner Besorgnis einen Hauch von Sicherheit und Gewissheit zu verbreiten.

In den letzten zwanzig Minuten hatte ich David mindestens ein Dutzend Mal angerufen und ihm Nachrichten geschickt, doch sein Handy hat jedes Mal geklingelt, bis es auf Voicemail schaltete, und meine Textnachrichten blieben unbeantwortet. Ich möchte glauben, dass er es rechtzeitig schaffen wird – *muss* es Jacob zuliebe glauben. Aber mit jeder Sekunde, die verstreicht, verlässt mein Optimismus mich mehr. Inzwischen sind es nur noch fünf Minuten bis zum Beginn der Aufführung.

»Alle bitte mal herhören! Wenn die Eltern jetzt bitte in die Aula zurückkehren würden und die Kinder alle zu mir kommen könnten? Jacob und Maya, ihr müsst mit Miss Chowdhury gehen, um eure Plätze für die Eröffnungsszene einzunehmen.«

Jacobs Gesicht verliert plötzlich die Farbe. Ich drücke seine Hand und verberge meine Befürchtungen hinter einem Kuss auf seinen Oberkopf. Und dann glätte ich meine eigenen Sorgenfalten auf der Stirn, hocke mich vor ihn hin und lege ihm die Hände auf die Schultern.

»Du wirst *wunderbar* sein, Schatz. Versuch einfach, es zu genießen. Die Momente vor dem Auftritt sind immer die schlimmsten. Sobald du jedoch auf der Bühne stehst, wirst du deine Nervosität vergessen und alles richtig machen. Das garantiere ich dir, okay?«

Jacob nickt langsam, als könnte er keine Worte mehr erübrigen, bevor das Spiel beginnt.

Ich gebe ihm einen letzten Kuss, bevor ich hinausgehe und mit einem Blick über die Schulter sehe, wie Jacob von Miss Chowdhury zum Hintergrund der Bühne geführt wird. Mein Magen zieht sich noch schmerzhafter zusammen, als ich auf den Gang hinaustrete und auf die Aula zugehe, wo ich David bei meiner Mum zu finden hoffe, die dort schon sitzt, um unsere Plätze frei zu halten.

KAPITEL SECHSUNDZWANZIG

JUDITH

Als Rebecca in die Aula zurückkehrt, hängt ihr Mantel noch über dem leeren Stuhl, auf dem eigentlich David sitzen müsste. Ihr Gesichtsausdruck verrät eine Mischung aus Wut, Nervosität und Sorge, als sie seine Abwesenheit bemerkt.

»Ist er immer noch nicht erschienen?«

Ich schüttle den Kopf, als Rebecca sich neben mich setzt und wieder ihr Telefon herausnimmt, um einen Blick darauf zu werfen, aber der tiefe Seufzer, den sie ausstößt, lässt vermuten, dass David sich noch immer nicht gemeldet hat.

Das Paar von der Party, Marnie und Daniel, kommen mit ihrer Teenagertochter in die Aula. Sie heißt Miri, falls meine Erinnerung mich nicht täuscht, und sieht so aus, als könnte sie ein paar deftige Mahlzeiten vertragen und vielleicht auch etwas zum Anziehen, das ihren knochigen Brustkorb und ihre hervorstehenden Hüftknochen ein wenig mehr verbergen würde. Marnie, die Mutter, entdeckt Rebecca und winkt so demonstrativ, als wäre sie gerade von einem Sabbatjahr in der Äußeren Mongolei zurückgekehrt. Rebecca hebt die Hand, um den stummen Gruß zu erwidern, aber das Lächeln, das sie aufsetzt, ist die Art von Lächeln, das sie normalerweise für Männer reserviert, die Haushaltsgeräte von Tür zu Tür verkaufen und vorgeben, von Wohltätigkeitsorganisationen zu kommen.

»Warum versuchst du nicht noch mal, ihn anzurufen, Liebes? Vielleicht haben die anderen Anrufe ihn nicht erreicht, weil er keinen Empfang hatte?«

Rebeccas Kopf fährt zu mir herum, und ich sehe sofort, dass ich einen Fehler gemacht habe.

»Sei nicht albern, Mum. Natürlich haben sie ihn erreicht. Das Telefon hat geklingelt, und ich habe jedes Mal eine Nachricht hinterlassen. Er geht nur verdammt noch mal nicht dran!«

Für ein paar Sekunden starrt sie mich an, als forderte sie mich heraus, ihr zu widersprechen, doch ich werde mich hüten, einen zweiten Beschwichtigungsversuch zu unternehmen.

Dann wird das Licht gedämpft, und ein Lehrer betritt die Bühne, um alle daran zu erinnern, ihre Handys auf stumm zu schalten. Rebecca murmelt etwas Unverständliches, als sie mit dem Telefon herumhantiert und es dann in ihre Tasche steckt.

Und der Stuhl neben ihr bleibt auffallend leer.

KAPITEL SIEBENUNDZWANZIG

BEX

Der Vorhang hebt sich, und als ich Jacob im Mittelpunkt der Bühne stehen sehe, verflüchtigt sich meine Verärgerung über David, bis ich nur noch eine atemberaubende Mischung aus Stolz und Unruhe empfinde.

Ich kann sehen, wie Jacob den Blick über das Publikum gleiten lässt, als die Musik beginnt, und wie er mir für einen Moment in die Augen schaut, ehe er den leeren Stuhl neben mir bemerkt. Sein Gesicht umwölkt sich vor Enttäuschung, und als er mich wieder ansieht, setze ich schnell ein strahlendes Lächeln auf und nicke ihm ermunternd zu. Ich bemerke, wie er schluckt und den Kopf hebt, um seinen Blick auf das Ende des Saals zu richten, wie David es ihm beigebracht hat.

Dann verklingt die Musik, und Jacob beginnt mit seiner langen Eröffnungsrede, bei der seine Stimme keine Spur der Nervosität erkennen lässt, die sein Gesicht nur Minuten zuvor noch gespenstisch weiß hat werden lassen. Seine Stimme ist ruhig und selbstbewusst, und sie schallt durch die Aula, als hätte ihr Besitzer nie daran gezweifelt, dass er die Courage besitzt, vor all diesen Zuschauern zu sprechen.

Wie David es ihm beigebracht hat, macht er eine kleine Pause, bevor er am Ende seiner ersten Rede die Pointe liefert und alle im Publikum zum Lachen bringt. Und es ist keineswegs das höfliche Lachen von Eltern, die einen kindlichen Darsteller motivieren müssen, sondern aufrichtige Erheiterung über einen lustigen und sehr gut vorgebrachten Spruch.

Und während Jacob mit einem breiten Grinsen auf der

Bühne steht und sich an der begeisterten Reaktion des Publikums erfreut, frage ich mich, ob ich je stolzer auf ihn war als in diesem Augenblick. Ich atme tief aus, nachdem ich die Luft ganz unwillkürlich angehalten hatte, und wische meine feuchten Hände an meinem Rock ab, bevor ich mich dem stürmischen Applaus anschließe.

Und in dem Moment höre ich das Krachen.

Das polternde Geräusch von zwei Türen, die gegen eine Wand hinter mir prallen. Mein Kopf fährt instinktiv zur Quelle des Geräuschs herum, und die Zeit scheint sich zu dehnen und zu strecken, sodass die Szene, die sich meinen Augen bietet, etwas so Irreales an sich hat, als wäre sie ferngesteuert und hielte nach jedem unerträglichen Bild an.

Dümmlich grinsend, wie er es nur tut, wenn er sturzbetrunken ist, steht David dort im Hintergrund der Aula. Schwankend steht er auf unsicheren Beinen da und blickt die zweihundert ihm zugewandten Gesichter an, als wartete er auf eine Reaktion.

Aber nichts geschieht. Niemand spricht, und niemand rührt sich. Zwischen David und mir liegt ein Meer von Köpfen, die ihm alle zugewandt sind. Das einzige Geräusch, das ich hören kann, ist das unerträglich laute Pochen meines Herzens. Ich spüre das Pulsieren des Blutes in meinen Wangen. Außerdem hatte ich vor Schreck den Atem angehalten und wage jetzt nicht mehr, ihn auszulassen.

»Oh, Scheiße, jetzt hab ich mich verspätet, was? Dabei hatte ich dem verdammten Taxifahrer extra noch gesagt, er solle Gas geben.« Er spricht mit schwerer Zunge, und seine Vokale ziehen sich in die Länge, als hätten sie keine Eile herauszukommen. Die Hälfte seiner Konsonanten hingegen fehlt völlig, und dennoch scheint das »Sch«, das seinem »Scheiße« vorausgeht, eine Ewigkeit anzuhalten.

Er winkt in Richtung Bühne, noch immer grinsend wie ein Idiot, und als ich mich umdrehe, um zu sehen, wohin er zeigt, verkrampft sich mir der Magen, weil ich schon weiß, was für ein Anblick mich erwartet.

In der Mitte der Bühne steht Jacob, völlig reglos und allein, und macht ein Gesicht, als wünschte er, der Boden würde sich vor ihm auftun und ihn verschlingen. Seine Wangen sind rot wie Chilipulver. Ich sitze nahe genug an der Bühne, um seine Unterlippe zittern zu sehen, obwohl er die Zähne fest zusammenbeißt und heftig blinzelt, um seine Tränen zu verdrängen. Tränen, die ihn nur noch mehr blamieren würden.

Eine Welle der Panik ergreift mich und schnürt mir die Brust zusammen. Ich weiß, dass ich etwas tun muss – irgendwas –, um die allgemeine Erstarrung zu brechen, aber meine Gedanken überschlagen sich und machen es mir schier unmöglich, herauszufinden, was das Beste ist. Ich weiß, dass ich Jacob beistehen muss und ihn nicht dort oben auf der Bühne stehen lassen kann, so ganz allein und den Tränen nahe. Doch ich weiß auch, dass David nicht hierbleiben kann. Dass ich ihn hier herausschaffen muss. Dass jede Sekunde, die er dort im Hintergrund der Aula steht, die Möglichkeit zu noch mehr Demütigungen in sich birgt.

Während mir vor Wut die Galle in die Kehle steigt, drehe ich mich um und sehe David in unsere Richtung kommen.

KAPITEL ACHTUNDZWANZIG

JUDITH

David geht auf die Reihe leerer Stühle im Hintergrund der Aula zu, und ich weiß, dass ich etwas tun müsste, um Rebecca beizustehen und ihr zu helfen, die Leute von Davids unmöglichem Benehmen abzulenken. Aber mir schwirrt der Kopf, und so oft ich mir auch sage, dass dies nicht der Moment für einen meiner Schwindelanfälle ist, weiß ich doch, dass ich nicht einmal stehen könnte, selbst wenn ich meine Beine dazu bringen könnte, es zu versuchen.

Ich blicke zu Rebecca hinüber und sehe an ihrer Brust und ihrem Nacken den rötlichen Hautausschlag ausbrechen, der bestätigt, wie gedemütigt sie sich fühlt, was ohnehin keiner bezweifelt. Ich möchte ihre Hand ergreifen, um sie daran zu erinnern, dass ich bei ihr bin und sie diese Blamage nicht allein erleiden muss. Aber ich sehe ihre zu Fäusten geballten Hände und weiß, dass ich diesen Moment nur erträglicher machen könnte, wenn ich wie durch Zauberhand ein tiefes Loch unter unseren Füßen öffnen würde, um uns mit Haut und Haaren zu verschlingen.

David erreicht die letzte Reihe Stühle und beschließt aus irgendeinem Grund, sich an der leeren Stuhlreihe entlangzuschieben, statt durch den Gang zu uns zu kommen.

Ein grässliches Gefühl erwacht in meinem Magen, als wüsste ich schon, was geschehen wird, bevor ich es sehe oder höre.

Wieder ertönt ein lautes Krachen, als David stolpert und auf einen der Stühle fällt, der daraufhin nach hinten umkippt. David schafft es zwar, sich halbwegs wieder aufzurichten, doch als er weiterzugehen versucht, strauchelt er erneut und stürzt so schwer auf einen anderen Stuhl, dass der den Rest der Stuhlreihe umfallen lässt wie Dominosteine.

»Fuck. Fuck. Fuck!«

Das unmissverständliche kollektive Nach-Luft-Schnappen von zweihundert Menschen ist zu hören, als die drei Schimpfwörter durch die Aula schallen.

Das einzige andere Geräusch, das die Stille bricht, ist das von David, der zwischen zwei Stuhlreihen auf dem Boden liegt und gackernd lacht wie ein Idiot.

Ein paar Zuschauer erheben sich von ihren Plätzen, um besser sehen zu können, und ich wünschte, ich hätte den Mut, ihnen zu befehlen, sich wieder hinzusetzen und nicht solch abscheuliche Voyeure zu sein, die sich am Unglück anderer ergötzen.

Doch Menschen zu sagen, was ich wirklich denke, war noch nie meine Stärke. Und deshalb bleibe ich sitzen, stumm und wütend auf mich selbst, weil ich nicht wage, das Wort zu ergreifen.

Am Ende bin nicht ich es, die etwas unternimmt.

Ich sehe, wie Rebecca aufsteht, zum Mittelgang hinübergeht und den langen, einsamen, unübersehbaren Weg zu David antritt, der mitten in einem Berg von umgekippten Stühlen liegt.

KAPITEL NEUNUNDZWANZIG

BEX

Ein Meer von Gesichtern wendet sich mir zu, doch ich halte die Augen entschlossen nach vorn gerichtet, weil ich es nicht wage, irgendjemanden anzusehen. Denn wenn ich es täte, würde ich entweder in Tränen ausbrechen oder aber in die Defensive gehen und eine Schimpftirade loslassen. Sie sind ohnehin alle am Rande meines Blickfelds: zweihundert Augenpaare, deren Blicke sich in meine Wangen bohren und mir mit der Hitze ihrer unbarmherzigen Kritik die Haut versengen.

Ich gehe an der Reihe hinter mir vorbei, wo Melissa mit Seth und ihrer Tochter Ava sitzt, und stelle mir Melissas entsetzten, aber auch besorgt-beschützenden Gesichtsausdruck vor, ihre Unentschlossenheit, ob es besser ist, mich David allein hinausbringen zu lassen, so schnell ich kann und mit minimaler Belästigung für alle anderen, oder ob sie aufspringen und mir zu Hilfe eilen soll.

Ich gehe an der Reihe vorbei, in der Abi und Laura ohne ihre Ehemänner sitzen, und kann mir die übertrieben besorgten Mienen vorstellen, die sie aufgesetzt haben, um die prickelnde Erregung zu verbergen, die Davids Auftritt ihnen geliefert hat.

Ich gehe an der Reihe vorbei, aus der Marnie mir vor ein paar Minuten noch zugewinkt hat. Ich muss sie nicht ansehen, um zu wissen, dass ihre Augenbrauen vielsagend erhoben sind, als hätte sie jede qualvolle Sekunde dieser Ereignisse vorhersagen können, wenn sie nur gefragt worden wäre.

Ich gehe an ihnen und allen anderen vorbei: an den Eltern, die ich vom Spielplatz kenne, an den Lehrern, mit denen ich ein Dutzend Elternabende verbracht habe, an den Geschwistern von Jacobs Freunden, die ich zu Geburtstagspartys, Picknicks oder Ausflügen in den Park eingeladen habe. Und mit jedem meiner unsicheren Schritte pocht das Blut in meinen Wangen mehr, bis sie vor Scham oder Entrüstung brennen und ich mich zwingen muss, einen Fuß vor den anderen zu setzen. Mit größter Anstrengung konzentriere ich mich darauf, mich aufrecht zu halten, um wegen der Instabilität meiner Beine nicht auch noch hinzufallen.

Aber schließlich erreiche ich den hinteren Teil der Aula, wo David noch immer auf dem Bauch zwischen all den umgekippten Stühlen liegt und wie ein Irrer lacht, und als ich auf ihn hinabblicke, wohl wissend, dass alle in der Aula mich immer noch beobachten, erfasst mich plötzlich ein Gefühl ihm gegenüber, das ich noch nie zuvor empfunden habe.

Ich hasse ihn. Ich hasse ihn dafür, dass er in diesem Zustand hier erschienen ist und uns das antut.

Er sieht mich an und lächelt mit der ganzen Unverzagtheit eines Betrunkenen, der keine Ahnung hat, wie viel Schaden er verursacht hat.

Ich dagegen könnte mich zu keinem Lächeln zwingen, selbst wenn ich es wollte.

»Mist, Bex! Tut mir schrecklich leid, dass ich mich verspätet habe. Hab ich viel verpasst?«

Ich blicke auf ihn hinunter, und mein Magen verkrampft sich vor Verachtung, als ich ihn auf dem staubigen Parkettboden liegen sehe. Aber diese Verachtung gilt nicht David. Nicht dem David, der neben mir sitzen und strahlend vor Stolz unserem Sohn zu seiner triumphalen Eröffnung der Aufführung applaudieren müsste. Nicht dem David, der mir die Hand drücken müsste, um still mit mir zu feiern, dass wir bei Jacob anscheinend doch nicht alles falsch machen. Nein, meine Verachtung gilt voll und ganz diesem Hochstapler, der so wenig Ähnlichkeit hat mit dem David, den ich liebe, wie Dr. Jekyll mit Mr. Hyde.

Meine Knie beugen sich, als wüssten sie besser als mein Kopf, was nun geschehen muss, und ich knie mich neben ihn, um mich einerseits vor den neugierigen Blicken zu schützen und andererseits dafür zu sorgen, dass nur David hört, was ich ihm sagen werde.

»Du musst aufstehen. *Bitte!*« Meine Stimme ist leiser und ruhiger, als ich erwartet hatte. Es ist die Stimme, die normalerweise Jacob vorbehalten ist, wenn er am Ende eines langen, anstrengenden Tages nicht baden oder sich die Zähne putzen will.

David hebt den Kopf, und für einen Moment habe ich den Eindruck, dass sein ganzer Körper folgen wird, und Erleichterung erwacht in meinem wild pochenden Herzen. Aber als er sich auf die Arme stützt, scheinen sie sich dem Druck zu widersetzen und knicken unter ihm ein, sodass er wieder bäuchlings auf dem Boden landet.

Als ich mich gerade zu ihm vorbeugen und ihn hochziehen will, schießt ein greller Schmerz durch meine Schläfen, vor dessen glühender Hitze ich die Augen schließen muss.

Und plötzlich hocke ich nicht mehr vor einem betrunken daliegenden David in der Aula von Jacobs Schule, den Beinen von zweihundert Stühlen mit neugierigen Menschen gegenüber, die mit angehaltenem Atem darauf warten, wie das Drama weitergehen wird. Nein, von einem Moment zum anderen stehe ich hinter einem Wald von Erwachsenenbeinen, denen ich mit dem Kopf gerade bis zu den Schenkeln reiche. Ich versuche herauszufinden, was inmitten dieser Menschenmenge geschieht, die mich ausschließt wie eine Mauer. Ich spähe durch Lücken zwischen Einkaufstüten, Jeans und dicken Wintermänteln, und mit einem Gefühl der Panik erkenne ich, dass ich unbedingt herausfinden muss, was auf der anderen Seite dieser menschlichen Barriere vor sich geht. Dann bewegt sich plötzlich jemand vor mir, und ich erhasche einen Blick auf eine große Blutlache auf dem Asphalt. Bei dem Anblick dreht sich mir der Magen um. Ich spüre eine Hand auf meiner Schulter, und jemand führt mich weg, und ich habe Angst, weil ich nicht weiß, wer diese Person ist oder wohin sie mich bringt.

Und dann ist das Bild schlagartig wieder weg.

Ich öffne die Augen und schließe automatisch eine Tür vor der Erinnerung, weil ich weiß, dass ich mich damit jetzt nicht befassen kann.

»David, du *musst* aufstehen.« Diesmal fauche ich ihn an, und irgendwie müssen meine Worte wohl seinen vernebelten Verstand durchdrungen haben, da er sich jetzt schwerfällig aufrappelt. Ich richte mich ebenfalls auf, um ihn aufzufangen, falls er wieder schwanken sollte. Bevor er einen Blick auf sein Publikum richten kann – das eigentlich das seines Sohnes ist und nicht das seine –, lege ich einen Arm um seine Taille und führe ihn langsam, Schritt für Schritt, auf den Schauplatz seines katastrophalen Eintritts zu.

»Was tust du, Bex? Wo gehen wir hin?«

Ich bin nicht in der Lage, ihm zu antworten, weil es ohnehin schon meine ganze Kraft erfordert, möglichst aufrecht und gerade zu gehen, während ein über ein Meter achtzig großer, fünfundsiebzig Kilo schwerer Mann sich mit der Hälfte seines Gewichts an mich lehnt und alle Mühe hat, einen Fuß vor den anderen zu setzen.

Ich wage nicht zurückzublicken, ja nicht einmal, einen Blick über die Schulter zu werfen, weil ich den Gedanken nicht ertragen kann, mir zu bestätigen, was ich ohnehin schon weiß: dass alle uns beobachten, um zu sehen, ob es eine Wiederholung geben wird. Ich kann die Hitze ihrer Blicke spüren, die in meinen Hinterkopf eindringt und sich dort festzusetzen scheint. Ich könnte es nicht einmal ertragen, meine Mutter anzuschauen. Es wäre mir unerträglich, die Demütigung, den Schock und die Verwirrung so deutlich wie mit unauslöschlicher Tinte in ihrem Gesicht geschrieben zu sehen. Ich darf jetzt nicht an sie oder an das Verhör denken, das mir bevorsteht, wenn wir endlich zu Hause sind.

Aber vor allem wage ich nicht, mich umzudrehen, weil ich weiß, dass ich dann Jacob ganz allein auf dieser leeren Bühne stehen sehen werde. Da jetzt auch noch die ersten Tränen über meine Wangen rollen, kann ich mich nicht darauf verlassen, dass ich meinem Gesicht wieder den beruhigenden Ausdruck geben kann, den mein Sohn jetzt braucht.

Endlich erreichen wir die Tür, und ich stoße einen Flügel mit der Schulter auf und ziehe David mit hinaus. Es können höchstens zwei Minuten vergangen sein, seit er durch dieselben Türen in den Raum hineingeplatzt ist, doch irgendwie fühlt es sich für mich so an, als wäre ein ganzes Leben – oder zumindest doch der allerschlimmste Teil davon – in diesen einhundertzwanzig Sekunden abgelaufen.

Ich führe David über den Gang und um die Ecke, bis ich mir sicher sein kann, dass wir weit genug entfernt sind von der neugierigen Menge. Und da reißt sich wie von selbst mein Arm von seiner Taille los, und als ich den Mund öffne, um etwas zu sagen, ist er von heißen, salzigen Tränen erfüllt.

Davids Gesicht vor mir ist ratlos und verwirrt. Belustigt fast. Und es ist diese völlige Unkenntnis des Schadens, den er in seinem betrunkenen Zustand angerichtet hat, die einen regelrechten Tsunami des Zorns aus meinem Magen über mein

Herz und in meinen Mund aufsteigen lässt, wo er den Weg in meine Worte findet.

»Wie kannst du es *wagen*, so hier aufzutauchen, David? Was zum Teufel hast du dir dabei gedacht?«

KAPITEL DREISSIG

JUDITH

Kaum hat sich die Tür hinter Rebecca und David geschlossen, schwenken zweihundert Köpfe zur Bühne zurück wie eine dieser La-Ola-Wellen, die man bei Sportveranstaltungen sieht. Die Luft ist noch aufgeladen von dem Schock über das skandalöse Vorkommnis, doch ich kann spüren, wie er von der allgemeinen Enttäuschung verdrängt wird, dass die Nebenvorstellung beendet ist.

Jacob steht noch immer auf der Bühne, jetzt aber mit gesenktem Blick, und mein Herz beginnt wieder zu hämmern, als ich mich instinktiv erhebe, weil ich weiß, dass ihm jemand beistehen muss.

Doch dann beginnt die Lehrerin, die am Klavier sitzt, ganz unverhofft wieder zu spielen. Laut und mit Begeisterung haut sie in die Tasten, um das aufgeregte Geflüster zu übertönen, das sich in der Aula erhebt, und die Bühne füllt sich plötzlich mit einem Dutzend anderer Kinder.

Jacob hebt nun endlich wieder den Kopf und blickt zu den zwei leeren Stühlen neben mir herüber. Ein Ausdruck der Enttäuschung huscht über sein Gesicht, als hätte er gehofft, dies alles sei nur ein böser Traum gewesen und er würde Rebecca und David im Publikum sitzen und ihm ermutigend zulächeln sehen.

Sein Blick huscht durch die Aula, bevor er ihn auf mich richtet. Mein Gesicht verzieht sich automatisch zu einem beruhigenden Lächeln und einem im Laufe der Jahre viel geübten Ausdruck der Zuversicht, dass alles gut wird, auch wenn ich das Gegenteil befürchte. Jacobs Mundwinkel verziehen sich ein wenig, als er das Lächeln zu erwidern versucht, und meine Kehle wird ganz eng bei dem Gedanken, wie sehr dieser Ausdruck Rebeccas ähnelt.

Die Musik verklingt, und Panik überschwemmt Jacobs Gesicht. Ein kalter Schauder läuft mir über den Rücken, als ich verstehe und ihn im Stillen beschwöre, sich seinen Text wieder in Erinnerung zu rufen.

Ein erwartungsvolles Schweigen breitet sich in der Aula aus, und ich sehe, wie Jacob die Augen schließt, tief einatmet und lautlos mit den Lippen ein paar Worte formt.

Als er die Augen wieder öffnet, huschen sie jedoch erneut durch den Raum, und mir wird klar, dass ihm irgendjemand helfen muss, sich an seine nächsten Zeilen zu erinnern.

Sein Blick sucht an meinen, und meine Lippen setzen sich augenblicklich in Bewegung.

»Hallo, Mum. Du siehst so düster aus. Wird's nicht Zeit, ein bisschen Spaß zu haben?«

Das Mädchen, das seine Mutter spielt, antwortet, und sie kommen wieder in Schwung, als sie sich ihren gut geübten Text zuspielen.

Mein Herz verlangsamt sich allmählich zu einem ruhigeren, gleichmäßigeren Rhythmus, und ich denke an all die Nachmittage, an denen ich Jacob von der Schule abgeholt habe und wir bei einem Glas Milch, einer Tasse Tee und einem Teller Schokoplätzchen an meinem Küchentisch gesessen und seinen Text geübt haben. Und wie er immer gelacht hat über die lustigen Stimmen, die ich all den anderen Charakteren gegeben habe!

Die Kinder beginnen, ihr erstes Lied zu singen, und als ich Jacob endlich wieder lächeln sehe, weiß ich instinktiv, dass er in den nächsten vierzig Minuten, bis das Stück zu Ende ist, zurechtkommen wird.

Ich wünschte nur, ich könnte das Gleiche von Rebecca sagen. Aber ich wage es nicht einmal, mich umzudrehen, um zu sehen, ob sie zurückkommt, weil ich nicht noch mehr Aufmerksamkeit auf mich oder ihre Abwesenheit lenken will. Stattdessen rufe ich mir wieder ihren Gesichtsausdruck in Erinnerung, mit dem sie so stoisch von ihrem Stuhl zum Mittelgang und von dort zu David im hinteren Teil des Saals gegangen ist. Dieser Ausdruck war mir so unerwartet vertraut gewesen, dass ich mich zwingen muss, nicht darüber nachzudenken. Denn ich habe Angst, dass ich David nie wieder verzeihen könnte, ihn hervorgebracht zu haben, wenn ich der Erinnerung daran zu lange nachhänge. Und ich weiß, dass Vergebung für die Ereignisse dieses Nachmittages nicht in meiner Macht steht.

Und so frage ich mich nur gespannt, was sich dort draußen zwischen den beiden abspielen mag, und hoffe einfach von Herzen, dass mit Rebecca alles in Ordnung ist.

KAPITEL EINUNDDREISSIG

BEX

»Nun?«

David starrt mich an, aber da sein Gesichtsdruck zwischen Verwirrung und Bestürzung schwankt, kann ich nicht sagen, ob er noch über seine Antwort nachdenkt oder meine Frage schon vergessen hat.

»Warum in Herrgotts Namen bist du schon am frühen Nachmittag in einem solchen Zustand, David? Hörst du mir überhaupt zu?«

Er blinzelt mehrmals ganz bewusst, und dann lächelt er und legt mir beide Hände auf die Schultern, vermutlich ebenso sehr, um sich zu stützen, wie auch, um zu unterstreichen, was immer er jetzt behaupten wird.

»Nun sei doch nicht so böse auf mich, Bex. Auch wenn du weißt, wie sexy ich dich finde, wenn du es bist.«

Ein Cocktail alkoholischer Gerüche schlägt mir ins Gesicht, und ich muss den Kopf abwenden, um etwas frischere Luft zu atmen. Seine Worte sind nahezu unverständlich, da eins in das andere hineinschlittert wie Kinder auf einer Wasserrutsche. Mit neu erwachtem Ärger schüttle ich seine schweren Hände von meinen Schultern ab.

»Tja, eins kannst du mir glauben, David – ich finde dich nicht im Geringsten attraktiv, wenn du so bist.«

Er wirft mir einen schrägen Blick zu, der mir verrät, dass er dem irrigen Eindruck unterliegt, ich scherzte nur.

»Ich mache keine Witze, David. Ich bin wütend auf dich. Verdammt wütend sogar!«

Er zieht die Augenbrauen hoch und lässt die Lider flattern, als wäre mein Zorn nur ein vorübergehender Sturm, den er überstehen muss. Ich sehe ein, dass es im Moment keinen Sinn hat, etwas Vernünftiges aus ihm herausholen zu wollen.

»Komm, lass uns ein Taxi suchen gehen.« Ich nehme seinen Arm, um David auf die Straße hinauszuführen, aber er entzieht ihn mir und bleibt reglos bis auf ein leichtes Schwanken wie angewurzelt vor mir stehen.

»Wovon sprichst du? Wozu brauchen wir ein Taxi? Wir müssen wieder hineingehen und Jacobs Auftritt sehen!«

Er versucht, sich in Richtung Aula umzudrehen, stolpert aber und fällt rücklings in einen Trophäenschrank, dessen Glas laut klirrt. Das Geräusch schallt über den leeren Gang, bis das Echo gegen eine Wand am anderen Ende prallt.

»Du gehst *nicht* wieder hinein, David. Glaubst du auch nur für eine Sekunde, dass ich dich dort noch einmal hineinlasse?«

Er runzelt die Stirn, und ich frage mich, ob er versucht zu verarbeiten, was ich gesagt habe, oder vielleicht einfach nur Mühe hat, sich an meine Worte und deren Reihenfolge zu erinnern.

Ich kann mich nicht entsinnen, ihn je derart betrunken gesehen zu haben. Doch ich glaube, selbst wenn ich mich an so etwas erinnern könnte, würde ich es nicht wollen. Ich kann mir nicht einmal vorstellen, was heute geschehen sein muss, um ihn dazu zu bringen, derart viel zu trinken. Aber im Moment ist für Spekulationen auch gar nicht genug Platz in meinem Kopf.

»*Bitte*, David. Bitte glaub mir einfach, dass du heimfahren musst. Ich erzähle dir morgen von der Aufführung.«

Meine Stimme ist freundlich-überredend, weil ich weiß, dass es mir unmöglich sein wird, ihn hier herauszubekommen, wenn er nicht freiwillig mitgeht.

»Aber was ist mit Jacob? Ich hatte ihm versprochen, bei der Aufführung dabei zu sein.«

Seine Stimme klingt so wehleidig, so pathetisch, dass ich ihm am liebsten ins Gesicht schreien würde: *Das weiß ich! Aber das hättest du verdammt noch mal bedenken sollen, bevor du in diesem Zustand hier erschienen bist, nicht wahr?*

Ich sage jedoch nichts, weil ich weiß, dass es keinen Sinn hätte, da er doch kaum noch in der Lage ist, mich zu verstehen. Außerdem ist das einzig Wichtige jetzt, ihn hier herauszuschaffen, damit er nicht noch mehr Unheil anrichten kann. Und damit ich möglichst bald zu Jacob zurückkann.

»Ich werde ihm sagen, du fühltest dich nicht wohl und hättest heimfahren müssen. Und jetzt komm schon, David. *Bitte!*«

Jetzt ist es meine Stimme, die mitleiderregend klingt, und ich hasse ihren Klang und meinen verzweifelten, überredenden Ton. Hasse David dafür, dass er mich zwingt, in diesem Ton mit ihm zu reden.

Aber es scheint zu funktionieren, denn er beginnt, auf den Ausgang zuzugehen, wenn auch mit einem schweren Seufzen, als wäre er derjenige, der an diesem Nachmittag das größte Pech erlitten hat.

Irgendwie schaffe ich es, mir alles zu verkneifen, was ich ihm gern sagen würde, als wir durch den Haupteingang hinausgehen, den Parkplatz überqueren und auf die Straße gelangen, wo ich ein vorbeifahrendes Taxi herbeiwinke. Der Fahrer ist nicht gerade begeistert, dass der Zielort gerade mal einen Kilometer weit entfernt liegt, doch er wird freundlicher, als ich die Geldbörse aus Davids Hosentasche ziehe und dem Fahrer eine Zwanzig-Pfund-Note in die Hand drücke.

»Geh zu Bett, David, und schlaf deinen Rausch aus. Wir sehen uns später.«

Aber David ist schon auf dem Rücksitz zusammengesackt, und ich habe keine Ahnung, ob er mich gehört hat. Deshalb bitte ich den Fahrer, dafür zu sorgen, dass er gut ins Haus kommt. Der Mann nickt seufzend, als hätte er all das schon hundert Mal gesehen. Und dann biegt das Taxi wieder auf die Straße ein und fährt in Richtung unseres Hauses davon. Zu dem Schauplatz einer Szene zwischen David und mir, von der ich weiß, dass sie später oder morgen stattfinden muss. Doch diese Szene kann ich mir im Moment nicht einmal ansatzweise vorstellen.

Und so kehre ich um und gehe auf demselben Weg zu der Schule zurück. Ich beschleunige sogar meine Schritte, obwohl mein Herz fast schmerzhaft hart zu pochen beginnt bei der Aussicht, in die Aula zurückzukehren. Die Absätze meiner Schuhe klackern auf dem Holzboden des Ganges, und als ich die Flügeltüren erreiche, hole ich tief Luft und schicke mich an, unauffällig in den Raum hineinzuschlüpfen und mich auf einen der wenigen Stühle in der letzten Reihe zu setzen, die David nicht umgestoßen hat.

KAPITEL ZWEIUNDDREISSIG

BEX

Als Jacob und ich nach Hause kommen, liegt David schon schlafend auf unserem Bett – das jetzt mit Sicherheit auch der beste Platz für ihn ist.

Jacob und ich setzen uns an den Küchentisch und essen Backfisch mit Pommes frites, die ich als kleine Überraschung auf dem Heimweg gekauft habe. Oder vielleicht auch nur, weil ich mich schuldig fühle.

Von Mum haben wir uns schon an den Schultoren verabschiedet. Die Endgültigkeit, die dabei in meiner Stimme mitschwang, schien gereicht zu haben, um ihr klarzumachen, dass sie heute auf keinen Fall mit uns nach Hause kommen konnte. An den Fältchen um ihre Augen, die ausgeprägter waren als gewöhnlich, konnte ich ihre Besorgnis sehen. Ich hörte auch förmlich die unausgesprochenen Fragen, die zwischen uns in der Luft hingen. Aber ich wusste, dass ich heute keine Antworten für sie hatte. Außerdem hatte ich keine Ahnung, was mich zu Hause erwarten würde – ob wir David schamlos auf dem Sofa zusammengesackt vorfinden würden oder ob er vielleicht sogar noch wach sein würde.

Wir waren gleich nach dem Ende der Aufführung gegangen. Um Mum keinen aufdringlichen, als Besorgnis getarnten Fragen auszuliefern, hatte ich sie in den Umkleideraum mitgenommen, um Jacob abzuholen.

Dort hatte ich ihn in die Arme genommen, als ich ihn sah, und jede Möglichkeit eines betretenen Schweigens vor den anderen Eltern ausgeschlossen, indem ich ihn mit überschwänglichem

Lob für seine gute Leistung überhäuft hatte. Mit genügend Lob, so hoffte ich, um Davids unübersehbare Abwesenheit zu überspielen. Auch Mum war voll des Lobes und beglückwünschte Jacob zu ihren Lieblingsszenen aus dem Stück. Es waren die Szenen, auf die auch Jacob selbst sehr stolz sein würde, wie sie wusste: die Momente, in denen er das Publikum am lautesten zum Lachen gebracht hatte, und seine lange Schlussrede am Ende des Stücks, die unter donnerndem Applaus geendet hatte.

Das Lob war keineswegs übertrieben, denn er war brillant gewesen. Als ich in die Aula zurückgekehrt war, hatte ich fast nicht glauben können, wie gut es ihm gelungen war, die Fassung wiederzuerlangen. Wie er so souverän hatte spielen können, obwohl er normalerweise kein Kind ist, das gern im Rampenlicht steht. Und an diesem speziellen Nachmittag hätte er auch allen Grund gehabt, sich aus Nervosität und Selbstschutz in sein Schneckenhaus zurückzuziehen. Aber das hatte er nicht getan, sondern jeden seiner Sätze sehr klar und ausdrucksvoll wiedergegeben, und das Einzige, was ich bedauerte und was an meinem Herzen zerrte, war Davids Abwesenheit gewesen.

Seit dem Ende des Stücks hatte Jacob allerdings kaum noch ein Wort gesagt. Als ich ihn jetzt über den Tisch anschaue und sehe, wie er in den Pommes frites herumstochert, die er normalerweise im Nu verputzt, weiß ich, dass alles, was ich sagen könnte, nur eine unzureichende Entschädigung für die schreckliche Verlegenheit und Enttäuschung wäre, die David ihm bereitet hat.

»Ich bin so stolz auf dich, mein Schatz. Aber das weißt du ja, nicht wahr?«

Jacob zuckt mit den Schultern, und meine Brust wird schmerzhaft eng bei der Erkenntnis, dass mein Stolz auf ihn allein nicht reicht.

Ich strecke die Hand nach seiner aus und drücke sie sanft, bis er von seinem Teller aufschaut und mich ansieht.

»Ich weiß, dass du enttäuscht bist, kleiner Mann, weil Dad deinen Auftritt nicht gesehen hat. Und ich weiß, dass auch er enttäuscht sein wird. Aber hat Miss Henshall nicht gesagt, dass die DVDs noch vor Weihnachten fertig sein werden? Dann wird Dad ja auch alles sehen können, nicht? Wir könnten sogar eine kleine Party daraus machen – du, ich und Dad mit Pizza, Popcorn und dem Film. Wie gefällt dir die Idee?«

Jacobs Stirnrunzeln vermittelt all die Zweifel, die er ganz zu Recht empfindet. Er entzieht mir sogar seine Hand und verbirgt sie auf seinem Schoß. »Das ist nicht dasselbe. Ich wollte, dass er mich *live* sieht und nicht auf einer blöden DVD. Er hätte *heute* meinen Auftritt sehen sollen.« Seine Stimme bricht ein wenig bei den letzten Worten, und ich kann spüren, dass er den Tränen nahe ist, sich aber mit aller Kraft zusammennimmt.

»Ich weiß, mein Schatz. Doch er wird sehr stolz auf dich sein, wenn wir ihm alles erzählen. Das wird er, Jacob, glaub mir.«

Das ist nur ein sehr schwacher Trost, wie ich sehr wohl weiß, und mein Herz verkrampft sich wieder mal vor Wut, als ich an David denke, der vollständig bekleidet und stockbetrunken oben auf unserem Bett liegt und überhaupt nichts von dem Kummer mitbekommt, den er verursacht hat.

In der Hoffnung, den Zorn in mir zum Verschwinden zu bringen, atme ich tief ein und aus. Ich weiß, wie wenig hilfreich es für Jacob ist zu sehen, wie aufgebracht ich bin. Ich stelle mir vor, dass ich meine Wut zu einem ordentlichen Viereck zusammenfalte, das ich mir zwischen die Rippen stecke, um es später wieder hervorzuholen. Später, wenn Jacob zu Bett gegangen ist und meine Wut keine Gefahr mehr für seine Erholung von diesem fürchterlichen Tag darstellt.

»Kannst du wenigstens versuchen, mir zu glauben, Jacob? Bitte? Dad wird wirklich ungeheuer stolz auf dich sein, wenn er die DVD anschaut, das verspreche ich dir.«

Jacob hebt ruckartig den Kopf, und ich kann sehen, wie ihm die ersten Tränen in die Augen schießen. »Das ist mir egal. Ich pfeife darauf, was er denkt. Ich hasse ihn!«

Jetzt fließen seine Tränen schnell und ungehindert, und meine Wut auf David und mein Kummer um Jacob brechen mir beinahe das Herz.

Ich stehe auf und setze mich neben ihn auf die Bank, ziehe ihn in die Arme und drücke ihn an mich, um ihm ein Gefühl der Sicherheit zu geben.

»Das meinst du nicht ernst, Schatz. Ich weiß, dass du verärgert bist, und du hast auch allen Grund dazu. Aber du hasst Dad nicht. Nicht wirklich, Jacob.« Auch meine Stimme schwankt, und ich weiß, dass ich vorläufig nichts mehr sagen kann, wenn ich nicht riskieren will, in Tränen auszubrechen.

Doch Jacob windet sich aus meinen Armen und blickt trotzig zu mir auf. Sein Gesicht ist nass von Tränen, und seine Brust hebt und senkt sich angestrengt, als er zu Atem zu kommen versucht.

»Doch, Mum! Ich hasse ihn wirklich! Er hat *alles* verdorben. Er hat mich *vor der ganzen Schule* lächerlich gemacht. Warum musste er das vor all meinen Freunden, meinen Lehrern und *allen anderen* tun?«

Ich öffne den Mund, um zu antworten, aber kein Wort kommt über meine Lippen. Es gibt keine Antwort, die ich ihm geben kann, keine ehrliche Antwort jedenfalls. Denn ich glaube nicht, dass ich all das besser verstehen kann als Jacob selbst.

Ich nehme seine Hand und streichle mit dem Daumen die zarte Haut, teilweise, um ihn zu beruhigen, aber vor allem auch, um mir ein bisschen Zeit zu erkaufen. Er schluchzt noch immer heftig, während ich tief ein- und ausatme und bei jedem Atemzug die Antworten suche, die er so dringend braucht.

»Schatz, ich weiß, dass es abscheulich und blamabel war, was Dad sich heute geleistet hat, und dass du ihm im Augenblick wirklich sehr, sehr böse bist. Aber weißt du, er hat im Moment nur sehr viel um die Ohren. Und normalerweise ist er doch ein wunderbarer Dad, oder?«

Jacob zieht die Nase hoch und wischt sie sich am Ärmel ab, wo sie eine lange, silbrige Spur auf seinem Schulpullover hinterlässt.

»Aber Dad macht *ständig* solche Sachen. Er hält *nie* seine Versprechen. Wie all die Male, wo er versprochen hat, mich *ganz bestimmt* zum Fußball zu bringen, doch dann nicht rechtzeitig aus dem Bett gekommen ist oder behauptet hat, er hätte Kopfschmerzen und du müsstest mich stattdessen hinbringen. Oder all die Male, wo er versprochen hat, von der Arbeit heimzukommen, bevor ich schlafen gehe, und es dann ja doch nicht getan hat. Oder wie neulich, als er versprochen hatte, meinen Text mit mir zu üben, und dann aber auf dem Sofa eingeschlafen ist. Er hält *nie* seine Versprechen, Mum! *Nie!*«

Es versetzt mir einen Stich ins Herz, wie wahr das alles ist. Jacob ist inzwischen schon fast hysterisch, und ich ziehe ihn wieder in die Arme und fahre ihm langsam und methodisch mit den Fingern durch das Haar, um ihn so vielleicht ein wenig zu beruhigen und zu trösten.

»Eltern sind nicht perfekt, mein Schatz. Auch Erwachsene machen manchmal Fehler. Sogar Mums und Dads.«

Wieder entzieht er sich meiner Umarmung, zum zweiten Mal in ebenso vielen Minuten schon, und sein kleines Gesicht umwölkt sich von gerechtfertigter Empörung.

»Aber Ethans Dad tut so was nicht! Und auch nicht Dylans oder Charlies Dad! Ich wünschte, einer von *ihnen* wäre mein Dad.«

Er starrt mich an, und seine vor Zorn und Trotz sprühenden Augen fordern mich dazu heraus, ihn auszuschimpfen. Doch ich sage nichts. Ich kann auch gar nichts sagen. Meine Kehle ist so eng geworden, als hätte sich eine Schlange um meinen Hals gelegt und drückte ihn mir zu, sodass ich gar nichts anderes tun kann, als mich voll und ganz darauf zu konzentrieren, ihren Griff zu lockern.

Tränen brennen hinter meinen Augenlidern, als ich Jacobs Gesicht zwischen die Hände nehme und mit dem Daumen über seine tränennassen Wangen streiche.

»Sag das nicht, kleiner Mann. Ich glaube nicht, dass du das wirklich ernst meinst. Dad hat dich sehr, sehr lieb, mein Schatz. Ich weiß, dass er heute so ziemlich alles vermasselt hat, und ich weiß auch, dass er nicht immer alles richtig macht. Ich bin auch sehr böse auf ihn – *richtig* böse. Aber er hat dich doch so lieb, mein Kleiner, und er ist nun mal der einzige Dad, den du hast.«

Ich nehme Jacob auf den Schoß und ziehe ihn so fest an mich, dass er mir nicht einmal mehr entkommen könnte, wenn er sich die größte Mühe gäbe. Mein Kopf liegt auf seinem, und ich wiege ihn zärtlich in den Armen, bis sein Schluchzen nachlässt und er schon fast wieder normal atmet.

»Mum?«

»Ja, mein Schatz?«

»Hab ich etwas falsch gemacht? Ist Dad deswegen … so in die Aula gekommen?«

Mein Herz gerät vorübergehend ins Stocken, was einen dumpfen Schmerz zwischen meinen Rippen hinterlässt. Aber ich drücke Jacob nur noch fester an mich, spüre seinen warmen

Atem und wünschte, es gäbe eine Möglichkeit, all diese Gedanken einfach so aus seinem Kopf herauszuzaubern.

»Aber nein, mein Liebling. Nichts von dem, was heute geschehen ist, ist deine Schuld, das kann ich dir versichern. Kannst du mir das bitte glauben, weil es die Wahrheit ist?«

Jacob zieht den Kopf von meiner Brust zurück und sieht mich so prüfend an, als müsste er das Weiße meiner Augen sehen, um den Wahrheitsgehalt meiner Versicherungen beurteilen zu können. »Bist du dir auch wirklich ganz, ganz sicher, Mum?«

Ich nicke und schaffe es sogar, ihn anzulächeln, obwohl ich schon wieder gegen meine Tränen ankämpfe. »Ich gebe dir mein Ehrenwort darauf, Jacob. Und weißt du, worauf ich dir noch mein Wort gebe? Ich verspreche dir, dass Dad in Zukunft nicht mehr so viele deiner Fußballspiele versäumen wird. Und dass er nach Hause kommen wird, bevor du zu Bett gehst, und die Versprechen, die er dir gibt, auch halten wird. Ich *schwöre* dir, dass von jetzt an alles anders sein wird, Schatz.«

Jacob starrt mich an, als bräuchten meine Worte Zeit, um von seinen Ohren zu seinem Gehirn vorzudringen. Aber dann nickt er ernst, als hätten er und ich soeben einen unantastbaren Pakt geschlossen.

Ich nehme ihn wieder in die Arme und bekomme Herzklopfen von dem Wissen, dass von allen Versprechungen, die ich Jacob im Laufe unseres Leben vielleicht machen werde, dies eins ist, das zu brechen ich mir einfach nicht erlauben kann.

KAPITEL DREIUNDDREISSIG

BEX

Ich öffne die Augen, bevor ich noch richtig wach bin, schaue blinzelnd in die Dunkelheit und gebe diesem kurzen Moment zwischen Schlaf und Wachsein nach. Mein Kopf ist noch erfüllt von den Träumen der letzten Nacht, die grässlich und verstörend waren. Aber als ich jetzt wieder die Augen schließe und versuche, sie mir in Erinnerung zu rufen, entziehen sie sich mir und hinterlassen nichts als eine verschwommene, beängstigende Fülle von Eindrücken und Empfindungen. Ich weiß, dass Polizisten in meinem Traum vorgekommen sind, viele Polizisten, die alle im Kreis um mich herumstanden. Ich hatte Angst, so viel war klar, und selbst in meinem halb wachen Zustand nehme ich einen Rest von etwas anderem wahr, das der Traum zurückgelassen hat: das beklemmende Gefühl, gefangen zu sein, und die klaustrophobische Gewissheit, dass es kein Entkommen gibt. Und während ich versuche, dieses Gefühl festzuhalten, um zu sehen, wohin es führt, erinnere ich mich plötzlich an den beängstigendsten Teil des Traumes: Die Polizisten, die in diesem undurchdringlichen Kreis um mich herumstanden, hatten alle das gleiche Gesicht, als ich sie genauer ansah. Als wären sie dieselbe Person in zwölffacher Ausgabe. Und das Gesicht kam mir bekannt vor, dessen bin ich mir sicher, nur kann ich es mir jetzt nicht mehr in allen Einzelheiten vorstellen. Und je mehr ich mich bemühe, ihm Kontur zu geben, desto gestaltloser wird es, als glitte das Gesicht aus seinem Schädel heraus wie in Munchs *Der Schrei*. Und jedes Mal, wenn ich versuche, die Szene vor- oder zurücklaufen zu lassen, wird sie schwächer in meinem Kopf, als drohte sie, völlig zu verschwinden. Deshalb gebe ich es schließlich auf.

Doch dann öffnen meine Augen sich mit einem Mal ganz weit, und die Erinnerung an den vergangenen Nachmittag schlägt mir buchstäblich ins Gesicht.

Ich rolle mich zu Davids Seite des Bettes hinüber, aber sie ist leer, und die wieder ordentlich über die Matratze gezogene Daunendecke und die leichte Vertiefung in seinem Kissen sind die einzigen Anzeichen, dass er gestern Nacht hier war. Die Leuchtanzeige der Uhr neben dem Bett sagt mir, dass es sechs Uhr einundfünfzig ist. Noch ziemlich früh also, und ich weiß, dass Jacob frühestens in fünfundvierzig Minuten aufstehen wird. Von unten dringt das leise Gemurmel von Stimmen herauf, Radio 4 vermutlich, das den Tag mit Nachrichten aus der ganzen Welt begrüßt und eine willkommene Ablenkung von den Ereignissen in unserem Zuhause ist.

Bei dem Gedanken an den gestrigen Nachmittag schließen meine Augen sich automatisch wieder, als würde die Wirklichkeit vielleicht einfach verschwinden, wenn ich die Augen vor der Welt verschließe. Doch stattdessen sehe ich Gesichtsausdrücke: Davids idiotisches Grinsen; Mums Bestürzung und Entsetzen; Jacobs Scham und Enttäuschung. Und dann stelle ich mir die Gesichter vor, auf die ich an diesem Morgen am Schultor treffen werde, und schüttle den Kopf, weil ich nicht gewillt bin, mir auch noch darüber Gedanken zu machen.

Schließlich zwinge ich mich, die Augen wieder zu öffnen und die Decke zurückzuschlagen. Ich schwinge die Beine aus dem Bett und schiebe die Füße in die wartenden Pantoffeln.

Für einen Moment bleibe ich dort sitzen, die Arme vor der Brust verschränkt, die Schultern hochgezogen, und wappne mich innerlich für die Minuten und Stunden, die vor mir liegen. Und dann raffe ich mich endlich auf und gehe auf Zehenspitzen auf den Flur hinaus, die Treppe hinunter und auf eine Unterhaltung zu, die ich nur allzu gern bis ans Ende aller Zeiten verschieben würde, wenn das nur möglich wäre.

KAPITEL VIERUNDDREISSIG

BEX

David sitzt in der Küche auf dem Sofa vor den Terrassentüren und starrt in die winterliche Dunkelheit hinaus. Sobald er meine Schritte hört, springt er auf, als hätte er auf mich gewartet. Er ringt sich ein Lächeln ab, das ihm aber nicht ganz gelingen will und mich auch nicht erreichen kann, weil zu viel Unbehagen in seinen blutunterlaufenen Augen liegt.

»Morgen, Schatz. Möchtest du einen Kaffee? Es ist schon alles bereit. Und ich war auch bereits draußen, um dir und Jakey ein paar Schokocroissants zum Frühstück zu besorgen.«

Er gibt sich solche Mühe, normal zu klingen, dass er mir schon beinahe leidtut. Aber dann sage ich mir, dass das leichte Zittern seiner Stimme wahrscheinlich ebenso sehr auf den Alkohol, den er immer noch im Blut hat, wie auf seine Befürchtungen zurückzuführen ist, und ich wende mich von ihm ab und fülle den Wasserkocher.

»Nein, danke. Ich brauche keinen Kaffee.«

Mir ist bewusst, wie kurz angebunden ich klinge, und als ich mir Tee aufbrühe, kann ich spüren, dass David hinter mir steht und sich noch unschlüssig zu sein scheint, ob es besser wäre, mir Zeit zu lassen, um mich zu beruhigen, oder ob er einen zweiten Beschwichtigungsversuch unternehmen sollte.

Wir sind beide nicht besonders erfahren im Lösen ehelicher Konflikte. Wir haben so selten Meinungsverschiedenheiten, dass wir zwischendurch vergessen, wie man die emotionalen Fissuren schließt, die Streitigkeiten hinterlassen. Stattdessen neigen wir in Momenten wie diesen beide dazu, abzuwarten, dass irgendetwas die Atmosphäre zwischen uns verändert – irgendetwas Unbestimmbares, Alchemistisches, das es uns ermöglicht, wieder zueinanderzufinden.

Nur scheine ich an diesem Morgen das Vertrauen verloren zu haben, dass das geschehen wird.

»Du bist schon früh auf. Wann bist du aufgestanden?«

Ich höre seinen schnellen, hoffnungsvollen Atemzug, bevor er antwortet.

»Um halb vier. Aber das gab mir die Gelegenheit, noch einiges an Arbeit aufzuholen. Was tatsächlich sogar ziemlich nützlich war.«

Er fügt ein vorsichtiges kleines Lachen hinzu, und für einen Augenblick beschleicht mich Schuldbewusstsein, weil ich ihm mit voller Absicht eine Falle gestellt habe.

»Na ja, das ist ja auch nicht verwunderlich, wenn man am hellen Nachmittag total betrunken im Bett ins Koma fällt.« Meine Stimme klingt verbittert, und plötzlich wird mir auch bewusst, dass mein Herz zu rasen begonnen hat.

»Bex, kannst du mich mal ansehen? Bitte?«

Langsam drehe ich mich zu ihm um, und mein Gesicht wird hart wie eine undurchschaubare Maske. In einer stummen Herausforderung, sich nur ja nicht zu erdreisten, als Erster wegzusehen, schaue ich ihn an.

Trotzdem huscht sein Blick von einer Seite der Küche zur anderen. Offenbar kann er nichts Angenehmes finden, um zu verweilen, was mir Gelegenheit gibt, David heute zum ersten Mal genauer zu betrachten.

Er sieht fürchterlich aus. Sein Haar ist so zerzaust, als wäre er rücklings durch eine Hecke geschleift worden. Die Jeans und der Pullover, die er trägt, hängen beide lustlos von seiner kräftigen Gestalt herab. Ein Zweitagebart verdunkelt sein Kinn und seine Wangen und erinnert mich daran, dass er noch duschen und sich rasieren muss. Als müsste ich erst daran erinnert werden! Schließlich dringt der Alkohol noch immer aus jeder seiner Poren und erzeugt einen sehr unangenehmen Geruch auf seiner Haut.

Irgendwann findet er den Mut, mich anzusehen, und eine stumme Entschuldigung erreicht mich von der anderen Seite der Küche her.

Ich merke, dass ich zögere, aber ich weiß auch, dass wir noch nicht so weit sind. Noch lange nicht.

»Es tut mir leid, Bex. Es tut mir wirklich alles schrecklich leid. Ich weiß, wie jämmerlich das nach dem gestrigen Vorfall klingt, doch du musst mir glauben. Es tut mir außerordentlich leid für dich und Jacob.«

Ohne eine Miene zu verziehen, erwidere ich seinen Blick und frage mich, was er sich von mir erhofft. Ob er erwartet, dass ich ihm verzeihe, ihm Absolution erteile.

Aber ich sage nichts dazu. Es gibt nichts, was ich sagen möchte oder auch nur bereit wäre zu sagen. Außerdem weiß ich, dass mein Gesicht für mich spricht, dass irgendwo zwischen der Härte meines Ausdrucks und der heißen Röte, die mir langsam in die Wangen steigt, der Beweis dafür liegt, dass diese Konfrontation mir ebenso verhasst ist wie ihm selbst.

»Bitte, Bex! Ich weiß, dass mein Verhalten unentschuldbar ist, doch ich hatte einen wirklich beschissenen Tag hinter mir und hab die Dinge ein bisschen aus dem Ruder laufen lassen. Morgens hatte ich eine E-Mail von Mum bekommen, die mich auf die Palme brachte, und später war ich mit einem Kunden essen, von dem ich mir sicher war, dass er uns den Werbeetat entziehen würde. Als das nicht geschah, war ich dermaßen erleichtert, dass ich wohl mehr gefeiert haben muss, als es meine Absicht war. Es war nur wirklich schlechtes Timing, Bex.«

Je mehr er redet, desto weniger Sympathie empfinde ich für ihn. Es ist, als hätte ich vorhin, als er einfach nur ein jämmerliches, stummes Bild der Reue war, besser nachempfinden können, wie er sich fühlt. Doch nun, da die Ausreden nur so aus ihm heraussprudeln, scheinen seine Worte wie Zunder zu sein, der meine Wut von gestern Abend wieder aufflammen lässt.

»Ist das alles, was du zu sagen hast? Dass es ›nur‹ wirklich schlechtes Timing war? Hast du die leiseste Ahnung, wie beschämend es war, David, dir dabei zuzusehen, wie du dich vor unseren Freunden, Jacobs Schulkameraden und seinen Lehrern so fürchterlich danebenbenimmst? Ich glaube nicht, dass du auch nur eine Vorstellung davon hast, wie peinlich und blamabel das für uns alle war.«

David zuckt zusammen, als hätten meine Worte ihn wie eine Ohrfeige mitten ins Gesicht getroffen. »Ich weiß, Bex. Ich weiß, wie furchtbar das für dich gewesen sein muss. Für dich und Jacob. Deswegen fühle ich mich ja auch heute Morgen so furchtbar schuldig.«

»Ach ja? Weißt du wirklich, *wie* furchtbar es war? Denn gestern Nachmittag schienst du deinen Auftritt ja noch wahnsinnig komisch zu finden.«

Ich weiß, dass ich jetzt grausam bin, aber ich kann nicht damit aufhören. Es ist fast so, als hätte eine andere Version von mir – eine robustere, streitlustigere Version – vorübergehend die Bex verdrängt, die einen Streit normalerweise um fast jeden Preis vermeidet.

David schließt die Augen, holt tief Luft und lässt sie dann so langsam wieder entweichen, dass ich für einen Moment befürchte, er müsse sich vielleicht übergeben. Aber dann öffnet er die Augen wieder und sieht mich mit einer Reue an, die mir verrät, dass es nicht der Alkohol des vergangenen Tages, sondern diese Auseinandersetzung ist, von der ihm übel wird.

»Ich weiß, dass ich unmöglich verstehen kann, wie schlimm es für dich und Jacob war. Das ist mir bewusst, Bex. Doch wann immer ich daran denke, wie ich in diese Aula hineingestolpert bin, wie mich alle angesehen haben und was du, Jacob und auch Judith empfunden haben müsst, wird mir ganz schlecht bei dem Gedanken. Ich kann nicht glauben, dass ich euch das angetan habe. Und ich glaube auch nicht, dass ich mir das jemals verzeihen kann.«

Für einen Moment empfinde ich eine boshafte Erleichterung darüber, dass er sich tatsächlich erinnert – und diese Szene im Geiste noch hundert Mal durchleben wird, wie ich es schon in den vergangenen zwölf Stunden getan habe.

»Ob du dir selbst verzeihst oder nicht, spielt keine Rolle. Wer dir verzeihen muss, ist dein Sohn, David.«

Als ich jedoch an Jacobs wütende Tränen und Worte von gestern Abend denke, frage ich mich, ob es ihm überhaupt je möglich sein wird, seinem Dad wirklich und wahrhaftig zu verzeihen. Ob es im Laufe der Jahre je Momente geben wird, in denen er mit Freunden oder einer Partnerin zusammensitzen und lachend die Geschichte zum Besten geben wird, wie sein Dad einmal sturzbetrunken zu einer Schulaufführung erschienen ist. Oder ob diese Geschichte stets eine sein wird, die er vor anderen verbirgt; eine Anekdote, die ihm die Röte in die Wangen treiben wird, wann immer die Erinnerung sich ungewollt in sein Bewusstsein drängt.

»Ich weiß. Und ich werde es wiedergutmachen. Er ist ein robustes Kerlchen und wird darüber hinwegkommen. Dafür werde ich schon sorgen, Bex.«

Davids Sicherheit, was Jacobs Wohlergehen angeht, facht meinen Ärger wieder an. Ich habe Davids feste Überzeugung, dass er jede Situation verbessern und jedermanns gute Laune wiederherstellen kann, immer geliebt. Heute jedoch finde ich dieses Selbstvertrauen nur noch ärgerlich, anmaßend und fast schon arrogant.

»Freut mich, dass du dir so sicher bist. Aber ich glaube nicht, dass du so zuversichtlich wärst, wenn du gehört hättest, was Jacob gestern Abend sagte.«

Meine Worte sind ätzend, als hätte ich sie in Säure getaucht, bevor ich sie aus meinem Mund entlassen habe.

»Was? Was hat er denn gesagt?«

Mein gestriges Gespräch mit Jacob brennt mir auf der Zunge, als wollte es mich zwingen, weitergegeben zu werden. Für einen Moment bin ich versucht, dem Drängen nachzugeben und David jedes einzelne dieser herzzerreißenden Worte ins Gesicht zu schleudern, um zu sehen, wie sicher er sich dann noch sein wird, dass Jacob ›ein robustes Kerlchen‹ ist.

Aber dann sehe ich die Zerknirschung in Davids Augen und die stumme Bitte in den Linien um seinen Mund, und mir wird klar, dass ich ihm das nicht antun kann. Es ihm nicht antun *will*.

»Er war sehr aufgewühlt, David. So aufgewühlt, wie ich ihn noch nie gesehen hatte! Sein Auftritt war brillant, doch er war regelrecht hysterisch, als wir nach Hause fuhren. Ich habe ihm gesagt, du hättest sehr viel um die Ohren, und ihm versprochen, dass so etwas nie wieder vorkommen wird. Aber dann begann er von anderen Gelegenheiten zu sprechen, bei denen du ihn im Stich gelassen und enttäuscht hast. Von all den Fußballspielen, die du versäumt hast, und all den Abenden, an denen du erst nach Hause kamst, als er schon schlief. Und er ist auch immer noch sehr verärgert über den Abend, an dem du so betrunken warst, dass er dich nicht einmal wecken konnte. Er ist kein Baby mehr, David. Er bekommt sehr viele Dinge mit. Wahrscheinlich mehr, als du dir vorstellen kannst.«

David setzt sich an den Küchentisch, und nach kurzem

Zögern nehme ich meinen Tee und lasse mich auf einem Stuhl ihm gegenüber nieder.

»Es tut mir leid, Bex. Ich weiß nicht, was ich sonst noch sagen kann. Es tut mir wirklich schrecklich leid. Und das Gleiche werde ich auch Jacob sagen, wenn er aufsteht. Doch es war sehr richtig von dir, ihm zu versprechen, dass so etwas nie wieder vorkommen wird, weil es nämlich die Wahrheit ist. Es war ein einmaliger Ausrutscher, das schwöre ich dir!«

Irgendetwas stimmt nicht an Davids Versprechen. Ich glaube zwar nicht, dass es nicht ernst gemeint ist – aber falsch klingt es trotzdem.

Und dann begreife ich plötzlich, was es ist.

»Doch es war kein einmaliger Ausrutscher, David. Und genau das ist das Problem.«

»Wie meinst du das? Ich habe so etwas noch nie getan!«

Ich merke, dass mein Herz auf einmal schneller schlägt, als hätte irgendetwas schon begonnen, auch wenn ich mir noch nicht sicher bin, was dieses Etwas ist.

»Nicht genau das Gleiche, nein. Aber denk nur mal an den fürchterlichen Streit, den wir an deinem Geburtstag hatten. Das ist erst zwei Monate her, David.«

Er runzelt die Stirn, als müsste er die Erinnerung aus einem der tiefsten Winkel seines Gedächtnisses zurückholen. Offensichtlich hatte er seither so gut wie gar nicht mehr daran gedacht.

»Ich finde, du solltest eine Zeit lang aufhören zu trinken, David. Das würde dir guttun, glaube ich.«

Ich bin verblüfft über meine eigenen Worte. Nichts in mir hatte darauf hingedeutet, dass ich so etwas dachte oder sogar im Begriff war, es laut auszusprechen. Doch jetzt, da es heraus ist, erscheint es mir nur allzu offensichtlich.

»Meinst du das ernst?«

Davids Stirnrunzeln verrät Verwirrung, als glaubte er, ich scherzte vielleicht nur. Als könnte mir ausgerechnet jetzt nach Scherzen zumute sein!

»Ich meine es sogar *sehr* ernst, David. Meiner Meinung nach trinkst du zu viel.«

Er verdreht die Augen, und das Oberflächliche der Geste lässt mein Herz noch härter gegen meine Rippen schlagen.

»Wann hast du das letzte Mal einen ganzen Tag lang *nichts* getrunken, David?«

»Keine Ahnung, Bex. Kannst *du* dich an einen Tag erinnern, an dem du mal keinen Drink gehabt hast?« Der mürrische Tonfall seiner Stimme grenzt schon an Sarkasmus.

»Gestern, David. *Gestern* habe ich keinen Drink gehabt. Oder am Tag davor, als *du* buchstäblich im Koma lagst. Und am Dienstagabend habe ich nur deshalb ein Glas Wein getrunken, weil du schon eine Flasche geöffnet hattest, als ich Jacob ins Bett gebracht hatte und herunterkam. Es erschien mir unhöflich, dir keine Gesellschaft zu leisten. Und jetzt mal ernsthaft – wann war das letzte Mal, wo du keinen Wein zum Abendessen hattest? Manchmal komme ich morgens herunter und finde eine zweite leere Flasche, die du offensichtlich ganz allein geleert hast, nachdem ich am Vorabend zu Bett gegangen bin. Ich glaube nicht, dass das gesund ist, David. Ehrlich nicht.«

Doch erst als ich es ausgesprochen habe, erkenne ich, wie wahr es ist. Wie erschreckend wahr. Als hätte ich durch das Äußern von Gedanken, derer ich mir nicht einmal bewusst gewesen war, ein ganz anderes Bild von unserem Alltagsleben gezeichnet. Ein hässliches Bild, das die ganze Zeit schon da gewesen sein muss, das wir gemeinsam aber mit hellen, bunten Farben übertüncht hatten, bis das Original nicht mehr zu sehen war.

»Ach, Herrgott noch mal, Bex! Jetzt übertreibst du aber! Ein paar Gläser Wein am Abend sind normal. Oder kannst du mir *irgendwelche* unserer Freunde nennen, die für gewöhnlich keinen Alkohol zum Essen trinken?«

Das klingt mehr wie eine Herausforderung statt wie eine Frage.

»Darum geht es gar nicht, David. Du verstehst nicht, was ich meine.«

»Und worum geht es dann? Es ist ja nicht so, als würde ich mich jeden Abend betrinken oder jeden Morgen mit einem Riesenkater aufwachen. Oder als wäre ich nicht mehr in der Lage, meinen Arbeitsplatz zu behalten. Du machst aus einer Mücke einen Elefanten, Bex.«

Für eine Sekunde erwidere ich nichts und schweige, weil ich wünschte, er wüsste die Antwort, ohne die Frage stellen zu müssen.

»Findest du es nicht seltsam, dass du zwei Flaschen Wein trinken kannst und man es dir kaum anmerkt? Kommt dir das nicht komisch vor? Gibt dir das nicht zu denken oder führt dich zu der Frage, was all dieser Alkohol mit deiner Leber macht?«

»Dann habe ich eben eine gute Konstitution! Und das ist ja wohl was Positives, oder? Im Ernst, Bex, ich verstehe nicht, was all dieses Gerede soll. Ich weiß, dass ich es gestern vermasselt habe, doch das war nur eine Ausnahme, wie ich schon sagte, weiter nichts.«

Mit einer paradoxen Mischung aus Abwehrhaltung und Versöhnungswillen starrt David mich an, und plötzlich werde ich an den Morgen nach unserer Hochzeit erinnert … In Gedanken sitze ich wieder in dem Sessel vor dem großen Erkerfenster mit Blick auf den sonnigen Hotelgarten, höre David endlich erwachen. Ich werfe einen Blick auf die Uhr auf dem

Kaminsims, die mir verrät, dass es fast halb zwei ist und ich schon mindestens drei Stunden hier allein gesessen habe. David stützt sich derweil auf die Ellbogen und schaut sich schläfrig um, bis er die fremde Umgebung offenbar endlich wieder einzuordnen weiß. Und dann sieht er mich in dem Sessel sitzen, bemerkt, dass ich ihn beobachte und darauf warte, dass sich etwas tut. Er bringt gerade noch ein krächzendes »Morgen, Schatz« zustande, bevor er sich mit einem demonstrativen Seufzer wieder in die Kissen fallen lässt. Ich erinnere mich noch sehr lebhaft daran, wie meine Kehle plötzlich ganz eng wurde vor Selbstkritik und der Entschlossenheit, uns den Tag nicht mit Vorwürfen zu verderben, obwohl David es ja schon geschafft hat, die Hälfte davon in den Sand zu setzen.

Und natürlich erinnere ich mich auch daran, gedacht zu haben, dass ich mein Eheleben nicht *auf diese Weise* beginnen wollte.

Als spürte David meine Enttäuschung, schaffte er es nach einer Weile, seine verkaterten Glieder unter der Decke hervorzuziehen und unter die Dusche zu gehen. Und am Nachmittag wäre niemand mehr auf die Idee gekommen, dass er in der Nacht zuvor so stockbetrunken gewesen war, dass wir unsere Ehe erst noch vollziehen mussten. Stattdessen hatten wir uns in unsere Vorfreude auf dreiwöchige Flitterwochen in Neuseeland vertieft und diese verlorenen frühen Stunden unserer Ehe ganz vergessen.

Oder zumindest hatte ich es geschafft, sie zu vergessen. Bis jetzt.

»Ich verstehe nicht, warum du immer gleich so in die Defensive gehst, David. Ich habe doch nur vorgeschlagen, dass wir ein paar Wochen lang auf Alkohol verzichten. Sehr viele Leute tun das zum Beispiel im Januar, und ehrlich gesagt finde ich es etwas beunruhigend, dass du so ein Theater darum machst.«

Er stößt einen ärgerlichen Seufzer aus, und sein alkoholgetränkter Atem weht über den Tisch zu mir herüber.

»Verdammt noch mal, Bex! So wie du redest, könnte man glauben, ich hätte ein Alkoholproblem. Aber es ist doch nicht so, als *könnte* ich nicht für ein paar Wochen aufhören zu trinken, wenn ich wollte. Ich will es nur nicht, weil ich nicht weiß, was der Sinn der Sache sein soll. Und im Dezember hört sowieso niemand auf zu trinken. Das wäre ja auch absurd, vor den vielen Partys und Feiertagen.«

Seine Stimme ist so scharf und schrill, dass ich über die Heftigkeit seines Widerstands total schockiert bin. Und vielleicht ist es ja der Schock, der meine Wut so heiß in meine Kehle schießen lässt, dass sie mir die Zunge zu verbrennen droht, wenn ich sie jetzt nicht herauslasse.

»Nein, David. Absurd ist, dass du am frühen Nachmittag so sturzbetrunken zu der Schulaufführung deines Sohnes kommst, dass du vor versammelter Mannschaft hinfällst und dich komplett zum Narren machst. Absurd ist, dass du dich dermaßen betrinkst, während du auf unser Kind aufpasst, dass Jacob dich nicht einmal aufwecken kann, als er schlecht geträumt hat. Absurd ist, dass du die Party zu deinem vierzigsten Geburtstag mit einem hässlichen Streit mit deiner Frau beendest und allein nach Hause stürmst. *All das* ist absurd, David. Nicht mein harmloser Vorschlag, den Versuch zu wagen, ein paar Wochen ohne Alkohol zu leben. Wenn das Trinken dir gar nicht so wichtig ist, wie du behauptest, dann beweise es mir und gib es auf. Wenn nicht für mich, dann zumindest doch für Jacob.«

Ich sehe ein kurzes Aufblitzen von Verärgerung in seinen Augen, bevor er schnell ein paar Mal blinzelt, um den Ausdruck zu verdrängen.

Mein Puls rast noch immer, als ich auf seine Antwort warte, und plötzlich merke ich, dass ich nichts weiter hinzuzufügen habe, wenn er jetzt nicht nachgibt. Und nicht weiß, wie es dann weitergehen soll.

Während ich noch ratlos den Bodensatz meines Tees anstarre, spüre ich, dass David seine Hand nach mir ausstreckt, und meine Anspannung weicht Erleichterung, als ich den Kopf hebe und ihn ansehe. Sein Ausdruck ist ganz anders als noch vor ein paar Sekunden; er ist wärmer, freundlicher, versöhnlicher. Es ist wieder das Gesicht des Mannes, das ich gewöhnlich jeden Morgen beim Erwachen sehe, wenn er, erhitzt und nach frischer Luft riechend, vom Joggen zurückkommt und sich über mich beugt, um mir einen Kuss zu geben. Das Gesicht des Mannes, der darüber lächelt, dass ich noch schlafe, während er bereits acht Kilometer im Park gelaufen ist.

»Okay, Bex, ich verstehe. Ich glaube zwar ehrlich nicht, dass wir unnormal sind, was den Alkohol angeht, doch ich möchte auch nicht, dass du dich aufregst oder böse wirst. Und natürlich will ich auch nicht, dass Jacob darunter leidet. Aber es wäre verrückt, ausgerechnet zwei Wochen vor Weihnachten den Alkohol aus unserem Leben zu verbannen. Allein in den nächsten vierzehn Tagen haben wir ein halbes Dutzend Partys vor uns, und wir wollen doch keine Spaßverderber sein. Wie wäre es also damit: Wir trinken bis Ende des Jahres weiter Alkohol und verzichten dann nicht nur den ganzen Januar darauf, sondern lassen es sogar bis Ostern. Lass uns ein puritanisch-gesundes erstes Vierteljahr verbringen. Das wird zwar schrecklich langweilig sein, doch das ist der Winter ja sowieso immer.«

Ich spüre, wie meine Augen sich argwöhnisch verengen. Nicht etwa, weil ich an der Aufrichtigkeit seines Vorschlags zweifle; er kommt mir irgendwie nur zu einfach vor. Und drei Monate Abstinenz erscheinen mir schon fast so übertrieben, als versuchte David nur, etwas zu beweisen.

»Meinst du das auch wirklich ernst? Kein Alkohol vom ersten Januar bis Ostern? Und was ist mit all deinen Geschäftsessen? Du erzählst mir doch immer, es sei beruflicher Selbstmord, bei diesen Gelegenheiten nüchtern zu bleiben.«

Er sieht mir fest in die Augen und drückt meine Hand, und zum ersten Mal an diesem Morgen habe ich das Gefühl, als stünden wir beide wieder auf derselben Seite unserer Ehe.

»Ich werde mir etwas ausdenken. Es mit der Wahrheit nicht so genau nehmen. Dafür bezahlen sie mich ja schließlich auch. Ich werde sagen, ich müsste wegen einer Sportverletzung Medikamente nehmen. Oder wegen etwas ähnlich Männlichem.«

Und dann lächelt er so breit und charmant, dass ich mich frage, wie ich ihm so lange habe böse sein können.

»Versprichst du es? Und du wirst nicht schon ein paar Wochen nach Neujahr mit Ausreden daherkommen, wenn du erfährst, dass du zu irgendeinem großen Preisverleihungs-Dinner gehen musst?«

Er nimmt meine Hände in seine und küsst meine Fingerspitzen.

»Versprochen. Bedeutet das, dass mir verziehen ist?«

Ich höre die Spülung der Toilette im oberen Badezimmer, gefolgt von Jacobs Schritten auf dem Korridor und auf den Treppenstufen.

»Vielleicht. Aber zuerst musst du mit Jacob ins Reine kommen.«

KAPITEL FÜNFUNDDREISSIG

BEX

Jacob bleibt in der Tür stehen und beäugt uns beide argwöhnisch.

»Was ist? Warum guckt ihr mich so komisch an?«

»Komm her, Jakey. Komm und setz dich zu uns.«

Jacob zögert, bevor er widerstrebend auf David zugeht. Statt sich jedoch hinzusetzen, bleibt er mit gesenktem Kopf vor ihm stehen und spielt an dem Ärmelaufschlag seines Bademantels herum.

»Mum hat mir erzählt, wie fabelhaft du gestern warst. Dass du nichts von deinem Text vergessen hattest und all die Scherze so perfekt hingekriegt hast, wie wir sie eingeübt hatten. Hat es dir Spaß gemacht? War es lustig?«

Davids Worte drängten aus seinem Mund, als schubsten sie sich an wie ungezogene Schulkinder auf dem Korridor.

Jacob antwortet nur mit einem kurzen Schulterzucken.

Ich sehe, wie David schluckt und dann tief durchatmet.

»Ich bedaure sehr, was gestern passiert ist, Jakey. Es tut mir schrecklich leid, dich vor deinen Freunden und Lehrern blamiert zu haben. Aber am meisten bedaure ich, dass ich deinen Auftritt versäumt habe. Ich weiß, wie fleißig du für die Rolle gelernt hast, und es tut mir sehr, sehr leid, dass ich dich an deinem großen Tag im Stich gelassen habe. Doch ich verspreche dir, dass so etwas nie, nie wieder vorkommen wird.«

Davids Tonhöhe steigt bei seinen letzten Worten, als müsste er eine Stimmlage erreichen, bei der er nicht mehr riskiert, dass seine Stimme bricht.

Jacob sagt nichts, bewegt aber einen Fuß auf dem Boden vor und zurück wie ein ungeduldig mit dem Huf scharrendes Pferd.

»Ich weiß, dass du mir böse bist. Und du hast auch jedes Recht dazu. Was ich getan habe, war wirklich total falsch. Deshalb bereue ich es auch so sehr. Glaubst du, dass du mir vielleicht verzeihen kannst?«

Wieder zuckt Jacob nur fast unmerklich mit den Schultern.

David wendet sich mir hilfesuchend zu, als wüsste er nicht mehr weiter. Ich blicke zwischen den beiden hin und her, zwischen einem Vater und einem Sohn, deren Gesichter trotz der emotionalen Kluft zwischen ihnen den gleichen Ausdruck tragen.

Schließlich stehe ich auf und gehe zur anderen Seite des Tischs, wo David reglos sitzt und Jacob noch immer steht und den Fußboden anstarrt. Ich setze mich auf die Bank und ziehe Jacob in die Lücke, die ich zwischen mir und David frei gelassen habe, sodass wir nun alle drei in einer Reihe sitzen, als warteten wir auf einen Bus.

»Erinnerst du dich, worüber wir gestern Abend gesprochen haben, Schatz? Darüber, dass sogar Erwachsene manchmal Fehler machen? Dad weiß, dass er gestern einen wirklich schlimmen Fehler gemacht hat, und das tut ihm ehrlich leid. Und ich weiß, dass er sich alle Mühe geben wird, es wiedergutzumachen. Glaubst du nicht, dass du ihm verzeihen könntest, wenn er *verspricht*, dass so etwas nie wieder vorkommen wird?«

Ich sehe, dass Jacob nervös an seiner Nagelhaut herumzupft, was er sehr häufig tut, seit er die Geschicklichkeit dazu entwickelt hat. Es ist eine dieser Eigenheiten, die er von uns geerbt hat – in diesem Fall von David –, die mich immer wieder zu der einen Frage bringt: Wie viel von dem, was wir an unsere Kinder weitergeben, wird durch die einzigartige genetische

Codierung bewirkt, die im Moment der Befruchtung einer Eizelle entschieden wird, und wie viel von den visuellen, akustischen und kulturellen Eindrücken, die wir von der Sekunde unserer Geburt an aufnehmen, bestimmt unser späteres Verhalten?

»Aber heute in der Schule werden mich alle auslachen wegen dem, was Dad getan hat.« Jacobs Stimme ist nur ganz schwach und leise.

Ich blicke über seinen Kopf zu David hinüber, der so aussieht, als könnten Teile seines Gesichts jeden Moment zerbröckeln, und schaue dann wieder Jacob an, der noch immer an seinen Fingern knibbelt.

»Würdest du mich bitte ansehen, Jacob?«

Ich lege meine Hand sehr sanft unter sein Kinn und drehe seinen Kopf zu mir herum. Er sieht so müde aus, dass ich mich frage, ob er wohl genauso unruhig wie ich geschlafen hat.

»Niemand wird dich heute auslachen, mein Schatz. Alle werden viel zu aufgeregt sein wegen Weihnachten, der Ferien und der vielen Extraüberraschungen, die eure Schule für die letzte Schulwoche des Jahres vorbereitet hat. Ich bezweifle, dass irgendjemand sich heute Morgen auch nur daran erinnern wird.«

Als Jacob mich mit dem Vertrauen ansieht, das bei kleinen Kindern nur den Eltern vorbehalten ist, erwacht die Furcht in meinem Herzen, dass ich ihm vielleicht gar nicht die Wahrheit sage.

Plötzlich zucke ich zusammen, als ein Strahl aus Licht und Hitze meine Schläfen trifft und ein Bild und ein Gefühl mitbringt, die nur sehr flüchtig und dennoch so intensiv sind, dass ich mich am Rand der Bank festhalten muss, um nicht nach vorn zu fallen.

Und nun stehe ich auf einem Schulspielplatz, den ich kenne, wie ich weiß, obwohl er definitiv nicht der Spielplatz der

Schule ist, die ich in Bristol besucht hatte, nachdem wir umgezogen waren. Dafür ist er zu klein und auch zu hübsch gestaltet.

Während die anderen Mädchen tuschelnd in Grüppchen zusammenstehen, ohne die Jungen zu beachten, die lärmend zwischen ihnen hin und her rennen und Fangen, Fußball oder »Wer hat Angst vorm schwarzen Mann« spielen, stehe ich ganz allein am Tor. Als meine Augen sehnsüchtig von einem Grüppchen Kinder zum nächsten huschen, hoffe ich, dass eins von ihnen seine unsichtbaren Bande lockert und mir genügend Platz macht, um mitspielen zu können. Oder dass irgendjemand in meine Richtung blickt und mir ein einladendes Lächeln schenkt. Aber es ist wie ein Minenfeld geschlossener Kreise, und wann immer ein Mädchen aufschaut und zufällig meinem Blick begegnet, verzieht es nur das Gesicht zu einem Ausdruck, den ich nicht entschlüsseln kann. Er könnte Abneigung oder Abscheu ausdrücken, Heimlichtuerei oder Zurückweisung, und das Einzige, woran ich dann denken kann, ist, dass ich das Klingeln herbeisehne und lieber die einsame Hölle des Klassenraums betreten würde, als dieses feindselige Fegefeuer zu ertragen. Ich bin mir der Tore hinter mir bewusst und weiß, wie nah und fern zugleich ich dem Entkommen bin. Oder dass ich immer am Rand stehe, egal, ob drinnen oder draußen, nicht komme oder gehe, sondern nur reglos dastehe. Reglos und stets darauf wartend, dass sich irgendetwas ändert.

Meine Augen öffnen sich, und die Szene ist fort und hat nur eine gewaltige Leere und tief greifende Unsicherheit in mir zurückgelassen. Die Unsicherheit, ob dies nur eine einzelne Erinnerung war oder eine Szene, die mir aufgrund ihrer Wiederholung eingefallen ist.

Jacob blickt noch immer zu mir auf, und David schaut nach wie vor auf ihn herab. Ich schlinge die Arme um meinen kleinen Jungen und ziehe ihn an mich. Dabei frage ich mich, ob wohl je eine Zeit kommen wird, in der der Wunsch, unsere Kinder zu beschützen, uns nicht so fest das Herz zusammenkrampft, dass man glauben könnte, es würde nie wieder seine ursprüngliche Form annehmen.

»Es wird alles gut gehen, kleiner Mann. Du wirst schon sehen. Und da morgen Samstag ist, hat Dad versprochen, dich zum Fußball zu begleiten. Und danach können wir drei vielleicht noch irgendetwas Schönes unternehmen. Wie hört sich das an, mein Schatz?«

Jacob nickt in meinen Armen, bevor Davids Stimme die Stille füllt, zögerlich zwar noch, aber nicht mehr traurig und bedrückt.

»Ich könnte dir das neue Computerspiel besorgen, das du haben wolltest, Jakey – das mit all den verschiedenen Sportarten –, und dann könnten wir es am Wochenende zusammen spielen. Unsere eigenen Olympischen Spiele beginnen?«

Jacob entzieht sich meinen Armen und schaut seinem Dad zum ersten Mal an diesem Morgen direkt in die Augen.

»Das habe ich schon oft gespielt. Ethan hat es seit Wochen. Sein Dad hat es ihm mitgebracht. Und wir haben auch unter uns schon einen Wettbewerb begonnen. Das habe ich dir am letzten Wochenende doch erzählt.«

Ein leiser Vorwurf schwingt in Jacobs Stimme mit, der David sichtlich zusammenzucken lässt, bevor er schnell wieder ein Lächeln aufsetzt und es erneut versucht.

»Na gut, aber wie wär's denn dann, wenn wir zu dieser neuen interaktiven Dinosaurier-Ausstellung im Naturhistorischen Museum gingen? Die willst du dir doch sicher ansehen, nicht?«

Ich runzle die Stirn und schüttle warnend den Kopf, damit David keine Versprechen macht, die er später nicht halten kann, doch er beachtet mich gar nicht, weil seine ganze Aufmerksamkeit Jacob gilt.

»Das geht nicht. Mum hat schon versucht, Eintrittskarten zu bekommen, aber bis nach Weihnachten gibt es keine mehr.«

Ich bin mir sicher, dass ich David Anfang der Woche davon erzählt habe, und ärgere mich für einen Moment darüber, dass er wahrscheinlich wieder einmal nicht zugehört hat.

»Ich weiß. Mum hat es mir gesagt. Deshalb habe ich eine Bekannte von mir angerufen, die dort in der Marketing-Abteilung arbeitet und uns hineinbringen kann, wann immer wir es wollen. Ich brauche ihr nur zu sagen, wann wir gern hingehen würden. Wie wäre es also mit morgen Nachmittag? Oder Sonntag? Du entscheidest, Jakey.«

Jacob springt auf, und sein Gesichtsausdruck ist plötzlich der eines völlig anderen Kindes als des vorsichtigen, misstrauischen Jungen, der erst ein paar Minuten zuvor in die Küche gekommen ist. »Hast du das gehört, Mum? Dad kann uns in die Dinosaurier-Ausstellung bringen! Ethan, Charlie und Dylan werden furchtbar neidisch sein, wenn sie das hören.«

Ich nicke lächelnd, sehe die Erleichterung in Davids blassem Gesicht und hoffe, dass Jacobs Nachsicht helfen wird, den letzten Rest der Angespanntheit zu vertreiben, die immer noch im Raum hängt.

»Komm her, Jakey.«

David schließt Jacob in die Arme und küsst ihn auf das Haar, um dann mit geschlossenen Augen so tief einzuatmen, als nähme er zum allerersten Mal den Duft unseres Sohns wahr. Es erinnert mich an ein Foto der beiden, das ich in den ersten magischen Momenten nach Jacobs Geburt gemacht habe: David sitzt zurückgelehnt auf einem der blauen Krankenhausstühle, und Jacob liegt an seiner Brust – so klein und so verwundbar noch. Der Vater küsst den Kopf seines neugeborenen Sohnes mit solcher Dankbarkeit, solchem Erstaunen und tief empfundenem Glück, dass ich mich erinnere, gedacht zu haben, dass dies die stille Ekstase sein muss, die frischgebackene Eltern mit solch atemloser, ja fast schon religiöser Verzücktheit beschreiben. Mit einer Verzücktheit, die ich bis dahin nie verstehen konnte, auch wenn ich instinktiv schon ahnte, dass sie uns verzaubern und verändern würde.

»Ich hab dich lieb, Jakey. Sehr lieb! Vergiss das nie, mein Junge, ja?«

Jacob hebt den Kopf von Davids Brust und nickt, und ich beobachte die beiden, die von einem unsichtbaren Band zusammengehalten werden, das sich über Zeiten und Generationen erstreckt. Es ist ein Band, von dem ich annehme, dass ich es auch einmal gekannt haben muss, diese Zeit aber viel zu weit zurückliegt, um mich noch daran zu erinnern. Ob Jacob sich in künftigen Jahren wohl auch an diesen Moment erinnern wird?, frage ich mich, als er seinem Vater in der Küche gegenübersteht, ganz und gar versöhnt mit ihm, und er stillschweigend das Wissen akzeptiert, dass sein Dad ihn immer lieben wird.

»Okay, ich muss jetzt unter die Dusche und mich für die Arbeit fertig machen. Warum kommst du nicht mit nach oben, Jakey, und ziehst dich an? Dann kann ich dir schon mal dein Frühstück geben, während Mum sich anzieht.«

Jacob nickt bereitwillig und greift nach der Hand seines Dads. David dreht sich zu mir um und formt lautlos mit den Lippen *Danke*, bevor er mir einen liebevollen Kuss gibt und Jacob in die Diele folgt.

Ich stelle das Radio an, um die Stille auszufüllen, die sie hinterlassen haben, und schalte zum zweiten Mal an diesem Morgen den Wasserkocher ein.

Und dann höre ich die Türklingel.

KAPITEL SECHSUNDDREISSIG

JUDITH

Kaum öffnet sich die Tür und ich sehe Rebeccas Miene, wünschte ich, ich hätte meine Ungeduld und Besorgnis besser unter Kontrolle halten können.

»Mum! Was in aller Welt tust du schon so früh am Morgen hier? Ist alles in Ordnung?«

Ich nicke, weil es innerhalb der Parameter ihrer Frage auch durchaus die Wahrheit ist. Ihr zu erzählen, dass ich fast die ganze Nacht vor Sorge wach gelegen habe und den gestrigen Vorfall immer und immer wieder Revue passieren ließ, bis ich das Gefühl hatte, verrückt zu werden, wäre jetzt wohl nicht gerade hilfreich. Oder dass ich über eine Stunde ausgehfertig zu Hause auf dem Sofa gesessen und abgewartet hatte, bis ich die Ungewissheit nicht mehr ertrug und herausfinden musste, wie es ihr ging.

»Es ist alles in Ordnung, Liebes. Ich war nur schon sehr früh auf, und da ich ja weiß, wie viel du diese Woche um die Ohren hast, dachte ich, es könnte hilfreich sein, wenn ich Jacob zur Schule bringe.«

Rebecca zögert, und ich frage mich, ob sie mir anmerkt, dass ich lüge ... oder zumindest nicht die ganze Wahrheit sage. Es stimmt, dass ich früh auf war und dachte, es würde hilfreich sein, Jacob an diesem Morgen zur Schule zu bringen. Aber nicht, weil ich weiß, dass Rebecca einen Abgabetermin hat, von dem sie befürchtet, ihn vor Weihnachten nicht mehr einhalten zu können. Nein, in Wahrheit will ich nur nicht, dass sie Jacob heute selbst zur Schule bringt. Ich möchte ihr die

Begegnung mit dieser Schlangenbrut von Müttern ersparen. Ich weiß, dass sie sie für ihre Freundinnen hält und glaubt, ich verstünde sie nicht, weil sie nie erlebt hat, dass auch ich einmal Freundinnen hatte. Aber ich weiß, wie diese Frauen sind, weiß es leider nur allzu gut. Mir ist bewusst, wie grausam und voreingenommen sie sein können, wenn man ihnen auch nur die kleinste Chance dazu bietet. Und ich befürchte, dass es genau diese Chance ist, die David ihnen gestern Nachmittag gegeben hat.

»Ich dachte mir schon, dass du müde aussiehst. Ich wünschte wirklich, du würdest endlich mal zu einem Arzt gehen und dir Schlaftabletten verschreiben lassen, Mum. Aber komm doch herein. Es ist ja eisig kalt hier draußen.«

Ich folge Rebecca in die Diele und gehe mit ihr zur Küche weiter, wo das Teewasser gerade eben zu kochen beginnt.

»Möchtest du Tee, Mum? Und ein Frühstück? Ich wollte gerade Müsli mit Obst und Joghurt zubereiten. Das wird dich bestimmt ein bisschen munter machen.«

Bei dem Gedanken an Frühstück werde ich von einer Welle der Übelkeit ergriffen. Ich glaube nicht, dass ich etwas herunterbekäme, solange Furcht und Anspannung mir den Magen zusammenkrampfen.

»Danke, Liebes, aber ich habe schon etwas gegessen.«

Ich sehe Rebecca beim Zubereiten ihres Frühstücks zu und frage mich, wie viele falsche Behauptungen ich ihr im Laufe der Jahre aufgetischt haben muss. Tausende wahrscheinlich, die ich mir jetzt alle miteinander zu einem Hügel aufgetürmt vorstelle, in dem es nur so wimmelt von all den kleinen Lügen, die ich ihr erzählt habe. Und ich glaube, sehen zu können, wie dieser Hügel im Laufe der Jahrzehnte nach und nach verrottet. Dabei infiziert die Fäulnis der ältesten Lügen ganz unten all die anderen darüber, bis sie auch die kleine Flunkerei ganz oben verseuchen, die ich soeben erst hinzugefügt habe.

Ich schüttle den Kopf, um das Bild aus meinem Bewusstsein zu verbannen. Es ist nur die Müdigkeit, die mich auf solche Gedanken bringt. Die Müdigkeit, die mich im Laufe des Tages immer wieder mit düsteren Gedanken straft, als wären die, die mich nachts wach halten, nicht schon düster genug.

Aber meine gestrige Schlaflosigkeit war anders als gewöhnlich. Normalerweise ist es die Vergangenheit, die mir keine Ruhe lässt. Doch gestern war es die Zukunft, um die ich mir Gedanken machte. Um Rebecca, David und die Frage, bis zu welchem Grad ich mich um die gestrigen Vorfälle sorgen muss. Die ganze Nacht hindurch habe ich die Szene wieder und wieder Revue passieren lassen. Die Erinnerung an Rebeccas Gesicht, als sie auf den hinteren Teil der Aula zuging, verfolgte mich wie in einem Wachtraum. Immer wieder versuche ich, mich mit dem Gedanken zu beruhigen, dass ich überreagiere und eine Geschichte um den Zwischenfall herumspinne, die nicht dazugehört. Doch in der Stille und Dunkelheit der Nacht kostete es mich enorme Überwindung, nicht hierherzukommen und an die Tür zu trommeln, um herauszufinden, wie die Lage war. Bis halb acht Uhr heute Morgen zu warten war, wie ein Fegefeuer durchzumachen.

»Wie geht's euch allen?«

Es soll wie eine harmlose Frage klingen, doch Rebecca wird genauso gut wie ich wissen, dass sie das nicht ist. Dass sie es unmöglich sein kann nach allem, was geschehen ist.

»Gut, Mum. David ist unter der Dusche, und Jacob zieht sich an. Sie werden gleich herunterkommen.«

Das ist nicht die Antwort, auf die meine Frage abzielte, und Rebecca weiß das. Der gewollt heitere Tonfall ihrer Stimme verrät zumindest das.

Ich bin versucht, sie erneut zu fragen, will aber nicht riskieren, sie zu verärgern. Weil ich auf keinen Fall den Eindruck erwecken möchte, als mischte ich mich in Dinge ein, die mich ihrer Meinung nach nichts angehen. Schließlich ist sie inzwischen längst erwachsen. Was Rebecca noch nicht gelernt hat – und auch für mindestens noch eine weitere Dekade oder mehr nicht lernen wird –, ist, dass man nicht aufhört, sich um seine Kinder zu sorgen, nur weil sie erwachsen sind. Man hört nicht auf, sie beschützen zu wollen, nur weil sie das Nest verlassen haben, weil sie unabhängige Leben führen oder weil sie einen nicht mehr zu brauchen scheinen. Man hört nie auf, sich Gedanken über sie zu machen. Niemals. Nur kommt man mit der Zeit, wenn man selbst schon Kinder hat, zu der Erkenntnis, dass es unweigerlich zu spät ist, um sich bei seinen eigenen Eltern dafür zu entschuldigen, diese Dinge nicht schon früher verstanden zu haben.

Meine Mum war bereits tot und mein Dad an Demenz erkrankt, als ich endlich bereit war, mir all die dummen Fehler einzugestehen, die ich aufgrund der Arroganz der Jugend gemacht hatte. Ich konnte mich nie mehr bei ihnen dafür entschuldigen, ihren Sorgen kein Gehör geschenkt zu haben. Denn als ich so weit war, meine Irrtümer zuzugeben, war die Gelegenheit dazu unwiderruflich vertan.

»Und ist alles okay heute Morgen? Nach gestern, meine ich?«

Es ist ein Risiko, das weiß ich, und kaum bin ich es eingegangen, wird mir die Vergeblichkeit meines Tuns bewusst.

Ich sehe Rebeccas zusammengekniffene Lippen und ihre angespannten Kiefermuskeln und erkenne, dass sie nicht die Absicht hat, auch nur ein Wort darüber zu verlieren.

Es ist ein Ausdruck, der mir nur allzu gut bekannt ist. Ein Ausdruck, den ich in all den Jahren häufiger gesehen habe, als mein Herz die Erinnerung daran ertragen könnte. Trotzdem denke ich an das erste Mal zurück, als ich diesen Ausdruck bei ihr sah, an dem Morgen nach der Nacht, in der es geschehen war. Ich kann mich noch so perfekt an das Gesicht der sechsjährigen Rebecca erinnern, das damals genau den gleichen Ausdruck trug wie jetzt, als hätte es die vergangenen dreiunddreißig Jahre nie gegeben. Ein Ausdruck, der jeglichen Anflug von Verwundbarkeit verweigert. Ein Ausdruck, der nachdrücklich darauf beharrt, es ginge ihr bestens, während er gleichzeitig mehr als deutlich zu erkennen gibt, dass dem keineswegs so ist.

Ich wünschte, ich könnte sie in die Arme nehmen, damit sie das Beruhigende meiner Umarmung spürt.

Aber ich tue es nicht, weil ich weiß, dass sie es nicht wollen würde.

Stattdessen sehe ich ihr dabei zu, wie sie ihr Müsli löffelt, noch immer mit demselben Gesichtsausdruck wie vorher, der mir wohl als Warnung dienen soll, sie nicht noch mehr herauszufordern.

Ich weiß, dass sie mich für überfürsorglich hält und glaubt, ich machte mir zu viele Sorgen. Und paradoxerweise weiß ich auch, dass sie und ich heute eine unkompliziertere Beziehung haben könnten, wenn ich nur meinem instinktiven Drang, sie zu beschützen, widerstehen könnte. Doch das kann ich nicht. Ich habe es versucht und kann es nicht. Denn jedes Mal, wenn ich mich zurückhalte, werde ich sofort wieder vorangetrieben von der Erinnerung an alles, was sie durchgemacht und erlitten hat. An alles, was sie nicht durch eigene Schuld verloren hat. Und dann werde ich wieder von dem Bedürfnis überwältigt, die Leere dort zu füllen, wo eigentlich ihre glückliche Kindheit sein müsste.

Ich *muss* versuchen, diese Leere zu füllen. Ich muss es, weil es ohne mich und die Entscheidungen, die ich einmal getroffen habe, keine Leere gäbe, die gefüllt werden muss.

KAPITEL SIEBENUNDDREISSIG

BEX

Mum starrt mich so an, wie sie es immer tut, wenn sie um mich besorgt erscheinen möchte, obwohl in Wirklichkeit *sie* selbst diejenige ist, die beruhigt werden will.

Ich kann spüren, wie sich mir vor Verärgerung die Nackenhaare sträuben, und wünschte, ich verstünde, warum so viele unserer Gespräche mit sich bringen, dass wir auf emotionaler Ebene mit der Beweglichkeit von Aalen aneinander vorbeischlüpfen, obwohl wir beide das ganz bestimmt nicht wollen.

»Es ist alles bestens, Mum. Wirklich. Mach also bitte keine große Sache daraus.«

Meine Konsonanten sind abgehackt, und ich höre selbst, dass ich verärgert klinge, aber vor allem bin ich einfach nur erschöpft und wünschte, das könnte ich Mum vermitteln, ohne in ein Wespennest zu stechen, dem ich mich heute nicht mal nähern darf.

Manchmal glaube ich, dass sie vergessen hat, was ein Eheleben ist. Dass ihre Vorstellung davon durch Geschichte und Erinnerung gefiltert worden ist, bis nur noch ein von Zeit und Nostalgie weich gezeichnetes Sepiabild geblieben ist. Ich glaube, sie vergisst, dass nicht jede Beziehung so rosig und perfekt wie ihre und Dads sein kann, so kurzlebig diese auch gewesen sein mag.

Als ich Mum wieder ansehe, blickt sie in den Garten hinaus, obwohl es draußen nicht einmal richtig hell ist. Ich sehe, dass ihre Augen feucht geworden sind und sie ein paar Mal heftig blinzelt, um die Tränen zu verdrängen. Und im selben

Moment, als Schuldbewusstsein mich beschleicht, schießt mir ein messerscharfer Schmerz durch die Stirn, der mein Gehirn umschlingt und mich zwingt, die Augen vor diesem heftigen Angriff zu verschließen.

Und jetzt ist die Mum, die ich sehe, nicht mehr die fünfundsechzigjährige Frau, die mir gegenübersitzt und ihre Tränen zurückhält, sondern eine viel jüngere Version von ihr. Es ist eine Frau Ende zwanzig oder Anfang dreißig, die aber genauso gegen ihre Tränen ankämpft. Ich selbst stehe auf einem Stuhl, mit einer Schüssel im Arm und einem Holzlöffel in der Hand. Anscheinend habe ich den Teig probiert, da ich die süße Kuchenmischung auf der Zunge schmecken kann. Es ist der Geschmack von Glück, von Häuslichkeit und das Gefühl, sowohl ein Kind als auch eine Möchtegern-Erwachsene zu sein. Und dann drehe ich mich um, um mich zu vergewissern, dass Mum mein Naschen nicht bemerkt hat, und da sehe ich sie weinen.

Die Tränen strömen lautlos über ihre Wangen, und sie regt sich nicht und sagt auch nichts, als glaubte sie, ich würde vielleicht nicht merken, dass sie weint, solange sie sich völlig still verhält.

Aber ich spüre, wie mein Magen sich zu einem harten kleinen Kloß zusammenzieht, wie schwach sich meine Hände plötzlich anfühlen, als könnte ich nicht einmal mehr den Löffel halten, und wie der Geschmack in meinem Mund auf einmal bitter ist statt süß.

Was hast du, Mummy? Warum weinst du?

Mum schüttelt jedoch den Kopf und versucht, sich ein Lächeln abzuringen, doch die Mühe, die es sie kostet, lässt sie nur noch trauriger erscheinen.

Gar nichts, Liebling. Es ist alles gut.

Ich öffne den Mund, um etwas zu erwidern, vor allem

jedoch, um sie zu fragen, warum sie weint, wenn doch angeblich alles in Ordnung ist. Doch irgendetwas in ihrem Tonfall und Gesichtsausdruck veranlasst mich zu schweigen und mich wieder meiner Schüssel zuzuwenden, obwohl die Teigmasse längst fertig ist. Und meine Brust fühlt sich auf einmal seltsam hohl und zugig an, als hätte jemand ein Fenster darin geöffnet, um kalte Luft hineinzulassen.

Schließlich zwinge ich mich, die Augen zu öffnen, weil das Gefühl zu schmerzhaft und zu real ist. Als ich dann aber wieder Mum ansehe, die noch immer aus dem Fenster schaut, verweilt diese Empfindung. Eine jähe Sehnsucht überkommt mich, diese sechs- oder siebenjährige Version von mir selbst in die Arme zu schließen und ihr zu versichern, dass alles gut werden wird.

Und wie um das klaffende Loch in meiner Brust zu füllen, steigen nun auch noch andere Erinnerungen in mir hoch. Erinnerungen, die im Grunde nie wirklich in Vergessenheit geraten waren, aber in irgendeinem Hinterstübchen meines Kopfes verstaut worden sein müssen wie Wintermäntel, die man während der Sommermonate im hinteren Teil eines Kleiderschranks aufhängt.

Es sind Erinnerungen daran, wie Mum in ganz unerwarteten Momenten plötzlich zu weinen anfing. Erinnerungen daran, wie verwirrt und ängstlich mich das machte, weil ich den Grund für ihre Anfälle von Kummer weder kannte noch mir vorstellen konnte. Erinnerungen an meine Fragen, warum sie weinte, und an die immer wieder gleiche Antwort, die ich darauf erhielt: *Nichts. Es ist alles in Ordnung. Mach dir keine Sorgen.*

Aber natürlich machte ich mir Sorgen. Solange ich zurückdenken kann, habe ich mich schier unentwegt um Mum gesorgt.

Ich denke über die Erinnerung nach, in der ich diesen Kuchenteig umrührte, während Mum lautlos neben mir weinte. Ich kann nicht genau sagen, wann das war, vermute jedoch, dass es nach Dads Tod gewesen sein muss, denn kurz danach musste ich immer noch auf einen Stuhl steigen, um die Arbeitsplatte in der Küche zu erreichen. Doch irgendetwas an dieser Erinnerung passt nicht recht zu dieser Annahme. Irgendetwas ist verkehrt daran, und für ein paar Sekunden will mir einfach nicht einfallen, was es ist.

Und dann kommt mir ein Geistesblitz. Wir sind in der alten Küche unseres Hauses in Brighton, das wir verlassen haben, als ich sechs war. Und der Stuhl, auf dem ich stehe, ist noch mit dem schwarz-weiß karierten Stoff bezogen, den Mum nicht lange vor Dads Tod gegen einen hellgrauen ausgetauscht hat.

Was bedeutet, dass diese Erinnerung zu einer Zeit gehören muss, in der mein Dad noch lebte. Zu einer Zeit, in der Mum noch keinen Grund gehabt haben dürfte, ohne jeden ersichtlichen Anlass in Tränen auszubrechen.

Ich schaue sie wieder an und wünschte, es gäbe eine Möglichkeit, sie zu fragen, warum sie einmal bei einem völlig harmlosen Kuchenbacken geweint hat, als ich erst fünf oder sechs gewesen bin. Aber mir ist klar, dass es eine solche Möglichkeit nicht gibt. Ich weiß, dass es keinen Weg gibt, sie danach zu fragen, ohne die Verantwortung für die Konsequenzen ihrer Antwort zu übernehmen. Außerdem habe ich schon vor langer Zeit begriffen, dass es einfach nicht in meiner Macht steht, Mum bei der Lösung ihrer Probleme zu helfen.

KAPITEL ACHTUNDDREISSIG

JUDITH

Erst als ich sicher bin, die letzten Spuren meiner Tränen entfernt zu haben, drehe ich mich wieder zu Rebecca um und setze dabei ein Lächeln auf.

»Wann muss Jacob in der Schule sein? Ich bringe ihn wirklich sehr, sehr gern hin, damit du dich gleich an die Arbeit machen kannst. Ich weiß ja, dass du vor Weihnachten einen Abgabetermin hast, der dir Sorgen bereitet.«

Rebecca starrt mich so seltsam an, als wäre sie ganz woanders gewesen, kilometerweit entfernt von hier, und soeben erst zurückgekehrt.

Sie zögert, und ich nutze ihre Geistesabwesenheit aus, um mein Vorhaben durchzusetzen. »Wirklich, Schatz, das macht mir überhaupt keine Mühe. Im Gegenteil. So hätte ich heute Morgen wenigstens etwas zu tun. Ich bin schon so lange wach, dass ich nichts mehr mit mir anzufangen wüsste.«

»Ehrlich, Mum? Würde es dir auch ganz bestimmt nichts ausmachen?«

Ihre Stimme klingt ein bisschen entschuldigend, als hielte sie es für unzumutbar, mein Angebot anzunehmen. Das ist jedes Mal so, wenn sie mich bittet, Jacob einmal außer der Reihe von der Schule abzuholen, weil sie eine Besprechung hat, oder abends bei ihm zu bleiben, damit sie und David ausgehen können. »Ich weiß, dass es viel verlangt ist«, pflegt sie dann zu sagen, »da du doch sowieso schon zwei Nachmittage in der Woche auf ihn aufpasst. Aber würde es dir etwas ausmachen? Nur dieses eine Mal?« Und jedes Mal nicke ich lächelnd und verkneife mir die Bemerkung, dass ich ihn jeden Tag nach der Schule nähme, wenn sie es erlauben würde. Ich würde jedes Wochenende auf Jacob aufpassen, wenn sie mich nur fragen würde. Ich verstehe nicht, warum sie es nicht tut, da ich doch hier bin und jede Menge Zeit habe, während die Uhr in Rebeccas Leben immer schneller zu ticken scheint, als sie mithalten kann.

Aber heute Morgen ist es mehr als das. Heute Morgen muss ich immer wieder an all die Tage denken, an denen ich Rebecca am Schultor abgesetzt und zugesehen habe, wie der Schulhof sie verschlang. Sie hatte immer so allein und verloren ausgesehen, dass es mich jedes Mal meine ganze Selbstbeherrschung kostete, ihr nicht nachzulaufen, um sie auf den Arm zu nehmen und gleich wieder mit heimzunehmen. Oft drehte sie sich noch einmal um, um mir ein letztes Mal zuzuwinken. Dann zwang ich mich, ein Lächeln aufzusetzen, zurückzuwinken und ihr so viel Sicherheit wie möglich zu vermitteln, bevor sie gesenkten Kopfes durch ein Meer von Kindern ging, das sich vor ihr teilte, um sie durchzulassen, statt sie je zum Bleiben aufzufordern.

Ich hatte gehofft, dass das aufhören würde, nachdem wir umgezogen waren, nach diesem tragischen Ereignis, das der entscheidende Faktor war für meinen Entschluss wegzuziehen. Aber mit dem Umzug hörte es nicht auf. Selbst mit über dreihundert Kilometern Distanz zwischen der Vergangenheit und der Gegenwart hatte sie noch Schwierigkeiten, Freundinnen zu finden. Noch immer klammerte sie sich ein paar Sekunden länger an mich, wenn ich ihr am Schultor einen Abschiedskuss gab. Noch immer schien sie ein kleines Mädchen zu sein, das sich nicht sicher war, ob die Tatsache, dass sie immer nur am Rande stand, ihre eigene Entscheidung war oder nur einfach nicht ihrer Kontrolle unterlag.

»Natürlich macht es mir nichts aus. Es freut mich, Jacob zur Schule zu bringen. Du weißt doch, dass ich immer gern helfe.«

Rebecca greift über den Tisch nach meiner Hand und drückt sie sanft. »Danke, Mum. Ich bin dir wirklich dankbar. Und Jacob wird begeistert sein.«

Ich muss dem Bedürfnis widerstehen, zu dankbar oder zu breit zu lächeln, und mich stattdessen bemühen, eine mehr oder weniger neutrale Miene zu bewahren.

KAPITEL NEUNUNDDREISSIG

BEX

Mum sieht so dankbar aus, dass ich Gewissensbisse wegen meiner anfänglichen Reizbarkeit bekomme.

»Entschuldige bitte, dass ich vorhin ein bisschen bissig war, Mum. Aber ich habe einfach nur fürchterliche Kopfschmerzen und heute viel zu viel zu tun.«

Erst als ich meine Ausrede höre, wird mir klar, dass es die Wahrheit ist. Mir brummt der Kopf, meine Augenlider sind schwer, und der Gedanke an den langen Tag, den ich vor mir habe, macht mich beinahe unerträglich müde.

»Oh, das tut mir leid, Liebes. Hast du etwas eingenommen? Das solltest du, bevor das Kopfweh zu schlimm wird.«

Ich nehme das Ibuprofen aus dem Schrank neben dem Kühlschrank, bevor ich mich zu ihr umdrehe. »Von allem, was du mir vererbt hast, Mum, hätte ich auf deine Kopfschmerzen wirklich gut verzichten können.«

Es hatte ein Scherz sein sollen, aber Mums Gesicht verzieht sich zu einem Stirnrunzeln. Für einen Moment befürchte ich, dass sie wieder weinen wird, und frage mich verwirrt, wie ein solch harmloser Kommentar sie derart aus der Fassung bringen kann.

»Ich habe nur einen Scherz gemacht, Mum. Ich gebe doch nicht dir die Schuld daran! Das war nur so eine Redensart.«

Sie versucht zu lächeln, doch ihre Gesichtsmuskeln erstarren auf halbem Weg zu einer Art unbehaglicher Grimasse. Da ich nicht weiß, was ich sonst noch sagen soll, schenke ich mir ein Glas Wasser ein und nehme die Tabletten.

Im selben Augenblick höre ich die Musik. Ein Musikstück, das aus dem Radio ertönt und sofort bewirkt, dass vor meinen Augen alles zu rotieren beginnt. Ich schließe die Augen und versuche, die Musik einzuordnen und herauszufinden, warum sie mir das Gefühl gibt, als drehte sich rasend schnell der Boden unter mir. Es ist ein schwungvolles Stück von nostalgischer Vertrautheit. Aber sosehr ich mir auch den Kopf zerbreche, ich kann mich einfach nicht entsinnen, was es ist oder woher ich es kenne.

Und dann fällt es mir plötzlich wieder ein: Es ist die Erkennungsmelodie einer Sitcom, die ich mir als Kind mit Mum sehr gern im Fernsehen anschaute. Nun durchforste ich meine Datenbank der Erinnerungen, bis mir auch der Titel wieder einfällt: *To The Manor Born*. Es war eine Sitcom mit Penelope Keith und einem Schauspieler, dessen Namen ich vergessen habe. Doch ich weiß noch, dass Mum jede Woche bemerkte, wie ungeheuer gut aussehend sie ihn finde. Die Erinnerung an die Herkunft der Musik trägt jedoch nichts dazu bei, mein Schwindelgefühl zu vermindern. Ich kann mich nur am Küchentisch festhalten und die Übelkeit aussitzen wie ein seekranker Passagier, der eine Bootsfahrt über sich ergehen lässt, und mir immer wieder sagen, dass es irgendwann ja aufhören muss.

Und dann hört es auf. Die Musik verklingt, und die Stimmen der Sprecher von Radio 4 sind wieder zu hören, aber ich kann mich nicht auf ihre Worte konzentrieren, weil ich zu sehr damit beschäftigt bin, nach einer Erklärung dafür zu suchen, warum gerade diese Titelmelodie eine so destabilisierende Wirkung auf mich hat.

»Ist alles in Ordnung, Schatz? Sind es richtig schlimme Kopfschmerzen? Dann wirst du dich besser fühlen, wenn du die Tabletten genommen hast.«

Ich blinzle und wende mich Mum zu, für einen Moment

erstaunt, sie hier in meiner Küche vorzufinden. Für eine Sekunde bin ich versucht, ihr die Wahrheit zu sagen. Sie zu fragen, ob sie weiß, warum gerade diese Musik eine solch heftige Reaktion in mir ausgelöst haben könnte. Aber dann besinne ich mich eines Besseren.

»Es geht schon wieder, danke. Du hast recht, es wird mir besser gehen, wenn die Wirkung der Tabletten einsetzt. Doch jetzt sollte ich hinaufgehen und rasch duschen. Jacob wird inzwischen schon angezogen sein, dann schicke ich ihn dir gleich hinunter.«

Als ich zur Diele hinausgehe, höre ich in meiner Handtasche neben der Haustür mein Handy klingeln.

Für einen Moment ergreift mich Panik, als ich den Namen der Anruferin auf dem Display sehe.

Es ist Melissa.

Ganz kurz bin ich versucht, das Handy auf stumm zu schalten, es klingeln zu lassen und ihr keine andere Wahl zu lassen, als den Anrufbeantworter mit ihren Fragen oder Anliegen vollzuquasseln.

Aber ich weiß, dass ich das Unvermeidliche damit nur aufschiebe.

Und so setze ich so etwas wie ein Lächeln auf, das meine Stimme hoffentlich widerspiegelt, drücke auf die Annahmetaste und halte das Handy an mein Ohr.

KAPITEL VIERZIG

BEX

»Hallo, Melissa. Wie geht es dir?« Ich achte darauf, meiner Stimme einen heiteren, ungezwungenen Tonfall zu verleihen, der besagt, dass es hier nichts zu diskutieren gibt und wir also bitte gar nicht erst damit beginnen sollen.

Wobei ich natürlich nicht wirklich erwarte, dass es funktioniert.

»Auch hallo! Ich wollte mich nur kurz bei dir melden, um zu hören, wie es *dir* heute Morgen geht.«

Das ist für Melissa ungewöhnlich vage, wofür ich ihr aber dankbar bin.

»Danke, es ist alles in Ordnung. Ich bin nur mal wieder sehr spät dran. Doch wann bin ich das nicht?« Ich lache, aber selbst in meinen eigenen Ohren klingt es hohl und leer.

»Wenn du dich beeilst, könntest du Jacob früher absetzen und noch einen Kaffee mit mir trinken. Was meinst du? Mein erstes Meeting ist heute erst um zehn. Damit bliebe uns noch ein Stündchen oder so.«

Ich merke, wie ich mit der Antwort zögere. Ein Teil von mir würde Melissa liebend gern sehen und die emotionale Klaustrophobie der letzten fünfzehn Stunden für ein Weilchen hinter mir lassen.

Aber dann stelle ich mir vor, wie Melissa und ich einander gegenübersitzen, jede mit einem heißen Becher Kaffee in der Hand. Ich glaube schon, den Blick zu sehen, mit dem sie mich betrachten wird: den Blick, der augenblicklich registrieren wird, dass bei mir keineswegs alles in Ordnung ist. Den Blick, der deutlicher besagt, als Worte es könnten, dass sie nicht die Absicht hat, mich gehen zu lassen, bevor ich ihr die Wahrheit gesagt habe.

»Danke, Melissa, das wäre wunderbar. Doch mir sitzt ein Abgabetermin im Nacken, und deshalb muss ich mich heute Morgen wirklich ranhalten. Ich habe sogar schon Mum gebeten, Jacob zur Schule zu bringen und später mit zu sich zu nehmen.«

Die kleine Halbwahrheit kommt mir so glatt über die Lippen, dass ich sie für einen Moment lang beinahe selbst glaube.

Für ein paar Sekunden erwidert Melissa nichts, und ich frage mich, ob sie gemerkt haben könnte, dass ich nicht die Wahrheit sage. Ob sie weiß, dass ein Stündchen Unterhaltung an diesem Morgen nichts daran ändern wird, ob ich diesen Abgabetermin schaffe oder ihn verpasse.

»Bex, was diesen Zwischenfall von gestern Nachmittag angeht ... Ich weiß, dass David sich arg blamiert hat, aber das wird schnell wieder vergessen sein. Das weißt du doch, oder?«

Ich öffne den Mund, um etwas zu erwidern. Es dringt jedoch kein Wort heraus. Die beiläufige Zustimmung, von der ich wünschte, ich könnte sie Melissa geben, will mir einfach nicht über die Lippen kommen.

Stattdessen merke ich, dass ich Tränen wegblinzle, die plötzlich hinter meinen Augenlidern brennen, und bin froh, dass Melissa nur mein Schweigen einschätzen kann, statt die Bestätigung in meinem Gesicht zu sehen.

»Mag sein.«

Ich höre ein tiefes Einatmen am anderen Ende der Verbindung. »Hör mal, Süße, wir wissen beide, wie die Leute an dieser Schule sind. Sie werden über Gott und die Welt tratschen, bis das nächste harmlose Thema ihre kurze Aufmerksamkeitsspanne in Anspruch nimmt. Du kannst doch nicht ernsthaft besorgt deswegen sein?«

Sie stellt die Frage, als wäre die Antwort offensichtlich, obwohl wir beide wissen, dass es keineswegs so einfach ist.

Ich würde sie zu gern fragen, worüber die Leute sich gestern Nachmittag noch unterhalten haben, nachdem Jacob, Mum und ich gegangen waren. Ich möchte, dass sie mir wortwörtlich jedes Gespräch wiederholt, das sie über David und mich mitbekommen hat.

Ich würde ihr auch gern sagen, dass es nicht nötig ist, mir falsche Zusicherungen zu geben. Die habe ich Jacob schon gegeben und sie da auch schon nicht wirklich geglaubt.

»Aber es *ist* doch alles in Ordnung, Bex? Ihr habt keine Probleme, du und David, meine ich?«

Dies ist schon das zweite Mal an diesem Morgen, dass mir diese Frage gestellt wird, was es aber nicht leichter macht, die richtige Antwort darauf zu finden.

Mein Herz schlägt plötzlich schneller, doch ich kann nicht sagen, ob es mich dazu drängt, Melissa die ganze Wahrheit zu erzählen oder sie ihr zu verschweigen. Für einen Moment überlege ich, ob es mir nicht helfen könnte, ihr alles anzuvertrauen. Ihr von dem Streit zu erzählen, den David und ich in der Nacht seiner Geburtstagsparty gehabt hatten, und von dem Abend, an dem ich ihn besinnungslos betrunken auf dem Sofa vorgefunden habe, obwohl er sich um Jacob hätte kümmern müssen. Oder ob ich ihr nicht sogar von meinen blitzartigen Rückblicken in die Vergangenheit erzählen sollte, die mich mit zunehmender Regelmäßigkeit heimsuchen. Von diesen Splittern der Vergangenheit, die die Gegenwart durchdringen und zu flüchtig sind, um sie festzuhalten, aber scharf genug, um ihren Abdruck zu hinterlassen …

Doch jedes Mal, wenn ich mir vorstelle, die Worte zu einem

Satz zusammenzufügen, um ihn dann laut auszusprechen, entgleiten sie mir wieder.

Ich kann spüren, dass mein Schweigen Melissa zu Spekulationen anregt, und schlucke heftig, bevor ich wieder etwas sage.

»Bei uns läuft alles gut. Ehrlich. David hatte gestern Mittag ein wichtiges Geschäftsessen, von dem er annahm, dass es eine Katastrophe werden würde. Stattdessen jedoch wurde es zu einer Feier, und ich glaube, bei all dem Ärger, den er mit seiner Mum hat, musste er wahrscheinlich einfach mal ein bisschen Dampf ablassen. Es war nur ein unglücklicher Zeitpunkt. Ein sehr, sehr schlechter Zeitpunkt. Und ehrlich gesagt möchte ich das Ganze einfach nur vergessen.«

Das ist nicht gelogen. Oder jedenfalls nicht ganz. Es ist gerade so viel von der Wahrheit, wie ich Melissa an diesem Morgen anvertrauen kann.

»Okay, Süße, wenn ich dich wirklich nicht zu einem Kaffee überreden kann, dann sehen wir uns nächste Woche. Melde dich, wenn du Zeit dazu hast, ja? Ich könnte jeden Abend außer Mittwoch oder Freitag.«

Obwohl ich es ihr verspreche, denke ich mir schon Ausreden aus, es nicht zu tun. In den nächsten paar Tagen will ich mich bedeckt halten und glaube nicht, dass sich daran noch etwas ändern wird.

Wir verabschieden uns, und als das Gespräch beendet ist, kommt mir plötzlich wieder diese Titelmelodie aus dem Fernsehen in den Sinn, die sich in meinen Kopf geschmuggelt hat und mir für den Rest des Tages keine Ruhe mehr lassen wird.

Oben kann ich David und Jacob darüber debattieren hören, welche Fußballmannschaft im nächsten Jahr die Premiership gewinnen wird, und bin überrascht, wie schnell die beiden zur Normalität zurückgefunden haben.

Als ich die Treppe zum Bad hinaufsteige, kann ich nur hoffen, dass die Dusche die letzten vierundzwanzig Stunden – oder vergangenen zehn Wochen – nicht nur von meiner Haut, sondern auch aus meinem Kopf entfernen wird.

ZWEITER TEIL

FRÜHJAHR

KAPITEL EINUNDVIERZIG

BEX

Ich sitze an meinem Schreibtisch, starre auf den gedruckten Text vor mir und versuche, meinen Kopf dazu zu zwingen, Bilder hervorzubringen, um die Worte lebendig werden zu lassen. Doch das Einzige, woran ich denken kann, ist das Meeting, das ich an diesem Morgen hatte, ein Meeting, das mich ebenso sehr mit freudiger Erregung als auch mit Angst erfüllt hat.

Zehn Tage zuvor hatte ich nämlich einen Anruf von dem Verlagshaus erhalten, das mich in den letzten Jahren mit mindestens der Hälfte meiner Aufträge versorgt hatte – wie *Rumpelstilzchen*, das ich kurz vor Weihnachten dann doch noch rechtzeitig abgeliefert hatte. Ob ich es einrichten könne, nächste Woche zu einer Besprechung mit Vanessa Hudson, der Verlagsleiterin, zu kommen, hatte deren junge Assistentin mich gefragt. »Oh ja, sehr gern«, hörte ich mich sagen, während mein Puls zu rasen begann, weil ich befürchtete, irgendetwas falsch gemacht zu haben. Dass ich wegen irgendwas in Schwierigkeiten sein musste und gewissermaßen wie ein Schulmädchen ins Büro des Direktors zitiert wurde. Zumindest konnte ich mir keinen anderen Grund vorstellen, warum Vanessa Hudson mit mir sprechen wollte.

Selbst an diesem Morgen, als ich ihr Büro betrat und sie mich mit aufrichtiger Herzlichkeit begrüßte, wie mir schien, glaubte ich noch immer, dass mich schlechte Nachrichten erwarteten. Vielleicht ist das ja das übliche Vorgehen, wenn sie dir mitteilen wollen, dass deine Dienste nicht mehr benötigt werden, dachte ich mir. Sie laden dich zu Kaffee und feinstem

Gebäck ein, um dir die bittere Pille deiner unmittelbar bevorstehenden Verabschiedung zu versüßen.

Das Gespräch hatte harmlos genug begonnen: wie es mir gehe, woran ich gerade arbeite und ob ich sehr beschäftigt sei? Als Vanessa Hudson mir für all die Bücher dankte, die ich in den letzten Jahren für den Verlag illustriert hatte, hörte es sich für mich nur wie eine Einleitung zur Beendigung meines Arbeitsverhältnisses an. Was sie dann aber sagte, ließ mich fast in Tränen ausbrechen.

»Ich habe Ihre Karriere sehr aufmerksam verfolgt, Rebecca, und immer das Gefühl gehabt, dass Sie sehr viel mehr zu geben haben. Es liegt stets so viel Einfallsreichtum in Ihren Illustrationen, so viel Erzählerisches, das nicht im Text steht, dass ich oft spüren kann, dass da noch mehr ist, was Sie gern sagen würden. Etwas, was die Illustration allein Ihnen nicht ermöglicht auszudrücken. Und so habe ich mich gefragt, ob Sie vielleicht schon einmal daran gedacht haben, selbst Kinderbücher zu schreiben, statt sie nur zu illustrieren? Ich habe auch schon mit dem Redaktionsteam gesprochen, und wir sind alle der gleichen Meinung: Wenn Sie daran interessiert wären, sich eine Karriere als Autorin mit eigenen Illustrationen aufzubauen, würden wir alle sehr gern mit Ihnen daran arbeiten.«

Im ersten Moment war ich so überrascht gewesen, dass mir die Worte fehlten, doch am Ende schaffte ich es, wenigstens ein gemurmeltes »Danke« hervorzubringen. Vanessa konnte ja nicht wissen, dass ich mich nicht nur für ihre freundlichen Worte über meine Illustrationen bedankte und auch nicht nur für die Möglichkeit, die sie mir bot, sondern dafür, dass sie etwas in mir erkannt hatte, das ich mir selbst kaum einzugestehen wagte.

Den Rest der Besprechung habe ich nur noch leicht verschwommen in Erinnerung. Ich weiß allerdings noch, dass wir über den Kinderbuchmarkt sprachen, über Trends und Themen, die in letzter Zeit besonders gut ankamen, und dass ich selbstsicherer und sachkundiger klang, als ich mich fühlte. Ich weiß, dass wir ausführlich über die Art von Büchern sprachen, die ich vielleicht gern schreiben würde, und dass wir uns schließlich darauf einigten, uns in einem Monat erneut zu treffen, um einige konkrete Ideen ausführlicher zu besprechen.

Und nun sitze ich an meinem Schreibtisch und versuche, mich auf das Illustrieren eines Texts zu konzentrieren, den jemand anders geschrieben hat. Dabei lässt mir die ganze Zeit der Gedanke keine Ruhe, dass es eines Tages meine eigenen Worte sein könnten, für die ich Zeichnungen entwerfe. Nur ist es leider so, dass ich in den drei Stunden seit dem Meeting meinen Kopf zwar nach all den Ideen durchforstet habe, die mir im Laufe der Jahre gekommen sind, trotzdem aber jedes Mal gegen eine Wand gerannt bin. Seit über zehn Jahren hatte ich mir eine Chance erhofft wie diese, doch nun, da sie mir angeboten wurde, fühle ich mich plötzlich wie gelähmt von dieser Möglichkeit.

Ich greife nach meinem Telefon, doch es ist noch immer keine Nachricht von David gekommen. Ich hatte ihn gleich nach dem Meeting angerufen, aber sein Handy schaltete sofort auf Voicemail um. Ich weiß zwar, dass er heute mit einem Kunden zu Mittag isst, bin jedoch so aufgeregt, dass ich es kaum erwarten kann, ihm meine wunderbaren Neuigkeiten mitzuteilen.

David ist einfach großartig gewesen. Nicht nur seiner Unterstützung wegen in den letzten zehn Tagen vor dem Meeting, sondern auch in den zweieinhalb Monaten davor. Ganze zehn Wochen schon hat er keinen Tropfen Alkohol angerührt. Ich würde ihm gern sagen, wie stolz ich auf ihn bin, wenn ich nicht befürchtete, ihn damit wieder an den Streit zu erinnern, der die Entscheidung letztendlich besiegelte. An den sinnlosen und hässlichen Streit, den wir in der Silvesternacht nach Melissas und Seth' Party hatten und zu dem es nie gekommen wäre, wenn wir beide nüchtern gewesen wären. Selbst David hatte sich das im kalten Licht des Neujahrstages eingestehen müssen.

Ich schmunzle, als ich daran denke, wie humorvoll er mit unserer vorübergehenden Abstinenz umgeht. Wann immer wir auf einer Party bei Freunden gewesen oder zum Essen ausgegangen waren und jemand ihm einen Drink angeboten hatte, war seine Antwort stets ein kleines bisschen lauter oder entschiedener als nötig gewesen: »Für mich nur ein Sprudelwasser bitte!« Oder: »Nur eine alkoholfreie Bloody Mary«, immer mit Betonung auf dem »nur«, für den Fall, dass die Person, die ihm den Drink anbot, die Bedeutung seiner Antwort womöglich nicht erkannte.

Trotzdem war ich in jenen ersten Januarwochen ungewöhnlich nervös gewesen. Ständig hatte ich nach Anzeichen dafür gesucht, dass er vielleicht heimlich ein paar Glas Wein zum Mittagessen getrunken hatte. Und eigentlich hatte ich nur darauf gewartet, dass er eines Abends angetrunken nach Hause kommen und behaupten würde, es sei nicht seine Schuld gewesen, ein Kunde habe ihn dazu überredet. Im Grunde rechnete ich sogar schon fast damit, dass er eines Abends mit einer Flasche Sancerre und einem breiten Lächeln im Gesicht nach Hause kommen und erklären würde, zwei, drei oder vier Wochen genügten ja wohl und ob wir jetzt nicht bitte wieder zur Normalität zurückkehren könnten. Und wann immer ich mir das vorstellte, wurde meine Kehle eng und zwang mich, langsamer zu atmen, bis meine Halsmuskeln sich wieder entspannten. Es gab Zeiten in diesen ersten Wochen des neuen Jahres, in denen ich so oft über Davids Trinken – oder Nichttrinken – nachdachte, dass ich mir schon fast wie besessen davon vorkam.

Als Davids Arbeit Anfang Februar plötzlich höllisch stressig wurde, war ich überzeugt, dass es nur eine Frage der Zeit sein konnte, bis er anfangen würde, Ausflüchte zu machen, und behaupten würde, bei seiner beruflichen Belastung brauche er am Ende des Tages ein, zwei Gläser Wein, um sich ein bisschen zu entspannen. Aber er hat es nicht getan, sondern stattdessen so angestrengt und oft tief bis in die Nacht hinein gearbeitet, dass wir in den letzten Wochen kaum einen ganzen Abend miteinander verbracht haben. Und an den meisten Wochenenden ist er mindestens einmal im Büro gewesen. Wir sind wie aneinander vorbeifahrende Schiffe in der Nacht – oder, besser gesagt, am frühen Morgen – und haben bisher immer bloß kurz zwischen Dusche und Frühstück miteinander sprechen können. Aber ich weiß ja, dass das nur vorübergehend so ist. Wenn es David gelingt, alle drei Etats, um die er kämpft, an Land zu ziehen, wird das die Firma revolutionieren und eine erfolgreiche kleine Werbeagentur zu einem echten Player in der Branche machen. Und das wiederum wird David die Möglichkeit geben, wie er immer wieder sagt, einen stellvertretenden Geschäftsführer zu ernennen und einen Teil seiner Arbeitslast an jemand anders zu delegieren.

Ich war hocherfreut, ihn so voller Energie und Begeisterung für seine Arbeit zu sehen. Und nun, nach meinem Meeting an diesem Morgen, habe ich das Gefühl, als hätten wir ein sehr gutes Jahr für uns beide vor uns.

Der einzige Dorn im Auge unserer Familie ist im Augenblick die drohende Ankunft seiner Mutter, die noch immer wie ein Damoklesschwert über uns hängt. Sie wird in drei Monaten hier sein. Am Ende war es nicht David, sondern sein Bruder, der ein passendes Haus für sie gefunden hat – und wohl auch den größten Teil davon bezahlen wird, wie David und ich vermuten. Das einzig Gute, falls man es so nennen kann, ist, dass es nicht ganz so sehr in unserer Nähe liegt, wie wir befürchtet hatten. Durch Davids Mum erfuhren wir, dass Nate sie überredet hat, nach Queen's Park zu ziehen, was auf halbem Wege zwischen uns in Highgate und Nates Wohnung in Notting Hill liegt, sodass wir alle schnell verfügbar wären, um nötigenfalls einzuspringen.

War das nicht schrecklich nett von ihm, wo er doch so viel und lange arbeitet?, hatte Davids Mum geschrieben.

David war das ganze Wochenende nach der Ankunft dieser E-Mail furchtbar empört gewesen, weil Nate ohnehin nur die Hälfte der Woche in London verbringt und Lily gar nicht hier ist, sodass der Löwenanteil der Bürde trotzdem noch uns zufallen würde und wir jetzt nur einen weiteren Weg zurückzulegen haben würden, wenn es so weit war.

»Ist dein Gesichtsausdruck der von jemandem, der tief in Gedanken versunken ist und kurz vor einem Moment der Erleuchtung steht, oder ist es das Gesicht von jemandem, der jetzt eine Pause, eine Tasse Kaffee und einen Schoko-Muffin vertragen kann?«

Ich blicke von meinem Schreibtisch auf und sehe Gil, der mit einem Plastikbehälter in der Hand neben mir steht, in dem ich ein halbes Dutzend Muffins sehen kann.

»Ganz eindeutig das Letztere. Aber woran hast du das erkannt?«

»Sagen wir einfach, dass ich diesen Ausdruck selbst nahezu perfekt beherrsche. Also, was meinst du? Ich kann nicht für die Qualität der Muffins garantieren – Izzy behauptet, sie habe sie gestern alle selbst gebacken, und ich habe mich noch nicht getraut, einen zu probieren. Ich hatte gehofft, du würdest mir als Versuchskaninchen dienen.«

Er lächelt, und ich blicke auf das leere Zeichenpapier und den Text vor mir herab, der mich anklagend anstarrt. Und dann schaue ich wieder Gil an und erwidere sein Lächeln dankbar.

»Ich weiß zwar nicht, ob es möglich ist, eine Pause vom *Nichtstun* zu machen, doch ich komme trotzdem mit.«

Für den Fall, dass David anruft, stecke ich mein Handy ein und gehe mit Gil in die Küche.

KAPITEL ZWEIUNDVIERZIG

BEX

»Möchtest du mir sagen, wo du nicht weiterkommst, oder würdest du lieber zehn Minuten überhaupt nicht daran denken?«

Ich schaue Gil zu, als er den Kaffeeautomaten bedient, und überlege mir, inwieweit ich seine Frage beantworten soll. Eigentlich sollte David der Erste sein, der es erfährt, aber ich habe keine Ahnung, ob er die Zeit finden wird, mich noch vor Tagesende anzurufen. Und ich brenne darauf, es jemandem zu erzählen.

»Ich hatte heute Morgen eine Besprechung. Eine sehr spannende Besprechung mit einer Verlagsleiterin, die sagte, sie seien sehr interessiert daran, dass ich eigene Bücher verfasse und illustriere. Sie versprach mir, dass sie meine Karriere als Autorin und Illustratorin in jeder Hinsicht fördern würden.« Es laut auszusprechen lässt mich noch heißer erröten, als ich befürchtet hatte.

»Das sind ja fabelhafte Neuigkeiten, Bex! Ist das nicht die Erfüllung deines Traums? Sagtest du nicht erst kürzlich, dass du am liebsten selbst Bücher schreiben würdest?«

Ich kann spüren, wie sich die Röte auf meinen Wangen noch vertieft, weil ich nicht damit gerechnet hatte, dass Gil sich an dieses Gespräch erinnern würde. Wir hatten seitdem vielleicht ein halbes Dutzend Mal miteinander geplaudert. Meistens tauschen wir jedoch nur Plattitüden und Nettigkeiten aus, wenn wir uns zufällig in der Küche treffen.

»So ist es, ja. Aber jetzt, wo es mir wirklich vorgeschlagen wurde, bin ich mir nicht mehr so sicher. Versteh mich nicht falsch, natürlich bin ich hocherfreut über die Chance – doch irgendwie habe ich auch ein komisches Gefühl dabei. Wahrscheinlich habe ich einfach nur ein bisschen Angst davor.«

Dass es mir Angst macht, ist nur die halbe Wahrheit. Aber ich bin mir nicht sicher, ob ich in der Lage bin, den Rest verständlich auszudrücken. Oder jedenfalls nicht so, dass es einen Sinn für jemand anders ergibt.

»Ist es nicht immer so, dass die Dinge, die uns wirklich wichtig sind, auch die sind, die uns am meisten Angst einflößen?«

Ich nicke, weil ich weiß, dass er recht hat. Oder zumindest teilweise. Doch es ist komplizierter, als Gil es darstellt. Ein Teil von mir weiß, dass ich Ideen für Geschichten habe und es keinen vernünftigen Grund gibt, nicht einige von ihnen in Büchern festzuhalten. Aber ich kann auch spüren, dass mich etwas bremst. Und dass dieses Etwas nicht nur Nervosität, Versagensängste oder die natürlichen Selbstzweifel sind, die mit Chancen einhergehen, die wir eigentlich unbedingt ergreifen wollen. Nein, es ist, als gefährdete irgendetwas in mir, über das ich keine Kontrolle habe, meine Chancen ganz bewusst und entrisse mir jede Idee, bevor sie sich in meinem Gedächtnis niederlassen kann. Bevor ich mir ein Urteil bilden kann, ob sie es wert sind, gründlicher erforscht zu werden. Ich bin gut im Zeichnen. Doch sobald ich versuche, eine meiner Geschichten in Worte zu fassen, ist es beinahe so, als packte eine imaginäre Hand den Text, zerknüllte ihn und würfe ihn in den Papierkorb, bevor ich ihn mir ansehen und entscheiden kann, ob er gut ist oder nicht.

»Da wirst du wohl recht haben, Gil. Ich muss mich nur reinknien und aufhören, nach Ausflüchten zu suchen, schätze ich.« Aber meine Stimme klingt nicht überzeugend, nicht mal für mich selbst.

»Sei nicht so streng mit dir. Es ist eine große Chance, die sich dir bietet, und daher ist es ganz normal, dass du nervös bist. Es wäre komisch, wenn du es nicht wärst. Doch meiner Erfahrung nach gibt es für gewöhnlich nur zwei Gründe für eine kreative Blockade: Entweder befürchten die Leute, dass sie nicht gut genug sind und dass ihre Versagensängste sich bewahrheiten. Aber ich bezweifle sehr, dass das auf dich zutrifft. Der andere Grund ist in der Regel, dass sie *Angst* davor haben, erfolgreich zu sein, weil dieser Erfolg Dinge in ihrem Leben verändern könnte, die sie noch nicht verändern wollen.«

Gil lässt seinen letzten Satz wie eine Frage klingen, die ich mir nur selbst stellen muss. Ich lächle ihm dankbar zu und wünschte, ich wüsste die Antwort, doch zumindest weiß ich, dass es die richtige Frage ist.

Er reicht mir einen Muffin, und ich beiße hinein und lege mir schon ein paar höflich-anerkennende Worte zurecht, bis ich den Geschmack bemerke.

»Oh Gott, die sind ja *köstlich!* Und Izzy hat sie ganz allein gebacken? Du solltest sie zu einem Backwettbewerb anmelden.«

Gil lächelt stolz, als hätte er schon die ganze Zeit gewusst, dass ich so reagieren würde. »Sie wird hin und weg sein, wenn ich ihr erzähle, dass eine ihrer Lieblingsillustratorinnen ihr Backen gelobt hat. Als sie sagte, ich solle die Muffins zur Arbeit mitnehmen statt sie selbst zur Schule, hoffte sie wahrscheinlich schon, dass ich dich probieren lassen würde.«

Ich schlucke einen weiteren Bissen und wische mir einen Krümel aus dem Mundwinkel, bevor ich antworte. »Dann sag ihr bitte, dass ich mit Freuden noch mehr probieren würde, falls sie heute Abend noch ein weiteres Blech backt.« Ich beginne zu lachen, aber dann sehe ich, wie sich Gils Gesichtsausdruck verändert, und weiß sofort, dass ich etwas Falsches gesagt habe.

»Alles okay, Gil? Oder habe ich etwas Dummes von mir gegeben?«

Gil schüttelt den Kopf und setzt wieder ein Lächeln auf. »Nein, nein, überhaupt nicht. Du wirst vielleicht nur ein paar Tage warten müssen. Izzy ist diese Woche bei ihrer Mutter und kommt nicht vor Montag wieder.«

Ich kann hören, wie sehr er sich bemüht, eine feste Stimme zu bewahren, was ihm trotz seiner Anstrengungen jedoch nicht ganz gelingen will.

»Oh, das tut mir leid. Weil du manchmal über Izzy sprachst, nahm ich wohl nur einfach an ... Wie dumm von mir. Entschuldige, Gil.«

»Es war überhaupt nicht dumm von dir. Woher hättest du es auch wissen sollen? Ich brauche nur länger, um mich daran zu gewöhnen, als ich eigentlich gedacht hatte.«

Ein verlegenes Schweigen breitet sich zwischen uns aus, und ich bin mir nicht ganz sicher, wie ich es überspielen soll. Ich käme mir komisch vor, wenn ich ihn bitten würde, ausführlicher zu werden, da es offenbar ein heikles Thema ist und wir uns ja nicht mal richtig kennen. Doch es fühlt sich genauso komisch, ja sogar unsensibel an, das Thema in der Luft hängen zu lassen, und erst recht, nachdem er so hilfreich war, als wir über meine Arbeit gesprochen haben.

»Liegt sie noch nicht lange zurück, die Trennung?«

Ich sehe ihn tief einatmen und weiß nicht, ob er eine gut einstudierte Rede vorbereitet, die er selbst nicht mehr hören kann, oder ob er sich für eine Unterhaltung wappnet, die er lieber nicht führen würde.

»Anderthalb Jahre – oder siebzehn Monate, um genau zu sein. Ich müsste also inzwischen schon daran gewöhnt sein.

Aber ehrlich gesagt bin ich mir gar nicht sicher, ob ich es überhaupt je lernen werde.«

Seine Augen zucken, und ich würde ihm gern noch andere Fragen stellen, wenn es mir nicht wie eine Verletzung seiner Privatsphäre erschiene. Irgendetwas an meinem Gesichtsausdruck muss mich jedoch verraten haben, denn plötzlich sieht er mich mit überraschter Miene an und schüttelt den Kopf.

»Oh nein, Bex, da hast du mich ganz falsch verstanden. Ich sprach nicht von der Scheidung. Damit hatte ich mich schon abgefunden, bevor es so weit war. Das war nichts Dramatisches. Karen und ich hatten uns auseinandergelebt und wussten, dass wir einander nicht mehr glücklich machen konnten. Nein, die Scheidung war so freundschaftlich, wie eine Scheidung es nur sein kann. Es fällt mir bloß sehr schwer, mich daran zu gewöhnen, dass Izzy abwechselnd eine Woche bei mir und eine bei ihrer Mutter ist.«

Er fährt sich mit den Fingern durch das Haar, bevor er einen großen Schluck Kaffee trinkt.

»Ja, das muss schwierig sein. Sehr schwierig. Hast du sie wenigstens jedes Mal eine ganze Woche bei dir?«

»Ja. Wir haben es anfangs anders versucht und die Woche zwischen uns aufgeteilt, doch das ging gar nicht. Man kann sieben Tage nicht durch zwei teilen, und so hatten wir schließlich jede Woche eine andere Routine, was für uns alle jedoch viel zu destabilisierend war. Izzy war diejenige, die vorschlug, jeweils eine Woche bei ihrer Mutter und dann eine bei mir zu bleiben. Da Karen sich aber Sorgen machte, dass eine Woche zu lang für Izzy sein könnte, ohne ihre Mum oder ihren Dad zu sehen, findet jeden Mittwochabend ein Familienessen statt. So braucht sie nie länger als vier Tage abzuwarten, bevor sie den einen oder den anderen von uns sieht.«

Als ich mir vorstelle, Jacob regelmäßig vier ganze Tage hintereinander nicht zu sehen, schnürt mir der Gedanke derart fest die Kehle zu, dass ich heftig schlucken muss, um den imaginären Kummer wieder loszuwerden.

»Das muss wirklich schwer sein. Aber wie es scheint, habt ihr die beste Regelung für euch alle gefunden. Und es gibt nicht viele geschiedene Paare, die das aufrichtig von sich behaupten können.«

Kaum sind die Worte über meine Lippen, erkenne ich plötzlich, dass ich gar nichts habe, worauf ich sie stützen kann. Ich glaube nicht, dass ich auch nur ein einziges geschiedenes Paar kenne. Sosehr ich mir auch den Kopf zerbreche und die Gesichter unserer Freunde eines nach dem anderen Revue passieren lasse, es fallen mir einfach keine Geschiedenen unter ihnen ein. Ist es Glück oder etwas anderes, was meinen Freundeskreis zu solch einer statistischen Anomalie macht?

»Es war etwas, worüber wir uns von Anfang an im Klaren waren: Wir hatten aufgehört, uns zu lieben, aber das bedeutete nicht, dass wir Izzy nicht mehr liebten oder den Gedanken aufgegeben hatten, sie gemeinsam aufzuziehen, so gut wir konnten. Wir wollten alles in unserer Macht Stehende tun, um sie nicht zum Opfer unseres Sinneswandels zu machen.«

Sinneswandel. Irgendetwas an der unkomplizierten Geradlinigkeit von Gils Schilderung ist so herzergreifend, dass ich ein paar Sekunden schweigen muss, bevor ich fortfahren kann.

»Es ist sicher sehr schwer für euch alle. Aber einem Außenstehenden muss es bemerkenswert, ja sogar bewundernswert erscheinen, dass du und deine Exfrau so klug und pragmatisch damit umgehen konntet. Die meisten geschiedenen Paare gehen sich ja schon an die Kehle, wenn Kinder zu spät heimgebracht oder zu früh abgeholt werden, nicht?«

Gil lacht. »Da hast du wohl recht. Wir hatten das große Glück, uns über das Ende unserer Ehe klar zu werden, bevor wir uns zu hassen begannen. Oder, was noch schlimmer gewesen wäre, bevor einer von uns in einer anderen Beziehung Trost – oder einen Ausweg – gesucht hätte. Im Grunde war es ziemlich einfach. Es war, als wären wir eines Tages beide erwacht und hätten gemerkt, dass all die kleinen Ticks, die wir anfangs so liebenswert aneinander fanden, uns plötzlich auf die Nerven gingen. Und wir hatten zwar keine Ahnung, wann und warum die Veränderung stattgefunden hatte, aber als sie erst einmal da war, konnten wir beide nichts mehr tun, um die Uhr zurückzudrehen und zu den früheren Gegebenheiten zurückzukehren. Deshalb ist es das Beste, zum rechten Zeitpunkt aufzuhören, wenn man vernünftig ist.«

Mehr sagt Gil nicht dazu, doch mir kommt es so vor, als wäre sein Gedankengang damit noch nicht beendet.

»Also war das etwa um die Zeit, als du hier einen Arbeitsplatz gemietet hast?«

»Ja, genau. Früher hatte ich ein Studio am Ende unseres Gartens, das ich selbst entworfen und auch erbaut hatte. Wenn ich ehrlich sein soll, war es immer so was wie ein Traum von mir. Aber als Karen und ich uns trennten, mussten wir das Haus verkaufen und beide etwas Kleineres in der Nähe kaufen. Und deshalb habe ich jetzt statt eines eigenen Studios einen eigenen Schreibtisch. Was im Grunde wahrscheinlich sogar besser für mich ist – zumindest bin ich so gezwungen, mich jeden Tag halbwegs seriös zu kleiden, und laufe nicht Gefahr, zu der Art von Dad werden, von dem Izzy lieber nicht von der Schule abgeholt würde.«

Wir lachen beide, und mit einem Gefühl der Erleichterung bemerke ich plötzlich, dass eine Viertelstunde vergangen ist, in der ich mich nicht geradezu zwanghaft mit dem Meeting von heute Morgen beschäftigt habe.

»Ich sollte jetzt wieder an die Arbeit gehen, Gil. Die Bilder werden sich nicht von selbst zeichnen. Aber danke für den Muffin. Und für die nette Unterhaltung. Ah ja, und richte auch Izzy meinen Dank aus, ja?«

»Natürlich. Wie gesagt, sie wird begeistert sein, dass du die Ergebnisse ihrer Backversuche isst. Und viel Glück – mit dem Schreiben, meine ich. Wenn Verlagsleiter der Meinung sind, dass du es kannst, wird es vielleicht Zeit, ihnen zu glauben, nicht?«

Noch immer nicht ganz bereit, mich auf das Angebot einzulassen, zucke ich nur lächelnd mit den Schultern. Als ich die Küche verlasse und zu meinem Schreibtisch zurückgehe, höre ich das Telefon in meiner Tasche piepen.

Es ist eine Textnachricht von David.

Tut mir leid. Hab heute Nachmittag ein Meeting nach dem anderen. Deine Nachricht klang jedoch sehr positiv. Ich kann es kaum erwarten, heute Abend alles zu erfahren. Ich liebe Dich. D. x

Ich hole tief Luft, um die Enttäuschung zu überwinden, ihn erst später sprechen zu können, stelle mein Telefon auf stumm und lege es mit dem Display nach unten auf den Tisch. Und dann greife ich nach meinem Stift und beginne zu zeichnen.

KAPITEL DREIUNDVIERZIG

BEX

Ich schlendere ein wenig ziellos durch den Supermarkt, um den wöchentlichen Einkauf zu erledigen, während ich voller Sorge an mein nächstes Treffen mit Vanessa Hudson denke, bis zu dem es nur noch zwei Wochen sind und für das ich mir mindestens eine zündende Idee einfallen lassen muss, als ich mein Telefon klingeln höre.

Sowie ich die Nummer auf dem Display sehe, verkrampft sich mir der Magen, weil es Jacobs Schule ist. »Hallo?«

»Mrs. Mendelson?«

»Ja, am Apparat.«

»Hier spricht Miss Henshall, Jacobs Klassenlehrerin.«

»Hallo, Miss Henshall. Ist alles in Ordnung?« Ich klinge neurotisch wie eine Mutter, die das Schlimmste befürchtet.

»Ja, alles bestens. Kein Grund zur Sorge. Ich wollte nur fragen, ob Sie vielleicht Zeit hätten, nach der Schule bei mir vorbeizukommen? Vielleicht sogar schon heute, falls es Ihnen passt?«

Sofort schießen mir alle möglichen Vermutungen durch den Kopf, die der Grund dafür sein könnten, dass Miss Henshall mich zehn Tage vor dem Elternabend sprechen will. Warum sie mich so plötzlich sehen möchte.

»Wäre das möglich, Mrs. Mendelson? Heute Nachmittag gegen drei? Dann schicke ich Jacob in die Schüler-Betreuung, damit wir ungestört alles besprechen können.«

Was besprechen?, würde ich sie gern fragen. Aber ich lasse es.

»Ja, natürlich, das ist kein Problem. Ich freue mich, Sie zu sehen.«

Das ist nicht wahr, denn ich freue mich keineswegs darauf. Ich weiß zwar nicht, was in der Schule los sein könnte, aber ich kann mir vorstellen, dass es nichts Gutes ist.

»Prima. Dann sehen wir uns später, Mrs. Mendelson. Bis dann also.« Sie wartet höflich, bis ich mich verabschiedet habe, bevor sie das Gespräch beendet.

Von dieser rätselhaften Unterhaltung verunsichert, stecke ich mein Handy wieder in die Handtasche und werfe einen Blick auf meine Uhr.

Ein Uhr fünfundzwanzig.

Zwei Stunden noch, bis ich erfahren werde, was dieser Anruf zu bedeuten hat.

KAPITEL VIERUNDVIERZIG

BEX

»Vielen Dank, dass Sie so kurzfristig gekommen sind, Mrs. Mendelson! Ich weiß das sehr zu schätzen.«

Ich lächle, weil mir hinlänglich bekannt ist, dass fingierte Freundlichkeit ein wesentlicher Bestandteil einer Schule wie dieser ist. Der Grund dafür, dass wir Jacob auf eine recht kostspielige Privatschule schicken, hat nicht wirklich etwas mit der Ausbildung zu tun. Uns geht es mehr darum, dass er glücklich und zufrieden ist und die Schule ihm eine Form von sozialer Sicherheit bietet, die ich selbst nie hatte. Ich hatte immer angenommen, dass eine Schule wie diese dafür sorgen würde, doch als ich jetzt in seinem Klassenzimmer sitze und darauf warte, den Grund zu erfahren, aus dem ich herbestellt wurde, kommen mir Zweifel an der Stichhaltigkeit dieser Überzeugung.

Miss Henshall zieht einen Stuhl für mich heran, und wir setzen uns einander gegenüber, wobei sich unsere Knie versehentlich streifen, als wir die Beine übereinanderschlagen. Der Klassenraum wirkt irgendwie viel größer ohne die Schüler, und es hat etwas Entnervendes, dort ganz allein mit Jacobs Lehrerin zu sitzen. Entnervend, weil es vergangene Kindheitsängste in mir weckt, auch wenn ich nicht sagen kann, welche genau. Ich weiß auch nicht, wohin ich mit meinen Knien soll, ohne ungewollt wieder die ihren zu streifen. Deshalb schiebe ich meinen Stuhl zurück und erschrecke über das unerwartet laute, fast schon anklagende Echo, das er in dem leeren Raum erzeugt.

»Ich wollte noch vor dem Elternabend mit Ihnen sprechen,

Mrs. Mendelson. Jacob bereitet mir ein bisschen Sorgen, und ich hatte gehofft, Sie könnten mir vielleicht helfen, ein wenig Licht auf die jüngsten Vorgänge zu werfen ...«

Die jüngsten Vorgänge. Sie lässt den unvollständigen Satz in der Luft hängen, sodass mir gar nichts anderes übrig bleibt, als die Auslassungspunkte mit einer Frage zu kommentieren.

»Tut mir leid, Miss Henshall, aber ich verstehe nicht. Von welchen Vorgängen sprechen Sie?« Obwohl ich um einen ruhigen, festen Ton bemüht bin, kann ich meine Nervosität nicht verbergen.

»Wir haben in diesem Halbjahr eine Veränderung an Ihrem Sohn bemerkt. Eine ziemlich große Veränderung sogar. Er wirkt sehr häufig abgelenkt, träumt mit offenen Augen vor sich hin, starrt aus dem Fenster und ist mit seinen Gedanken nicht beim Unterricht. Wie Sie wissen, ist er schon immer ein ziemlich zurückhaltender Junge gewesen – ruhig, aber intelligent im Gegensatz zu einigen unserer selbstbewussteren Schüler –, doch in diesem Halbjahr scheint er noch um einiges verschlossener geworden zu sein. Uns ist aufgefallen, dass er weniger mit anderen Kindern spielt. Bis auf Ethan scheint er sich seit Januar von allen anderen Mitschülern fernzuhalten, sogar von seinen anderen guten Freunden wie Dylan, Ruben oder Charlie. Er scheint sich in sein Schneckenhaus zurückgezogen zu haben, und obwohl meine Kollegen und ich versucht haben, ihn behutsam wieder herauszulocken, waren unsere Bemühungen nicht gerade sehr erfolgreich. Deshalb fragten wir uns, ob Sie möglicherweise zu Hause etwas Ähnliches bemerkt haben?«

Ich schüttle vielleicht ein bisschen zu schnell den Kopf. »Nein, nichts dergleichen. Er war schon immer sehr schüchtern und hat sich in kleinen Gruppen wohler gefühlt als in großen. Möglicherweise sind seine anderen Freunde ja nur ausgelassener geworden?«

Ich merke selbst, dass ich nach Strohhalmen greife, und kann mir nicht erklären, warum ich so in der Defensive bin. Warum es mir ein solches Bedürfnis ist, Miss Henshalls Beobachtungen zu entkräften, bevor ich sie auch nur alle gehört habe.

Wieder lächelt sie auf eine Art und Weise, die besagt: *Ich muss Sie bei Laune halten, weil ich dafür bezahlt werde, aber glauben Sie mir – wir* werden *dieser Sache auf den Grund gehen.*

»Wir alle sind uns Jacobs stilleren Wesens bewusst, wie Sie wissen. Doch diese Veränderung in seinem Verhalten ist anders geartet. Wie ich schon sagte, scheint er sehr oft geistesabwesend zu sein, als wäre er in Gedanken ganz woanders, obwohl er doch normalerweise einer der fleißigsten und aufmerksamsten Schüler seiner Klasse ist. Und sein verändertes Verhalten scheint sich auch auf sein Lernen auszuwirken. Er war fast immer unter den Klassenbesten, aber seine bisher so gute Arbeit hat in diesem neuen Jahr ein bisschen nachgelassen. Jacob ist von Anfang an zurückhaltender gewesen als die anderen Kinder, wenn es darum geht, sich zu melden und Fragen zu stellen, doch bisher hat er zumindest die Fragen der Lehrer immer gern beantwortet. Bis zu diesem neuen Schuljahr, wie ich bereits sagte. Sie werden sicher verstehen, warum uns das beunruhigt.«

Ihre Worte sind freundlich, aber entschieden, und ich kann nicht umhin, das Anklagende dahinter zu bemerken.

»Natürlich. Es ist ja auch für mich beunruhigend. Es verwundert mich nur etwas, dass Sie mich erst jetzt darauf aufmerksam machen, obwohl es doch offenbar schon seit einigen Wochen so ist?«

Ich kann ein leichtes Zucken um ihre Augen sehen, weiß jedoch nicht, ob es ein Anzeichen von Verärgerung oder Nachsicht ist.

»Wie Sie sicher wissen, Mrs. Mendelson, machen Kinder im Laufe ihrer Kindheit alle möglichen Entwicklungsphasen durch. Und oft durchlaufen sie auch in ihrem Verhalten ganz verschiedene Phasen. Es ist unsere Aufgabe, die Kinder in unserer Obhut zu beobachten und professionelle Beurteilungen hinsichtlich der Frage abzugeben, ob ein Eingreifen erforderlich sein könnte. Jacob hätte ja auch allein aus dieser kleinen Phase herausfinden können, bevor ein Problem daraus geworden wäre. Leider scheint das jedoch nicht der Fall zu sein. Und wie Sie hoffentlich wissen, sind Jacobs Glück und Wohlergehen unsere oberste Priorität.«

Sie ist so nahe dran, mich in meine Schranken zu verweisen, wie sie es wagt, vermute ich. Ich nicke nur zur Antwort, teilweise, weil es für mich eigentlich nichts mehr zu sagen gibt, aber auch, weil ihre Phrasen mir noch zu laut in den Ohren klingeln: *professionelle Beurteilungen … ein Eingreifen erforderlich … bevor ein Problem daraus geworden wäre …*

Und dann ist er auf einmal wieder da, der stechende Schmerz in meiner Stirn – ganz ohne Vorwarnung, und zum ersten Mal seit Monaten dringt er wieder bis in mein Gehirn vor und lässt grelle weiße Funken hinter meinen Augen aufsprühen.

Jetzt sitze ich nicht mehr in Jacobs Klassenzimmer, fast Knie an Knie mit seiner Lehrerin, sondern stehe vor einem Schalter aus zerkratztem Holz, der zu hoch für mich ist, um darüber hinwegschauen zu können. Der Raum riecht muffig und ist von einem Gestank erfüllt, den ich weder zuordnen kann noch mag. Neben mir kann ich Mum mit dem Mann hinter dem Schalter reden hören. Ihre Stimme ist angespannt, aber fest, als dosierte sie ihre Höflichkeit sehr vorsichtig, damit sie ihr nicht ausgeht. Meine rechte Hand, die in Mums liegt, ist feucht und kalt, und als ich mich in dem Raum umschaue, merke ich, dass

Mum und ich offenbar die einzigen weiblichen Wesen darin sind. Nicht nur all die Leute hinter dem Schalter, deren Oberkörper ich hin und wieder sehen kann, sondern auch all die anderen, die auf Plastikstühlen an der Wand sitzen, sind Männer. Die Männer hinter dem Schalter tragen alle die gleiche Kleidung, nämlich weiße Hemden und schwarze Krawatten, in denen sie eigentlich schick aussehen müssten. Stattdessen lässt der Aufzug sie aber irgendwie bloß gruselig wirken. Und der Mann, der mit Mum spricht, hat eine tiefe, barsche Stimme, die sich fast so anhört, als schnauzte er Mum an. Ich möchte mir die Finger in die Ohren stecken, um es nicht mehr hören zu müssen, doch das traue ich mich nicht, weil ich Mums Hand nicht loszulassen wage. Außerdem habe ich Angst, die Aufmerksamkeit des Mannes zu erregen, weil er dann vielleicht auch mich anschnauzen würde. Als ich zu Mum aufblicke, kann ich nicht sagen, ob sie ängstlich oder nur ungeduldig ist, und deshalb drücke ich ihre Hand, um sie daran zu erinnern, dass ich bei ihr bin. Sie erwidert den Händedruck, und ich hoffe, dass sie über unsere stumme Verständigung verstanden hat, dass ich so bald wie möglich hier herauswill.

Und dann ist das Bild wieder weg, und ein Teil von mir würde gern an diesen seltsamen Schalter zurückkehren, um genauer hinzuhören, worüber Mum und der Mann sprechen, und herauszufinden, warum wir dort sind. Aber mir ist bewusst, dass Miss Henshall wieder zu sprechen begonnen hat, auch wenn ihre Worte so gedämpft klingen, als versuchten sie, den Dunstschleier meiner Erinnerungen zu durchdringen. Also zwinge ich mich, meine Aufmerksamkeit wieder diesem Raum und ihrer Stimme zuzuwenden.

»... und wir möchten wissen, ob dieses Verhalten sich zu Hause wiederholt. Jacob scheint in letzter Zeit sehr viel daran gelegen zu sein, dass alle seine Sachen wohlgeordnet sind.

Seine Stifte sind immer sehr ordentlich vor ihm aufgereiht, aber er zählt sie jedes Mal nach, wenn er mit einer Aufgabe beginnt. Überhaupt zählt er sehr viele Dinge, oft sogar in Übereinstimmung mit dem Einmaleins. Tut er so etwas auch zu Hause?«

Sie schaut mich so unschuldig an, als merkte ich nicht, dass sie ein Kind mit einer leichten Zwangsstörung beschreibt. Ich blinzle heftig, um den Rest der Erinnerung hinter meinen Augen zu entfernen und sie an einen sichereren Platz zu bringen, wo ich sie später wieder hervorholen kann.

»Nein. Zu Hause hat er bisher nichts dergleichen getan. Und es wäre uns ganz bestimmt aufgefallen, wenn unser Junge so etwas täte.«

Ich bemühe mich, eine ausdruckslose Miene zu bewahren, um Miss Henshall nur ja nichts Missverständliches sehen zu lassen, das sie auf die Idee bringen könnte, ich sagte vielleicht nicht die Wahrheit. Ich wünschte, ich könnte mir sicher sein, dass es mir auch wirklich aufgefallen wäre, wenn Jacob sich zu Hause merkwürdig verhalten hätte. Aber ich war in letzter Zeit so damit beschäftigt gewesen, Davids Verhalten zu beobachten, dass mich plötzlich die Angst beschleicht, ich könnte in Jacobs Wesen vielleicht tatsächlich etwas Wichtiges übersehen haben.

»Es ist nur so, dass es fast immer eine Erklärung oder einen Grund dafür gibt, wenn Kinder ein so untypisches Verhalten an den Tag legen, wie Jacob es in diesem Schuljahr tut. Und oft sind Eltern am besten in der Lage herauszufinden, was es ist. Irgendetwas bei Ihnen zu Hause vielleicht?«

Ihre Frage hängt mit der ganzen Subtilität eines Vorschlaghammers in der Luft, der jeden Moment die Anspannung durchschlagen kann.

»Dort ist alles bestens, danke. Er ist zu Hause nicht anders gewesen als sonst auch. Möglicherweise steht das Problem ja mit irgendetwas hier in der Schule in Zusammenhang?«

Ich stelle die Beschuldigung in den Raum und warte, um zu sehen, ob Miss Henshall sie zurückweist.

Sie wechselt die Haltung, stellt die Füße auf den Boden und schlägt sie dann wieder übereinander, und als sie endlich zufrieden zu sein scheint, beugt sie sich auf eine Art und Weise vor, die entweder als vertraulich oder auch als streitlustig interpretiert werden könnte.

»Nun ja, da *war* natürlich dieser Zwischenfall bei der Weihnachtsaufführung hier in der Schule. Ich habe mich schon oft gefragt, wie Jacob mittlerweile wohl darüber denkt?«

Ihre Stimme ist jetzt leiser und zögerlicher, als bewegte sie sich auf Zehenspitzen über den von Eierschalen übersäten Abstand zwischen uns.

Und dann wird mir plötzlich klar, warum ich nur zehn Tage vor dem Elternabend hierherzitiert worden bin: weil sie unter vier Augen mit mir sprechen wollte. Ohne David.

Ein Teil von mir würde ihr jetzt gern die Wahrheit sagen. Ihr versichern, dass sie diesem Schmelztiegel der Spekulation ein Ende setzen kann, dass es uns gut geht, dass David okay ist und seit fast drei Monaten keinen Tropfen Alkohol mehr angerührt hat. Dieser eine Teil von mir möchte ihr sagen, dass jene Weihnachtsaufführung das einzige Mal war, dass ich David jemals so erlebt hatte – und sie alle unsere Freunde fragen kann, falls sie mir nicht glaubt –, und dass es mildernde Umstände für Davids Auftritt gab.

»Das war sehr unerfreulich, und ich bedaure die Störung, die wir damals verursacht haben. Aber David und ich haben mit Jacob darüber gesprochen, und er versteht, warum passiert ist, was passierte. Er weiß, dass es eine einmalige Sache war, die nie wieder vorkommen wird.«

Miss Henshall sieht mich aufmerksam an und scheint darauf zu warten, dass ich ihr die Gründe erläutere.

Doch von mir erhält sie nur ein leises Lächeln.

»Dann fällt Ihnen also wirklich gar nichts ein, was diese Verhaltensänderung bewirkt haben könnte? Sie meinen, zu Hause hat Ihr Sohn sich ganz normal verhalten?«

Ich nicke und zwinge mich dazu, meine schon abwehrend erhobenen Augenbrauen wieder zu senken. »Wie gesagt, zu Hause war er ganz wie immer. Wir haben keinerlei Veränderung an ihm festgestellt.« Meine Stimme ist ruhig, sachlich und verrät nichts von all der Unruhe, die ich verspüre. Während ich hier sitze und Jacobs Lehrerin versichere, dass er zu Hause völlig unverändert war, zerbreche ich mir den Kopf und lasse die Ereignisse der letzten zehn Wochen Revue passieren, um herauszufinden, ob ich die Wahrheit sage oder ob Miss Henshalls Argumente nicht auch zutreffen könnten.

Mein Gedächtnis greift wahllos verschiedene Szenarien aus den vergangenen paar Monaten heraus. Jacob, der fernsieht und so eingehend und konzentriert auf den Bildschirm starrt, wie er es schon immer getan hat. Jacob, der Computerspiele spielt, dabei auf seinem Sessel auf und ab springt wie ein Kastenteufel und seine Konzentration voll und ganz darauf richtet, einen imaginären Rivalen oder seine eigenen besten Spielergebnisse zu übertrumpfen. Oder Jacob, der still in seinem Schlafzimmer auf dem Boden sitzt und ein Flugzeug oder ein Raumschiff aus Legosteinen baut, das mit Motoren und anderen beweglichen Teilen derart kompliziert ist, dass ich mich immer wieder staunend frage, wo er die Geschicklichkeit und Geduld dafür hernimmt. Oder ich sehe Jacob, der sich in einem Sessel zusammengerollt hat und eines seiner Abenteuerbücher liest. Er reagiert so deutlich auf die Geschichte, dass ich an seinem Gesichtsausdruck ablesen kann, welchen Teil er gerade liest.

Nichts an seinem Verhalten ist anders in irgendeiner dieser Szenen. Nichts, was Alarmglocken zum Schrillen bringen sollte.

Aber dann führt mich meine Erinnerung über diese alltäglichen Vorgänge hinaus zu etwas anderem, das nicht ganz so greifbar ist. Zu den Abendessen, bei denen wir uns am Küchentisch gegenübersitzen, nur wir beide, weil David länger arbeitet, und zu dem Gefühl, das mich beschleicht, dass Jacob weniger als üblich spricht. Zu dem Eindruck, dass er längst nicht mehr so überschwänglich meine Fragen nach der Schule, nach Projekten, mit denen sie dort beschäftigt sind, oder nach seinen Freunden oder Fußball beantwortet. Zu einer ungewohnten Schweigsamkeit, die ich unerforscht gelassen habe, weil ich in den letzten Monaten selbst so oft in meine eigenen Gedanken vertieft gewesen bin.

Ich muss daran denken, wie viel liebevoller er in letzter Zeit zu mir gewesen ist. Wie er sich auf dem Sofa an mich schmiegt, wenn wir fernsehen, oder sich unter meinen Arm kuschelt, wie er es als kleines Kind getan hat. Wie er mich abends bittet, ein wenig länger in seinem Schlafzimmer zu bleiben und ihm das Haar zu streicheln, bis er einschläft, so wie früher, als er noch ein Kleinkind war.

Plötzlich kommt mir der Gedanke, dass ich seine Freunde in diesem Schuljahr noch kaum gesehen habe: Sie kamen ganz selten zum Spielen zu uns nach Hause, und auch die Pyjamapartys und Samstagnachmittage, an denen ich hörte, wie die Jungen eine imaginäre Welt in Jacobs Schlafzimmer erschufen, waren immer rarer geworden. Wenn ich genauer darüber nachdenke, kann ich wahrscheinlich an einer Hand abzählen, wie selten Ethan in diesem Jahr zum Spielen bei uns gewesen ist – während Jacob dagegen so gut wie jedes Wochenende bei Ethan verbracht zu haben scheint.

Hinzu kommen Jacobs erstaunlich häufige Eintragungen in dem Spiderman-Notizbuch, das wir ihm zu Weihnachten geschenkt haben. Wenn ich es recht bedenke, scheint er es seit Beginn des Jahres praktisch unentwegt bei sich gehabt zu haben. Entweder sitzt er auf dem Sofa, auf seinem Bett oder auf dem Boden, die Knie bis an die Brust gezogen, das Notizbuch auf seinen Schenkeln und die Seite ganz dicht vor dem Gesicht. Manchmal habe ich deshalb im Scherz gesagt, irgendwann würde er schielen, wenn er so weitermache. Ein paar Mal habe ich ihn gefragt, was er schreibt, aber jedes Mal hat er geantwortet: »Das ist privat«, ohne sich auch nur zu mir umzudrehen. Im Stillen habe ich darüber gelächelt, dass er ein Tagebuch führt oder Geschichten oder was auch immer schreibt, das er für sich behalten will. Da ich seine Privatsphäre respektieren wollte, habe ich aufgehört nachzufragen. Doch als ich jetzt an all dieses geheime Geschreibsel denke, finde ich es plötzlich verantwortungslos von mir, dass ich nicht weiß, worum es dabei geht.

Mein Magen verkrampft sich vor Gewissensbissen, weil mir vorher nichts von alldem aufgefallen war und erst jemand anders mich darauf hinweisen musste, dass mein eigenes Kind Probleme haben könnte.

»Nun, wenn Sie sicher sind, dass Ihnen nichts aufgefallen ist und Sie zu Hause keine Veränderung an Jacob festgestellt haben, würde ich vorschlagen, dass wir alle ihn für den Rest dieses Halbjahres und auch noch zu Beginn des nächsten im Auge behalten. Ich sehe Sie – und vermutlich auch Ihren Mann – ja ohnehin am Elternabend in der übernächsten Woche?«

Dann steht sie auf, um auf das Ende unserer Besprechung hinzuweisen, und ich erhebe mich ebenfalls, nicke und schüttle ihr gleichzeitig die Hand.

»Ja, natürlich. Und ich werde selbstverständlich auch mit Jacob reden, um herauszufinden, ob ihn irgendwas belastet.«

Miss Henshall und ich lächeln uns an, beide erleichtert, dass das Gespräch vorüber ist und wir es beide relativ unbeschadet überstanden haben.

Dann mache ich mich auf den Weg zu den Räumlichkeiten der Schüler-Betreuung oder des Klubs für außerschulische Aktivitäten, wo Jacob schon warten und sich fragen wird, was los ist. Ich fange schon einmal an, mir das Gespräch zurechtzulegen, das ich nun mit ihm führen muss.

Es gibt viele Wege, um es zu beginnen, das weiß ich, doch leider keine Karte, der zu entnehmen wäre, wohin dieses Gespräch uns führen wird oder was unser Ziel sein könnte.

KAPITEL FÜNFUNDVIERZIG

BEX

Ich bin schon fast am Ende des Ganges angelangt, als ich ihre Stimmen höre. Marnie, Abi und Laura. Es kommt selten vor, dass alle drei die Kinder am selben Tag abholen, weil sie sich meist damit abwechseln. Doch wenn es so ist, neigen sie dazu, noch eine Weile zu bleiben, um zu plaudern und an dem »geselligen Beisammensein« am Schultor teilzunehmen, das sie so zu genießen scheinen. Ich hingegen konnte mich noch nie dafür erwärmen. Durch das Fenster kann ich Dylan, Ruben und Charlie auf dem Schulhof Fußball spielen sehen, wo die Sonne die Pfützen glitzern lässt, die der heutige Platzregen hinterlassen hat.

Ich will schon um die Ecke biegen, um meinen Freundinnen Hallo zu sagen, als Marnies Stimme mich jäh innehalten lässt.

»Na ja, sie hat sich ziemlich rargemacht, nicht wahr? Und das kann man ihr ja auch nicht verübeln, nach allem, was geschehen ist. Gott, wenn Daniel in *diesem* Zustand zu der Weihnachtsaufführung erschienen wäre, hätte ich mich auf der Stelle von ihm scheiden lassen, glaube ich.«

Mein Herz steigt mir in die Kehle und bleibt dort für ein paar Sekunden hängen, bevor es mir bis in die Magengrube rutscht.

»Ich weiß. Sie kann einem nur leidtun. Ich meine, könnt ihr euch das *vorstellen?* Ich habe Josh gesagt, wenn er mir und Ruben je so etwas antäte, würde ich ihn dazu bringen, uns woanders ein neues Haus zu kaufen, und die Jungs würden eben einfach nur die Schule wechseln müssen.«

Ich merke, wie ich mich instinktiv an die Wand drücke, als befürchtete ich, sie könnten mich sonst hinter der Ecke entdecken.

»Oh, ich weiß sehr gut, was du meinst. Es ist ja nicht so, als wäre David nicht schon dafür bekannt gewesen, dass er zu viel trinkt. Wie hast du ihn immer genannt, Abi? ›Der menschliche Gully, der auch den letzten Tropfen noch verschlingt.‹ Aber trotzdem war er auf den Partys immer so *lustig*, nicht? Die Weihnachtsaufführung war eine ziemliche Überraschung, und erst sie hat uns die Augen geöffnet.«

Das war wieder Marnie. Ein jäher Hass auf sie steigt in mir auf. Aber ein noch größerer Hass auf mich selbst erfasst mich, weil ich so lange der Illusion erlegen war, dass diese Leute meine Freunde wären.

»Es ist Jacob, der mir leidtut. Er versteht nicht, was los ist, der arme Kerl. Habt ihr sein Gesicht gesehen, als David hereingetorkelt kam und Jacob ganz allein dort oben auf der Bühne stand? Es war herzzerreißend, wie der arme Junge ausgesehen hat!«

Wut erfüllt meinen Mund mit dem bitteren Geschmack von Galle. Jacobs Namen von Lauras geschwätzigen Lippen zu hören erfüllt mich mit einem Zorn, wie ich ihn noch nie zuvor gekannt habe. Mit einer Welle unbeherrschten Zorns, der mein Herz so heftig pochen lässt, dass ich befürchte, es könnte sich aus meiner Brust befreien und alle drei erwürgen.

Ich möchte zu Jacob laufen, um ihn in die Arme zu nehmen und ihm die Ohren zuzuhalten, damit er niemals so etwas wie das hier hört. Aber meine Beine sind schwer wie Blei und halten mich an der Stelle fest, als wollten sie, dass ich auch noch den Rest der Unterhaltung mitbekomme.

»Ich habe Dylan gefragt, warum Jacob dieses Jahr noch nicht zum Spielen gekommen ist. Und wisst ihr, was er sagte? Dass Jacob ›spinnt‹. Da ich nicht mehr aus ihm herausbekommen konnte, habe ich jedoch leider keine Ahnung, was er damit meint. Aber es klingt fast so, als wäre etwas im Gange.«

Mir dreht sich der Magen um, und ich schließe die Augen vor der Welle der Übelkeit, die in mir hochsteigt. Doch selbst in meinem Kopf noch kann ich sehen, wie Marnie das Wort ›spinnt‹ mit den Fingern in alberne Anführungszeichen setzt.

»Komisch, dass du das sagst, denn Ruben hat mir erzählt, dass Jacob nicht mehr immer unter den Klassenbesten ist. Ich weiß es auch nur deshalb, weil Ruben neuerdings ein paar Mal Klassenbester war. Für Ruben ist es natürlich toll, aber es gab mir doch zu denken, ob bei Jacob zu Hause vielleicht gar nicht mehr alles so rosig ist.«

HÖRT AUF, ÜBER JACOB ZU REDEN!, schreit eine Stimme in meinem Kopf, und ich wünschte, ich hätte den Mut, es laut auszusprechen, ja ihnen die Worte ins Gesicht zu schreien, um sie zum Schweigen zu bringen.

Aber ich rühre mich nicht von der Stelle. Ich könnte es auch gar nicht. Das Blut pocht so wild in meiner Brust, an meinen Handgelenken und in meinen Wangen, dass ich schon Mühe habe, weiter zu atmen.

»Das zeigt nur wieder, dass man nie wissen kann, was sich hinter geschlossenen Türen abspielt, nicht? Erinnert ihr euch noch daran, wie oft wir Rebecca, David und Jacob als die ›perfekte Familie‹ bezeichnet haben? Aber das scheint ja nun nicht mehr der Fall zu sein.«

Die drei verstummen, und ich stelle sie mir vor, wie sie um ihre brodelnden Kessel voller Mutmaßungen herumstehen und überlegen, welchen von ihnen sie als nächsten umrühren sollen.

»Denkt ihr, wir sollten sie einfach fragen? Bex, meine ich?

Um herauszufinden, ob wir irgendetwas tun können, um zu helfen?«

Instinktiv drücke ich mich noch flacher an die Wand, als wäre die bloße Erwähnung meines Namens der erste Schritt zu meiner unmittelbar bevorstehenden Entdeckung.

»Klar könnten wir das tun. Aber wir wollen doch nicht, dass sie denkt, wir steckten unsere Nase in ihre Angelegenheiten, oder?«

Wieder entsteht ein kurzes Schweigen, und ich kann mir vorstellen, wie die drei mit scheinbar besorgtem Gesicht den Kopf schütteln und jede sich im Stillen wünscht, eine der anderen würde sich bereit erklären, für sie alle ein bisschen Detektiv zu spielen.

»Ich denke, wir sollten jetzt wirklich die Jungs vom Schulhof holen. Habt ihr beide danach noch etwas vor? Oder wollt ihr mit zu uns kommen? Die Jungen können im Garten spielen, dann haben wir Gelegenheit, ein bisschen ausführlicher zu plaudern.«

Mir schlägt das Herz bis zum Hals vor Angst, dass sie um die Ecke kommen und mich dabei erwischen, wie ich ein Gespräch belausche, das nicht für meine Ohren bestimmt war – und von dem ich auch wirklich wünschte, ich hätte es nicht gehört.

Als Laura und Marnie Abis Vorschlag zustimmen, entfernen sich ihre Stimmen jedoch in entgegengesetzter Richtung, und mein angehaltener Atem strömt aus mir heraus wie Luft aus einem durchstochenen Ballon.

Ihre Stimmen verklingen, bis nichts mehr von ihnen zu hören ist außer dem lastenden Echo ihrer Unterhaltung, das sich in meinen Ohren wiederholt.

Aber ich rühre mich noch immer nicht. Meine Beine fühlen sich so schwach an, dass ich nicht sicher bin, ob ich schon die

Kraft habe, einen Schritt zu tun. Deshalb bleibe ich noch eine Weile reglos stehen. In meinem Kopf wiederholden sich die schmerzlichsten Worte und Sätze, als wollten sie mich dafür bestrafen, sie überhaupt gehört zu haben: *der menschliche Gully, der arme Kleine, herzzerreißend, er spinnt, Klassenbester, die perfekte Familie ...*

Ich kneife die Augen zu, um die Worte auszublenden, doch je mehr ich sie zum Schweigen zu bringen versuche, desto lauter werden sie.

Und dann beginnt in meinem Kopf ein Kreischen, aber nicht von der Erinnerung an ihre Stimmen, sondern von einem stechend scharfen Schmerz, der ihn durchzuckt. Und hinter meinen geschlossenen Augen ist nur noch ein einziges Bild, unbeweglich wie ein Gemälde, bei dem es dem Künstler nicht ganz gelungen ist, den Bewegungsfluss einzufangen.

Es ist ein Bild von einem Schulhof. Nicht von dem, den ich hier durch das Fenster sehen kann, sondern von einem anderen. Ich habe einen so guten Ausblick auf den Hof, als stünde ich ganz oben auf einer Treppe und blickte von dort darauf hinunter. Auf einer Seite des Hofes warten Dutzende von Müttern, die lachen, miteinander plaudern und ihre Kinder am Ende des Schultags überschwänglich begrüßen. Und auf der anderen Seite steht meine Mum, allein und mit unergründlicher, nichtssagender Miene. Sie schaut die anderen Eltern weder an, noch scheint sie ihre Gegenwart zur Kenntnis zu nehmen. Doch ab und zu blickt eine der anderen Mütter in ihre Richtung und sagt etwas zu der Frau neben sich, die den Kopf verdreht und eine andere, schwer zu deutende Miene aufsetzt. Aber ich weiß, dass diese Miene unfreundlich ist. Ich will nicht, dass die Leute meine Mum so ansehen. Ein Teil von mir wünscht sich, dass Mum die große, leere Fläche zwischen ihr und den anderen Eltern überquert und sich ihnen einfach anschließt, nur um normal zu sein. Aber ein anderer Teil von mir sieht diese tuschelnden Mütter mit den boshaften Gesichtern an und empfindet einen solch abgrundtiefen Hass für jede Einzelne von ihnen, dass es mir Angst macht.

Ich öffne die Augen, doch der pochende Schmerz in meinen Schläfen lässt nicht nach, als wollte er, dass ich nicht vergesse, was ich gerade eben gesehen habe.

Und so denke ich über dieses Bild von meiner Mum nach, die so ganz allein und weit weg von der Menge auf dem Schulhof steht. Es ist ein Bild, das ich mir jahrelang nicht mehr in Erinnerung gerufen hatte, weil kein Grund dazu bestand. Aber nun, da ich es getan habe, kommt es mir wie eins der Bilder vor, die meine Kindheit prägten.

Und dann denke ich an Jacob, der im Klub für außerschulische Aktivitäten auf mich wartet, und mein Bedürfnis, ihn abzuholen und ihm Sicherheit und Schutz zu geben, wird plötzlich so übermächtig, dass meine Beine endlich ihre Beweglichkeit wiederentdecken. Ich laufe über den Gang zu ihm hinüber.

KAPITEL SECHSUNDVIERZIG

BEX

Jacob hangelt sich an der Seilrutsche entlang und lacht im Wind. Er ist immer glücklich auf diesem Spielplatz in Highgate Woods, auf den wir schon mit ihm gegangen sind, bevor er laufen konnte. Sein entzückter Gesichtsausdruck ist heute noch fast der gleiche, den er schon damals hatte, wenn ich ihn in die Babyschaukel setzte und behutsam anschob.

Ich schaue ihm zu, als er von einem Spielgerät zum nächsten flitzt, und frage mich, wann und woran ich erkennen werde, dass es der richtige Zeitpunkt für das Gespräch ist, das wir beide führen müssen. Ich habe es schon über eine halbe Stunde hinausgezögert, weil ich es für besser hielt, ihm zunächst einmal die Chance zu geben, sich auszutoben und von der Schule abzuschalten. Aber eigentlich weiß ich, dass ich mir damit nur selbst Zeit erkaufe – Zeit, um nach den Erlebnissen dieses Nachmittages meine Fassung wiederzuerlangen.

Jedes Mal, wenn ich an Marnie, Abi und Laura denke, kann ich spüren, wie ich mich instinktiv gegen die Erinnerung sträube. Ich kann mir nicht einmal mehr vorstellen, je wieder mit ihnen zu sprechen. Der Gedanke, ihnen morgen, am Samstag oder wann auch immer zu begegnen, erfüllt mich mit einer Übelkeit erregenden Mischung aus Furcht und Zorn.

In den letzten zwölf Wochen seit der Schulaufführung habe ich mir immer wieder gesagt, dass ich nur überempfindlich bin. Dass meine Sorgen unbegründet sind und auch ich beherzigen sollte, was ich Jacob am Morgen nach dem Vorfall gesagt hatte:

dass niemand mehr daran denken, geschweige denn darüber reden würde.

Aber nun habe ich entdeckt, dass es noch schlimmer ist, als ich mir vorzustellen gewagt hatte. Jetzt habe ich gemerkt, dass sie fast drei Monate später *immer noch* darüber reden. Ich kann nicht aufhören, an all die Gelegenheiten zu denken, die sie dazu gehabt hatten – am Schultor, wenn ihre Kinder sich zum Spielen verabredet haben, bei den Abendessen, die ich gezielt vermieden habe –, und mir schwirrt der Kopf von Vermutungen, bei wie vielen Gesprächen meine Familie wohl schon im Mittelpunkt gestanden haben mag, ohne dass ich es ahnte.

»Mum, können wir bis kurz vor dem Abendessen hierbleiben? Ich will noch nicht nach Hause gehen.«

Jacob ruft mich von einer der Schaukeln, und ich gehe zu ihm hinüber.

»Ich habe nichts dagegen. Aber wie wär's denn zwischendurch mit einem kleinen Waldspaziergang? Wir können danach ja wieder herkommen, wenn du möchtest.«

Die Idee kommt mir erst, als ich schon den Vorschlag mache, doch kaum ist er ausgesprochen, erscheint er mir wie ein guter Plan. Spazieren gehen und miteinander reden. Vielleicht wird es Jacob helfen, sich mir zu öffnen und mehr aus sich herauszugehen.

»Okay.«

Und so verlassen wir den Spielplatz, entfernen uns von dem Lärm und aus der Hörweite potenzieller Lauscher. Die Luft ist noch vorfrühlingshaft kühl. Deswegen schließe ich die Knöpfe meines Mantels, um die Kälte von mir fernzuhalten. Wir nehmen einen Fußweg durch den Wald, in dem einige Bäume bereits dicke Knospen treiben, die teilweise sogar schon im Begriff sind aufzuspringen. Andere Bäume hingegen werden für einen weiteren Monat oder länger noch kahl und blattlos bleiben.

»Darf ich heute bei Ethan übernachten, Mum? Sein Dad bringt ein neues Computerspiel mit, das ich wirklich gern mit Ethan spielen würde.«

Ich kann spüren, wie meine Schultern sich versteifen, als er die Bitte äußert, und hole tief Luft, um meiner Stimme einen neutralen Klang zu geben, bevor ich antworte.

»Nein, Schatz, das darfst du nicht, weil du morgen Schule hast. Und du weißt ja, dass es vor Schultagen keine Pyjamapartys gibt. Vielleicht kannst du Ethan ja fragen, ob er am Wochenende bei uns übernachten will? Dann könnte er das Spiel ja mitbringen.«

Meine Stimme ist leicht und locker wie mit Zucker aufgeschlagener Eischnee, doch darunter verbirgt sich ein bedrückendes, beklemmendes Bedürfnis, eine zustimmende Antwort von ihm zu erhalten.

Jacob schiebt jedoch trotzig das Kinn vor, und ich weiß sofort, dass er nicht auf meinen Vorschlag eingehen wird.

»Aber ich will zu *Ethan* gehen und *bei ihm* zu Hause spielen. Darf ich dann morgen Abend dort übernachten?«

Irgendetwas an Jacobs Tonfall lässt mich innehalten. Ich hocke mich neben ihn und lege die Hände auf seine Arme, deren Ellbogen in den dick wattierten Ärmeln seiner Jacke nicht einmal zu spüren sind.

»Wäre es denn nicht schön, wenn Ethan zur Abwechslung auch mal wieder zu uns herüberkäme? Du warst in diesem Schuljahr schon so oft bei ihm zu Hause. Vielleicht würde Ethan gern am Wochenende zu uns kommen?«

Mein Sohn starrt den Boden an und scharrt mit den Schuhen in dem Laub unter seinen Füßen.

»Jacob? Was meinst du, Schatz? Soll ich Melissa fragen, ob Ethan morgen Abend zu uns kommen darf?«

Doch er schüttelt den Kopf. »Ich will bei Ethan übernachten.« Er schaut mir nicht in die Augen, als er antwortet, und seine Stimme ist leise und von einer Verzweiflung durchdrungen, die mir die Kehle zuschnürt und mich veranlasst aufzustehen, seine Hand zu nehmen und weiterzugehen.

»Okay, mein Schatz. Wir werden sehen.«

Hand in Hand setzen wir unseren Weg fort und schweigen eine Zeit lang, in der ich mir den Kopf nach einem Stichwort zerbreche, mit dem ich das Gespräch eröffnen könnte, das wir miteinander führen müssen.

»Mum? Hast du Ethans Mum und Dad schon gekannt, bevor ich geboren wurde?«

Jacobs Stimme unterbricht meine Gedanken, aber ich bin ganz froh über die kleine Ablenkung.

»Ja, du weißt doch, dass wir uns schon kannten. Wir hatten sie kennengelernt, nachdem wir nach Highgate gezogen waren. Das ist jetzt schon fast neun Jahre her. Aber warum fragst du?«

Jacob schüttelt den Kopf und zuckt mit den Schultern. »Nur so. Ich dachte nur. Und was ist mit Charlies Mum und Dad? Und mit Rubens und Dylans?«

»Nun, die kannten wir vor deiner Geburt noch nicht. Dylans Mum lernte ich in einer Spielgruppe kennen, als du noch ein Baby warst, und Charlies und Rubens Eltern, als du mit drei in den Kindergarten kamst.«

Jacob stößt einen tiefen Seufzer aus, doch ob er es aus Nachdenklichkeit oder Enttäuschung tut, kann ich nicht sagen.

»Und Mal?«

»Dein Fußballtrainer? Was ist mit ihm?«

»Wann bist du ihm zum ersten Mal begegnet?«

Ich blicke forschend zu Jacob herab, aber sein Gesicht verrät mir nichts.

»Wieso stellst du mir all diese Fragen, Schatz? Warum willst du das wissen?«

»Es interessiert mich nur. Wann *bist* du Mal denn nun das erste Mal begegnet?«

Ich lache und drücke seine Hand. »Ich habe noch nie jemanden gekannt, der so viele Fragen stellen kann wie du. Wir lernten Mal kennen, als du anfingst, bei ihm Fußball zu spielen. Vor etwa anderthalb Jahren, glaube ich.«

Jacob schweigt für einen Moment, doch dann bleibt er stehen und wendet sich mir zu.

»Also hast du ihn *ganz sicher* nicht davor gekannt? Bevor ich geboren wurde?«

Ich bücke mich und küsse ihn aufs Haar, das nach frischer Luft und Bäumen und dem unverwechselbaren Geruch kleiner Jungen riecht, die den ganzen Nachmittag herumgetobt sind.

»Wir kannten ihn ganz sicher nicht vorher. Aber was sollen all diese Fragen? Haben sie etwas mit einem neuen Schulprojekt zu tun?«

Jacob wendet sich wieder dem Pfad vor uns zu und geht weiter, bevor er antwortet. »Nein. Ich dachte nur.«

Dann hebt er einen großen Stock auf und zieht ihn durch das Unterholz. Der Pfad macht eine Biegung um eine Baumgruppe herum, und schon sind wir wieder auf dem Rückweg zu dem Spielplatz, unserem Ausgangspunkt, und ich habe es bisher noch nicht geschafft, das Thema zur Sprache zu bringen, über das ich eigentlich hier mit ihm reden wollte.

»Schatz? Wie war das neue Schuljahr bisher? Hat es dir gefallen?«

Jacob scharrt wieder mit den Spitzen seiner Schuhe über den Weg, und ich muss mich zusammennehmen, um ihm nicht zu sagen, dass er damit aufhören soll.

»Es ist alles okay.«

Seine Stimme ist flach und gleichgültig, und ich wünschte, sie gäbe mir wenigstens einen kleinen Hinweis auf das, was er tatsächlich denkt.

»Es ist nur so, dass wir deine Freunde in diesem Schuljahr kaum gesehen haben. Du hattest gar keine Verabredungen zum Spielen mit Charlie, Ruben oder Dylan, nicht?« Ich habe ein etwas starres Lächeln aufgesetzt, das aber nicht den sorgenvollen Ton in meiner Stimme übertünchen kann.

Jacob bleibt stehen und fährt zu mir herum. »Sie sind *nicht* meine Freunde, und ich will auch *nicht* mit ihnen spielen.«

Er stößt die Worte brüsk hervor, und als ich ihm ins Gesicht sehe, ist es so verkniffen, als wollte er nicht mal ihre Namen aussprechen.

Wieder hocke ich mich neben ihn hin, obwohl der nervös pochende Puls an meinen Handgelenken mich warnt, Jacob nicht zu weit zu treiben und vor allem nicht zu schnell.

»Aber warum denn nicht, Schatz?«

Er zuckt wieder mit den Schultern, lässt den Kopf hängen und errötet heiß. »Weil ich es nicht will. Ich mag sie nicht mehr.«

Ich nehme seine Hände und versuche, die Falte auf meiner Stirn zu glätten. Ein bisschen weiter den Weg hinunter kann ich die lärmenden Kinder auf dem Spielplatz hören und wünsche mir, dass Jacob noch unter ihnen wäre und noch genauso ausgelassen spielte, wie er es früher immer tat. Dass es keinen Grund gäbe, dieses Gespräch mit ihm zu führen.

»Hör mal, Jacob, normalerweise hört man nicht grundlos auf, seine Freunde zu mögen. Ist irgendwas passiert? Du kannst es mir ruhig sagen. Ich verspreche dir, es niemandem weiterzuerzählen.«

Jacobs Kopf ruckt in die Höhe, und sein Blick begegnet meinem mit einer Wut, die sein kleines Gesicht kaum fassen kann.

»Deine Versprechen sind nichts wert. Ich werde *nie wieder* darauf hören!«

Seine scharfen Worte treffen mich so unerwartet, dass meine Wangen plötzlich brennen wie nach einem harten Schlag.

»Was meinst du damit, Schatz? Warum sagst du, meine Versprechen seien nichts wert?«

Jedes meiner Worte ist mit einem leichten Zittern unterlegt, und ich kann nur hoffen, dass er es nicht bemerkt.

»*Du* hast versprochen, dass niemand über Dads Ausrutscher bei der Schulaufführung lachen würde. *Du* hast versprochen, dass alle ihn vergessen würden, aber so war es nicht. Sie haben es *nicht* vergessen. Deine Versprechen waren *Lügen!*«

Er versucht, die Tränen zurückzuhalten, doch sie schießen ihm trotzdem in die Augen und rollen über seine Wangen. Mir wird das Herz ganz schwer vor Schuldbewusstsein und mütterlichem Beschützerinstinkt, als ich die Hände sanft um Jacobs Gesicht lege.

»Was ist denn passiert, Schatz? Was haben die Leute gesagt? Bitte erzähl es mir.«

Seine Schultern zucken unter seinen Schluchzern und abgehackten Atemzügen, und ich weiß, dass ich geduldig sein und abwarten muss, bis er bereit ist, es mir zu erzählen.

»Atme tief durch, kleiner Mann, dann wird es dir gleich besser gehen«, sage ich ruhig, auch wenn meine Anspannung mein Herz zum Rasen bringt.

Er zieht die Nase hoch, und ich fische schnell ein Taschentuch aus meiner Tasche, damit er sich schnäuzen kann. Sein Schluchzen lässt allmählich nach, und mit den Fingerspitzen streiche ich die Tränen unter seinen Augen weg.

»Fühlst du dich ein bisschen besser?«

Er zuckt mit den Schultern, und sein Gesicht ist noch immer feucht vor Kummer.

»Bitte sag mir, was passiert ist, Schatz. Ich kann dir nicht helfen, wenn du es mir nicht erzählst.«

Endlich schaut er mich an, aber seine Augen sind nach wie vor so anklagend, dass es meine ganze mütterliche Kraft erfordert, seinem Blick standzuhalten.

»Sie haben gelacht und Dad einen Clown genannt. Sie sagten, er könnte einen Job im Zirkus kriegen. Und dann sind sie herumgetorkelt und haben so getan, als ob sie stolperten und hinfielen wie Dad, als er zwischen diese Stühle krachte.«

Seine Stimme ist so monoton und nüchtern, dass ich heftig schlucken muss, um die Traurigkeit, die mir die Kehle zuschnürt, zu vertreiben.

»Wann war das, Jacob? Oder tun sie es immer noch?«

Er schüttelt den Kopf, und eine einzelne Träne tropft aus seinen Wimpern auf seine Wange.

»Nein, das war nur kurz vor Weihnachten. Aber ich will trotzdem nicht mehr mit ihnen befreundet sein. Ich *hasse* sie.«

Mir fällt nun plötzlich wieder ein, wie still Jacob über Neujahr gewesen war und dass ich es nach so vielen Abenden, an denen er länger als gewöhnlich aufgeblieben war, für Müdigkeit gehalten hatte. Doch nun wird mir bewusst, dass er wahrscheinlich die ganze Zeit über mit Schrecken daran gedacht hat, nach den Ferien in die Schule zurückkehren zu müssen.

Ich ziehe ihn in die Arme und halte ihn dort fest, streichle ihm über das Haar und hoffe, dass er spüren kann, wie sehr ich es bedaure, nichts bemerkt zu haben. Wie leid es mir tut, dass er mir etwas sagen musste, das ich schon Wochen zuvor bemerkt haben müsste.

Vielleicht sollte ich ihm jetzt erklären, dass er niemanden hassen sollte, dass Menschen manchmal sehr gedankenlose Dinge sagen. Dass sie sich auf eine Art und Weise verhalten, die grausam erscheint, im Grunde aber nur die Folge ihrer eigenen

Dummheit und Unwissenheit ist. Doch dann denke ich an Marnie, Abi und Laura und weiß, dass es verlogen von mir wäre, etwas von Jacob zu verlangen, das ich mir selbst nicht abverlangen kann.

»Hör mir zu, Schatz. Diese Jungs sind dumm und rücksichtslos, und wenn du nicht mehr mit ihnen spielen willst, musst du es auch nicht. Es tut mir leid, dass sie so eklig zu dir waren. Ich wünschte nur, du hättest es mir schon früher erzählt. Du brauchst solche Dinge nämlich nicht für dich zu behalten, weißt du?«

Seine Antwort ist ein tiefer Seufzer, dem ich entnehmen kann, dass Jacob noch viel mehr Zuspruch braucht.

»Es tut mir leid, Schatz. Es tut mir leid, dass ich nicht aufmerksamer war. Gibt es noch etwas, was du mir sagen möchtest? Noch irgendetwas anderes, das du auf dem Herzen hast?«

Für den Bruchteil einer Sekunde zögert er, doch dann schüttelt er den Kopf. Obwohl ich nicht überzeugt bin, dass da nicht noch mehr ist, will ich ihn jetzt nicht mehr bedrängen. Er ist ohnehin bereits so mitgenommen.

»Was hältst du davon, wenn ich Melissa eine Nachricht schicke und sie frage, ob wir nicht jetzt gleich auf einen Sprung herüberkommen können? Donnerstags ist sie doch immer früh zu Hause, nicht? Wenn du Glück hast, macht sie dir sogar etwas zum Abendbrot.«

»Oh ja, tu das, Mum! Und vielleicht können wir bleiben, bis Ethans Dad nach Hause kommt, damit ich das neue Computerspiel mit ihnen spielen kann, bevor wir heimgehen?«

»Vielleicht. Wir werden sehen, was sich ergibt, okay?«

Jacob stürmt begeistert vor mir her zum Spielplatz, und als wir ihn erreichen, läuft er sofort zu dem Tunnel, mit dem er hier am liebsten spielt. Er kriecht auf allen vieren hinein und wird mit Sicherheit nicht mehr herauskommen, bis ich ihn hole.

Ich setze mich auf eine Bank in der Nähe und denke über das nach, was Jacob mir gerade erzählt hat. Als Mutter weiß ich, dass man anderer Leute Kinder nicht ablehnen sollte. Dennoch ergreift mich ein solch heftiger Abscheu gegen Charlie, Ruben und Dylan, dass ich mir nicht vorstellen kann, sie – oder ihre Eltern – je wieder in meinem Haus haben zu wollen. In Gedanken sehe ich Jacob – meinen liebenswerten, empfindsamen Jacob – auf dem Schulhof stehen, während diese dummen Bengel ihn so grausam verspotten, und es bricht mir fast das Herz, dass ich versäumt habe, ihn zu beschützen.

Als ich gerade aufstehen will, um Jacob zu sagen, dass wir gehen müssen, entlädt sich plötzlich ein Gewitter in meinem Kopf. Mitten im Auge des Sturms ergreift mich so ein heftiger Schmerz, dass ich vor seiner Macht die Augen schließen muss.

Und dann bin ich wieder in meiner eigenen Schule, die Haare zu langen Zöpfen geflochten wie immer, und stehe in der Mitte von etwa einem Dutzend Kindern, die sich alle an den Händen halten und im Kreis um mich herumhüpfen. Sie singen etwas, und was immer es auch ist, lässt mich vor Wut und tief verletzten Gefühlen heftig schluchzen. Ich kann das Brennen heißer, wuterfüllter Tränen auf meinen Wangen spüren und möchte weglaufen. Aber ich weiß, dass ich mich nirgendwo verstecken kann.

Also kneife ich die Augen noch fester zu und versuche, den Lärm der Gegenwart auszuschließen, um zu hören, was in der Vergangenheit gesagt wird. Doch es ist so gedämpft und verzerrt, dass ich nur den Anfang jedes Refrains verstehen kann, bei dem sie im Sprechchor meinen Namen rufen. Nur ist es nicht mein Name. Nicht mein richtiger Name. *Rebecca Bailey ... Rebecca Bailey ... Rebecca Bailey ...* Nicht Rebecca Mendelson. Es ist nur mein halber Name, und trotzdem bin ich es, über die sie singen. Ich lausche angestrengt, weil ich unbedingt auch den Rest hören will, doch wo die Worte sein müssten, ist nur ein Rhythmus, nur die Erinnerung an die Auswirkungen ihres Chores. Ich weiß bloß, dass ihre Worte mich so sehr zum Weinen bringen, dass mir die Rippen wehtun und ich kaum noch atmen kann.

Schließlich öffne ich die Augen wieder und atme tief durch, weil ich frische Luft in meiner Lunge brauche.

Für ein, zwei Minuten sitze ich nur da und atme tief ein und wieder aus, um nicht in Tränen auszubrechen.

Ich möchte mich erinnern können. Ich möchte verstehen, warum die Ereignisse des heutigen Nachmittags ein Karussell der Erinnerungen hervorgebracht haben, die ich nur halb entschlüsseln kann.

Vor allem möchte ich wissen, was um Himmels willen mir damals in der Schule widerfahren ist, das meine Erinnerungen daran nach all den Jahren noch so frisch und schmerzlich machen kann.

Aber ich weiß, dass ich mich im Augenblick mit nichts von alldem befassen kann. Ich muss mich jetzt auf Jacob konzentrieren und ihm helfen, wenigstens einen Anschein von Gleichgewicht – und Normalität – in sein Leben zurückzubringen.

Also nehme ich mein Telefon zur Hand und wähle eine Nummer, die ich seit Silvester fast nicht mehr anzurufen gewagt habe.

»Melissa? … Ja, ich weiß … tut mir leid … ich werde es dir erklären … Doch eigentlich wollte ich dich fragen, ob Jacob und ich vorbeikommen könnten, falls du zu Hause bist und Zeit hast?«

KAPITEL SIEBENUNDVIERZIG

BEX

Jacob und Ethan rennen über Melissas ziemlich lange Rasenfläche, kicken einen Fußball hin und her und lachen. Meine Erleichterung darüber, Jacob glücklich und entspannt mit einem Freund spielen zu sehen, ist so groß, dass ich am liebsten hinausgehen und Ethan umarmen würde.

»Na, du Fremde – wie ist es dir ergangen? Und *wo* hast du gesteckt? Du glaubst doch nicht, mir sei entgangen, dass ich dich wochenlang kaum gesehen habe?«

Ich wende mich wieder Melissa zu, die mich über die Frühstücksbar angrinst, und plötzlich kommt es mir sehr töricht vor, dass ich mich so lange zurückgehalten habe.

»Tut mir leid, Melissa. Wirklich. Ich könnte mich mit zu viel Arbeit oder wenig Zeit herausreden, aber du würdest wissen, dass das Unsinn ist. Darf ich dir eine Frage stellen?«

»Natürlich. Worum geht's denn?«

Melissa betrachtet mich aufmerksam, und ich frage mich, wie ich auch nur für eine Sekunde glauben konnte, dass ich irgendetwas vor meiner besten Freundin verbergen könnte, die zufällig auch noch die klügste Frau ist, die ich kenne.

»Haben die Leute über uns geredet? Über David und mich? In der Schule?«

Das Blut schießt mir in die Wangen, und mit aller Willenskraft versuche ich, mich dazu zu zwingen, meine Verletzlichkeit nicht ganz so offensichtlich werden zu lassen.

»Wie meinst du das? Worüber sollen sie denn geredet haben?«

Obwohl ich mir die Worte sorgfältig zurechtlege, wünschte ich, sie würden nicht so jämmerlich, so kindisch klingen. »Na, über die Aufführung kurz vor Weihnachten natürlich. Über David und die Geschehnisse an jenem Abend.« Selbst Melissa gegenüber kann ich es nur beschönigend ausdrücken.

»Ach das. Herrje. Warum ignorierst du das nicht einfach?«

Erst bei Melissas Reaktion wird mir bewusst, wie sehr ich gehofft hatte zu hören, dass das Geschwätz, das ich an diesem Nachmittag zufällig mitbekommen habe, nur eine Ausnahme gewesen ist.

»Das beantwortet nicht wirklich meine Frage. Sag mir die Wahrheit, Melissa. Bitte! Ich muss es wissen.«

Melissa gibt Süßstoff in meinen Kaffee und rührt ihn um, und als sie mir die Tasse reicht, bin ich mir sicher, dass ich Mitgefühl in ihren Augen sehen kann.

»Aber wie kommst du überhaupt so plötzlich darauf? Die Aufführung liegt Monate zurück.«

»Weil ich heute in der Schule zufällig etwas mit angehört habe. Marnie, Abi und Laura sprachen darüber, und ... na ja, sie waren nicht gerade mitfühlend.«

Melissa zieht skeptisch eine Augenbraue hoch. »Die Hexen von Eastwick? Du solltest dir das Gerede dieser drei erst gar nicht anhören. Sie würden auch über das gottverdammte Wetter tratschen, wenn sie der Meinung wären, dass es etwas Anzügliches hat.«

Sie schenkt mir ein verschwörerisches Lächeln, das ich zu erwidern versuche, aber meine ursprüngliche Frage hängt noch immer unbeantwortet zwischen uns in der Luft.

»Du hast ganz offenbar etwas mitbekommen, Melissa. Oder sogar so einiges. Also erzähl es mir bitte. Ich kann damit umgehen, ehrlich. Außerdem weiß ich nicht, ob es viel schlimmer sein könnte als das, was ich heute bereits mit angehört habe.«

Melissa mustert mich einen Moment lang prüfend. Dieser Blick ist mir nur allzu gut bekannt: ein Blick, der tief in dein Bewusstsein eindringt und oft mit Dingen zurückkehrt, von deren Existenz du selbst nicht einmal etwas gewusst hast.

»Ja, es hat ein bisschen Gerede gegeben. Schulhofgeschwätz im wahrsten Sinne des Wortes, auf das ich aus naheliegenden Gründen kaum geachtet habe. Außerdem halten sie meistens sowieso den Mund, wenn sie merken, dass ich in der Nähe bin. Kein Grund also, darüber ins Schwitzen zu geraten, Bex.«

Ich schwitze aber. Meine Hände sind feuchtkalt, und eine unangenehme Hitze lässt die Haut an meinem Nacken kribbeln. »Was genau haben sie denn nun gesagt?«

»Du glaubst doch nicht im Ernst, dass ich ihr sinnloses Getratsche durch eine Wiederholung würdige? Im Übrigen scheinst du das Schlimmste davon heute ohnehin bereits gehört zu haben. Ich kann nicht glauben, dass du dir darüber den Kopf zerbrichst. Sie sind doch bloß drei Frauen, die so unzufrieden mit ihrem eigenen Leben sind, dass sie sich genötigt sehen, die Missgeschicke anderer zu übertreiben. Beachte sie am besten gar nicht, Bex. Es sind nur diese drei, sonst keiner. Und du kannst doch nicht ernsthaft von mir erwarten, dass ich dir glaube, es sei dir nicht völlig einerlei, was diese Frauen denken?«

Sosehr ich mir auch wünschte, Melissa zustimmen zu können, ist die Wahrheit doch, dass es mir ganz und gar nicht einerlei ist.

»Also sind es wirklich nur diese drei?«

Melissa legt die flache Hand an ihre Brust und grinst mich an. »Ich schwöre es. Auf die Flagge der Vereinigten Staaten schwöre ich dir feierlich, dass ich bis auf diese drei niemand anders auch nur ein Wort darüber sagen hörte.«

Ich möchte Erleichterung empfinden, doch stattdessen wartet schon eine andere Sorge darauf, die alte zu ersetzen.

»Was ist? Was hast du?«

Jacobs Lachen dringt durch das offene Fenster, und ich drehe mich um und schaue ihn an. Es ist kaum zu glauben, dass mein kleiner Junge, der so unbekümmert mit seinem besten Freund spielt, dasselbe Kind sein soll, dessen untypisches Verhalten seine Lehrer so beunruhigt.

»Miss Henshall hatte mich gebeten, heute Nachmittag bei ihr vorbeizuschauen. Sie macht sich Sorgen um Jacob, der in diesem Halbjahr offenbar unaufmerksam und sehr in sich gekehrt war. Und sie sagte, darunter leide seine Leistung. Heute Nachmittag erzählte er mir, dass ihn einige der Jungen nach der Schulaufführung gehänselt oder eigentlich sogar tyrannisiert haben. Und jetzt bin ich mir nicht sicher, was ich deswegen unternehmen soll.«

Es ist eine Erleichterung, es jemandem erzählen zu können. Und besonders jemandem wie Melissa, deren Gesicht sofort einen Ausdruck solidarischer Empörung annimmt.

»Welche Jungen?«

»Rate mal. Laut Jacob waren es Charlie, Ruben und Dylan. Das war alles vor Weihnachten, aber es lässt ihm offenbar noch immer keine Ruhe.«

Melissa schüttelt den Kopf und stößt einen tiefen, ärgerlichen Seufzer aus. »Diese kleinen Mistkerle. Wie die Mütter, so die Kinder, nicht? Du musst ja furchtbar wütend sein, Bex. Soll ich mitkommen, um ihnen die Meinung zu geigen? Am besten gehen wir gleich heute Abend hin!«

Ich hätte wissen müssen, dass ein Gespräch mit Melissa genau das war, was ich brauchte und mir richtig guttun würde. Und dass sie mit genug Empörung für uns beide reagieren würde.

»Das ist sehr anständig von dir, Melissa, aber ich glaube nicht, dass eine Schießerei auf dem Highgate Corral das richtige Vorgehen wäre.«

Wir lachen beide, und zum ersten Mal an diesem Nachmittag lässt der Druck hinter meinen Augen etwas nach.

»Und was willst du dann dagegen unternehmen?«

Ich überlege kurz, bevor mir bewusst wird, dass ich die Antwort kenne. »Ich werde einfach besser auf Jacob aufpassen und ihn genauer im Auge behalten. Ich fühle mich schrecklich schuldig, weil ich von alldem nichts gewusst habe, und werde tun, was immer nötig ist, um ihn wieder auf den rechten Weg zu bringen. Und dafür sorgen, dass er glücklich ist.«

Ich kann hören, dass meine Stimme bei den letzten Worten beinahe bricht, und erst jetzt, da ich bei einer Verbündeten bin, erlaube ich mir zuzugeben, wie erschütternd und verstörend dieser Nachmittag gewesen war.

»Hey, komm mal her, Süße. Lass dich von denen nicht verrückt machen. Von keiner von ihnen. Auch wenn ich zugeben muss, dass ich die ganze Bagage wahrscheinlich längst erwürgt hätte, wenn sie Ethan so etwas angetan hätten. Ich kann deine Selbstbeherrschung daher nur bewundern.«

Ich lache in Melissas Armen, als ich mir das Ausmaß der Vergeltung vorstelle, die diese Bengel erfahren hätten, wenn Ethan statt Jacob der Gegenstand dieses Gesprächs gewesen wäre.

»Bist du sicher, dass du nicht rübergehen und mit ihnen darüber reden willst? Mit den Hexen von Eastwick, meine ich? Bisher hatte ich eine richtig miese Woche in der Kanzlei und bin daher genau in der richtigen Stimmung, diesen Klatschmäulern mal ordentlich Bescheid zu sagen.«

Ich schüttle instinktiv den Kopf. Bei dem Gedanken, sie alle – oder auch nur irgendeine von ihnen – zur Rede zu stellen und zu riskieren, dem Klatsch, der ansonsten bestimmt bald in

Vergessenheit geraten würde, neue Nahrung zu geben, wird mir ganz übel vor Besorgnis.

»Nein, ehrlich, Melissa. Ich bin dir wirklich dankbar für das Angebot, doch je eher all das der Vergangenheit angehört, desto besser ist es, was mich anbetrifft.«

»Na, dann sag ich dir mal was: Ich werde diese Zicken zu keiner Party mehr einladen. Die Zeiten, in denen sie unsere Freundinnen waren, sind vorüber. Und das ist völlig ernst gemeint.«

»Das weiß ich, Melissa. Und ich liebe dich dafür. Ehrlich. Danke, meine Liebe! Du hast mich ungeheuer aufgeheitert.«

Melissa kehrt an ihren Platz hinter der Frühstücksbar zurück und setzt sich auf den Hocker mir gegenüber. Und wieder blickt sie mich mit diesem forschenden Blick an. Ich frage mich, was wohl als Nächstes kommen wird.

»Es ist doch alles okay mit dir und David? Irgendwie habe ich nämlich das Gefühl, als hätten wir beide uns schon ewig lange nicht mehr richtig unterhalten.«

»Ja, ja, alles bestens. David war in letzter Zeit nur sehr gestresst von seiner Arbeit, und dazu hatte er auch noch all den Ärger mit seiner Mum am Hals. Es war einfach nur viel los bei uns. Tut mir leid, dass ich mich nicht öfter gemeldet habe, Melissa.«

Die Worte sprudeln nur so aus meinem Mund hervor, und ich frage mich, ob irgendwann der Punkt kommen wird, an dem ich selbst beginne, sie zu glauben.

»Bist du sicher? Du würdest es mir doch erzählen, wenn irgendetwas nicht in Ordnung wäre?«

Für einen Moment – und angesichts von Melissas aufrichtiger Besorgnis – bin ich versucht, mich ihr anzuvertrauen. Aber als ich nach den richtigen Worten suche, kann ich sie nicht finden. Weil ich gar nicht weiß, was ich ihr eigentlich sagen oder anvertrauen will. Wie ich das ständige Angstgefühl, das mir seit Davids Geburtstag vor sechs Monaten im Magen liegt, in Worte fassen soll. Oder wie ich Melissa erklären soll, dass ich seit Januar zu denken begonnen habe, dass meine Reaktionen vor Weihnachten übertrieben und schon fast hysterisch waren. Oder dass mein Puls trotzdem zu rasen beginnt, wenn mir klar wird, dass das Ende unserer gemeinsamen Abstinenzzeit naht und David nach Ostern wieder trinken wird.

»Es ist alles in Ordnung. Wirklich. Wir hatten vor Weihnachten ein paar lächerliche Streitereien, aber welches Ehepaar hat die nicht? Und jetzt ist wieder alles bestens.«

Als ich den letzten Satz beende, kann ich nur hoffen, dass meine Antwort für Melissa überzeugender klingt als für mich selbst.

»Tja, wenn es eins gibt, was fünfzehn Jahre Ehe mich gelehrt haben, dann ist es, dass man sich nicht auf jeden Streit einlassen muss, zu dem man provoziert wird. Ich bin froh, dass bei dir alles okay ist, Süße. Ich war nämlich wirklich sehr besorgt um dich, muss ich gestehen.«

Bevor ich mich bei meiner Freundin bedanken kann, beginnt das Telefon in ihrer Handtasche zu schrillen. Als sie es herausnimmt, wechselt ihr Gesichtsausdruck und macht eine Reihe von Veränderungen durch, die alle viel zu schnell sind, um sie deuten zu können.

»Entschuldige mich einen Moment, Bex. Ich muss den Anruf annehmen.«

Das Telefon klingelt weiter, als sie zur Diele hinauseilt, und von irgendwo auf dem Korridor höre ich dann das Klicken einer sich hinter ihr schließenden Tür.

Man muss sich nicht auf jeden Streit einlassen, zu dem man provoziert wird. Melissas Worte gehen mir noch immer durch den Kopf und versuchen, eine Erinnerung an etwas hervorzubringen, das ich aber beim besten Willen nicht näher bestimmen kann.

Noch keine Minute später kommt Melissa in die Küche zurück, und ich sehe sofort, dass ihre Wangen leicht gerötet sind.

»Alles in Ordnung? Du wirkst ein bisschen aufgeregt.«

Sie wirft das Telefon in ihre Handtasche zurück, und als sie sich wieder zu mir umdreht, glaube ich, einen Anflug von Vorsicht in ihren Augen zu sehen. »Alles okay. Es war nur was mit der Arbeit – die anscheinend nicht endet, bloß weil ich nicht im Büro bin. Aber sag mir doch, was für Pläne ihr für Samstagmorgen habt? Hast du Lust, zum Brunch zu kommen, während Seth und David die Jungs zum Fußball bringen? Ava könnte mitfahren. Dann wären wir beide allein und hätten Zeit zu reden.«

Ich denke schnell darüber nach, und mir fällt das Gespräch ein, das David und ich gestern Nachmittag via E-Mail geführt hatten.

»Liebend gern, Melissa, doch David wird das ganze Wochenende über arbeiten, weil er noch drei sehr große Werbekampagnen vorbereiten muss. Deshalb habe ich am Samstag Fußballdienst. Könnte ich dich nicht überreden mitzukommen?«

Melissa lacht, aber es klingt ein wenig unbehaglich, als wäre sie in Gedanken noch bei dem Anruf, den sie gerade erhalten hat. »Danke, doch ich glaube, darauf verzichte ich lieber. Nächste Woche vielleicht, wenn du dann kannst? Und jetzt sollte ich besser die Jungs reinholen und ihnen eine Pizza in den Ofen schieben, bevor sie sich über Hunger zu beschweren beginnen.«

Als Melissa in den Garten hinausgeht, erfasst mich plötzlich Bedauern darüber, dass ich ihr nicht alles erzählt habe. Und auch über das Gespräch, das wir gerade geführt hatten, bei dem ich so vieles nicht habe wahrhaben wollen. Ich bedauere, dass wir so wenig voneinander wissen, obwohl wir so vertraut miteinander sind.

Jacob, Ethan und Melissa kommen durch die Terrassentüren wieder herein, die Jungen lachend und außer Atem, und ich setze ein Lächeln auf, um sie zu begrüßen.

KAPITEL ACHTUNDVIERZIG

BEX

»Nun komm schon, Mum! Wir wollen doch nicht zu spät zum Fußball kommen!«

Ich greife ein drittes Mal in meine Handtasche, als müssten meine Autoschlüssel wie durch ein Wunder wieder auftauchen, wenn ich nur ein weiteres Mal danach suche.

»Mum! Alle anderen sind bestimmt längst da.«

»Ich komme ja schon, Jacob! Ich muss nur meine Autoschlüssel finden. Lass mir einen Moment Zeit.«

Nicht einmal ein heftiges Schütteln meiner Handtasche erzeugt das gewünschte Geräusch. Nur eine Handvoll Münzen rutscht aus meinem Portemonnaie heraus und landet scheppernd auf dem Boden meiner Tasche.

»Hast du etwas verloren?«

David erscheint grinsend in der Küchentür, und ich weiß schon, was er denkt, bevor er noch mehr sagt.

»Dies ist nicht der Moment für Scherze, David. Ich weiß, dass ich dich immer damit aufziehe, dass du alles verlierst, doch wenn ich meine Schlüssel nicht bald finde, wird Jacob das erste Spiel verpassen.«

David tritt hinter mich, als ich in einem letzten verzweifelten Versuch, die Autoschlüssel zu finden, die Handtasche auf dem Küchentisch ausleere. Dabei spüre ich, wie David die Arme um meine Taille schlingt und mich auf den Nacken küsst, der heiß und ein bisschen verschwitzt ist, nachdem ich bei meiner fruchtlosen Suche schon dreimal die Treppe hinauf- und wieder herunterlaufen musste.

»Wenn ich dir verspreche, dein Problem zu lösen, wirst du deinem heldenhaften Ehemann dann durch einen langen, leidenschaftlichen Kuss deine ewige Dankbarkeit beweisen?«

Ich drehe mich zu ihm um und küsse ihn flüchtig auf den Mund. David schmeckt nach Zahnpasta und einem Hauch des Aftershaves, das er gerade erst benutzt haben muss. Er schmeckt nach David.

»Wirst du mir nun bei der Suche nach diesen verflixten Schlüsseln helfen oder nicht? Jacob wird einen Anfall kriegen, wenn wir nicht endlich losfahren.«

David greift in seine Hosentasche und zieht seinen Autoschlüssel heraus.

»Hier, nimm meinen Wagen, sonst werdet ihr das erste Spiel tatsächlich noch verpassen. Er steht allerdings ziemlich weit unten auf der Straße. Vor Hausnummer neunundsiebzig. Leider konnte ich keinen anderen Parkplatz mehr finden, als ich gestern Abend nach Hause kam.«

Ich schnappe mir die Schlüssel und küsse ihn dankbar auf die Lippen, bevor ich in die Diele flitze und mit Jacob aus dem Haus laufe.

Wir rennen so schnell die Straße hinunter, dass ich hören kann, wie seine große Sporttasche gegen seinen Schenkel schlägt.

Als wir den Wagen erreichen, kommt mir der Gedanke, wie müde David gerade aussah. Er hat mir gefehlt, als er diese Woche beruflich so eingespannt war, und es kommt mir fast so vor, als hätte ich Neuigkeiten gesammelt, um sie ihm am Abend beim Essen mitzuteilen, wie andere Leute Pennys für schlechte Zeiten zurücklegen. Bisher habe ich ihm nicht einmal von Miss Henshall und den Schikanen in der Schule erzählt. Deshalb beschließe ich, dass wir heute allein zu Abend essen, nachdem Jacob schon zu Bett gegangen ist. Nach dem Fußball werde ich mit ihm einkaufen gehen und frische Krabben für Davids Lieblings-Pasta besorgen.

Jacob versucht, sich mit seiner Sporttasche auf dem Schoß auf den Vordersitz zu zwängen, doch dazu reicht der Platz im Sportwagen nicht aus. Er kommt noch nicht mal an den Sicherheitsgurt heran.

»Komm, gib mir die Tasche, ich leg sie in den Kofferraum.«

Mit der Tasche gehe ich zum hinteren Teil des Wagens und öffne den Kofferraum.

Und da sehe ich sie.

Dutzende – die so unbekümmert zu mir aufblicken und ihre Nasen in die Luft strecken, als hätten sie überhaupt nichts zu verbergen.

Flaschen. Leere Flaschen. Dutzende von leeren Flaschen. Fünfundzwanzig? Dreißig? Wodkaflaschen, Whiskyflaschen und Weinflaschen in verschiedenen Farben, die alle bunt durcheinander zu sechst in Weinkartons stehen.

Ich starre sie an, und mein Gehirn rast schneller voraus, als meine Gedanken mithalten können. Es durchforstet jede nur denkbare Möglichkeit nach einer realistischen Begründung. Doch während mein Kopf noch nach Erklärungen sucht, brennt sich die Wahrheit schon in mein Herz.

»Mum! Beeil dich! Wir müssen los.«

Ich knalle den Kofferraumdeckel zu und höre das ärgerliche Klirren der Flaschen.

Als ich wieder in den Wagen steige, plappert Jacob gleich munter drauflos, aber ich kann weder hören noch verstehen, was er sagt. Mir dröhnen die Ohren von dem Blut, das in meinen Schläfen pocht, und meine Brust fühlt sich ganz hohl und leer an, als hätte man mir das Herz herausgerissen und es irgendwo hingeworfen, wo ich es vielleicht nie wiederfinden werde.

Ich habe Mühe, den Schlüssel in das Zündschloss zu bekommen, und als ich meine Hände auf das Lenkrad lege, sehe ich, dass sie zittern. Ich umklammere es noch fester und hoffe, dass Jacob nichts davon bemerkt. Gleichzeitig zwinge ich mich, mich zumindest so weit zu beruhigen, dass ich Auto fahren kann.

Als ich den Wagen auf die Straße lenke, scheint irgendein Teil meines Gedächtnisses die Kontrolle zu übernehmen und ihn für mich zu lenken, weil ich außerstande bin, es selbst zu tun.

All diese Flaschen!, kann ich nur denken. All diese leeren Flaschen!

Meine Naivität verbindet sich mit meiner Scham und Dummheit zu einem harten, heißen Kloß, der mir schwer im Magen liegt.

Plötzlich sehe ich wieder Davids Gesicht und die selbstgefällige Miene vor mir, mit der er so nachdrücklich jede Art von Alkohol auf Partys oder bei anderen Einladungen ablehnt. Und wie er dabei stets zu mir hinüberblickt, um sicherzugehen, dass es mir nicht entgangen ist. Ich dachte immer, er täte das, damit ich stolz auf ihn bin und merke, dass er sehr wohl auf Alkohol verzichten kann. Dass er es für uns tun kann. Doch das war alles nur Theater, alles nur eine einzige Scharade.

Ich denke an die Hunderte von Lügen, die er mir in den vergangenen zehn Wochen aufgetischt haben muss. An all die Abende, an denen er anrief oder eine Textnachricht schickte, um mir mitzuteilen, dass er bis spät in die Nacht arbeiten würde. An all die Morgen, an denen er sich so gern von mir bedauern ließ, weil er doch so hart arbeitete, der Arme. Aber als ich ihn mir jetzt an seinem Schreibtisch vorstelle, arbeitet er nicht, sondern trinkt. Und wenn ich an all die Abende denke, an denen er angeblich im Büro war, sehe ich ihn stattdessen in einer Bar hocken und trinken. Ich frage mich nur, ob er allein trinkt oder ob Freunde von uns in sein Geheimnis eingeweiht sind und ihn decken. Ob das Lügengespinst über unsere Familie hinausgeht und auch andere Leute, die ich kenne und denen ich vertraue, darin verstrickt sind. Oder ob er allein in seinem Wagen gesessen und getrunken hat und so nach und nach den Kofferraum mit Flaschen füllte, von denen er wohl annahm, ich würde sie dort niemals finden.

Ein Kofferraum voller Schuld und Schande.

Ein Kofferraum voller Heimlichkeiten.

Ich stelle ihn mir vor, wie er auf demselben Sitz sitzt wie ich selbst gerade, Whisky direkt aus der Flasche trinkt und hin und wieder auf die Uhr schaut, um nicht zu früh nach Hause zu kommen, sondern erst dann, wenn ich bereits zu Bett gegangen bin. Oder hat er den Wagen in unserer Straße geparkt und im Auto gesessen, getrunken und unser Haus beobachtet, bis er das Licht in unserem Schlafzimmer ausgehen sah und wusste, dass es nun ungefährlich war, mit seinem alkoholgetränkten Atem heimzukommen?

Meine Brust wird schmerzhaft eng von all den Möglichkeiten, und ich muss die Übelkeit herunterschlucken, die in meiner Kehle aufsteigt.

Fast drei Monate der Lügen. Der Gedanke an meine eigene Dummheit lässt mich zusammenzucken, als schlüge sie mich ins Gesicht, und das zu Recht. Denn plötzlich erscheint es mir vollkommen absurd, dass ich ihm die Lügen abgenommen habe. Dass ich ihm geglaubt habe. Dass ich naiv genug gewesen war zu denken, er könnte den Alkohol so leicht aus seinem Leben verbannt haben, nachdem er sein ganzes Erwachsenenleben fast jeden Tag getrunken hatte.

Ich habe es geglaubt, weil ich es glauben wollte. Oder glauben musste.

»Wir schaffen es doch noch rechtzeitig, Mum, oder?«

Ich nicke und lächle, wage aber noch nicht zu sprechen. Denn ich befürchte, dass die Laute, die aus meinem Munde kämen, keine Worte wären, sondern nur das schmerzliche Gejammer einer Frau, die nicht mehr weiß, was – oder wem – sie überhaupt noch glauben kann.

Und weil mir plötzlich auch klar wird, dass es nicht nur um die letzten drei Monate geht. Und auch nicht um die zwei oder drei Dutzend leerer Flaschen im Kofferraum oder um den Betrug, den ich soeben erst entdeckt habe.

Nein, eigentlich geht es auch um all die kleinen Lügen, die ich mir in den vergangenen dreizehn Jahren selbst aufgetischt habe.

Plötzlich ist es so, als hätte diese Entdeckung eine Tür zu einer Höhle voller Erinnerungen geöffnet, die ich Tag für Tag und Monat für Monat im Verlauf unserer Ehe vor mir selbst verborgen habe.

Und es hat auch nicht erst vor sechs Monaten begonnen. Es fing nicht in der Nacht von Davids feuchtfröhlicher Geburtstagsparty mit einem Streit an, der aus dem Ruder lief. Es hatte schon vorher begonnen. Schon lange vorher. Ich bin mir nicht mal sicher, ob ich heute noch sagen könnte, wann genau es angefangen hat.

Da waren all die Abende – Tausende von Abenden –, an denen er eine zweite Flasche Wein öffnete, obwohl er schon den Löwenanteil der ersten intus hatte. Unzählige Abende, an denen ich mir einredete, dass das nichts Besorgniserregendes wäre, weil er ja nie wirklich betrunken wirkte. All die Abende, die damit endeten, dass er irgendwann laut schnarchend vor dem Fernseher schlief und ich das bereitwillig den Belastungen durch die Arbeit, die Familie und den ständigen Kampf des modernen Lebens zuschrieb. Oder all die Samstagmorgen, an denen er verschlief und Jacob nicht zum Fußball brachte. Die vielen Samstagmorgen, an denen ich ihn deckte, indem ich behauptete, es sei kein Kater, weswegen er nicht aus dem Bett kam, sondern nur ganz normale Müdigkeit nach einer anstrengenden Arbeitswoche. Und nicht zu vergessen all die Weihnachtsfeste, an denen er mir schon um zehn Uhr morgens das erste Glas Champagner reichte und wir Witze über unsere Dekadenz machten, während gleichzeitig eine unterschwellige Unruhe in mir erwachte, gegen die ich den ganzen Tag lang ankämpfte. Ich hätte stattdessen auf das hören sollen, was sie mir zu sagen versuchte. Natürlich denke ich auch an all die Partys, bei denen David stets im Mittelpunkt gestanden und sich einen Ruf als Partylöwe erworben hatte, der mithalf, die Tatsache zu verschleiern, dass er genau genommen nicht mehr als ein charmanter Trinker war.

Und dann die Streitigkeiten. Als ich mich zu erinnern versuche, ob wir je eine ernsthafte Auseinandersetzung hatten, bei der Alkohol keine Rolle spielte, kann ich mich an keine einzige entsinnen.

Es sind nicht nur die letzten sechs Monate gewesen, in denen Alkohol der ständige Begleiter unserer Ehe war. In Wahrheit war es schon seit dreizehn Jahren so. Mir wird so schwindlig bei dieser Erkenntnis, dass ich ein paar Mal tief und langsam durchatmen muss, um das Gefühl loszuwerden, dass der Wagen unter mir ins Schleudern kommt.

Jacob hat das Radio angestellt und singt lautstark *Happy* von Pharrell Williams mit, ein Lied, das ihm gefällt und das er auch oft mit David singt, wenn sie zusammen das Frühstück vorbereiten. Ich würde ihm am liebsten sagen, er solle das Radio abschalten, weil ich es nicht ertragen kann, den Song zu hören. Doch ich weiß, dass Stille noch viel schlimmer wäre.

Wieder denke ich über all jene Momente nach, in denen der

Alkohol ein stummer Mitspieler gewesen ist. Es ist fast so, als sähe ich mir einen Film über eine Ehe an, der mir ebenso bekannt wie fremd erscheint. Fast so, als hätte jemand den Film meines Lebens noch einmal aus einer anderen Perspektive gedreht und ich ihn deswegen jetzt kaum mehr als meinen wiedererkenne.

Ich darf gar nicht an all die Jahre denken, in denen ich es vorgezogen habe, nichts zu sehen. An all die Jahre, in denen ich mir nicht eingestehen wollte, dass die einzelnen Puzzleteile alle zu demselben Puzzle gehörten. Ich habe mir nie erlaubt, sie mir genauer anzusehen, weil sie ein Bild von David – und unserer Ehe – ergaben, das ich nicht als Wahrheit anerkennen wollte.

Als ich auf den Parkplatz des Sportplatzes einbiege und den Motor abstelle, bin ich erstaunt, dass wir schon da sind. Mir fehlt jegliche Erinnerung an die Fahrt. Weil dieser vorübergehende Gedächtnisverlust mir Angst macht, werfe ich Jacob einen Blick zu, um mich zu vergewissern, dass es ihm gut geht. Aber er steigt schon aus dem Wagen aus.

Als ich ihn auf den Kofferraum zugehen sehe, stockt mir der Atem, doch irgendwie finde ich meine Stimme wieder. »Ich hole dir deine Tasche, Schatz. Warte du hier!«

Schnell gehe ich zum hinteren Teil des Wagens, und für einen Moment flackert der winzige Hoffnungsschimmer in mir auf, dass ich vielleicht nichts anderes im Kofferraum vorfinden werde als Jacobs Tasche.

Als ich ihn öffne, stehen die Flaschen jedoch noch immer da und starren mich trotzig an, und es kommt mir sogar so vor, als hätten sie sich seit eben noch vermehrt. Außerdem wird mir sofort klar, dass ich hier unmöglich eine Dreiviertelstunde stehen und Smalltalk mit den anderen Eltern halten kann, während die Wahrheit noch immer auf dem Boden all der leeren Flaschen sitzt.

»Ich habe furchtbare Kopfschmerzen, Jacob. Bist du mir böse, wenn ich heute nicht zum Zuschauen bleibe? Ich könnte Ethans Vater fragen, ob er dich nach Hause bringt. Wäre das okay für dich?«

Schon wieder eine Lüge, um eine andere zu decken. Ich frage mich nur, ob das je ein Ende haben wird.

Jacob legt nachdenklich den Kopf zur Seite und überlegt einen Moment. »Nein, das ist in Ordnung, Mum. Es stört mich nicht.«

Und damit will er auch schon auf das Spielfeld zulaufen, aber ich ergreife ihn am Arm und ziehe ihn zu mir zurück, um ihm einen Kuss aufs Haar zu drücken. Ich will ihn nicht mehr loslassen, will ihn nur ganz fest in meinen Armen halten. Doch er reißt sich los und läuft davon, um sich zu seinen Freunden zu gesellen.

Schnell blicke ich mich auf dem Spielfeld um, bis ich Seth entdecke. Bevor ich auf ihn zugehe, hole ich tief Luft und setze eine Miene auf, die hoffentlich weder das Chaos in mir noch die Furcht vor der Konfrontation verrät, die mich zu Hause erwartet.

KAPITEL NEUNUNDVIERZIG

BEX

»Du bist aber früh zurück. Ist alles okay?«

Ich blicke zu David auf, der mit besorgter Miene oben an der Treppe steht, und es ist, als wäre er ein anderer Mann als der, den ich mir auf dem Heimweg vorgestellt habe. Als gäbe es zwei verschiedene Davids: den liebevollen Ehemann und Vater, den ich jetzt vor mir habe, und den scheinheiligen, verlogenen David, der so ein falsches Spiel mit mir getrieben und hinter meinem Rücken ein Kartenhaus erbaut hat, von dem er gewusst haben muss, dass es irgendwann einstürzen würde.

»Ich muss mit dir reden. Kannst du bitte herunterkommen?«

Er legt verwirrt die Stirn in Falten, als er die Treppe heruntersteigt. Ein Teil von mir würde ihn jetzt gern fragen: Weißt du wirklich nicht, warum ich mit dir reden muss? Kannst du es dir nicht denken?

»Was ist denn, Bex? Jacob geht's doch gut, oder?«

Er folgt mir in die Küche und setzt sich auf die Bank, während ich vor den Terrassentüren stehen bleibe und die Arme vor der Brust verschränke, um das Zittern meiner Hände zu verbergen.

»Ich habe sie gefunden, David. Ich habe all die Flaschen im Kofferraum deines Wagens gefunden.« Meine Stimme schwankt. Ich kann sehen, wie ein Ausdruck des Verstehens auf Davids Gesicht erscheint und sich dort ausbreitet wie ein Tropfen Tinte auf Löschpapier.

»Was hattest du in meinem Kofferraum zu suchen? Du brauchtest Jacob doch nur zum Fußball zu fahren.«

Er spricht in einem anklagenden, schon an Wut grenzenden Tonfall, der mein Herz noch wilder pochen lässt.

»Darum geht es hier nicht. Die Frage ist doch wohl eher, warum du zwei oder drei Dutzend leere Schnapsflaschen in deinem Kofferraum stehen hast.«

Ein Anflug von Bestürzung blitzt in seinen Augen auf, bevor er ihn rasch wieder wegblinzelt und sich zu einem Lächeln zwingt. »Ach, die stehen dort schon seit Monaten, Bex. Seit Weihnachten, um genau zu sein. Ich bin nur nie dazu gekommen, sie zum Glascontainer zu bringen.«

Für den Bruchteil einer Sekunde glaube ich ihm fast. Oder vielleicht will ich es auch einfach nur. Aber dann zuckt seine linke Augenbraue, was mich daran erinnert, dass ich mir nichts mehr vormachen darf. Man kann nicht dreizehn Jahre mit jemandem verheiratet gewesen sein, ohne gelernt zu haben, sein Mienenspiel zu deuten.

»Du lügst, David. Bitte tu das nicht. Du hast schon mehr als genug gelogen. Hast du die ganze Zeit getrunken? Diese ganze Zeit über, in der du angeblich nüchtern warst und keinen Alkohol angerührt hast?«

Er springt von der Bank auf und geht zur anderen Seite der Küche, als glaubte er, das ganze Ausmaß seiner Täuschung vielleicht verbergen zu können, wenn er nur genug Distanz zwischen uns bringt.

»Hörst du dich eigentlich reden, Bex? ›Angeblich nüchtern‹. Ich bin nüchtern gewesen. Oder hast du mich in den letzten zehn Wochen auch nur einmal betrunken gesehen?«

Er spricht in einem scharfen, sarkastischen Tonfall, den er normalerweise nie anschlägt und der auch ganz und gar nicht zu ihm passt.

»Ich habe dich in den letzten zehn Wochen kaum gesehen, David. Woher soll ich also wissen, in was für einem Zustand du Nacht für Nacht nach Hause gekommen bist?«

»Das liegt daran, dass ich unheimlich viel gearbeitet habe, wie du weißt.«

»Gearbeitet? Oder hast du dich nur Nacht für Nacht betrunken?«

Wir starren einander böse an, und die Distanz zwischen uns scheint sich auszudehnen und zu vergrößern, obwohl sich keiner von uns von der Stelle rührt.

»Warum wirfst du mir noch immer vor, ich würde mich betrinken? Ich war seit Beginn des neuen Jahres nicht mehr betrunken. Ich habe nur getan, was die meisten normalen Erwachsenen tun, nämlich am Ende des Tages ein paar Gläser Wein zu trinken.«

»Dann gibst du also zu, dass diese Flaschen alle deine sind und du hinter meinem Rücken Alkohol getrunken hast?«

Er lacht, doch es klingt schrecklich gezwungen. »Ja, Bex. Ab und zu habe ich am Ende eines sehr langen Arbeitstags etwas getrunken. Was kein Problem sein dürfte, solange du keins daraus machst. Hast du auch nur eine Ahnung, unter was für einem Druck ich in den vergangenen Monaten gestanden habe? All der Stress mit der Arbeit, all der Stress mit meiner Mum. Aber du redest, als hättest du kein Wort von all dem gehört, was ich dir erzählt habe.«

Sein Ton hat sich wieder geändert, er ist nicht mehr so wütend und streitlustig wie zuvor, doch der Trotz ist noch da und lauert dicht unter der Oberfläche.

»Natürlich habe ich dir zugehört. Natürlich weiß ich, wie groß der Druck ist, unter dem du stehst. Aber das rechtfertigt dein Verhalten nicht, David. Das wirst du doch wohl einsehen?« Ich bemühe mich um einen ruhigen, festen Ton, um mich seinem nüchternen, pragmatischen anzupassen, und trotzdem klinge ich hoffnungslos pathetisch.

»Mach doch bitte keine Staatsaktion daraus, Bex! Es ist ja beinahe so, als wolltest du es zu einem Problem aufbauschen. Bitte erfinde also nichts, was gar nicht existiert, okay?«

Für einen Moment frage ich mich, ob er womöglich recht hat und ich aus einer Mücke einen Elefanten mache. Aber dann fällt mir wieder ein, wie selbstzufrieden er immer aussah, wenn er in der Öffentlichkeit einen Drink ablehnte, und mein Herz schlägt wieder schneller und bedrängt mich, die Sache nicht unter den Teppich zu kehren.

»Es ist keine Erfindung, David, dass mindestens zwei Dutzend leere Schnapsflaschen im Kofferraum deines Wagens stehen. Und auch die Tatsache, dass du mich jetzt schon fast drei Monate belogen hast – schamlos belogen! –, ist keine Erfindung. Ich habe nichts von alldem erfunden. Und genau das ist es, womit ich nicht fertigwerde. Es ist nicht einmal das Trinken selbst, was mich so wütend macht, sondern deine Lügen und das falsche Spiel, das du die ganze Zeit mit mir getrieben hast.«

»Und wessen Schuld ist das? Wenn du dich nicht selbst zur Alkoholpolizei ernannt hättest, hätte ich es gar nicht erst vor dir verbergen müssen. Du warst es schließlich, die solch ein Riesentheater darum machte und darauf bestand, dass wir drei Monate lang überhaupt keinen Alkohol anrührten. Nur deshalb war ich so geheimnistuerisch.«

Und dann zieht er die Augenbrauen hoch, als wär's das schon für ihn, als hätte er die Auseinandersetzung für sich entschieden und der Streit sei nun vorbei. Doch mein Verstand spult zu dem Gespräch zurück, das wir an dem Morgen nach Jacobs Schulaufführung geführt hatten, und plötzlich wird mir klar, dass irgendetwas an seiner Darstellung nicht richtig ist.

»*Du* warst es, David, der die dreimonatige Abstinenz vorschlug! Ich hatte nur gesagt, wir sollten ein paar Wochen lang nichts trinken. Warum hast du es überhaupt erst vorgeschlagen, wenn du nicht die Absicht hattest, dich daran zu halten?«

»Weil ich nie gedacht hätte, dass du dich daran halten würdest! Herrgott noch mal, Bex! Kannst du mir auch nur einen einzigen unserer Freunde nennen, der freiwillig drei Monate lang auf ein Glas Wein verzichten würde? Das ist absurd.«

Jetzt ist sein Gesichtsausdruck so ungläubig, dass ich mir nicht vorstellen kann, dass er wieder nur versucht, den Streit zu gewinnen, sondern allen Ernstes glaubt, was er behauptet.

»Warum hast du mir dann die ganze Zeit etwas vorgemacht? Warum hast du mich in dem Glauben gelassen, du rührtest keinen Alkohol mehr an, obwohl du insgeheim die ganze Zeit getrunken hast?«

»Weil du, wenn wir irgendwohin gingen und ich einen Drink ablehnte, jedes Mal so erfreut darüber wirktest, dass ich es nicht übers Herz brachte, dich zu enttäuschen.«

Meine Kehle wird ganz eng vor Traurigkeit, aber ich weiß nicht, ob ich traurig über den David bin, der mich nicht enttäuschen wollte, oder über den David, der das für einen ausreichenden Grund hielt, mich zu hintergehen.

»Du musst doch verstehen können, warum ich so verärgert bin? Du musst doch einsehen, dass dein Trinken ein Problem ist.«

Frustration fließt in meine Stimme ein, und ich kann sie nicht daraus verbannen, egal, wie sehr ich mich bemühe. Im Stillen flehe ich ihn an, sich des Problems bewusst zu werden, eine Auseinandersetzung zu beenden, die keiner von uns beiden will, und auf eine Lösung hinzuarbeiten.

Doch stattdessen lächelt er, ja er lacht sogar und schüttelt ungläubig den Kopf.

»Wie kann ich ein Problem mit dem Trinken haben, wenn du nicht mal wusstest, dass ich getrunken habe? Glaubst du im Ernst, ich könnte es vor dir verbergen, wenn ich Alkoholiker wäre? Es ist ja schließlich nicht so, als torkelte ich durch das Haus und könnte mich nicht mal mehr an meinen eigenen Namen erinnern! Außerdem haben wir früher beide gern getrunken. Es hat uns beiden Spaß gemacht, uns miteinander zu betrinken. Du warst es, die die Spielregeln geändert hat, Bex, als du nicht mehr so viel trinken wolltest und daraufhin beschlossen hast, dass ich es bin, der ein Problem hat. Das ist aber nicht gerade fair, oder?«

»Wir sind keine zwanzig mehr, David. Damals hatten wir Jobs, keine erfolgreichen Berufe, und mussten keine riesige Hypothek abzahlen. Und wir hatten auch Jacob nicht, verflixt noch mal! Nicht ich, sondern das Leben hat die Spielregeln geändert. Die Entscheidungen, die wir gemeinsam trafen, haben sie geändert. Die Dinge ändern sich nun mal, David. Das nennt man Erwachsenwerden. Und ich persönlich finde es sehr merkwürdig, in unserem Alter zu trinken, als wären wir noch Studenten im ersten Semester.«

»Du meine Güte, merkst du eigentlich nicht, wie bevormundend du klingst? Warum musst immer du diejenige sein, die bestimmt, wie und wann wir uns verändern?«

Wir drehen uns im Kreis, und ich frage mich, ob diese Taktik von ihm beabsichtigt sein mag, so lange auf derselben Stelle herumzutrampeln, bis wir uns die Schuhe schief getreten haben und nicht weiterkommen.

»Ich versuche gar nichts zu bestimmen. Aber weißt du, was? Du glaubst vielleicht, du wärst noch immer so lustig und charmant, wenn du betrunken bist, wie du es mit zwanzig warst. Doch das bist du nicht mehr, David. Die Hälfte der Zeit macht der Alkohol dich nicht mal lustig, sondern nimmt dir nur dein

Einfühlungsvermögen. Ich bin mir nicht einmal mehr sicher, ob ich dich noch mag, wenn du betrunken bist.«

Meine Stimme bricht, und ich kann die ersten warmen Tränen auf meinen Wangen spüren.

David rührt sich nicht, aber ich sehe, dass seine Züge weicher werden, die tiefen Linien um seine Augen sich wieder glätten und seine verkniffenen Lippen sich entspannen. Dann kommt er auf mich zu. Als wir uns gegenüberstehen, ergreift mich eine unerträgliche Trauer um uns, weil wir eine unsichtbare Grenze überschritten haben und keiner von uns beiden sicher sein kann, je wieder von dort zurückzufinden.

»Es tut mir leid, dass ich dich glauben ließ, nicht zu trinken. Und es tut mir auch leid, dass du dich von mir hintergangen fühlst. Aber du wirst doch sicher einsehen, dass nichts davon geschehen wäre, wenn du dich gar nicht erst so darüber aufgeregt hättest. Denn ich habe kein Problem, Bex. Wirklich nicht.«

Ich schaue ihm in die Augen, in diese krokodilgrünen Augen, die früher einmal die Antworten auf Fragen enthielten, von denen ich nicht einmal wusste, dass ich sie stellte. Heute sind sie wie tiefe Brunnen, in die ich nicht mehr einzutauchen wage, aus Angst vor dem, was ich dort finden könnte.

»Du hast sehr wohl ein Problem, David. Und wenn du das nicht selbst erkennst, ist das Problem sogar noch größer, als ich dachte.«

Seine Miene verhärtet sich sofort wieder, und ich merke, wie ich mich innerlich schon wappne, bevor er auch nur beginnt, mich anzuschreien.

»Verdammt noch mal, Bex, du klingst wie eine Geschworene bei einem mittelalterlichen Hexenprozess! Entweder gebe ich zu, dass ich ein Problem habe, oder ich bestreite es, und irgendwie ist das dann der Beweis für das Problem. Ich habe kein Alkoholproblem, Bex. Wie oft muss ich das noch sagen, verflucht noch mal?«

Seine Wut ist ausgebrochen wie ein lange ruhender Vulkan und spuckt eine glühende Aschewolke auf unseren Streit. Ich merke selbst, wie ich instinktiv vor ihm zurückweiche und mich mit dem Rücken an die Terrassentür lehne. Meine Beine fühlen sich nämlich plötzlich so schwach an, als könnten sie nicht dafür garantieren, mich noch länger aufrecht zu halten. Ein Teil von mir wünscht, ich hätte meine Wagenschlüssel nie verloren, stattdessen nicht Davids angenommen und vor allem niemals den Kofferraum seines verdammten Autos geöffnet.

Aber dann denke ich wieder an all diese Flaschen, deren Vorhandensein eine unbestreitbare Tatsache ist, ob ich sie nun gefunden habe oder nicht. Ich denke an all den Alkohol, den David allein und im Verborgenen getrunken haben muss. Auch an all die Lügen denke ich, die er mir aufgetischt haben muss. Die Art von Lügen, die mir jetzt so fest das Herz zusammenkrampfen, dass ich nicht einmal mehr sagen kann, ob es zu schnell oder vielleicht sogar überhaupt nicht schlägt.

»Wie kannst du dort stehen und behaupten, es existierte kein Problem? Du hast mich hintergangen und mir Lügen darüber aufgetischt, wo du gewesen bist und was du gemacht hast. Das ist fast so, als hättest du eine Affäre, David, nur dass deine Geliebte eine verdammte Whiskyflasche ist.«

Er schüttelt den Kopf, und der Blick, den er mir zuwirft, ist so voller Verachtung, dass ich mich abwenden muss. »Das ist ja nun wirklich lächerlich!«

»Ach ja? Und wo liegt der Unterschied, David? Wir leben zu dritt in dieser Ehe – du, ich und der Alkohol. Wenn du eine richtige Geliebte hättest, wüsste ich vielleicht wenigstens, womit ich es zu tun habe. Aber der Alkohol treibt einen Keil zwischen uns und entzweit uns genau so, als wärst du mir untreu. Diese Art von Heimlichtuerei ist sehr ungesund und gar nicht gut für unsere Ehe. Das musst du doch auch sehen können, David?«

Einen Herzschlag lang herrscht Schweigen, das jedoch eine Ewigkeit anzudauern scheint und in dem ich das Dröhnen des Blutes in meinen Ohren hören kann.

Und dann wechselt Davids Gesichtsausdruck zu einem, den ich noch nie bei ihm gesehen habe. Ich muss den Blick abwenden, weil ich den Zorn in seinen Augen nicht ertragen kann.

Es ist Hass, was ich darin erkenne. Jetzt hasst er mich auch noch.

»Zum Teufel noch mal, Bex. Ich höre mir diesen Scheiß nicht länger an.«

Und schon dreht er sich um und stürmt in die Diele hinaus, und als die Haustür hinter ihm zufällt, öffnen sich bei mir die Schleusen. All die Tränen, die ich in der letzten halben Stunde zurückgehalten habe, strömen mir die Wangen hinunter.

Ich weine, bis ich vollkommen erschöpft bin und nicht einmal mehr Tränen habe.

Der Gesichtsausdruck, mit dem David sich von mir abwandte, hat sich mir so nachhaltig ins Gedächtnis eingeprägt, dass ich befürchte, meinen Mann nie wieder anschauen zu können, ohne ein Echo dieses Blickes zu sehen. Ich registriere noch, wie er hinausstürmt, und mir ist, als stünde ich an einem Ufer und sähe ihn aufs offene Meer hinausschwimmen, wo er sich immer weiter und weiter von mir entfernt. Das Schlimmste jedoch ist, dass ich nicht sagen kann, ob er freiwillig hinausschwimmt oder ob eine unsichtbare Strömung ihn irgendwohin zieht, wo er gar nicht hinwill. Aber ich kann nichts tun, um ihn ans Ufer und in Sicherheit zu bringen, und das zu wissen erfüllt mich mit einem Schrecken, der in Panik umzuschlagen droht.

Bei einem Blick auf die Küchenuhr wird mir klar, dass Jacob wahrscheinlich in der nächsten Viertelstunde nach Hause kommen wird. Deshalb gehe ich in die Diele, auf demselben Weg wie David vor ein paar Minuten noch, und steige die Treppe zum Bad hinauf.

Dort oben schaue ich mich im Spiegel an. Mein Gesicht kommt mir seltsam fremd vor, was aber wohl vor allem daran liegt, dass ich es nur selten so tränenverschmiert und fleckig wie jetzt gerade gesehen habe.

Eine Haarsträhne klebt an meiner Wange, und ich zupfe sie ab und frage mich, wie und wann meine Ehe sich so verändert hat. Waren David und ich nicht bis vor Kurzem noch sehr glücklich miteinander?

Als ich die Haarsträhne hinters Ohr streiche, durchzuckt ein stechender Schmerz meinen Schädel. Schnell greife ich nach dem Waschbecken und halte mich dort fest, während der Schmerz seine Kreise zieht wie ein Radfahrer in einem Velodrom. Ich bete, dass der Schmerz aufhört. Aber als ich die Augen schließe, wird er nur noch intensiver. Hinter meinen geschlossenen Lidern sehe ich eine Szene, die mein Herz zum Weinen bringt vor Mitleid mit einer Version von mir, an die ich bis zu diesem Moment keinerlei Erinnerung mehr hatte.

Auch hier schaue ich in einen Spiegel, und das Gesicht, das mich daraus ansieht, ist mein eigenes, nur viele, viele Jahre jünger. Ich muss etwa fünf oder sechs sein, denn meine Beine baumeln noch von dem Stuhl herab, auf dem ich sitze, und sind noch weit entfernt vom Boden. Und das kleine Mädchen, das mich aus dem Spiegel anblickt, weint und stößt solch tiefe, jämmerliche Schluchzer aus, dass ich ihren Widerhall in meiner eigenen Brust spüren kann. Meine Augen sind rot und geschwollen, mein Gesicht ist feucht von Tränen. Ein dunkelbraunes Handtuch liegt über meinen Schultern, denn mein

Haar ist nass. Ich zittere vor Kälte, als ein paar kalte Wassertropfen auf meinen Nacken fallen und mir den Rücken hinunterlaufen. Ich will nur noch, dass meine Mum kommt und mich rettet, aber ich weiß, dass sie nicht da ist. Und mein Instinkt sagt mir, dass sie auch nicht kommen wird. Der Raum um mich herum ist verschwommen, als hätte jemand einen Filter vor meiner Erinnerung angebracht, der mich daran hindern soll, das ganze Bild zu sehen. Doch ich kann es riechen: Ein ätzender Geruch nach Chemikalien dringt mir in die Nase. Ein Mann steht seitlich neben mir, groß und herrisch. Ich versuche, sein Gesicht zu sehen, aber das kann ich nicht. Ich weiß nur, dass ich Angst vor ihm habe. Und hinter mir steht eine Frau, die ich auch nicht kenne. Als ich im Spiegel ihrem Blick begegne, flehe ich sie mit meinen Augen an zu beenden, was immer hier auch vorgehen mag. Doch sie wendet sich so brüsk und gleichgültig ab, dass ich die Unvermeidlichkeit dessen, was hier geschehen wird, spüren kann. Und als sich mein Verdacht bewahrheitet, weine ich sogar noch herzzerreißender. Mein Magen verkrampft sich von dem schrecklichen Bewusstsein meiner Machtlosigkeit alldem gegenüber …

Ein lautes Klingeln ertönt, und ich versuche einzuordnen, woher es kommt, indem ich meine Erinnerung durchsuche, um zu sehen, ob ich noch mehr davon in mein Blickfeld bringen kann.

Als das Klingeln dann aber immer tiefer in mein Bewusstsein dringt, merke ich, dass es mir bekannt ist. Es ist ein Geräusch, das ich tatsächlich kenne.

Ich öffne die Augen, und wieder klingelt es an der Tür. Schnell überprüfe ich mein Aussehen im Spiegel, tupfe etwas Puder auf meine glänzende Nase und hoffe, dass Jacob heute nicht besonders aufmerksam ist.

Als ich die Haustür öffne, steht er da, noch ganz rot im

Gesicht von der Bewegung, und lächelt mich an, bevor er Ethan und Seth, die draußen im Wagen sitzen, zuwinkt und in die Diele stürmt.

»War es ein schöner Morgen, Schatz?«

»Es war super! Ich habe drei Tore geschossen! Wann kommt Omi? Bringt sie Nachtisch mit?«

Ich brauche einen Moment, um zu verstehen, wovon er spricht, und als es mir wieder einfällt, verkrampft sich mir der Magen.

Ich hatte Mum zum Mittagessen eingeladen! Da am Dienstag ihr und Dads Hochzeitstag war, dachte ich, dass sie sich wahrscheinlich die ganze Woche über besonders einsam fühlen würde.

Schnell werfe ich einen Blick auf die Uhr. Fünf nach zwölf. In weniger als einer halben Stunde wird Mum da sein. Viel zu bald also schon, um ihr noch abzusagen.

Und so folge ich Jacob seufzend in die Küche und frage mich, wie ich den Rest des Tages überstehen soll.

KAPITEL FÜNFZIG

JUDITH

Die Haut um Rebeccas Augen ist verquollen und gerötet. Es ist sogar durch das Make-up zu sehen, das sie zu dick aufgetragen hat, um die Schwellung zu verbergen. Mir liegt schon die Frage auf der Zunge, was geschehen ist und warum sie geweint hat. Aber ich presse die Lippen zusammen und verkneife mir die Worte. Ich weiß, dass meine Fragen sie nur irritieren würden, ganz gleich, was meine Absicht dabei ist.

Wir sind allein in der Küche. Jacob ist noch oben und sucht ein Buch heraus, das er mir zeigen will, und auch David ist nirgends zu sehen. Ich hatte die Haustür noch nicht ganz hinter mir geschlossen, als Rebecca ihn bereits entschuldigte und sagte, er habe noch einmal ins Büro gemusst und sie sei nicht sicher, ob er es schaffen werde, rechtzeitig zum Lunch wieder zu Hause zu sein. Sie hatte versucht, ihrer Stimme einen beiläufigen Tonfall zu verleihen. Aber die Worte waren viel zu schnell und laut von ihren Lippen gekommen, und sie hatte eine ungeheure Anspannung ausgestrahlt.

Jetzt steht Rebecca mit dem Rücken zu mir in der Küche und rührt in einer Sauce. Sie gibt zwei gute Schuss Weißwein dazu, senkt den Kopf und schnuppert ausgiebig, bevor sie zögert und dann noch etwas Wein hinzufügt.

Während ich ihr beim Kochen zusehe, bei dem sie ruhig und methodisch vorgeht wie immer, scheint der Sand der Zeit zurückzufließen – Wochen, Monate, Jahre rieseln durch das Stundenglas zurück, bis Rebecca wieder sieben ist und auf einem Stuhl vor dem Herd in einer Küche steht, an deren

Fremdheit wir uns beide noch gewöhnen müssen. Das Haar fällt ihr in zwei dicken Zöpfen auf die Schultern, und wenn der eine oder andere ihr gelegentlich auf einen ihrer schlanken Arme fällt, wirft sie ihn mit einer lässigen Handbewegung wieder zurück. Ich stehe seitlich neben und ein wenig hinter ihr und schaue zu, wie die Schokolade und die Butter langsam schmelzen, bis nicht mehr zu erkennen ist, ob die Butter braun oder die Schokolade heller geworden ist. Rebecca wirft einen Blick über die Schulter. Daraufhin beginnt ihr Stuhl zu wackeln, und ich strecke instinktiv die Arme aus, um sie aufzufangen, falls sie fällt. Aber sie schüttelt den Kopf und hält sich an der Arbeitsfläche fest.

Es geht schon, Mummy. Ich kann das auch allein.

Mir ist nicht ganz klar, ob ich nicht glaube, dass das wahr ist, oder ob ich mir einfach nur wünsche, es stimmte nicht.

Trotzdem nicke ich, doch sie hat sich schon wieder dem Herd zugewandt und sieht meine zustimmende Geste nicht.

Dreiunddreißig Jahre später trägt meine Tochter natürlich keine Zöpfe mehr, sondern hat ihr Haar zu einem lockeren Knoten zusammengenommen, aus dem sich vereinzelte Strähnen gelöst haben und ihr Gesicht umrahmen.

»Das Essen riecht köstlich, Liebes. Aber du warst ja schon immer eine viel bessere Köchin als ich.«

Rebecca dreht sich nicht um, um etwas zu erwidern. Doch ich glaube zu sehen, wie sich langsam ihre Schultern heben, als wäre ihr Körper außerstande, den lautlosen Seufzer zurückzuhalten, der sich ihr entringt.

»Ach, es ist nichts Besonderes, Mum. Wirklich nicht.«

Ein paar Sekunden vergehen, in denen ich darauf warte, dass sie vielleicht noch etwas hinzufügt, um die Frustration, die in ihrer Stimme mitklang, etwas abzumildern. Aber als sie schweigend und mit dem Rücken zu mir stehen bleibt, nehme ich schließlich das Besteck aus der Schublade und beginne, den Tisch zu decken.

Als Rebecca sich endlich umdreht, tut sie es auch nur, um die Tür des Backofens zu öffnen. Mit einer Hand wedelt sie den ausströmenden Dampf beiseite, der ihr ins Gesicht schlägt, und nimmt ein Blech mit Seebarsch-Filets heraus, deren Garheitsgrad sie vorsichtig mit einem Messer prüft. Als sie das Blech wieder in den Ofen schiebt, huscht ihr Blick durch die Küche und begegnet für einen flüchtigen Moment lang meinem. Fast schon wie versehentlich. Bis ich es geschafft habe, ein Lächeln aufzusetzen, hat sie sich schon wieder abgewandt und mit dem Zerlegen eines Brokkoli begonnen.

Es gibt Momente wie diesen, in denen ich mich frage, wie es bei Rebecca und mir zu einer so großen Entfremdung in unserer doch eigentlich auf Vertrautheit basierenden Beziehung kommen konnte.

»Lass mich das tun, Becca.«

Ich nehme ihr das Sieb ab und lasse kaltes Wasser über die grünen Röschen laufen. Wahrscheinlich steht meine Tochter jetzt mit hochgezogenen Augenbrauen hinter mir. Sie fand es schon immer übertrieben, wie gründlich ich Obst und Gemüse wasche, und wenn ich sie noch so oft daran erinnere, dass man nicht wissen kann, in wessen Händen sie bereits gewesen sind.

Als ich ihr den Brokkoli zurückgebe, fällt mir wieder der Ausdruck des Unbehagens um ihre Augen auf, der mich sogleich zu dem Nachmittag der Schulaufführung und der Furcht zurückversetzt, die mich seit jenem Tag verfolgt. Doch anscheinend bin ich außerstande, auf das zu vertrauen, was auch immer diese beständige Furcht mir sagen will. Stattdessen frage ich mich, ob ich nicht vielleicht nur Dinge zu sehen glaube, die es gar nicht gibt. Ob ich mir Risse vorstelle, die nicht da sind, oder Fissuren in Rebeccas Leben finde, die nicht ihre sind. Ich wünschte nur, es gäbe eine Möglichkeit, meiner Besorgnis Ausdruck zu verleihen, ohne etwas zu sagen, was sie provozieren würde – auch wenn ich keine Ahnung habe, was das ist.

Sprich doch bitte mit mir!, flehe ich sie im Stillen an.

»Es ist doch alles in Ordnung, nicht?«, höre ich mich stattdessen fragen. Und dann, bevor ich die Worte zurückhalten kann, kommen sie mir über die Lippen, als hätten sie einen eigenen Willen: »Mit David, meine ich. Zwischen euch ist doch alles in Ordnung?«

KAPITEL EINUNDFÜNFZIG

BEX

Die Härchen an meinem Nacken sträuben sich, als machten sie sich auf einen Kampf gefasst.

»Natürlich ist alles in Ordnung, Mum. Warum um Himmels willen sollte es das nicht sein?« In meiner Stimme schwingt Gereiztheit mit, obwohl ich sie im Zaum zu halten versuche wie ein unartiges Kind.

»Aus keinem besonderen Grund, Schatz. Es war nur eine Frage, weiter nichts.«

Es ist nie nur eine Frage und weiter nichts, widerspricht eine Stimme in meinem Kopf. Es gibt immer einen Grund. Man fragt nie nur einfach so.

Ich kehre Mum nach wie vor den Rücken zu, doch hinter mir kann ich ihre Augen spüren, die mich beobachten und nur darauf warten, dass ich weiterrede. Ich wünschte, sie verstünde, ohne es ihr erst erklären zu müssen, warum meine Schultern sich bei ihrer Frage versteifen und ich die Zähne zusammenbeiße, um nicht mehr zu sagen.

Ich öffne das Fenster, um die sanfte Frühlingsbrise hereinzulassen, denn in Momenten wie diesem fühlt sich die Enttäuschung schon beinahe erdrückend an.

Mum geht zum Tisch hinüber und hantiert wieder mit dem Besteck herum, das sie gerade erst zurechtgelegt hat. Ich würde ihr gern sagen, sie solle es lassen und aufhören, so auffallend um ein Gespräch oder eine Beschäftigung bemüht zu sein, als genügte ihr die Aussicht nicht, sich einfach nur in den Rhythmus des Hauses einzufügen.

Über unseren Köpfen höre ich das Knarren von Jacobs Schritten auf den Dielen und überlege, ob ich ihn herunterrufen soll, um es ihm zu überlassen, die Stille zwischen Mum und mir zu füllen. Irgendetwas an Jacobs Anwesenheit hilft gewöhnlich, die Nähte zu kaschieren, die Mums und meine Beziehung zusammenhalten. Seine Gelassenheit vielleicht oder seine ansteckende Neugier auf die Welt, die uns in der Beantwortung seiner Fragen eine gemeinsame Aufgabe gibt. Oder vielleicht ist es auch allein schon seine Existenz, die Kontinuität des Erbes, die Mum und mich in einer Zukunft verbindet, zu der wir beide eines Tages nicht mehr dazugehören werden.

»Kann ich dir sonst noch irgendwie helfen?«

Es ist das Zaudern in ihrer Stimme, das mich veranlasst, mich ihr zuzuwenden. Sorge und Nervosität verknüpfen sich zu einer steilen Falte zwischen ihren Augenbrauen. Am liebsten würde ich sie in die Arme nehmen, um ihr zu sagen, dass sie sich keine Sorgen machen soll, und mich für meine Verdrießlichkeit entschuldigen. Ihr sagen, dass ich sie liebe.

»Ich schaffe das schon, danke. Es ist alles unter Kontrolle. Warum setzt du dich nicht einfach hin und entspannst dich, Mum?«

Unsere Blicke begegnen sich kurz, bevor ich mich abwenden muss.

Jedes Mal, wenn sie kommt, gibt es kurz vorher einen Moment, in dem ich mir ganz bewusst vornehme, mich zu bessern. Geduldiger zu sein und mir Bemerkungen, von denen ich weiß, dass sie völlig harmlos sind, nicht unter die Haut gehen zu lassen. Aber irgendetwas vollzieht sich, wenn sie und ich zusammen sind. Eine Alchemie, die trotz ihrer Vorhersehbarkeit nicht leicht zu vermeiden ist. Das Gefühl, dass ich, ganz gleich, was ich auch tue, wie alt ich bin oder was auch immer ich erreiche, für meine Mutter immer nur sechs Jahre alt sein werde.

Manchmal sagt sie es sogar zu mir: »Du wirst immer mein kleines Mädchen sein, egal, wie alt du bist.« Oder sie sagt, dass es für mich mit Jacob eines Tages genau das Gleiche sein wird. Und jedes Mal, wenn sie es ausspricht, ertappe ich mich dabei, dass ich im Stillen hoffe, sie irrte sich.

»Ich sitze nicht gern untätig herum, während du beschäftigt bist. Nicht, nachdem du die ganze Woche gearbeitet hast.«

»Sei nicht albern, Mum. Ich koche nur ein Mittagessen. Das ist ja wohl kaum sehr anstrengend.«

Da mir die eigentlichen Arbeiten in der Küche ausgegangen sind, fülle ich das Becken mit heißem Wasser und spüle Küchenutensilien, die ich ebenso gut in die Spülmaschine stecken könnte. Mum bleibt sekundenlang unschlüssig hinter mir stehen, bevor sie nach einem Geschirrtuch greift und abtrocknet, was ich sonst nur abtropfen ließe.

»Versteh mich nicht falsch, Liebes, doch du siehst heute nicht ganz wie du selbst aus. Ich weiß, dass es dumm von mir ist, mich zu sorgen, aber ich kann nun mal nicht anders.«

Ich schaue Mum nicht an, sondern vermeide es ganz bewusst, ihr ins Gesicht zu sehen. Sie soll die wahre Antwort nicht in meinen Augen entdecken, bevor ich mir eine Erwiderung zurechtlegen kann.

»Ich weiß, Mum. Doch mir geht es gut. Wirklich. Du musst aufhören, dir Sorgen zu machen, wenn es keinen Anlass dazu gibt.«

Als ich mich umdrehe, starrt Mum mich noch immer an, und ihr prüfender Blick ist derart scharf und durchdringend, dass ich etwas tun muss, um sie abzulenken.

»Übrigens fällt mir gerade ein, dass ich dich etwas fragen wollte, Mum. Ich habe darüber nachgedacht, wie es war, als ich noch klein war. Über die Zeit, als wir nach Bristol umgezogen sind und ich die Schule wechseln musste. Warum sind wir eigentlich so kurz nach Dads Tod umgezogen? Wären wir nicht besser geblieben, wo wir waren, um ein bisschen mehr Stabilität zu haben?«

KAPITEL ZWEIUNDFÜNFZIG

JUDITH

Mir fährt der Schreck in die Glieder, und ein kalter Schauer der Furcht kriecht an meiner Wirbelsäule entlang wie eisige Füßchen.

Tief im Innersten habe ich schon immer gewusst, dass sie mir die Frage eines Tages stellen würde. Und nun, da es so weit ist, bin ich überrascht, dass sie so lange dafür gebraucht hat.

»Ich dachte, ein neuer Anfang wäre das Richtige für uns. Wahrscheinlich glaubte ich, eine größere Veränderung täte uns beiden gut.« Das ist keine Lüge – es sei denn, dass auch in ungesagt gebliebenen Dingen eine Lüge liegen kann.

»Aber ist das nicht das Gegenteil von dem, wozu einem fast jeder rät, wenn ein Angehöriger gestorben ist? Heißt es denn nicht, dass man dann keine großen Veränderungen in seinem Leben vornehmen und keine vorschnellen Entscheidungen treffen sollte?«

Ich blicke in den Garten hinaus, um mir Zeit zu erkaufen. Doch ich weiß, dass ich schon alle Zeit der Welt gehabt habe, um mir eine Antwort auf diese Frage zurechtzulegen. Fast vier Jahrzehnte habe ich dafür Zeit gehabt und trage also ganz allein die Schuld daran, dass ich jetzt hier stehe und mir immer noch die Worte fehlen.

»Mum? Ist mir damals in der Schule etwas passiert? Etwas nicht sehr Nettes? Ich habe mich in letzter Zeit an einiges erinnert, doch es waren immer nur Bruchstücke, aus denen ich nicht schlau werde. Ich hatte gehofft, dass du etwas Licht in diese Erinnerungen bringen könntest.«

Panik schnürt mir die Kehle zu, und meine Gedanken rasen.

Rebecca hat sich anscheinend an einiges erinnert, und ich möchte wissen, an was genau sie sich erinnert. Ich muss es wissen. Und dann werde ich ihr diese Erinnerungen wieder nehmen, sie gut eingetütet in einem Kasten einschließen und den Schlüssel wegwerfen.

Aber ich wage es nicht, sie zu fragen. Ich wage es nicht, weil ich die Antwort eigentlich gar nicht wissen will.

Ich habe schon einmal gesehen, wohin es uns beinahe geführt hätte, zu viele Fragen zu stellen. Wie damals, als dieser neugierige Psychiater in den tiefsten Winkeln ihrer Erinnerung herumzustochern begann und ausgerechnet die Geschichten ausgrub, die sie meiner Meinung nach am dringendsten vergessen musste. Ich kann jetzt wieder den Ausdruck auf seinem Gesicht sehen, das Verstehen, das so jäh in seinem Blick erschien wie das Morgenlicht, das die in Dunkel getauchte Nacht erhellt. Ich sah, wie er mich anschaute – war es mitleidig oder anklagend? Da wusste ich, dass ich nur hoffen konnte, dass er weniger verstand, als ich befürchtete. Und dass Rebecca nur ja nicht versehentlich Hinweise preisgeben würde, die zu der Antwort führten, der er mit jeder seiner Fragen näher kam.

Aber wir haben es überstanden. Überstanden und überlebt, und ich habe sie nie wieder zu ihm gebracht, nicht einmal nach all seinen Anrufen und Briefen, in denen er mich beschwor, mit ihr zurückzukehren. Oder mich davon zu überzeugen versuchte, dass er helfen könnte und es nur in Rebeccas Interesse sei, eine Therapie bei ihm zu machen. Doch nur ich wusste, was das Beste für sie war. Kein anderer hätte das wissen können.

»Es gibt Dinge, die sich nicht verschweigen oder unter den Teppich kehren lassen, Mrs. Mendelson. Sosehr wir uns auch bemühen, die Vergangenheit zu begraben, hat sie doch die Angewohnheit, zurückzukehren und uns zu quälen, wenn wir es am wenigsten erwarten.«

Das war es, was er mir sagte, als ich Wochen später in dem Glauben, er hätte aufgegeben, eines Tages dummerweise ans Telefon gegangen war.

Aber ich werde nicht zulassen, dass die Vergangenheit zurückkehrt. Sie hat mich fast mein gesamtes Erwachsenenleben verfolgt, und ich werde ganz bestimmt nicht zulassen, dass sie auch Rebecca quält.

»Warum fängst du jetzt mit alldem wieder an, Rebecca? Du weißt, dass ich nicht gern darüber rede.«

»Ja, das weiß ich, Mum. Ich weiß, wie unangenehm dir dieses Thema ist, doch es gibt so viel, was ich bis heute nicht verstehe. So viel, woran ich mich nicht mehr erinnere. Das Einzige, worum ich dich bitte, ist, mir etwas über meine eigene Vergangenheit zu erzählen.«

»Ich bin mir nicht mal sicher, ob ich mich selbst daran erinnere, mein Schatz. Das ist doch alles schon so schrecklich lange her.«

Reue und Bedauern erfüllen die darauf folgende Stille, die ich eigentlich mit meiner Antwort füllen müsste. Reue, Traurigkeit und stumme, aber zutiefst empfundene Abbitten, obwohl ich weiß, dass Rebecca sie nicht hören kann. All das und das Bedauern darüber, dass der Wunsch, die Dinge wären anders gewesen, nie die Macht haben wird, die Vergangenheit zu ändern.

»Oh, Herrgott noch mal, Mum! Du musst dich doch daran erinnern. Du kannst doch unmöglich vergessen haben, was dich dazu brachte, mit mir umzuziehen. Oder was mir in der Grundschule widerfahren ist. Ich würde jedenfalls ganz sicher nicht vergessen, was Jacob in der Schule gerade erlebt, auch in dreißig Jahren nicht!«

Irgendetwas an ihrer Bemerkung über Jacob lässt mich aufhorchen.

»Wieso, was ist denn mit Jacob? Ist irgendetwas nicht in Ordnung?«

Verärgerung schwingt in Rebeccas tiefem Seufzer mit. »Hör auf, das Thema zu wechseln, Mum. Ich stelle dir nur ein paar simple Fragen und verstehe nicht, warum du sie mir nicht beantwortest.«

Ich weiß, dass du es nicht verstehst, mein Schatz. Und es ist ja auch der Sinn der Sache, dass du es nicht verstehst.

»Ich will nicht mit dir streiten, Rebecca. Können wir nicht einfach nur in Ruhe zusammen zu Mittag essen?«

»Ich streite nicht, sondern versuche nur, ein Gespräch mit dir zu führen, das dir schwerfällt. Das ist nicht das Gleiche wie ein Streit.«

Es fühlt sich aber genauso an, sage ich mir im Stillen. *Zumindest scheinst du genauso böse auf mich zu sein, als stritten wir miteinander.*

»Warum erzählst du es mir nicht einfach, Mum? Es ist meine Vergangenheit und mein gutes Recht, etwas darüber zu erfahren. Ich würde Jacob niemals so etwas verheimlichen.«

Ich hoffe nur, dass du dich nie dazu gezwungen siehst.

»Ich kann mich wirklich nicht mehr an die Einzelheiten erinnern, Liebes. Wahrscheinlich stand ich unter Schock. Es war eine sehr schwierige Zeit.«

Eine Lüge und zwei Wahrheiten. Ich frage mich, ob die beiden Letzteren die Erste vielleicht aufheben und meine Antwort ausgleichen.

Rebecca kehrt mir wieder den Rücken zu, reißt eine Schublade auf und nimmt einen Topf heraus, den sie wütend auf den Herd knallt.

Das wird wieder vorübergehen, sage ich mir beruhigend.

Ich muss den Sturm nur überstehen, bis ihre Wut verraucht ist.

Ich würde ihr so gern versichern, dass es das Beste ist. Dass sie mir nur vertrauen muss. Dass ich vor langer Zeit einen Entschluss gefasst habe und nicht glaube, dass ich die Kraft besäße, ihn rückgängig zu machen, selbst wenn sie mich auf Knien darum bäte.

Bitte vertrau mir!, flehe ich sie im Stillen an. *Bitte, bitte!*

KAPITEL DREIUNDFÜNFZIG

BEX

Ich bin zu wütend, um Mum anzusehen. Und ich kann mich auch nicht darauf verlassen, dass ich jetzt nicht irgendetwas sage, was ich später vielleicht bereuen werde.

Also kippe ich stattdessen einen Berg von Brokkoli in den Dampfgarer – viel zu viel für uns drei, da David offenbar nicht erscheinen wird. Ich erhöhe die Hitze unter dem Topf, während mein Puls vor lauter Frustration über all die unbeantworteten Fragen rast.

Kurz blicke ich zur anderen Seite der Küche hinüber, wo Mum gerade so tut, als schaute sie sich einige der auf dem Kaminsims stehenden Weihnachtskarten an. Aber in dem Spiegel über dem Kamin kann ich sie sehen. Ich sehe ihren seltsamen Gesichtsausdruck, den Kummer in ihren Augen, das Bedauern in den Fältchen auf ihrer Stirn, die Furcht in ihrem verkniffenen Mund – und ich weiß, dass ich genau diesen Ausdruck schon einmal bei ihr gesehen habe. Aber so angestrengt ich auch nach der Erinnerung suche, scheint sie doch einfach nicht aus ihrem Versteck herauskommen zu wollen.

Und dann schießt mir plötzlich der schon vertraute Schmerz durch den Kopf, und ich schließe bereitwillig die Augen, weil ich wissen will, wohin er mich wohl diesmal führen wird.

Ich stehe in der Diele des Hauses, in dem ich als Kind gelebt hatte, in dem ersten, nicht im zweiten, und die Luft um mich herum hat die Beschaffenheit eines Morgens, der noch nicht sicher ist, ob er schon erwachen will. Ich kann nicht älter sein als fünf oder sechs, da ich meinen Minnie-Mouse-Morgenmantel trage, den ich der Kälte wegen noch fester vor der Brust zusammenziehe. Vor mir sehe ich unsere Mahagoni-Eingangstür und bin mir meines verzweifelten Wunsches bewusst, sie aufgehen zu sehen. Hinter mir steht eine Frau, die ich nicht kenne und die eine Uniform trägt, die ich aber nur verschwommen sehen kann. Die Frau sagt zu mir, ich solle zum Frühstück in die Küche kommen. Ob ich gern ein paar Pfannkuchen hätte, fragt sie, und an ihrer Stimme kann ich hören, dass sie freundlich zu mir sein möchte. Aber sie kann ihre Ungeduld trotzdem nicht ganz verbergen. Doch ich will kein Frühstück, keine Pfannkuchen und auch nichts anderes. Ich will nur, dass sich die Haustür öffnet, wünsche es mir mehr als bisher irgendetwas anderes in meinem Leben.

Und so bleibe ich dort stehen, beobachtend und wartend, und die Frau hinter mir gibt schließlich auf und geht allein in die Küche. Ein paar Sekunden später dringt der blecherne Klang von Popmusik in die Diele. Wahrscheinlich versucht die Frau, mich damit aufzuheitern, doch ich mag jetzt keine Musik hören.

Den Blick auf die Eingangstür geheftet, warte ich dort eine Ewigkeit – oder zumindest fühlt es sich so an. Mein Blick ist schon so starr geworden, dass sich die Tür vor mir verzieht und dehnt und ich mir eine Bewegung vorstelle, wo keine ist. Aber irgendwann höre ich dann doch das unverkennbare Geräusch eines Schlüssels, der ins Schloss gesteckt wird. Ich spüre, wie mein Herz gleich höherschlägt vor Hoffnung, dass es Mum sein möge, die da kommt.

Und dann ist sie da. Mum ist endlich da und steht vor mir in der Diele! Die Erleichterung, die mich erfasst, ist so überwältigend, dass ich mich an Mum festhalten muss, um mich zu fangen – und mich davon zu überzeugen, dass sie real und nicht nur irgendein Trugbild ist.

Sie nimmt mich auf den Arm und drückt mich so fest an sich, dass ich kaum noch Luft bekomme. Aber das macht mir nichts aus, weil ich so froh bin, dass sie zu Hause ist, so erleichtert, dass sie wieder da ist. Mein Kopf liegt an ihrem Nacken, und ich kann das schnelle Heben und Senken ihrer Brust spüren, doch ich weiß nicht, ob sie nur komisch atmet oder lautlos weint.

Irgendwann entlässt sie mich aus ihren Armen, und als sie mich ansieht, hat sie den gleichen Gesichtsausdruck wie meine Mum im Hier und Heute: Ich sehe Kummer, Bedauern und Furcht, und ich habe keine Ahnung, woher diese Gefühle gekommen sind oder warum sie jetzt auch Mums Züge prägen. Ich weiß nur, dass ich wünschte, sie würden verschwinden und Mums normales Gesicht würde zurückkehren. Doch dann lächelt sie mich an, streichelt mir über die Wangen und fragt mich, was ich gern zum Frühstück hätte. Obwohl sie müde und blass aussieht, habe ich plötzlich das Gefühl, dass alles wieder gut werden wird.

Aber dann höre ich das Geräusch von zersplitterndem Glas, das mich augenblicklich wieder in die Gegenwart versetzt.

Erschrocken blicke ich zu der Quelle des Geräuschs herab und sehe ein zerbrochenes Wasserglas zu meinen Füßen, das ich versehentlich von der Arbeitsfläche gestoßen haben muss. Und dann höre ich jemanden nach Luft schnappen, und als ich den Kopf hebe, sehe ich, wie erschrocken und verängstigt Mum aussieht. Alle Farbe ist aus ihrem Gesicht gewichen, und ihre Augen sind groß, ängstlich und erwartungsvoll, obwohl ich keine Ahnung habe, was sie erwarten könnte.

»Tut mir leid, Mum. Habe ich dich erschreckt?«

Sie hebt abrupt den Kopf und blinzelt mich an, als wäre sie überrascht, mich hier zu sehen.

»Mum? Geht's dir gut, Mum?«

Ihre erste Reaktion ist ein Kopfschütteln, das sie dann jedoch schnell zu einem Nicken abwandelt.

»Ja, mein Schatz. Ich habe mich nur erschreckt, weiter nichts.«

Sie zwingt sich zu einem Lächeln, und plötzlich drängen sich Schuldgefühle zwischen meine Wut und Frustration und erinnern mich daran, dass diese Woche ihr und Dads Hochzeitstag ist. Und dass ich in der Zeit mehr Geduld für sie aufbringen muss, weil sie immer viel verwundbarer ist, wenn dieser Jahrestag naht. Meine Gewissensbisse führen mir auch wieder einmal vor Augen, dass ich nicht wissen kann, wie sehr Mum nach Dads Tod gelitten hat, und es mir daher auch nicht zusteht, die Entscheidungen zu hinterfragen, die sie traf. Denn es ist unmöglich, sich eine Vorstellung davon zu machen, wie ihr Leben damals für sie gewesen sein muss. Ich kann nur hoffen, dass ich diese Erfahrung niemals selbst machen muss.

Ich gehe zu ihr und lege den Arm um ihre Schulter. »Tut mir leid, Mum.«

Wieder schüttelt sie den Kopf, dieses Mal jedoch entschiedener. »Mach dir keine Sorgen. Es war dumm von mir, mich so zu erschrecken. Schließlich ist es nur ein zerbrochenes Glas.«

Ich drücke ihr beruhigend die Schulter und übe im Geiste meinen nächsten Satz, bis ich sicher bin, den richtigen Ton gefunden zu haben. »Ich meinte nicht das Glas, Mum, sondern all die Fragen, mit denen ich dich vorhin bestürmt habe. Ich weiß, dass dich das aufregt, und das tut mir leid.«

Es ist wahr, dass es mir leidtut, aber trotzdem kann ich nicht umhin zu wünschen, dass die Dinge anders wären.

Der Timer piept, um mich darauf hinzuweisen, dass der Brokkoli gar sein müsste. Ich küsse Mum schnell auf die Wange, die nach dem gleichen Puder riecht wie schon seit vierzig Jahren.

Dann lasse ich den Brokkoli abtropfen und den davon aufsteigenden Dampf entweichen, bevor ich den Deckel wieder auflege, um das Gemüse warm zu halten.

»Jacob! Das Essen ist fertig«, rufe ich nach oben. »Du solltest jetzt herunterkommen.«

KAPITEL VIERUNDFÜNFZIG

BEX

Im Haus ist es still, aber ich bin mir nicht sicher, ob ich diese Stille als unheimlich oder angenehm empfinde.

Mum ist fast den ganzen Nachmittag geblieben. Am Ende war ich froh darüber, weil Jacob in ihrer Gegenwart zumindest nicht bemerkte, wie geistesabwesend und zerstreut ich war. Wie viele Male ich mein Telefon ergriff, um nach nicht vorhandenen Nachrichten zu sehen. Wie oft mein Kopf zur Tür herumfuhr, nur um festzustellen, dass das Geräusch, von dem ich hoffte, es könnte ein Haustürschlüssel sein, in Wirklichkeit vom Nachbarhaus herüberklang.

Ich habe David mindestens ein Dutzend Mal auf seinem Handy angerufen und ihm etwa genauso oft eine SMS geschickt. Die Textnachrichten blieben unbeantwortet, und das Telefon klingelte jedes Mal, bis es auf Voicemail umsprang. Davids aufgezeichnete Stimme sagte mir dann, er bedaure es, nicht verfügbar zu sein, und ich solle doch bitte eine Nachricht hinterlassen.

Bedauerst du es wirklich?, habe ich jedes Mal gedacht, wenn ich mir vorstellte, wie er meine Nummer auf dem Display blinken sah, es aber vorzog, sie zu ignorieren und das achte Klingeln abzuwarten, damit ich ihm eine weitere Nachricht hinterlassen konnte. Ich frage mich, ob er sich auch nur eine einzige davon angehört hat. Ein Teil von mir wünscht sich, dass er es nicht getan hat, während ein anderer Teil von mir hofft, dass er die zunehmende Nervosität in meiner Stimme nicht bemerkt hat, als er sich trotzdem dafür entschied, meine Anrufe zu ignorieren.

Die ganze Zeit über, während Mum hier war, hoffte ich, er würde nach Hause kommen. Jetzt jedoch wäre es mir lieber, dass er noch ein bisschen länger wegbleibt. Gerade lange genug für mich, um tun zu können, was ich tun muss.

Auf die Idee war ich gekommen, als Mum noch hier war. Auf diese Idee, die mich in den letzten vier Stunden mit quälender Ungeduld erfüllte und wünschen ließ, die Zeit möge schneller vergehen, bis Mum sich verabschiedete und Jacob schlafen ging. Ich wollte endlich allein sein, um damit beginnen zu können.

Und jetzt öffne ich die Kleiderschranktüren und ziehe Davids Jeans, Hosen, Jacken und Jacketts heraus, um mit zitternder Hand in jede Tasche zu greifen. Dabei ist mir bewusst, dass ich mich wie eine Verrückte benehme. Wie eine Frau, die wie besessen ist von der Frage, wie viel mehr als nur die Flaschen im Kofferraum seines Wagens ihr Ehemann ihr verschwiegen haben mag.

Es ist das vierte oder fünfte Kleidungsstück, in dem ich fündig werde. Dort finde ich ein zusammengeknülltes Papier, das mich an einen Igel im Winter erinnert, der glaubt, er könnte nicht gefunden werden, wenn er sich nur klein genug macht. Es sieht eigentlich ganz harmlos aus, dieses Papierknäuel. Als ich es auseinanderfalte, wünsche ich mir mit aller Macht, dass es nicht das sein möge, was ich suche, sondern irgendetwas Banales: eine Quittung, die achtlos zerknüllt und in die Hosentasche gesteckt wurde, weil sie nichts Beschämendes an sich hat.

Aber so ist es nicht. Die Quittung zittert schuldbewusst in meiner Hand, als ich sie einmal, zweimal und dann sogar noch ein drittes Mal lese, um ganz sicher sein zu können.

Es ist die Rechnung einer Bar in Islington, von der ich noch nie gehört habe und die in den zehn Jahren, seit David und ich nicht mehr dort leben, wie viele andere ihrer Art eröffnet worden sein muss.

Anzahl der Kunden: 1
Gesamtsumme: £ 72,50

Fast dreiundsiebzig Pfund für Drinks für eine einzige Person! Ich überfliege rasch die Liste: ein paar Flaschen Lagerbier. Drei Gin Tonics. Vier Macallan-Whiskys zu jeweils neun Pfund fünfzig. Die Geschichte eines von Davids Abenden in drei ordentlichen Reihen von Bestellungen erzählt.

Und dann schaue ich mir das Datum an. Der Barbesuch liegt zweieinhalb Wochen zurück, war also an einem jener Abende, an denen David mir vorgeschwindelt hat, er müsse länger arbeiten.

Meine Beine sind so schwach geworden, dass ich mich eigentlich setzen müsste, und wenn auch nur für einen Moment. Aber die Fragen in meinem Kopf und mein wild pochendes Herz erlauben es mir nicht. Meine Hände ziehen noch mehr Kleidungsstücke von ihren Bügeln und stülpen die Taschen der Sachen um, bevor sie achtlos auf das Bett geworfen werden.

Die Quittungen folgen jetzt so schnell aufeinander, als hätte der Fund der ersten den Rest dazu veranlasst, sich zu ergeben. Acht Belege insgesamt. Fast ein Barbesuch in der Woche seit Beginn des Jahres. Nie zweimal dieselbe Bar, als wollte David nicht riskieren, dass auch nur das Personal sein schmutziges kleines Geheimnis kennt. In einigen Taschen finde ich sogar gleich zwei Quittungen. Und immer trinkt David allein. Immer ist es eine ähnliche Geschichte: anfangs nur »ein oder zwei« Bier, die sich dann zu einem unvermeidlichen Dutzend oder mehr hochprozentiger Alkoholika vermehren.

Nach Datum geordnet, breite ich sie alle auf der Kommode aus und glätte sie nacheinander unter meiner feuchten Hand. Frech und respektlos schauen sie zu mir auf, und von links nach rechts kann ich eine parallele Geschichte meiner Ehe lesen. Eine gut verheimlichte und im Dunkeln gelebte Geschichte.

Aber ich kann es nicht dabei belassen. Ich kann es einfach nicht. Ich weiß zwar nicht genau, wonach ich suche, als ich mir die ordentlich gestapelten Schuhkartons am Boden seines Schranks vornehme. Doch ich fange trotzdem an, die Deckel abzunehmen und die Schachteln beiseitezustellen, wenn sie nichts weiter als ein harmloses Paar Schuhe enthalten. Ein regelrechter Streit beginnt in meinem Kopf zu toben: Eine Stimme befiehlt mir aufzuhören, da ich schon genug gefunden habe und weiterzusuchen nur eine Art von Masochismus wäre. Eine andere Stimme bedrängt mich jedoch fortzufahren und warnt mich, dass ich nicht eher Ruhe finden werde, bis ich alles aufgestöbert habe, was es aufzustöbern gibt.

Ich kann nicht einmal mehr sagen, welche die vernünftige Stimme und welche die verrückte ist.

Schließlich finde ich das Gesuchte in einem Schuhkarton, der im hinteren Teil des Schranks und unter allen anderen steht. Es ist der Karton mit den Schuhen, die er zu unserer Hochzeit trug und aus sentimentalen Gründen als seine »besten« aufbewahrt hat.

In dem Karton liegt eine Halbliterflasche Wodka, deren Hals wie ein provisorischer Schuhspanner unter den Zehen der Schuhe steckt.

Eine halb geleerte Halbliterflasche Wodka.

Ich starre sie an und lasse meine Finger sachte über ihre kalte, mir so verhasste Oberfläche gleiten. Aus Angst, was für ein Geist ihr entweichen könnte, wage ich nicht, sie herauszunehmen.

Stattdessen halte ich den Karton in der Hand, und erst der hin und her schwappende Alkohol in der Flasche bringt mir zu Bewusstsein, wie heftig meine Hände zittern.

Ich sehe etwas auf das matte schwarze Leder tropfen, und erst da merke ich, dass ich weine.

Warum musste er von all den Schuhkartons im Haus ausgerechnet diesen wählen, um die Flasche darin zu verstecken?

Die Zeit scheint eine andere Dimension anzunehmen. Es könnten zwei Minuten oder eine Stunde vergangen sein, seit ich hier sitze und mir vorstelle, wie David auf einen schnellen Schluck nach oben schleicht, während Jacob und ich im Wohnzimmer gemütlich vor dem Fernseher sitzen? Uns an einem Sonntagnachmittag mit seinen Hausaufgaben beschäftigen? Oder das Frühstück zubereiten, Herrgott noch mal?

Die Vermutungen schnüren mir immer mehr die Kehle zu, bis ich nach Atem ringen muss.

Der Karton wird plötzlich so schwer in meinen Händen, dass ich ihn mit einem dumpfen Poltern auf den Fußboden fallen lasse.

Davids Arbeitszimmer! Plötzlich fällt mir ein, dass ich Davids Arbeitszimmer noch nicht überprüft habe.

Ich eile in den obersten Stock des Hauses, wo wir beide unsere Arbeitszimmer haben. Davids liegt nach vorne hinaus, meines nach hinten, weil ich keine Velux-Fenster mag und auch einen Ausblick auf etwas mehr als nur den Himmel brauche.

Es dauert nicht lange, bis ich fündig werde. In der obersten rechten Schreibtischschublade liegen sie, nur halb verborgen unter einem Stapel von *Sight-and-Sound*-Magazinen, als hätte David sich von einem Hollywoodfilm inspirieren lassen.

Eine Flasche Cognac. Eine Flasche Whisky, und nichts Geringeres als guter, teurer Whisky. Erstere ist fast leer, Letztere gerade erst angebrochen. Ich mache mir nicht einmal die Mühe, sie herauszunehmen, bevor ich die Schublade so behutsam wieder schließe, als hätte ich erst jetzt begriffen, dass ich besser leise sein sollte.

Den Kopf in den Händen, stütze ich die Arme auf Davids Schreibtisch und versuche, all die Fragen zu unterdrücken, die sich buchstäblich in mein Hirn brennen.

Wie viele Flaschen mag David in unserem Haus gehortet haben wie ein Eichhörnchen Nüsse für den Winter? Wie viele andere Geheimnisse mögen sich in Verstecken befinden, von denen nur er weiß? Und wie viel Geld mag er in den letzten drei Monaten ausgegeben haben, um zu trinken und wieder und wieder das Versprechen zu brechen, das er mir gegeben hat?

Wie dumm muss ich gewesen sein, um nichts von alldem zu bemerken! Es nicht zu erkennen? Nicht zu erraten?

Wie konnte ich nur so naiv sein, mich auf Davids Beteuerungen zu verlassen?

All diese Lügen, die überall in unserem Haus verstreut sind wie schmutziges Konfetti am Tag nach einer Hochzeit.

Es ist fast so, als hätte er gewollt, dass ich alle diese Dinge finde.

Und dann fällt mir wieder der Umschlag ein.

Er liegt in dem Safe in Davids Arbeitszimmer, weniger als zwei Meter von mir entfernt.

Ich trete vor den Safe und starre das Ding so durchdringend an, als könnte es mir vielleicht die Antwort geben.

Ich bin im Begriff, eine Grenze zu überschreiten, das ist mir nur zu gut bewusst. Wenn ich den Safe erst einmal geöffnet habe, kann ich mir selbst gegenüber nicht mehr so tun, als wäre es nie geschehen. Es wäre ein Vertrauensbruch, den ich noch nie zuvor auch nur in Betracht gezogen habe. Die Art von Vertrauensbruch, die an meinem Gewissen nagen würde wie Würmer an einem Toten. Nur, dass dieser Tote das Vertrauen sein würde, das uns in den dreizehn Jahren unserer Beziehung verbunden hat.

Aber dann denke ich daran, wie David dieses Vertrauen zwischen uns in Alkohol ertränkt hat, und bevor mein Gewissen Einwände erheben kann, tippen meine Finger schon den elektronischen Code ein, nehmen den Umschlag heraus und reißen ihn auf.

Es ist der Umschlag, von dem wir uns gegenseitig versprochen haben, ihn nur im Todesfall des einen oder anderen zu öffnen. Der Umschlag enthält all unsere persönlichen Passwörter für E-Mail-Konten und Bankkonten und ist damit der Schlüssel zu Davids und meiner virtuellen Welt.

Meine Hände zittern, als ich das bedruckte DIN-A4-Blatt entfalte und meine Augen an der Liste hinauf- und hinunterhuschen, bis ich finde, was ich suche. Und dann gehe ich in mein eigenes Arbeitszimmer nebenan, klappe meinen Laptop auf und bin in weniger als einer Minute auf der gewünschten Website.

Und dort habe ich alle Beweise, die ich brauche, schwarz auf weiß und in Buchstaben und Zahlen, die allein schon ihrer Vielzahl wegen überwältigend sind.

Es ist Davids persönliches Bankkonto, das eine lange Einkaufsliste von Wein und Spirituosen in entsprechenden Geschäften und Bar-Rechnungen aufweist. Von jedem einzelnen Tag seit dem zweiten Januar!

Ich starre die Liste an und scrolle sie rauf und runter, bis das ganze Ausmaß seines Betrugs meine Kehle mit dem bitteren Geschmack des Verrats erfüllt.

Hunderte von Pfund für Alkohol! Tausende wahrscheinlich sogar. Aber es ist nicht das viele Geld, das mich bestürzt. Das

Geld ist mir eigentlich egal. Was mir wehtut, ist die Tatsache, dass jeder einzelne dieser Einkäufe der Beweis für eine weitere Lüge ist. Es ist wie ein Puzzle aus Täuschungen und Lügen, und das Einzige, was ich bisher geschafft habe, ist, einige Randbereiche zu ermitteln.

Bevor ich es mir ausreden kann, öffne ich den Kalender auf meinem Computer und versuche, die Geschichte meiner Ehe in den letzten drei Monaten zusammenzusetzen. Was habe ich an all den Abenden gemacht, an denen er in einer Bar saß und sich nach und nach die Kante gab? Was habe ich an all den Morgen gemacht, an denen er sich zwei-, dreimal die Zähne geputzt haben muss, bevor er mich wachküsste, wenn er vom Joggen heimkam?

Wie kann ich nicht gemerkt haben, dass er trank, obwohl es die ganze Zeit über nur allzu offensichtlich war?

Doch anstatt Antworten zu finden, gelange ich nur zu der Übelkeit erregenden Erkenntnis, wie ungeheuer dumm ich war. Wie dumm, naiv und blind!

Ich werfe einen Blick auf meine Uhr. Viertel nach neun. Eine Stunde und fünfzehn Minuten, mehr habe ich nicht gebraucht, um zu finden, was mir schon wochenlang ins Auge hätte springen müssen. Und jetzt sitze ich hier und frage mich, wie lange ich die in mir aufsteigende Übelkeit noch herunterschlucken kann, bevor sie sich den Weg in meinen Mund erkämpft. Ich scheine jegliches Urteilsvermögen verloren zu haben, was die Frage angeht, ob David es nur meisterhaft verstanden hat, seinen Alkoholkonsum zu verbergen, oder ob ich bloß unverzeihlich dumm gewesen bin in meiner Blindheit.

Die Menschen sehen, was sie sehen wollen. Und ich wollte sehen, dass David sein Versprechen hält. Erst jetzt, da ich weiß, dass er es gebrochen hat, begreife ich, wie ungeheuer wichtig es mir war, dass er es hielt.

Vielleicht hat der nüchterne David ja auch immer nur in meiner Fantasie existiert, denke ich mir und verziehe das Gesicht von den Kopfschmerzen, die der Gedanke mir beschert.

Ich überprüfe noch einmal mein Telefon.

Nichts. Keine Nachricht von David.

Ich weiß nicht, ob ich besorgt oder erleichtert sein soll. Wenn er jetzt zur Tür hereinkäme, wüsste ich jedenfalls nicht, was ich ihm sagen würde. Ob ich ihm meine Wut ins Gesicht schreien würde oder ob ich es nicht ertragen könnte, ihn auch nur anzusehen. Ich versuche, es mir vorzustellen – mir vorzustellen, dass er in ebendiesem Augenblick hereingeschlendert käme, doch meine Halsmuskeln ziehen sich so heftig zusammen, dass ich mich zunächst einmal voll und ganz darauf konzentrieren muss zu atmen.

Ich fahre meinen Computer herunter, höre, wie er sich mit einem bedauernden »Ping« verabschiedet, und laufe wieder die Treppe zu unserem Schlafzimmer hinunter.

Das Durcheinander dort schockiert mich. Ich kann mich nicht erinnern, es erzeugt zu haben, aber wer sollte es sonst gewesen sein? Überall auf dem Bett liegen Kleidungsstücke herum, und der Boden ist mit offenen Schuhkartons übersät, die mich anstarren, als warteten sie gespannt darauf, was nun mit ihnen geschehen wird.

Ruhig und methodisch beginne ich aufzuräumen. Dabei ist mir, als könnte ich rein gar nichts empfinden, als wäre alles in mir betäubt und nur meine äußere Hülle funktionierte noch.

Danach gehe ich ins Wohnzimmer hinunter und setze mich im Dunkeln, das nur durch das orangefarbene Licht der Straßenlaternen ein wenig erhellt wird, auf das Sofa, um auf Davids Rückkehr – was immer sie auch mit sich bringen mag – zu warten.

KAPITEL FÜNFUNDFÜNFZIG

BEX

Der Fernseher in der Wohnzimmerecke versucht, mit seinem Geflüster meine Aufmerksamkeit zu erregen, aber ich kann mich beim besten Willen nicht darauf konzentrieren. Die ganze letzte Stunde habe ich mir eingeredet, ich schaute zu, obwohl ich in Wahrheit nur die Uhr im Auge behalten habe. Voller Sorge habe ich die Stunden und Minuten verstreichen sehen und mich gefragt, wann ich endlich etwas von David hören werde.

0 Uhr 21. Zwölf Stunden sind vergangen, seit er aus dem Haus gestürmt ist.

Zwölf Stunden! Und nach all dieser Zeit weiß ich noch immer nicht, ob ich mir seine Rückkehr wünsche oder Angst vor den Konsequenzen habe, die sie mit sich bringen wird.

Das Geräusch eines Schlüssels in der Eingangstür lässt mich zusammenfahren, und mein Herz beginnt zu rasen.

Hoffentlich ist er nicht betrunken!, denke ich mir. Von mir aus kann er wütend sein, nur bitte, bitte nicht betrunken!

Meine Hand zittert, als sie die Klinke der Wohnzimmertür berührt, und ich muss einmal tief durchatmen, bevor ich sie öffne und in die Diele hinaustrete.

Sowie ich ihn sehe, schwindet meine Hoffnung. Mein Magen zieht sich zusammen, und mir wird ganz bang ums Herz.

David stolpert in die Diele und flucht, als er mit dem Ellbogen gegen das Treppengeländer stößt. Sein ganzer Körper verströmt den Gestank von Alkohol, der sich sofort in meiner Kehle festzusetzen scheint und mir heftige Übelkeit verursacht. David beginnt, seine Schuhe auszuziehen, wobei er sich mit einer Hand am Geländer festhält, weil er schwankt, als würde er von einem unsichtbaren Wind bestürmt. Er murmelt etwas Unverständliches vor sich hin. Ich schlucke ein paar Mal, um ihn nicht anzuschreien, wie er es wagen kann, in einem solchen Zustand heimzukommen.

»Du bist also wieder da.«

Von der Treppenstufe, auf der er sitzt, um sich die Schuhe auszuziehen, blickt er mit glasigen Augen zu mir auf. Das Weiße darin ist mit dünnen roten, ungleichmäßigen Linien überzogen, als hätte ein Kleinkind versucht, sie mit einem Filzstift zu bemalen.

»Ich dachte nicht, dass du noch auf bist.« Seine Stimme schwankt und stockt wie ein Schlittschuhläufer, der zum ersten Mal das Eis betritt.

Du hattest gehofft, ich wäre nicht mehr auf, denke ich und presse die Lippen zusammen gegen den Hagel von Vorwürfen, der mir auf der Zunge liegt und jetzt aber bis morgen warten muss. Es hat keinen Sinn, mit David zu reden, wenn er in diesem Zustand ist, ganz gleich, wie groß meine Ungeduld ist oder wie viele Fragen mir durch den Kopf gehen, die Antworten verlangen.

»Hast du meine Nachrichten bekommen?« Ein Anflug von Kritik schwingt in meiner Stimme mit, den David selbst in seinem betrunkenen Zustand hoffentlich bemerkt.

»Klar hab ich sie bekommen. Aber ich kann darauf verzichten, dass du mich ständig kontrollierst. Hast du das nicht lange genug getan?«

Mein Herz beginnt, vor Wut zu hämmern, doch ich will jetzt nicht auf seine Anschuldigung eingehen.

»Ich hole mir ein Glas Wasser und gehe zu Bett. Es wird wohl das Beste sein, wenn wir morgen früh miteinander reden.« Meine Stimme klingt diesmal ruhig und vernünftig, und ich weiß selbst nicht, wie das kommt. Es ist fast so, als gehörte sie jemand anders.

Bevor er etwas erwidern kann, drehe ich mich um und gehe auf die Küche zu. Aber schon kann ich seine unsicheren Schritte hinter mir hören.

Deshalb nehme ich zwei Gläser aus dem Schrank, öffne die Kühlschranktür und fülle eins der Gläser mit Wasser aus der Filterkanne.

»Möchtest du auch ein Glas Wasser?«

David antwortet nicht. Als ich die Kühlschranktür schließe, steht er so dicht dahinter, dass sein Gesicht nur noch Zentimeter von meinem entfernt ist. Sein Ausdruck wechselt zu einer solch wütenden Grimasse, dass mein Herz zu rasen beginnt und ich schon fast befürchte, dass meine Lunge dieses Tempo nicht mehr lange durchhalten wird.

»Ich gehe ins Bett, David. Wir sehen uns dann oben.«

Und damit will ich mich abwenden, aber er ergreift meinen Arm, bevor ich gehen kann. Das Wasser in meinem Glas schwappt über, fließt über meine Finger und tropft zu Boden, wo es kleine Pfützen auf den Fliesen bildet.

»Und das war's auch schon? Du wirst dich nicht einmal entschuldigen?«

Ich schaue ihm in die Augen und sehe etwas darin, das ich nicht zu benennen wage, obwohl es meinen Puls sogar noch mehr zum Rasen bringt.

»Entschuldigen wofür, David?«

Er knurrt verächtlich, und alles in mir rät mir, mich schnell aus seiner Nähe zu entfernen. Doch seine Hand umklammert noch immer meinen Arm.

»Wofür? Dass du in meinem Kofferraum herumgeschnüffelt hast und mich auf frischer Tat ertappen wolltest.«

Ich öffne schon den Mund, um ihm zu sagen, dass er sich

nicht lächerlich machen soll, dass ich nicht »herumgeschnüffelt«, sondern nur die Sporttasche unseres Sohnes in seinen Kofferraum gelegt habe. Und um ihn daran zu erinnern, dass ich dort nichts gefunden hätte, wenn er nichts zu verbergen gehabt hätte. Aber als ich sein Gesicht sehe, zieht sich meine Kehle zusammen, und ich höre mich etwas ganz anderes sagen.

»Es tut mir leid, David. Es tut mir wirklich leid, falls du gedacht hast, ich schnüffelte dir nach. Das war überhaupt nicht meine Absicht.«

Seine Finger bohren sich noch tiefer in meinen Arm. Ich möchte ihn bitten, damit aufzuhören und mich loszulassen, weil er mir wehtut, doch meine Kehle ist inzwischen so eng geworden, dass ich kein einziges Wort mehr herausbringe.

»Das ist keine richtige Entschuldigung.«

Sein schmerzhafter Griff um meinen Arm verstärkt sich noch. Ich schließe die Augen und stelle mir vor, wie die Blutgefäße unter meiner Haut aufplatzen und Blut und Zellflüssigkeit in das Gewebe austreten, bis sich ein perfekter Bluterguss in Violett-, Rosa- und Blautönen bildet, die ineinanderfließen.

»Es tut mir leid, David. Ich weiß nicht, was ich sonst noch sagen soll.«

»Du könntest es wenigstens verdammt noch mal so klingen lassen, als meintest du es auch.«

Er starrt mich unverwandt und böse an, und wie Hitze von einem aufflammenden Feuer steigt ein sehr ungutes Gefühl aus meiner Magengegend auf.

»Bitte, David. Lass uns doch bitte einfach schlafen gehen!«

Ich versuche, ihm langsam meinen Arm zu entziehen, und lächle ihn so aufrichtig an, wie meine Wangenmuskeln es erlauben. Aber er reißt meinen Arm wieder zu sich heran, und der Ausdruck, der über sein Gesicht huscht, jagt mir so viel Angst ein, dass mein Mund plötzlich wie ausgetrocknet ist.

Die gekräuselte Oberlippe. Die selbstgerechte Empörung in der steilen Falte zwischen seinen Augenbrauen – es ist ein Ausdruck unverhohlener Verachtung, mit dem er mich jetzt ansieht.

»Du wirfst mir allen möglichen Blödsinn vor und entschuldigst dich dann nicht mal richtig? Was zum Teufel soll das, Bex? Was zum Teufel ist nur los mit dir?«

David schreit mich nun schon an, und ich kann nur noch an Jacob denken, der oben schläft und auf gar keinen Fall erwachen und dies alles mitbekommen darf.

Plötzlich habe ich eine Kraft in meiner Schulter, die offenbar ganz von selbst gekommen ist. Ich reiße meinen Arm so heftig los, dass ich mir den Ellbogen an der Arbeitsfläche hinter mir anstoße.

»Bitte nicht so laut, David. Jacob schläft. Ich habe dir nichts vorgeworfen, das nicht wahr ist. Aber es hat keinen Sinn, darüber zu reden, solange du in diesem Zustand bist.«

Einen Herzschlag lang herrscht Stille, in der David mich böse anfunkelt und ich flehend seinen Blick erwidere, weil ich instinktiv weiß, dass dies der Moment ist, von dem der Rest der Auseinandersetzung abhängt. Die Zeit scheint sich zu strecken und zu beugen wie eine Uhr auf einem Gemälde von Dalí, und die Parameter wechseln, bis ich nicht mehr sagen kann, ob nur ein paar Sekunden oder Minuten verstrichen sind. Wir scheinen beide in einem Moment vorübergehender Ungewissheit gefangen zu sein und darauf zu warten, dass etwas geschieht. Doch bis es das tut, habe ich keine Ahnung, was es sein könnte.

Ich höre den Schlag schon, bevor ich ihn spüre. Höre das Klatschen einer flachen Hand gegen meine Wange, das Beben von Fingern an empfindsamer Haut und ein Echo, das noch lange, nachdem David seinen Arm wieder zurückgezogen hat, an den Küchenwänden entlangzulaufen scheint wie in einem uralten Flüstergewölbe. Erst dann spüre ich die Hitze, die sich auf meinem Gesicht ausbreitet und sich wie der Stich von einem Dutzend aufgebrachter Bienen anfühlt. Hitze, dicht gefolgt von einem dumpfen Pochen, das sich von meinem Kinn bis zu meiner Schläfe erstreckt. Daher kann ich nicht einmal genau bestimmen, wo der Schmerz beginnt und wo er endet.

Als die ersten Tränen in meinen Augen brennen, haben Davids eindringliche, geflüsterte Entschuldigungen schon eingesetzt. Ich spüre seine Hände auf meinen Schultern und seine Augen dicht vor meinen. Er beugt sich noch ein wenig weiter vor und bedrängt mich, ihn anzusehen, um Verzeihung zu erlangen. Aber ich kann ihn nicht ansehen. Ich kann ihn nicht ansehen, weil ich sonst nie wieder die Augen davor verschließen kann, dass es David war, der mir das angetan hat.

Stattdessen lege ich meine Hand an meine Wange, weil ich die Folgen mit meinen eigenen Fingern spüren und den Schock mit meiner eigenen Hand erfassen muss. Meine Haut fühlt sich heiß an und pocht unter meiner Hand, und ich bin ein bisschen überrascht, dass es so wehtut. Wie oft habe ich im Fernsehen, Kino oder Theater gesehen, wie Leute einander ins Gesicht schlugen! Aber niemand hat mich je davor gewarnt, dass es sich wie glühende Nadelstiche auf den Wangen anfühlen würde.

»Es tut mir leid, Bex. Schrecklich leid.«

Er flüstert, aber seine Worte klingen so verschwommen und gedämpft, als versuchte er, mit einem Knebel im Mund zu sprechen. Ich kann beim besten Willen nicht sagen, ob er nicht vernünftig sprechen oder ob ich nichts mehr hören kann. Und dennoch sind mir die Worte, der Ton und die Reue so vertraut, dass mein Herz wieder zu rasen beginnt und mich bedrängt, mich zu erinnern.

Soho Square, Sommer 2003: Davids undeutliches Geschrei ist so laut und aggressiv, dass eine zierliche alte Dame stehen bleibt, um zu fragen, ob mit mir alles in Ordnung sei, und dann David den Marsch bläst und ihm sagt, dass er sich schämen solle.

Unsere Wohnung in Islington, April 2004: Davids Heiratsantrag, den wir mit Champagner feiern, und unsere Freude, die später durch einen bis zum Morgen ungelösten Streit verdorben wird.

Auf dem Heimweg von Mum, Weihnachten 2008: Davids plötzliches Missfallen über einen Scherz, den ich gemacht hatte, und seine Wut, die mir in einer bitteren, nach Whisky riechenden Dunstwelle entgegenschlägt.

Unser Schlafzimmer, Januar 2010: David, der ins Bett taumelt und sich über das Licht beschwert, in dem ich lese, während ich Jacob um Mitternacht noch einmal stille. Die betrunkenen Vorwürfe, die Schimpfwörter, meine eisige Furcht, dass Davids Zorn vielleicht irgendwie die Milch in meiner Brust vergiften könnte, die Jacob trinkt.

All diese Szenen, die mit der gleichen Reue, dem gleichen Kummer und dem gleichen zerknirschten Stirnrunzeln Davids geendet haben.

Die Geschichte unserer Ehe, die sich zu der Begleitmusik betrunkener Entschuldigungen abgespielt hat.

»Schau mich an, Bex. *Bitte.* Es tut mir leid.«

Aber das kann ich nicht. Oder will es nicht. Ich bin mir nicht ganz sicher, ob es das eine oder andere ist. Doch vorher muss ich das Blut unter Kontrolle bringen, das unter meiner Haut pocht: das Blut, das zu der winzigen Prellung an meinem Ellbogen emporsteigt; das Blut, das meine Wange brennen lässt und meine Handfläche erhitzt. Das Blut, das in dem wilden Rhythmus einer Trommel in meinen Schläfen dröhnt und mir das Denken und Sortieren meiner Gedanken fast unmöglich macht.

All diese betrunkenen Entschuldigungen, die ich alle immer nur isoliert voneinander betrachtet habe und erst jetzt zum ersten Mal gemeinsam sehe.

Das Prisma, durch das ich meine Ehe betrachte, wechselt, sodass das Licht nun auf einen anderen Teil unserer Geschichte fällt. Einer Geschichte, die mir die Brust zusammenkrampft, bis alle Luft aus meiner Lunge herausgepresst ist und ich befürchte, dass ich nie wieder richtig werde atmen können.

Und so hebe ich schließlich den Kopf und bilde mir ein, auf alles gefasst zu sein, was als Nächstes kommen könnte. Aber es ist nicht David, den ich sehe. Mein Blick geht instinktiv an ihm vorbei zu dem kleinen Jungen im Schlafanzug, der mit nackten Füßen hinter ihm im Türrahmen kauert und die Arme um seine Schultern geschlungen hat, als bereitete er sich auf eine Notfalllandung vor. Der Ausdruck auf Jacobs Gesicht ist einer, den ich noch nie zuvor bei ihm gesehen habe. Und ich weiß auch nicht, ob mein Herz den Mut besitzt, ihn genauer zu bestimmen. Ich weiß nur, dass ich mich aus Davids Griff befreien und zu Jacob gehen muss, um ihn in die Arme zu nehmen und zu halten, bis er sich wieder sicher fühlt.

KAPITEL SECHSUNDFÜNFZIG

BEX

Ich drücke Jacob so fest an mich, wie ich es wagen kann, ohne zu riskieren, ihm wehzutun oder ihn noch mehr zu verängstigen.

Im Haus ist es völlig still bis auf das Geräusch unserer und Davids Atemzüge. Jacob hat die Arme um meinen Nacken geschlungen. Sein Kopf liegt an meiner Schulter, und sein Atem dringt heiß und feucht durch die Seide meiner Bluse. Ein starkes, rhythmisches Pochen ist zwischen uns zu spüren, doch da unsere Körper so fest aneinanderliegen, ist nicht zu sagen, welches Pochen zu Jacobs Herz gehört und welches zu meinem.

Ich schließe die Augen und denke an sein Gesicht im Türrahmen, das so verwirrt, furchtsam und starr war, als bekäme er allein für seine Gegenwart Schwierigkeiten, falls er es wagte, auch nur einen Muskel zu bewegen. Mit einer Hand hatte er sich am Türrahmen festgehalten, während die andere schlaff an seiner Seite hing. Seine nackten Zehen waren gekrümmt gewesen, seine Schultern bis fast zu den Ohren hochgezogen, die Haut an seiner Stirn ganz straff vor banger Erwartung, Nervosität und Anspannung.

Ich zwinge mich, die Augen zu öffnen, und drücke Jacob noch ein wenig fester an mich. Er hat die Beine um meine Taille gelegt und seine Füße hinter mir gekreuzt, sodass ihre Kälte durch meine Bluse dringt und mich zum Frösteln bringt. Er fühlt sich plötzlich viel kleiner, aber gleichzeitig auch schwerer an. Ich ertappe mich dabei, dass ich die Fragen verdränge, auf deren Antworten ich noch nicht gefasst bin: Wie lange hat er dort gestanden? Wie viel mag er gesehen und gehört haben? Besteht die Möglichkeit, dass er zu spät gekommen ist, um mitzubekommen, wie David mich das erste Mal geschlagen hat?

David steht hinter mir, dicht genug, um den immer noch starken Alkoholgeruch in seinem Atem wahrzunehmen. Wieder und wieder entschuldigt er sich, mit einer Wiederholungshäufigkeit, die darauf schließen lässt, dass er einfach nicht mehr aufhören kann. Ich weiß nicht, ob er sich jetzt bei Jacob oder bei mir entschuldigt oder ob es überhaupt etwas bedeutet. Seine Zerknirschtheit hängt jedenfalls in der Luft wie Schwebfliegen, die nur darauf warten, eingefangen zu werden.

»Na komm, kleiner Mann. Lass uns dich wieder nach oben bringen, ja?« Ich habe Jacob die Worte ins Ohr geflüstert und gehe langsam mit ihm in die Diele.

»Bex.«

Ich weiß, dass David gleich hinter mir ist, aber seine Stimme ist so leise und schwach, als riefe er mich vom anderen Ende eines sehr, sehr langen Tunnels.

Jacob fest in den Armen, gehe ich weiter, ohne mich noch einmal umzusehen. »Ich bringe Jacob ins Bett.«

Dann lege ich meinen Kopf auf den meines Sohnes und trage ihn die Treppe hinauf.

KAPITEL SIEBENUNDFÜNFZIG

BEX

Jacob liegt unter seinem Federbett und sieht mich heftig blinzelnd an. Ich weiß nicht, ob er es tut, um sich wach zu halten, oder ob er versucht, das Bild, das er gerade gesehen hat, aus seinem Kopf zu vertreiben. Ich sitze auf der Bettkante, streichle ihm über das Haar und hoffe, dass er nicht das Zittern meiner Finger spürt.

»Soll ich dir eine Geschichte erzählen?«

Er schüttelt stirnrunzelnd den Kopf, und instinktiv streiche ich mit dem Daumen über die kleine Falte zwischen seinen Augenbrauen. Doch als ich die Hand zurückziehe, ist die Falte noch immer da.

»Mum? In der Küche vorhin …«

Seine Worte gehen in ein Schweigen über, und ich wünschte, ich könnte seine Gedanken lesen und wüsste, wohin sie führen. Ich würde ihn so gern beruhigen, dass alles wieder gut wird.

»Dad war so … Warum war Dad so wütend?«

Die Frage wiederholt sich in einem fort in meinem Kopf und macht es mir fast unmöglich, über eine Antwort nachzudenken. Ich schließe die Augen, um mich besser konzentrieren zu können, tappe aber völlig im Dunkeln. Ich weiß nur, dass ich selbst dann keine Antwort für Jacob hätte, wenn er nicht mein Sohn wäre und es nicht meine Aufgabe wäre, ihn vor einer Wahrheit zu beschützen, die ihm schaden könnte.

Als ich die Augen wieder öffne, starrt Jacob mich an, und es kostet mich meine ganze Selbstbeherrschung, ihn nicht an mich zu ziehen und so fest zu umarmen, dass sich meine schlimmsten Befürchtungen verraten könnten.

»Auch Erwachsene werden manchmal ärgerlich, Schatz. Sogar Dad und ich sind hin und wieder böse aufeinander, nicht?«

Ich warte darauf, dass Jacob nickt, um mir zu bestätigen, dass ich ihn beruhigt habe, doch er starrt an mir vorbei. Die Distanz zwischen uns fühlt sich wie ein weiter, sich bis zum Horizont erstreckender Ozean an. Unbändiger Zorn steigt wie Galle in meiner Kehle auf, eine starke, ätzende, bittere Wut, die, selbst nachdem ich sie geschluckt habe, noch lange einen Nachgeschmack hinterlassen wird.

Ich hatte mir immer geschworen, Jacob niemals zu beschwindeln oder mich seinen Fragen mit ausweichenden Antworten zu entziehen. Ihm nicht das Gleiche anzutun, was Mum mir in all diesen Jahren angetan hat. Es gehört zu dem Vertrauensverhältnis zwischen Eltern und Kindern, dass man seinen Kindern stets die Wahrheit sagt, egal, wie behutsam, liebevoll oder einfühlsam man sie auch präsentiert. Ich weiß nicht, wie ich David je verzeihen soll, dass er mich dazu gebracht hat, dieses Versprechen an mich selbst zu brechen.

Jacob kneift plötzlich die Augen zu, wie er es zu tun pflegt, wenn wir Verstecken spielen, nur dass es jetzt leider so scheint, als könnte keiner von uns finden, was er sucht. Ich schaue ihn an und sehe die Fältchen um seine Augen und auf seinem Nasenrücken, die fest zusammengepressten Lippen, als wagte er nicht auszusprechen, was immer ihm auch gerade durch den Kopf gehen mag.

Und dann blitzt etwas vor meinen Augen auf, ein grelles Licht, das aus dem Nichts erscheint und von einem scharfen Schmerz in meinem Kopf begleitet wird, der mich von der Gegenwart in eine Zeit und an einen Ort versetzt, die ich nicht genau bestimmen kann.

Jetzt bin ich es, die unter dem Federbett liegt und deren Gesicht zerfurcht ist von der Anstrengung, mich in eine private Welt zurückzuziehen. Es ist mein eigener kindlicher Atem, der meine Wangen befeuchtet. Ich bin es, die zusammengerollt unter der Victoria-Plum-Bettwäsche liegt, die ich seit dreißig oder fünfunddreißig Jahren nicht mehr gesehen habe. Ihr Anblick, ihr Geruch und ihre Beschaffenheit sind mir aber immer noch so vertraut, als hätte ich sie eben erst berührt. Eine Frau, die ich nicht kenne, streicht mir über die Stirn und sagt, ich solle schlafen. Sie riecht komisch, nach Palma-Veilchen und Haarspray, einer Mischung, die in meine Lunge eindringt und sich dort so festzusetzen scheint, dass ich befürchte, den Geruch nie wieder loszuwerden. Ihre Stimme ist ruhig, aber sachlich, weder unfreundlich noch freundlich. Ich würde sie zu gern fragen, wer sie ist, was sie hier tut und warum sie mich zu Bett bringt. Wo Mum ist und warum sie nicht auf meinem Bettrand sitzt. Aber ich habe Angst. Ich habe Angst zu fragen, weil ich nicht weiß, wie diese fremde Frau darauf reagieren wird. Und ich fürchte mich auch vor der Antwort, von der ich ganz instinktiv zu wissen glaube, dass sie mir nicht gefallen wird. Deshalb bleibt die Frage auf meiner Zunge liegen, und der bittere Geschmack von Angst und Unsicherheit versiegelt meine Lippen. Ich habe Heimweh. Dabei liege ich doch in meinem eigenen Bett. Ich weiß, dass das keinen Sinn ergibt, weil Heimweh etwas ist, das man bekommt, wenn man weit weg von seinem Zuhause ist. Aber das Wissen ändert trotzdem nichts an dem Gefühl.

Und dann ist die Erinnerung so plötzlich wieder weg wie das Licht einer unversehens gelöschten Kerze.

Meine Augen bleiben geschlossen; als ich versuche, mir die unbekannte Frau noch einmal vorzustellen, um ihr Gesicht genauer zu betrachten, entgleitet es mir wieder.

Schließlich öffne ich die Augen, und da ist Jacob, dessen kleines Gesicht noch immer ganz zerknittert vor Verwirrung ist. Sein rechter Arm hatte unter dem Federbett gelegen, aber jetzt zieht er ihn so langsam und vorsichtig wieder hervor, als müsste er ihn an die kühle Luft der Geisterstunde gewöhnen. Dann legt er die Hand an mein Gesicht, und seine Finger an meiner noch immer heißen Wange sind sanft und zärtlich. Ich muss blinzeln, um die Tränen zurückzuhalten.

»Tut es sehr weh?«

Ich kann nur den Kopf schütteln. Aber ich erinnere mich nur allzu deutlich an das klatschende Geräusch und die Erschütterung, als Davids flache Hand meine Wange traf. Warum ist es so, dass dieses Geräusch in meiner Erinnerung so viel deutlicher nachhallt als der Schmerz?

Und dann denke ich daran, wie Jacob in der Tür gestanden und zugesehen hat, und mein Herz verkrampft sich.

Jacob, der sich halb aufgerichtet hat, sieht mich ein wenig seltsam und mit einem Labyrinth von Fragen in den Augen an. Seine Hand gleitet über mein Gesicht, von meinem Wangenknochen zu meinem Kinn hinunter, als könnte er die Antwort, die er sucht, vielleicht in seinen Fingerspitzen finden.

Irgendetwas in seinem Gesichtsausdruck erinnert mich an die Zeit, in der er noch ein Baby war. Ich sehe eine Unschuld, eine Bedürftigkeit, ein Gefühl, das nur ich ihm geben kann, ganz gleich, was er auch will. Nur steht ihm jetzt auch noch etwas anderes ins Gesicht geschrieben: ein Wissen, das er nie erlangen sollte, und die damit verbundene Ungewissheit.

Als wüsste er gleichzeitig alles und doch gar nichts.

»Ehrlich, Schatz, es geht mir gut.«

Ein leichtes Zittern hat sich in meine Stimme eingeschlichen, und ich schlucke schnell, um sie wieder zu festigen. Jacob streichelt wieder meine Wange, und ich kann sehen, wie seine Augen die Bewegung seiner Hand verfolgen, als müsste er sich selbst davon überzeugen, dass kein spürbarer Schaden entstanden ist. Erst dann lässt er sich zurücksinken und schiebt den Arm wieder unter die warme Decke.

Etwa eine Minute lang herrscht Schweigen zwischen uns, in dem ich mich frage, ob Jacob vielleicht schon kurz davor ist einzuschlafen. Aber dann höre ich das vertraute Rascheln seiner zappelnden Zehen unter der Daunendecke, das mir verrät, wie ruhelos er ist.

»Was hast du, kleiner Mann? Was lässt dir keine Ruhe?«

Er atmet tief ein und wieder aus, und sein Atem ist noch ganz süß von den Träumen, die er gehabt haben muss, bevor Davids Geschrei ihn weckte. »Es ist nur so, dass du doch immer sagst, ich dürfte andere niemals schlagen, treten oder schubsen, und wenn ich noch so böse auf sie bin. Aber heute Abend hat Dad dich geschlagen, und du hast ihn nicht mal dafür ausgeschimpft.«

Die Worte kommen ihm fast schneller über die Lippen, als er sie akzentuieren kann.

Ich schaue meinen Jungen an, sehe das strahlende Grün seiner Augen, die er von David hat, und weiß nicht, was ich ihm antworten soll.

Nachdenklich blicke ich zu den geschlossenen Vorhängen hinüber, zu der in Dunkelheit gehüllten Welt dort draußen vor dem Fenster. Ich frage mich, ob der neue Tag eine Verlangsamung meines Pulses mit sich bringen und den Aufruhr in mir beschwichtigen wird.

»Nachts scheint immer alles viel schlimmer zu sein, als es ist«, pflegte meine Mum zu sagen, als ich noch klein war und meine Albträume sie in mein Zimmer eilen ließen, um den Grund für meine Schreie herauszufinden.

Ich weiß, dass sie recht hat. Doch selbst heute noch halte ich es für eine trügerische Versicherung, die kein Trost ist, an dem man sich mitten in der Unsicherheit der Nacht festhalten kann.

»Natürlich solltest du niemanden schlagen, Jacob. Und natürlich bin ich auch sehr verärgert über Dad. Aber du hast ja gehört, wie leid es ihm tut, und weißt, dass eine aufrichtige Entschuldigung bedeutet, dass er es nicht noch mal tun wird.«

Es ist mir unmöglich, einen Anflug von Zweifel vollständig aus meinen Worten fernzuhalten. Nicht, weil ich sie nicht glauben *will*. Im Moment kann ich mir nur nicht vorstellen, nach dem erlebten Schock noch einmal einen Punkt zu erreichen, an dem ich fähig sein könnte, David zu verzeihen.

»Schlagen denn alle Dads die Mums? Ich hab nämlich noch nie gesehen, dass Ethans Dad seine Mum geschlagen hat.«

Ich schlucke, um den Kloß in meiner Kehle loszuwerden, den Kummer darüber, dass mein sechsjähriger Sohn mir solche Fragen stellen muss.

»Nein, Schatz. Nicht alle Dads schlagen andere Menschen. Es ist völlig falsch, jemanden zu schlagen. Aber ganz besonders falsch ist es, wenn Männer Frauen schlagen. Deshalb tut es Dad ja auch so leid, dass er es getan hat.«

Die Worte hinterlassen einen bitteren Geschmack in meinem Mund. Unwillkürlich denke ich an David, der mittlerweile wahrscheinlich schon wieder in einem Alkoholkoma auf dem Sofa liegt und schläft, und frage mich, wie leid es ihm tatsächlich tut.

»Warum hat Dad dich dann geschlagen, wenn andere Dads das nicht tun? Ist mein Dad böser als andere Dads?«

Jacobs Stimme ist so vorsichtig, als bewegte er sich auf Zehenspitzen über heiße Kohlen und liefe Gefahr, sich zu verbrennen.

»Nein, Schatz, dein Dad ist nicht böser als andere Dads. Aber alle Menschen machen schon mal Fehler, auch Erwachsene. Und heute Abend hat Dad einen großen Fehler gemacht. Es tut mir wirklich furchtbar leid, dass du es gesehen hast.«

Das Echo eines früheren Gesprächs hallt laut in meinen Ohren wider. Das war vor drei Monaten gewesen. Erst drei Monate zuvor hatte ich Jacob fast identische Erklärungen für das Benehmen seines Vaters gegeben.

»Dad macht ziemlich viele Fehler, oder?«

»Wie meinst du das, Jacob?«

Er legt den Kopf zur Seite und hebt ihn leicht von seinem Kissen. Mir ist bewusst, wie schnell ich meine zitternden Hände in den Schoß lege und die Finger krümme, bis die Nägel sich in meine Handflächen bohren.

»Er hat einen Fehler gemacht, als er bei der Schulaufführung hinfiel und sich vor allen lächerlich gemacht hat. Er macht Fehler, wenn er verspricht, mich zum Fußball zu bringen, und dann nicht rechtzeitig aus dem Bett kommt. Und was ist mit all den Malen, als er versprochen hat, sich mit mir einen Film im Fernsehen anzusehen, und dann im Sessel eingeschlafen ist? Wenn er so laut geschnarcht hat, dass ich den Fernseher nicht mal hören konnte? Das sind doch alles Fehler, oder nicht?«

Sein Tonfall hat nichts Vorwurfsvolles, er klingt ganz ruhig und nüchtern. So unbewegt, als gäbe er die Einzelheiten eines nicht weiter bemerkenswerten, ereignislosen Schultags wieder. Und irgendwie ist das noch erschütternder, als wenn er Davids Fehler und Versäumnisse schluchzend und unter Tränen aufzählen würde.

»Ja, kleiner Mann, all das sind Fehler. Doch ich bin sicher, dass Dad sie alle sehr bereut.«

Weil es mir so wichtig ist, dass Jacob glaubt, was ich ihm sage, habe ich meiner Stimme eine falsche Fröhlichkeit verliehen. Ein Teil von mir fragt sich allerdings, warum ich mir solche Mühe gebe, David zu verteidigen, nach dem, was er sich heute Abend erlaubt hat. Aber ich weiß auch, dass es bei diesem Gespräch nicht um David oder mich geht, sondern nur darum, Jacobs Glauben an seinen Vater wiederherzustellen.

»Und der schlimme Streit, den ihr am Silvesterabend hattet? Bedauert Dad den auch?« Jacobs Stimme ist leise und zögernd, als befürchtete er, dass seine Worte ihn in Schwierigkeiten bringen könnten.

Ich denke an die Nacht zurück, in der wir von Melissas und Seth' Party heimkamen, der Babysitterin einen horrenden Stundenpreis bezahlten und die Tür hinter einem Jahr schlossen, von dem ich gern Abschied nahm. Ich erinnere mich daran, wie David und ich über irgendetwas Belangloses lachten und scherzten. Ich weiß noch, etwas zu einem von Davids Scherzen auf der Party gesagt zu haben, der unverständlicherweise jemanden verärgert hatte. Noch heute sehe ich vor mir, wie sich Davids Gesichtsausdruck veränderte und gute Laune sich in Aggression verwandelte. Diese physische Veränderung war ein großer Schock für mich gewesen.

David hatte herumgebrüllt, geflucht und mich beschuldigt, ihn bewusst herabzusetzen und schlechtzumachen, und all meine Beschwichtigungsversuche hatten nichts anderes bewirkt, als seine Wut nur noch mehr anzuheizen. Irgendwann hatte er sich jedoch ausgetobt und war zu Bett gegangen. Ich legte mich im Wohnzimmer auf das Sofa und ließ mir die Ereignisse des Abends noch einmal durch den Kopf gehen, um herauszufinden, was Davids Wutanfall verursacht haben konnte. Aber es gab keinen konkreten, magischen Auslöser, das wusste ich im Grunde schon – keinen anderen jedenfalls als unzählige Cocktails und viele Gläser Champagner.

Am nächsten Morgen fand David mich im Wohnzimmer vor, brachte mir Tee und dick mit Butter und Marmite bestrichenen Toast und entschuldigte sich für einen Streit, an den er sich nicht in allen Einzelheiten erinnern konnte. Dass er stattgefunden hatte, verriet ihm wohl ein ungutes Gefühl in seinem Magen. An einem anderen Morgen hätten wir vielleicht über die Absurdität des Ganzen gelacht, doch nach den Ereignissen der vergangenen drei Monate hatte ich meinen Sinn für Humor verloren, was Davids Trinkerei anging. Statt zu lachen, hielt ich ihm vor, dass das keine Art und Weise sei, das neue Jahr zu beginnen. Ich erinnerte ihn an das Versprechen, keinen Alkohol mehr anzurühren, das er mir drei Wochen zuvor gegeben hatte. »Und wenn ich nie wieder einen Tropfen Alkohol sehe, wird es noch zu früh sein«, scherzte er. »Keine Bange, Bex. Ich habe dir ein Versprechen gegeben und werde mich daran halten. Drei Monate keinen Tropfen Alkohol für mich.«

Ich frage mich nun, wie viele Stunden er gebraucht haben mag, um sein Wort zu brechen. Oder ob er es zumindest bis zum Abend geschafft hat.

Und jetzt denke ich an Jacob, der in jener Nacht in seinem Bett lag und unseren Neujahrsstreit mitanhörte, und mein Herz krampft sich zusammen bei dem Gedanken, dass er so viel mitbekommen hat. Dass er so viel gehört und so wenig verstanden hat. Wie viele andere Streitigkeiten mag er im Laufe der Jahre mitbekommen haben? Nur vereinzelte, wie ich zugeben muss. Aber es waren dennoch Streitigkeiten, von denen ich stets angenommen hatte, dass sie hinter geschlossenen Türen, unhörbar für Jacob in seinem Kinderzimmer, stattgefunden hätten. Ich hatte mich immer sicher gewähnt in der Illusion, dass nur David und ich von unseren Konflikten wussten.

Doch plötzlich erscheint es mir absurd, sich vorzumachen, dass Kinder mit geschlossenen Augen und Ohren durch die Welt gehen. Dass sie blind sind für das, was wir sehen, und taub für das, was wir hören. Oder dass sie unempfänglich sind für die emotionalen Schockwellen, die unsichtbar durch verputzte Wände und hölzerne Dielenbretter strömen.

Ich richte meinen Blick wieder auf Jacob, der plötzlich viel jünger als ein Sechsjähriger aussieht. Für mich sieht er sogar wieder wie das neugeborene Baby in meinen Armen aus, das ungeduldig das Gesicht verzieht, während sein hungriger Mund meine Brust sucht. Er sieht wieder aus wie der Kleine, der auf pummeligen Beinchen und mit konzentrierter, entschlossener Miene auf meine ausgestreckten Arme zutappt. Oder wie der Zweijährige, der sich an meine Beine klammert und weinend meinen Namen ruft, als ich ihn im Kindergarten abgebe.

Er sieht wie ein kleiner Junge aus, der unter einer Daunendecke liegt und nicht sicher ist, welche Fragen er stellen soll. Der sich vor den Antworten fürchtet, noch bevor er sie gehört hat.

Ich schiebe einen Arm unter ihn und ziehe ihn an mich heran, um ihn dann ganz fest an meine Brust zu drücken. Ich lege meinen Kopf auf sein Haar und atme den Duft seines nach Zitrone riechenden Shampoos ein. Seine Atemzüge sind langsam und gleichmäßig, und das Heben und Senken seines Brustkorbs unter meinen Armen ist so sacht und unaufdringlich, dass mir Tränen in die Augen treten. Ich verlangsame meinen eigenen Atem, um ihn dem Rhythmus des seinen anzupassen und das schnelle Pochen meines Herzens zu beruhigen. Denn ich befürchte, dass es ihm andernfalls eine Botschaft vermitteln könnte, die er nicht hören soll. Im Rhythmus unserer Atemzüge wiegen wir uns langsam vor und zurück, und meine Kehle wird eng bei der plötzlichen Erkenntnis, wie wenig ich mein Kind habe beschützen können.

Widerstrebend entlasse ich Jacob aus der Umarmung und lege meine Hände rechts und links an sein Gesicht, um ihm in die Augen schauen zu können. Vielleicht versteht er so, wie wichtig es ist, was ich ihm jetzt sagen werde.

»Wenn Dad und ich uns schon mal streiten, heißt das nicht, dass wir uns nicht mehr lieben. Und vor allem bedeutet es *nie, niemals*, dass wir dich nicht lieben oder dass du bei uns nicht sicher bist. Kannst du mir das bitte glauben, Jacob? Ja?«

Wenn ich gewusst hätte, wie beschwörend meine Stimme klingen würde, hätte ich mich viel mehr darum bemüht, diesen Ton erst gar nicht aufkommen zu lassen. Zum Glück scheint Jacob jedoch in seine eigenen Gedanken versunken zu sein.

»Was du vorhin über andere Dads gesagt hast, die so etwas nicht tun, Mum ... Bedeutet das, dass Dad uns nicht so lieb hat wie andere Dads ihre Familien? Nicht so lieb, wie Ethans Dad Ethan und Ava lieb hat?«

Er blickt zu mir auf, und für einen Moment scheint die Zeit stehen zu bleiben, als wir beide den Atem anhalten und beide gespannt auf meine Antwort warten.

Wie viele Male kann einem wohl an einem einzigen Abend das Herz gebrochen werden?, frage ich mich.

»Natürlich bedeutet es das nicht, mein Schatz. Natürlich hat dein Dad dich lieb. Er hat uns beide lieb, Jacob. Sehr lieb. Es war das erste Mal, dass Dad mich geschlagen hat, das schwöre ich dir. Und er weiß, wie falsch das war und dass er es nicht getan haben dürfte. Aber ich verspreche dir, dass er es nie wieder tun wird, Schatz.«

So viele Versprechen in einer so kurzen Zeitspanne. Und so wenig Gewissheit, wie viele von ihnen ich wohl werde halten können.

Ich nehme Jacob wieder in die Arme und küsse ihn aufs Haar, weil ich hoffe, dass er wenigstens meine Liebe spürt, wenn er meinen Worten schon nicht glauben kann.

Er gähnt lange und herzhaft, und ich entlasse ihn aus meiner Umarmung und decke ihn wieder mit der Daunendecke zu.

»Jetzt ist Schlafenszeit, kleiner Mann. Wir sehen uns morgen früh. Und ich will nicht, dass du dir über irgendetwas Sorgen machst, okay? Es wird alles wieder gut.«

Ich beuge mich über ihn und küsse ihn zärtlich auf die Lippen. »Ich hab dich lieb, mein Schatz.«

»Ich hab dich auch lieb, Mum.«

Dann dreht er sich auf die Seite und rollt sich zusammen wie ein Igel. Ich beobachte ihn einen Moment und frage mich, ob ich je eine Möglichkeit finden werde, den heute angerichteten Schaden wiedergutzumachen. Ob es mir jemals gelingen wird, den heutigen Abend aus Jacobs Erinnerung auszulöschen. Als ich auf die Tür zugehe, werfe ich einen letzten Blick auf ihn, bevor ich das Licht lösche.

Für eine Sekunde denke ich daran, hinunterzugehen, David wach zu rütteln und ihn zu überreden, sich ins Bett zu legen. Oder ihn wenigstens mit einer Decke zuzudecken. Aber dann werde ich plötzlich von einer solch unglaublichen Müdigkeit überwältigt, dass ich nur noch unter das Federbett schlüpfen und in einem tiefen Schlaf versinken will.

Und so gehe ich in unser Schlafzimmer und lege mich, ohne mich auch nur auszuziehen, ins Bett. Gespräche wird es morgen noch genügend geben, doch im Moment ist kein Platz in meinem Kopf oder meinem Herzen, um darüber nachzudenken, was diese Gespräche nach sich ziehen könnten.

KAPITEL ACHTUNDFÜNFZIG

BEX

Die Morgendämmerung taucht den Garten in ein Licht, das die Tautropfen auf dem Rasen wie Feenlichter glitzern lässt. Ich weiß nicht, wie der Morgen sich so schnell heranschleichen konnte, obwohl die Welt doch erst Momente zuvor noch in Dunkelheit gehüllt gewesen war. Ich habe keine Ahnung, wie lange ich hier oben in meinem Studio gesessen und aus dem Fenster geschaut habe, ohne zu wissen, was mir mehr Angst macht: dass die Nacht kein Ende nimmt oder dass der Tag beginnt. Doch dann lege ich die Hände um den Becher auf meinem Schoß und finde die Antwort in dem kalten, harten Porzellan und den getrockneten Kaffeespuren in dem Becher.

Ich kann höchstens ein paar Stunden geschlafen haben. Und wenn, war es ein unruhiger, von Träumen heimgesuchter Schlaf, der ermüdender war, als wach zu bleiben. Um halb vier Uhr morgens habe ich mich nach oben in mein Atelier zurückgezogen. Aber auch hier bin ich außerstande, einen Gedanken länger als drei oder vier Minuten weiterzuverfolgen, weil die Themen ständig wechseln und ich nie das Ende eines Gedankengangs erreichen kann, bevor mein Kopf die Richtung wechselt und wieder einen völlig anderen Weg einschlägt.

Egal, wie oft ich mir die Ereignisse der letzten vierundzwanzig Stunden in Erinnerung rufe, irgendwie kann ich mich doch nie entscheiden, was ich denke oder fühle.

Wie viele Zeitungsartikel habe ich über Frauen mit gewalttätigen Partnern gelesen und mich gefragt, wie um alles in der Welt sie nur in eine solche Situation geraten konnten. Warum sie nicht gleich beim ersten Mal, als ihr Partner aggressiv oder handgreiflich wurde, gegangen sind. Und immer habe ich sehr entschieden und rigoros gedacht, dass ich einen Mann, der mir das jemals antäte, sofort verlassen würde. Ohne Wenn und Aber.

Doch nun versuche ich, mich blindlings durch einen Nebel der Unklarheit voranzutasten, in dem nichts Schwarzes oder Weißes sichtbar ist. Nur ein dichter grauer Dunst, aus dem ich anscheinend nicht mehr herauszufinden vermag.

Dann höre ich irgendwo unter mir die Dielen knarren, und für einen hoffnungsvollen Moment lang denke ich, dass es Jacob sein könnte, der früh erwacht ist. Ich stelle mir vor, mich mit ihm unter sein Federbett zu kuscheln und gemeinsam *Wie trainiert man seinen Drachen* oder *Schreckliche Geschichten* zu lesen, bis wir beide bereit sind, den Tag zu beginnen. Aber als ich genauer hinhöre, merke ich, dass das Geräusch nicht von einer, sondern von zwei Etagen unter mir herkommt. Also nicht vom ersten Stock her, wo Jacob wahrscheinlich noch schlafend in seinem Bett liegt. Es kommt aus dem Erdgeschoss, wo David die Nacht auf dem Sofa verbracht hat.

Ein paar Sekunden lang herrscht wieder Stille, dann höre ich seine Schritte auf den zwölf Stufen, die vom Parterre in den ersten Stock hinaufführen, und nehme das unvermeidliche Ächzen der ersten Stufe und kurz darauf das Knarren der achten wahr. Ich höre ihn ins Bad gehen und leise die Tür hinter sich schließen, bevor das Geräusch der Toilettenspülung zu mir hinaufdringt. Es muss mich gar nicht erst an all den Alkohol erinnern, der die ganze Nacht über in seiner Blase eingeschlossen war. Als Wasser laut plätschernd ins Becken läuft, stelle ich mir vor, wie gründlich David sich die Zähne putzen wird, damit sein Atem frisch und ohne jede verräterische Spur ist. Ich frage mich, ob ihm wohl schon bewusst ist, dass die

Spuren und Auswirkungen der gestrigen Nacht ohnehin nie wieder ganz beseitigt werden können. Dann höre ich, wie er leise auf unser Schlafzimmer zugeht und einen Moment lang zögert. Ich stelle mir seine Verwirrung über meine Abwesenheit, über die Geschehnisse des Vorabends und über die Frage vor, wieso er bei Tagesanbruch unten auf dem Sofa lag. Es ist fast so, als könnte ich hören, wie sich die Rädchen in seinem Kopf in Bewegung setzen und die ersten Gedanken und verschwommenen Erinnerungen um seinen benebelten Verstand zu kreisen beginnen.

Und dann höre ich seine Schritte auf der Treppe, die zu mir hinaufführt, und merke plötzlich, dass mein Herz zu rasen beginnt. Trotz der vielen Stunden, die ich hier gesessen und dieses Gespräch geprobt habe, kann ich mich an kein einziges Wort meines Textes mehr erinnern.

KAPITEL NEUNUNDFÜNFZIG

BEX

David zögert in der Tür. Seine Haut ist grau, das Weiß in seinen Augen gerötet von geplatzten Äderchen. Schweißtropfen bedecken seine Stirn, seine Oberlippe und sein Kinn, und sein Mund wirkt seltsam blutleer.

Ich bin schockiert, aber nicht nur über sein Aussehen, sondern auch darüber, wie sehr sein Anblick mich verärgert.

»Hey. Wie geht's?« Eine erzwungene Unbefangenheit schwingt in seiner Stimme mit, die die unüberhörbare Nervosität in seinen Worten jedoch nicht verbergen kann.

Er weiß es. Diesmal hat er es nicht vergessen.

»Mir ging es schon mal besser.« Ich blicke ihm in die blutunterlaufenen Augen, doch er senkt beschämt den Kopf und starrt zu Boden.

Er trägt immer noch die Sachen von gestern Abend, aber sein T-Shirt ist aus den Jeans gerutscht und zerknautscht.

Was mich jedoch am meisten an seinem Aussehen schockiert, ist, wie vertraut es mir bereits ist. Wie oft ich ihn im Laufe unserer Beziehung schon so gesehen habe und es trotzdem nicht zur Kenntnis nehmen wollte. Im Geiste lasse ich Erinnerungen an ähnliche Gelegenheiten Revue passieren, als blätterte ich in einem Fotoalbum, das ausschließlich Bilder von David am Morgen nach einer durchzechten Nacht enthält.

Und trotz der vielen Morgen, an denen ich in den letzten dreizehn Jahren neben einem verkaterten David erwacht bin, kommt es mir plötzlich so vor, als sähe ich ihn zum allerersten Mal so.

»Es tut mir leid, Bex. Wirklich. Ich wünschte, es gäbe eine Möglichkeit, die Uhr zurückzudrehen – oder dich in meinen Kopf schauen zu lassen, damit du mit eigenen Augen sehen kannst, wie sehr ich es bereue.«

Mit hängendem Kopf steht er in der Tür, hält sich rechts und links am Rahmen fest und sieht aus wie Samson auf den Gemälden, die ihn in dem Moment darstellen, in dem er den Tempel über sich selbst und den Philistern zum Einsturz bringt. Der Unterschied ist nur, dass David unser Zuhause längst zum Einstürzen gebracht hat, ohne auch nur einen einzigen Stein zu verrücken.

»Aber was genau bereust du, David? Die Lügen? Deine monatelangen Täuschungsmanöver? Oder dass du mich ins Gesicht geschlagen hast und unser sechsjähriger Sohn es mitangesehen hat? Na, komm schon – das interessiert mich, David. Was von alldem bereust du?« Die Streitlust in meiner Stimme ist so ungewohnt für mich, dass sie einen bitteren Geschmack in meinem Mund erzeugt.

David hebt den Kopf, und in dem reumütigen Ausdruck seiner feuchten Augen kann ich seine Antwort sehen. Sekundenlang empfinde ich sogar ein bisschen Mitgefühl für ihn, bevor mein Zorn und Groll es jedoch schnell wieder verdrängen.

»Alles, Bex. Alles. Ich weiß wirklich nicht, wie mir das gestern Nacht passieren konnte. Ehrlich nicht. Aber es wird nie wieder vorkommen, das verspreche ich dir.«

Das verspreche ich dir.

Wenn es nicht so unangebracht wäre, würde ich über die Absurdität des Ganzen lachen. Doch ich frage mich, ob sein Versprechen eines ist, von dem er allen Ernstes glaubt, es geben und halten zu können. Oder ob es ihn mit der gleichen Furcht und Unsicherheit erfüllt wie mich die Versprechen, die ich Jacob gestern Abend gab.

»Nach den Ereignissen der vergangenen sechs Monate sind deine Versprechungen nicht mehr viel wert, David. Du sagst, du wüsstest nicht, wie dir das gestern Nacht passieren konnte? Tja, dann werde ich es dir erklären. Du warst den ganzen Tag auf Sauftour, David, kamst total betrunken heim, warst überaus gemein und hast mich dann auch noch geschlagen. Allerdings erst, nachdem du vehement bestritten hattest, ein wie auch immer geartetes Alkoholproblem zu haben.«

Angesichts der Schärfe meines Tonfalls zieht er die Augenbrauen hoch. Hoch genug, um sein Erstaunen darüber zu verraten, dass ihm noch nicht verziehen wurde – und arrogant genug, um mein Herz vor Wut auch weiterhin wie wild klopfen zu lassen.

»Bitte, Bex! Du weißt, dass ich das gestern Nacht nicht war. Dass ich nicht ich selbst war.«

»Ach ja? Aber wenn nicht du es warst, wer dann?«

Ohne eine Miene zu verziehen, erwidere ich seinen Blick, und es ist David, der als Erster die Augen niederschlägt. Sein Fuß scharrt über das dunkel gebeizte Holz und zieht die Kanten der Dielen nach, und diese Bewegung erinnert mich an Jacob, der eine Etage tiefer wahrscheinlich noch immer schlafend in seinem Bett liegt. Ich wünschte nur, ich könnte jetzt bei ihm sein und ihn in den Armen halten, statt hier mit David ein Gespräch zu führen, das wir beginnen mussten, auch wenn keiner von uns weiß, wo es enden könnte.

»Ich habe sie gefunden, David. Auch all die anderen Sachen habe ich gefunden.« Meine Stimme ist jetzt ruhiger und gedämpfter, als wollte ich ihn nicht provozieren.

»Was für Sachen? Wovon redest du?«

David scheint aufrichtig verwirrt zu sein, als er zu mir aufblickt, und ich frage mich, ob er all die Beweise, die er so achtlos überall im Haus hat herumliegen lassen, schon vergessen haben mag. Oder ob er einfach nur arrogant genug gewesen war zu glauben, dass ich sie nicht finden würde.

»Die Quittungen, David. Die Rechnungen der Spirituosenläden. Die Kassenbons der Bars aus all den Nächten, in denen du angeblich bei der Arbeit warst. Die Schnapsflaschen, die in Schuhkartons und in deiner Schreibtischschublade versteckt waren. Ich habe sie alle gefunden.«

Ich bin schon drauf und dran, auch die Entdeckung, die ich auf seinem Bankkonto gemacht habe, zu erwähnen, überlege es mir aber anders und presse schnell die Lippen zusammen, bevor ich mich verraten kann. Ich will ihm keine Munition liefern und ihm auch zu keiner begründeten Ablenkung verhelfen.

»Herrgott noch mal, Bex! Warum suchst du auch noch ganz bewusst nach Dingen, um alles noch schlimmer zu machen? Ich habe es dir doch schon gesagt: Der einzige Grund, aus dem ich irgendwas vor dir versteckt habe, ist der, dass du so übertrieben kritisch warst. Wenn du mich nicht wie einen missratenen Teenager behandelt und verlangt hättest, dass ich keinen Tropfen Alkohol anrühre, hätte ich auch nichts vor dir verstecken müssen.«

Als er schließlich doch in mein Studio hereinkommt und die Tür hinter sich zuzieht, empfinde ich plötzlich so etwas wie Platzangst – als gäbe es in diesem Zimmer nicht genügend Luft für uns beide. Da er höchstens einen halben Meter vor mir stehen bleibt, kann ich seinen Atem spüren. Aber nicht einmal der Pfefferminzgeruch der Zahnpasta kann den des Alkohols übertünchen, der Davids Organismus nach und nach entweicht, als hoffte er, sich unbemerkt von mir verflüchtigen zu können.

»Dann ist also alles meine Schuld? Auch dass du in der Woche Hunderte von Pfund vertrinkst, ist ganz allein nur meine Schuld?«

Wir funkeln einander böse an und schweigen beide für ein paar Minuten. Als ich mich abwende, um in den Garten hinauszuschauen, erinnere ich mich plötzlich wieder, wie katastrophal er ausgesehen hatte, als wir eingezogen waren. Da die alte Dame, die uns das Haus verkaufte, alles wild hatte wuchern lassen, war ein regelrechter Dschungel daraus entstanden. Ihre Mutter ziehe in ein Seniorenheim, hatte die Tochter uns erzählt, während sie uns Küche und Wohnzimmer zeigte. Dabei hatte sie über die alte Dame gesprochen, als säße sie nicht in Hör- und Sichtweite in einem Lehnstuhl an den Terrassentüren. Ihre Mutter wolle das Haus nicht aufgeben, erklärte die Tochter, aber sie käme hier leider nicht mehr allein zurecht. Dann hatte die Tochter noch hinzugefügt, das Ganze sei zu einer Last geworden. Ich war mir nicht sicher gewesen, ob sie damit das Haus oder ihre Mutter meinte oder ob die Zweideutigkeit sogar gewollt gewesen war. Ich erinnere mich noch gut an die Resignation, die in den Augen der alten Dame lag, als sich unsere Blicke trafen, und an den Ausdruck auf ihrem gepflegten Gesicht, der zu besagen schien: *Tatsächlich? Das war es dann also? So endet nun alles?*

»Erinnerst du dich an unser gemeinsames Wochenende in Northumberland, als wir gerade erst zusammen waren?«

David hebt den Kopf und schaut mich an. Ich sehe, wie seine Augenbrauen zucken, als er sich zu erinnern versucht, bis er schließlich aufgibt und den Kopf schüttelt.

»Du hattest das Wochenende als Überraschung für unser einmonatiges Jubiläum gebucht. In dieser komischen kleinen Frühstückspension in der Nähe von Bamburgh Beach. Daran musst du dich doch erinnern? Wir wollten gerade unser Zimmer einweihen, als die Wirtin anklopfte und uns zu Tee und Kuchen im Salon einlud. Es war wie etwas aus den 1950ern.«

In einem Anflug von Nostalgie verziehen sich Davids Mundwinkel, aber er wagt nicht zu riskieren, dass ein Lächeln daraus wird. »Natürlich erinnere ich mich. Ich hatte dich mit einer großartigen romantischen Geste überraschen wollen, als ich dieses Wochenende buchte, doch diese Pension war absolut unmöglich. Und trotzdem wurde es dann noch ein schönes Wochenende, nicht? Dieser Strand war fabelhaft; wir sind dort kilometerweit spazieren gegangen, wenn ich mich recht entsinne.«

Erinnerungen hängen plötzlich zwischen uns in der Luft, und wir beide suchen Zuflucht vor der Gegenwart in einer Vergangenheit, die schon immer darauf hingedeutet hat, wie sehr die Zukunft uns vielleicht enttäuschen würde.

Ich schließe die Augen, und eine Welle der Nostalgie ergreift auch mich, als ich an diesen langen, windgepeitschten Strand mit den niedrigen, grasbewachsenen Dünen zurückdenke, die allerdings keinen wirklichen Schutz vor dem oft sehr heftigen Seewind boten. Es war Anfang Dezember damals, und draußen stach die kalte Luft uns in die Wangen. Bei unserem spätnachmittäglichen Spaziergang über die Wehrgänge der Burg, als die Abenddämmerung schon einsetzte, ergriff David meine Hände und sagte mir zum ersten Mal, er liebte mich. Ich erinnere mich noch, wie der Wind mir das Haar ins Gesicht trieb, während ich mir dachte, dass es ein bisschen früh für eine Liebeserklärung war. Gleichzeitig jedoch war ich nicht im Mindesten erstaunt, sie zu hören, bevor ich ihm das Gleiche sagte und mir noch nie einer Sache sicherer gewesen war als dieser.

Heute kommt es mir aber so vor, als gehörten diese Szenen zu jemand anders. Zu einem anderen Paar und einer so lange zurückliegenden Zeit, dass die mit ihnen verbundenen Gefühle wie ein zu oft fotokopiertes Bild sind. Die Einzelheiten darauf sind so verschwommen, dass nur der lückenhafte Umriss eines Bildes geblieben ist, das eigentlich gar nicht länger existiert.

»Erinnerst du dich, wie dieser Samstagabend endete? Die Nacht, bevor wir nach London zurückfuhren, meine ich?«

Meine Stimme ist so leise, als wäre sie sich nicht sicher, ob sie es wagen soll, diesen historischen Flaschengeist freizulassen. David holt tief Luft und will zu einer Antwort ansetzen, doch bevor er seine Seite der Geschichte erzählen kann oder Gelegenheit bekommt, die Geschichte in einem besseren Licht darzustellen, überrasche ich ihn und mich mit einer Erinnerung, die ich bis heute Morgen erfolgreich verdrängt oder vergessen hatte.

»Wir waren zum Abendessen in diesen netten kleinen Pub an der Küste gegangen. Zu Anfang scherzten wir noch darüber, dass wir kein gutes Restaurant hatten finden können, doch dann waren wir überrascht, wie gut das Essen in diesem Pub war. Wir haben beide viel getrunken, und als später die Bedienung kam, um unseren Tisch abzuräumen, verschüttete sie versehentlich etwas von der Sauce auf deinem Teller auf deine Jeans. Erinnerst du dich noch daran?«

Mit unbewegter Miene erwidere ich Davids Blick und sehe, wie die Erinnerung sich nach und nach auf seinem Gesicht ausbreitet wie Wasser auf der Oberfläche eines zugefrorenen Sees.

Er war so wütend, so irrational wütend auf diese Kellnerin geworden, dass ich anfangs dachte, er scherzte nur. *Was zum Teufel glauben Sie, was Sie da tun? Wie kann man nur so dämlich sein?* Seine Wut war dermaßen absurd gewesen, dass ich darüber lachen musste. Erst als ich das Zittern meiner Stimme hörte, war mir bewusst geworden, wie nervös ich klang. Und dann hatte ich meinen eigenen Schock im Gesicht der Kellnerin widergespiegelt gesehen, hatte den lodernden Zorn in Davids Augen bemerkt und gespürt, wie meine Finger sich in meine Handflächen gruben. Erst da war mir klar geworden, dass es hier nichts zu lachen gab.

Ich hatte mich wortreich bei der Kellnerin entschuldigt und die Rechnung beglichen, während David dabeigestanden und Schimpfworte vor sich gegeben hatte, die immer noch laut genug gewesen waren, um von dem halben Pub gehört zu werden. Ich erinnere mich an meine Angst, dass irgendeiner der Dutzenden von Männern, die uns böse anstarrten, jeden Moment aufspringen und seiner Empörung über die rüpelhaften Londoner Luft machen würde. Deshalb beeilte ich mich, David aus der Tür und in den beißend kalten Nordwind hinauszubugsieren.

Ich erinnere mich, wie wir zu der kleinen Pension zurückgestolpert waren, David zu betrunken, um zu begreifen, wie sehr er sich danebenbenommen hatte, und ich nicht mutig genug, um es ihm zu sagen. Ich erinnere mich an den Salzgeschmack auf meiner Zunge und wie ich darüber nachdachte, wie er wohl von der See auf meine Lippen gekommen war, bis ich heiße Tränen über meine Wangen rollen spürte. Ich erinnere mich, wie wir unser Zimmer erreichten und David dort auf das Bett fiel wie ein gefällter Baum. Und ich weiß noch, wie ich irgendwann meine Versuche aufgab, seinen wie leblos daliegenden Körper zu entkleiden, und allein unter die Daunendecke kroch, um dann irgendwann in den frühen Morgenstunden trotz seines lauten Schnarchens einzuschlafen.

Über diese Nacht habe ich an diesem Morgen sehr viel nachgedacht. Ich habe mich gefragt, ob ich nicht schon damals, als wir erst einen Monat zusammen waren, hätte voraussehen müssen, dass ich Dinge wie diese auch dreizehn Jahre später noch erleben würde. Und ich fragte mich auch, ob ich nicht die Voraussicht hätte haben müssen, Rückschlüsse aus diesem einzelnen Zwischenfall zu ziehen. Oder ob es richtig von mir war, Davids zerknirschte Entschuldigungen am nächsten Morgen anzunehmen.

Ob es richtig war, mich von seinen wiederholten Liebeserklärungen erweichen zu lassen, statt auf meine innere Stimme zu hören, die ich vorzog zu ignorieren.

»Du brauchst Hilfe, David. Wir können nicht länger so tun, als wäre dein Trinken kein Problem. Denn es ist ein Problem, und wir müssen es lösen.«

Sein Kopf fährt hoch, und ich kann spüren, wie sich meine Bauchmuskeln zusammenziehen, um sich für einen mittlerweile schon vertrauten Sturm zu wappnen.

»Herrgott noch mal, Bex, nicht schon wieder! Genau das ist es, was gestern Morgen unseren Streit verursacht hat. Willst du wirklich schon wieder damit anfangen? Ich habe dir doch schon gesagt, dass mir das mit gestern Abend leidtut, und das war mir völlig ernst gemeint.«

Wir schauen einander an, und während ich in Davids Augen nach der Wahrheit suche, frage ich mich, ob er wirklich denkt, dass ich übertreibe, oder ob er sich nur nicht einzugestehen wagt, dass wir an einem Punkt angelangt sind, an dem keiner von uns jemals sein wollte.

»Aber es geht ja nicht nur um gestern Nacht, nicht wahr, sondern auch um all die anderen Nächte, David.«

Er schiebt beide Hände in die Taschen seiner Jeans, und diese Geste hat etwas so Trotziges, dass ich plötzlich ungeduldig werde.

»Was willst du damit sagen?« Seine Stimme ist von einem Ärger geprägt, der sich in der Schärfe jedes einzelnen Wortes bemerkbar macht.

Ich hole tief Luft, um zumindest den scharfen Ton meiner eigenen Stimme ein wenig abzumildern, denn ich möchte, dass David sich anhört, was ich ihm zu sagen habe. »Vorfälle wie diese habe ich mit dir erlebt, solange wir uns kennen, David, schon von jenem ersten gemeinsamen Wochenende in Northumbria an. Das ist nicht genau das Gleiche, das weiß ich auch.

Aber dein Trinken und die Tatsache, dass es im Nu deine Persönlichkeit verändern kann, sind schon immer da gewesen. Wir haben es nur meisterhaft verstanden, die Anzeichen zu ignorieren.«

»Du meine Güte, Bex! Du kannst doch nicht von jedem alkoholbedingten Streit anfangen, den wir in den letzten dreizehn Jahren hatten! Wenn du das tust, sind wir am Ende, Bex.«

Ich blicke ihm ins Gesicht, dessen Ausdruck ein einziger Appell ist, dieses Gespräch zu beenden. Ein Teil von mir will nichts anderes tun, als auch diese Konfrontation unter den Teppich zu kehren.

Aber dann fängt das Blut in meinen Wangen an zu pochen, als erinnerte mein Körper mich an die Notwendigkeit, nicht vor einem Thema zurückzuschrecken, dem ich schon seit Jahren ausgewichen bin. Ich lege meine Hand um meinen kalten Kaffeebecher und werfe einen kurzen Blick auf den Bodensatz darin, bevor ich wieder zu David aufblicke. »Kannst du denn nicht sehen, dass dieses Problem schon immer existierte? Dass dein Trinken schon immer ein Problem war? Ich hatte mir vorher nur noch nie erlaubt, es als Tatsache zu akzeptieren.«

Ich spüre schon, wie meine Stimme bricht, bevor ich es hören kann. David beugt sich zu mir herab und nimmt meine Hände fest in seine, und das Klicken unserer Eheringe scheint die Stille noch zu unterstreichen.

»Es ist kein Problem, Bex. Wirklich nicht. Es waren nur ein paar sehr anstrengende Monate für mich, weiter nichts. Ich habe es ein paar Mal übertrieben, und das ist auch schon alles.«

Seine Finger drücken zärtlich meine, und für mich ist es fast so, als hielte er mein Herz in seinen Händen. Und als ich dann zu ihm aufblicke, habe ich das Gefühl, als schaute ich beide Davids gleichzeitig an. Da ist der sanfte, fürsorgliche David, der instinktiv weiß, wann ich Freiraum oder Trost benötige, der David, der den richtigen Moment erkennt, um mir einen Rat zu geben oder um mich nörgeln und schimpfen zu lassen, und der David, der mich selbst dann noch zum Lachen bringen kann, wenn ich denkbar schlechter Laune bin. Der David, von dem ich manchmal das Gefühl habe, dass er mich besser kennt als ich mich selbst. Doch wie eine Fata Morgana, der ich nicht ausweichen kann, sehe ich auch den David der vergangenen Nacht: den David, dessen Jähzorn ohne jede Vorwarnung aufflammte und nicht eher nachzulassen begann, bis er alles auf seinem Weg versengt hatte.

»Bitte, Bex! Bitte nimm meine Entschuldigung an, und lass uns das alles vergessen!«

Ein Teil von mir möchte ihm die Vergebung gewähren, die er braucht. Doch es ist, als wäre ein unsichtbares Seil um meine Taille geschlungen, das mich zurückhält und mir eine Versöhnung schier unmöglich macht.

»Aber es waren nicht nur ein, zwei Nächte, David. Das weißt du so gut wie ich. Bitte vertrau mir und glaub mir, dass du Hilfe brauchst. Du brauchst sie nämlich wirklich.«

Ich schaue ihm in die Augen und beschwöre ihn im Geiste, mir zu glauben. Nicht, weil ich recht behalten will, sondern weil ich nicht weiß, was aus uns werden soll, wenn er darauf beharrt, dass ich mich irre.

Er tritt von mir zurück und geht zur anderen Seite des Raumes hinüber, und als er endlich wieder etwas sagt, vermeidet er es, mich dabei anzusehen. »Mach dich nicht lächerlich, Bex. Dieses ganze Gespräch ist lächerlich. Ich weiß nicht, wie oft ich dir noch sagen soll, dass es mir leidtut, denn du scheinst ja fest entschlossen zu sein, meine Entschuldigung nicht anzunehmen.«

Ich höre den Trotz in seiner Stimme und habe das Gefühl,

dass hier eine Unterhaltung endet, die eigentlich gerade erst beginnen müsste. Ich starre ihn an und versuche, ihn mit purer Willenskraft dazu zu bringen, mich anzusehen und zu erkennen, dass ich nicht sein Feind bin. Doch Davids Blick bleibt auf die Welt dort draußen gerichtet, und mein Herz verkrampft sich vor Angst vor einer nicht vorherzusagenden Zukunft.

Schließlich wende ich mich ab und gehe zur Tür.

»Wo willst du hin?«

Ich drehe mich noch einmal um, und erst als ich die Tür öffne, merke ich, wie stickig es im Raum geworden ist. Und wie unbedingt ich hier herausmuss, um wieder freier atmen zu können.

»Ich werde Jacob wecken. Ich will mir sicher sein können, dass er nach gestern Nacht okay ist.«

KAPITEL SECHZIG

BEX

Das Erste, was mir auffällt, als ich Jacobs Zimmer betrete, ist nichts Konkretes, sondern nur eine Empfindung, das plötzliche Gefühl, dass mir eisig kalt ist und ich nicht weiß, warum. Doch erst als ich die Vorhänge öffne und das leere Bett, den auf dem Boden liegenden Pyjama und die halb geöffneten Schubladen sehe, wandern die kalten Finger dieser Furcht an der Unterseite meiner Rippen entlang, bis sie mein Herz umfangen haben. Hosen, Socken und T-Shirts liegen auf dem Boden verstreut.

»Jacob! Jacob! Bist du unten?«

Erschrocken laufe ich auf den Korridor hinaus und die Treppe hinunter. Meine Beine zittern, und mein Herz pocht wie wild. Die Küche ist leer und still, das Wohnzimmer verlassen und genauso ruhig und stumm.

»Jacob! Jacob! Wo bist du?«

Doch selbst während ich noch seinen Namen rufe, weiß ich schon, dass er nicht antworten wird.

»Was ist, Bex? Was ist los?«

David steht oben an der Treppe und blickt stirnrunzelnd zu mir herab.

»Jacob ist weg. Hast du ihn heute Morgen schon gesehen? War er noch da, als du aufgestanden bist?«

Ich bestürme David mit meinen Fragen, während ich die Treppe wieder hinaufrenne, und bin schon oben, als er den Kopf schüttelt und antwortet.

»Nein. Ich habe ihn heute noch nicht gesehen. Bist du sicher, dass er nicht in seinem Zimmer ist?«

»Natürlich bin ich sicher! Glaubst du, ich würde hier im Haus herumrennen und nach ihm rufen, wenn er in seinem Zimmer wäre?«

Ich halte nicht lange genug inne, um Davids Reaktion einzuschätzen. Ich darf keine Zeit damit verlieren, ihm zu erklären, dass ich einfach weiß, dass irgendetwas nicht in Ordnung ist.

»Wahrscheinlich sitzt er unten vor dem Fernseher. Hast du im Wohnzimmer nachgesehen?«

Meine Bauchmuskeln ziehen sich zusammen, aber ich weiß nicht, ob es die bange Unruhe ist, die an mir nagt, oder der Ärger darüber, dass David mir so dumme Fragen stellt.

»Natürlich habe ich dort nachgesehen! Aber vielleicht könntest du dich ja nützlich machen und in deinem Arbeitszimmer nachschauen, anstatt hier müßig rumzustehen?«

Ich weiß, wie hektisch und vielleicht sogar ein bisschen hysterisch ich klinge. Aber das ist mir egal. Mir ist alles egal, bis ich Jacob gefunden habe.

David wirft einen Blick in unser Schlafzimmer, wo ich sicherheitshalber gerade auch unter dem Bett nachsehe, doch abgesehen davon rührt er sich nicht.

»Beruhige dich doch bitte, Bex. Du bist gestresst und übermüdet und kannst nicht mehr klar denken.«

Eine gefährliche Mischung aus Zorn und Furcht in meinen Adern, fahre ich erbost zu ihm herum. »Und wessen Schuld ist das, David?« Ich starre ihn wütend an, und ein Teil von mir wünscht, dass er einfach nur geht und mich allein nach Jacob suchen lässt. Ein anderer Teil von mir weiß jedoch, dass ich ihn brauche und er mir bei der Suche helfen muss. Deshalb unterdrücke ich meine Ungeduld und bemühe mich um einen etwas ruhigeren Ton. »Bitte, David. Würdest du bitte einfach nur oben nachsehen gehen?«

Er seufzt und zuckt mit den Schultern, als er sich der Treppe zuwendet, als täte er nichts weiter, als der Bitte einer Verrückten zu entsprechen.

Ich schaue indessen in den Schränken und sogar im Wäschetrockenschrank nach, obwohl ich weiß, dass ich nach Strohhalmen greife. Schließlich kehre ich zu Jacobs Zimmer zurück, starre auf das Durcheinander darin herab und flehe es im Stillen an, mir irgendeinen Hinweis auf den Verbleib meines Kindes zu geben. Doch das Zimmer hat mir nichts zu sagen.

»Da oben ist er nicht, Bex. Wahrscheinlich ist er im Garten. Ich werde mal nachsehen, ob ich ihn dort finde.«

»Um sieben Uhr in der Frühe an einem Sonntagmorgen, David? Was sollte Jacob um diese Zeit allein im Garten tun?« Ich versuche nicht einmal, die Frustration aus meiner Stimme herauszuhalten. Es ist mir unbegreiflich, wie David so gelassen bleiben kann. Warum er nicht spürt, dass irgendetwas nicht in Ordnung ist.

Aber David ignoriert meinen Einwand und steigt die Treppe zum Erdgeschoss hinunter.

Ich schaue unter Jacobs Kissen nach und schüttle seine Daunendecke aus, in der Hoffnung, dass mir ein Hinweis entgegengeflattert kommt wie ein Geschenk des Himmels. Aber da ist natürlich nichts.

Nichts, bis ich von unten an der Haustür Davids eindringliche Stimme nach mir rufen höre. »Bex! Bex! Du musst herunterkommen.«

Eisige Furcht beschleicht mein Herz, und als ich den oberen Treppenabsatz erreiche und Davids Gesichtsausdruck sehe, befürchte ich, dass es sogar ganz und gar vereisen könnte.

Er hält ein Stück Papier hoch, und als ich die Treppe zu ihm hinunterlaufe, kann ich nur sehen, dass es ein aus einem Schulheft herausgerissenes Blatt ist.

David hält es mir hin; es zittert zwischen seinen Fingern. Für den Bruchteil einer Sekunde bin ich zu verängstigt, um das Blatt anzunehmen. Aber dann drückt er es mir in die Hand, und als er zu sprechen beginnt, tut er es ganz bewusst in einem so besonnenen, beruhigenden Ton, dass die Panik mir das Herz noch mehr verkrampft.

»Bex, ich glaube, wir müssen anfangen herumzutelefonieren.«

KAPITEL EINUNDSECHZIG

JUDITH

Sowie ich das Telefon in der Diele klingeln höre, weiß ich, dass etwas passiert sein muss.

»Mum? Ist Jacob bei dir?«

Es dauert ein paar Sekunden, bis die Worte in mein Gehirn vordringen und ich zu verstehen beginne, warum mich schon den ganzen Morgen – noch bevor das Telefon schrillte – eine solch vage Furcht begleitet hat.

»Wie kommst du darauf, dass Jacob hier sein könnte?«

Natürlich weiß ich, warum sie fragt. Oder glaube zumindest, es zu wissen. Aber wenn es ist, was ich vermute, brauche ich noch ein paar Sekunden gespielter Ahnungslosigkeit, bevor meine schlimmsten Befürchtungen sich bestätigen.

»Ist er bei dir, Mum? Ist er heute Morgen zu dir gekommen?«

Ich schaue mich um, blicke nach rechts und links und hinter mich und wieder vor mich, als müsste ich seine Anwesenheit vielleicht nur intensiv genug herbeiwünschen, damit er plötzlich hier erscheint. »Nein, Schatz. Hier ist er nicht. Aber ist er denn nicht zu Hause?«

Rebeccas tief empfundener Seufzer erfüllt mein Ohr und streckt enttäuscht seine Arme über eineinhalb Kilometer Telefonkabel aus, um mich zu erreichen.

»Natürlich ist er nicht hier, Mum! Ich würde dich doch nicht anrufen und fragen, wenn er zu Hause wäre. Er ist *verschwunden.*«

Als Rebeccas Stimme vor Aufregung versagt, sacke ich in die

Knie und lande auf dem Boden, bevor mir auch nur bewusst wird, dass meine Beine unter mir nachgeben.

Die Zeit hält an, bleibt stehen und spult zurück.

Ich schließe die Augen und versuche nicht einmal, dagegen anzugehen.

Erinnerungen schießen mir in den Kopf, unerwünschte Erinnerungen, die fast vierzig Jahre mit mir gelebt haben.

Die Angst, Rebecca zu verlieren. Die Furcht davor, dass sie mir weggenommen werden könnte und ich außerstande wäre, sie zu beschützen.

»Mum? Bist du noch da?«

Rebeccas Stimme greift durch das Telefon nach mir. Sie klingt ungeduldig, aufgewühlt, verzweifelt. Aber ich höre auch noch etwas anderes in ihr – etwas, das ich seit Jahren nicht mehr in ihrer Stimme wahrgenommen habe. Vielleicht schon nicht mehr, seit sie ein kleines Mädchen war.

Sie braucht mich.

Rebecca braucht mich.

»Natürlich bin ich noch hier, Liebes. Mach dir keine Sorgen. Wir werden Jacob finden. Er ist ein vernünftiger Junge und wird nicht weit gegangen sein. Ich komme sofort zu euch. In zehn Minuten bin ich da, okay?«

Ausnahmsweise widerspricht Rebecca einmal nicht.

KAPITEL ZWEIUNDSECHZIG

BEX

Ich lese Jacobs krakelige Handschrift wieder und wieder, weil ich noch immer hoffe, einen Hinweis zu finden, den ich beim siebten, achten oder neunten Lesen übersehen haben könnte. Und während ich lese, flehe ich die Worte an, mir irgendetwas zu verraten, das mir helfen könnte, ihn zu finden.

Aus der Küche dringt Davids Stimme zu mir herüber. Leise murmelt er immer wieder die gleichen Worte: die Entschuldigung, an einem Sonntagmorgen schon so früh zu stören (in dem gewollt beiläufigen Tonfall eines Vaters, der nicht hysterisch wirken will), die Erklärung für seinen Anruf, die immer noch recht sachlich klingt, und schließlich die unverhohlene Enttäuschung darüber, dass derjenige, mit dem er spricht, ihm nichts zu Jacob sagen kann.

Ich stehe derweil in der Diele an der Haustür, wo David die Nachricht gefunden hat, und kann mich irgendwie nicht von der Stelle rühren. Meine Beine scheinen zu glauben, ich müsste nur lange genug hier stehen bleiben, wo Jacob zuletzt war, bevor er ging. Sie scheinen anzunehmen, mein Ausharren würde vielleicht irgendwie helfen, ihn zurückzubringen, und die Tür würde sich öffnen, und da wäre er und stünde grinsend vor mir, ohne sich der Aufregung bewusst zu sein, die er verursacht hat. Und es wird mir gar nichts ausmachen. Überhaupt nichts. Nicht einmal die Tatsache, dass er verschwunden war. Ich werde nur überglücklich sein, dass er wieder da ist.

Ich will meinen Jungen einfach nur zurückhaben.

Seine Nachricht zittert in meiner Hand, und sicherheitshalber lese ich sie noch einmal. Nur für den Fall, dass ich etwas Wichtiges übersehen habe.

Liebe Mum,

ich muss etwas in Ordnung bringen. Ich kann dir nicht sagen, was es ist, bis ich es getan habe. Aber ich verspreche dir, dass ich dann sofort nach Hause komme und dir alles erzählen werde. Und dann wird alles wieder gut, das verspreche ich dir.

Ich hab dich lieb, Mum,

Jacob xxx

Panik schnürt mir die Kehle zu und droht mit ihren gierigen Fingern alle Luft aus mir herauszupressen, bis ich nicht mehr atmen kann. Ich kann auch meine Hände, Arme und Beine nicht am Zittern hindern, wie es scheint: Es ist, als gehörten sie nicht mehr zu meinem Körper, als hätte ich daher auch keine Kontrolle mehr über sie. Etwas Schweres scheint sich in meiner Magengrube festgesetzt zu haben, und dennoch fühlt mein ganzer Körper sich so leicht und gewichtslos an, als wäre ich gar nicht wirklich hier.

Wo bist du hingegangen? Was wolltest du in Ordnung bringen? Was musst du mir versprechen, kleiner Mann?

Die Fragen wiederholen sich immer und immer wieder, und jedes Mal bricht mir ein bisschen mehr das Herz bei dem Gedanken, dass er etwas in Ordnung bringen will, mit dessen Beschädigung er nichts zu tun hatte.

Die ersten vierundzwanzig Stunden sind immer die kritischsten. Das hört man doch immer von der Polizei und im Fernsehen, wenn jemand vermisst wird.

Ich kneife die Augen zusammen, als ich daran denke, und

bedecke sie mit beiden Händen, um das Bild von mir fernzuhalten. Aber plötzlich sehe ich David und mich bei einer Pressekonferenz an einem dieser langen Tische sitzen, sehe, wie wir eine tränenreiche Bitte um Hinweise zu Jacobs Verbleib an die Bevölkerung richten. Wir sind flankiert von Polizeibeamten, die wir gerade erst kennengelernt haben und die nun das Schicksal unserer Familie in den Händen halten.

Bei der Vorstellung schnürt sich mir die Kehle zusammen, und ich schlucke heftig, um dagegen anzukämpfen.

Die ersten vierundzwanzig Stunden.

Ich weiß nicht einmal, wie viele dieser Stunden wir bereits verloren haben. Ich habe keine Ahnung, wie lange Jacob schon von zu Hause weg ist. Ob er hinausgeschlichen ist, als David und ich oben waren und uns gestritten haben, oder ob er schon vorher aus dem Haus geschlüpft ist, als David noch völlig weggetreten auf dem Sofa im Wohnzimmer gelegen hat.

Was für eine Art von Mutter weiß nicht, wann ihr sechsjähriges Kind zuletzt im Haus gewesen ist?

Wann haben Sie ihn zum letzten Mal gesehen? Das ist die Frage, die sie in Fernsehkrimis stets als Erste stellen. *Wann haben Sie ihn zuletzt gesehen, und wie wirkte er auf Sie?*

Ich denke daran, wie Jacob in der Tür gestanden hatte, an die Furcht und Verwirrung in seinem Gesicht, als er etwas miterlebte, das kein Kind je erleben sollte. Ich sehe ihn, wie er vor mir im Bett liegt und mir Fragen stellt, die einem sechsjährigen Jungen nicht einmal in den Sinn kommen sollten. Ich erinnere mich daran, wie er sich schutzsuchend unter der Decke zu einem Ball zusammenrollte und mir sagte, dass er mich lieb hat. Das war, bevor ich das Licht ausschaltete und seine Schlafzimmertür schloss.

Mir bricht beinahe das Herz bei dem entsetzlichen Gedanken, dass ich ihn in dem Moment, in dem ich ihm den Gutenachtkuss gab, zum letzten Mal gesehen haben könnte.

Die Türklingel zerreißt die Stille, und in hoffnungsvoller Erwartung schlägt mein Herz gleich höher.

Ich hebe den Kopf, um durch den Glaseinsatz der Tür zu schauen, doch es ist nicht Jacob, den ich jenseits des Gartenwegs am Törchen stehen sehe, sondern Mum.

KAPITEL DREIUNDSECHZIG

JUDITH

Kaum öffnet Rebecca die Tür, sehe ich auch schon die panische Angst in ihrem Gesicht. Es ist ein Ausdruck, den ich bisher nur einmal bei ihr gesehen habe. Ein einziges Mal, und das war in der Nacht, in der es geschehen war. In dem Moment, in dem einer der Fremden in dem Zimmer plötzlich merkte, dass sie in der Tür stand und uns still beobachtete. Wie oft habe ich mich in all den Jahren seither gefragt, wie viel sie gehört und verstanden haben mochte, bevor einer von uns ihre Anwesenheit bemerkte. Bevor ich sie in die Arme nahm und fester an mich drückte, als ich es je zuvor getan hatte, weil ich wusste, dass nichts je wieder so wie bisher sein würde – oder könnte.

Und heute, dreiunddreißig Jahre später, hat sie wieder genau den gleichen Ausdruck im Gesicht.

Als ich die Schwelle ihres Hauses überschreite, nehme ich sie in die Arme und ziehe sie beschützend an mich. »Schon gut, Liebes. Wir werden ihn finden. Er wird im Handumdrehen wieder zu Hause sein, das verspreche ich dir.«

Mit angehaltenem Atem warte ich auf ihre Zurückweisung, doch stattdessen schmiegt sie sich an mich, bis ich an meiner Brust das Pochen ihres Herzens spüren kann, das in dem panischen Rhythmus einer zutiefst besorgten Mutter schlägt. Ich halte sie fest, aber auch sanft in meinen Armen, um sie nicht mit der Heftigkeit meines mütterlichen Beschützerinstinkts zu erdrücken. Doch ich will auch, dass sie weiß, dass ich für sie da bin, dass ich schon immer für sie da gewesen bin und nur darauf gewartet habe, dass sie mir die Tür öffnet und mich hereinlässt.

»Das war's. Ich habe alle angerufen. Niemand hat etwas von ihm gesehen oder gehört.«

Beim Klang von Davids Stimme entzieht Rebecca sich mir abrupt, und mir wird plötzlich kalt.

Ich wende mich David zu, und als er auf mich zukommt, um mich zu begrüßen, versuche ich, eine Miene aufzusetzen, die mein Erschrecken nicht verrät.

Er sieht schauderhaft aus. Wirklich schauderhaft. Seine Haut ist fahl, und er hat dunkle Schatten unter den geröteten Augen. Es ist aber nicht nur das mitgenommene Aussehen eines verängstigten Vaters, der sich um das Wohlergehen seines Sohnes sorgt. Es ist mehr als das. Viel mehr.

Als David sich vorbeugt und mich auf die Wange küsst, rieche ich es in seinem Atem, und mehr Bestätigung brauche ich nicht.

Es ist der ekelerregende Geruch von schal gewordenem und noch nicht abgebautem Alkohol in seinem Körper.

Ich wende mich Rebecca zu, um zu sehen, ob sie es auch bemerkt hat. Aber sie schaut ihn mit einer solchen Feindseligkeit an, dass ich am liebsten schnell wieder wegsehen würde. Nur kann ich das leider nicht, weil ich herausfinden muss, ob meine schlimmsten Befürchtungen den Tatsachen entsprechen.

KAPITEL VIERUNDSECHZIG

BEX

Da ist etwas an Davids Tonfall – der flach, informativ und ganz ohne die Besorgnis ist, die er eigentlich enthalten müsste –, das augenblicklich meinen Zorn erregt.

»Bist du sicher, dass du alle angerufen hast?«

»Natürlich bin ich sicher, Bex. Ich habe alle Nummern von Jacobs Schulverzeichnis abtelefoniert, und niemand weiß etwas.«

Jetzt ist seine Stimme so abweisend, als wäre meine Frage eine äußerst dumme. Daraufhin erwacht eine furchtbare Wut in meinem Bauch, und bevor ich mir meine Worte überlegen oder mich um die Folgen sorgen kann, kommt diese Wut in einem scharfen Angriff gegen ihn zum Ausbruch.

»Tja, dann entschuldige bitte, dass ich bezweifle, ob du heute Morgen schon wieder voll da bist. Denn wärst du es, wäre Jacob jetzt vielleicht noch hier!«

Seine Augen zucken, und ich kann sehen, dass ich ihn verletzt habe.

»Ach komm, Bex. Das ist nicht fair. Wir wissen nicht, warum Jacob weggelaufen ist, und uns gegenseitig die Schuld daran zu geben wird uns nicht helfen, ihn zurückzubringen. Außerdem ist niemand schuld daran. Wir müssen ihn nur finden.«

Ich weiß, dass er recht hat und Streitereien uns nicht helfen werden, unseren Sohn zu finden. Und ich weiß auch, dass ich jetzt wahrscheinlich schweigen, ein paar Mal tief durchatmen und mich entschuldigen sollte, bevor meine Wut mit mir durchgehen und schlimme Folgen nach sich ziehen könnte. Aber das kann ich nicht. Ich kann es nicht, weil wir beide den wahren Grund für Jacobs Verschwinden kennen.

»Es ist deine Schuld, David, ob du es akzeptieren willst oder nicht. Wenn du dich in den letzten drei Monaten nicht Nacht für Nacht betrunken und so viel Mühe darauf verwendet hättest, es vor mir geheim zu halten, wäre dir vielleicht aufgefallen, dass etwas nicht stimmte. Jacob wurde in der Schule gemobbt, David. Er wurde gemobbt und schikaniert wegen deines Auftritts bei der Schulaufführung. Und du weißt es nicht einmal, weil du ja nie zu Hause bist, damit ich es dir sagen kann. Ist es überraschend, dass er nach dem, was er gestern Abend mitangesehen hat, verschwunden ist? Nach dem, was du getan hast? Wie zum Teufel kannst du da die Frechheit besitzen, hier zu stehen und mir zu sagen, all das sei nicht deine Schuld?«

KAPITEL FÜNFUNDSECHZIG

JUDITH

Mir ist, als ließen sich unsichtbare Eiskristalle auf meiner Haut nieder.

Ich wusste es. Ich habe es seit der Schulaufführung schon die ganze Zeit gewusst, wird mir auf einmal klar. Drei Monate lang habe ich es gewusst und trotzdem nichts gesagt oder gefragt.

Doch nun hat Rebecca es mir bestätigt, und mir dreht sich fast der Magen um bei dem Gedanken, dass ich meine innere Stimme ignoriert habe, wann immer sie mir zu sagen versuchte, dass ich zu Recht beunruhigt war.

Jetzt verstehe ich nicht mehr, warum ich nicht auf sie gehört habe.

Warum habe ich Rebecca nicht geradeheraus gefragt? Warum habe ich nicht mehr getan, um meine Tochter zu beschützen?

Zu was für einer Art von Mutter macht mich das?

In all diesen Jahren bin ich immer in der Nähe von Rebecca und Jacob geblieben, um sie zu beschützen, doch das eine Mal, als sie mich wirklich brauchten, habe ich sie im Stich gelassen.

Dass Jacob vermisst wird, ist nicht Davids Schuld, sondern meine. Es ist alles meine Schuld.

Indem ich versuchte, Rebecca vor der Vergangenheit zu beschützen, habe ich ihre und Jacobs Zukunft in Gefahr gebracht.

Denn hätte ich es gewagt, Rebecca die Wahrheit zu sagen, wäre Jacob jetzt vielleicht noch hier.

KAPITEL SECHSUNDSECHZIG

BEX

Davids Gesichtsausdruck verwandelt sich. Etwas glitzert in seinen Augen, was er jedoch rasch wieder wegblinzelt, bevor es sich zu Tränen entwickeln kann.

Ich würde gern zu ihm gehen, seine Hand ergreifen und ihm sagen, dass es mir leidtut. Dass ich ihn liebe und ihm nicht wirklich die Schuld an allem gebe.

Aber ich kann es nicht, weil meine Wut auf ihn es nicht zulässt.

Und so stehen wir beide nur da und schauen uns an, und ich weiß, dass ein stummer Austausch zwischen uns stattfindet: die Erkenntnis, dass etwas zerbrochen ist, das sich vielleicht nie wieder völlig kitten lässt, ganz gleich, wie sehr wir uns auch bemühen, es zu reparieren.

KAPITEL SIEBENUNDSECHZIG

JUDITH

Für eine Weile, die mir wie eine Ewigkeit vorkommt, sagt keiner von ihnen etwas, und ich weiß, dass es mir nicht zusteht, das Schweigen zu brechen.

Sie stehen sich noch immer gegenüber, mit mir auf einer Seite, um die unheilige Dreieinigkeit zu vervollständigen. Rebecca und David scheinen sich lautlos miteinander zu verständigen und Gefühle zu übermitteln, die ich nicht entschlüsseln kann.

»Ich weiß, wie aufgewühlt du bist, Bex. Ich bin es auch, und deshalb werde ich mich jetzt auf der Stelle auf die Suche nach ihm machen.«

Als David an mir vorbei nach seiner Jacke an der Garderobe greift, erinnere ich mich plötzlich wieder an die Nacht, in der es geschah. Ich kann auch die heutigen Ereignisse mit der gleichen schrecklichen Vorhersehbarkeit vor mir ablaufen sehen – die Polizei, die Fragen, die kritischen Blicke und misstrauischen Stimmen. Panik springt mir an die Kehle und weigert sich, sie wieder loszulassen.

Ich kann das nicht noch einmal durchmachen. Ich kann es einfach nicht.

»Lasst uns doch mal für einen Moment versuchen, uns zu beruhigen und nachzudenken. Hast du alle seine Freunde angerufen, David? Wirklich jeden, zu dem er gegangen sein könnte? Dann lasst uns jetzt kurz innehalten und darüber nachdenken, wo er sonst noch sein könnte. Welche anderen Orte kennt und mag er? Sehr weit wird er nicht gelaufen sein. Nicht so früh am Morgen. Also los – lasst uns alle mal gründlich überlegen.«

KAPITEL ACHTUNDSECHZIG

BEX

Mums Stimme durchdringt die Stille wie ein warmes Messer harte Butter.

Für einen Moment bin ich ganz überrascht darüber, sie zu hören. Ich hatte schon vergessen, dass sie da war. Und dass sie zuhörte.

Nun ja, jetzt weiß sie es. Jetzt kann David seine Trinkerei nicht mehr verbergen.

Jetzt gibt es keine Heimlichkeiten mehr.

»Rebecca, Liebes – ich weiß, dass wir uns alle Sorgen machen und Jacob nur noch bei uns zu Hause haben wollen. Aber könntest du einfach mal für einen Moment die Augen schließen und nachdenken, wo er sein könnte?«

Mums Stimme hat etwas Hypnotisches, einen Tonfall, den ich noch nie zuvor bei ihr gehört habe: beruhigend, beschwichtigend und gebieterisch zugleich. Ich habe keine Ahnung, woher er kommt, doch er klingt fast gar nicht so, als gehörte er zu ihr. Und obwohl mein Herz in einem Potpourri aus Wut, Ungeduld und innerer Unruhe fast schmerzhaft hart gegen meine Rippen schlägt, merke ich, dass ich die Augen schließe, tief Luft hole und nachzudenken beginne.

In Gedanken gehe ich noch einmal alle naheliegenden Möglichkeiten durch, wo wir es bereits versucht haben, ohne etwas zu erreichen. Mum. Melissa und Seth. Die Eltern aller Mädchen und Jungen, mit denen er sein Alltagsleben teilt. Und dann denke ich über all die anderen Orte nach, wo er sein könnte: Die Schule ist geschlossen, und ich glaube sowieso nicht, dass er an einem Sonntag dorthin gehen würde. Der Fußballplatz ist zu weit entfernt, und ich kann mir auch nicht vorstellen, dass er ganz allein den Weg dorthin fände. Und keines der Cafés im Ort, wo wir manchmal hingehen, wird um diese Zeit bereits geöffnet sein.

Mein Herz klopft noch immer so laut und heftig, dass es jeden Gedankengang unterbricht, bevor er sein Ziel erreichen kann. Es kommt mir plötzlich lächerlich, ja unverzeihlich vor, hier untätig herumzustehen und uns vorzustellen, wo er sein könnte, statt dort draußen unterwegs zu sein und ihn zu suchen.

Ich bin schon kurz davor, die Augen zu öffnen und aufzugeben, als mir plötzlich ein Gedanke kommt.

Ein Gedanke, der meine Arme und Beine ganz schwach werden lässt von der Hoffnung, dass ich recht haben könnte, aber zugleich auch von der Angst, mich vielleicht zu irren.

»Du hast im Garten doch gründlich nachgesehen, David? Bis ganz unten am Ende, wo die Hängematte hängt?«

David nickt und runzelt die Stirn, aber ich habe keine Zeit, um ihm meinen eindringlichen Tonfall zu erklären.

»Und hast du Melissa und Seth gebeten, sich zu vergewissern, dass er definitiv nicht dort war und nicht irgendwie hereingekommen sein könnte, ohne dass sie es bemerkten? Sie haben doch Ethan gefragt, und Jacob war ganz sicher nicht bei ihnen?«

»Ich habe es dir doch schon gesagt, Bex. Sie waren die Ersten, die ich angerufen habe. Ethan lag noch im Bett und schlief. Seth und Melissa haben das ganze Haus nach Jacob abgesucht.«

Ich atme schneller. Irgendetwas in mir schaltet auf Autopilot und zwingt mich, mich trotz meiner Schwäche in den Beinen zu bewegen. Ich laufe zu dem Schrank unter der Treppe und greife nach dem erstbesten Paar Schuhe, das mir gehört.

»Mum, kannst du bitte nach Hause gehen und dort warten, falls Jacob bei dir auftaucht? Und du, David, kannst hier bleiben, falls er doch nach Hause kommt oder jemand anruft. Ich habe mein Handy bei mir. Ruft mich an, falls ihr etwas hört, okay?«

Ein kurzes, erwartungsvolles Schweigen folgt, als ich meine Turnschuhe anziehe und nach meiner Jacke greife.

»Wo willst du hin? Wo immer das auch sein mag, ich komme mit, Bex.«

Meine Hand liegt schon auf der Türklinke, als ich mich umdrehe, um zu antworten. »Nein. Ich will nicht, dass du mitkommst. Ich muss das allein tun.«

»Warum? Wo willst du denn hin?«

Das fragt er nun schon zum zweiten Mal, und ich weiß, dass ich ihm eine Antwort geben muss, bevor ich gehe.

»Ich werde Jacob finden und ihn nach Hause bringen.«

KAPITEL NEUNUNDSECHZIG

BEX

Die kalte Märzluft brennt mir im Hals, als ich auf dem Pfad, der mir so vertraut ist wie mein eigener Garten, so schnell wie möglich durch das Wäldchen laufe. Der Boden unter meinen Füßen ist hart, und die einzigen Geräusche, die ich hören kann, sind das schnelle, rhythmische Aufschlagen meiner Turnschuhe und meine angestrengten Atemzüge. Die Seitenstiche, die ich inzwischen habe, ignoriere ich, so gut ich kann.

Es ist so still und unheimlich hier so früh am Morgen, dass ein Teil von mir hofft, ich hätte mich geirrt und folgte nicht dem gleichen Weg wie Jacob vor einer Stunde oder so. Denn falls er wirklich ganz allein diesen Weg gegangen ist, kann ich mir nur vorstellen, wie verängstigt er gewesen sein muss. Oder wie unbedingt er von zu Hause wegwollte – weg von David und von mir –, um riskiert zu haben, ganz allein hierherzukommen. Aber mein Herz klammert sich noch immer an die Hoffnung, dass ich recht habe, dass er dort sein wird, denn wenn nicht, weiß ich nicht mehr, was ich tun soll. Dann weiß ich beim besten Willen nicht mehr, wo ich sonst noch suchen könnte.

Die letzten paar Hundert Meter renne ich, weil ich meine Füße in Bewegung halten muss, wenn ich nicht riskieren will, dass meine Beine einfach unter mir nachgeben.

Der Spielplatz ist verlassen, was mich jedoch nicht daran hindert, hineinzulaufen und die Suche fortzusetzen. Doch ich suche Jacob weder auf den Schaukeln noch auf der Rutsche oder in dem Piratenschiff.

Ich weiß genau, wo ich nachsehen muss. An dem einzigen Platz, an dem er vielleicht noch sein könnte.

Als ich das Ende des Tunnels erreiche, sehe ich sofort das Rot seines Dinosaurier-Anoraks, das sich auf dem weißen Lack des Tunnelinneren widerspiegelt, und das nicht nur einmal, sondern gleich mehrfach um Jacob herum. Deshalb sieht es aus, als teilte er sich den Raum mit einer kompletten prähistorischen Menagerie.

Meine Augen füllen sich mit Tränen, und meine Anspannung weicht solch enormer Erleichterung, dass ich einen Moment stehen bleiben muss, um mich zu beruhigen. Um mein Zittern unter Kontrolle zu bekommen und zu verhindern, dass Jacob die noch nicht ganz verflogene Angst in meiner Stimme hört.

Ich nehme mein Telefon heraus und schreibe David und Mum eine Textnachricht.

Ich habe ihn gefunden, es geht ihm gut. Wir sind bald wieder zu Hause.

»Klopf-klopf. Darf ich hereinkommen?«

Jacob, der in seiner eigenen Welt versunken ist, erschrickt. Ich wüsste zu gern, wo er in den letzten Tagen, Wochen und Monaten mit seinen Gedanken gewesen ist. Aber ich weiß, dass es besser ist, ihn nicht zu drängen. Ich kann nicht verlangen, dass er mich hereinlässt; ich muss darauf warten, dass er mich hereinbittet.

Er zuckt nur wortlos mit den Schultern, und ich krieche auf allen vieren in den Tunnel und zu ihm hinüber, wo ich mich ihm in der gleichen Haltung wie er selbst gegenübersetze: mit dem Rücken an der Wand, den Füßen an der gegenüberliegenden und meinen gebeugten Knien dazwischen wie bei einem ungeborenen Kind auf einer Ultraschallaufnahme.

Man fühlt sich hier drinnen wie abgeschnitten von der Außenwelt, und jetzt kann ich verstehen, warum Jacob sich so gern hierher zurückzieht.

»Du bist früh aufgestanden, kleiner Mann. Konntest du nicht schlafen?«

Die Arme noch immer fest vor der Brust verschränkt, als müsste er sich vor irgendeiner unsichtbaren Kraft schützen, die auf ihn niederdrückt, schüttelt Jacob den Kopf. Obwohl ich ihn so gerne in die Arme nähme, um ihm diesen Schutz zu geben, weiß ich aber auch instinktiv, dass er das nicht will. Noch nicht.

Ich betrachte sein Gesicht mit der sorgenvoll gekrausten Stirn, die ihn so viel erwachsener und reifer wirken lässt, dass er in den letzten Stunden, seit ich ihn ins Bett gebracht habe, älter geworden zu sein scheint. Aber ich sehe auch eine Verletzlichkeit um seine Mundwinkel, die mir verrät, wie sehr er sich beherrschen muss, um nicht zu weinen.

»Bist du schon lange hier, mein Schatz? Ich hab dich heute Morgen zu Hause vermisst.«

Meine Stimme ist fest und ruhig, und nur ein winziger Anflug von Besorgnis schwingt noch darin mit. Aber Jacobs Antwort kommt wieder nur in Form eines Schulterzuckens, und ich frage mich, wie ich ihm Worte statt nur stummer Gesten entlocken könnte.

»Du hast eine Nachricht hinterlassen, Jacob, in der du schriebst, du hättest etwas Wichtiges zu erledigen. Möchtest du mir sagen, was das ist?«

Er schüttelt den Kopf und verschränkt die Arme sogar noch fester vor der Brust. Und da bemerke ich es erst, das Büchlein, das oben in seiner Jacke steckt.

Sein Spiderman-Notizbuch, das er in den letzten paar Wochen ständig bei sich hatte.

»Was hast du da, Jacob? Ist es das Notizbuch, das Dad und ich dir zu Weihnachten geschenkt haben? Hast du einige deiner Geschichten darin aufgeschrieben?«

Diesmal antwortet er weder mit einem Schulterzucken, noch schüttelt er den Kopf. Stattdessen schlingt er die Arme nur noch fester um sich, als wollte er das Notizbuch buchstäblich mit sich verschmelzen, um es nie wieder freigeben zu müssen.

»Bitte, Schatz! Was auch immer darin stehen mag, es wird unser Geheimnis bleiben. Ich werde es niemandem erzählen, das verspreche ich dir.«

Es könnte sich als falsches Versprechen herausstellen, aber es ist eins, das ich machen muss. Eins, das Jacob hören muss.

Langsam und widerstrebend lockert er ein wenig die Arme, damit ich das Notizbuch aus seiner Jacke ziehen kann.

Ich öffne die erste Seite und beginne zu lesen. Doch schon als ich das Ende der in Großbuchstaben geschriebenen Überschrift erreiche, ist mir so kalt, als wäre ich in eisiges Wasser getaucht worden. Mir dreht sich der Magen um, als mir bewusst wird, mit welch abscheulichen Fantasien Jacob sich in all diesen Wochen beschäftigt hat.

Trotzdem lese ich weiter, blättere die Seiten um und beschwöre sie im Stillen, mir eine andere Geschichte zu erzählen, aber es dreht sich immer nur um das Gleiche. Es sind alles nur Variationen des gleichen Themas. Die Listen. Die Pros und Kontras. Die imaginären Beweise …

Seiten um Seiten parallel verlaufender Fantasieleben zwischen den Hüllen eines Spiderman-Notizbuchs.

Ich blättere zu der ersten Seite zurück, zu dem nicht nur einmal, sondern sogar zweimal unterstrichenen Titel, lese ihn erneut und versuche, meinen Schock zu dämpfen, bevor die Traurigkeit mich übermannt.

Liste der Männer, die mein richtiger Dad sein könnten

Ich lese die Zeile wieder und wieder, in der Hoffnung, den Schock dadurch vielleicht verringern zu können. Doch stattdessen ist es so, dass mir die Worte, je öfter ich sie lese, nur noch tiefer ins Herz schneiden.

Unter der Überschrift steht eine nummerierte Liste mit Namen fast aller anderen Männer, die Jacob kennt. Offenbar sind sie nach Präferenz geordnet.

1. *Seth – Ethans Dad*
2. *Mal – mein Fußballtrainer*
3. *Jason – mein anderer Fußballtrainer*
4. *Josh – Rubens Dad*
5. *Nick – Charlies Dad*
6. *Onkel Nate*
7. *Dylans Dad – hab vergessen, wie er heißt*

Ich versuche, den Kummer hinunterzuschlucken, der mir die Kehle zuschnürt. Aber er lässt sich nicht vertreiben, sondern setzt sich wie ein Kloß in meiner Kehle fest.

Ein erwartungsvolles Schweigen hängt zwischen Jacob und mir in der Luft, und ich weiß, dass ich etwas sagen muss. Dass er darauf wartet, dass ich mich zu seiner Liste äußere. Und ich bin überzeugt davon, dass irgendwo in mir auch die richtigen und notwendigen Worte sind; ich bin mir nur nicht sicher, dass ich sie rechtzeitig finden werde.

»Was soll das alles, Schatz? Wie kommst du darauf, dass Dad nicht dein richtiger Dad ist?«

Jacob wendet sich mir zu, und ich sehe etwas in seinen Augen, das mich zwingt, gegen meine Tränen anzukämpfen: Mein Sohn sieht mich so mitfühlend und verständnisvoll an, als versuchte er, mich zu beruhigen.

»Schon gut, Mum. Ich weiß, dass er es nicht ist. Du brauchst mir nichts mehr vorzumachen.«

So ruhig und sachlich, wie er es sagt, scheint er schon seit Wochen darüber nachgedacht und sich schließlich damit abgefunden zu haben, dass es stimmt. Der Gedanke, dass er seine Fantasien die ganze Zeit für sich behalten hat, lässt mein Herz anschwellen, bis es so viel Platz in meiner Brust einnimmt, dass es mir das Atmen sehr erschwert.

»Aber du verwirrst mich, kleiner Mann. Warum glaubst du denn, dass Dad nicht dein Dad ist?«

Er runzelt ein wenig die Stirn, als müsste die Antwort offensichtlich sein.

»Weil er sich nicht so benimmt, wie richtige Dads es tun. Richtige Dads bringen einen zum Fußball; die bleiben nicht mit Kopfschmerzen im Bett. Richtige Dads kommen rechtzeitig nach Hause und spielen Computerspiele mit ihren Söhnen, wenn sie es versprochen haben. Richtige Dads machen sich bei einer Schulaufführung nicht so zum Narren, dass alle anderen Kinder einen aufziehen und verspotten. Richtige Dads schlagen keine Mütter – du hast gestern Abend selbst gesagt, dass Dads so etwas niemals tun sollten. Ich weiß, dass er nicht mein richtiger Dad ist. Und ich will nicht, dass du mich noch länger belügst.«

Seine Stimme war während seiner kleinen Rede lauter und eindringlicher geworden, und mir wird plötzlich klar, dass er mich praktisch anfleht, ihm nicht zu widersprechen.

Und wie sehr er sich wünscht, dass sein Hirngespinst die Wahrheit ist.

»Ich weiß, dass all diese Dinge gar nicht gut sind, Jacob. Ich weiß, dass sie wirklich schrecklich und sehr ärgerlich für dich sind. Doch sie bedeuten noch lange nicht, dass Dad nicht dein wahrer Dad ist.«

Jacob fährt zu mir herum. »Hör auf, mir etwas vorzumachen! Ich hasse diese ewige Heuchelei. Ich weiß, dass er nicht mein Dad ist! Ich weiß es einfach! Ich weiß, wie andere Dads sind. Wenn ich bei anderen Jungen übernachte, kommen ihre Väter nie so schlecht gelaunt nach Hause, wie Dad es manchmal tut. Sie schlafen nie vor dem Fernseher ein und schnarchen so laut, dass man nicht mal mehr die Sendung hören kann, die man gerade sieht. Sie versprechen nie, nach Hause zu kommen und mit dir und deinen Freunden vor dem Schlafengehen zu spielen, um dann doch nicht rechtzeitig zu kommen. Die Dads meiner Freunde benehmen sich nicht so. Sie brechen ihre Versprechen nicht. So etwas tun richtige Dads nicht! Ich hab so unheimlich oft darüber nachgedacht, dass ich jetzt einfach *weiß*, dass es so ist!«

Nun kann er seine bisher ruhige Fassade nicht mehr bewahren, und ein Strom bitterer, wütender Tränen läuft ihm über das Gesicht.

Ich ziehe ihn in meine Arme und drücke ihn an mich, als die Ereignisse der vergangenen drei Monate sich plötzlich zu einer schlüssigen, verständlichen Geschichte vereinen: wie still und verschlossen Jacob gewesen war, während er mit einer Fantasievorstellung lebte, von der er sich eingeredet hatte, sie sei wahr. Wie entschieden er es abgelehnt hatte, Freunde zum Spielen oder Übernachten zu uns einzuladen, aus Angst, dass David ihn erneut blamieren könnte. Seine Zerstreutheit in der Schule, weil er in Gedanken wahrscheinlich mit dem beschäftigt war, was er für das größte Geheimnis – und den größten Verrat – seines Lebens hielt.

»Komm mit, Schatz. Komm und setz dich mit mir auf die Bank. Der Spielplatz ist leer; wir sind hier ganz allein.«

Er lässt sich von mir aus dem Tunnel herausführen, und wir setzen uns auf die am weitesten vom Eingang entfernte Bank. Die Luft hier draußen ist kühl, und ich ziehe den Reißverschluss von Jacobs Jacke schnell bis oben zu, um die Kälte so gut wie möglich von ihm fernzuhalten.

»Ich verstehe immer noch nicht, warum du weggelaufen bist, Jacob. Warum hast du mir nicht einfach gesagt, was dich beschäftigt? Es muss doch schrecklich für dich gewesen sein, all das für dich zu behalten.«

Er senkt den Kopf, und für einen Moment befürchte ich, dass er nicht antworten wird. Aber dann hebt er wieder den Blick und sieht mir direkt in die Augen. Erst dann beginnt er zu sprechen, und seine Stimme ist dabei ganz klein und ängstlich.

»Ich dachte, wenn ich meinen wahren Dad finden und ihm sagen könnte, was gestern Nacht passiert ist – was Dad dir getan hat –, dann würde er vielleicht kommen und uns beschützen. Oder er würde vielleicht sogar bleiben und mit uns leben, und dann wäre alles wieder gut.«

Er sieht mich auch noch an, nachdem er gesprochen hat. Doch ich muss ihn in die Arme ziehen, damit mein Gesichtsausdruck nicht die Schuldgefühle verrät, die mir das Herz zusammenkrampfen.

»Schatz, das war eine der mutigsten Erklärungen, die ich je gehört habe. Und ich bin sehr, sehr stolz auf dich, weil du dich so lieb um mich kümmern wolltest. Du bist ein ganz besonderer kleiner Mann, das weißt du, nicht? Aber ich werde dir jetzt etwas sagen, und ich möchte, dass du sehr gut zuhörst, ja? Kannst du mir diesen Gefallen tun?«

Ich entlasse ihn aus meinen Armen, und er nickt sehr ernst.

»Dad ist wirklich dein Dad. Ich weiß, dass du das gerade nicht hören willst, und ich will dich auch nicht noch mehr durcheinanderbringen, als du es ohnehin schon bist. Doch er ist es wirklich. Du musst mir glauben, Jacob, weil ich dich in etwas so Wichtigem nie belügen würde. Ich weiß, dass er nicht immer ein perfekter Dad ist, und ich weiß auch, dass er nicht immer wie andere Dads ist. Aber das ist nicht so, weil er nicht dein wahrer Dad ist. Und sein Verhalten bedeutet auch nicht, dass er dich nicht liebt. Er ist so, Jacob, weil er manchmal zu viel Alkohol trinkt – Wein, Bier oder Whisky, also Getränke für Erwachsene. Und manchmal benimmt er sich deswegen so, wie du und ich es vielleicht nicht mögen. Aber es ist der Alkohol, der ihn vor dem Fernseher einschlafen lässt oder ihm manchmal samstagmorgens Kopfschmerzen beschert. Und hin und wieder, wenn auch nur sehr selten, bringt der Alkohol ihn dazu, etwas richtig Peinliches zu tun wie bei der Schulaufführung oder etwas so Schäbiges wie gestern Nacht. Doch ich möchte, dass du etwas sehr, sehr Wichtiges verstehst, Jacob, und das ist, dass Dad sich niemals so verhalten würde, wenn er nicht betrunken ist. Dann würde er dich niemals beschämen oder mir wehtun. Es ist der Alkohol, der ihn zu solchen Dingen treibt. Es ist immer nur der Alkohol.«

Ich erwidere Jacobs verwirrten Blick und beschwöre ihn im Stillen, mir zu glauben und zu verstehen.

»Aber wenn Alkohol Dad dazu bringt, hässliche und peinliche Dinge zu tun, warum hört er dann nicht einfach auf, das Zeug zu trinken? Dann wäre er doch immer nett, oder?«

Jacobs Augenbrauen zucken. Das zeigt mir, dass ihn noch tausend andere Fragen beschäftigen und darauf warten, beantwortet zu werden.

»Das ist eine wirklich gute Frage, Schatz. Aber die Sache ist die, dass es verschiedene Arten des Trinkens gibt. Meistens macht es die Leute glücklich und ein bisschen beschwipst. Aber manchmal, wenn sie zu viel Alkohol trinken, kann es sie auch ärgerlich oder traurig machen oder Dinge sagen lassen, die sie gar nicht wirklich meinen. Und einige Leute wie dein Dad merken es nicht, wenn der Alkohol aufhört, sie fröhlich zu stimmen, und sie stattdessen traurig macht. Dad ist nicht wirklich er selbst, wenn er zu viel getrunken hat.«

Meine Stimme ist sanft und überredend, und ich weiß, dass ich ebenso sehr mich selbst zu überzeugen versuche wie Jacob.

»Aber warum muss Dad das Zeug trinken, um fröhlich zu sein? Ist er nicht glücklich mit uns? Hasst Dad uns?«

Mein Herz gerät ins Stottern, als es nach einer Antwort sucht.

»Natürlich hasst Dad uns nicht. Er liebt uns, Jacob. Wirklich und wahrhaftig. Der einzige Mensch, den er hasst, wenn er so ist, das ist er selbst.«

Das ist die erste unanfechtbar wahre Antwort, die Jacob von mir erhalten hat, seit ich ihn gefunden habe.

Ich nehme ihn wieder in die Arme, lege den Kopf auf seinen und denke an all die kleinen Lügen, die ich ihm im Laufe der Jahre aufgetischt habe: über Davids spätes Heimkommen, die verpassten Fußballspiele, Davids schlechte Launen und sein betrunkenes Schnarchen vor dem Fernseher. All diese kleinen Lügen, die Jacob von mir hörte, um ihn vor Wahrheiten zu beschützen, von denen ich befürchtete, sie könnten ihn aufregen und durcheinanderbringen. Doch anstatt ihn zu beschützen, habe ich ihn mit etwas viel Schlimmerem allein gelassen und ihn sehr viel düstereren Fantasien und Ängsten als der Wahrheit überlassen.

Ich denke an das Versprechen, das ich mir nach Jacobs

Geburt gegeben hatte: das Versprechen, dass ich meinen Jungen nie belügen würde. Dieses Versprechen muss ich jedoch ein ums andere Mal gebrochen haben, ohne es auch nur zu merken. Aber es ist, als wüsste Jacob es trotzdem. Als hätte er es die ganze Zeit gewusst. Und der Gedanke, wie er ganz allein die Lücken zwischen den Wahrheiten mit seinen eigenen geheimen Fantasien zu füllen versuchte, lässt mich wünschen, die Uhr zu dem Moment seiner Geburt zurückdrehen und noch einmal ganz von vorn beginnen zu können.

Mein Telefon, das in meiner Tasche piept, löst uns schließlich voneinander.

Es ist eine Textnachricht von Melissa.

David hat angerufen und gesagt, Du hättest Jacob gefunden, aber mehr schien er nicht zu wissen. Ist er okay? Und Du? Ich bin daheim, falls Du mich brauchst. Seth ist Golf spielen gegangen, sodass also nur Ethan, Ava und ich da sind.

LG xxx.

Erst beim Lesen der kurzen Nachricht wird mir bewusst, wie sehr es mir widerstrebt, nach Hause zu gehen. Und dass ich David gar nicht sehen will. Noch nicht.

Schnell tippe ich eine Antwort, bevor mein Gewissen mich davon abbringen kann.

Uns geht's gut. Mehr oder weniger. Können Jacob und ich vorbeikommen? Ich könnte jetzt wirklich ein Gespräch gebrauchen. Xxx

Bevor ich mich fragen kann, ob ich vielleicht zu egoistisch bin, erscheint auch schon die Antwort.

Na klar. Ich koche Kaffee und mache uns Frühstück. Bis gleich. Xxx

»Wer ist das? Dad?«

Ich lächle Jacob an und schüttle den Kopf. »Nein, das war Melissa. Sie fragt, ob wir zum Frühstück rüberkommen. Was hältst du davon? Dann kannst du den ganzen Morgen mit Ethan spielen, wenn du willst.«

Jacob springt enthusiastisch genug von der Bank auf, um mir zu verraten, dass es der richtige Einfall war. »Dürfen wir Computerspiele spielen? Obwohl erst Vormittag ist?«

Ich lasse mich von ihm von der Bank ziehen und drücke seine Hand in meiner. »Natürlich darfst du, kleiner Mann. Heute darfst du tun, was du willst.«

KAPITEL SIEBZIG

BEX

»Um Himmels willen, Bex! Warum hast du mir das nicht schon früher erzählt?«

Wie nicht anders zu erwarten, drückt Melissas Miene eine Mischung aus Mitgefühl und Ungläubigkeit aus, nachdem ich ihr gesagt habe, dass mein Mann Alkoholiker ist und mein Sohn von zu Hause weglaufen wollte, um einen Vater zu suchen, der nur in seiner Fantasie existiert.

Ich habe ihr alles erzählt. Alles bis auf letzte Nacht. Sie weiß nur, dass David und ich einen Streit hatten, aber nicht, wie er geendet hat. Ich konnte mich einfach nicht dazu überwinden, es ihr zu erzählen. Ich bin mir nicht mal sicher, ob ich es überhaupt je jemandem erzählen könnte.

»Ganz ehrlich? Ich weiß es selbst nicht recht. Vielleicht, weil ich mich schämte. Oder weil ich es nicht wahrhaben wollte – und mir das nicht erspart geblieben wäre, wenn ich mich jemand anders anvertraut hätte. Und ich glaube nicht, dass ich bis gestern bereit war, das zu tun.«

Melissa schenkt mir Kaffee nach und bietet mir noch einen Croissant an.

»Dass du es nicht wahrhaben wolltest, kann ich verstehen. Aber warum solltest du dich schämen? Schließlich bist ja nicht *du* diejenige, die heimlich trinkt.«

Ich erinnere mich plötzlich an das Gespräch zwischen Marnie, Abi und Laura, das ich vor einigen Tagen in der Schule mitangehört habe, und spüre, wie mir die Hitze in die Wangen schießt, als hörte ich dies alles noch einmal von vorn.

»Aber das Leben aller anderen scheint doch immer so perfekt zu sein. Wahrscheinlich hatte ich das Gefühl, dass David und ich das schwächste Glied in unserem Kreis sind.«

Melissa lacht, aber das ist nicht die Reaktion, die ich erwartet hatte.

»Willst du mich auf den Arm nehmen, Süße? *Niemand* führt ein perfektes Leben, und wenn sie sich noch so sehr bemühen, dir etwas anderes vorzumachen. Jede Familie hat ihre Geheimnisse und ihre Leichen im Keller. Meiner Erfahrung nach ist es so, dass gerade die Familien, die nach außen hin am perfektesten erscheinen, in Wirklichkeit die unvollkommensten sind.«

Ein kurzes Schweigen folgt, bevor sie fortfährt. »Ich wollte es mir eigentlich für ein andermal aufheben, aber weißt du, was Gaby – Ottilies Mum – mir diese Woche beim Yoga erzählt hat? Mir ist klar, dass sie eine furchtbar geschwätzige Person ist, doch ihre Beobachtungen sind gewöhnlich ziemlich gut. Ich habe sie ein bisschen über die Hexen von Eastwick ausgehorcht, und wie sich herausstellte, sind deren Familienmitglieder nicht gerade der Inbegriff der Tugend, wie sie uns glauben machen wollen. Du kennst doch Marnies Tochter Miri? Offenbar ist sie kurz davor, wegen Magersucht ins Krankenhaus zu kommen. Also weiß der Himmel, was in *dieser* Familie vorgehen mag, wenn die Tochter sich zu Tode hungern will. Und Abis ältester Sohn Noah ist nach allem, was man hört, die Hälfte der Zeit völlig zugekifft und hat von der Schule gerade eben die letzte Abmahnung vor dem Rauswurf bekommen. Und Nick? Ist zu Weihnachten betriebsbedingt gekündigt worden und hat es Laura bis *letzten Monat* verschwiegen. Das sind also wirklich keine Leute, mit denen du dich vergleichen und dich dann auch noch unterlegen fühlen solltest. Auf sie alle trifft das Sprichwort ›Wer im Glashaus sitzt, sollte nicht mit Steinen werfen‹ zu. Keiner von ihnen ist in der Lage dazu –

doch vielleicht tun sie es ja gerade deshalb, um von ihrem eigenen beschissenen Leben abzulenken. Sehr viel von dem, was unsere sogenannten Freundinnen über ihre Kinder oder Ehemänner erzählen, ist nichts als Angeberei und Geltungsbedürfnis. Und ich glaube, wir sollten ihr Gerede beide nicht ganz wörtlich nehmen.«

Dann blickt sie mich an, und ich ertappe mich zum ersten Mal heute bei einem Lächeln.

»Im Ernst? Du erfindest das alles nicht nur, damit ich mich besser fühle?«

»Ich schwöre es. Laut Gaby ist jedes Wort wahr, und ich habe keinen Grund, ihr nicht zu glauben. Also sei so gut und hör auf zu denken, alle anderen hätten ein perfektes Leben, denn wie auch immer die Dinge von außen wirken mögen, sind sie hinter geschlossenen Türen doch nur sehr selten genauso rosig.«

Wir lachen beide, doch dann sehe ich, wie sogar ihr Lächeln verblasst und sie durch die Küche geht, um die Tür zum Wohnzimmer zu schließen, wo sich die Jungen mit ihren Computerspielen vergnügen. Als sie zurückkommt und sich wieder setzt, tut sie es mit einem Gesichtsausdruck, den ich im ersten Moment nicht deuten kann. Ich bin auch nicht sicher, ihn je zuvor bei ihr gesehen zu haben.

Und dann erkenne ich, was es ist.

Nervosität. Melissa ist nervös.

»Und hier habe ich noch etwas für dich. Über Seth und mich. Wir schlafen schon seit fast drei Jahren mit anderen und führen eine sogenannte ›offene Beziehung‹, wie man das herkömmlicherweise nennt.«

Melissa sieht mich mit unbewegter Miene an und scheint auf meine Reaktion zu warten. Doch ich bin viel zu sehr damit beschäftigt, mir ihre drei schockierenden Sätze wieder und wieder durch den Kopf gehen zu lassen, um sicher sein zu können, sie richtig verstanden zu haben.

»Also nun sag schon was! Du kannst dir so etwas doch nicht erzählen lassen und dich dann in Schweigen hüllen.«

Melissa ist um einen unbekümmerten Ton bemüht, doch die Nervosität, die solche Selbstenthüllungen begleitet, schwingt trotzdem darin mit.

»Entschuldige. Es ist nur ... ich meine ... Warum? Ist das okay für dich?«

»Ganz ehrlich? Am Anfang bin ich völlig ausgeflippt deswegen. Seth war natürlich als Erster fremdgegangen. Das war in dem Jahr, in dem ich mit Ava schwanger war. Die Frau hatte er bei der Arbeit kennengelernt, da auch sie Computerspiele entwickelt. Es ist so verdammt klischeehaft, Bex, dass es schon fast peinlich ist, es zuzugeben. Ich fand es in der Woche nach Avas Geburt heraus. Zu einem verdammt ungünstigen Zeitpunkt also.«

Ich versuche, mir jene Wochen und die damaligen Gespräche mit Melissa in Erinnerung zu rufen. »Ja, ich weiß noch, dass ich damals dachte, du hättest eine postnatale Depression. Wie oft habe ich dir gesagt, du solltest zum Arzt gehen, und du hast immer nur geantwortet, es bestünde kein Grund zur Sorge, es ginge dir gut. Herrgott noch mal, Melissa! Du musst ja furchtbar unglücklich gewesen sein.«

Melissa schüttelt den Kopf. »Ehrlich gesagt war ich vor allem wütend. Und nicht einmal so sehr über das Fremdgehen als über Seth' Egoismus: Während ich sein Kind austrug, war er damit beschäftigt, irgendeine Frau in der Firma zu vögeln. Es war einfach ... so verdammt vorhersehbar.«

Sie lächelt, doch ein Anflug von Verbitterung liegt in dem Lächeln.

»Das muss ja *grauenvoll* für dich gewesen sein, Melissa. Was ist passiert, als du es herausgefunden hast?«

»Oh, ich habe all das Übliche getan, was Frauen in dieser Situation tun: Dinge, die man tut, ohne zu wissen, ob sie wirklich das sind, was man will, oder ob man nur eine Szene nachspielt, die man in hundert Filmen und TV-Dramen gesehen hat. Ich habe geschrien, getobt und ihm gesagt, dass ich die Scheidung will. Ich habe geschworen, ihn hinauszuwerfen und das alleinige Sorgerecht für die Kinder zu beantragen. Und natürlich schwor ich auch, dafür zu sorgen, dass er keinen Penny von meinen Einkünften erhält. Das Übliche eben, wie ich schon sagte.«

»Und was hat sich geändert? Wie bist du von dort an … na ja, an den Punkt gelangt, an dem du heute bist?«

Melissa trinkt einen großen Schluck Kaffee, bevor sie antwortet. »Ganz ehrlich? Ich glaube, wir haben beide eingesehen, dass es mehr Gründe für uns gab zusammenzubleiben, als uns zu trennen. Zunächst einmal waren da die Kinder. Keiner von uns war wirklich bereit, eine Familie mit einem Baby und einem Vierjährigen auseinanderzureißen. Ein anderer Grund war das Haus. Das Geld. Doch weißt du, was? Als Wut und Groll allmählich nachließen, stellte sich heraus, dass wir uns eigentlich noch immer liebten und mochten und gern eine Familie waren. Nur in sexueller Hinsicht war der Reiz verflogen. Ich war mit Ava schwanger geworden, weil ich es wollte und wir uns darum *bemüht* hatten. Aber ich glaube nicht, dass uns seit der Zeit, als ich mit Ethan schwanger war, noch echte Leidenschaft verband. Oh, entschuldige, Bex – war das vielleicht zu viel Information auf einmal?«

Ich lache und greife über den Tisch nach ihrer Hand. »Überhaupt nicht. Um ganz ehrlich zu sein, ist es eine enorme Erleichterung, mal über die Ehe eines anderen zu sprechen, als mich immer nur zwanghaft mit meiner eigenen zu befassen.«

Melissa grinst. »Siehst du, so etwas dachte ich mir schon. Bei uns war es dann auf jeden Fall so, dass wir nach schier *endlosen* Gesprächen beschlossen zusammenzubleiben. Weil es uns einfach dumm erschien, bloß wegen Sex – oder des Nichtvorhandenseins von Sex – eine Familie zu zerstören. Im Übrigen leben Tausende von Ehepaaren ohne Sex. Der einzige Unterschied bei Seth und mir ist, dass wir ihn zumindest noch woanders bekommen.«

Ich erinnere mich plötzlich an all die Male, bei denen Melissa zu spät zum Abendessen kam, an all die Telefonanrufe, die sie immer nur in einem anderen Raum entgegennehmen wollte, an all die Gelegenheiten, bei denen sie unsere Verabredungen in letzter Minute abgesagt hatte. Mir wird klar, dass die Anzeichen die ganze Zeit schon da gewesen waren und ich nur nie Grund gehabt hatte, sie als solche zu interpretieren.

»Und was ist mit diesen … außerehelichen Partnern? Wo findest du sie bloß? Und wie schaffst du es, bei allem anderen, was du zu tun hast, auch noch Zeit für Liebhaber zu finden?«

Melissa sieht mich etwas seltsam an und bricht in schallendes Gelächter aus. »Du denkst doch wohl nicht, ich hätte eine ganze Reihe, Bex! Dann kann ich dir nur sagen, dass ich völlig monogam bin, was meine Liebhaber angeht. Bisher sind es fünf gewesen. Allerdings könnten es bald sechs sein, denn mein derzeitiger nimmt allmählich die Sache ein bisschen zu ernst. Ich weiß nicht, wie oft ich es noch ertragen kann, ihn daran erinnern zu müssen, dass es nur eine lockere Affäre ohne weitere Verpflichtungen sein soll. Die meisten der Männer lerne ich im Internet kennen. Du wärst überrascht, wie viele verheiratete Leute sich in ähnlichen Situationen befinden. Und die Zeit dafür zu finden ist kein Thema, wenn man es nicht heimlich tut: Seth und ich haben beide zwei freie Abende in der Woche – er dienstags und donnerstags und ich mittwochs und freitags. Unsere einzigen Regeln sind, dass wir nie über Nacht wegbleiben und samstags und sonntags immer bei der Familie zu Hause sind.«

Während Melissa mir ein Szenario schildert, das ich nie und nimmer vermutet hätte, denke ich darüber nach, wie wenig ich im Grunde über das Leben meiner besten Freundin weiß. Oder sie über meins. Und plötzlich erfasst mich große Traurigkeit über die nur scheinbar parallelen Leben, die wir beide ohne das Wissen der anderen geführt haben.

»Warum hast du mir das nie erzählt?« Meine Stimme hat etwas Gekränktes und Vorwurfsvolles, von dem ich gehofft hatte, es besser zu verbergen.

»Aus dem gleichen Grund, aus dem du mir nichts von Davids Trinkerei gesagt hast, nehme ich an. Es gibt Dinge, die man geheim halten will, selbst vor den Menschen, die man liebt. Oder vielleicht sogar vor allem vor den Menschen, die man liebt.«

Sie hat natürlich recht, das weiß ich selbst. Aber irgendetwas spukt mir im Kopf herum, das ich nicht näher bestimmen kann.

»Jeder hat Geheimnisse, Bex. Nur weil man sie nicht kennt, heißt das noch lange nicht, dass es sie nicht gibt. Von außen betrachtet mögen unsere Leben zwar perfekt aussehen, doch das liegt daran, dass wir so viel Zeit damit verbringen, uns selbst und einander vorzumachen, dass sie perfekt sind. Manchmal glaube ich, dass wir die Letzten sind, die erkennen, dass es nur eine Illusion ist.«

Ich denke an Marnie und Daniel, Abi und Josh, Laura und Nick, an Melissa und Seth, an David und mich.

So viele verschiedene Realitäten. So viel Täuschung. So viele Lügen, die wir in der Öffentlichkeit erzählen, um unser Privatleben zu schützen.

In gewisser Hinsicht ist es beruhigend zu wissen, dass ich

nicht die Einzige mit Geheimnissen bin. Aber es hat auch etwas Destabilisierendes, dieses Gefühl, dass das Leben, das wir der Außenwelt vermitteln, nicht mehr als eine konstruierte Wirklichkeit ist, etwa so wie bei Schauspielern, die eine bestimmte Rolle auf der Bühne spielen. Nur mit dem Unterschied, dass diese Schauspieler angeblich unsere Freunde sind und unsere Bühne das Auf und Ab unseres alltäglichen Lebens ist.

»Und was wirst du jetzt tun? Bezüglich dir und David, meine ich?«

Ich höre mich seufzen und wünschte, ich hätte eine Antwort auf Melissas Frage. »Ich weiß es nicht. Ich habe wirklich keine Ahnung. In sehr vielen Dingen ist er ein großartiger Vater und wunderbarer Ehemann. Aber der Alkohol macht ihn zu einem anderen. Dass er trinken *muss*, macht ihn zu einem anderen Menschen. Es ist wie bei Dr. Jekyll und Mr. Hyde – er ist nicht mehr er selbst, was den Alkohol angeht. Und wenn er sich nicht endlich eingesteht, dass er ein Problem hat, weiß ich nicht, wie ich ihm helfen soll, seine Abhängigkeit zu überwinden.«

Es klingt so hilflos, als ich es in Worte fasse, und genau so fühle ich mich auch, wird mir bewusst: hilflos. Machtlos. Unfähig.

Melissa greift nach meiner Hand.

»Es ist nicht deine Aufgabe, Bex, David von seinem Alkoholismus zu befreien. Diese Entscheidung muss er selbst treffen. Niemand, nicht einmal du, kann sie ihm abnehmen. Du sagst, er sei wie Dr. Jekyll und Mr. Hyde und nicht er selbst, wenn Alkohol im Spiel ist. Aber der Punkt ist doch, dass Davids Trinken ein Teil von ihm ist. Es ist halt bloß ein Teil von ihm, der dir verständlicherweise nicht gefällt. Ein Teil, den du nicht in deiner Nähe haben willst und von dem du wünschst, er existierte nicht. Aber im Moment kannst du sie nicht trennen – du kannst den guten David nicht ohne den trinkenden David haben. Sie sind ein und derselbe, und der einzige Mensch, der das ändern kann, ist David selbst.«

Melissas Worte schleichen sich in meinen Magen ein, der sich bei dieser unbequemen Wahrheit sofort verkrampft. »Ich weiß, dass du recht hast. Doch ich fühle mich so schuldig.«

»Aber warum denn? Dass David trinkt, ist doch nicht *deine* Schuld.«

Ich atme tief ein und hoffe, dass irgendwo in diesen Millionen von Sauerstoffpartikeln auch nur ein Körnchen Einsicht ist, das mir helfen könnte, all das zu verstehen.

»Ich fühle mich schuldig, weil ich so viele Jahre die Augen vor der Tatsache verschlossen habe, dass es Probleme gab. Weil ich nichts getan habe, um zu verhindern, dass es so weit kam, wie es gekommen ist. Ich frage mich immer wieder, ob ich nicht hilfreicher hätte sein können. Und verständnisvoller. Ob ich vielleicht versäumt habe zu erkennen, wie anstrengend es für ihn gewesen ist, seine eigene Firma zu führen. Oder ob ich mich zu schnell der Kritik an seinen Eltern angeschlossen habe, statt ihm zu helfen, mit all diesen schwierigen Empfindungen zurechtzukommen. Ich weiß es nicht, Melissa. Ich kann nur nicht recht glauben, dass ich nichts hätte tun können, um die Lage zu verbessern.«

Melissa steht auf und kommt zu meiner Seite der Frühstücksbar herüber, um sich neben mich zu setzen. Als ich mich ihr zuwende, legt sie die Hände auf meine Schultern und zieht die Augenbrauen hoch, um mir zu verstehen zu geben, dass ich auf sie hören soll.

»Bex, du bist für *nichts* verantwortlich, was David tut. Für überhaupt nichts. Und schon gar nicht für seinen Alkoholismus. Der einzige Mensch, der David dazu bringen kann, mit dem Trinken aufzuhören, ist David selbst. Es spielt keine

Rolle, wie sehr du ihn liebst oder unterstützt oder zu verstehen versuchst, woher das alles gekommen ist. Es steht nicht in deiner Macht, ihn zu heilen, so schwer das auch zu akzeptieren sein mag. Das Einzige, was du tun kannst, ist, dir darüber klar zu werden, wie *du* damit umgehen willst. Die einzigen Handlungen, für die du die Verantwortung übernehmen kannst, sind deine eigenen. Doch du bist *nicht* für Davids Tun verantwortlich, hörst du?«

Melissa spricht ruhig, aber entschieden, und ihr New Yorker Akzent ist wie immer ein bisschen ausgeprägter, wenn sie ein wichtiges Argument vorbringt.

»Hör zu, als ich herausfand, dass Seth fremdgegangen war, hatte ich die Wahl, was meine Reaktion darauf anging. Ich hätte ihn hinauswerfen können. Doch ich hätte auch bei ihm bleiben und wegschauen können. Ich hätte bleiben, ihm grollen und ihn jeden Tag dafür bestrafen können, bis er irgendwann von selbst gegangen wäre. Aber was ich nicht gekonnt hätte, war, ihn davon abzubringen, mit anderen Frauen Sex zu haben. Dieses Verhalten ist *seine* Entscheidung. Genau wie Davids Trinken die seine ist. Und dir einzureden, dass deine einzige Möglichkeit ist zu versuchen, *sein* Verhalten zu ändern, ist nur eine Verleugnung deiner Verantwortung für die Entscheidungen über dein eigenes Leben.«

Möglichkeiten. Entscheidungen. Die Worte prallen von meiner Brust ab und hinterlassen tiefe Dellen in meinem Herzen.

»Willst du damit sagen, dass ich ihn verlassen soll?«

Die Frage überschwemmt meinen Kopf mit Gedanken, die irgendwie die ganze Zeit schon da gewesen waren, die ich aber bis jetzt nicht an die Oberfläche hatte kommen lassen.

Plötzlich erinnere ich mich wieder an das Bild, das ich gestern von David im Kopf gehabt hatte – war das wirklich erst gestern gewesen? Das Bild, wie er auf die See hinausgetrieben war und ich an der Küste gestanden und zugesehen hatte, ohne zu wissen, ob er noch weiter von mir wegwollte oder ob die Strömung diese Entscheidung für ihn traf. Jetzt stelle ich mir vor, wie ich ihm den Rücken zukehre, über den breiten Strand zurückgehe und ihn seinem Schicksal überlasse. Doch dann ergreift mich Panik, weil ich befürchte, dass er nie wieder den Weg zurück zur Küste finden wird, wenn ich seine Rückkehr nicht abwarte.

»Ich plädiere hier für gar nichts, Bex. In Anbetracht meiner eigenen Situation bin ich der letzte Mensch, der dich dazu drängen würde, ihn hinauszuwerfen. Ich sage nur, dass *du* mit deiner Entscheidung zufrieden sein musst, ganz gleich, was auch geschieht. Und dass sie nicht nur darauf beruhen darf, was das Beste für David ist. Oder für Jacob. Es muss auch für dich das Beste sein. Nicht nur für Bex, die Ehefrau und Mutter, sondern auch für dich *selbst*. Verstehst du, was ich meine?«

Natürlich verstehe ich. Es ist nur so, dass das *Verstehen* mich plötzlich müder macht als irgendetwas anderes je zuvor, soweit ich mich entsinnen kann.

»Melissa, ich habe ein Drittel meines Lebens mit David verbracht. Mehr als die Hälfte meines Erwachsenenlebens. Der Gedanke, nicht mit ihm zusammen zu sein, macht mir Angst. Und ich bin zu alt, um noch einmal von vorne zu beginnen.«

»Ach, so ein Quatsch! Du bist noch nicht mal vierzig. Tausende von Frauen in diesem Alter haben noch nicht einmal ihr erstes Kind bekommen. Wir haben noch unser halbes Leben vor uns. Und lass uns um unseretwillen hoffen, dass es die bessere Hälfte sein wird.«

Melissa lächelt, und ich weiß, dass sie mich nur ermutigen will. Stattdessen jedoch dreht sich mir der Magen um, wenn ich an andere Zukunftsmöglichkeiten denke, die ich noch nicht ins Auge fassen will.

Bevor ich aber Gelegenheit bekomme, mir eine Antwort zurechtzulegen, klingelt das Telefon in meiner Handtasche.

Ich ziehe es heraus und sehe, dass Mums Name auf dem Display aufblinkt. Im ersten Moment bin ich verärgert und versucht, das Klingeln zu ignorieren: Das Einzige, was ich will, ist ein ungestörter Morgen, um in Ruhe ein Gespräch mit meiner besten Freundin führen zu können.

Aber dann denke ich daran, dass Mum ganz allein bei sich zu Hause sitzt, sich wahrscheinlich große Sorgen macht und immer noch auf Einzelheiten wartet, wie und wo ich Jacob gefunden habe und wie es ihm geht. Und so ist es wieder mal mein Schuldbewusstsein, das mich den Anruf annehmen lässt.

»Hi, Mum.«

»Wo bist du, Rebecca?«

Das ist ein solch ungewöhnlich brüsker Anfang, dass er mich sofort wieder in die Defensive treibt.

»Ich bin bei Melissa, und Jacob spielt mit Ethan. Aber warum fragst du?«

»Ich muss mit dir reden, Liebes. Kannst du vorbeikommen? Allein? Jetzt gleich?«

Ärger steigt in mir hoch. »Nein, das kann ich nicht, Mum. Ich sagte doch gerade, dass ich bei Melissa bin.«

Ein kurzes Schweigen folgt, bevor ich sie tief Luft holen höre.

»Bitte, Rebecca. Ich muss mit dir reden. Dringend! Bitte komm zu mir!«

Ich weiß, worüber sie mit mir reden will, aber das kann ich heute nicht verkraften. Ich kann mich ihrem Verhör über den Zustand meiner Ehe heute nicht stellen. Ich kann ihr keine Antworten geben, solange ich selbst noch keine Lösungen habe. »Kann es nicht warten, Mum? Ich bin gerade mitten in einem Gespräch mit Melissa.«

Meine beste Freundin schüttelt den Kopf und schwenkt die Hand in Richtung Tür. *Geh nur*, formt sie mit den Lippen. *Jacob kann hierbleiben.*

Doch ich will nicht gehen. Erstens möchte ich Jacob nicht allein zurücklassen, und zweitens will auch ich hierbleiben.

»Ich würde dich nicht darum bitten, Rebecca, wenn es nicht so wichtig wäre. *Bitte!* Bitte komm jetzt gleich zu mir.«

Ihre Stimme ist von einer Verzweiflung und einer Dringlichkeit geprägt, die es mir unmöglich machen, sie abzuweisen. Und so atme ich tief ein und ermahne mich, Geduld mit ihr zu haben, bevor ich antworte. »Na schön. Jacob kann ein Weilchen hier bei Ethan bleiben. Aber ich darf mich nicht zu lange aufhalten. Ich bin in zehn Minuten bei dir, ja?«

Ich höre sie wieder tief Luft holen, ohne jedoch sicher sein zu können, ob es ein Seufzer der Erleichterung oder Aufgeregtheit ist.

»Danke, Liebes. Dann bis gleich.«

Es ist Mum, die den Anruf beendet – und mich mit Schrecken an die bevorstehende Unterhaltung denken lässt.

KAPITEL EINUNDSIEBZIG

JUDITH

Die Welt vor meinem Fenster ist still und erwartungsvoll, und ich stehe davor und warte darauf, Rebeccas schlanke Gestalt um die Ecke biegen und auf mich zukommen zu sehen.

Meine Hände, die ich unablässig ringe, bis mir die Finger wehtun, sind schon ganz feucht vor Aufregung.

Auch im Haus ist es still bis auf das wilde Pochen meines Herzens, das mir in den Ohren dröhnt, als schallte es durch das ganze Wohnzimmer, um mich immer wieder an meine Furcht zu erinnern.

All die Jahre, in denen ich Zeit gehabt hatte, mir meine Worte zurechtzulegen. All die Jahre, in denen ich mir diese Unterhaltung vorgestellt habe … Und trotzdem weiß ich immer noch nicht, was ich sagen soll. Oder *wie* ich es sagen soll.

Und ich kann auch immer noch nicht wirklich glauben, dass ich es Rebecca endlich erzählen werde.

Aber ich weiß, dass es sein muss. Dass ich es tun muss. Dass ich es schon viel zu lange aufgeschoben und dadurch in solch vielfacher Weise Schaden angerichtet habe, wie ich es mir nicht einmal ansatzweise hätte vorstellen können.

Denn erst jetzt – nach den Geschehnissen dieses Morgens – ist mir bewusst geworden, dass es die ganze Zeit da war. Trotz meiner Bemühungen, Rebecca davor zu bewahren, ist es immer da gewesen.

Zum ersten Mal in über drei Jahrzehnten frage ich mich, ob die Lügen, die ich ihr aufgetischt habe, um sie zu beschützen, nicht schädlicher waren, als ihr die Wahrheit zu erzählen.

Und wenn es so ist, glaube ich nicht, dass ich es mir je verzeihen könnte.

Mein Herz, das Rebecca offenbar noch vor mir bemerkt, gerät ins Stocken.

Sie ist hier. Sie ist schon beinahe hier.

Ich greife nach dem Fensterrahmen, um mich zu stützen, als ein jäher Schwindel mich erfasst.

Ich brauche nur zu atmen.

Ein und aus.

Ein und aus.

Und bald wird sie es wissen, und ich werde nichts mehr vor ihr zu verbergen haben.

Keine Geheimnisse mehr und keine Lügen mehr.

KAPITEL ZWEIUNDSIEBZIG

BEX

Mum öffnet mir die Tür, und als ich ihr Gesicht sehe, erschrecke ich. Sie sieht aus, als wäre sie in den zwei Stunden um zehn Jahre gealtert, seit ich sie das letzte Mal gesehen habe. Ich weiß natürlich, dass das unmöglich ist und sie sich nie und nimmer in so kurzer Zeit so stark verändert haben kann – und dennoch erscheint mir irgendetwas an ihr unbestreitbar anders.

»Mum, ich glaube, ich weiß, worüber du mit mir sprechen willst. Aber tu mir einen Gefallen und lass David und mich unsere Probleme selbst lösen. Wir haben ein paar schwierige Monate hinter uns, das gebe ich zu. Doch ich glaube wirklich nicht, dass es helfen würde, wenn du dich hier einmischst.«

Mum runzelt die Stirn und wirkt vorübergehend verwirrt, bevor sie dann den Kopf schüttelt.

»Nein, nein, das ist es nicht, worüber ich mit dir sprechen muss. Ich möchte mit dir über deinen Vater reden.«

KAPITEL DREIUNDSIEBZIG

JUDITH

Rebeccas Gesichtsausdruck verdüstert sich wie Tageslicht unter heraufziehenden dunklen Wolken.

Ich kann ihr das nicht antun. Aber ich weiß auch, dass es sein muss.

»Was ist mit Dad? Worum geht es eigentlich, Mum?«

Zwei scheinbar harmlose Fragen. Und dennoch Fragen, auf die es keine einfachen Antworten gibt.

»Um die Dinge zwischen deinem Dad und mir. Sie waren nicht ganz so ... so ... Es ist komplizierter, weißt du? Und ... es gibt Dinge, die ich dir verschwiegen habe.«

Ich blicke zu Rebecca hinüber, die unter dem Fenster sitzt, wo die Sonne das Haar auf ihrem Oberkopf erstrahlen lässt, als wäre sie eine Figur auf einem religiösen Renaissance-Gemälde. Sie sieht so wunderschön aus, dass ich wünschte, diesen Moment erstarren lassen zu können, damit sie und ich für immer so verweilen könnten, beieinander, aber Rebecca mit ihrer noch intakten Unschuld.

»Was für Dinge? Was hast du mir nicht erzählt?«

Ihre Stimme klingt ungeduldig, doch es schwingt auch ein Anflug von Beunruhigung darin mit. Nun, da ich begonnen habe, weiß ich, dass es grausam wäre, sie noch länger auf die Folter zu spannen.

»Du warst damals noch so jung, Rebecca, dass ich dachte, du hättest es vergessen. Aber jetzt ... jetzt bin ich mir nicht mehr sicher, dass du wirklich *alles* vergessen hast. Doch du musst verstehen, Liebes, dass ich das Richtige zu tun glaubte, als ich es dir verschwieg. Ich dachte, es sei besser so. Ich habe nie etwas anderes gewollt, als dich zu beschützen. Das weißt du doch, oder?«

Langsam weicht die Farbe aus Rebeccas Gesicht wie Wasserfarbe von einem im Regen vergessenen Kindergemälde.

»Was soll das heißen, du wolltest mich nur beschützen? Wovor beschützen? Herrgott noch mal, Mum, würdest du bitte aufhören, mir Rätsel aufzugeben, und mir geradeheraus sagen, was du meinst?«

Ich schaue Rebecca an und sehe die Frustration in ihren Augen, und obwohl ich dieses Gespräch schon so oft geübt habe, dass ich jeden einzelnen Satz auswendig können müsste, kann ich mir immer noch nicht vorstellen, die Worte wirklich auszusprechen.

Aber wahrscheinlich wäre keine Mutter je dazu bereit, die Illusionen ihres Kindes zu zerstören.

Rebecca starrt mich an, und Furcht und Ungeduld verraten sich abwechselnd in ihren zusammengezogenen Augenbrauen. Ich dagegen kann meine eigenen Atemzüge hören, die so kurz und flach sind, als könnte meine Lunge sich nicht ausdehnen, weil mein wild pochendes Herz zu viel Platz in meiner Brust in Anspruch nimmt. Ich *weiß*, dass ich es ihr jetzt sagen muss. Aber ich möchte uns diese letzten Momente ihrer – und meiner – Unschuld noch ein bisschen länger erhalten.

»Würdest du mir jetzt *bitte* endlich sagen, Mum, wovon du sprichst?«

Es gibt so viele Möglichkeiten, dieses Gespräch zu beginnen. Nur führen leider alle zu dem gleichen schauderhaften Ende.

Ich schaue Rebecca jetzt direkt in die Augen, weil sie wissen muss, dass ich bei ihr bin und dass ich für sie da bin. Stumm flehe ich sie an, bis zum Ende der Geschichte bei mir auszuharren, bis über ihren Schluss hinaus bei mir zu bleiben – und mich nicht so sehr zu verachten, wie ich mich selbst in all diesen Jahren verachtet habe.

Ich hole tief Luft, und als ich sie wieder auslasse, lasse ich endlich auch die Worte frei, die ich über dreißig Jahre in mir gefangen gehalten habe.

»Dein Vater war kein Heiliger, wie ich dich glauben ließ, Rebecca. Er war ein Alkoholiker. Ein brutaler, gewalttätiger Alkoholiker. Und die Nacht, in der er starb … die war nicht ganz so, wie ich sie stets beschrieben habe. Was in jener Nacht geschah, war meine Schuld, Rebecca. Es ist meine Schuld, dass dein Vater nicht mehr lebt.«

KAPITEL VIERUNDSIEBZIG

BEX

Ich weiß, was Mum gesagt hat, doch ich kann ihren Worten keinen Sinn entnehmen.

Sie starrt mich an, und ich kann sehen, dass sie mich mit ihren Augen anfleht, etwas zu sagen. Es kommt mir so vor, als wäre es etwas Bestimmtes, was sie von mir hören will. Aber ich habe keine Ahnung, was es ist, weil ich meine eigenen Gedanken nicht hören kann. Das Einzige, was ich höre, ist das Rauschen meines Blutes in meinen Ohren, das mein Gehirn mit Worten überflutet, die ich nicht einmal ansatzweise begreifen kann.

»Was redest du da, Mum? Wieso sagst du, dass Dad ein brutaler Alkoholiker war? Natürlich war er das nicht! Ich hätte es doch gemerkt, wenn er es gewesen wäre. Und was erzählst du da von der Nacht, in der er starb? Wie um Himmels willen kann es deine Schuld gewesen sein? Er ist mit seinem Wagen gegen einen Baum gefahren. Das ist es doch, was du mir immer erzählt hast. Dass er mit seinen Auto gegen einen Baum gekracht ist?«

Meine Stimme wird schriller und bei jedem meiner Worte lauter, und ein Teil von mir möchte zu Mum hinübergehen, sie an den Schultern packen und aus ihr herausschütteln, was immer sie auch noch vor mir verbergen mag.

Aber ich kann mich nicht von der Stelle rühren, kann mich nicht bewegen, weil ich am ganzen Körper zittere und keine Kontrolle mehr über meine Bewegungen habe.

»Ich weiß. Ich weiß, dass ich dir das immer gesagt habe.

Doch ich wollte dich beschützen und dich mit der Wahrheit nicht verletzen.«

Eine einzelne Träne beginnt, an Mums linker Wange hinabzurollen, und ich weiß, dass ich jetzt eigentlich zu ihr gehen müsste, um sie zu trösten und es ihr leichter zu machen, mir zu erzählen, was auch immer sie mir erzählen will. Aber dazu bin ich zu ungeduldig und auch zu neugierig, den Rest zu hören.

»*Wovor* wolltest du mich beschützen, Mum? Und *womit* hättest du mich verletzt? *Bitte*, Mum. Lass mich nicht länger zappeln und sag mir einfach, was damals geschehen ist.«

KAPITEL FÜNFUNDSIEBZIG

JUDITH

Ich schließe die Augen, lasse die Geschichte an die Oberfläche steigen und befreie sie aus der Tiefe des Ozeans meiner Erinnerungen. Dort habe ich sie in den letzten drei Jahrzehnten so angestrengt zu verbergen versucht; und dorthin habe ich sie immer wieder mit all meiner Willenskraft zurückgestoßen, wenn sie es einmal wagte, mir in den Sinn zu kommen.

Ich rufe mir in Erinnerung, wie ich an jenem Abend seinen Schlüssel in der Tür hörte und wie meine Kehle sich nach Jahren der Erfahrung instinktiv zusammenzog. Ich erinnere mich, wie ich Rebecca an mich drückte und die Wärme ihres frisch gebadeten Körpers an mir spürte. Im Fernsehen lief gerade die Titelmelodie der Serie *To The Manor Born*, achtlos und nichts ahnend von meinem momentanen Vorraum der Hölle. So nannte ich bei mir diese wenigen Sekunden der Beklemmung, bevor Philip das Wohnzimmer betreten und ich erkennen würde, welche Version von ihm an diesem Abend zu uns nach Hause kam.

Ich erinnere mich, wie Rebeccas Kichern das weiße Rauschen meiner Furcht durchbrach, als Philip durch die Diele auf uns zukam und jeder seiner Schritte uns der Entdeckung näher brachte, was der Abend noch für uns bereithielt.

Ich erinnere mich so deutlich, als wäre es erst gestern gewesen, wie Philip in das Zimmer taumelte und mein Magen sich verkrampfte, als ich die typischen Anzeichen sofort erkannte: die glasigen Augen, die Alkoholfahne und dieses seltsam hämische Grinsen. Für gewöhnlich bedeutete es, dass er noch nicht beschlossen hatte, ob er heute grausam oder nett sein sollte. Als wäre das alles nur ein Spiel für ihn. Er roch nach Aftershave und Kaugummi, seiner üblichen Kombination, um den Alkohol in seinem Atem zu vertuschen. Nicht, dass es je geholfen hätte. Das Bier, der Gin oder Whisky drangen so oder so durch seine Poren und blieben an seiner Haut und Kleidung haften wie eine übel riechende Warnung vor dem, was kommen könnte.

Ich erinnere mich, wie ich Rebecca noch fester an mich zog, als ihre arglose Begrüßung auf taube Ohren stieß: *Hallo, Daddy! Rate mal, was ich heute in der Schule gemacht habe?* Ich sah, wie sein Gesichtsausdruck sich vor meinen Augen veränderte. In dem Moment wusste ich sofort, dass dies einer jener Abende war, an denen ich Rebecca vorzeitig zu Bett bringen musste, bevor sie zur ungewollten Zeugin von Dingen wurde, die kein Kind je mitansehen sollte.

Rebecca protestierte, als ich ihr sagte, es sei Schlafenszeit. *Aber das ist meine Lieblingsserie, Mum! Sonst lässt du sie mich immer sehen. Kann ich nicht bis zum Schluss aufbleiben? Es ist noch lange keine Schlafenszeit!* Alles stichhaltige Argumente, doch als Philips Stimme ihre Klagen unterbrach – *Verdammt noch mal! Tu, was deine Mutter sagt, und geh nach oben!* –, verstummte die Kleine augenblicklich.

Philip richtete sein Hauptaugenmerk immer auf die schwächste Person im Raum.

Ich erinnere mich, dass ich Rebecca aufhob und ihre Arme um meinen Nacken und ihre Beine um meine Taille schlang. Dabei hoffte ich, dass ihr irgendetwas an der Art, wie ich sie hielt, vermittelte, dass sie jetzt nicht widersprechen durfte. Dass sie sich darauf verlassen musste, dass es in ihrem eigenen Interesse war, früher als sonst zu Bett gebracht zu werden, auch wenn sie wahrscheinlich nicht verstehen konnte, aus welchem Grund. Ich erinnere mich, sie mit ihrer Daunendecke zugedeckt und ihr den Kopf gestreichelt zu haben. Ihre Blicke huschten durch das Zimmer, und ihre Augen standen voller unbeantworteter Fragen; Fragen, die sie nicht zum Ausdruck bringen konnte, selbst wenn sie es gewollt hätte.

Die leise tickende Uhr auf ihrem Nachttisch ließ mir eine unüberhörbare Warnung zukommen: Philip tolerierte es immer nur für eine begrenzte Zeit, dass ich hier oben war und mich um meine Tochter kümmerte, statt zu ihm hinunterzugehen und ihm in allem zu Diensten zu sein, was der Alkohol in seinem Blut gerade forderte.

Ich weiß noch, dass ich Rebecca, der die Augen schon zufielen, einen letzten verstohlenen Blick zuwarf und wünschte, ich könnte mich einfach neben sie legen und sie in die Arme nehmen, den Duft ihres nach Erdbeeren riechenden Haares einatmen und mich bis zum Morgen nicht mehr von der Stelle rühren.

Ich erinnere mich, mir sogar gewünscht zu haben, dass Philip nicht heimgekommen wäre, dass Rebecca und ich allein im Haus wären und ich sie jetzt nicht verlassen müsste.

Neben Rebeccas Bett stand ein Kassettenrekorder, den ich ihr in einem Secondhandladen mit erspartem Haushaltsgeld gekauft hatte, und daneben lagen einige ihrer Lieblings-Hörbücher aus der Leihbücherei wie *Hanni und Nanni, Fünf Freunde* und *Dolly.* Ich legte eine der Kassetten ein und ließ die Stimmen der anonymen Sprecher die Stille im Zimmer übertönen. Stimmen, die sie in meiner Abwesenheit hoffentlich einschlafen lassen würden. Ich hoffte, dass die Geschichten sie in eine glücklichere Welt versetzen und die Wirklichkeit unten ausblenden würden, bevor sie in ihre Träume eindringen konnte.

Als ich wieder hinunterkam, saß Philip schon wartend in der

Küche. Er hatte die Hände vor sich auf dem Tisch zu Fäusten geballt. Ich erinnere mich, gedacht zu haben, dass dieses Bild in einem anderen Haus und mit einem anderen Mann als Scherz gemeint sein könnte: als Parodie eines Mannes, der auf sein Abendessen wartet.

Aber Philip hielt sich nicht mit Parodien auf. Das Bild war kein Scherz, sondern eine Warnung, wie mir nur allzu gut bewusst war.

Dies war immer der entscheidende Moment: Sollte ich etwas sagen oder schweigen? Im Zimmer bleiben oder gehen? Leider gab es jedoch keine richtige Reaktion. Im Laufe der Jahre hatte ich gelernt, dass die richtige Reaktion komischerweise immer das Gegenteil von der Entscheidung war, die ich getroffen hatte.

Daher entschied ich mich für unterwürfiges Schweigen und zählte im Stillen meine Herzschläge, bis er das Wort ergriff.

Warum zum Teufel machst du so ein Gesicht? Du siehst ja aus, als wärst du gerade in Scheiße getreten. Wie kommt es, dass andere Männer zu ihren attraktiven Ehefrauen heimkommen und ich zu dem da *heimkommen muss?*

Und dann schwenkte er verächtlich die Hand und bewegte sie auch noch auf und ab, um klarzustellen, dass seine Verachtung sich auf alles an mir bezog.

Daraufhin kehrte ich ihm den Rücken zu, zum einen, damit er mein Gesicht nicht sehen musste, und zum anderen, um nach dem Geflügeltopf im Backofen zu sehen. Heute klingt es absurd für mich, doch das Resultat von Philips schlechter Laune war immer untrennbar mit der Zeit verbunden, in der ich das Abendessen auf den Tisch brachte. Je kürzer der Abstand zwischen seinem betrunkenen Erscheinen und dem Servieren des Abendessens war, desto geringer war auch die Gefahr, dass er wütend wurde. Denn Essen konnte den Alkohol absorbieren und dazu führen, dass Philip unweigerlich vor dem Fernseher in einen komatösen Schlaf fiel.

Meine Hände hatten die Backofentür noch nicht ganz berührt, als ich mit dem Nasenrücken gegen den Griff des Ofens knallte. Ich erinnere mich an einen Moment der Desorientiertheit – die ich komischerweise noch immer jedes Mal empfand, obwohl mein Kopf schon so viele ähnliche Vorfälle verkraftet hatte. Erst dann merkte ich, dass Philip hinter mir stand, die Hand noch immer an meinem Hinterkopf, und dass meine Nase nahezu mit Sicherheit gebrochen war. Oder dass meine Kopfhaut brannte, weil er eine Handvoll meiner Haare gepackt hatte, um mein Gesicht zu sich herumzudrehen.

Ich habe dich etwas gefragt. Wirst du mir wohl eine Antwort geben?

Ich erinnere mich, gedacht zu haben, dass ich selbst dann nicht antworten könnte, wenn ich noch wüsste, was er gefragt hatte. Denn seine andere Hand lag inzwischen um meine Kehle, und er drückte mir so fest die Luftröhre zu, dass ich keine Ahnung hatte, wie viel länger ich noch Luft bekommen würde, vom Sprechen ganz zu schweigen.

Aber Philip wollte gar nicht wirklich eine Antwort. Seine Fragen an Abenden wie diesem waren immer rein rhetorisch und nur dazu gedacht, vor sich selbst zu rechtfertigen, was immer er dann als Nächstes tat.

Ich erinnere mich an das knackende Geräusch, das sich so ähnlich anhörte wie das einer Walnuss in einem Nussknacker, mit dem mein Wangenknochen gegen den Rand der Arbeitsfläche aus Granit stieß. Dann war da das Gefühl, dass mein Gehirn in meinem Schädel durchgerüttelt wurde, als ich mit dem Kopf auf dem Fußboden aufkam und mein Körper sich instinktiv schutzsuchend zur Embryonalhaltung zusammenrollte.

Ich weiß nicht, wie lange Philip auf mich eintrat. Zehn Sekunden? Zwanzig? Eine Minute? Ich erinnere mich nur noch an den vertrauten metallischen Geschmack von Blut an meinen Lippen, an den Geruch des Putzmittels, das ich am Nachmittag für die Reinigung des Küchenbodens benutzt hatte, und an die vom Nachbarhaus herüberdringende Stimme von Nina Simone, die sang, wie sehr sie wünschte, das Gefühl zu kennen, frei zu sein. Der Refrain spukte mir im Kopf herum wie eine flehentliche Bitte – an Philip, an Gott, an das Schicksal oder wer auch immer sonst zuhören mochte: *Bitte bring mich nicht um! Was immer du auch tust, bring mich nur bitte nicht um, damit Rebecca nicht in deiner alleinigen Obhut zurückbleibt!*

Die Tritte hörten nicht auf, die Spitzen seiner Schuhe bohrten sich von Mal zu Mal tiefer in meinen Rücken, meine Beine, meine Arme. Ich weiß noch, dass ich wünschte, er hätte die Angewohnheit, seine Schuhe auszuziehen, wenn er zur Tür hereinkam, und dass er nicht immer diese groben Arbeitsschuhe mit der metallverstärkten Spitze kaufen würde. Oder dass er früher nicht in der Jugendmannschaft des hiesigen Rugbyteams gespielt hätte.

Irgendwann wurde er müde oder begann, sich zu langweilen. Ich lag dort auf dem Boden und lauschte seinem schweren, angestrengten Atmen, das mich niederdrückte, als hielte es mich am Boden fest. Ich erinnere mich, dass ich mit angehaltenem Atem abwartete, um zu sehen, was als Nächstes kommen würde. Das Komische dabei war, dass ich nur ein leichtes Pulsieren unter der Haut verspüren konnte, bevor mir wieder einfiel, dass mein Körper mir immer wieder diesen Streich spielte: Es war jedes Mal so, als betäubte er sich selbst gegen den unmittelbaren Schmerz, als gewährten meine Nervenzellen meinem Verstand die Zeit, den Schock über das Geschehene abzumildern, bevor mein Körper die Gewalteinwirkung richtig registrierte.

Warum tust du das immer, Judy? Warum machst du mich so wütend und stachelst mich mit voller Absicht dazu an, dir solche Dinge anzutun?

Ich erinnere mich an all die Antworten, die mir durch den Kopf schossen, und von denen ich keine laut zu äußern wagte. All die Dinge, die ich ihm gesagt hätte, wenn ich nicht die Konsequenzen fürchtete.

Steh auf, verdammt noch mal! Was für ein jämmerliches Bild, dich dort liegen zu sehen!

Und schon stieß er mich mit dem Fuß an, nicht hart und auch nicht sanft, aber mit der gleichen Art von Neugierde, mit der er vielleicht einen reglos auf dem Bürgersteig liegenden Vogel umgedreht hätte.

Ich erinnere mich, dass ich meine Hüfte verschob und mich mit meinem ganzen Gewicht auf meine Arme stützte, um zu versuchen aufzustehen. Und genau dies war der Moment, den mein Körper wählte, um mich mit den Nachwirkungen der letzten Minuten vertraut zu machen. Schmerz durchzuckte meinen Leib wie ein detonierendes Feuerwerk. Eine Explosion folgte auf die andere, wobei die Position eines jeden Ausbruchs immer eine Überraschung war, ganz gleich, wie sehr ich mich bemühte, sie vorherzusehen. Ich konnte spüren, wie meine Muskeln schwächer wurden und nachgaben und wie wild mein Herz pochte, um sie vor dem Aufgeben zu warnen. Denn es konnte noch viel schlimmer kommen, wenn ich nicht tat, was Philip verlangte.

Du bist erbärmlich, weißt du das? Du bist nichts als ein jämmerlicher Ersatz für eine Ehefrau und ein genauso jämmerlicher für eine Mutter. Es macht mich krank, dich auch nur anzusehen. Ich gehe jetzt zum Spirituosenladen hinüber, und wenn ich wiederkomme, wäre es besser, wenn ich dich nicht mehr dort liegen sähe, du dumme Kuh!

Ich erinnere mich, dass er über mich hinwegstieg, als wäre ich nicht mehr als ein lebloser Gegenstand, den es zu überwinden galt. Ich erinnere mich an die Beleidigungen und Flüche, die er auf dem Weg zur Haustür von sich gab, und weiß noch, dass ich nur noch einen Gedanken hatte, als er die Tür hinter sich zuknallte: *Hoffentlich wacht Rebecca davon nicht auf! Bitte, lieber Gott, lass sie mich nicht so sehen ...*

Ich erinnere mich, noch ein, zwei Minuten so dagelegen zu haben, mit dem Gesicht auf dem kalten Steinboden, bis mein Bewusstsein sich nach und nach an den lähmenden Schmerz in mir gewöhnte.

Und dann zerbrach etwas in mir. Ich weiß nicht, was es war oder woher es auf einmal kam – oder warum es von all den Hunderten von Nächten, in denen ich Misshandlungen wie diese ertragen hatte, ausgerechnet diese Nacht war, in der ich es nicht mehr hinnehmen konnte. Ich wusste nur, dass ich Philip an jenem Abend nicht mehr im Haus haben wollte. Und dass ich ihn nicht mehr im Haus haben *würde*. Dass ich nicht zulassen würde, dass er zurückkam und noch mehr trank, um den Auftritt, den wir gerade hinter uns hatten, noch einmal zu wiederholen. Oder, schlimmer noch – dass er mir befehlen würde, mich auszuziehen und auf den Bauch zu legen, bevor er seinen Reißverschluss für einen Missbrauch öffnete, der stets noch viel, viel schlimmer war, als noch so schlimme Prügel es je sein könnten.

Ich erinnere mich, wie mühsam ich mich aufrappelte, den heißen, stechenden Schmerz zwischen meinen Rippen ignorierte, und zur Küchenuhr aufschaute, um abschätzen zu können, wie lange Philip schon fort war. Drei Minuten? Vier? Der Weg zu dem Spirituosenladen am Ende unserer Straße und zurück dauerte kaum mehr als fünf Minuten. Und es war ja auch nicht so, als verbrächte Philip Zeit damit, sich umzuschauen, wenn er dort war.

Ich erinnere mich, wie ich aus der Küche in die Diele taumelte und wie wild mein Herz gegen meinen Brustkorb hämmerte, obwohl ich nicht hätte sagen können, ob es das zur Ermutigung oder aus Protest gegen meine Dummheit tat.

Jedenfalls gelangte ich zur Eingangstür und konnte sehen, wie meine Finger zitterten, als ich durch einen Knopfdruck das Sicherheitsschloss aktivierte. Dann bückte ich mich, um den massiven unteren Türriegel vorzulegen, bevor ich auf Zehenspitzen stehend nach dem oberen griff und das Gleiche tat. Als das erledigt war, brachte ich sicherheitshalber auch noch die schwere schwarze Eisenkette an. Ich ließ sie einrasten für den unwahrscheinlichen Fall, dass Philips Wut ihm Bärenkräfte verliehe und er es schaffte, alle anderen Sicherheitsvorkehrungen außer Betrieb zu setzen.

Und dann kauerte ich mich auf dem Dielenboden zusammen und wartete.

Ich weiß nicht, wie lange ich dort saß. Ich kann mich nur noch daran erinnern, dass mir das Herz in der Brust herumsprang wie ein Gummiball, meine Halsmuskeln sich zusammenkrampften, bis ich kaum noch atmen konnte, und meine Hände plötzlich so kraftlos wie die einer Flickenpuppe waren. Ich erinnere mich auch an die aufgeregte Stimme der Vernunft in meinem Kopf, die mich davor warnte, dass mein Handeln nicht ohne Folgen bleiben würde. Dass ich morgen einen hohen Preis dafür bezahlen und Philips Vergeltung vermutlich schlimmer sein würde als alles andere, was ich je zuvor mit ihm erlebt hatte. Aber ich hörte nicht darauf. Es kümmerte mich nicht, was meine Vernunft mir sagte. Ich wollte nur eine Nacht mit Rebecca allein im Haus sein, nur eine einzige Nacht, in der wir beide unter uns sein konnten, ohne diese bleierne Wolke der Angst und des Schreckens über mir hängen zu haben. Ich wusste, dass es unvernünftig war. Ich dachte immer noch rational genug, um zu wissen, dass mein Verhalten völlig irrational war. Dass es waghalsig und gefährlich war, was ich tat, und ich einen unvorstellbar hohen Preis dafür bezahlen würde. Doch ich konnte nicht anders. Selbst wenn ich meinem Körper befohlen hätte, aufzustehen und zur Tür zu gehen, um die Verriegelungen zu öffnen und die Vorhängekette abzunehmen, bevor es zu spät war, glaube ich nicht, dass meine Glieder mir gehorcht hätten.

Das Klirren eines Schlüssels, das zum zweiten Mal an diesem Abend vor dem Haustürschloss zu vernehmen war, ließ meinen Magen Purzelbäume schlagen. Aber ich blieb auf dem Boden hocken, vielleicht einen Meter von der Tür entfernt, als Philip in seinem alkoholisierten Zustand ungeschickt mit dem Schlüssel herumhantierte, bis ich ihn schließlich in das Schloss hineingleiten hörte. Das Nächste, was ich vernahm, war das Klappern des Schlüssels in dem Schloss, als Philip ihn umzudrehen versuchte und ihn ungeduldig wieder herauszog.

Hinein und hinaus. Hinein und hinaus …

Er musste es vier, fünf Mal probiert haben, bevor ihm langsam dämmerte, was das Problem war, und er mit den Fäusten gegen die massive Mahagonitür zu hämmern begann.

Mach die verfluchte Tür auf, Judy! Hörst du? Wenn du in den nächsten zehn Sekunden nicht die Tür aufmachst, bringe ich dich um, du blöde Schlampe!

Das Rasseln und Klappern fing wieder an, nur konnte ich mir dieses Mal nicht sicher sein, ob es der Schlüssel in der Tür oder das Klappern meiner Zähne war.

Und dann, von einem Moment auf den anderen, hörte das Hämmern gegen die Tür auf. Für einen Moment herrschte Stille, eine tiefe Stille, die dennoch so von Angst und Schrecken erfüllt war, dass es beinahe so war, als wäre die ganze Welt zum Stillstand gekommen.

Aber dann hörte ich das Knirschen von Kies, zuerst vor dem Haus und dann seitlich daneben auf dem Pfad, der in den Garten führte.

Und nicht nur in den Garten, sondern auch zur Hintertür.

Ich erinnere mich, dass ich glaubte, mich übergeben zu müssen, und dass meine kraftlosen Beine mich nicht rechtzeitig zur Hintertür bringen würden. Ich erinnere mich, dass mir die Galle in die Kehle stieg und meine Haut kribbelte vor Angst vor dem, was passieren würde, falls ich die Hintertür versehentlich nicht abgeschlossen hatte.

Doch irgendetwas – ich weiß selbst nicht, was – bewirkte plötzlich, dass die Kraft in meine Knie zurückkehrte und meine Beine wie von selbst zur Küchentür hinüberrannten. Vielleicht war es meine panische Angst vor Philip. Oder auch mein Selbsterhaltungstrieb. Wie oft hatte ich unter seinen Tritten und Schlägen auf dem Boden gelegen, bevor Rebecca auf die Welt gekommen war, und mir gewünscht, ich könnte sterben. Aber Rebeccas Geburt hatte alles verändert. Ihre Existenz verlangte, dass ich weiterlebte.

Ich erinnere mich, wie ich zur Hintertür lief und Philips Schatten am Küchenfenster vorbeihuschen sah, als ich nach dem Schlüssel griff. Ich weiß noch, wie meine Hände zitterten, als ich ihn umdrehte und dann herauszog und so fest in meiner Hand umklammerte, dass die Zähnchen sich in meine Handfläche bohrten. Ich erinnere mich, wie die Sicherheitsleuchte im Garten klickend ansprang und ich das ganze Kaleidoskop von Philips Wut in seinem Gesicht sehen konnte und wie unkontrolliert ich am ganzen Körper zitterte, als wäre die Temperatur plötzlich sehr stark gefallen.

Und dann war er da, direkt auf der anderen Seite der Tür.

Nahe genug, um die Hand auszustrecken und mich zu berühren, wenn uns nicht neun Scheiben Sicherheitsglas voneinander getrennt hätten.

Ich erinnere mich, wie ich dort stand und die Augen nicht von Philips abwenden konnte, als erzeugte sein Zorn ein unsichtbares Magnetfeld, und wie ich dachte: *Ich weiß, dass dies nur eine kleine Schlacht ist und er den Krieg letztendlich doch gewinnen wird. Aber ich muss es versuchen, wenigstens dieses eine Mal.*

Er schrie mich wieder an, befahl mir, die Tür zu öffnen, und drohte mir mit dem, was er mir antun würde, wenn er erst einmal drinnen war. Außerdem starrte er mich mit solch unbändigem Hass an, dass seinen Augen anzusehen war, wie er im Geiste schon seine Vergeltung plante. Ich erinnere mich, gedacht zu haben, dass er mich allein schon durch sein Anstarren verletzen könnte. Und dann wurde mir die Hitze seines Zorns zu viel; ich lief weg und kauerte mich hinter die Küchenschränke, weil ich ohne den geringsten Zweifel wusste, dass er mich umbringen würde, falls er irgendwie ins Haus gelangte. Ich erinnere mich an das Klirren von zersplitterndem Glas, als er mit einem Stein oder was auch immer sonst eine der Scheiben in der Tür zerschlug. Ich erinnere mich an das rappelnde Geräusch der Türklinke, das dieses Mal jedoch von innen kam, und weiß noch, dass ich die Hand, in der ich den Schlüssel hielt, so fest zudrückte, dass ein scharfer Schmerz meine Haut durchzuckte.

Für einen kurzen Moment versuchte ich, mir vorzustellen, was die Nachbarn taten; ob sie überlegten, ob sie nachschauen sollten, was hier vor sich ging, ob sie die Polizei anrufen sollten – oder ob sie all das schon so oft durch Wände oder offene Fenster gehört hatten, dass es nach fast zehn Jahren schon zu einem Teil ihrer gewohnten Geräuschkulisse geworden war.

Ich erinnere mich, wie verzweifelt ich hinter diesen Schränken hockte und lautlos darum flehte, dass mir irgendwer zu Hilfe kommen möge, obwohl mir die ganze Zeit bewusst war, dass mein Flehen nicht erhört werden würde.

Du weißt, dass ich früher oder später hereinkomme. Und dann wirst du teuer dafür bezahlen, du verfluchtes Miststück! Du und dieses quengelige kleine Balg dort oben. Ich gehe jetzt wieder nach vorn und kann dir nur raten, mich verdammt noch mal hereinzulassen.

Seine Schritte knirschten wieder auf dem Kies, und ich wurde von einer jähen, abergläubischen Furcht ergriffen, dass die Haustür vielleicht doch nicht vollständig gesichert war, weil ich es in meiner Hast vielleicht nicht richtig gemacht hatte und es womöglich nur ein glücklicher Zufall war, dass Philip beim ersten Mal nicht hereinkonnte.

Aber vielleicht würde er jetzt doch ins Haus kommen, und das wäre das Ende. Nicht nur für mich, sondern auch für Rebecca.

Rebecca. Ich erinnere mich daran, gedacht zu haben, dass sie nichts ahnend in ihrem Zimmer schlief, und dass bei dem Gedanken irgendetwas in mir aufwallte. Etwas Unbeschreibliches, das aus meiner Magengrube aufstieg und mein Herz ergriff.

So etwas wie ein primitiver, urzeitlicher Drang, sie zu beschützen.

Ich erreichte die Tür vor ihm und überprüfte das Sicherheitsschloss, die schweren Riegel und die Kette.

Und in dem Moment sah ich sie. Sie hingen an dem Haken neben der Garderobe, als hätten sie nur darauf gewartet, dass ich sie bemerkte.

Philips Autoschlüssel.

Bevor ich Zeit hatte nachzudenken, bevor Philip Zeit hatte

zurückzukehren, zog ich sie von dem Haken und warf sie durch den Briefschlitz in der Tür hinaus.

Als Philip ein paar Sekunden später kam und wieder anfing, an die Tür zu hämmern, schluckte ich und merkte dann aber, dass mein Mund wie ausgetrocknet war. Ich erinnere mich, einen Schritt zurückgetreten zu sein und gerufen zu haben: *Deine Autoschlüssel liegen auf der Fußmatte. Du kommst nicht herein. Ich will dich hier heute Abend nicht mehr sehen.*

Ich konnte das Zittern meiner Stimme hören und wusste, dass auch er es bemerken musste und sich an meiner Panik weiden würde.

Hör auf herumzuzicken und mach die verdammte Tür auf! Ich werde nirgendwohin gehen.

Ich stand dort, ohne einen Laut von mir zu geben, ja wagte sogar kaum zu atmen, weil mir klar war, dass jede Antwort seine Anwesenheit nur verlängern würde.

Er schlug noch ein paar Mal gegen die Tür und stieß noch einige wüste Drohungen mehr aus, bevor ich hörte, dass er die Schlüssel von der Kokosmatte aufhob und dann mit dem gleichen Hass, mit dem er mich zuvor getreten hatte, nun auch der Tür einen Tritt versetzte.

Das wirst du bereuen, du verdammte Hexe! Glaub nur ja nicht, dass ich dich nicht teuer dafür bezahlen lassen werde!

Und dann entfernten sich seine Schritte die Einfahrt hinunter und verschwanden in der Nacht.

Ich habe keine Ahnung, wie lange ich dort stand, aber ich weiß, dass ich wie gelähmt war vor Angst und nicht daran zu glauben wagte, dass er nicht mit einer Axt oder Schaufel zurückkommen und die Tür einschlagen würde. Ich weiß nicht mehr, wie lange ich dort zitternd stand und wartete, doch als ich mich endlich die Treppe hinauf- und ins Schlafzimmer schleppte, kam es mir so vor, als könnte ich hundert Jahre schlafen.

Als ein Klopfen an der Haustür unten mich schließlich weckte, brauchte ich eine Weile, um mich zu erinnern, wo ich war, warum mir so kalt war und woher dieses schmerzhafte, beharrliche Pochen in meiner linken Wange kam. Oder warum meine Rippen protestierten, als ich mich auf die Seite legte, und weshalb bei jedem meiner Atemzüge ein scheußlicher Schmerz meine Nase durchzuckte. Ein zweites Klopfen an der Tür genügte jedoch, um mir die Ereignisse des Vorabends wieder in Erinnerung zu bringen, zumal ich vollständig bekleidet auf dem Bett lag und der Wecker daneben anzeigte, dass es noch nicht einmal Mitternacht war und ich höchstens zwei Stunden geschlafen haben konnte.

Ich erinnere mich, gedacht zu haben, dass das nicht genügend Zeit für Philip gewesen war, um wieder nüchtern zu werden. Mein Herz begann im gleichen schnellen Rhythmus zu pochen wie der Schmerz in meiner Wange.

Ein drittes Anklopfen – diesmal lauter und ungeduldiger – schallte die Treppe zu mir herauf und brachte eine schier unerträgliche Enttäuschung mit. Eine tief empfundene, verzweifelte Enttäuschung, dass es Philip war, der vor der Haustür stand. Dass er zurückgekommen war. Dass er noch immer hier war …

Erst als eine mir unbekannte Stimme etwas durch den Briefschlitz rief, setzte ich mich schließlich auf.

Polizei! Ist jemand zu Hause? Würden Sie uns bitte die Tür öffnen?

Ich kann mich nicht an alles entsinnen, was mir in jenen wenigen Sekunden durch den Kopf ging, als ich aufstand und auf Zehenspitzen die Treppe hinunterging. Wenn das laute Anklopfen und Rufen Rebecca nicht schon geweckt hatte, würden meine leisen Schritte es hoffentlich auch nicht tun.

Ich erinnere mich an meine Angst, dass Philip vielleicht bei der Polizei gewesen war und Strafanzeige gegen mich erstattet hatte, weil ich ihn aus seinem eigenen Haus ausgesperrt hatte. Oder vielleicht war es ihm ja sogar gelungen, sie zu überzeugen, dass ich ihm oder Rebecca etwas zuleide getan hatte oder eine schlechte Mutter war, und jetzt kamen sie, um mich zu holen.

Ich weiß noch, wie mir all die Drohungen durch den Kopf gingen, die Philip im Laufe der Jahre gegen mich geäußert hatte, wie zum Beispiel, was er mir antun würde, falls ich ihm einmal nicht gehorchte. Ich dachte auch an die furchtbare Wut in seiner Stimme, als er ein paar Stunden zuvor mit den Fäusten gegen die Tür geschlagen und geschworen hatte, dass ich teuer dafür bezahlen würde, ihn ausgesperrt zu haben.

Und dann öffnete ich die Haustür, und da standen sie, zwei Polizeibeamte in Uniform, die ihre Helme unter dem Arm trugen.

Es tut mir wirklich sehr leid, Mrs. Bailey, doch wir haben den Wagen Ihres Ehemannes gefunden, und das Fahrzeug ist … nun ja … in keinem guten Zustand. Offensichtlich ist es mit sehr hoher Geschwindigkeit gegen einen Baum gekracht. Auf dem Beifahrersitz lag eine leere Flasche Whisky – Bell's Whisky –, der zu dem Unfall beigetragen haben könnte, wie wir stark vermuten. Wer auch immer den Wagen gefahren hat – und wir gehen davon aus, dass es Ihr Ehemann war –, ist noch am Unfallort verstorben. Mein aufrichtiges Beileid, Mrs. Bailey.

Ich erinnere mich, dass ich die Uhr Mitternacht schlagen hörte und dachte: Das ist die Stunde, in der der Zauber der guten Fee doch angeblich seine Wirkung verliert, statt gerade erst zu beginnen.

Ein bedrückendes Schweigen hing in der Luft, während ich

nach anderen Worten suchte als den nicht gerade hilfreichen Fragen, die mir durch den Kopf gingen: *Sind Sie auch wirklich sicher? Können Sie mit hundertprozentiger Sicherheit sagen, dass mein Mann in diesem Wagen saß?*

Doch dann dachte ich an die leere Flasche Bell's auf dem Beifahrersitz: Bell's Whisky war Philips Lieblingsgetränk, sein treuer Gefährte und selbst gewählter Freund auf der Reise durch das Leben. Da wusste ich, dass die Polizei sich nicht geirrt hatte.

Die Polizisten, die mein Schweigen offenbar für Schock hielten, senkten in pflichtgemäßem Respekt den Kopf. Was ein Glück war, da sie so nicht die Erleichterung sehen konnten, die ganz bestimmt über meine Züge huschte.

Es ist vorbei, erinnere ich mich, gedacht zu haben, und zum ersten Mal seit Jahren beruhigte mein Puls sich. *Endgültig vorbei.*

Damals konnte ich natürlich nicht wissen, dass es noch lange nicht vorbei war. Dass es nie vorbei sein würde. Dass all das in meinem Kopf weiterleben würde, jede Minute eines jeden Tages, und dass es die Zukunft beschmutzen würde, bevor sie überhaupt eingetroffen war.

Ich öffne die Augen und bin sekundenlang verwirrt, als ich mich umschaue und zu orientieren versuche, bis ich den gusseisernen Ofen und den Kaminsims mit den Fotografien von David und Jacob darüber sehe.

Erst da spüre ich die Tränen, die mir über die Wangen laufen.

Und wie jeden Tag seit dem Unfall frage ich mich, was ich in jener Nacht eigentlich *wirklich* erwartet hatte, was Philip tun würde. Als ich die Wagenschlüssel durch den Briefschlitz warf, nahm ich da an, dass er sich in sein Auto setzen würde, eine Zeit lang die stille kalte Winterluft verwünschen und irgendwann einschlafen würde? Oder hatte ich tief im Innersten gewusst, dass seine Wut ihm keine Ruhe lassen würde, dass er den Wagen anlassen und in die Dunkelheit davonrasen würde? Ich frage mich, ob ein Teil von mir, als ich in der Diele stand und ihn gegen die Tür hämmern und wüste Drohungen gegen mich ausstoßen hörte, nicht sogar *hoffte*, dass er in die Dunkelheit hinausfahren und nie wieder zurückkehren würde.

Ich wende mich wieder Rebecca zu, deren Gesicht von banger Erwartung und Besorgnis geprägt ist, und begreife, dass ich ihr nicht alles sagen kann. Ich kann es einfach nicht. Ich könnte es nicht ertragen, selbst jetzt noch nicht. Aber ich weiß auch, dass ich Rebecca etwas aus ihrer Vergangenheit erzählen muss, um die Lücken zwischen ihren Erinnerungen zu füllen, auch wenn ich mich in all den Jahren noch so sehr bemüht habe, sie gerade vor diesen Erinnerungen zu beschützen.

KAPITEL SECHSUNDSIEBZIG

BEX

Mum hat eine Ewigkeit geschwiegen, wie mir scheint, mit geschlossenen Augen, als wäre sie sich meiner Gegenwart nicht einmal bewusst, und trotzdem rinnen Tränen über ihre Wangen.

Als sie die Augen endlich wieder öffnet, holt sie tief Luft, und ich merke, wie ich die Armlehnen des Sessels umklammere, als wappnete ich mich gegen einen Zusammenstoß.

»In der Nacht, als Philip starb, hatten wir uns gestritten. Er war betrunken und wurde gewalttätig und ausfallend. Nicht schlimmer als normalerweise, aber in jener Nacht zerriss etwas in mir. Ich wollte einfach nur noch, dass es aufhörte, und wenn auch nur für eine Nacht. Als er zu dem Spirituosenladen ging, um noch mehr Whisky zu kaufen, habe ich in der Zwischenzeit alle Türen verriegelt und ihn ausgesperrt. Ich wollte ihn in jener Nacht einfach nicht zu Hause haben; anders kann ich es dir nicht erklären. Er war wütend, als er zurückkam und merkte, dass er nicht ins Haus hineinkonnte. Er stieß alle möglichen Drohungen aus, von denen ich wusste, dass sie sich bewahrheiten würden, falls ich die Tür öffnete. Ich war wie gelähmt vor Angst, Rebecca, vollkommen gelähmt. Du musst versuchen zu verstehen, wie total verängstigt ich an jenem Abend war. Und dann sah ich plötzlich seine Autoschlüssel an der Garderobe hängen. Ich habe nicht wirklich darüber nachgedacht, bevor ich es tat. Denn ich war viel zu aufgewühlt, um klar denken zu können. Aber als ich seine Autoschlüssel sah, schob ich sie durch den Briefschlitz hinaus und sagte ihm, ich würde ihn nicht wieder hereinlassen. Und das war das letzte Mal, dass ich mit ihm gesprochen habe.«

Ihre Stimme war die ganze Zeit hindurch tonlos und sachlich gewesen, doch die Tränen strömen nach wie vor über ihre Wangen, und ich würde ihr gern Mitgefühl entgegenbringen, aber ich kann es nicht. Ich kann überhaupt nichts mehr empfinden außer dem Gefühl, durch die Luft zu fallen. Gleichzeitig jagt mein Leben – jeder Gedanke, jedes Gefühl, jedes Erlebnis – verschwommen an mir vorbei, und das Einzige, dessen ich mir noch sicher bin, ist das Wissen, dass die Vergangenheit, wie ich sie kenne, nicht mehr existieren wird, sobald ich auf dem Boden aufkomme.

»Also hast du Dad dazu gebracht, ins Auto zu steigen und wegzufahren, obwohl er total betrunken war? Und dann ist er gegen einen Baum geknallt und gestorben? Ist es das, was du mir sagen willst?«

Ich klinge aufgebrachter, als es meine Absicht ist, doch ich habe meine Stimme nicht mehr unter Kontrolle. Im Moment habe ich auch nicht das Gefühl, als würde ich überhaupt je wieder etwas unter Kontrolle haben.

KAPITEL SIEBENUNDSIEBZIG

JUDITH

Da ist so viel Wut in ihrer Stimme, so viel Zorn in ihren Augen, dass ich es fast nicht ertragen kann, sie anzusehen. Aber ich muss es tun. Tief im Innersten habe ich schon immer gewusst, dass ich sie eines Tages mit alldem würde konfrontieren müssen. Ich hatte nur gehofft, dass sie mich dann nicht so verächtlich ansehen würde, wie sie es jetzt tut.

»So war das nicht, Rebecca. Das musst du mir glauben. Ich konnte doch nicht wissen, dass er wegfahren würde. Ich dachte, er würde einfach nur im Wagen einschlafen. Außerdem konnte ich keinen klaren Gedanken fassen. Du musst bedenken, welch große Angst ich hatte. Angst um uns beide, Rebecca! Du schliefst oben in deinem Zimmer ... es hätte alles Mögliche passieren können. Alles Mögliche ...«

Ich lasse den Satz unbeendet, weil ich gar nicht daran denken darf, aber Rebecca schüttelt ungläubig den Kopf.

»Meine Güte, Mum! Wenn Dad so furchtbar war, warum habe ich keinerlei Erinnerung daran? Ich würde mich doch bestimmt daran erinnern, wenn er so gewalttätig, ausfallend und schlimm gewesen wäre, wie du ihn darstellst? Aber im Grunde habe ich so gut wie gar keine Erinnerungen an ihn.«

Wie verächtlich und verletzend sie klingt! So gar nicht wie Rebecca.

Wie gern würde ich zu ihr hinübergehen, um mein neununddreißigjähriges kleines Mädchen in die Arme zu schließen und sie *spüren* zu lassen, dass ich die Wahrheit sage, auch wenn sie meine Worte nicht hören will.

Aber das ist unmöglich, weil ich weiß, dass sie es nicht dulden würde.

Was mir jedoch auf einmal mit erschreckender Klarheit zu Bewusstsein kommt, ist die grausame Ironie, dass der einzige Weg, Rebecca dazu zu bringen, mir zu glauben und mir wieder ihr Vertrauen zu schenken, der ist, sie an all die Dinge zu erinnern, von denen ich über dreißig Jahre gehofft hatte, sie würde sie vergessen.

Rebeccas Blick huscht von links nach rechts und wieder zurück, und plötzlich sehe ich das vier-, fünf- oder sechsjährige kleine Mädchen oben auf der Treppe sitzen, die Augen voller Fragen und Verwirrung, während sie zusieht, wie Philip mich mit einem einzigen Schlag mit seinem Handrücken wieder mal zu Boden streckt.

Ich ziehe mein Taschentuch aus dem Ärmel meiner Wolljacke und wische mir die Tränen von den Wangen. Dann hole ich tief Luft und versuche, das Gefühl zu ignorieren, dass die Wände meines Hauses um mich herum zusammenbrechen und das gesamte Gefüge unseres Lebens mit sich reißen, um dessen Aufrechterhaltung ich in den vergangenen dreiunddreißig Jahren so hart gekämpft habe.

»Erinnerst du dich wirklich nicht, Rebecca? Erinnerst du dich nicht an all die Nächte, in denen er betrunken heimkam, wie ein Irrer herumbrüllte und fluchte und ich dich früher zu Bett brachte, damit dir das Schlimmste erspart blieb? Erinnerst du dich nicht an all die Nachmittage, an denen er dich ohne mein Wissen mit in den Pub nahm und stundenlang mit dir verschwand, bis du weinend heimkamst, deine Augen von dem Zigarettenrauch dort brannten und du furchtbare Angst gehabt hattest, dass er dich nie wieder zu mir zurückbringen würde? Du erinnerst dich nicht an die grausamen Dinge, die er sagte oder tat? Nicht an seine Wutanfälle, wenn ich es einmal wagte, die Heizung ohne seine Erlaubnis höher zu stellen – und wie du dich immer über die Kälte beklagt hast? Du erinnerst dich nicht daran, wie oft du mich gefragt hast, warum ich meinen Ehering noch trug, obwohl Daddy so gemein zu uns war? Erinnerst du dich wirklich an nichts von alldem?«

KAPITEL ACHTUNDSIEBZIG

BEX

Der Boden scheint mir entgegenzukommen.

Mums Stimme war hypnotisch sanft gewesen, doch seit sie aufgehört hat zu sprechen, dreht sich alles in meinem Kopf, und ein heißer, stechender Schmerz bohrt sich in meine Augenhöhlen.

Der gleiche Schmerz, der mich schon seit Wochen und Monaten verfolgt. Der Schmerz, vor dessen Heftigkeit ich die Augen zusammenkneifen muss, nur um dann von Bildern begrüßt zu werden, die ich nicht sehen will. Szenen, die ich noch nie verstanden hatte.

Doch als ich diesmal die Augen schließe, ist es so, als hätte jemand die Schleusen geöffnet. Die Erinnerungen scheinen mich buchstäblich zu überschwemmen – schneller, sauberer, klarer, als sie je zuvor gewesen sind.

Ich bin in einem Pub, sitze allein an einem Tisch in einer Ecke und mit einem unberührten Glas Limonade vor mir. Ich bin das einzige Kind im Raum. Das einzige Mädchen. Die Mittagssonne strömt durch die Fenster herein, um den grauen Dunstschleier zu betonen, der über unseren Köpfen hängt wie Fetzen einer Zirruswolke. An meinem Herzen nagt die Sehnsucht, meine Mum zu sehen, und nährt meine Furcht, dass Dad mich vielleicht nie wieder zu ihr nach Hause bringen wird. Dass ihr etwas Schlimmes zustoßen könnte, während wir fort sind, oder dass sie vielleicht für immer fortgehen und mich nicht mitnehmen wird. Da ist das tief greifende, instinktive Wissen, dass ich bei ihr in Sicherheit bin, aber nicht bei ihm.

Und dort, in der gegenüberliegenden Ecke des Raumes, in der einen Hand ein Bierglas, in der anderen eine Zigarette, sitzt mein Dad. Seine Gesichtszüge sind plötzlich viel deutlicher als in jeder anderen meiner Erinnerungen an ihn: das so adrette, glatt zurückgekämmte Haar, die schmale, spitze Nase, die röter ist als der Rest seines Gesichts, die geplatzten Äderchen, die seine Haut überziehen wie ein kunstvolles Geflecht. Die schmalen Augen, die sich verengen können, bis sie fast geschlossen sind, die einen in bestimmten Situationen wie bei Streitereien aber trotzdem noch genau beobachten, wie ich sehr gut weiß. Der schicke Anzug, die perfekt gebundene Krawatte und die tadellos geputzten Schuhe. Ein Bild der Achtbarkeit. Stets ein Bild der Achtbarkeit, mein Dad.

Und immer diese Kälte in meinen Füßen ... Selbst im Haus sind sie so kalt, als liefe ich mitten im Winter barfuß über den Rasen. Ständig habe ich das Gefühl, so vollkommen durchgefroren zu sein, dass mir nie, nie wieder warm werden würde. Und wenn ich etwas sage, schreit Dad mich an: *Zieh dir noch einen Pullover über, wenn dir kalt ist. Und hör verdammt noch mal mit dem Gejammer auf!*

Und dann diese andere Erinnerung, wie Mum und ich gemütlich auf dem Sofa sitzen und fernsehen, bis ich plötzlich spüren kann, wie ihr ganzer Körper sich versteift, als das Geräusch eines Schlüssels in der Eingangstür die bis dahin so friedliche Atmosphäre im Haus zunichtemacht. Wie sie mich noch fester an sich zieht und ihren Kopf auf meinen legt, als könnte sie mich so vor seiner Gegenwart abschirmen und beschützen. Ich erinnere mich, dass ich ihre Angespanntheit spüre, sie mir aber in den wenigen Sekunden, bevor Dad ins Zimmer kommt, nicht erklären kann. Und dann dieser Geruch, den er mitbringt!

Ein Geruch wie von dickem, nährstoffreichem Torf. Kräftig, intensiv und unheilvoll.

Warum zum Teufel ist sie noch nicht im Bett?

Warum macht ihr beide ein Gesicht wie sieben Tage Regenwetter?

Was ist das für ein Mist, den ihr euch anseht?

Jedes Mal erfüllt eine Litanei von grundlosen Beschimpfungen den Raum, die mir kaum noch Luft zum Atmen lässt.

Ich weiß, dass ich ihn nicht anschauen darf, wenn Mum mich aufhebt und aus dem Zimmer und die Treppe hinaufträgt, um mich zu Bett zu bringen. Aus bitterer Erfahrung weiß ich, dass ich seinem wütenden Blick auf keinen Fall begegnen darf, weil das zu nur noch mehr bösen Worten und Beschimpfungen führen würde.

Im Bett ziehe ich mir die Daunendecke bis über den Kopf, um die Geräusche, die durch die Spalten in den Dielen zu mir heraufdringen, nicht hören zu müssen. Das Geschrei. Das Weinen. Das schon vertraute Geräusch von zerbrechendem Glas oder anderem Geschirr auf den Fliesen. In der Hoffnung, dass es umso schneller vorbei sein wird, je weniger Raum ich in der Welt einnehme, rolle ich mich unter der Decke zusammen und mache mich so klein wie möglich.

Eine andere Erinnerung ist die, dass ich hinter einem Wald fremder Beine auf der Straße stehe und mir den Hals verrenke, um durch die Lücken einen Blick auf das zu erhaschen, was sie da so angestrengt vor mir verbergen. Schließlich schaffe ich es, ein Rinnsal von Blut zu sehen, dessen Anblick mir jedoch sogleich den Magen umdreht. Und dann, Sekunden bevor jemand meine Hand ergreift und mich wegführt, schaue ich noch einmal hin, und im selben Moment teilt sich die Menge, und dort auf dem Boden, mit dem Kopf in einer Blutlache, liegt mein Dad und lacht.

Die Erinnerungen werden wieder wach, und es sind meine, unbestreitbar meine, doch ich will sie nicht. Sie sollen wieder dorthin zurückkehren, wo sie sich in den vergangenen dreiunddreißig Jahren verborgen gehalten haben.

Mir ist, als schaute ich zu, wie mein Leben langsam außer Sicht verschwindet.

Ich öffne die Augen und sehe Mum an. Am liebsten würde ich ihr kein Wort glauben und ihr sagen, dass sie sich das alles nur ausdenkt und Dad nichts von alldem je getan hätte. Aber diese Erinnerungsfragmente in meinem Kopf lassen mir keine Ruhe und machen jede Möglichkeit zunichte, mich an die Illusion zu klammern, die ich in den vergangenen drei Jahrzehnten mit Mums Hilfe erzeugt hatte.

»Warum hast du es mir nicht gesagt? Warum um alles in der Welt hast du es geheim gehalten? Warum hast du mich in all den Jahren eine Lüge glauben lassen?«

»Ich habe nur getan, was ich für das Beste für dich hielt, Rebecca. Du weißt, dass ich niemals etwas täte, um dir wehzutun, und dich auch nie mit Absicht durcheinanderbringen würde. Ich wollte nur nicht, dass all die schrecklichen Dinge, die geschehen waren, dich genauso quälten und verfolgten, wie sie mich in all diesen Jahren gequält haben.«

Eine Welle ungläubiger Wut steigt in mir hoch.

»Du wolltest nicht, dass ich unter den Erinnerungen *litt?* Was glaubst du denn, woher all diese fürchterlichen Kopfschmerzen und Rückblenden in meiner Kindheit kamen? Du hast mich in dem Glauben gelassen, mit mir stimmte etwas nicht, etwas *Körperliches*, obwohl du die ganze Zeit gewusst hast, weswegen ich diese Beschwerden hatte. Wie konntest du mir das nur antun? Wie konntest du deinem eigenen Kind so etwas antun?«

Ich springe auf und beginne, im Zimmer auf und ab zu tigern wie ein Tier in einem Käfig, aber ich bin nicht auf der Suche nach einer Fluchtmöglichkeit, sondern nach Antworten. Mum sitzt leise weinend in ihrem Sessel, und ihre Augen flehen mich an, mich wieder hinzusetzen, ihr zu verzeihen und Verständnis für etwas zu haben, wovon sie glaubt, es verdiente mein Verständnis.

»Ich wollte dich *beschützen*, Rebecca. Kannst du das nicht verstehen? Nach all der Gewalt und den Misshandlungen wollte ich dich nur beschützen. Natürlich wollte ich nicht, dass du dich daran erinnerst. Warum sollte *irgendeine* Mutter wollen, dass ihr Kind sich an derartige Dinge erinnert? Du würdest das Gleiche doch auch für Jacob tun, oder etwa nicht?«

»Wage es nicht, Jacob ins Spiel zu bringen. Das hier hat *nichts* mit ihm zu tun. Es betrifft nur *dich* und *deine* Lügen. Was dachtest du, was heute Morgen geschehen würde, Mum? Dachtest du, ich würde mir deine Geschichte anhören, sie einfach so hinnehmen und dir sagen, dass du dir keine Sorgen machen sollst, weil es mir nichts ausgemacht hat und ich auch nicht total empört darüber war, dass du mich mein Leben lang belogen hast? Ich verstehe einfach nicht, was du glaubtest, was geschehen würde?«

Mum sagt gar nichts, und ihr aufreizendes Schweigen macht mich rasend.

Es erinnert mich plötzlich an den Ausdruck, der auf ihrem Gesicht erschien, wann immer ich ihr Fragen nach meinem Dad stellte, als ich ein kleines Mädchen war. Gewöhnlich sagte sie dann all die richtigen Dinge und klang auch so, als beantwortete sie meine Fragen, doch ihr Ton war immer der falsche, und auch ihre Mimik passte nicht zu ihren Worten. Es war jedes Mal so, als rezitierte sie etwas, das sie selbst nicht glaubte. Damals verstand ich das nicht und konnte mir auch nicht erklären, warum diese Zwiespältigkeit so befremdlich war. Warum diese Lücke in unserem Leben, die mein Dad einmal ausgefüllt hatte, heute ein verbotenes Territorium war. Schließlich lernte ich, keine Fragen mehr zu stellen und die Lücken in meiner Familiengeschichte mit der Fantasie eines perfekten, idealisierten Vaters auszufüllen. Mit einer Fantasie, die zu berichtigen Mum bis heute nie für nötig gehalten hatte.

»Ich verstehe dich nicht, Mum. Beim besten Willen nicht. In all diesen Jahren hast du andauernd davon geredet, wie sehr du wünschtest, wir würden uns näherstehen. Trotzdem hast du mir all *das* die ganze Zeit verschwiegen. Wie in Gottes Namen hätten wir uns je näherkommen sollen mit dieser unüberwindlichen Mauer der Heimlichkeiten zwischen uns? Wie hätten wir je so etwas wie eine echte Beziehung zueinander aufbauen können, nachdem du eine ganze Kindheit für mich erfunden hattest? Ich verstehe nicht, was du dir dabei gedacht hast, Mum.«

Meine Stimme bricht, und ich flehe sie an durchzuhalten, und wenn auch nur vorübergehend.

»Natürlich wollte ich dir nahestehen, Liebes. Ich wollte es mehr als alles andere auf der Welt, das weißt du. Es tut mir leid, dass ich es so falsch gemacht habe, und es tut mir leid, dass du jetzt so zornig bist. Aber du musst mir glauben, dass ich nur getan habe, was ich für das Beste hielt. Was ich für das Beste für *dich* hielt, Rebecca.«

»Wie könnte es das Beste für mich sein, mein Leben auf dem Fundament einer Lüge aufgebaut zu haben? Wenn du wüsstest, wie *idiotisch* ich mir vorkomme! Wenn ich bedenke, wie oft ich mit dir über Dad gesprochen habe und über all die winzigen Fragmente guter Erinnerungen, die ich hatte, und du immer nur gelächelt und genickt und mir mit keinem einzigen Wort widersprochen hast! All diese Jahrestage – die Geburtstage, die Hochzeitstage, Dads Todestag –, an denen ich dich buchstäblich wie ein rohes Ei behandelte, weil du dann immer so verstört wirktest. Was sollte *das* denn eigentlich? War das alles nur Theater mir zuliebe und hatte überhaupt nichts mit Trauer zu tun? Waren es vielleicht bloß Schuldgefühle mir gegenüber?«

Mum hebt abrupt den Kopf, und durch die Tränen in ihren Augen kann ich ihren Kummer sehen. Ich weiß, dass ich jetzt besser aufhören und gehen sollte, um mir Zeit zu nehmen, meine Gedanken zu ordnen. Doch das kann ich nicht. Ich muss alles hören, was es zu hören gibt.

»Aber Schatz, natürlich habe ich getrauert und dir nicht nur etwas vorgespielt. Es war grauenvoll, es all diese Jahre für mich zu behalten, einfach grauenvoll.«

»Und warum erzählst du es mir dann jetzt? Warum hast du es all diese Jahre geheim gehalten und lässt nun plötzlich die Bombe platzen?«

KAPITEL NEUNUNDSIEBZIG

JUDITH

Sie müsste es eigentlich wissen. Oder sich doch zumindest denken können, warum ich es ihr heute sage. Es ist beinahe so, als spornte sie mich an, es auszusprechen und ihr damit eine Rechtfertigung für ihren Zorn zu geben.

»Du weißt, warum ich es dir jetzt erzähle, Liebes. Weil ich nicht will, dass du die gleichen Fehler machst wie ich und womöglich in der gleichen Situation landest wie ich damals. Ich will nicht, dass du dich allein und hilflos fühlst, was Davids Trinkerei angeht.«

Meine Worte hängen zwischen uns in der Luft, und ich merke, wie beklommen ich den Atem anhalte und auf Rebeccas Ausbruch warte.

»Ach, rede doch keinen Unsinn, Mum! Es gibt keine Ähnlichkeiten zwischen deiner und meiner Lage! David ist kein prügelnder Alkoholiker, der seine Frau misshandelt und seine Familie terrorisiert. Er trinkt nur manchmal ein bisschen, um sich zu entspannen und abzureagieren. Aber er ist ganz und gar nicht so wie Dad.«

Sie hat mit so viel Nachdruck und Überzeugung gesprochen, dass ich für einen Moment versucht bin, ihr zu glauben. Aber dann huscht ein Anflug von Zweifel über ihre Augen, und mein Gefühl sagt mir, dass ich völlig recht habe.

»Schatz, dein Dad war Alkoholiker. Und David ist es auch. Nach so vielen Jahren des Zusammenlebens mit einem kenne ich die Anzeichen. Ich weiß, dass du das nicht hören willst, doch es muss sein, Rebecca. Ich behaupte gar nicht, dass David genauso schlimm ist, wie dein Dad es war. Ich weiß, dass David in vielen Dingen sehr liebevoll, freundlich und rücksichtsvoll ist. Aber das bedeutet noch lange nicht, dass er kein Alkoholproblem hat. Es gibt verschiedene Arten von Trinkern, und ein funktionierender Alkoholiker ist immer noch ein Alkoholiker.«

Ich habe es geschafft, einen ruhigen Tonfall beizubehalten, um nicht die Angst zu verraten, dass sie sich weigern könnte zuzuhören.

Oder meinen Zorn darüber zu verraten, dass ich es nicht schon früher gesehen habe. Oder meine Wut auf David, weil er ihr wehgetan hat. Die Wut, dass ich sie all die Jahre so nahe bei mir behalten und ich trotzdem die Gefahr direkt vor unseren Augen übersehen habe.

»Ganz im Ernst, Mum. Das hier geht dich *überhaupt* nichts an. Versuch nicht, von dem abzulenken, was *du* getan hast, indem du dich in Dinge zwischen David und mir eingemischt hast, die dich *gar nichts* angehen.«

Sie ist so aufgebracht, dass meine innere Stimme mir rät, besser nichts zu erwidern. Ich sollte ihr Zeit geben, sich zu beruhigen und einzusehen, dass ich nur versuche, ihr zu helfen. Aber das kann ich nicht. Ich kann sie nicht zu David zurückgehen lassen, ohne wenigstens zu versuchen, sie dazu zu bringen zu verstehen.

»Natürlich gehen sie mich etwas an. Schließlich bist du meine *Tochter*, die ich liebe. Dein Glück und deine Sicherheit sind das Wichtigste der Welt für mich. Natürlich mache ich mir Sorgen um dich – um dich *und* Jacob –, wenn ich weiß, dass David zu viel trinkt. Deshalb ist Jacob ja auch weggelaufen, nicht? Irgendetwas ist gestern mit David vorgefallen, das den Jungen zum Weglaufen veranlasst hat.«

Rebecca schüttelt den Kopf, aber sie wagt es nicht, mir in die Augen zu sehen, und mein Magen verkrampft sich.

»*Bitte*, Rebecca. Bitte schau mich an und hör mir zu. Ich sage nichts von alldem, um dir wehzutun. Du weißt, wie gern ich David habe. Ich habe ihn immer schon gemocht. Aber du musst verstehen, wie besorgt ich bin und dass ich dich nur in Sicherheit und glücklich sehen will. Und wenn David ein sehr starker Trinker ist, kannst du weder das eine noch das andere sein. Ich weiß nicht, wem oder was er damit zu entfliehen versucht, doch ich weiß sehr wohl, dass die Antwort nicht auf dem Boden einer Flasche zu finden ist. Und ich bin sicher, dass es nur schlimmer werden wird, wenn du nicht dagegen angehst. Es ist eine Krankheit, Liebes. Eine Sucht. Aber es ist keine Frage der Willenskraft, als könnte David einfach nur einen Schalter betätigen, um der Sache ein Ende zu bereiten. So einfach ist das nicht. Ich dachte, ich könnte deinem Dad helfen, sein Trinken unter Kontrolle zu halten. Ich dachte sogar, ich könnte helfen, ihn von seiner Sucht zu heilen. Aber ich konnte beides nicht, und du wirst es auch nicht können, egal, wie sehr du es dir auch wünschst. Du kannst David nicht vor seinem Alkoholmissbrauch beschützen. Doch du kannst Jacob und dich selbst beschützen.«

Ich erhebe mich aus meinem Sessel und gehe zum Fenster hinüber, vor dem Rebecca steht und mit unbewegter Miene in die Welt draußen hinausstarrt. Als ich ihre Hand nehme und sie ein wenig drücke, tue ich es in der Hoffnung, sie damit an die Tausende von Malen zu erinnern, bei denen ich ihre Hand hielt, als sie noch ein kleines Mädchen war. Ich kann nur hoffen, ihr damit klarzumachen, dass ich nie etwas anderes gewollt habe, als sie zu umsorgen, auf sie aufzupassen und alles zu tun, um sie glücklich zu machen. Und ich wünsche mir, dass es einiges dazu beitragen wird, die Distanz zwischen uns zu verringern, damit wir eines Tages wieder zueinanderfinden.

Für ein, zwei Sekunden erlaubt sie mir die vertraute Berührung, und eine leise Hoffnung keimt in mir auf.

Aber dann entzieht sie mir die Hand, wendet sich ab und geht in Richtung Tür, wo sie mir einen letzten Blick zuwirft. In ihrem Gesicht kann ich die Wut, den Schmerz und die Ablehnung sehen, und mein Herz verkrampft sich von dem Wissen, dass sie mir vielleicht nie verzeihen wird.

»Rebecca! *Bitte.* Bitte geh noch nicht.«

Doch sie ignoriert meine Bitte und geht weiter, verlässt das Wohnzimmer und tritt in die Diele hinaus. Wenig später höre ich, wie die Haustür hinter ihr ins Schloss fällt.

Ich schaue Rebecca nach, als sie die Straße hinunterstürmt, und das Echo der zuknallenden Tür hallt in meinen Ohren wider, bis Rebecca um die Ecke biegt und nicht mehr zu sehen ist.

Ich lasse mich auf die Armlehne des Sessels fallen, als die ersten heißen Tränen über meine Wangen strömen. Im Geiste wiederhole ich immer wieder unsere Unterhaltung und frage mich, ob ich irgendetwas hätte anders machen können, um ein anderes Ergebnis zu erzielen. Und dafür zu sorgen, dass sie noch geblieben wäre.

All diese Jahre habe ich befürchtet, Rebecca zu verlieren, wenn ich ihr die Wahrheit sage. Wie oft habe ich den Bruch in unserer Beziehung gespürt und nur allzu gut gewusst, was ihn verursacht hat! Und trotzdem war es mir wichtiger als alles andere, sie vor einer Vergangenheit zu beschützen, von der ich befürchtete, dass sie verheerende Auswirkungen auf Rebecca haben könnte.

Erst jetzt ist mir so richtig klar geworden, dass es nicht die Wahrheit ist, die Rebecca nicht ertragen konnte, sondern die ihr vorausgegangenen Lügen.

Ich sehe wieder ihr Gesicht vor mir: den Schmerz, die Wut und das Gefühl, hintergangen worden zu sein. Mein Magen verkrampft sich von der Erkenntnis, dass ich es wieder einmal geschafft habe, alles schrecklich und unverzeihlich falsch zu machen.

Von all dem Kummer, den ich in meinem Leben erfahren habe, ist die Entfremdung von Rebecca das Einzige, wovon ich mich mit Sicherheit nie erholen werde.

Und nun ist alles still im Haus.

Ich setze mich in meinen Sessel, weil ich nicht aufhören kann zu weinen, und frage mich, ob das Haus je wieder von Rebeccas und Jacobs Stimmen erfüllt sein wird.

KAPITEL ACHTZIG

BEX

Meine Brust wird beim Laufen eng, und mir ist, als stiege Säure durch meinen Körper auf, die mir die Kehle zu verbrennen droht.

Trotzdem renne ich den ganzen Weg zum Highgate Cemetery, obwohl ich weiß, dass ich eigentlich Jacob abholen müsste. Aber mir ist auch klar, dass ich das noch nicht kann, weil ich mich in diesem Zustand nicht meinem Jungen zeigen darf.

Auf dem Friedhof spaziere ich zwischen den Grabsteinen herum und dringe immer tiefer in das Labyrinth von Gräbern ein, weil ich das Bedürfnis habe, mich in der Vergangenheit anderer Leute zu verlieren. In dem Kummer, den andere Menschen hinterlassen haben. Aber so weit ich auch gehe, scheine ich den dichten Nebel des Wissens, der mir so schwer auf der Seele liegt, doch nicht loswerden zu können.

Mein Leben lang hatte ich das Gefühl, dass mit mir etwas nicht stimmte. Dass mir etwas fehlte. Irgendetwas, das andauernd verrutschte und mich von der Gegenwart abkapselte. Es waren nicht nur die Rückblenden, sondern sehr viel mehr als das. Wie das Gefühl, nicht sicher verankert zu sein. Oder das Gefühl, dass ich versehentlich aufs Meer hinaustreiben und nie wieder nach Hause zurückfinden würde, wenn ich mich zu weit vorwagte.

Und jetzt weiß ich endlich auch, warum. Jetzt weiß ich, dass das Fundament, auf dem mein Leben erbaut ist, nicht tiefer als bis zu der allerobersten Schicht lockeren Bodens reicht.

Als mein Ärger nachzulassen beginnt, ist es Schock, was

zurückbleibt: der Schock mitanzusehen, wie die Vergangenheit sich vor meinen Augen verändert. Der Schock, alles neu einordnen zu müssen, was ich über mein Leben zu wissen glaubte: über Mum, über Dad, über meine Kindheit. Über einfach *alles* in meiner Vergangenheit.

Und auch über alles in meiner Gegenwart. Denn eines wird mir plötzlich bewusst: Wenn ich mich auf die Geschichte meiner Kindheit nicht verlassen kann, kann ich mich auch unmöglich auf eine der Entscheidungen, die ich seither traf, verlassen.

Denn wie kann ich wissen, wer ich heute sein will, wenn ich nicht weiß, wer ich früher einmal war?

Ich nehme mein Telefon heraus und öffne die Bildergalerie, um mir Fotos von Jacob, David und uns dreien anzusehen. Wie glücklich wir auf allen aussehen! Wie der Inbegriff einer perfekten Familie. Ich frage mich, ob es je vergleichbare Fotos von mir und Mum und Dad gegeben haben mag – Bilder, die ein ähnlich glückliches Familienleben zeigen. Einer glücklichen Familienlüge.

Und während ich die Hunderte von Familienfotos durchscrolle, gibt auf einmal etwas in mir nach, und in meiner Brust kann ich das stille Brechen meines Herzens spüren und werde von der Furcht ergriffen, dass es vielleicht nie wieder ganz verheilen wird. Die Tränen, die ich bei Mum zurückgehalten hatte, fallen nun, und ich kann den Widerhall meines Schluchzens zwischen den Grabsteinen hören. Ich weiß nicht, ob ich um meine Ehe trauere, um meine Familie oder um die Ungewissheit, was die Zukunft bereithält. Oder ob ich um meine Mum und alles, was sie durchgemacht hat, trauere, und um die tiefe Kluft der Geschichte, die zwischen uns beiden liegt.

Oder ob ich meinem Dad nachtrauere. Dem Vater, den ich nie wirklich gekannt habe. Dem Dad, den ich stellvertretend für ihn erfunden habe; dem *guten* Dad, den ich so gern gehabt hätte.

Mein Körper wird von Schluchzern geschüttelt, bis ich keine Tränen mehr habe. Bis meine Kehle rau ist vom Schluchzen und meine Rippen wund sind. Bis der ganze Schock, die Trauer und der Verlust vorerst verbraucht sind und ich nichts mehr zu geben habe.

Ich wische mir das Gesicht am Ärmel meines Mantels ab und hinterlasse lange Streifen Salzwasser auf dem Stoff an meinem Unterarm. Dann ziehe ich ein altes Papiertaschentuch aus meiner Jackentasche, um mir die Nase zu putzen. Das Geräusch unterstreicht nur noch die Stille, die mein Kummer hinterlassen hat.

Und schließlich beginne ich den Rückweg über den Friedhof, an den Gräbern vorbei wie vorher schon, aber dieses Mal zurück zu Jacob. Weg von der Vergangenheit und auf das zu, was die Zukunft bereithalten mag.

KAPITEL EINUNDACHTZIG

BEX

Die Hitze des Bechers brennt in meinen Handflächen, aber ich stelle ihn nicht ab, weil es irgendwie tröstlich ist, etwas so Normales zu verspüren.

Ich stehe in der Küche und blicke in das Großraumbüro hinaus, wo alle mit gesenktem Kopf an ihren Schreibtischen sitzen und sich mit montagmorgendlichem Schwung an die Arbeit machen.

Ich dagegen bin schon seit fast zwei Stunden hier und habe bisher nicht einmal einen Stift in die Hand genommen. Aber wie soll ich mich auch konzentrieren, wenn mir die Ereignisse der letzten achtundvierzig Stunden schier unablässig durch den Kopf gehen?

In gewisser Weise ist es einfacher, darüber nachzudenken, was gestern Nachmittag geschah, nachdem ich Jacob bei Melissa abgeholt hatte und wir zu David nach Hause gegangen waren. Weil es leichter ist, sich auf das zu konzentrieren, was nicht gesagt worden war, als auf das Gesagte.

Ich habe David nichts erzählt – weder den wahren Grund für Jacobs Verschwinden noch das, was danach bei Mum geschehen war. Wie soll man seinem Ehemann auch nur ansatzweise beibringen, dass sein Sohn von zu Hause fortgelaufen war, weil er glaubte, sein Dad sei nicht sein wahrer Vater? Wie sagt man seinem Ehemann – oder wem auch immer –, dass alles, was man über seine eigene Vergangenheit zu wissen glaubte, sich als falsch und unwahr erwiesen hat?

Wie justiert man das Prisma, durch das man bisher seine

ganze Familiengeschichte betrachtet hat? Oder wie beurteilt man Entscheidungen, die man einmal getroffen hat, mit den Augen der Person, die man gerade erst in sich entdeckt hat, statt mit denen der Person, für die man sich vierzig Jahre lang gehalten hat?

Woher soll man wissen, wo man überhaupt beginnen soll?

Statt miteinander zu reden, sind David und ich nach meiner Rückkehr umeinander herumgeschlichen wie in unserem eigenen Haus herumspukende Gespenster. Jacob und ich haben Kuchen gebacken, ein Lego-Flugzeug gebaut und in seinem Zimmer ein kompliziertes Schienennetz für seine Eisenbahn verlegt. Wir hielten uns beschäftigt. *Ich* hielt uns beschäftigt, weil ich alles getan hätte, um zu vermeiden, dass sich eine Lücke öffnete, die keiner von uns zu füllen wüsste. Unterdessen blieb David stets in unserer Nähe und versuchte, sich uns anzuschließen. Doch jedes Mal musste er aufs Neue entdecken, dass er sich selbst die Tür zu dieser Möglichkeit verschlossen hatte.

Am Abend, nachdem ich Jacob zu Bett gebracht hatte, versuchte David, mit mir zu reden. Aber ich hatte nicht mal Müdigkeit vorschützen oder mir eine Ausrede ausdenken müssen, um ihm aus dem Weg zu gehen. Bis zum Abend war ich tatsächlich kaum noch in der Lage, einen zusammenhängenden Satz zu äußern, geschweige denn, irgendwelche sinnvollen Überlegungen zu den Geschehnissen hervorzubringen.

Zu all dem, was geschehen war.

Ich habe das Gefühl, als wäre die Welt auf den Kopf gestellt worden. Als wüsste ich nicht mehr, was real ist und was nicht. Oder wem oder worauf ich vertrauen kann oder nicht.

Denn wie soll ich der Architektur meines Lebens vertrauen, wenn die Fundamente, auf denen es erbaut ist, dermaßen zerbrechlich sind?

Ich schlucke ein paar Mal heftig gegen die wachsende Angst, die mir die Kehle zuzuschnüren droht, und trinke noch einen Schluck Tee, um sie in Schach zu halten.

»Guten Morgen! Drückst du dich etwa jetzt schon vor der Arbeit? Das ist kein guter Wochenanfang, Bex.«

Ich brauche einen Moment, um die Stimme mit Gil in Verbindung zu bringen und mein Augenmerk auf sein Gesicht zu richten. Ich versuche auch, ihn anzulächeln, doch ich kann spüren, wie schwach das Lächeln ist.

»Alles in Ordnung, Bex? Nimm es mir nicht übel, aber du siehst nicht so aus, als ginge es dir gut.«

Ich schüttle den Kopf und gebe mir alle Mühe, ein wenig aufrichtiger zu lächeln. »Doch, doch, mit mir ist alles in Ordnung, Gil, danke.«

Er sieht mich gerade lange genug an, um mir zu signalisieren, dass er mir kein Wort glaubt. Aber er sagt nichts mehr und beginnt, Kaffee aufzubrühen, statt mich mit Fragen zu bedrängen.

»Entschuldige, doch das war gelogen, Gil. In Wahrheit geht's mir gar nicht gut. Ich habe einige private Probleme mit ... Familienkram. Mit einer Menge Familienkram. Und das lenkt mich ziemlich ab.«

Er dreht sich um, aber sein Gesichtsausdruck verrät mir nichts. Kein morbides Interesse und nicht mal einen Funken Neugierde.

»Möchtest du darüber reden?«

Ich schüttle den Kopf. »Danke, Gil, doch ich wüsste nicht mal, wo ich beginnen soll.«

In der entstandenen Stille zischt die Kaffeemaschine und spuckt eine schwarze Flüssigkeit in Gils Patrick-Caulfield-Becher.

»Aber es ist schon komisch, nicht, dass man glaubt, man

wüsste alles über die Menschen, die einem am nächsten stehen, und dann eines Tages plötzlich erkennen muss, dass man so gut wie gar nichts weiß?« Die Worte entschlüpfen mir, bevor ich es verhindern kann.

Gil wendet sich mir wieder zu und schaut mich an, und es liegt ein Einfühlungsvermögen in seinem Blick, das mir plötzlich das Gefühl gibt, schutzlos, entblößt und angreifbar zu sein. Als wüsste er bereits alles, obwohl ich ihm bisher kaum etwas erzählt habe.

»Meiner eigenen Erfahrung nach ist der einzige Mensch, den man wirklich kennen muss, man selbst. Alle anderen werden uns immer ein bisschen rätselhaft bleiben.«

Meine Kehle zieht sich zusammen, und ich kann Tränen hinter meinen Augenlidern spüren, die ich unauffällig wegzublinzeln versuche, bevor sie mir über die Wangen rollen können.

»Hey, entschuldige bitte, Bex! Ich wollte dich nicht aufregen, sondern nur ein bisschen hilfreich sein. Tut mir wirklich leid.« Gil beugt sich vor und streicht beruhigend über meinen Oberarm.

»Es hat nichts mit dir zu tun. Aufgeregt war ich ohnehin schon. Es ist nicht deine Schuld, ganz ehrlich nicht.«

Wir lächeln beide, tauschen das verlegene Lächeln zweier sich noch relativ fremder Menschen aus, die in einen unerwartet intimen Moment hineingeraten sind.

Eigentlich habe ich nicht vor, noch mehr zu sagen. Aber irgendwie tut mir allein schon die Anspielung auf das Problem so gut, dass ich schließlich nicht mehr aufhören kann.

»Es ist nur so, dass man von seinen Eltern doch eigentlich erwartet, dass sie einem stets die Wahrheit erzählen, oder? Auch wenn die Wahrheit vielleicht nicht einfach ist. Doch irgendwie erwartet man von seinen Eltern, dass sie aufrichtig zu ihren Kindern sind.«

Kaum habe ich den Satz beendet, bereue ich ihn schon, weil alles realer und unbestreitbarer erscheint, sobald man es ausspricht.

»Bist du bei Jacob stets aufrichtig? Sagst du ihm immer die Wahrheit?«

»Natürlich tue ich das.«

Gil zieht halb amüsiert, halb zweifelnd eine Augenbraue hoch.

»Wirklich? Dann hast du ihm also beispielsweise gesagt, dass es den Weihnachtsmann und die Zahnfee gar nicht gibt? Oder dass er nicht zu der Geburtstagsparty eines Klassenkameraden eingeladen wurde, weil der Junge ihn nicht mag? Oder statt ihm zu sagen, dass er nicht in das Fußballteam aufgenommen wurde, weil er nicht gut genug ist, hast du ihm erzählt, dass der Trainer den anderen Jungs helfen muss, sich zu verbessern? Ich habe Izzy allein im letzten Monat bestimmt hundert Mal die Wahrheit vorenthalten, um sie nicht zu kränken. Wir alle erzählen unseren Kindern fromme kleine Lügen, wenn wir glauben, dass die Wahrheit ihnen wehtun könnte, oder nicht?«

Gils Stimme ist so ruhig und vernünftig, fest und voller Überzeugung.

Und ich werde plötzlich an all die kleinen Schwindeleien erinnert, die ich Jacob in den letzten sechs Monaten erzählt habe.

Wie meine Lüge nach der Schulaufführung, dass David nur müde und gestresst gewesen sei, statt Jacob die unübersehbare Wahrheit zu sagen, dass er total betrunken war. Oder meine Lüge, dass alle anderen in der Schule den Vorfall am Tag darauf vergessen haben würden. Oder die, dass David nie wieder etwas tun würde, was Jacob beschämen oder blamieren könnte – ein Versprechen, das erst vorgestern Abend schon wieder gebrochen wurde.

Und hinter diesen Lügen steht die lange Schlange anderer Unwahrheiten, die ich Jacob sein Leben lang erzählt habe. All die kleinen Lügen darüber, warum David nicht vor Jacobs Schlafenszeit nach Hause gekommen war, obwohl er es ihm versprochen hatte. All die Flunkereien über Davids Katerstimmungen, derentwegen er Jacob nicht zum Fußball bringen konnte. Oder all die Ausflüchte auf Jacobs Fragen, warum Daddy nach einem feuchtfröhlichen Lunch mit solch komischer, undeutlicher Stimme spricht oder weshalb er schlechte Laune hat oder laut schnarchend vor dem Fernseher liegt und schläft.

All diese kleinen Lügen, die ich Jacob allein aus dem Bedürfnis heraus aufgetischt habe, ihn vor Wahrheiten zu beschützen. Vor Wahrheiten, von denen ich befürchtete, dass sie ihn aufregen oder belasten würden.

So wie Mum es für mich tat.

Bei diesem Gedanken stockt mir der Atem, und ich muss mich zwingen, ein paar Mal tief durchzuatmen, um meine Lunge wieder mit Sauerstoff zu füllen.

»Du kannst mir ruhig sagen, dass ich den Mund halten und mich um meine eigenen Angelegenheiten kümmern soll, aber wenn ich eins als Elternteil gelernt habe, dann, dass es unmöglich ist, alles richtig hinzukriegen. Nicht immer jedenfalls. Wir alle wursteln uns bloß durch, so gut wir können, und improvisieren, ohne eine Ahnung zu haben, was dabei herauskommen wird. Wir versuchen nur, unseren Kindern genügend Liebe und Sicherheit zu geben, damit sie eines Tages allein mit der Welt zurechtkommen können. Ich weiß nicht, wie es bei dir ist, Bex, aber erst als ich selbst Vater war, lernte ich, meinen eigenen Eltern ihre Schwächen zu vergeben.«

Als Gil seine Erklärung beendet, ertappe ich mich dabei, dass ich das Prisma, durch das ich drei Jahrzehnte lang meine

Beziehung zu meiner Mum betrachtet habe, neu einstelle. Was ich plötzlich sehe, ist keine klammernde, überfürsorgliche Mutter mehr mit einem ungesunden Bedürfnis, in der Nähe ihrer Tochter und ihres Enkelsohns zu bleiben. Was ich sehe, ist keine schwache, unentschlossene Frau, die in ihrem Leben nicht viel zuwege gebracht und es nie geschafft hat, sich eine eigene, von ihrem Kind unabhängige Identität aufzubauen.

Mit geschlossenen Augen betrachte ich meine Mum erneut, und was ich sehe, ist eine Mutter, die alles in ihrer Macht Stehende getan hat, um ihr Kind vor schwerem Schaden zu bewahren. Eine Frau, die ihr ganzes Leben mit einem unvorstellbar schmerzlichen Geheimnis lebte und es geschafft hat, es zu überleben. Und eine Mutter, die ihr Leben der Aufgabe gewidmet hatte, Wahrheiten zu verbergen, von denen sie befürchtete, dass sie ihrer Tochter irreparable Schäden zufügen könnten.

Was ich sehe, ist eine Mutter, die mich mit leidenschaftlicher Hingabe geliebt hat und deren sämtliche Handlungen immer nur den einen Zweck hatten, mich zu schützen. Aus einem Instinkt heraus, den ich endlich verstehen kann, weil ich für Jacob genau das Gleiche tun würde ... oder jeden Tag für ihn *getan* habe, seit er geboren wurde.

Ich öffne die Augen wieder und merke, dass Gil mich über den Rand seines Kaffeebechers hinweg fragend ansieht. Aber ich schütte nur meinen Tee in die Spüle und drehe mich dann wieder zu ihm um.

»Tut mir leid, doch ich muss jetzt gehen, Gil, weil ich etwas Wichtiges zu erledigen habe.«

Die Dringlichkeit in meiner Stimme veranlasst ihn, mich ein wenig skeptisch anzusehen, aber er stellt mir keine Frage, dringt nicht weiter in mich. Und dafür bin ich ihm sehr dankbar.

»Nun, was immer es ist, ich hoffe, dass es dir gelingt. Und dass es dir danach ein bisschen besser geht.«

Ich drücke seinen Arm und lächle, teilweise, um ihn zu beruhigen, aber vor allem auch, weil ich mir zum ersten Mal in vierundzwanzig Stunden völlig sicher bin, was ich zu tun habe.

»Ich danke dir, Gil. Ganz im Ernst. Du warst mir eine größere Hilfe, als du dir vorstellen kannst.«

Und damit nehme ich meine Tasche und verlasse das Gemeinschaftsbüro, um mich auf den Weg zu einem Gespräch zu machen, das hoffentlich zu reparieren vermag, was in all den Jahren zerbrochen ist. Oder das zumindest ein erster Schritt in die richtige Richtung ist.

KAPITEL ZWEIUNDACHTZIG

BEX

Mum scheint überrascht zu sein, mich zu sehen, als sie die Tür öffnet. Überrascht und auch besorgt.

»Hi, Mum. Darf ich reinkommen?«

Mit einem etwas unsicheren Lächeln lässt sie mich herein – aber es ist ein warmes und wesentlich unkomplizierteres Lächeln, als ich ihr je zugetraut hätte.

Im Wohnzimmer setze ich mich auf das Sofa, weil ich nicht den gleichen Platz besetzen will wie beim letzten Mal, als ich hier war. Mum scheint das Gleiche zu denken und gesellt sich zu mir.

»Verzeih mir bitte, dass ich gestern so hinausgestürmt bin, Mum. Es war bestimmt nicht leicht für dich, mir das alles zu erzählen. Und es tut mir aufrichtig leid, dass ich dir nicht zugehört habe. Ich habe sogar schreckliche Gewissensbisse deswegen.«

Mums Augen füllen sich sogleich mit Tränen, sodass ich für einen Moment befürchte, dass sie weinen wird. Aber zum ersten Mal habe ich das Gefühl, dass es mich nicht stören würde, falls sie es tut. Dass es keine Belastung für mich sein wird. Und dass ich sogar die Gelegenheit begrüßen würde, sie zu trösten. Doch dann blinzelt sie die Tränen weg, bis es so ist, als wären sie niemals da gewesen.

»Du musst dich nicht entschuldigen, Liebes. Du hast dir überhaupt nichts vorzuwerfen. *Mir* tut es leid. *Ich* bin es, die dich um Verzeihung bitten muss, weil ich dich all diese Jahre im Ungewissen gelassen habe. Es tut mir leid, dass du dich so aufgeregt hast, aber es war ja auch ein schwerer Schock für dich. Ich habe immer gewusst, dass es nicht leicht sein würde, dir all das beizubringen oder den richtigen Moment dafür zu finden. Doch nach dem Vorfall mit Jacob … wenn ihm irgendetwas zugestoßen wäre, hätte ich es mir nie verziehen, dir dies alles nicht schon früher erzählt zu haben. Es tut mir leid, mein Liebes, wirklich sehr, sehr leid.«

Mums Stimme bricht bei den letzten Worten, und als ich sie in die Arme nehme und sie dort leise weint, kann ich nicht nur spüren, dass ihr Herz im gleichen Takt wie meines schlägt, sondern auch, wie sich die Distanz zwischen uns verringert und die Jahre der Unstimmigkeit in unserer neuen, bereinigten, gemeinsamen Geschichte untergehen.

Ich streichle ihr über das Haar und lasse sie weinen, doch selbst jetzt noch weint sie völlig lautlos, als wollte sie nicht zu viel Aufhebens um sich machen.

»Schon gut, Mum. Es wird alles wieder gut.«

Ich bin mir nicht mal sicher, ob ich daran glaube. Ich weiß nur, dass es wichtig ist, es ihr zu sagen und ihr zu helfen, es zu spüren. Sie zu beruhigen, dass ich sie nicht sich selbst und dem Trauma überlassen werde, das sie in all diesen Jahren für sich behalten hat.

Irgendwann beginnt sie, ruhiger zu atmen, und entzieht sich schließlich meinen Armen. »Tut mir leid, Liebes. Ich weiß nicht, woher das plötzlich kam.«

»Ich schon, Mum. Von den über vierzig Jahren, in denen du alles ganz allein in dich hineingefressen hast. Natürlich trifft es dich jetzt hart.«

Und da lächelt sie mit einer derartigen Erleichterung, dass ich mich zusammennehmen muss, um nicht auch in Tränen auszubrechen.

»Es muss nicht heute sein, Mum. Wir können reden, wann

immer du glaubst, dafür bereit zu sein. Aber ich habe Fragen an dich. Ziemlich viele Fragen, weil es noch so viel gibt, was ich noch nicht verstehe.«

KAPITEL DREIUNDACHTZIG

JUDITH

Rebeccas Stimme hat einen entschuldigenden Beiklang, doch das Einzige, was ich empfinde, ist Dankbarkeit.

»Natürlich, Liebes. Ich werde dir alles sagen. Alles, was du wissen willst. Frag mich ruhig jetzt gleich. Bitte.«

Rebecca zögert ein wenig, aber ich kann die Ungeduld in ihren Augen sehen, nun endlich alles zu erfahren.

»Wahrscheinlich möchte ich nur wissen, wie er war. Wie er *wirklich* war. Um zu verstehen, was vorging. Im Moment ist es so, als hätte ich zwei sehr widersprüchliche Bilder von ihm im Kopf – das des perfekten Dads, für den ich ihn immer gehalten habe, und das des schrecklichen Mannes, der er wirklich war, wie ich soeben erst herausgefunden habe. Aber irgendwie muss er doch auch nett gewesen sein, denn warum hättest du ihn sonst geheiratet?«

Oberflächlich betrachtet, klingt es wie eine sehr vernünftige Frage. Mein plötzlich schneller werdender Puls erinnert mich jedoch daran, dass es, was Philip angeht, keine einfachen Antworten gibt.

Und ich kann Rebecca an den Augen ansehen, dass sie etwas von mir hören möchte, das ihr die bittere Pille ein wenig versüßt. Und deshalb fange ich ganz am Anfang an.

»Natürlich hatte dein Dad auch gute Seiten. Er war charismatisch, charmant und erfolgreich. Als wir anfingen, miteinander auszugehen, war ich total verliebt in ihn, konnte aber ehrlich gesagt kaum glauben, dass auch er sich für mich interessierte. Vergiss nicht, dass ich erst achtzehn war, als wir uns kennenlernten, und noch dabei war, mein Abitur zu machen. Er dagegen war schon fünfundzwanzig, hatte in Durham studiert und arbeitete damals schon seit drei Jahren als Buchhalter in Brighton. Auf den ersten Blick war er perfekt.«

In meiner Erinnerung kehre ich spontan zu der Tanzveranstaltung zurück, bei der wir uns das erste Mal begegnet waren. Das war 1968 in Brighton gewesen, und ich trug an dem Tag ein geblümtes gelbes Minikleid, über das mein Dad stets missbilligend die Stirn runzelte, wenn ich es anzog. Natürlich war ich mit einigen Schulfreundinnen zu dem Tanz gegangen, und wahrscheinlich standen wir alle verlegen kichernd in irgendeiner Ecke herum und bildeten uns ein, schon sehr erfahren und mondän zu sein. Als Philip kam und fragte, ob er mich auf einen Drink einladen dürfe, errötete ich heiß. Er war so gut aussehend, so erwachsen, und er schien auf eine Art und Weise weltgewandt zu sein, wie wir es nur von sehr wenigen Männern kannten. Und natürlich sagte ich Ja zu seiner Einladung.

»Schließlich tanzten wir den ganzen Abend zusammen. Nach der Musik der Beatles, der Beach Boys, der Bee Gees ... Ich kann mich nicht erinnern, dass wir besonders anspruchsvoll waren. Er versorgte mich mit Sekt, bis ich nicht mehr wusste, ob mir der Kopf vor Verliebtheit schwirrte oder von dem Alkohol. Als er mich nach Hause brachte und sich vorbeugte, um mich zu küssen, bestand für mich kein Zweifel daran, dass ich den Kuss erwidern würde. Es war meine erste Lektion – auch wenn ich das damals noch nicht wusste –, dass Philip immer bekam, was er wollte.«

»Und wann veränderten die Dinge sich? Wann begannen sie schiefzugehen?«

Rebeccas Stimme ist sanft und diplomatisch, aber ich kann sehen, dass sie es unbedingt wissen will – und wissen muss.

Mein Magen verkrampft sich, als ich mir die Wochen vor unserer Hochzeit ins Gedächtnis rufe, die etwas über zwei Jahre nach dieser ersten Begegnung stattfand. Ich erinnere mich noch gut an meine Sorge, dass irgendetwas nicht ganz stimmte. Es war nichts, was ich benennen konnte, doch es genügte, um mir abends das Einschlafen zu erschweren. Im Nachhinein betrachtet, weiß ich heute jedoch sehr gut, was es war: das Gefühl, dass Philip gewissermaßen einen Balanceakt vollführte, und das unterschwellige Wissen, dass er jeden Moment abstürzen könnte. Es war halt nur so, dass er es nie tat, oder jedenfalls nicht vor unserer Heirat. Aber selbst wenn es so gewesen wäre, bezweifle ich, ob ich die Hochzeit noch abgesagt hätte. Dazu hatte ich mittlerweile schon zu viel in sie – und Philip – investiert. Als wir verlobt waren, hatte ich bereits meinen Studienplatz an der UCL, wo ich eigentlich Anglistik studieren wollte, aufgegeben, um bei Philip sein zu können. Ich hatte schon monatelang die Wut und Enttäuschung meiner Eltern über diese Entscheidung ausgehalten. Sie waren der Meinung, dass ich mein Leben wegwarf, und sagten es mir auch. Mit der Arroganz der Jugend lachte ich sie jedoch nur aus und stellte immer wieder klar, dass es schließlich mein Leben sei. Und außerdem sei ich doch glücklich. Ich hatte damals ja nicht wissen können, als wie vorausschauend ihre Worte sich erweisen würden. Heute jedoch wünschte ich, ich hätte es gewusst.

»Philip war schon immer anfällig für düstere Stimmungen und schlechte Laune, von Anfang an, als wir uns kennenlernten. Aber da er über Philosophie sprach und Gedichte las, führte ich es in meiner Naivität auf Intelligenz, Gedankenreichtum und Selbstbeobachtung zurück. Ironischerweise war gerade das ein Teil von ihm, zu dem ich mich ganz besonders hingezogen fühlte. Erst später wurde mir klar, dass ich intellektuelle Reflexion mit der guten alten Depression verwechselt hatte.«

Ich lächle und hoffe Rebecca zuliebe, dass es eher wehmütig als gequält aussieht.

»Aber das Trinken … die Gewalttätigkeit. Wann fing das an, Mum?«

Rebecca greift nach meiner Hand, und ich blicke auf unsere ineinander verschränkten Finger herab. Ihre Haut ist noch so jung, so jugendlich glatt, während meine schon alt und faltig ist.

»Er hat immer getrunken, jeden einzelnen Tag, seit ich ihn kannte. In meiner Dummheit hielt ich das für sehr erwachsen und mondän. Erst nachdem wir geheiratet hatten und zusammenlebten, bemerkte ich, wie sehr sich das Trinken auf seine Stimmung auswirkte. Dass der erste Drink ihn reizbar machte und der zweite noch viel mehr, bis der dritte, vierte oder fünfte ihn in eine tickende Zeitbombe verwandelte, die jederzeit explodieren konnte. Ich hatte noch nie jemanden so auf Alkohol reagieren sehen. Bis dahin hatte ich immer nur gewusst, dass er die Leute fröhlich und unbefangener machte und sie dann gern flirteten. Aber bei Philip war es, als veränderte sich seine ganze Persönlichkeit, sobald der erste Alkohol in seinen Blutkreislauf gelangte. Aus einem charmanten, aufmerksamen Mann verwandelte er ihn in jemanden, der geringschätzig, boshaft und verbittert war. Und je mehr er trank, desto mehr Macht schien diese Seite seiner Persönlichkeit über ihn zu gewinnen. Schließlich wurde er sogar schon in nüchternem Zustand handgreiflich.«

Seine Stimme drängt sich in meine Gedanken. Ich kann sie selbst nach all diesen Jahren noch sehr klar und deutlich hören. Die ständigen Beanstandungen, die negativen Kommentare, die allmähliche Vernichtung meiner Selbstachtung. Das alles ging so weit, bis meine Achtung vor mir selbst schließlich nicht mehr als Staub unter seinen Füßen war und ich sie mit aller Willenskraft der Welt nicht wieder hätte aufbauen können.

»Und wie war das mit der Gewalttätigkeit? Was tat er dann?«

Das ist schon das zweite Mal, dass sie danach fragt. Ich kann ihr nicht noch einmal ausweichen.

KAPITEL VIERUNDACHTZIG

BEX

Meine innere Stimme rät mir, Mum nicht zu bedrängen. Sie erinnert mich daran, wie zerbrechlich sie ist und wie lange diese Geheimnisse in einem verbotenen Raum in ihrem Kopf eingeschlossen waren. Aber ich habe das Gefühl, dass ich so viele Dinge in der Gegenwart nicht einmal ansatzweise verstehen werde, bevor ich nicht die Geheimnisse der Vergangenheit enträtselt habe.

Mit dem Daumen streichle ich Mums Handrücken, um sie daran zu erinnern, dass ich hier bin. Dass wir es jetzt gemeinsam durchstehen werden. Dass sie nicht mehr allein mit alldem fertigwerden muss.

Das Lächeln, das sie mir schenkt, ist mir so schmerzhaft vertraut, dass mein Magen sich zusammenzieht, als ich es wiedererkenne. Ich habe dieses Lächeln schon so oft gesehen – und nicht nur auf Mums Gesicht, sondern auch auf meinem eigenen im Spiegel.

Es ist der Gesichtsausdruck einer Mutter, die um das emotionale Wohlergehen ihres Kindes bangt.

»Das erste Mal erlebte ich diese Gewalttätigkeit an unserem ersten Hochzeitstag. Es war ein Samstag, und ich hatte den ganzen Tag damit verbracht, ein besonderes Essen für Philip zuzubereiten. Es war Coq au vin, ein Gericht, das ich noch nie gekocht hatte. Deshalb kam ich mir sehr erwachsen dabei vor. Ich war ja erst einundzwanzig, und die meiste Zeit fühlte es sich für mich so an, als wäre Ehefrau zu sein eine Rolle, für die ich vorsprach, aber noch zu jung war, um sie zu erhalten. Na ja, jedenfalls muss ich mich wohl in der Ofentemperatur oder Zeit geirrt haben, weil ich es schaffte, den Hahn derart verbrennen zu lassen, dass er so aussah, als hätte ich vorgehabt, ihn einzuäschern. Ich konnte sofort sehen, dass Philip verärgert war, und weiß noch, wie ich versuchte, die Sache zu verharmlosen. Ich hoffte, dass wir uns mit Fish and Chips behelfen und über meinen Fehler lachen könnten. Nur hatte ich damals noch nicht gelernt, dass Scherze für Philip so etwas wie ein rotes Tuch für einen Stier waren, wenn er wütend war und ein paar Drinks gehabt hatte.«

Mom unterbricht sich, und ich kann das Zittern ihrer Hand in meiner spüren. Ich merke, dass ich den Atem anhalte und darauf warte, wie es weitergeht. Dabei bin ich mir gar nicht sicher, ob ich es wissen will, ungefähr so wie in den Momenten, die einer scheußlichen Szene in einem Horrorfilm vorangehen.

Oh, dann findest du es also lustig, uns den Hochzeitstag zu verderben? Das amüsiert dich wohl auch noch? Das war es, was er sagte. Ich kann ihn jetzt noch hören, besonders den gehässigen Tonfall seiner Stimme. Und ich sehe auch wieder vor mir, wie sein Ausdruck wechselt, bis er nicht einmal mehr wie Philip, sondern wie eine grausame Karikatur von ihm aussieht. Wie eine Karikatur, die mir Angst macht. Das höhnische Grinsen, zu dem seine Oberlippe sich verzieht, die schmalen Schlitze, zu denen seine Augen sich verengen, und der blanke Hass, der ihm im Gesicht geschrieben steht. Ich erinnere mich, mich bei ihm entschuldigt zu haben, weil ich naiverweise glaubte, dass der Abend noch zu retten sei. Philips Reaktion war so völlig anders, als ich es je zuvor bei ihm erlebt hatte. Deshalb dachte ich, ich könnte ihn wieder milde stimmen, wenn ich nur die richtigen Worte und die richtige Verhaltensweise fand. Und so ging ich zu ihm hinüber und legte die Arme um seine Taille und den Kopf an seine Brust, um ihn daran zu erinnern, dass er mich liebte. Aber er riss sich mit einer einzigen schwungvollen Bewegung von mir los, stieß mich weg und schlug mich ins Gesicht. Dabei sah er mich so böse an, als hätte ich es verdient. Als wäre dies alles meine Schuld. Und dann stürmte er hinaus. Ich weiß noch, wie ich dort stand und fast nicht glauben konnte, dass dies tatsächlich geschehen war. Es fühlte sich ein bisschen so wie eine außerkörperliche Erfahrung an – als schwebte mein wahres Ich unter der Zimmerdecke und beobachtete, wie diese Frau, die wie ich aussah, in der Stille nach Philips Abgang dastand, sich die Wange hielt und sich keine Mühe mehr gab, ihre Tränen zurückzuhalten. Ich hatte überhaupt nicht das Gefühl, als geschähe all das wirklich mir. Erst viel später begriff ich, dass meine Reaktion nur eine Art von Selbstschutz war. Dass meine emotionale Distanzierung von der Person, der Philip diese Dinge antat, der einzige Weg war, sie zu überleben.«

Mums Stimme ist die ganze Zeit so fest geblieben, dass ich mich frage, ob sie ihre Geschichte nur erzählen kann, wenn sie den gleichen Ansatz wählt, wie sie es vor all diesen Jahren tat: ihre Geschichte so zu erzählen, als wäre sie die einer anderen Frau.

Meine Gedanken kehren spontan zu der vorletzten Nacht zurück, zu Davids betrunkenem Gesicht, das ihm so gar nicht ähnlich sah, und ich kann spüren, wie meine freie Hand zu meiner Wange gleitet wie bei einem schlecht gespielten Pokertrick. »Und was geschah danach? Als er nach Hause kam?«

In meiner Stimme liegt eine Eindringlichkeit, die möglicherweise den wahren Grund für meine Frage verraten könnte. Aber Mum scheint durch mich hindurchzuschauen, als könnte sie nichts anderes als eine Szene von vor vierzig Jahren sehen, die sie in ihrem Kopf Revue passieren lässt.

»Er kam erst in den frühen Morgenstunden heim und sprach kein Wort mit mir. Auch am nächsten Tag erwähnte er nichts von alldem. Ich weiß noch, wie erleichtert ich darüber war. Ich nahm an, dass wir so tun würden, als wäre es nie geschehen, weil wir beide stillschweigend darin übereinstimmten, dass es nie wieder geschehen *würde*. Aber es war, als hätte jenes erste Mal ein Ventil in ihm geöffnet, das er sein Leben lang geschlossen gehalten hatte und jetzt, nachdem es offen war, nie wieder würde schließen können.«

Mum verstummt gedankenverloren, und ich will sie in ihren Überlegungen nicht unterbrechen.

»Ich frage mich selbst heute noch, was geschehen wäre, wenn ich unser Hochzeitstagessen nicht verbrannt hätte. Ob vielleicht die ganze Zukunft meiner Ehe – und meines und deines Lebens – von der Zubereitung eines perfekten Coq au vin abhing. Ich weiß, wie absurd es ist, so etwas zu denken, doch ich kann trotzdem nicht umhin, es mich zu fragen.«

Sie ringt sich ein Lächeln für mich ab, in dem aber so viel Bedauern und so viel Traurigkeit liegen, dass ich alle Mühe habe, meine eigenen Tränen zurückzuhalten.

»Und danach? Ist es noch oft passiert?«

Mum drückt mir die Hand und nickt dann fast unmerklich, als könnte sie es noch immer nicht ertragen, mich mit der Wahrheit zu belasten.

Doch ich muss es wissen. Ich muss es sogar unbedingt wissen, obwohl ich ihr nicht einmal erklären kann, warum. »Du kannst es mir ruhig sagen, Mum. Ich kann es verkraften. Und ich will nicht, dass du dich auch weiterhin allein damit herumquälen musst.«

Es ist immerhin die halbe Wahrheit, und für den Moment wird sie genügen müssen.

»Es war fast so, als hätte die Gewalt eine ebenso große Sucht in ihm erzeugt wie der Alkohol. Als er erst einmal Geschmack daran gefunden hatte, wollte er einfach immer mehr. Und so wurde aus einem Mal ein zweites Mal, und dann wurde daraus einmal in der Woche und schließlich sogar zweimal in der Woche – bis es irgendwann so oft geschah, wie Philip Dampf ablassen musste. Aber es geschah immer nach demselben Muster: Er trank, ich provozierte ihn ungewollt, er brach in Wutanfälle aus, die sich in Gewalt entluden, verschwand, kehrte zurück, und keiner von uns sprach darüber. Es wurde zu dem Rhythmus, nach dem wir unser Leben führten. Es ist schon komisch, wie schnell ein solch extremes Verhalten zur Normalität werden kann.«

Mum schüttelt den Kopf, als könnte sie immer noch nicht glauben, dass das einmal ihr Leben gewesen war. Noch dazu ein Leben, das sie für normal gehalten hatte.

Ich überdenke alles, was sie mir erzählt hat, und merke, wie ich versuche, ihre Geschichte von meiner zu trennen. Sie sind anders. *Wir* sind anders. Und trotzdem werde ich die unerbittliche Stimme in meinem Kopf nicht los, die mir sagt, dass ich noch mehr erfahren muss, um ganz sicher sein zu können. »Warum hast du ihn nicht einfach verlassen? Warum bist du bei ihm geblieben?«

KAPITEL FÜNFUNDACHTZIG

JUDITH

Nichts Vorwurfsvolles haftet Rebeccas Stimme an, aber einen winzigen Anflug von Ungläubigkeit enthält sie schon. Doch das verüble ich ihr nicht. Schließlich stellt sie mir nur die Frage, die ich mir in all den Jahren schier unablässig selbst gestellt habe. Meine Antwort klingt noch immer schwach und unzureichend, obwohl es die reine Wahrheit ist, was ich ihr sage.

»Jedes Mal, wenn es geschah, glaubte ich, es würde das letzte Mal sein. Ich redete mir ein, dass ich es nur schaffen musste, die Dinge zu vermeiden, die ihn ärgerten, störten oder wütend machten, und dann hätte er keinen Grund mehr, erneut gewalttätig zu werden. Erst viele Jahre später – lange nachdem du geboren warst – begriff ich endlich, dass es nichts mit mir zu tun hatte. Dass es weder an den Dingen lag, die ich sagte oder tat, noch an dem, was ich nicht sagte oder tat. Ich hätte in jeder Hinsicht perfekt sein können, und trotzdem hätte er noch einen Grund gefunden. Einen Vorwand, mich zu schlagen. Es war nichts, das er beherrschen konnte. Ich glaube ganz ehrlich nicht, dass er imstande gewesen wäre, damit aufzuhören, selbst wenn er es wirklich gewollt hätte. Ich war nur der stets verfügbare Auslöser für ihn, um seinen Gefühlen wie Wut, Depression und Inkompetenz, mit denen er nicht anders umgehen konnte, Luft zu machen.«

Rebecca öffnet den Mund und zögert kurz, bevor sie ihn wieder schließt. Ich kann sehen, dass sie mich etwas fragen will; das ist ihren nachdenklichen dunkelbraunen Augen nur allzu deutlich anzusehen.

»Aber ihr hattet mich … *Irgendetwas* Gutes musst du also doch mit Dad erlebt haben, um schwanger geworden zu sein?«

Furcht schnürt mir plötzlich die Kehle zu. Ich hatte mir geschworen, dass ich ihr die Wahrheit sagen würde. Dass keine Lügen mehr zwischen uns stehen würden. Aber ich hatte es mir in der Hoffnung geschworen, dass sie mir *diese* Frage niemals stellen würde. Und nun, da sie es getan hat, muss ich mir doch noch eine einzige Lüge erlauben. Nur eine Halbwahrheit – ihr und nicht mir selbst zuliebe.

Denn ich kann ihr unmöglich sagen, dass zum Zeitpunkt ihrer Empfängnis einvernehmlicher Sex zwischen Philip und mir schon lange der Vergangenheit angehörte. Dass ich gelernt hatte, die Nächte zu fürchten, in denen er betrunken heimkam und diesen gewissen Ausdruck im Gesicht hatte. Den Ausdruck, der mich vor dem warnte, was jeden Moment geschehen würde, entweder auf dem Wohnzimmerboden, auf der Treppe oder im Bad über das Waschbecken gebeugt, falls es zufällig gerade dort war, wo Philip mich fand. Es geschah jedenfalls nie unter der Bettdecke. Nie nach einem zärtlichen Vorspiel. Niemals nüchtern. Meine Unterhose wurde bis zu den Knöcheln herabgerissen, seine Hose geöffnet, und das Ganze war gewöhnlich in ein paar Minuten vorbei. Zumindest dafür war ich dankbar.

Nach Rebeccas Geburt beschloss er, dass der Vaginalverkehr ihm zuwider war, und musste also eine andere Möglichkeit finden, sich zu befriedigen, wann immer ihn das Bedürfnis überkam. Das erste Mal, als er mit Analverkehr begann, glaubte ich, er machte einen Fehler und sei einfach zu betrunken, um zu wissen, wo die richtige Stelle war. Aber ich sollte mich irren; ich musste dieses Martyrium noch viele Hundert Mal ertragen.

Die Erinnerungen daran schnüren mir noch heute die Kehle zu, und mir ist auf einmal so, als könnte ich nicht mehr atmen. Als drückte seine Hand mir noch immer die Luftröhre zu, während er von hinten in mich hineinstößt.

»Was ist, Mum? Alles in Ordnung?«

Rebeccas Stimme bringt mich in die Wirklichkeit zurück, und ich schnappe nach Luft und nicke so entschieden, wie es mir möglich ist, bevor ich wieder sprechen kann.

Es gibt Geheimnisse, die eine Mutter mit ins Grab nehmen sollte, sage ich mir.

»Natürlich hatten wir trotz allem noch gute Momente, Liebes. Zu erfahren, dass ich mit dir schwanger war, war das Beste, was mir je geschehen ist. Ich bin nie glücklicher gewesen als an dem Tag, als du geboren wurdest.«

Das zumindest ist die Wahrheit. Ich liebte Rebecca mit einer Inbrunst, auf die mich nichts und niemand hätte vorbereiten können. Ich liebte sie von dem Moment an, in dem ich erfuhr, dass sie in mir heranwuchs.

»Und nachdem ich da war, wurde es da nicht besser? Mit Dad, meine ich?«

In Rebeccas Stimme liegt so viel Hoffnung, dass ich es fast nicht ertragen kann, sie zu enttäuschen. Doch die eine Lüge, die ich ihr bereits erzählt habe, muss genügen. Ich bin es Rebecca schuldig, ihr so viel von der Wahrheit zu verraten, wie sie meiner Ansicht nach ertragen kann.

»Ich hatte gehofft, es würde besser werden. Ich dachte, deine Ankunft würde ihm helfen, seine sanftere Seite wiederzuentdecken. Die rücksichtsvolle, fürsorgliche Seite, in die ich mich verliebt hatte. Doch leider wurde sehr schnell offensichtlich, dass er eifersüchtig auf dich war. Auf uns. Ich glaube, er konnte es einfach nicht verkraften, dass wir beide eine Bindung hatten, von der er ausgeschlossen war, sosehr ich mich auch bemühte, ihn miteinzubeziehen. Der Vorteil daran war, dass er öfter ausging und später heimkam. Ich habe ihn viel weniger gesehen, nachdem du geboren warst.«

»Aber war er auch nach meiner Geburt noch gewalttätig?«

Sie kennt die Antwort schon, doch möglicherweise muss sie sie noch einmal hören, um sie zu glauben. Oder vielleicht hofft sie ja auch, dass die Geschichte plötzlich ein ganz anderes Ende nimmt.

Ich nicke nur schweigend, weil ich sie nicht mehr als nötig verletzen will.

»Aber dann verstehe ich nicht, warum du ihn nicht verlassen hast. Warum bist du bei ihm geblieben, wenn er dir nach meiner Geburt noch immer wehtat?«

Jetzt glaube ich, etwas Vorwurfsvolles in ihrer Stimme zu hören, kann mir aber nicht sicher sein, ob es real oder nur eingebildet ist. Ob es Rebeccas Tonfall oder nur mein eigenes Gewissen ist.

»Ich konnte nirgendwo anders hin, Rebecca. Ich hatte keinen Job, da ich seit unserer Verlobung nicht mehr gearbeitet hatte – weil Philip es nicht wollte. Meine Pläne, Anglistik zu studieren, hatte ich ja nicht umgesetzt, und eine richtige Ausbildung hatte ich auch nicht gemacht. Eigenes Geld hatte ich also keins. Philip kontrollierte unsere Finanzen und gab mir jede Woche nur so viel Haushaltsgeld, dass es so eben reichte, aber nie auch nur einen Penny mehr. Außerdem war das alles vor fast vierzig Jahren, Liebes. Damals trennten sich die Leute nicht, wenn sie keine andere Bleibe und kein Geld zum Leben hatten. So einfach war das nicht.«

Ich möchte, dass sie das einsieht und versteht. Doch die steile Falte zwischen Rebeccas Augenbrauen verrät mir, dass sie es nicht kann. Und dass sie denkt, ich sei einfach zu schwach gewesen.

»Aber hättest du nicht zu deinen Eltern zurückkehren können? Sie hätten doch bestimmt für dich gesorgt, oder? Das wäre sicher besser gewesen, als mit einem Mann zusammenzuleben, der brutal und gemein zu dir war?«

In ihren Fragen schwingt die Sicherheit mit, dass sie recht haben muss. Und sie klingen ja auch sehr logisch und vernünftig, wenn man sie fast vierzig Jahre später hört.

Doch während ich mir noch meine Antwort überlege, ergreift mich Panik und erinnert mich an die Hunderte von Nächten, in denen meine Gedanken immer um die gleichen Fragen kreisten, wenn ich verzweifelt einen Ausweg suchte und entdecken musste, dass jede Tür entweder verschlossen war oder dahinter nichts als Dunkel war, wenn ich sie öffnete.

»Ich konnte nicht weggehen, Rebecca. Ich wusste ja nicht, was aus dir werden würde, wenn ich es täte. Ich hatte furchtbare Angst, dass Philip irgendwie einen Weg finden würde, dich mir wegzunehmen, falls ich ihn verließ. Wann immer ich mir vorstellte, unsere Sachen zu packen und mit dir fortzugehen, nahm der Tagtraum das gleiche Ende: mit Philip, der an der Tür stand und uns den Weg verstellte. Er hatte dann diesen grausamen, rachsüchtigen Gesichtsausdruck, der mir ohne jeden Zweifel sagte, dass ich für meinen Ungehorsam bezahlen würde. Schließlich kam ich zu der Überzeugung, dass er dich mir wegnehmen würde – und wenn auch nur aus purer Bosheit, um mir wehzutun. Ich fürchtete, dass ihn niemand daran hindern würde, weil er nach außen hin doch so ein erfolgreicher, angesehener und wohlhabender Mann war. Und was war ich? Inzwischen hatte er es geschafft, mich davon zu überzeugen, dass ich nichts weiter als die nutzlose Person war, als die er mich so gern bezeichnete. Ich konnte es nicht riskieren, ihn zu verlassen. Ich wusste, dass es keinen Ausweg gab und ich nichts anderes tun konnte, als dich so gut wie möglich zu beschützen und vor Schaden zu bewahren. Deshalb war ich immer so darauf bedacht, dich nicht aus den Augen zu lassen und stets in meiner Nähe zu behalten. Es war sicherer, wenn wir alle zusammenlebten, wo ich dich im Auge behalten konnte, statt das Risiko einzugehen, dass Philip dich je für sich allein hatte. Das konnte ich nicht riskieren, Rebecca. Ich konnte einfach nicht riskieren, dass er die Chance bekam, mit dir allein zu sein.«

Ich bin mir der zunehmenden Hysterie in meiner Stimme durchaus bewusst, doch Rebecca legt einen Arm um meine Schultern und ihre Stirn an meine.

»Schon gut, Mum. Beruhige dich. Ich verstehe schon, was du meinst.«

Ich entziehe mich ihren Armen und nehme ihre Hände in meine, weil ich mir sicher sein muss.

»Verstehst du es wirklich, Rebecca? Es gab Nachmittage, an denen er ohne mein Wissen mit dir wegging, und dann drehte ich fast durch vor Sorge, was dir alles passieren könnte. Ich lief im Haus herum und glaubte, verrückt zu werden, bis er dich zu einer unchristlichen Zeit heimbrachte. Meistens war er nur mit dir in einen Pub gegangen, weil ihm klar war, wie ich es hasste, dich an einem solchen Ort zu wissen. Oder wie verhasst es *dir* war, dort zu sein. Einmal war er so betrunken, dass er auf dem Heimweg stolperte und auf die Straße fiel, wo er sich so schlimm am Kopf verletzte, dass ein Nachbar dich nach Hause bringen musste. Doch selbst dann noch sagte niemand etwas. Alle sahen darüber hinweg und behandelten ihn auch weiterhin so, als wäre er der Inbegriff der Tugend. Und dann …«

Ich schließe den Mund vor dem Rest der Erinnerung, um nur ja nichts zu sagen, was ich später vielleicht bereuen würde.

»Und dann *was,* Mum?«

Sie glaubt, dass sie es wissen möchte. Aber wenn ich es ihr erst einmal gesagt habe, kann sie es nicht mehr ungeschehen machen. Und ich kann beim besten Willen nicht absehen, was ihr dieses Wissen antun könnte.

»*Bitte*, Mum. Bitte sag mir, was du sagen wolltest. Ich muss es wissen.«

Ich denke an jenen Nachmittag zurück und sehe wieder vor mir, wie verstört sie war. Wie verstört *ich* war. Und wie Philip uns beide mit solch abgrundtiefer Verachtung anblickte, bis er schließlich die Geduld verlor: *Hört endlich mit dem verdammten Gejammer auf! Das ist ja erbärmlich.*

Rebecca hat recht. Es ist auch ihre Geschichte, nicht nur meine, und sie muss es wissen.

»Eines Samstagnachmittags, nachdem er stundenlang im Pub gewesen war, brachte er dich ohne mein Wissen zu einem Friseur. Du hattest solch wundervolles langes, lockiges dunkles Haar, und wir beide verbrachten oft Stunden damit, verschiedene Frisuren an dir auszuprobieren – Zöpfe, französische Zöpfe, Ballettknoten oder viele kleine Zöpfchen. Jeden Morgen und Abend hast du dich auf meinen Schoß gesetzt, um dir das Haar bürsten zu lassen, und normalerweise sangen wir ein Lied dabei. Abends kuschelten wir uns unter dein Federbett, und du wolltest, dass ich dir über das Haar streichelte, während ich dir Geschichten vorlas. Philip wusste, wie sehr du deine langen Haare liebtest – und wie sehr auch ich sie liebte. Als er also an jenem Nachmittag mit dir zurückkam und dein Haar ganz kurz geschnitten war – nicht nur zu einem Bubikopf oder so, sondern hinten sogar kahl geschoren wie bei einem Jungen –, wusste er, wie erschüttert wir beide sein würden. Du warst völlig außer dir und hast schrecklich geweint. Ich versuchte, meine eigenen Tränen zurückzuhalten, um stark für dich zu sein. Doch am Ende konnte ich auch nicht anders.

Es war so grausam und gemein von Philip, dass ich es ihm nie verzieh. Das war nur vier Monate vor seinem Tod, und es dauerte über zwei Jahre, bis dein Haar wieder zu seiner einstigen Länge nachgewachsen war. Verstehst du jetzt, was ich meinte, Rebecca? Verstehst du, warum ich ihn nicht verlassen und nicht einmal das kleinste Risiko eingehen konnte, dass er jedwede Art von Zugang zu dir erlangte? Und wenn auch nur für einen Nachmittag. Ich musste dich *immer* im Auge behalten. Es ging nicht anders, Rebecca.«

KAPITEL SECHSUNDACHTZIG

BEX

Ich weiß, dass Mum eine Antwort will. Ich kann spüren, wie sehr sie die Bestätigung braucht, die nur ich ihr geben kann. Aber im Moment kann ich nur die Augen schließen und mir dieses kleine Mädchen in Erinnerung rufen, das weinend vor dem Spiegel saß, während ihr Vater einen Fremden anwies, ihrem schönen langen Haar einen regelrechten Männerhaarschnitt zu verpassen.

»Ich erinnere mich daran. Oder teilweise zumindest. Ich erinnere mich, wie ich weinend auf dem Stuhl bei dem Friseur saß und wünschte, du würdest kommen und mich holen. Und ich weiß auch noch, dass Dad dabei war und ich Angst vor ihm hatte. All das ist mir vor ein paar Tagen wieder eingefallen.«

Ich hole tief Luft, bevor ich fortfahre. »Und da sind auch noch andere Dinge, an die ich mich erinnere, Mum. Dinge, die ich nicht wirklich verstehe, und die du mir erklären musst ...«

Ich unterbreche mich, weil Mum plötzlich so verängstigt aussieht wie ein Kaninchen im Scheinwerferlicht eines Autos.

»Ich will nur etwas über die Nacht wissen, in der Dad ums Leben kam. Was geschah, nachdem du es erfahren hattest? Ich muss wissen, ob einige der Dinge, an die ich mich erinnert habe, zu diesem Teil des Puzzles passen.«

Es ist fast so, als verzöge sich eine Wolke vor ihren Augen. Ich überlege, was für andere Fragen sie von mir befürchtet haben mag.

»Natürlich, Liebes. Ich werde dir alles sagen, was du wissen möchtest.«

Ich kneife die Augen zu und versuche, meine Erinnerungen zu einer halbwegs sinnvollen Reihenfolge zu sortieren.

»Hast du mich in jener Nacht allein gelassen? Oder in irgendeiner anderen Nacht? Waren damals Fremde im Haus? Fremde Männer?«

Eine kleine Falte bildet sich zwischen ihren Augenbrauen. »Zwei Polizeibeamte kamen kurz vor Mitternacht, um mir mitzuteilen, dass sie Dads Wagen nach einem Zusammenstoß mit einem Baum gefunden hatten und der Fahrer tot sei. Ich wusste sofort, dass es Philip war, obwohl sie es mir nicht bestätigen wollten, bevor ich die Leiche identifiziert hatte. Sie sprachen über Verfahren und Vorgänge, als einer von ihnen bemerkte, dass du in der Tür standest. Ich hatte keine Ahnung, wie lange du schon da gewesen warst. Keine Ahnung, wie viel du gehört oder verstanden hattest. Ich wollte dich nur wieder ins Bett bringen und dir irgendwie vermitteln, dass alles wieder gut werden würde.

Kurze Zeit danach verlangten sie, dass ich sie begleitete, um Philip zu identifizieren und eine Aussage zu machen. Ich bat sie, es bis zum Morgen aufzuschieben, damit ich dich vorher zur Schule bringen konnte, aber sie waren zu beharrlich. Sie schlugen mir vor, eine Freundin oder Nachbarin zu bitten, bei dir im Haus zu bleiben, während du schliefst. Aber ich hatte inzwischen keine Freundinnen mehr. Es gab auch keine Nachbarin, die ich hätte anrufen können. Außerdem war es schon so spät in der Nacht. Deswegen konnte ich mich nicht dazu überwinden, meine Eltern aufzuwecken und ihnen zu sagen, dass Philip tödlich verunglückt war. Deshalb holten sie eine Polizistin, um während meiner Abwesenheit auf dich aufzupassen. Ich hoffte, dass du schlafen und nicht einmal bemerken würdest, dass ich weg gewesen war. Ist es das, woran du dich erinnerst?«

Ich denke an die fremde Frau, die mich ins Bett zurückbrachte. An die Frau, die mich dazu überreden wollte, Pfannkuchen zu essen, dann aber seufzend kapitulierte, als ich meine Wache an der Eingangstür nicht aufgab, und schließlich völlig unpassende Popmusik in der Küche laufen ließ, um die Stille auszufüllen.

Die Frau war eine Polizistin. Natürlich war sie das. Eine gelangweilte Polizistin, die die Uhr im Auge behielt, bis ihre Schicht endlich vorbei war oder man ihr etwas Interessanteres zu tun gab, als auf ein Kind aufzupassen, das noch nicht wusste, dass sein Vater tot war.

Ich denke auch an Mums Gesichtsausdruck etwas früher an jenem Abend, als ich mit eiskalten Füßen in der Wohnzimmertür stand und die beiden fremden Männer – Polizeibeamte also – ihr gegenübersaßen. Einer Frau, der gerade mitgeteilt worden war, dass ihr alkoholkranker Ehemann nie wieder nach Hause kommen würde. Ich schließe die Augen, um die Szene noch einmal Revue passieren zu lassen. Plötzlich erkenne ich, dass das, was ich in Mums Gesicht sah, die ersten Anzeichen von Befreiung waren. Natürlich versuchte sie, das ganze Ausmaß ihrer Erleichterung über den Tod ihres Ehemannes zu verbergen.

Ich denke an den Moment, als Mum am nächsten Morgen endlich wieder zur Eingangstür hereinkam, wo ich sie schon so sehnsüchtig erwartete. Ich erinnere mich, wie fest sie mich an sich drückte und wie erschöpft sie aussah. Plötzlich begreife ich, dass dies das Gesicht einer Frau war, die soeben den Leichnam ihres Ehemannes identifiziert hatte.

Und ganz unversehens verspüre ich wieder diesen blendend heißen Schmerz in meiner Nasenwurzel, und auf einmal sitze ich wieder an Mum gekuschelt auf dem Sofa, und wir schauen uns die Eröffnungssequenz von *To the Manor Born* an. Dann kommt Dad herein, und ich bin begeistert, ihn zu sehen, weil ich ihm etwas erzählen will, was heute in der Schule passiert ist. Aber Mum möchte mich zu Bett bringen. Ich protestiere, weil ich die Fernsehserie nicht verpassen will, die Mum und ich immer gemeinsam anschauen. Und dann übertönt Dads Stimme den Lärm aus dem Fernseher mit einer solchen Heftigkeit, dass es sich für mich so anfühlt, als hätte sein Zorn mein Herz ergriffen und schüttelte es in seiner Faust.

Jetzt tu verdammt noch mal, was deine Mutter sagt, und geh nach oben!

Mum nimmt mich in die Arme, und irgendetwas an der Art, wie sie mich hält, warnt mich, kein einziges Wort mehr zu sagen. Aber das hätte ich sowieso nicht getan. Ich *kann* gar nichts sagen, weil Dads Ermahnung mir immer noch in den Ohren klingt und ich schreckliche Angst habe.

Seine Worte hallen noch auf dem ganzen Weg nach oben in mir nach, noch lange nachdem Mum mich ins Bett gebracht und eine meiner *Hanni-und-Nanni*-Kassetten eingelegt hat. Noch lange nachdem sie wieder hinuntergegangen ist und ich die gedämpften Anfänge ihres Streits hören kann. Und das bis zu dem Moment, in dem ich in den Schlaf hinübergleite.

Dads Worte wiederholen sich in meinem Kopf wie eine auf Dauerfunktion gestellte Audiokassette. Es waren die letzten Worte, die mein Dad mir sagte.

Meine Halsmuskeln ziehen sich wieder zusammen.

All diese Jahre ist sie da gewesen, die Erinnerung an jene Nacht, aber zu tief in mir vergraben und zu schmerzlich, um von selbst wieder aus ihrem Versteck herauszukommen.

All diese Jahre hatte ich die Puzzleteilchen schon gehabt. Sie waren alle da, und ich brauchte nur jemanden, der mir sagte, was für ein Bild ich daraus zusammensetzen sollte.

Auf einmal merke ich, dass meine Wangen tränenfeucht

sind, meine Kehle zu brennen beginnt und mein Körper von heftigen Schluchzern geschüttelt wird, die von irgendwoher ganz tief in meinem Inneren kommen. Und ich weiß auch nicht, ob ich um Mum weine, um alles, was sie durchgemacht haben muss, um all ihre Bemühungen, mich vor der Wahrheit zu verschonen, und auch darum, wie einsam sie gewesen sein muss. Ich weiß nicht, ob ich aus Schuldbewusstsein weine, weil ich sie so schrecklich missverstanden hatte, oder weil ich ihr so viel schuldig bin, dass ich es ihr nie vergelten kann. Oder ob ich um mich selbst weine, um die erwachsene Frau, deren Kindheit so verstörend war, dass sie sie nur überwinden konnte, indem sie sie fast fünfunddreißig Jahre in sich selbst verbarg.

Oder ob ich um die sechsjährige Rebecca weine, die nichts Anspruchsvolleres wollte, als auf dem Sofa an ihre Mum gekuschelt ihre Lieblingsfernsehserie zu sehen, während sie dem Vater, den sie liebte und von dem sie einfach nur wiedergeliebt werden wollte, von ihrem Schultag erzählte.

KAPITEL SIEBENUNDACHTZIG

JUDITH

Ich schaue Rebecca an, sehe die Tränen in ihren Augen und die Kummerfalten auf ihrer Stirn, und plötzlich erkenne ich in ihr das kleine Mädchen wieder, das in seinem Nachthemd oben auf der Treppe sitzt, durch das Geländer späht und mitansieht, was auch immer Philips Zorn an jenem Abend entfesselt haben mag. Die gleiche Verwirrtheit wie in ihren Augen schleicht sich auch in ihren Verstand ein. Manchmal finde ich sie dort oben, wenn ich zu Bett gehe. Um Philip nicht darauf aufmerksam zu machen, dass sie noch wach ist, nehme ich sie an der Hand und führe sie leise in ihr Zimmer zurück, decke sie mit ihrem warmen Federbett zu und flüstere ein Schlaflied, damit sie wieder einschläft. Dabei bricht mir fast das Herz vor Angst, dass diese Erinnerungen irreparable Schäden hinterlassen werden.

Es vergeht kein Tag, an dem ich nicht an den Schaden denke, den Rebeccas Kindheit ihr zugefügt haben muss. Kein Tag, an dem ich mich nicht schuldig fühle wegen des verheerenden Erbes, das ich ihr hinterlassen habe. Schuldig, weil ich so lange bei Philip geblieben bin, egal, wie sehr ich mir einzureden versuche, dass ich ihn unmöglich hätte verlassen können. Schuldig, weil ich die Autoschlüssel durch den Briefschlitz geworfen und Rebecca dadurch den Vater genommen habe, egal, wie tyrannisch er auch war. Schuldig, weil ich Philip überhaupt erst geheiratet und ihn zu Rebeccas Vater gemacht habe – obwohl ich weiß, wie unlogisch das ist. Denn hätte ich Philip nicht geheiratet, dann hätte ich auch Rebecca nicht.

»Es tut mir leid, mein Schatz. Es tut mir alles schrecklich

leid. Wenn ich die Zeit zurückdrehen und dir eine andere, bessere Kindheit schenken könnte, würde ich es auf der Stelle tun. Das weißt du.«

Ich fahre ihr sanft mit den Fingern durch das Haar, wie ich es früher so oft tat, als sie noch klein war, und hoffe, dass sie etwas von meiner Liebe zu ihr in meinen Fingerspitzen spüren kann.

Irgendwann lässt Rebeccas Weinen nach, ihre Atmung wird wieder ruhiger, und als sie schließlich zu mir aufblickt, weiß ich sofort, dass noch mehr Fragen auf mich zukommen werden.

»Nachdem Dad nicht mehr lebte, fand ich dich manchmal mitten in der Nacht hier unten, wo du reglos in einem Sessel saßest und in die Dunkelheit starrtest. Fast so, als hieltest du Wache. Das hat mir immer Angst gemacht. Ich verstehe auch jetzt noch nicht, was das zu bedeuten hatte.«

»Wahrscheinlich konnte ich nie so richtig glauben, dass es vorbei und ausgestanden war. Ich bin mir nicht einmal sicher, dass ich es heute, selbst nach all diesen Jahren, auch wirklich glaube. Ich habe seinen Leichnam in der Leichenhalle gesehen, aber ein Teil von mir glaubt immer noch nicht, dass er tot ist und nicht irgendwie wiederauferstehen und zurückkehren wird, um Rache zu nehmen. Ich kann immer noch nicht glauben, dass eines Tages nicht jemand an der Tür anklopfen und mich beschuldigen wird, ihn umgebracht zu haben. Oder dass sie mir dich nicht wegnehmen werden. Oder dass ich je in der Lage sein werde, dich zu beschützen. Denn wenn Philip all diese schrecklichen Dinge tun konnte …«

Ich beende den Satz nicht, weil ich ihm nicht dorthin zu folgen wage, wohin er führt. Noch nicht. Nicht, solange unsere neue Beziehung noch so zerbrechlich ist.

»An dem Tag, an dem Philip starb, dachte ich, nun sei alles

vorbei. Ich dachte, er sei fort. Aber er wird nie fort sein. Nicht wirklich.« Ich versuche zu lächeln, doch ich kann den Widerstand meiner Wangenmuskeln spüren.

»Warum hast du es nie jemandem erzählt, Mum? Meinst du nicht, dass es vielleicht geholfen hätte, darüber zu sprechen?«

Eine Erinnerung drängt sich mir auf. Die Erinnerung an das einzige Mal, als ich es ausgesprochen habe. Das einzige Mal, als ich gewagt hatte, jemandem zu gestehen, was ich für das schlimmste Geheimnis hielt, das irgendjemand je bewahrt hatte.

Ich kann es alles wieder vor mir sehen. Den Spott in seinem Gesicht, den verächtlichen Tonfall seiner Stimme. Und meine unerträgliche Erkenntnis, was für einen dummen, fatalen Fehler ich gemacht hatte.

»Einmal habe ich mich jemandem anvertraut. Das war nicht allzu lange nach deiner Geburt. Ich hatte furchtbare Angst, was passieren könnte, falls er seine Wut plötzlich auch an dir auslassen würde. Deshalb bin ich zu unserem Hausarzt gegangen und habe ihm gesagt, dass Philip Alkoholiker ist, dass er mir gegenüber handgreiflich wird und ich befürchtete, dass er dir das Gleiche antun könnte ...«

Meine Kehle wird so eng bei der Erinnerung daran, dass ich mir nicht sicher bin, ob ich die Worte laut aussprechen kann.

Sie haben keine Knochenbrüche, Mrs. Bailey? Nein? Tja, finden Sie denn nicht, dass es Mr. Baileys Entscheidung ist, ob er etwas mit mir besprechen will? Glauben Sie nicht, dass er durchaus imstande *ist, diese Entscheidung selbst zu treffen? Oder dass es Dinge in einer Ehe gibt, die Privatsache bleiben sollten?*

»Und was hat er gesagt?«

Selbst heute noch, fast vierzig später, kann ich spüren, wie ich vor Scham erröte. »Oh, er war einfach schrecklich gleichgültig und hat keine meiner Sorgen ernst genommen. Stattdessen bot er mir Valium an, als könnte das helfen, das Problem zu lösen.«

»Das ist ja abscheulich, Mum! Kein Wunder, dass du Ärzte hasst. Es tut mir leid, dass ich deswegen immer so ungeduldig mit dir war. Du ahnst gar nicht, wie leid mir das jetzt tut.«

»Dir braucht gar nichts leidzutun, mein Schatz. Du konntest es ja nicht wissen. Du *solltest* ja von alldem auch nichts wissen.«

Wir verfallen in Schweigen, und obwohl ich gern wüsste, was sie denkt und empfindet, möchte ich sie nicht bedrängen. Sie soll es mir sagen, wenn sie dazu bereit ist.

»Mum? Ich verstehe, dass du mich vor alldem beschützen wolltest, als ich noch klein war. Doch was ich nicht verstehe, ist, warum du es mir seitdem nicht längst erzählt hast. Glaubst du nicht, ich hätte dir helfen können?«

KAPITEL ACHTUNDACHTZIG

BEX

Mum hat wieder diesen Gesichtsausdruck, als hätte sie sich verirrt und fände nicht den Weg nach Hause.

»Es war schlimm genug, dass ich dir keinen guten Vater geben konnte. Da wollte ich dich nicht auch noch deiner Illusion berauben, du hättest einen gehabt. Dir sollten nicht nur hässliche Erinnerungen an deine Kindheit bleiben. Das kannst du doch verstehen, oder nicht?«

Ich denke an Jacob und all meine Gespräche mit ihm, wenn David ihn wieder einmal enttäuscht hatte. An all die Versprechen, die ich ihm gab, all die Ausreden, die ich für Davids Verhalten erfand, bis hin zu der Unterhaltung, die wir hatten, nachdem ich Jacob gestern Morgen auf dem Spielplatz gefunden hatte.

»Aber ja, Mum, natürlich verstehe ich das. Doch ich kann mir noch immer nicht erklären, wie du mich dazu gebracht hast zu vergessen. Ich weiß nicht, was aus all meinen echten Erinnerungen aus diesen Jahren geworden ist.«

Mum schüttelt den Kopf, als hätte ich alles falsch verstanden.

»Ich habe dich nicht dazu *gebracht*, dies alles zu vergessen. Ich habe bei der Handvoll glücklicher Erinnerungen, die wir hatten, gewissermaßen die Lautstärke nur erhöht. Bei den Geschichten, die du gefahrlos wissen konntest. Und die guten Erinnerungen, die du hast, sind keine frei erfundenen: Es ist leider nur so, dass sie höchstens ein oder zwei Kapitel der ganzen umfangreichen Geschichte ausmachen. Da ist noch viel mehr, was wir unter den Tisch fallen und auf sich beruhen ließen. Das Gedächtnis ist schon etwas Komisches. Erzählt man dieselbe Geschichte nur oft genug, wird sie irgendwann zur einzig wahren.«

Mum hält inne, doch ich kann spüren, dass das noch nicht alles war.

»Ich glaube nicht, dass du dich überhaupt erinnern wolltest. Du warst noch so jung und verwundbar, dass dein Verstand wahrscheinlich all diese Erlebnisse weggeschlossen hat, weil du einfach noch nicht damit umgehen konntest. Und ich wollte nicht diejenige sein, die die Büchse der Pandora öffnete und dir sogar noch mehr wehtat. Du hattest schon genug gelitten, und ich wollte nur, dass du die Kindheit hattest, die du dir vorstelltest. Du solltest einen guten Vater haben. Nur war deiner es leider nicht. Als du also anfingst, dir in deiner Fantasie ein Bild von einem Dad zu machen, der gut war, ließ ich es dich tun. Und je mehr Zeit verging, desto weniger hätte ich es ertragen, dir diese Illusion zu nehmen. Die Zeit ist etwas Seltsames, Rebecca. Sie verfälscht die Vergangenheit zu solch verzerrten Bildern, dass andere sie nicht einmal erkennen würden. Sie kann dich die Tatsachen sogar vollständig vergessen lassen. Und dafür war ich ihr immer dankbar.«

Ich schließe die Augen, um über Mums Worte nachzudenken.

Nur eine Handvoll glücklicher Erinnerungen. Mehr konnte ich also meinen ersten Jahren nicht abringen.

Plötzlich erinnere ich mich wieder an all meine Rückblenden, die mit Schulhöfen verbunden sind, und erkenne, dass es noch mehr Puzzleteilchen gibt, die eingefügt werden müssen.

»Was ist mir in der Schule passiert, Mum? Und was, nachdem wir umgezogen waren? Denn bezüglich dessen bin ich immer noch total verwirrt.«

KAPITEL NEUNUNDACHTZIG

JUDITH

Ich habe schon geahnt, dass Rebecca danach fragen würde, aber irgendwie hoffte ich auch, dass sie es nicht tun würde. Ich war schon immer sehr besorgt gewesen, dass ihre Erfahrungen in der Schule sich genauso negativ auf sie ausgewirkt haben könnten wie ihr Privatleben.

Denn Kinder können ja so grausam sein.

»Damals wollte ich dir die Einzelheiten von Philips Tod ersparen. Schließlich warst du erst sechs Jahre alt und brauchtest wirklich nicht zu wissen, dass dein Vater betrunken war, als er den Unfall hatte. Aber bedauerlicherweise war etwas darüber in der Lokalzeitung erschienen. Einige Kinder müssen es von ihren Eltern gehört haben, denn eines Tages, als ich dich von der Schule abholte, warst du in Tränen aufgelöst über Dinge, die dir gesagt worden waren. Ich war so wütend auf die Lehrer, weil sie dich vor solch dummem Geschwätz nicht beschützten, dass ich geradewegs in das Büro des Schulleiters marschierte und ihm sagte, dass du nicht wiederkommen würdest. Und das bist du ja auch nicht.

Unser Haus stand inzwischen schon zum Verkauf – das hatte ich noch in der Woche nach Philips Tod in die Wege geleitet. Ich wusste, dass wir wegen der vielen unguten Erinnerungen nicht dort bleiben konnten, aber erst nach diesem Vorfall in der Schule wurde mir so richtig klar, dass wir mehr tun mussten, als nur von einem Viertel in ein anderes umzuziehen. Wir brauchten einen wesentlich größeren Ortswechsel. Die einzige Möglichkeit, dich davor zu bewahren, die Wahrheit herauszufinden, war die, uns von all jenen Menschen zu entfernen, die sie kannten.

Als wir dann also nach Bristol zogen, ließ ich unseren Familiennamen in meinen Mädchennamen ändern. Dadurch wurdest du von einem Tag auf den anderen von Rebecca Bailey zu Rebecca Mendelson. Ich dachte, mit dem Ablegen von Philips Namen würden wir auch die Vergangenheit abstreifen können wie eine Schlange ihre Haut. Es war leichter für dich zu glauben, dass Philip bei einem tragischen Autounfall ums Leben gekommen war, wenn auch alle anderen um uns herum das glaubten.

Ich konnte den Gedanken nicht ertragen, deine ganze Kindheit durch dieses Stigma belastet zu sehen. Und wahrscheinlich hoffte ich auch, dass es ganz woanders, an einem völlig neuen Ort, viel weniger Auslöser und Gelegenheiten geben würde, uns zu erinnern. Manchmal kann man sein Leben nur weiterführen, indem man sich ein neues ausdenkt.

Aber nachdem wir umgezogen waren, wurdest du sehr still und in dich gekehrt. All die anderen Kinder hatten schon ihren Freundeskreis, doch du schienst deinen Platz nicht finden zu können. Wir konnten es beide nicht. Es war, als stünden wir immer nur abseits und schauten zu. Anfangs dachte ich, die anderen Leute seien schuld daran, weil sie uns ausgrenzten. Damals verstand ich noch nicht, dass nicht sie es waren, sondern ich, weil Geheimnisse zwischen dir und dem Rest der Welt eine Mauer erzeugen, die nur du selbst einreißen kannst.

Es vergingen Jahre, bevor ich begriff, dass man zwar versuchen kann, vor seiner Vergangenheit davonzulaufen, aber sich selbst – und seine Erinnerungen – immer mitnimmt.«

Ich hole tief Luft, und als ich sie wieder entweichen lasse, fühlen meine Schultern sich viel leichter an.

Rebecca macht ein nachdenkliches Gesicht, und für mich ist

es, als könnte ich sehen, wie sie die Lücken in ihrer Kindheit füllt und überlegt, was ihr dazu noch fehlt.

»Wovon haben wir eigentlich gelebt, Mum? Du hast doch nie einen Job gehabt, soviel ich weiß?«

Ich ertappe mich bei einem Lächeln über die Absurdität meiner Antwort.

»Philip war vieles, aber er war auch sehr gewissenhaft in seiner Planung. Er hatte eine ansehnliche Lebensversicherung für sich abgeschlossen – wir hatten mehr Geld nach seinem Tod als zu seinen Lebzeiten. Es ist das Einzige, wofür ich ihm immer dankbar sein werde, weil es uns eine Freiheit gab, die wir sonst nicht gehabt hätten.«

Ein anderer Gedanke geht mir durch den Kopf, den ich aber für mich behalten werde. Es ist der Gedanke, dass Philip tief im Innersten vielleicht schon wusste, dass er sich langsam zu Tode trank. Möglicherweise war der Abschluss dieser Lebensversicherung das einzige Eingeständnis, das er sich je machte, dass sein Trinken ein Problem darstellte.

»Und nachdem wir umgezogen waren? Bist du da nicht versucht gewesen, es irgendjemandem zu erzählen?«

»Nein, absolut nicht. Ich war mir sicher, dass niemand, der nicht etwas Ähnliches erlebt hatte, dies alles verstehen könnte. Und deshalb lernte ich, den Teil von mir, der gern enge, vertrauenswürdige Freunde gehabt hätte, schlicht und einfach in mir einzusperren. In der Nähe anderer Frauen zu sein verunsicherte mich nur. Die Vollkommenheit ihrer Leben schien nämlich die Mängel in meinem eigenen nur noch zu unterstreichen.«

Rebecca beginnt plötzlich zu lachen.

»Ach, Mum, wenn die Erfahrungen der letzten achtundvierzig Stunden mich eins gelehrt haben, dann ist es, dass kein Leben so perfekt ist, wie es erscheinen mag. Alle denken sich

Geschichten für die Außenwelt aus, und alle haben ihre Geheimnisse.«

Damit hat sie sicher recht. Ich bin nur noch nie jemandem nahe genug gekommen, um das zu durchschauen.

»Aber du musst doch furchtbar einsam gewesen sein, Mum, nachdem wir umgezogen waren. So ganz ohne Freunde und Familie um dich herum. Und dann dieses Geheimnis, das du immer nur für dich behieltest …«

Rebeccas Stimme zittert ein wenig, und ich streichle ihr die Hand, um ihr zu vermitteln, dass sie meinetwegen nicht traurig sein muss.

»Nicht wirklich, Schatz. Wie hätte ich auch einsam sein können, da ich doch dich hatte?«

KAPITEL NEUNZIG

BEX

Meine Kehle wird ganz eng vor Dankbarkeit. Oder vielleicht ist es ja auch nur Liebe.

Ich schaue Mum an, und plötzlich fühlt es sich für mich so an, als wäre dies das erste Mal, dass ich sie richtig sehe. Und als ich dann an ihre Jahre der Angst und Panik denke, begreife ich endlich, wie schrecklich falsch ich Mum die ganze Zeit verstanden hatte.

Sie wollte mich immer nur vor Wahrheiten beschützen, die sie für schädlich für mich hielt. Und durch ihre Entscheidung, mir diese grausamen Wahrheiten zu verschweigen, hat auch sie sich fast vierzig Jahre vor ihrer eigenen Vergangenheit versteckt und ist eine Gefangene ihrer eigenen Geheimnisse gewesen.

Und was ist letztendlich schon so schlimm daran, wenn eine Mutter ihre kleine Tochter in dem Glauben lassen will, ihr Daddy sei ein anständiger Mann gewesen?

»Es tut mir leid, Mum. Es tut mir schrecklich leid, wie oft ich ungeduldig und gereizt zu dir gewesen bin. All die Male, bei denen ich nicht so mitfühlend war, wie ich es hätte sein sollen, oder mehr Verständnis hätte zeigen können. All das tut mir furchtbar leid.«

Mum nimmt meine Hände in ihre und lächelt, und mir scheint, dass es das erste echte, furchtlose Lächeln ist, das ich je bei ihr gesehen habe.

»Du brauchst dich für nichts zu entschuldigen, Liebes. Du bist immer eine wundervolle Tochter gewesen und bist es heute noch. Ich denke jeden Tag, wie froh ich sein kann, dich zu haben. Dich und Jacob.«

»Und wir sind froh, dass wir dich haben, Mum, ganz ehrlich.«

Für ein paar Sekunden sitzen wir schweigend da, und es ist fast so, als formte sich die Vergangenheit in der Luft zwischen uns beiden um, während wir dort sitzen.

»Da ist allerdings noch etwas, was ich nicht verstehe, Mum. Warum hast du immer all diese Jahrestage eingehalten – Dads Todestag, seinen Geburtstag und euren Hochzeitstag? Waren auch das nur Mittel, mich dazu zu bringen, an die Wahrheit deiner Geschichten zu glauben?«

Mum seufzt so schwer, dass ich befürchte, ihr heute eine Frage zu viel gestellt zu haben.

»Nein, mein Schatz. Nichts davon war vorgetäuscht. Nur trauerte ich nicht um Philip und das gemeinsame Leben, das wir verloren hatten, sondern um das Leben, das ich hätte haben können, wenn er eine andere Art von Mann gewesen wäre. Und natürlich trauerte ich auch um das Leben, das ich dir so gern geboten hätte. Ich betrauerte, was hätte sein können, und nicht, was ich verloren hatte.«

Wieder wird meine Brust ganz eng vor Mitgefühl mit Mum.

Vor Trauer um all dieses nicht gelebte Leben.

Um all diese Jahre, in denen ich dachte, sie lebte unter einer Wolke von Kummer, während sie in Wirklichkeit im Schatten ihrer Reue lebte.

»Und deshalb bin ich ja auch so besorgt um dich, Rebecca. Um dich und David. Weil ich nicht will, dass du am Ende genau wie ich mit Reue und Bedauern leben musst. Reue ändert nichts an der Vergangenheit; sie stiehlt dir nur die Zeit, die dir noch bleibt. Das weiß ich selbst am besten. Schließlich habe ich mir die letzten dreieinhalb Jahrzehnte von ihr stehlen lassen. Und ich will nicht, dass du jemals in die gleiche Lage kommst.«

KAPITEL EINUNDNEUNZIG

JUDITH

Von ihrer eigenen Ehe anzufangen ist ein Risiko, das weiß ich. Rebecca und ich beginnen erst gerade wieder, aufeinander zuzugehen, und ich will ihr keinen Grund geben, umzukehren und die entgegensetzte Richtung einzuschlagen.

Aber die Gereiztheit, die ich bei ihr zu sehen erwarte, ist nicht da.

»Ich weiß, dass du dir Sorgen machst, Mum. Und natürlich verstehe ich auch, warum. Doch ich bin heute eine erwachsene Frau, und du musst mich meine Probleme allein lösen lassen.«

Sie hat recht. Und natürlich ist mir das auch klar. Doch das ändert nichts daran, dass ich ihr Gesicht in meine Hände nehmen und ihr sagen möchte, dass sie für mich immer mein kleines Mädchen sein wird, und wenn ich hundert Jahre alt werden sollte.

»Das weiß ich, Liebes. Und ich weiß auch, dass du alles selbst regeln willst, aber darf ich dir bitte noch eines dazu sagen? Ich weiß, dass David nicht die gleiche Art von Mann ist, wie es Philip war. Ich bin mir sogar sicher, dass David ein zehnmal besserer Mensch ist, als dein Vater es je war. Aber ich weiß auch, dass Alkoholismus Menschen verführerisch und manipulativ machen kann, doch dass er auch Selbstbetrug erzeugen kann. Es ist die einzige Krankheit, bei der die Überzeugung, dass man gar nicht krank ist, ein Bestandteil dieser Krankheit ist. Ein Irrsinn geht mit ihr einher, in den man nur allzu leicht verwickelt werden kann. Ich möchte dich bloß daran erinnern, dass du Möglichkeiten hast, was immer du letztlich auch entscheiden magst. Ich hatte mir damals eingeredet, ich hätte keine andere Wahl, doch die hat jeder, und du hast sie auch.«

Rebecca denkt für einen Moment nach, bevor sie tief einatmet. »Ich möchte nicht zu verängstigt sein, um mein Leben zu leben, Mum.«

»Das will ich auch nicht für dich. Ich möchte, dass dein Leben anders ist als meins. Ich wünsche mir ein besseres Leben für dich und möchte, dass du glücklich bist. Und du hast immer noch Zeit – sehr viel Zeit –, um dafür zu sorgen, dass du es bist. Was ich von allem am meisten bereuen würde, wäre, dir nicht das Werkzeug mitgegeben zu haben, um deines eigenen Glückes Schmied zu sein.«

Rebecca schlingt die Arme um mich, und die Umarmung fühlt sich anders an als vorher: irgendwie fester und zugleich auch lockerer.

»Danke, Mum. Aber ich denke, ich sollte jetzt besser gehen. Ich habe einiges zu klären, wie du weißt.«

Ich nicke, obwohl ich sie eigentlich noch gar nicht gehen lassen will. »Nur noch eins, mein Schatz. Du kannst die Vergangenheit nicht vollkommen machen. Du kannst sie nicht umschreiben, um sie in dem Licht zu sehen, in dem du sie lieber sehen würdest. Und auch wenn wir beide uns noch so sehr wünschen, du hättest eine schönere Kindheit gehabt, wird dieser Wunsch nicht in Erfüllung gehen. Doch dich zu entscheiden, wie du mit der Kindheit, die du hattest, umgehen willst, das liegt sehr wohl in deiner Macht. Und es ist ein kostbares Geschenk. Also nutze es mit Klugheit und Vernunft.«

»Das werde ich, Mum. Versprochen. Mach dir bitte keine Sorgen, es wird alles wieder gut.«

Sie flüstert die Worte in mein Haar, und trotz allem, was geschehen ist, glaube ich ihr.

Und dann umarmt sie mich ein letztes Mal, bevor wir in die Diele gehen und sie das Haus verlässt.

Ich kehre ins Wohnzimmer zurück und beobachte sie durch das Fenster. Es scheint unmöglich zu sein, dass es erst vierundzwanzig Stunden her ist, seit ich sie das letzte Mal weggehen sah und befürchtete, dass sie vielleicht nie wiederkommen würde.

In all diesen Jahren habe ich das Gefühl gehabt, dass meine Beziehung zu Rebecca auf einer Verwerfungslinie erbaut worden war. Ich habe zwar ihr Leben lang versucht, sichere und geschützte Gebäude für unsere Beziehung zu errichten, doch jetzt kann ich sehen, dass sie der Instabilität ihrer Fundamente wegen stets schwach und anfällig sein würden. Irgendwie muss ich wohl immer schon geahnt haben, dass das Erdbeben eines Tages kommen und unsere Beziehung in die Brüche gehen würde. Ein Teil von mir hat es all diese Jahre schon befürchtet. Doch nun, da es geschehen ist und die Nachbeben allmählich abklingen, empfinde ich zum ersten Mal wieder Hoffnung, dass Rebecca und ich unsere Beziehung auf stärkeren, tieferen und ehrlicheren Fundamenten wiederaufbauen können.

Als Rebecca um die Ecke biegt und ich sie aus den Augen verliere, werde ich plötzlich von einer solch heftigen Anwandlung von Liebe zu ihr erfasst, dass sie mir die Tränen in die Augen treibt.

Ich trete vom Fenster weg und gehe in den Garten hinaus. Mir schwirren so viele Gedanken durch den Kopf, dass ich mich jetzt beschäftigen muss. Außerdem habe ich es viel zu lange aufgeschoben, all dieses Unkraut zu jäten, das sich da draußen ausgebreitet hat. Und ich möchte endlich einige Sträucher auspflanzen, die ich im Gartencenter gekauft habe.

Und so ziehe ich meine Gartenhandschuhe an, knie mich auf das Kissen, das meine Knie heutzutage brauchen, und beginne, Unkraut für Unkraut auszurupfen.

Fast vierzig Jahre habe ich mich um Rebecca gesorgt, und ich weiß, dass ich auch jetzt nicht damit aufhören werde. Man hört nie auf, sich um seine Kinder zu sorgen, egal, wie alt sie sind. Mit der Zeit wird auch Rebecca das noch lernen.

Zeit. Diese angeblich so große Heilerin, von der ich schon immer dachte, dass sie eher eine große Betrügerin ist, die die Vergangenheit verfälscht, verzerrt und verdreht, bis sie nicht wiederzuerkennen ist – selbst für diejenigen, die sie gelebt haben.

Aber jetzt frage ich mich, ob die Vergangenheit mich vielleicht nur verwirrte, als ich so tat, als wäre sie vorüber. Als ich versuchte, sie irgendwo sicher wegzuschließen und mir einzureden, dass sie kein Teil der Gegenwart mehr war. Doch nun, da sie ans Licht gekommen ist, stellt sich mir auch die Frage, ob die Macht, die diese Vergangenheit über mich hatte und hat, nicht allmählich schwächer werden wird.

Ich grabe ein tiefes Loch in dem Blumenbeet an der Mauer und fülle es halb mit Kompost, bevor ich vorsichtig eine Geißblattpflanze aus ihrem Plastiktopf nehme und sie in die Erde umpflanze.

Dabei denke ich an all die Selbsthilfebücher, die ich im Laufe der Jahre gelesen habe, mit ihrem endlosen Gerede über Weitermachen, Neuanfänge und Genesung. Ich habe das Wort »Genesung« nie gemocht, weil es nahelegt, dass ich eines Tages wieder derselbe Mensch sein werde wie vor meiner Heirat mit Philip, und ich weiß, dass das unmöglich ist. Ich weiß, dass es dabei nicht um Genesung und *Gesundung* geht, sondern darum zu lernen, mit seinen Erinnerungen zu leben.

Vorsichtig drücke ich die Erde um das Geißblatt an, bis es sicher und gerade im Erdreich eingebettet ist, und lehne mich zurück, um mir die Pflanze anzusehen. Im nächsten Sommer müsste sie zu blühen beginnen, sich an der Mauer hinaufwinden und den ganzen Garten mit ihrem Duft erfüllen. Und mit ihren pinkfarbenen Blüten wird sie auch vom Küchenfenster aus sehr gut zu sehen sein.

Ich weiß, dass ich für immer mit mir herumtragen werde, was Philip zugestoßen ist. Auch dass es mich verändert hat, ist mir bewusst. Aber zu sehen, wie tapfer und rücksichtsvoll Rebecca darauf reagierte, war nichts Geringeres als eine Offenbarung.

Denn wenn Rebecca anfangen kann, sich mit der Vergangenheit zu versöhnen, und es fertigbringt, mir zu verzeihen, besteht vielleicht noch Hoffnung, dass auch ich mir eines Tages vergeben kann.

KAPITEL ZWEIUNDNEUNZIG

BEX

Ich stehe oben auf dem Parliament Hill und blicke auf London hinab. Ich liebe diese Aussicht auf St. Paul's Catheral, BT Tower, The London Eye, The Gerkin, The Shard … und immer wieder neue, im Bau befindliche Gebäude. London in seiner ganzen Pracht liegt vor mir – Vergangenheit, Gegenwart und Zukunft in einem einzigen beeindruckenden Panorama.

Vor meinem inneren Auge reihen sich die verschiedenen Stadien meines Lebens so ordentlich aneinander wie russische Puppen, die alle in die Person hineinpassen, die ich heute bin: Kindheit, Schule, Universität, Arbeit, Freundschaften, Ehe, Mutterschaft. Sieben Puppen, die sich alle ähneln und trotzdem alle anders sind. Nur hat die kleinste Puppe jetzt eine andere Form angenommen, und ich muss zusehen, wie ich sie wieder passend machen kann.

Zeit, Verleugnung und Vergessen haben hart daran gearbeitet, meine Vergangenheit für mich auszulöschen. Aber das kleine Mädchen, das so viele Streitigkeiten seiner Eltern mitbekam, das erschrak, wenn es die Stimme seines Vaters hörte, und sich unter einen beschützenden mütterlichen Arm duckte, ist immer da gewesen. Diese Kleine war stets an meiner Seite und hat am Saum meines Rockes gezupft. Sie ist nie weggegangen. Und nun, da ich ihre Anwesenheit endlich wiederentdeckt habe, möchte ich die Hand nach ihr ausstrecken, sie in die Arme nehmen und ihr die Sicherheit und den Halt geben, die sie verdient und braucht.

Und dann verwandelt sich das Gesicht dieses kleinen Mädchens vor meinem inneren Auge in Jacobs, und eine jähe Sehnsucht, ihn zu halten, ihn zu küssen und seinen Duft einzuatmen, ergreift mich.

Ich werfe einen Blick auf meine Armbanduhr. Ein Uhr. Noch zweieinhalb Stunden, bis ich ihn von der Schule abholen kann.

Ich mache mich auf den Weg den Hügel hinab und auf die Teiche zu. Ich bin heute Nachmittag von einer Ruhelosigkeit beherrscht, die mich bei dem bloßen Gedanken, still zu stehen oder irgendwo ruhig zu sitzen, mit Panik erfüllt.

Während ich den Weg hinunterlaufe, sehe ich plötzlich wieder Mums Gesicht vor mir. Das Gesicht, das sie machte, als ich gerade ging. Sie sah anders aus, wie eine Frau, deren Schultern endlich von der Last befreit worden sind, die sie fast vierzig Jahre allein getragen hatte.

Es gibt sehr viele Ähnlichkeiten zwischen uns, die ich jetzt erkennen kann. So viele Verhaltensweisen, die ich von ihr übernommen habe, ohne mir dessen bewusst zu sein. So viele Dinge, durch die unser Leben untrennbar verbunden ist durch eine Geschichte, von der ich nicht einmal etwas geahnt hatte. Aber so sehr ich Mum auch liebe, will ich doch nicht wie sie werden. Mein Erwachsenenleben soll nicht zu einer Wiederholung des ihren werden. Ich will nicht die Vergangenheit bereuen, mich vor der Gegenwart verstecken und die Zukunft fürchten. Ich will mich nicht aus Angst vor der Kindheit, die ich Jacob gegeben habe, und vor dem Schaden, den sie verursacht haben könnte, an meinen Jungen klammern, wie meine Mutter es bei mir getan hat.

Ich möchte, dass er frei bleibt von dem emotionalen Erbe, mit dem sowohl David als auch ich riskieren, ihn zu belasten.

Indem Mum mir die Wahrheit sagte, hat sie mir etwas gegeben und zugleich auch etwas weggenommen. Genommen hat sie mir die Vorstellung von einer glücklichen Kindheit, von einem liebevollen Vater und der guten Ehe meiner Eltern. Aber dafür hat sie mir etwas sehr viel Wertvolleres gegeben: die Möglichkeit, Beziehungen aufzubauen, die auf dem Wissen beruhen, wer ich bin, statt auf einer nur bruchstückhaften Kenntnis meiner eigenen Identität. Und die Möglichkeit, eine ehrliche Beziehung nicht nur zu ihr, sondern auch zu David und zu Jacob aufzubauen. Und ich bin fest entschlossen, dass Jacob stets die Wahrheit erfahren und es keine Geheimnisse mehr zwischen uns geben soll.

Als ich den Badeweiher für Männer erreiche, kann ich viele Köpfe auf der Wasseroberfläche auf- und untertauchen sehen.

David liebt es, in diesem Teich zu baden. Er sagt, es sei verjüngend und wasche den Schmutz der Welt von seiner Haut, wie es sonst nur das Schwimmen im Meer vermöge. Bei einer unserer ersten Verabredungen versuchte er, mich zu überreden, mit ihm zu dem gemischten Badeteich zu gehen. Damals habe ich ihn ausgelacht und gesagt, ein Swimmingpool wäre mir lieber. Aber heute glaube ich, dass ich das Reizvolle daran sehen kann.

Die Erinnerungen an unsere frühen Verabredungen krampfen mir das Herz zusammen. Die Erinnerungen an die Zeit, in der unsere Beziehung noch so unkompliziert zu sein schien. Als Davids Trinken noch kein Problem darstellte. Ich wünschte, ich wüsste, wann sich das geändert hat. Wann zum ersten Mal der Boden für den verwahrlosten Garten bereitet wurde, zu dem unsere Ehe geworden zu sein scheint. War es bei dem ersten Mal, als wir uns betrunken stritten? Bei dem ersten Mal, an dem er aggressiv wurde, nachdem er getrunken hatte? Oder begann es schon in demselben Moment, in dem ich ihn auf dieser Party in Shoreditch sah, in dem Moment, als mich irgendetwas zu einem Mann hinzog, der die Geschichte meiner

Vergangenheit vervollständigen würde – einer Vergangenheit, die ich mich gezwungen hatte zu vergessen?

Für einen Augenblick muss ich stehen bleiben und die Augen vor dem Schwindel schließen, der mich ergreift. Vor dem Schwindel bei dem Gedanken, dass es vielleicht doch nicht der große Glücksfall war, für den ich es immer gehalten hatte, mich in David zu verlieben. Hatte ich mich stattdessen in etwas mir Vertrautes verliebt, das nur vorübergehend vergessen gewesen war? In Verhaltensmuster, die sich mir in meiner Kindheit eingeprägt hatten und viel machtvoller waren als meine Fähigkeit, sie zu unterdrücken?

Verliebte ich mich vielleicht in David, weil ich instinktiv versuchen wollte, etwas zu reparieren, von dem ich nicht einmal wusste, dass es kaputt war.

Schließlich öffne ich die Augen und laufe schnell und entschieden weiter, obwohl ich mir nicht mal sicher bin, wohin ich gehe. An dem Bootsteich vorbei auf das Vogelschutzgebiet zu und in den Wald …

Im Geiste kehre ich zu dem Tag zurück, an dem Jacob geboren wurde, und plötzlich kommt mir der Gedanke, wie unterschiedlich David und ich uns veränderten, nachdem wir Eltern geworden waren. Ich selbst kann mich kaum noch an mein Leben vor Jacob erinnern. Für mich ist es, als wäre diese Version von mir selbst vor der Mutterschaft nur ein Foto. Ein Foto, an dessen Aufnahme ich mich zwar schwach erinnern kann, doch ohne zu wissen, wo oder wann es aufgenommen wurde oder wie ich mich damals fühlte. Bei David dagegen war es anders. Ich weiß zwar, dass er Jacob mehr liebt als alles andere auf der Welt, aber seine Geburt hat ihn nicht so verändert, wie sie mich veränderte. Sie ordnete die tektonischen Platten, auf denen sein Leben und seine Liebe ruhen, nicht etwa neu an, wie sie es bei mir tat.

Mir ist ganz schwindlig vor Verwirrung, als ich den Hügel wieder hinaufzusteigen beginne, um zu der Stelle zurückzukehren, wo ich begonnen habe. Es kommt mir jedoch so vor, als wäre jeder Weg, den ich in Betracht zu ziehen wage, mit Bedenken befrachtet, als gäbe es einfach keinen klaren Weg nach vorn.

Melissas Stimme kommt mir plötzlich in den Sinn: *Du musst dich nicht auf jeden Streit einlassen, zu dem du herausgefordert wirst.* Damit hat sie natürlich recht, das weiß ich. Und in letzter Zeit hat es zu viele Streitereien zwischen David und mir gegeben. Meine Ehe fühlt sich langsam wie ein Schlachtfeld an, auf dem aber nicht David mein Gegner ist, sondern der Alkohol. Es ist ein Kampf zwischen mir und dem Alkohol, ein Kampf, von dem ich nicht das Gefühl habe, ihn gewinnen zu können.

Eine Welle der Furcht steigt von irgendwo tief in mir auf, und für einen Augenblick wird mir speiübel.

Als ich erneut die Augen schließe, sehe ich wieder Jacob vor mir, wie er gestern Morgen in diesem Tunnel auf dem Spielplatz saß, und ich kann spüren, wie mein Puls sofort darauf reagiert und schneller wird.

Ich kann meinem Jungen nicht die gleichen Erfahrungen zumuten, die ich selbst gemacht habe. Ich muss den Teufelskreis brechen und darf nicht zulassen, dass die Geschichte sich wiederholt.

Mein Magen zieht sich schmerzhaft zusammen, als ich die Augen öffne und weiter den Hügel hinaufsteige.

Oben angekommen, nehme ich mein Telefon heraus und scrolle zu Davids Namen in der Liste meiner Kontakte.

Sein Foto leuchtet auf dem Display auf, und meine Brust wird so eng, dass ich mich zwingen muss zu atmen.

Es ist mein Lieblingsfoto von ihm. Ein Foto von ihm an unserem Hochzeitstag, auf dem er jemanden anlacht, der nicht zu sehen ist. Dieser Jemand bin ich während meiner kleinen Ansprache, bei deren Ende wir beide den Tränen nahe waren. Ich kann mich noch so deutlich an das Gefühl erinnern, als stünden wir jetzt gerade zusammen in diesem Festzelt: das Gefühl, dass ich nie glücklicher gewesen war und es kaum erwarten konnte, unsere jetzt offizielle gemeinsame Zukunft zu beginnen.

Eine solch machtvolle Woge der Liebe zu ihm überschwemmt mich, dass ich mich auf eine Bank setzen muss, um nicht zu fallen.

Und dann wähle ich seine Nummer und warte darauf, dass er abnimmt.

»Bex? Ist alles okay?«

Ich denke über all die möglichen Antworten auf diese Frage nach, über all die Wege, die wir zusammen beschreiten könnten – und dabei wird mir klar, dass es nur eine Antwort gibt, die ich ihm in aller Aufrichtigkeit geben kann.

»Ich bin auf dem Parliament Hill im Heath. Wir müssen dringend miteinander reden. Glaubst du, du könntest dich von der Arbeit loseisen und mich hier treffen?«

Ich weiß, was er antworten wird, noch bevor ich höre, wie er scharf die Luft einzieht.

»Natürlich. Ich fahre gleich los und bin in einer halben Stunde dort, okay?«

KAPITEL DREIUNDNEUNZIG

BEX

Ein einzelner Drachen schwebt in der Luft, als wartete er nur auf eine Gelegenheit zur Flucht und könnte fast nicht glauben, dass er immer noch am Boden festgehalten wird. Doch darunter steht ein junges Paar, das vielleicht Anfang zwanzig ist, mit dem Rücken zum Wind und hält die Spule mit der Leine fest. Die Frau drängt sich so dicht hinter den Mann, als machten sie sich zu einem Tandemfallschirmsprung bereit, und beide lachen, als sie ihm beizubringen versucht, den Drachen in der Luft zu halten.

Sie sehen so glücklich aus, so unbekümmert und so voller jugendlicher Zuversicht, dass ihr Anblick mir das Herz zerbricht, auch wenn ich mir nicht sicher bin, ob aus Neid oder aus Trauer.

Schließlich löse ich den Blick von ihnen und wende mich wieder David zu, der in einem Wäldchen auf halber Höhe des Hügels neben mir sitzt. Er sieht vollkommen schockiert aus, was aber auch nicht anders zu erwarten war nach allem, was ich ihm gerade gesagt habe.

Zunächst einmal habe ich ihm alles erzählt. Oder fast alles. Über Mum und Dad und die ganz andere Familiengeschichte, von der ich erst gestern erfahren habe. Von Mums beständiger Angst, von ihrem Mut und dem Geheimnis, das sie mir zuliebe all diese Jahre für sich behalten hatte. Von Dads Alkoholismus, seiner Aggressivität und Gewalttätigkeit. Ich glaubte, David erschrecken zu sehen, als ich davon sprach, doch falls da auch nur ein Anflug von Erkenntnis war, hat er ihn sehr schnell wieder verborgen. Allerdings habe ich ihm auch nicht alle Einzelheiten über die Nacht erzählt, in der Dad starb. Nichts über den vorangegangenen Streit meiner Eltern und nichts über die Autoschlüssel, die Mum Dad durch den Briefschlitz zugeworfen hatte. Und ich habe ihm auch nichts von den Schuldgefühlen gesagt, die sie selbst nach all den Jahren noch verfolgen. Das ist Mums Geschichte, die zu erzählen ihre Sache und nicht meine ist. Von mir hat David nur erfahren, dass Dad betrunken war, als er mit seinem Wagen gegen einen Baum krachte, und dass er allein die Schuld an seinem tödlichen Unfall trug. Was zumindest meiner Meinung nach ja auch stimmt.

»Ach du meine Güte, Bex! Kein Wunder, dass du gestern Abend so in Gedanken versunken warst. Ich dachte, das sei nur meine Schuld.«

Er greift nach meiner Hand, um sie zu streicheln, und mir dreht sich der Magen um vor Beklommenheit und Besorgnis.

»Ehrlich gesagt war es beides, David. Denn bei uns läuft es ja auch nicht gerade bestens, nicht?«

Sein Ausdruck wechselt, Mitgefühl weicht Unbehagen, und erst jetzt merke ich, dass ich ihm mit der Geschichte von Mums und Dads Ehe ein trügerisches Gefühl der Sicherheit vermittelt habe, dass wir uns hier nicht getroffen haben, um über unsere eigene zu sprechen.

»Das weiß ich, Bex. Und es tut mir auch wirklich leid, dass unsere Beziehung in letzter Zeit so angespannt war. Doch über all dem Stress bei der Arbeit und all dem Ärger mit meiner Mum habe ich das Wichtigste, also dich und Jacob, aus dem Blick verloren. Und das tut mir ehrlich leid, Bex. Aber ich habe bereits den Entschluss gefasst, in Zukunft an den Wochenenden nicht mehr zu arbeiten und auch wegen Mums bevorstehender Ankunft nicht mehr so gestresst zu sein. Es ist nun mal, wie es ist, Bex, und wir werden einfach versuchen, sie so wenig wie nur möglich zu sehen.«

Davids Stimme klingt so überzeugend, ernsthaft und bezwingend, dass ich mich einen Moment lang fast von seinen Argumenten umstimmen lasse.

»Aber es geht ja nicht nur darum, David, nicht? Es geht nicht nur um deinen Job und deine Mum, sondern um dich und mich und Jacob. Um dein Trinken und die schädlichen Auswirkungen, die es auf unsere Familie hat. Um dein heimliches Trinken und die Vorfälle von Samstagnacht und Jacobs Weglaufen … Das ist doch kein normales Familienleben, David. Und schon gar kein normales, gesundes Familienleben. Das wirst du doch verstehen, nicht?«

David wendet den Blick von mir ab und schaut zum Hügel hinauf. Im Stillen flehe ich ihn an, mir zu helfen und nicht mich die ganze Arbeit tun zu lassen. Es mir nicht noch schwerer zu machen, als es ohnehin schon ist.

»All das lässt sich ändern, Bex. All das wird sich ändern, das verspreche ich dir. Ich weiß, dass du glaubst, meine Arbeit und meine Mum wären nur Ausreden, doch in letzter Zeit bin ich wirklich total gestresst gewesen. Ich weiß selbst, dass sich etwas ändern muss, und das wird es auch, das schwöre ich dir.«

Er ist so angespannt, dass sich die Haut auf seinem Nasenrücken kräuselt, und ein Teil von mir ist versucht, sie glatt zu streichen. Doch ich weiß, dass ich hart bleiben muss, und ziehe meine Hand zurück.

»Ich wünschte, es wäre so leicht, David. Wenn du wüsstest, wie sehr ich mir das wünsche! Aber so einfach ist das nun mal nicht. Und ich glaube, dass du das tief im Innersten auch weißt. Dein Trinken ist ein Problem. Es ist eine Abhängigkeit, eine Suchtkrankheit. Und sosehr ich auch wünschte, ich könnte einen Zauberstab schwingen und dich davon befreien, liegt das leider nicht in meiner Macht. Ich weiß, wie stark du bist,

David, doch das hier ist keine Frage der Willenskraft. Wenn es das wäre, hättest du inzwischen aufgehört zu trinken. Das kannst du aber nicht, weil du es wollen müsstest. Wirklich wollen, David. Und auch wenn es mir das Herz bricht, es dir sagen zu müssen: Ich kann dich nicht heilen.«

Ich spüre, dass ich die Kontrolle über meine Stimme verliere; mir ist, als zersplitterte sie.

»Wie meinst du das, Bex? Was willst du eigentlich wirklich damit sagen?«

Seine Stimme ist schwach und leise, und er vermeidet es, mich anzusehen.

»Dass wir meiner Meinung nach ein bisschen Abstand voneinander brauchen, David. Denn ich glaube nicht, dass ich so weitermachen kann. Mit dir so weitermachen kann.«

Die Worte klingen so verzerrt in meinem Kopf, dass ich mir nicht hundertprozentig sicher bin, sie laut gesagt zu haben, bis David mein Gesicht zwischen seine Hände nimmt und ich aufblicke und den gequälten Ausdruck in seinen Augen sehe.

»Bex, mein Schatz, du hast einen schweren Schock erlitten. All diese Dinge über deine Eltern herauszufinden ... Ich kann mir vorstellen, wie destabilisierend das für dich gewesen sein muss und wie sehr es dich seelisch und geistig durcheinandergebracht hat. Aber verwechsle deine Aufregung über all das bitte nicht mit dem, was zwischen uns beiden ist. Uns beiden geht es gut. Wir müssen uns nur ein bisschen mehr Zeit füreinander nehmen, und ich muss mein Trinken einschränken. Doch zwischen uns ist alles gut, Bex. Und du weißt, dass es so ist.«

Ich wünschte, er hätte recht. Aber die Verzweiflung in seiner Stimme verrät mir, dass sogar er weiß, dass es nicht so ist. Ich schlucke meine Tränen hinunter und nehme seine Hände von meinen Wangen.

»Zwischen uns ist gar nichts gut, David. Wir sind in einer unmöglichen Lage, und das ist Jacob auch, und ich glaube, dass keiner von uns ihm das noch länger antun will. Oder? Du hast recht damit, dass ich gestern unter Schock stand, jetzt jedoch nicht mehr, David. Komischerweise ergibt plötzlich alles mehr Sinn, als es das je zuvor getan hat. Es tut mir leid. Du weißt, wie leid es mir tut. Aber ich möchte, dass wir uns für eine Weile trennen. Ich glaube, das brauchen wir – und müssen wir.«

Die Worte schnüren mir die Kehle zu, die ohnehin schon brennt vor Fassungslosigkeit darüber, dass ich sie überhaupt ausspreche. Dass ich Dinge sage, von denen ich noch vor achtundvierzig Stunden nie gedacht hätte, dass ich sie David einmal sagen würde.

»Bitte, Bex! Bitte! Du stehst noch immer unter Schock und denkst nicht klar. Bitte warte, bis sich deine Aufregung über all diese Enthüllungen deiner Mum gelegt hat, bevor du derartige Entscheidungen triffst. Du darfst keine solchen Entscheidungen treffen nach allem, was du durchgemacht hast. Das kannst du nicht tun, Bex. Es geht hier um uns. Um unsere Familie. Um dich und mich und Jacob. Bitte tu uns das nicht an! Bitte nicht!«

Seine Stimme versagt beinahe, und ich halte seine Hände fest in meinen, um ihn wissen zu lassen, dass ich bei ihm bin, auf seiner Seite bin, auch wenn wir getrennte Wege zu gehen beginnen.

»Bitte mach es nicht noch schwerer, als es ist, David. Du musst dir doch denken können, wie schwer das für mich ist. Ich würde es nicht tun – und das weißt du auch –, wenn ich nicht der Meinung wäre, dass es das Richtige ist. Das einzig Richtige, was wir tun können.«

Mein Gesicht ist schon ganz heiß und feucht von den Tränen, die mir über die Wangen laufen.

Einen Moment sagt David nichts und schaut mir nur so tief in die Augen, als suchte er darin nach der Lösung eines Rätsels. »Liebst du mich denn nicht mehr?«

Er schluckt heftig, und ich zögere, weil ich mir meiner Antwort nicht ganz sicher bin, obwohl ich stundenlang darüber nachgedacht habe. »Ich glaube, ich liebe eine Ausgabe von dir, die es nicht mehr gibt.«

Als ich sehe, wie seine Augenwinkel sich zerknittern, wird meine Brust ganz eng von der Last des Wissens, dass ich es bin, die ihm wehtut.

»Eine Erinnerung an einen anderen David«, füge ich hinzu, als könnte das helfen, es ihm zu erklären.

Er schüttelt den Kopf, ganz leicht nur, und holt tief Luft. »Dann ist deine Antwort also Nein?«

Er sieht mich so unendlich traurig an, dass ich mir nahezu sicher bin, sein Herz brechen zu hören.

»Natürlich liebe ich dich noch, David. Ich werde dich immer lieben. Ich liebe halt nur nicht den Alkoholiker in dir, und im Moment ist es unmöglich, die beiden zu trennen – weil ihr einfach untrennbar miteinander verbunden seid.«

»Das sagst du doch jetzt wegen Samstagnacht, nicht wahr? Wegen meines Ausrasters? Ich habe dir doch schon erklärt, dass es mir leidtut, Bex. Und du weißt, *wie* leid es mir tut. Du weißt, dass so etwas nie wieder vorkommen wird. Es war ein Ausrutscher, ein vorübergehender Kontrollverlust. Ich schwöre dir, dass so etwas nie wieder passieren wird. Bitte, Bex, tu das unserer Familie nicht an, nur weil ich mich für Sekundenbruchteile vergessen habe! Zum ersten und einzigen Mal während unserer ganzen Ehe. Mehr war das nicht, Bex.«

Mir tut das Herz weh von dem Wunsch, ihm glauben zu können. Und sechsunddreißig Stunden zuvor hätte ich es wohl auch getan. Jetzt jedoch erinnere ich mich, wie verzweifelt

Mum aussah, als sie mir gestern Morgen ihre Geschichte erzählte, und schüttle instinktiv den Kopf.

»Aber es war nicht nur ein einmaliger Kontrollverlust, nicht wahr, David? Jedes Mal, wenn du an einem ganz gewöhnlichen Wochentag beim Abendessen eine zweite Flasche Wein öffnest, ist das ein Kontrollverlust. Jedes Mal, wenn du ein paar Gin Tonic trinkst, bevor wir abends ausgehen, oder dir am Ende des Abends noch einen dreifachen Whisky bestellst, obwohl du bereits angetrunken bist – all das sind Kontrollverluste, die ihre Auswirkungen haben. Es geht nicht nur um Samstagnacht, David. Oder um die Momente, in denen du aggressiv wirst. Es geht nicht einmal darum, dass du heimlich trinkst. Jedes Mal, wenn du dir ein paar Drinks genehmigst, um ›abzuschalten‹, bist du nicht mehr ganz präsent in unserer Familie. Dann ist es so, als hätte der Alkohol sich auf perfide Weise in unser Leben eingeschlichen und hockte nun in jedem Zimmer in einer Ecke wie ein Golem, der nur darauf wartet, jede Unterhaltung zu vergiften. Und er ist schon immer da gewesen und hat das Gleichgewicht unserer Beziehung und unserer Familie gestört. Du weißt selbst, dass es so ist, David. Und mir gefällt das nicht. Ich mag es nicht, wie der Alkohol unser aller Leben beeinflusst. Versuch das doch bitte zu verstehen, ja?«

Ich würde gern noch mehr dazu sagen, kann es aber nicht, weil Traurigkeit und Kummer einen schmerzhaften Kloß in meiner Kehle formen, der mir das Sprechen fast unmöglich macht.

»Ich habe dir doch schon gesagt, dass sich das ändern lässt. Und ich verspreche dir, dass es sich ändern wird, Bex. Du hast gestern gesagt, ich sollte mir Hilfe suchen. Okay, das werde ich tun, versprochen. Ich werde mir einen Arzt suchen und mich behandeln lassen. Alles, wovon du sprichst, kann besser werden, das versichere ich dir.«

Ich höre seiner Stimme an, wie ernst es ihm gemeint ist und wie sehr er daran glaubt. Und die zerbröckelnde Mauer um mein Herz fleht mich an, David noch eine Chance zu geben und gemeinsam mit ihm zu versuchen, alles wieder zu kitten, was zerbrochen worden ist. Doch wann immer ich den Mund öffne, um ihm zuzustimmen, muss ich an Mum, Dad und die Nacht denken, in der Dad starb, und meine Lippen verschließen sich wie von selbst vor einer Einigung mit David.

»Ich hoffe wirklich sehr, dass du es kannst. Auf jeden Fall wünsche ich es mir mehr als alles andere, das musst du mir glauben, David. Und ich werde auch für dich da sein, um dich auf jedem Schritt des Weges zu unterstützen. Nur eben nicht als deine Frau. Es tut mir leid, doch das kann ich nicht mehr. Vor zwei Tagen hätte ich es vielleicht noch gekonnt, aber heute nicht mehr. Nicht nach allem, was ich seitdem erfahren habe. Du hast recht, es geht nicht nur um dich und deinen Alkoholkonsum. Es geht auch um mich und mein eigenes Ich. Nach allem, was in den letzten paar Tagen geschehen ist, habe ich das Gefühl, als wüsste ich nicht einmal mehr, wer ich bin. Oder wer wir sind und was aus unserer Ehe geworden ist. Ich brauche Zeit, um mir über all das klar zu werden.«

»Aber das ist doch genau das, was ich sage, Bex! Wir beide müssen uns über sehr viel klar werden, und wir sollten es zusammen tun. In guten wie in schlechten Tagen, in Krankheit und Gesundheit … Das ist es doch, was eine Ehe ausmacht und was wir einander versprochen haben, nicht?«

Er lächelt jetzt schon beinahe und ermutigt mich, mich zu erinnern, weil er wohl hofft, dass wir unsere Zukunft in einer Sehnsucht nach der Vergangenheit finden können.

»Ich weiß. Und es war mir ernst damit. Damals war jedes meiner Worte ernst gemeint.«

Ich sehe, wie das Lächeln seinem Gesicht entgleitet und

seine Augen sich vor Schmerz verdunkeln. »Aber jetzt ist es dir nicht mehr ernst damit?«

Für einen Moment kann ich mich weder bewegen noch etwas sagen. Als ich endlich wieder dazu in der Lage bin, schüttle ich nur stumm den Kopf, während mein Herz in meiner Brust in eine Million Stücke zu zerspringen scheint.

»Und Jacob? Wenn du es dir mir zuliebe nicht noch einmal überlegen willst, dann tu es doch bitte wenigstens für ihn.«

In Gedanken sehe ich Jacob wieder in diesem Tunnel sitzen und sein Spiderman-Notizbuch an die Brust drücken, dessen Seiten mit Fantasien von einem anderen, besseren Vater gefüllt sind. Mit Fantasien, die sich gar nicht so sehr von jenen unterscheiden, die ich selbst in all diesen Jahren gehegt habe.

Ich werde David jedoch nie die ganze Wahrheit darüber erzählen, warum Jacob weggelaufen ist. Weil das zu grausam wäre, unnötig grausam, und ich ihm nicht zweimal an einem Tag das Herz brechen werde. Ich kann David nicht das Gefühl geben, dass er uns beide verliert. Denn ich hoffe, dass zumindest er und Jacob mit der Zeit wieder zueinander zurückfinden könnten, falls David sein Versprechen hält und etwas gegen seinen Alkoholismus unternimmt.

»Ich tue es für Jacob, David. Du musst doch gesehen haben, wie unglücklich er in den letzten paar Monaten gewesen ist? Wie still und in sich gekehrt er war? Und dass er von zu Hause wegläuft … das passt gar nicht zu ihm, David. Ich befürchte wirklich sehr, dass wir ihm großen Schaden zufügen. Was er Samstagnacht gesehen hat – ich weiß, dass es ein Ausrutscher war. Aber kein Kind sollte so etwas je sehen müssen. Das Fiasko bei der Schulaufführung war schon schlimm genug, und jetzt wage ich kaum daran zu denken, was er im Laufe der Jahre vielleicht sonst noch alles beobachtet oder gehört haben mag. Ich kann es nicht riskieren, ihm noch mehr dergleichen aufzubürden. Unsere Probleme sind die unsrigen, nicht seine. Jacob sollte nicht tagein, tagaus mit ihnen leben müssen. Es ist nicht fair ihm gegenüber, und ich denke nicht daran, ihm eine solche Art von Kindheit zuzumuten. Ich werde nicht zulassen, dass er das Gleiche tut wie ich als kleines Mädchen und sich Fantasiegeschichten ausdenkt, weil die Wirklichkeit zu schwer zu ertragen ist. Ich will, dass die Dinge für Jacob anders sind, als sie es für uns beide früher waren. Er soll eine bessere Kindheit haben, als du oder ich sie hatten. Ich werde nicht dulden, dass die Geschichte sich wiederholt. Auf gar keinen Fall. Und die Verantwortung dafür liegt hier bei uns.«

Meine Stimme klingt autoritärer und entschiedener, als ich es erwartet hatte. Und erst als ich gesagt habe, was gesagt werden musste, wird mir klar, wie bitterernst es mir damit ist. Jacob wird eine bessere Kindheit haben, als David oder ich sie hatten. Ihrem Sohn oder ihrer Tochter einen besseren Start ins Leben zu ermöglichen, als man selbst ihn hatte, sollte das Mindeste sein, was alle Eltern für ihr Kind anstreben. Und was Jacob braucht – und verdient –, ist eine reinere und breitere emotionale Leinwand, um seine eigene Zukunft darauf zu entwerfen, wie immer sie auch aussehen mag.

Eine einzelne Träne rollt über Davids Wange.

Es ist das erste Mal überhaupt, dass ich ihn weinen sehe, wird mir plötzlich klar.

»Diese Trennung wird nicht nur eine vorübergehende, sondern eine dauerhafte sein, nicht wahr?«

Meine Brust zieht sich zusammen, und ich kann spüren, wie all die Liebe und der Verlust, die Freude und der Kummer, die Hoffnung und Verzweiflung in die klaffende Wunde fallen, an der sich früher einmal mein Herz befand.

Doch erst als ich nicke, wird mir ohne jeden Zweifel klar, wie meine Antwort lauten muss.

Und wieder zerknittert sich Davids Gesicht, und wir schließen einander in die Arme und vergießen beide Tränen um die Vergangenheit und jeden Seite an Seite verbrachten Moment. Um die dreizehn Jahre, in denen unsere Leben so eng und intim miteinander verknüpft gewesen waren, dass ich mir nicht recht vorstellen kann, wie wir sie voneinander trennen sollen. Sogar jetzt, da ich mich entschieden habe, kann ich es mir nicht vorstellen. Ich weine aber auch um die Zukunft, von der ich immer glaubte, sie gehörte uns. Um diese Zukunft, von der ich mir seit unserer Heirat stets so sicher gewesen war, dass wir sie gemeinsam meistern würden, Hand in Hand und bis ans Ende unserer Tage. Aber vor allem weine ich um exakt diesen Moment, um diesen so besonderen Moment, in dem unsere Leben ihren Kurs ändern, unser bisher gemeinsamer Weg sich trennt und in zwei verschiedene aufteilt. In zwei verschiedene Wege, die wir uns beide noch nicht so recht vorstellen können.

Wir halten uns aneinander fest, um uns diesen Augenblick zu bewahren, in dem wir noch zusammen sind und die Vergangenheit noch immer etwas ist, das wir gemeinsam besitzen, bevor wir auseinandergehen, um jeder seiner eigenen Zukunft entgegenzusehen.

Und während ich in Davids Armen dasitze und wir beide zittern von dem Kummer, der noch einen weiten Weg zurückzulegen hat, erinnere ich mich plötzlich, vor über zehn Jahren in der gleichen Umarmung dagesessen zu haben. Es war an dem Abend, an dem David mir einen Antrag machte und wir beide so voller Liebe, Sicherheit und Zukunftshoffnung waren, dass wir uns sogar schon Eheversprechen ausdachten und einander machten.

Ich verspreche, nicht an dir herumzunörgeln. Ich verspreche, immer unternehmungslustig zu sein. Ich verspreche, niemals zu versuchen, dich zu ändern.

Meine Kehle wird eng bei der Erinnerung daran. Diese Versprechen waren mir alle ernst gemeint gewesen, jedes einzelne Wort.

Ich verspreche, nie zu vergessen, wie das Licht dein Haar zum Schimmern bringt wie den Glorienschein eines Engels. Ich verspreche, mich immer an die reizenden Grübchen um deinen Mund zu erinnern, wenn du mich anlächelst, und an das Abbild meiner selbst, das ich in deinen Augen sehen kann. Ich verspreche dir, diesen Moment stets in Erinnerung zu bewahren und niemals zu vergessen, warum ich dich heiraten und nie, nie wieder gehen lassen will.

Es bricht mir das Herz, mir Davids Worte in Erinnerung zu rufen.

Aber wie hätten wir damals auch wissen können, dass es mit uns einmal so enden würde?

»Bereust du es, mich geheiratet zu haben?«

David flüstert die Worte in mein Haar, als wäre er sich nicht sicher, ob er bereit für meine Antwort ist.

Ich entziehe mich seiner Umarmung und nehme sein Gesicht zwischen meine Hände, weil er durch die Tränen in meinen Augen die Wahrheit sehen muss.

»Natürlich nicht, David. Ganz und gar nicht. Nicht einmal eine Sekunde lang. Ich war sehr gern mit dir verheiratet. Es waren wundervolle Jahre, in vielerlei Hinsicht. Es gibt nichts, absolut nichts in mir, das wünscht, wir hätten es nicht getan. Und glaub mir, wenn ich einen Schalter umlegen könnte, um mich wieder so zu fühlen wie vor ein oder zwei Jahren, würde ich es tun. Auf der Stelle. Aber irgendetwas hat sich geändert, und ich weiß nicht, was es ist. Ich weiß nur, dass ich es nicht rückgängig machen kann, egal, wie gern ich es auch täte. Es tut mir leid, David. Es tut mir wirklich schrecklich leid, dass ich die Uhr nicht zurückdrehen kann. Ich hätte nie gedacht, dass ich den Rest meines Lebens nicht mit dir verbringen würde. Ein Teil von mir kann immer noch nicht ganz glauben, dass ich dir das alles sage. Und vielleicht wäre ja auch alles anders, wenn ich nicht all diese bitteren Wahrheiten über Mum und Dad erfahren hätte. Doch denk bitte, bitte nicht, dass ich es bereue, dich geheiratet zu haben! Ich könnte es nie im Leben bereuen, weil es ohne unsere Ehe Jacob nicht gäbe. Und Jacob werden wir immer haben, David, und durch ihn werden wir ein Leben lang miteinander verbunden sein.«

Mittlerweile strömen mir die Tränen schon so heftig über das Gesicht, als würden sie nie wieder versiegen.

»Bex? Wann musst du Jacob abholen, fällt mir gerade ein?«

Ich werfe einen Blick auf meine Uhr, rappele mich hastig auf und wische mir mit dem Ärmel meines Mantels die Tränen vom Gesicht.

»Mist. In zehn Minuten. Das wird mir eine weitere Strafpredigt von Miss Henshall einbringen.«

Mit tränenfeuchten Augen tauschen wir ein etwas unsicheres Lächeln aus, das das Brechen unser beider Herzen überspielen soll.

»Möchtest du nicht mitkommen? Jacob wäre begeistert.«

David zögert, und eine plötzliche Befangenheit entsteht zwischen uns beiden. Eine ungewohnte Förmlichkeit, die sich während einer einzigen, herzzerreißenden Unterhaltung zwischen uns entwickelt hat.

»Bex? Wir müssen ihm doch heute noch nichts sagen, oder? Jacob, meine ich. Wir brauchen ihm doch nicht heute schon zu sagen, dass wir uns trennen werden?«

Mein Magen zieht sich zusammen, als würde sich eine Schlange darum winden.

Jacob! Ich hatte nicht einmal daran gedacht, es ihm schon

jetzt zu sagen. Aber der bloße Gedanke an dieses Gespräch treibt mir erneut die Tränen in die Augen.

»Nein, nein. Noch nicht. Vielleicht sollten wir uns zunächst einmal selbst an den Gedanken gewöhnen und uns mit den praktischen Aspekten dieser neuen Situation befassen, bevor wir es ihm sagen. Ist das okay für dich?«

David nickt und sieht dabei ungemein erleichtert aus.

»Wirst du dann also mitkommen?«

Wieder nickt er, und wir treten aus dem Wäldchen in den Frühlingssonnenschein hinaus. Schweigend gehen wir Seite an Seite den Weg entlang, und obwohl unsere Finger sich hin und wieder streifen, nimmt keiner von uns beiden die Hand des anderen in seine.

Ich werfe einen letzten verstohlenen Blick zu dem Pärchen mit dem Drachen hinüber. Die beiden stehen jetzt nebeneinander, er mit seinem Arm um ihre Schultern und sie mit ihrem um seine Taille, während sie ihre freie Hand dazu benutzen, den Drachen gemeinsam zu führen.

Vergesst diesen Moment nicht, beschwöre ich sie stumm. Was immer ihr auch in der Zukunft tut, zusammen oder getrennt, versucht, euch nur immer an diesen Moment zu erinnern.

Und dann wende ich mich von ihnen ab und dem Pfad zu, der zu Davids Wagen führt und von dort zu Jacobs Schule, auf eine andere Version unserer Familie und eine Zukunft zu, die hoffentlich eines Tages für uns alle glückliche Erinnerungen beinhalten wird.

DRITTER TEIL

EIN JAHR SPÄTER

KAPITEL VIERUNDNEUNZIG

BEX

Die Seiten liegen geduldig auf dem Tisch vor mir und warten nur darauf, dass ich beginne. Aber ich möchte diesen Moment genießen, die freudige Erwartung, die Aufregung und den Stolz auskosten.

Ich blättere die oberste Seite um, und da steht es auf dem ersten Blatt:

Jacobs magischer Tunnel

Geschrieben und illustriert von Rebecca Mendelson

Die Korrekturfahnen für mein erstes Buch. Oder jedenfalls für das erste Buch, das ganz allein das meine ist. Dies ist das erste Mal, dass ich es so sehe, wie es ausschauen wird, wenn es in fünf Monaten gebunden und veröffentlicht sein wird.

Ich bin mir immer noch nicht ganz sicher, woher dieses Buch oder die anderen beiden kamen, die ich seither geschrieben habe. Drei Bücher insgesamt, die Vanessa Hudson in Auftrag gegeben hatte. Mitten in Davids Auszug und während Jacob und ich uns daran gewöhnten, hier allein zu leben, fand ich endlich die Worte, die sich mir in den letzten fünfzehn Jahren entzogen hatten. Als ich in der vergangenen Woche mit Melissa darüber sprach, meinte sie, vielleicht hätte ich mich so sehr abgemüht, die Worte zu finden, um Geschichten zu schreiben, weil ich nicht einmal Worte für meine eigene

Geschichte hatte. Ich weiß nicht, ob daran etwas Wahres ist, aber wenn ja, bin ich Mum sogar noch dankbarer dafür, dass sie mir endlich von meiner Vergangenheit erzählt hat.

Ich sehe mir die Zeichnung für die Titelseite an. Sie stellt einen kleinen Jungen dar, der auf einem metallenen Tunnel steht. Die Szenerie hinter ihm ist eine fantastische Welt aus Seelandschaften und Weltall-Perspektiven, Wüsten und Dinosauriern. Die Idee kam mir vor fast einem Jahr, nur ein paar Tage, nachdem Jacob weggelaufen war. Ich musste immer wieder daran denken, wie er mit dem Kopf voller Fantasien in diesem Tunnel saß, der ihm die Flucht vor der Erwachsenenwelt ermöglichte.

In dem Buch entdeckt Jacob, dass er nur einen Zauberspruch zu sagen braucht, damit der Tunnel ihn überallhin befördert, wohin er will, und so macht er sich zu einer Reihe von abenteuerlichen Reisen durch die Vergangenheit, die Gegenwart und die Zukunft auf. Vanessa hofft, dass das Buch ein Erfolg wird, und daher sind schon drei Folgen geplant. Doch selbst jetzt, als ich hier sitze und die Korrekturfahnen schon vor mir liegen habe, kann ich es noch immer nicht wirklich glauben. Kann immer noch nicht wirklich glauben, dass es mir nach all diesen Jahren der Frustration nun endlich doch gelungen ist, meine eigenen Bücher zu schreiben.

In der Selbsthilfegruppe für Angehörige von Alkoholikern, zu der ich gehe, habe ich neulich über meine Jahre beruflicher Bemühungen und das große Erfolgserlebnis gesprochen, endlich selbst ein Buch verfasst zu haben. Eines der anderen Mitglieder wandte sich mir zu und sagte: »Ich habe meinen Kindern alle Bücher vorgelesen, die Sie illustriert haben, und mir scheint, dass Sie Ihr ganzes Berufsleben damit verbracht haben, mit Ihren Zeichnungen eine perfekte Kindheit zu erzeugen.« Mir waren die Tränen gekommen, als sie das sagte, und nicht nur, weil es stimmte, sondern auch, weil es mir selbst noch nie bewusst gewesen war.

Mum und ich sprechen heute recht häufig über meine Kindheit. Zu Anfang war ich noch bedacht darauf, Mum nicht zu viel zu fragen, weil ich nicht in Wunden herumstochern wollte, die noch sehr frisch waren. Aber ich glaube, es hat ihr sogar gutgetan. Uns beiden gutgetan. Sie hat mir geholfen, mich an Dinge – gute Dinge – aus der Zeit nach Dads Tod zu erinnern, daran, wie sie und ich unsere Wochenenden mit Galeriebesuchen, in Museen oder Parks verbrachten. All das hat mir wieder vor Augen geführt, wie viel Spaß wir früher zusammen hatten. Und wie nahe wir uns damals standen. Mum hat sogar all die alten Fotoalben zutage gefördert, die bei dem Umzug angeblich verloren gegangen waren. Ich habe all die unscharfen, verblassten Fotos nach Erinnerungen durchforstet, die mir helfen könnten, das Puzzle meiner Kindheit zu vervollständigen.

Auf emotionaler Ebene scheinen Mum und ich in all diesen Jahren aneinander vorbeigelaufen zu sein, indem wir Absichten falsch einschätzten und Kommentare fehlinterpretierten. Sehr viel davon hat sich inzwischen zerstreut. Irgendwie ist es so, als wäre es uns unmöglich gewesen, die Gegenwart miteinander zu teilen, als unser Leben noch in unterschiedlichen Versionen der Vergangenheit verwurzelt war. Doch nun, da wir begonnen haben, unsere Beziehung neu auszurichten, und sie so akzeptieren, wie sie ist, können wir sie beide auch mehr genießen. Es ist ein langsamer Prozess, und noch sind wir nicht so weit. Doch ich weiß natürlich auch, dass man die Verhaltensmuster einer Beziehung nicht von heute auf morgen ändern kann.

Auch Mum ist viel glücklicher und zufriedener mit sich selbst. Nach großem Widerstand – und viel Ermutigung – hat sie vor sechs Monaten endlich eine Therapie begonnen, die einen erstaunlichen Wandel bei ihr bewirkt hat. Nachdem die Schleusen erst einmal geöffnet waren und die ersten Ansätze von Selbstvertrauen in ihr aufkeimten, schienen all ihr Kummer, ihre Traumata und ihre Geschichte einfach so aus ihr hervorzusprudeln. In ein paar Monaten wird Mum in Birkbeck einen Teilzeitstudiengang in Englisch beginnen – achtundvierzig Jahre, nachdem sie eine Universität hätte besuchen sollen. »Besser spät als nie«, scherzte sie, als sie mir von ihren Plänen erzählte. »Ich möchte, dass du stolz auf mich bist«, hatte sie noch hinzugefügt. Ich musste mich zusammenreißen, um nicht zu weinen, als ich sie in die Arme nahm und ihr sagte, dass ich das schon war.

Das Piepen meines Telefons kündigt mir eine Nachricht an, und ich öffne sie mit einer Handbewegung.

Hi, Bex. Ist morgen Nachmittag okay für Jacob? Sag ihm nichts, aber ich konnte noch Karten für das Spiel der Spurs auftreiben. Kann ich ihn gegen 2 Uhr abholen? D. x

Ich antworte David sofort.

Natürlich! Er freut sich schon sehr darauf, Dich zu sehen. Und er wird TOTAL begeistert sein, dass ihr euch das Spiel der Spurs anseht. Gib mir Bescheid, falls Du etwas früher zum Mittagessen kommen willst. B. x

Fast augenblicklich piept das Handy wieder.

Das wäre super, danke. Wir sehen uns dann gegen eins. X

Melissa zog David und mich gestern beim Elternabend damit auf, dass wir der Inbegriff eines erfolgreich geschiedenen Ehepaares seien: »Vergesst Gwyneth Paltrow und Chris Martin«, hatte sie gesagt, »was *ihr* macht, ist eine vernünftige Trennung.« Wir hatten alle drei gelacht, doch ich wusste, dass es ihr ernst gemeint war, weil sie es mir im letzten Jahr schon oft genug gesagt hatte. Und es ist auch wahr, dass David und ich uns alle Mühe gegeben haben, die Trennung so schmerzlos wie nur möglich für uns alle drei zu machen. Er hat ein Apartment gemietet, das keine zehn Minuten Fußweg von uns entfernt ist, weil die Lage uns allen sehr wichtig war. Da Jacob weiß, dass sein Dad gleich um die Ecke wohnt, hat die Trennung sich nicht ganz so verheerend für ihn angefühlt.

Im nächsten Monat ist der erste Jahrestag von Davids Abstinenz. Ich nehme an, dass es nicht gerade üblich ist, seinem baldigen Exmann sagen zu wollen, wie stolz man auf ihn ist. Doch ich bin es wirklich. Er hat sich so sehr für seine Treffen der Anonymen Alkoholiker engagiert und so viel Zeit und Mühe investiert, um gesund zu werden, dass er heute sogar besser denn je aussieht. Sein Alkoholismus war ein so langsamer Prozess gewesen, dass mir nicht einmal aufgefallen war, wie fahl seine Haut geworden war und dass seine Augen nicht mehr ganz so wach und strahlend wie früher einmal waren. Oder wie gestresst er so oft gewesen war. Heute ähnelt er viel mehr dem David unserer ersten Begegnung vor all den Jahren, auch wenn er inzwischen ein paar Krähenfüße und vereinzelte graue Haare hat. Aber er ist viel entspannter, ruhiger und zufriedener.

Manchmal ertappe ich mich bei der Frage, wie es vielleicht gekommen wäre, wenn er sich schon früher Hilfe gesucht hätte – und wenn auch nur drei Monate eher, als ich ihn nach dem Fiasko in der Schule das erste Mal darum gebeten hatte.

Ich frage mich, ob wir beide noch zusammen wären, wenn er diesen Weg gegangen wäre, bevor ich die Wahrheit über meine Kindheit herausfand. Ich versuche, Gedanken wie diesen zu widerstehen, weil ich weiß, wie gefährlich verlockend das Was-wäre-wenn-Spiel sein kann. Doch manchmal ist es gar nicht leicht. Als ich vor ein paar Wochen in meiner Selbsthilfegruppe darüber sprach, bemerkte eine Frau: »Alkoholiker hören nie auf zu trinken, bevor es Konsequenzen hat.« Und ich nehme an, sie hatte recht damit. Vielleicht brauchen wir alle eine Krise als Auslöser für Veränderungen. Aber dieses Wissen bewahrt mich nicht vor der gelegentlichen Trauer darüber, dass es das Ende unserer Ehe brauchte, um David klarzumachen, dass sein Alkoholkonsum zu einem Problem geworden war.

Unwillkürlich hole ich tief Luft bei der Erinnerung an unser Gespräch im letzten Monat, als David nach unserem traditionellen Familienessen am Mittwochabend nervös vor der Haustür gestanden und mir die Neuigkeit verkündet hatte: Er hatte jemanden kennengelernt, war inzwischen schon seit fast sechs Wochen mit der Frau zusammen, und es lief »ziemlich gut«. Mein Magen hatte vor Schreck einen Satz gemacht, was ich anscheinend nicht sehr gut verborgen hatte. Denn David ergriff meinen Arm und sagte, es tue ihm leid, er habe mich nicht aufregen wollen. Irgendwie schaffte ich es, ein paar beruhigende Worte zu stammeln. Ich murmelte irgendwas darüber, dass die Nachricht nur ein bisschen überraschend komme und ich eigentlich sehr froh für ihn sei, dass er sein Leben weiterführt. Aber tief im Innersten verspürte ich etwas, womit ich wirklich nicht gerechnet hatte: Eifersucht. Es gibt kein anderes Wort dafür. Ich war eifersüchtig. Noch Stunden später dachte ich darüber nach, bis ich schließlich kurz vor Mitternacht Melissa anrief, um sie zu fragen, was zum Teufel eigentlich mit mir los war. »Gar nichts, Süße«, sagte sie. »Verwechsle nur nicht die

Eifersucht darüber, dass dein Ex eine neue Beziehung hat, mit der Eifersucht, ihn zurückhaben zu wollen. Das sind zwei ganz verschiedene Dinge. Du wärst kein Mensch, wenn du dich nicht ein bisschen komisch fühlen würdest, weil dein Exmann eine Neue hat. Vielleicht wird es Zeit, dass wir auch dich wieder in den Sattel heben?« Ich hatte gelacht und ihr gesagt, ich hätte weder Zeit noch Lust, auch nur daran zu denken.

Als ich ein paar Tage später Mum von Davids Neuigkeiten erzählte, zog sie spöttisch eine Augenbraue hoch und sagte: »Aber natürlich hat er jemanden. Männer bleiben nie lange allein, weil sie einfach nicht sehr gut allein sein können.« Ich hatte gelächelt und erwidert, sie sei altmodisch. Aber dann dachte ich an all die in Trennung lebenden und geschiedenen Paare, die ich inzwischen kenne, und erkannte, dass sie recht hatte.

Aber die neu erlangte Abstinenz und eine neue Freundin sind nicht die einzigen Veränderungen in Davids Leben. Unsere Trennung hat ihn auch aus den drohenden Klauen seiner Mum befreit. Sowie sie die Neuigkeiten erfuhr, war es, als lösten sich all ihre Fantasien, in unserer Nähe zu leben, augenblicklich in Nichts auf. Auch die Pläne für den Hauskauf in Queen's Park wurden sofort wieder verworfen. Stattdessen hat sie sich in Devon niedergelassen, in demselben idyllischen Küstenstädtchen, in dem auch Nate, Lily und die Kinder leben.

David hatte seine Schadenfreude kaum verbergen können, als er dazu bemerkte: »Da erzähl mir noch mal einer was über unvorhersehbare Folgen! Wer hätte gedacht, dass der Kummer über unsere Scheidung mit einer derartigen Erleichterung einhergehen würde, meine Mutter nicht in der Nähe zu haben?«

Es genügt wohl zu sagen, dass seine Mutter in den sechs Monaten, seit sie wieder in England lebt, bisher noch keinerlei

Interesse erkennen ließ, David oder Jacob zu sehen. Und ganz ehrlich gesagt glaube ich, dass wir alle froh sein werden, wenn das auch so bleibt.

Ich blicke wieder auf die Korrekturfahnen vor mir und schlage die Seite mit der Widmung auf.

Für Jacob,
der das Leben Tag für Tag zu einem wahren Wunder macht.

Ich habe Jacob noch nichts von der Widmung erzählt, weil es eine Überraschung für ihn sein soll, wenn die Belegexemplare kommen.

»Mum? Nachdem König Harold einen Pfeil ins Auge bekam, warum haben wir da am Ende nicht alle Französisch gesprochen? Ich fände es ganz schön cool, Französisch zu sprechen. Madame Isabelle aus der Schule sagte, ich hätte ein gutes Ohr dafür.«

Ich blättere schnell die Seiten um und wende mich Jacob zu, der sich gerade einen Apfel aus der Obstschale nimmt. »Keine Ahnung, Schatz. Ich glaube aber, dass die französischen Normannen viele angelsächsische Traditionen beibehielten. Die Sprache muss eine davon gewesen sein. Wie kommst du voran mit deinem kleinen Aufsatz über die Schlacht von Hastings?«

Er zuckt mit den Schultern, und ich strecke meine Arme nach ihm aus. Doch anstatt sich auf die Bank zu setzen und an mich zu schmiegen, wie er es vor einem Jahr vielleicht noch getan hätte, beugt er sich vor und erlaubt mir nur eine flüchtige Umarmung. Dann entzieht er sich mir wieder.

»Wann gibt's Mittagessen? Ich verhungere!«

»So siehst du aus! Du hast erst vor zwei Stunden gefrühstückt. Bis zum Essen musst du noch ein paar Stunden warten. Mach deine Hausaufgaben fertig, dann können wir später noch was unternehmen.«

Jacob schlendert hinaus, und als ich ihm nachsehe, fällt mir wieder einmal auf, wie sehr er sich im Laufe des letzten Jahres verändert hat. Wie sehr er gewachsen ist. Nicht nur körperlich, obwohl ich ihn vor ein paar Wochen gemessen habe und er fast acht Zentimeter größer ist als letztes Jahr um diese Zeit. Aber auch emotional hat er sich weiterentwickelt. Die Trennung hat er erstaunlich gut verkraftet – viel besser, als ich es mir hätte erhoffen können. Trotzdem bin ich immer noch sehr wachsam und halte ständig nach irgendwelchen Anzeichen von Traurigkeit aus, sowohl zu Hause als auch in der Schule. Doch es scheint ihm gut zu gehen. Besser als gut. Er wirkt heute ruhiger und ausgeglichener. David machte vor paar Wochen noch eine Bemerkung dazu: »Bilde ich es mir nur ein, oder scheint unser Sohn tatsächlich glücklicher zu sein, seit wir uns getrennt haben?« Es gelang mir, der Frage auszuweichen, weil ich David nicht verstimmen wollte, aber er hat recht. Was mich allerdings nicht davon abhält, mir Sorgen um Jacob zu machen.

Manchmal wünschte ich, ich hätte eine Kristallkugel, um einen Blick in seine Zukunft werfen zu können und herauszufinden, inwieweit sich die Vorfälle in unserer Familie auf sein späteres Leben auswirken werden. Ich würde zu gern wissen, wie es mir jetzt und in den nächsten Jahren gelingen könnte, irgendwelche negativen Auswirkungen zu verringern. Aber ich weiß, dass das unmöglich ist und ich nicht mehr tun kann, als ihn offen und aufrichtig zu lieben. Ihm seinen Freiraum zu lassen, wenn er ihn will, und ihm Trost und Unterstützung zu geben, wenn er sie braucht. Und ihn vor allem mit einem nicht zu schweren Rucksack voller Kindheitserinnerungen zu belasten, wenn er eines Tages in die Welt hinausgeht.

Von oberhalb der Treppe hörte ich Jacob rufen.

»Mum? Darf ich Ethan anrufen und ihn fragen, ob er heute Nachmittag zum Spielen rüberkommen will?«

»Natürlich, Schatz. Sag ihm, dass er zum Abendessen bleiben kann, falls Melissa nichts dagegen hat.«

Er antwortet nicht, aber ich kann ihn zu meinem Arbeitszimmer hinaufgehen hören, um das Telefon dort zu benutzen.

Und dann schlägt mir das Herz plötzlich bis zum Hals vor Angst, dass ich etwas auf dem Schreibtisch vergessen haben könnte. Dass es noch immer dort liegt, wo Jacob es finden könnte. Ich will nicht, dass er es liest. Nicht nur, weil es etwas Privates ist, sondern auch, weil er noch nicht alt genug ist, um so etwas zu lesen.

Aber dann greife ich in die Gesäßtasche meiner Jeans und fühle es darin – ich hatte es in einer Schublade in meinem Schlafzimmer verstecken wollen. Mein wild pochendes Herz beruhigt sich wieder.

Es ist das Briefkuvert, das ich heute Morgen in aller Frühe beim Ausräumen der Schränke im Dachgeschoss des Hauses gefunden habe. Ein Kuvert mit dem Brief, den ich David am Tag vor unserer Hochzeit schrieb, ihm aber nie gegeben habe. Als ich ihn heute Morgen zum ersten Mal nach über elf Jahren wieder las, war ich froh, dass Jacob noch in seinem Schlafzimmer war. Denn selbst wenn er schon auf gewesen wäre, hätte ich meine Tränen nicht verbergen können.

Ich ziehe den Umschlag aus meiner Hosentasche und lese den Brief schon zum zweiten Mal an diesem Tag.

Hallo, Schatz,

ich kann nicht glauben, dass ich morgen um diese Zeit schon Deine Frau sein werde. Und dass Du mein Ehemann sein wirst. Das klingt geradezu absurd erwachsen, nicht? Und trotzdem kommt es mir auch so vor, als wären wir beide schon immer zusammen gewesen. Ich kann mir das Leben ohne Dich gar nicht mehr vorstellen. Oder das Leben vor Dir. Was habe ich bloß an all den Abenden und all den Wochenenden gemacht, bevor Du in mein Leben getreten bist und es so sehr bereichert hast?

Danke, David. Danke, dass Du mich glücklicher gemacht hast, als ich je für möglich hielt. Ich kann es kaum erwarten, unser gemeinsames Leben ganz »offiziell« zu beginnen. Ich weiß, dass sich in Wirklichkeit gar nicht viel ändern wird. Aber gleichzeitig weiß ich auch, dass sich alles ändern wird, weil wir ab morgen nicht mehr nur ein verliebtes Paar sein werden, das sich eine Wohnung teilt. Morgen werden wir der Welt verkünden, dass wir fest entschlossen sind, für immer zusammenzubleiben. Und ich könnte gar nicht glücklicher oder aufgeregter sein. Es wird solch ein wundervoller Tag sein, Liebster! Und solch ein wundervolles Leben!

Mir kam übrigens gerade ein Gedanke wegen morgen. Du weißt doch, dass alle uns immer wieder sagen, es würde der denkwürdigste Tag in unserem ganzen Leben werden, etc. etc.? Ich bin bloß ein bisschen besorgt, David, dass wir die Hälfte dieses so wichtigen Tages vergessen könnten, wenn wir beide zu viel trinken. Und das fände ich schrecklich. Wir wollen unseren Enkelkindern in fünfzig Jahren oder so doch alles darüber erzählen können, nicht? Deshalb dachte ich, dass wir morgen vielleicht ein bisschen abstinenter sein sollten? Ich weiß, dass wir genug Champagner für eine kleine Armee haben, aber das heißt ja nicht, dass wir auch alle Flaschen leeren müssen, nicht wahr? Und es wird in Zukunft noch genügend Hochzeiten anderer Leute geben, bei denen wir beide trinken können, so viel wir wollen. Ich dachte bloß, es wäre vielleicht schön, wenn wir uns auf unserer eigenen Hochzeit nicht zu sehr betrinken würden.

Schick mir auf jeden Fall eine Nachricht und lass mich wissen, wie Du darüber denkst. Ich möchte ja keine Spielverderberin sein. Aber ich weiß auch, dass es solch ein großartiger Tag sein wird – der beste unseres Lebens –, dass Du und ich später in der Lage sein sollten, uns an jede magische Sekunde zu erinnern.

So, mein Liebling, jetzt werde ich zum x-ten Mal nachsehen, ob ich für morgen alles habe, und dann mit Mum (die einen Wirbel macht, als würde ich in den Krieg ziehen, statt zu heiraten!) zum Hotel fahren.

Ich wünschte nur, wir würden heute Nacht nicht in getrennten Betten schlafen. Du wirst mir an meiner Seite fehlen. Und ich kann fast nicht glauben, dass ich morgen, wenn wir uns wiedersehen, vor hundert Menschen vor den Altar treten werde, um Deine Frau zu werden. Ich bekomme eine Gänsehaut, wenn ich nur daran denke!

Mach Dir einen schönen Abend, Liebling, und versuch bitte, nicht zu spät zu Bett zu gehen. Und nicht zu viele nervenstärkende Whiskys, ja? Ich will Dich morgen mit strahlenden Augen und in aller Frische sehen. Immerhin wird es der erste Tag vom Rest unseres Lebens sein.

Ich liebe Dich, mein Schatz. Und wir sehen uns morgen um drei Uhr nachmittags!!!

In Liebe
Bex xxx

Ich erinnere mich, dass ich diesen Brief auf Davids Kopfkissen gelegt hatte, damit er ihn vor dem Schlafengehen noch las. Aber dann, als ich schon die Wohnungstür erreicht hatte, mit meinem Hochzeitskleid in seiner Schutzhülle über dem einen Arm und in der anderen Hand meinen Koffer, war ich noch einmal stehen geblieben. Mich hatte plötzlich ein ungutes Gefühl bezüglich des Inhalts meines Briefs erfasst, obwohl ich selbst nicht ganz verstand, warum. Ich war mir des wartenden Taxis draußen bewusst, dessen Fahrer schon ungeduldig hupte. Bevor ich meine Entscheidung überdenken konnte, war ich ins Schlafzimmer zurückgeeilt, um den Brief auf Davids Kissen wieder an mich zu nehmen, und hatte ihn in die Außentasche meines Koffers gestopft. Dann war ich in die Küche gelaufen und hatte schnell eine kurze Nachricht auf die Kreidetafel an der Wand gekritzelt.

Einen schönen Junggesellenabschied wünsche ich Dir, mein Schatz! Wir sehen uns morgen. Ich liebe Dich! xxx

Danach stürmte ich zur Tür hinaus und begann meine Reise in das Eheleben.

Den Brief fand ich nicht wieder, bis wir aus den Flitterwochen zurückkehrten. Er steckte immer noch zerknittert in der Außentasche meines Koffers, und ohne ihn auch nur noch einmal durchzulesen, legte ich ihn in eine Plastikbox und vergaß ihn völlig.

Als ich ihn dort heute Morgen wiederfand und nach all den Jahren noch einmal las, hatte ich die Tränen nicht zurückhalten können. Aber ich weinte nicht nur um meinen damaligen Optimismus, dass unsere Ehe für den Rest unseres Lebens andauern würde, und auch nicht allein um die Liebe und das Glück, die der Brief ausstrahlte und an deren Beständigkeit ich so rückhaltlos geglaubt hatte. Nein, ich weinte ebenso wegen der Vorahnung, die mit diesem Brief einherging, und der

Furcht, dass ich tief im Innersten womöglich bereits vor der Hochzeit wusste, wie unsere Ehe einmal enden würde.

Ich wünschte, ich könnte in der Zeit zurückgehen, um mit dieser neunundzwanzigjährigen Version von mir selbst zu reden. Um sie mit dem Selbstvertrauen zu erfüllen, das eine weitere Dekade eines gelebten Lebens mit sich bringt. Und um sie zu ermutigen, all diese entschuldigenden Worte wie »nur« oder »bloß« und all diese von falscher Fröhlichkeit geprägten Ausrufezeichen aus dem Brief herauszunehmen. Denn sie waren nur dazu gedacht, die heikle Botschaft zu kaschieren, die ich zu vermitteln versuchte.

Aber wir können unsere Vergangenheit leider nicht umschreiben. Und wenn ich im vergangenen Jahr eins gelernt habe, dann das: Die Wahrheit lauert immer irgendwo in den Schatten und sucht uns auf eine Art und Weise heim, die wir nicht verstehen können, bis sie ans Licht kommt und sich uns in all ihren wahren, oft schauerlichen Farben offenbart. Es gibt keine Familiengeheimnisse, nicht wirklich jedenfalls. Geheimnisse beinhalten etwas Verborgenes, nicht Sichtbares und Unbekanntes. Aber sie besitzen auch die Fähigkeit, sich in unser Leben, unsere Beziehungen und Entscheidungen einzuschleichen, ob wir nun die Fakten kennen oder nicht. Sie sind immer da, liegen auf der Lauer und nutzen jede Gelegenheit, alles zu vergiften, was uns am Herzen liegt und wichtig ist.

Ich blicke zu dem Foto von Jacob auf dem Kaminsims auf, das ihn an seinem ersten Geburtstag vor dem Kuchen zeigt, den ich ihm gebacken hatte. Im Stillen wiederhole ich das Versprechen, das ich mir in den letzten zwölf Monaten so viele Male gegeben habe: dass Jacob das Vergiftende von Geheimnissen nicht erben wird. Dass seine Kindheit eine andere sein wird. Eine ehrliche. Ich werde ihm immer die Wahrheit sagen, auf eine Art und Weise und in Worten, mit denen er zurechtkommen wird. Wenn er alt genug ist, werde ich ihm von seinem Grandpa Philip erzählen und ihm erklären, warum er so selten erwähnt wird. Ich werde ihm sagen, warum Oma, wenn es doch einmal geschieht, so still wird und ihr Gesicht sich verdüstert. Das liegt an der Erinnerung an eine Geschichte, die sie nie wird vergessen können, werde ich ihm sagen.

Ich denke an meinen Dad und an die Fotografien von ihm, die ich Jacob eines Tages zeigen werde. Wenn ich mir heute diese Fotos anschaue, sehe ich hinter den mit den Jahren verblassten Sepiaaufnahmen einen Mann, der nie wirklich da sein wollte. Einen Mann, der zweifelsohne eigene Dämonen hatte, aber sie lieber seiner Familie auferlegte, als zu versuchen, seine Probleme selbst zu lösen. Ich sehe einen Mann, dessen Makel ich als Teil von mir selbst annehmen muss: als einen Bestandteil meiner DNS, meiner Geschichte und auch meiner Zukunft. Ich weiß, dass es ein Ding der Unmöglichkeit ist, diesen Teil meiner Vergangenheit aus der Welt zu schaffen. Ich kann mich höchstens ganz bewusst dafür entscheiden, nicht in Dads Fußstapfen zu treten und einen anderen Weg zu nehmen, um nicht nur den Verlauf meiner eigenen Zukunft, sondern auch der meines Sohnes zu ändern.

In jeder Familie gibt es einen entscheidenden Moment: einen Moment, in dem man sich dazu entschließen kann, die Wunden der Vergangenheit durch die Generationen weiterbluten zu lassen und all seine eigenen Unzulänglichkeiten den Handlungen anderer zuzuschreiben. Die Schuld an seinem eigenen Unglück auf die emotionale Hinterlassenschaft zu schieben, die einem aufgebürdet worden war, und die Verantwortung an seine Kinder, Enkel oder Urenkel weiterzugeben, um dem Teufelskreis aus Schmerz und Qual ein Ende zu bereiten. Oder man kann sich selbst auch sehr, sehr deutlich sagen: Hier ist Schluss mit dem Abwälzen der Verantwortung! Denn wir können uns unsere Familien oder die Geschichten, die sie uns hinterlassen, zwar nicht aussuchen, aber sehr wohl selbst bestimmen, was wir mit ihnen tun. Wie wir sie lesen, interpretieren und in unsere eigene Geschichte einfügen wollen.

Wenn ich heute an mein Leben vor anderthalb Jahren zurückdenke, erkenne ich es kaum noch als mein eigenes. Vielleicht, weil ich damals noch gar nicht wirklich wusste, wer ich war oder wo ich hergekommen war. Weil ich nicht wusste, was vor mir verborgen worden war oder wovor ich mich selbst verbarg.

Sich nach vierzig Jahren der Verleugnung und Irreführung selbst kennenzulernen erfordert einige Gewöhnung.

Neulich erzählte ich Mum, dass ich mir manchmal Sorgen mache um all das, was ich in meinem Leben gern noch tun würde.

»Gut, dass du noch Zeit dazu hast!«, rief sie aus.

Als ich ihr gestand, dass es mich mit Sorge erfüllte, mehr als mein halbes Leben schon gelebt zu haben, und dass mir für viele Dinge womöglich keine Zeit mehr bleiben würde, sah sie mich einen Moment lang prüfend an. Dann ergriff sie meine Hand und bedachte mich mit einem ihrer »Jetzt hör mir mal gut zu«-Blicke.

»Mein liebes Kind, wenn ich mit sechsundsechzig noch das Hochschulstudium beginnen kann, das ich fast ein halbes Jahrhundert aufgeschoben habe, hast du noch alle Zeit der Welt für alles, was du gern noch tätest. Schau doch nur, was du bereits erreicht hast! Und nicht nur in diesem Jahr, sondern auch schon in dem davor. Glaub mir, Liebes, dir bleibt noch Zeit für alles, das versichere ich dir.«

Die Haustürklingel reißt mich aus meinen Gedanken. Als ich zur Küchenuhr aufschaue, zeigt sie gerade mal halb elf an. Wahrscheinlich der Postbote, denke ich und schiebe meine

Korrekturbögen schnell wieder in die gefütterte Versandtasche, in der sie angekommen waren. Falls Jacob herunterkommen sollte. Erst dann gehe ich zur Haustür.

Als ich sie öffne, brauche ich ein paar Sekunden, um mich auf einen völlig unerwarteten Anblick einzustellen. Um mich darauf einzurichten, ihn hier vor meiner Haustür zu sehen, außerhalb der gewohnten Umgebung. Im ersten Augenblick verwirrend ist auch, dass er ein kleines Mädchen an der Hand hält, das ich noch nie zuvor gesehen habe.

»Hi, Bex. Ich hoffe, wir stören dich nicht gerade bei irgendwas. Entschuldige, dass wir so unangekündigt hereinschneien. Aber wir wollten zum Heath, und als wir hier vorbeikamen, dachten wir, dass Jacob und du vielleicht gern mitkommen würdet?« Gil lächelt ein bisschen unsicher, bevor er dem kleinen Mädchen zunickt, das etwa im gleichen Alter wie Jacob sein müsste. »Das ist Izzy. Sie wollte dich unbedingt kennenlernen, wie du dir sicher vorstellen kannst. Aber es tut mir schrecklich leid, falls dies ein schlechter Zeitpunkt ist. Es ist nur so, dass ich mich erinnerte, dich sagen gehört zu haben, dass du in dieser Straße wohnst, in dem Haus mit der gelben Tür. Deshalb dachten wir, wir schauen mal bei dir vorbei. Wenn ich deine Telefonnummer hätte, hätte ich natürlich vorher angerufen oder dir eine Nachricht geschickt.«

Ich erwidere Gils Lächeln, bevor ich mich Izzy zuwende.

Es ist nicht zu übersehen, dass sie Gils Tochter ist. Sie hat das gleiche dichte dunkle Haar, die gleichen vertrauenerweckenden kobaltblauen Augen und das gleiche breite, einladende Lächeln.

Und vor allem hat auch sie die gleiche unerklärliche Ausstrahlung, dass ihr Gesicht eins ist, dem man vertrauen kann.

»Das ist schon okay, Gil, wirklich. Hallo, Izzy. Wie schön, dich kennenzulernen! Dein Dad hat mir schon sehr viel von dir erzählt. Wie ich hörte, bist du ein kleiner Bücherwurm, nicht wahr?«

Izzy nickt errötend und versteckt sich schüchtern in der Armbeuge ihres Dads.

Ich richte meinen Blick wieder auf Gil. Er wirkt anders als sonst, beinahe nervös – und mir steigt die Hitze in die Wangen, als mir zum ersten Mal bewusst wird, was für ein gut aussehender Mann er ist.

»Also was meinst du, Bex? Wenn du zu beschäftigt bist, verstehen wir das natürlich, nicht wahr, Izzy? Aber vielleicht würdet ihr dann ja gern ein andermal mitkommen?«

Ich merke, dass ich zögere, weil meine Gedanken rasen und ich versuche, sie zu ordnen.

Ich denke an Mum, an all diese Jahre, in denen sie ihr Leben praktisch auf Eis gelegt hatte, weil sie die Dämonen der Vergangenheit nicht loswerden konnte.

Dann denke ich an mein eigenes Leben, erinnere mich daran, wie risikoscheu ich immer war, und schwöre mir, nie wieder so zu sein.

Dabei hilft mir der Gedanke, wie viel sich in den letzten achtzehn Monaten verändert hat und wie sehr auch ich mich verändert habe. Ich brauche nur an meine neu entdeckte Fähigkeit zu denken, mich selbst zu überraschen …

An Gil und Izzy vorbei blicke ich auf die Straße, die im prallen Schein der Sonne liegt, die strahlend hell am Himmel steht.

Und dann lächle ich Gil warm und freundlich zu, bevor ich mich zur Treppe umdrehe und Jacob rufe.

»Jacob? Zieh dir eine Jacke und deine Trainingsschuhe an und komm herunter. Wir gehen zum Heath. Es ist ein wunderbar sonniger Tag für einen Spaziergang im Park.«

DANKSAGUNGEN

All den mutigen Menschen, die über ihre Erfahrungen mit Alkoholismus und das Leben mit Alkoholikern geschrieben und berichtet haben, bin ich sehr zu Dank verpflichtet. Wenn es eins gibt, was ich während der Recherche für dieses Buch gelernt habe, dann ist es, dass es genauso viele unterschiedliche Erfahrungen mit Alkoholismus gibt, wie es Alkoholiker gibt.

Meiner fantastischen Agentin Sheila Crowley werde ich immer dankbar sein für ihre unerschütterliche Professionalität, Rebecca Ritchie für die eingehenden Gespräche über Endungen, und dem brillanten Team von Curtis Brown für seine Scharfsinnigkeit und Unterstützung.